A Santa Aliança

A. J. Kazinski

A Santa Aliança

Tradução de
Mário Vilela

TORDSILHAS

Título original em dinamarquês: *En hellig aliance*

O texto deste livro foi fixado conforme o acordo ortográfico vigente no Brasil desde 1º de janeiro de 2009.

EDIÇÃO UTILIZADA PARA ESTA TRADUÇÃO A. J. Kazinski, *La Santa Alianza*, Barcelona, Ediciones B, 2014

PREPARAÇÃO Francisco José M. Couto
REVISÃO Júlia Yoshino e Rosi Ribeiro Melo
CAPA Estúdio Koitz animation and graphics

1ª edição, 2016

Dados Internacionais de Catalogação na Publicação (CIP)
(Câmara Brasileira do Livro, SP, Brasil)

Kazinski, A. J.
A Santa Aliança / A. J. Kazinski ; traduzido do espanhol por Mário Vilela. – São Paulo : Tordesilhas, 2016.

Título original: La santa alianza.
ISBN 978-85-8419-044-7

1. Ficção policial e de mistério (Literatura dinamarquesa) I. Título.

16-06098 CDD-839.81

Índice para catálogo sistemático:
1. Ficção : Literatura dinamarquesa 839.81

2016
Tordesilhas é um selo da Alaúde Editorial Ltda.
Avenida Paulista, 1337, conjunto 11
01311-200 – São Paulo – SP
www.tordesilhaslivros.com.br

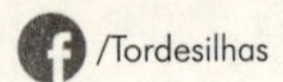

Quando nos vemos em meio a catástrofes, temos três opções: fazer o certo, fazer o errado ou não fazer nada. As duas primeiras talvez nos salvem a vida. Não fazer nada sem dúvida vai nos custar a vida.

Será que li isso em algum lugar? Foi algo que algum presidente dos Estados Unidos disse? Ou topei com isso num livro sobre os sobreviventes do *Titanic*? Em plena catástrofe, o cérebro reptiliano assume o comando. Em sua mente, surgiu a imagem de um bicho que fugia – um rato correndo na casa de veraneio; fugindo dos gritos da mãe e da vassoura que o pai brandia. O rato escapou, embora ele recordasse que, no início, o animal tinha errado ao se enfiar num canto, debaixo de uma cômoda que o pai empurrou com toda a facilidade. Depois o pai sentou a vassoura no roedor. Este ainda sobreviveu. Encolheu-se, formando uma bola capaz de aguentar o golpe, e, quando o pai afrouxou a guarda, deu um pulo e saiu correndo, dessa vez na direção certa, para a cozinha, de onde tinha saído. Por que foi se lembrar do rato justamente nesse momento? Porque precisava fazer algo – o certo ou o errado; só não podia ficar de braços cruzados, sem fazer nada. Nada era o que faziam as aves quando trombavam com as vidraças da casa de veraneio italiana. Lembrou-se do melro que tinha ficado paralisado, com olhar perdido, enquanto tentava encontrar um jeito de escapar à catástrofe, o coração batendo com violência por baixo das penas.

– O que vamos fazer? – perguntou uma voz do presente.

Quem falava era um dos seguranças que ele não tinha visto.

– Não pode ficar jogado aí – interveio outro.

Ele, enquanto isso, tentou balbuciar "Socorro".

– Está dizendo alguma coisa.

Passos abafados no tapete. Abriu os olhos, apenas o suficiente para ver sapatos pretos junto a sua cabeça.

– Você disse alguma coisa?

– Ajude-me.

– Vamos ajudar. Você vai sair desta, vai ver.

Tornou a fechar os olhos. Não sabia ao certo quem tinha se agachado a seu lado. A mão de alguém estava lhe passando os dedos pelo cabelo? Sim, uma mão quente. Mão que lhe acarinhava a cabeça. Pensou na mãe, de novo na casa de veraneio, nas lajotas, nos pés que as pisavam, silenciosos, esmalte de unhas vermelho, ele a amava tanto! A mão continuou se movendo, do cabelo à face, até entrar na boca. Gosto de sangue, seu próprio sangue. O que o acariciava não era mão, era o que lhe escorria da cabeça. Precisava fazer alguma coisa, precisava pôr-se de pé. Por que tinha tão pouco controle sobre si mesmo? De novo, a imagem do melro – o bico aberto, o terror nos olhos saltados, nenhum movimento além do coração disparado. Tal qual ele ali, no tapete, incapaz de acionar os músculos. O melro deve ter sentido a mesma coisa depois de ter-se espatifado contra a vidraça: percebia tudo o que acontecia ao redor, via as crianças que se aproximavam correndo, a menina que pegava a ave na mão. Fora sua irmã? Ou fora Claudia? A bela Claudia – sim, e o passarinho ouviu a mãe dizer que deveriam devolvê-lo ao jardim, mas a um lugar que nem o gato nem as cobras alcançassem.

– Se não fizermos nada agorinha mesmo, ele vai morrer.

Um sussurro se imiscuía nas lembranças dele. Na voz da irmã, que insistia em segurar o melro entre as mãos. Ele também quis segurar, mas a irmã não deixou.

– Não pode vir médico nem polícia.

– Vamos fazer o quê, então?

– A imprensa está de olho – interveio uma terceira voz. – Era só o que esperavam para dar cabo de nós.

Alguém estava chorando? Ou era ele mesmo? Lembrou que Claudia e ele tinham preparado um ninho numa árvore para o melro. Fizeram o ninho com muito cuidado e capricho, para que ficasse confortável. Ali o gato não alcançaria.

– Não podemos fazer nada, pelo menos não agora.

– Então vai morrer.

E não disseram mais nada. Como se estivessem especulando sobre a morte dele. O significado que teria. Quem sentiria sua falta. A irmã. Os pais tinham morrido havia muito. Tornou a evocá-los. Dias dourados. A casa de veraneio. O Mediterrâneo. Calor, paraíso, Claudia. "Não, ainda não."

– Não quero morrer – murmurou.

– Ele disse alguma coisa.

– Fale com ele.

Passos. Alguém se deteve perto dele.

– Você disse alguma coisa?

– Não quero morrer.

– Claro que não vai morrer.

Voltou a abrir os olhos e viu rapidamente outro homem, que tentava se agachar a seu lado, no chão, mas que acabou desistindo ou mudando de opinião. Olhou os sapatos. Passos que se afastavam. Pareceram-lhe irremediavelmente distantes. Não tinham a mínima intenção de ajudá-lo. Se ele pelo menos pudesse ficar em pé, pedir ajuda! A irmã deixou o melro no ninho que ele tinha construído; colocaram alpiste e água lá. Claudia rezou pelo melro.

Finalmente tornou a sentir as pernas. Talvez tivesse sido essa a única coisa que fazia falta: precisava sincronizar-se com o melro.

– Criatura alada, levante voo – sussurrou.

Não, se queria sobreviver, era necessário fechar o bico. Obrigou as pernas a se moverem. Eram os movimentos de um bebê, para cima e para baixo, como dois pequenos êmbolos flexíveis. Agora só restava conseguir que os braços o acompanhassem. "Isso, assim." Começou a engatinhar na direção oposta. Se conseguisse sair para o corredor, haveria outras pessoas dispostas a ajudá-lo. Olhou para trás; precisava enxugar o sangue que lhe cobria o rosto.

Ainda não o tinham visto; provavelmente não tinha chegado muito longe. "Vamos, levante-se."

– A gente não poderia levá-lo para o hospital?

– E dizer o que lá?

– Que foi acidente.

Estava em pé. Até que enfim. Limpou o sangue dos olhos. Só tinha que chegar à porta, do outro lado da sala, sair para o corredor e pedir ajuda. As pessoas o ouviriam.

– Ele se levantou.

– A gente precisa ajudá-lo.

Vozes que sussurravam, sobrepondo-se. Atravessou correndo a sala. As pernas se dobraram; olhou para trás por cima dos ombros. Alguém fechou a porta. Os outros tinham ido embora? Estavam os dois sozinhos?

– Não vá fazer nenhuma bobagem agora – disse uma voz sossegada, avançando para ele.

Não lhe deu atenção e continuou para a porta.

– Já disse para não fazer bobagem.

Sentiu que uma mão o detinha.

– Socorro! – gritou. Tornou a gritar: – Socorro!

Outra mão lhe tapou a boca. Estavam os dois de pé. Sentia que o sangue continuava a brotar da cabeça. O outro estava atrás dele. Tapava-lhe a boca com uma das mãos, firme, e lhe torcia o braço com a outra. Com profissionalismo, friamente. Tentou libertar-se, em vão. Não conseguia; sentia-se um saco de grãos, milhares de grãos incapazes de se coordenar até que os esmagariam no moinho. Isso aconteceria em breve – seria esmagado, moído. Vermelho. O homem o arrastou pelo chão.

A pressão da mão que lhe tapava a boca diminuiu por um momento.

– Agora você fica aqui, hein? Tudo vai ficar bem, você vai ver só – disse, e o deixou sozinho um instante.

O homem passou para o cômodo onde estavam os outros. Cochichos. Ouviu alguma frase solta:

– Não podemos fazer isso, não agora. Não, nada de ambulância.

Ia morrer. O único jeito de sair daquele lugar era como corpo exangue. Agora entendia. Com essa certeza, veio também a calma. Mas não deixaria que conseguissem o que queriam. Se pelo menos pudesse chamar alguém! Mandar um torpedo. Não, estava com o celular desligado, no bolso do paletó. Não conseguiria pegar. Veriam e o impediriam. Deitado ali no chão, só lhe restavam alguns segundos. Ao lado da cabeça, havia uma cômoda antiga. Olhou embaixo. Daria tempo de escrever o próprio nome no chão? Não, descobririam. Apagariam. Talvez na parte inferior da cômoda? Mas aí quem veria? Quem olharia lá? Talvez algum dia, depois de muitos anos, um restaurador mexesse no móvel. Afinal, mais cedo ou mais tarde, seria preciso reparar tudo, em particular o que vale a pena conservar. E aí o restaurador de móveis veria. Mas ver o quê? Uma coisa escrita por ele naquele exato momento. Levou o dedo à cabeça. Uma mensagem para a posteridade. Continuava jorrando sangue, e lhe veio à mente a imagem de uma câmara de bicicleta furada e mergulhada numa bacia de água, de novo a casa de veraneio da infância, o aroma de alecrim e alfazema – seu paraíso.

– Como vamos tirá-lo daqui?

– Deixe comigo – disse o que lhe tinha tapado a boca.

Tinha que se apressar. Poderia escrever o quê? O próprio nome? Demoraria demais. Deveria escrever o que tinha acontecido. O sangue coagularia, mas ainda conteria sua identidade, seu DNA. Primeira letra: "A..." Depois molhar a pena no tinteiro da cabeça, mais sangue. "S... S... A... S... S... I... N... A... T..." O outro estava a ponto de chegar. Rápido, a última letra: "O".

Alguém se agachou.

– Agora relaxe – disse o homem que queria acabar com sua vida.

– Eu imploro.

– Calma, não vai lhe acontecer nada – sussurrou o outro, voltando a lhe tapar a boca com uma das mãos, ao mesmo tempo que usava o indicador e o polegar da outra para lhe pinçar o nariz, impedindo-o de respirar. – É coisa de segundos.

O homem estava muito perto de seu rosto. Ainda ouvia vozes em algum lugar. Será que os outros sabiam o que estava acontecendo? Dava na mesma; a posteridade saberia. Um belo dia, algum trabalhador ou outra pessoa qualquer encontraria a mensagem. De novo, a voz no ouvido:

– Ei, calma aí! Não há mais remédio, tem que acabar assim. Você já sabia. Isto é maior do que nós. É *muito* maior do que nós. A gente sempre soube disso. Do contrário, nem estaríamos aqui. Agora é você, e algum dia vai chegar a minha hora. Talvez logo, logo; quem sabe? É o preço que a gente tem que pagar, e sempre estivemos dispostos a pagar.

O homem o sufocou pelo nariz e pela boca. Talvez tivesse dito mais alguma coisa, mas já não tinha vontade de continuar escutando. Ouviu a irmã, isso sim, de volta à casa de veraneio.

– Ele sumiu! – ela gritou uma manhã, depois de ter subido na árvore. Pulou na cama dele, jogou-se em seus braços e o acordou. Cedo demais. – Você ouviu o que eu disse? Ele foi embora, saiu voando.

Claudia. Tão bonita! O passarinho. A fuga. Escuridão.

Parte I

A INSTITUIÇÃO

8 de abril de 2013

Roskilde, Grande Copenhague – 7h58

Clique. O trinco da grade se abriu, e Eva entrou no parquinho. O trinco ficava no alto, para que as crianças não o alcançassem.

– Oi! Ei, você!

Eva se voltou. A voz, que vinha da outra calçada, era de uma moça. Será que se dirigia a Eva?

– É, você! Vai entrar na creche? – perguntou a moça.

– Vou, sim – respondeu Eva.

A jovem tinha uns vinte e cinco anos e um belo rosto, ainda que contrariado ou aborrecido naquele instante, pelo que Eva pôde ver.

– Você poderia dar um recado meu quando entrar? É para a Anna.

– Hoje é o meu primeiro dia – respondeu Eva.

– *OK*.

– Vou trabalhar na cozinha.

– Ah, sim. Você é a Inge, não?

– Eva.

– É, isso mesmo. Falaram de você na reunião de pessoal. Eu sou a Kamilla. Sou professora da Sala Vermelha.

– Oi.

– Você poderia dizer à Anna que só vou entrar quando tiverem prendido direito o cachorro no gancho da parede? Ou quando o tiverem levado para longe da instituição?

Eva olhou para o cachorro sentado num dos lados da entrada principal.

Na rua, uma mãe que acabava de chegar de bicicleta ia tirar o capacete da filha.

– Kamilla, o cachorro morde? – perguntou a mulher.

– É cão de rinha – respondeu a professora. – Não tinha nada que estar numa creche cheia de gente.

Falava com autoridade, como um político, pensou Eva.

A menina parecia a ponto de sufocar com o enorme capacete. Eva voltou a olhar para o cão do parquinho – uma fera com as orelhas cortadas e o rabo muito curto e esquisito. Estava sentado, estoicamente, em frente à entrada principal da creche.

– Inge! – disse Kamilla, voltando a se dirigir a Eva.

– Meu nome é Eva – respondeu, ligeiramente incomodada. A ex-sogra se chamava Inge, e Eva não tinha exatamente boas lembranças dela.

– Isso, desculpe-me, como sou avoada! Eva! Não se preocupe, agora não esqueço mais. Acho que errei o nome porque estou com medo. Só diga à Anna que vim para o trabalho como combinado, mas que, por motivo de segurança pessoal, estou impossibilitada de entrar na instituição.

– Hoje é o meu primeiro dia – disse Eva. – Antes vou precisar...

– E eu tenho que trabalhar! Diga à Anna o que eu disse, só isso. Não posso ficar esperando. Precisam levar esse cachorro embora o quanto antes, ponto.

– Mas esse vira-lata está aqui de novo?! – perguntou um pai, que chegou numa bicicleta preta de entregas. Ele balançava negativamente a cabeça.

O filho olhou com curiosidade para o bicho.

– Eu que o diga. – Kamilla lançou um olhar de reprovação a Eva. – Isso não está certo. Vamos ter que falar outra vez com a direção.

Kamilla e os dois pais começaram a papear, e Eva aproveitou para avançar para a entrada principal e para o cão, que olhava fixamente para a frente. Fosse como fosse, aquele bicho não poderia estar ali de jeito nenhum. Primeiro dia de trabalho, e já precisava encarar problema, pensou Eva. Levantou os olhos para o letreiro acima da entrada – "O POMAR DAS MACIEIRAS", escrito em letras de traço infantil e em todas as cores imagináveis. Não havia dúvida: tinha chegado ao lugar certo. Ao lugar para onde o departamento de emprego a tinha mandado. Ao lugar onde podia começar como ajudante de cozinha, trinta horas por semana, com salário subvencionado pelo Estado; ou, então, ser apagada do sistema público e deixar-se afundar no abismo social como uma pedra na água. Mas não era hora de pensar nisso. Precisava seguir em frente, como tinha combinado com a psicóloga. Deixar de pensar em Martin, na casa, na mesquinha mãe de Martin. Pensar no que tinha pela frente. Aquele era o primeiro dia do resto de sua vida. A psicóloga, paga também pelo Estado, tinha explicado de maneira muito simples: "Quando a gente cai num poço, não adianta nada ficar pensando em tudo o que nos levou a cair lá". Tratava-se de primeiro sair do poço e – só depois de estar do lado de fora, não antes – então começar a pensar nas razões que levaram a cair lá. Precisava investir todos os seus recursos na sobrevivência. "Para a frente." Olhou outra vez para o letreiro. O Pomar das Macieiras. Isso era ir para a frente. A única coisa que precisava fazer era passar pelo cão de rinha.

– Vamos lá, Eva – disse a si mesma em voz alta. – Primeiro um pé, depois o outro.

O bicho continuava sem dar pela presença de Eva; olhava fixamente para a frente, imóvel, como uma esfinge.

"Acima de tudo, não mostre que está com medo."

Quando passou ao lado do cão, ele deu um grunhido, profundo, mas quase imperceptível. Eva tentou a porta. Estava fechada à chave. Na parede, havia uma fechadura eletrônica com senha. Pelo vidro, viu funcionários e crianças no corredor. Deu uma última olhada em seu reflexo no vidro, antes de bater à porta. Quando era mais nova e saía para a balada, diziam com certa frequência que se parecia com Meg Ryan. Especialmente os olhos e a boca. Agora ninguém mais dizia isso, talvez porque também Meg Ryan tinha envelhecido e já não se parecia consigo mesma; tal como o resto das mulheres de Hollywood, as cirurgias a tornaram irreconhecível, a transformaram em outra. Será que Eva deveria ter feito algo consigo mesma, transformando-se em outra? Tomou fôlego.

– Vamos, Eva, é agora! – sussurrou.

Agora que não podia fazer outra coisa, passava bastante tempo estudando a própria aparência. O cabelo estava mais ou menos bom; tinha tingido no dia anterior, de castanho, e ele combinava magnificamente com seus olhos verdes, ou assim achava, embora nos primeiros dias sempre parecesse um pouco tingido demais, não importando que já o tivesse lavado três vezes. Além disso, melhor estar um pouco escuro do que ter fios brancos. Era nova demais para exibir fios brancos – tinha só trinta e quatro anos. As pessoas se perguntariam: "Qual é a da grisalha? Quem é ela? O que está fazendo aqui? Qual é sua história?" Então ela responderia que era jornalista e tinha trabalhado no diário *Berlingske*, mas que a tinham demitido na última leva de cortes de pessoal, por causa da crise econômica. Mais nada. Uma versão abreviada, não de todo correta. Mas que direito tinham os outros de exigir que dissesse toda a verdade? Quando era jornalista, provavelmente teria respondido que sim, tinham direito a conhecer a verdade. Só que já não estava tão certa disso.

Eva esperou um momento antes de dar uma batida de leve no vidro. Ninguém deu pela sua presença. Na rua, os dois pais e a professora continuavam a reclamar do cão de rinha solto. Eva tornou a bater.

Uma professora abriu a porta.

– Mil duzentos e sessenta e seis.

– Mil duzentos e sessenta e seis?

– É. A senha é essa.

– Eu sou a Eva. Parece que começo a trabalhar na cozinha hoje.

– Você tem que falar com a Anna, a subdiretora. Torben, o diretor, está fazendo um curso. Eu sou a Mie.

Eva entrou e quis apertar a mão da mulher.

– Nossa! – Com um sorriso, Mie olhou para a mão de Eva, deu-lhe um aperto rápido e mole e acrescentou: – Aqui não costumamos ser tão formais.

Eva ficou ruborizada; talvez ter tingido o cabelo também tivesse sido erro, talvez tivesse se esforçado demais para melhorar a aparência. A professora tinha cabelo curto e despenteado, como se acabasse de sair da cama; um cabelo descuidado como as ervas daninhas, que brotam caprichosamente, sem fazer concessões à estética. Até aquele momento, Eva não tinha reparado no cheiro do lugar, um cheiro penetrante que dava náuseas. Limitou-se a respirar pela boca. Era possível que, com tantas crianças juntas, o fedor fosse simplesmente aquele – de excremento, fraldas empapadas de urina, corpos nada asseados, meias sujas, meleca, baba, lágrima. Também havia outro cheiro, misturado com o resto; um cheiro enjoativo de doce, talvez de pãezinhos recém-saídos do forno.

– Não quero me meter onde não fui chamada, mas há uma professora lá fora que me pediu que avisasse que...

Eva ponderou se transmitia o recado com exatidão ou se oferecia uma versão condensada. Optou por reproduzi-lo palavra por palavra; pelo visto, restava-lhe algo da jornalista que tinha sido.

– Ela chegou na hora, mas não pode entrar na instituição por motivo de segurança pessoal.

Mie a olhou como se não estivesse entendendo nada.

– O cão de rinha – acrescentou Eva.

– Ah, tá! *OK*. Aquele bicho de novo. É melhor que você mesma fale com a Anna. Venha comigo.

Eva seguiu Mie, percorrendo a creche. Passou em frente a uma fileira de pequenos armários de escola, com um nome da moda escrito na porta de cada um deles: Karla, Esther, Storm, Linus.

– Foi difícil achar a creche?

– Não, que nada.

– Mas a verdade é que as pessoas costumam ter dificuldade na primeira vez que vêm. Passam direto pelo cruzamento e acabam na rotatória.

– Ah, entendi – disse Eva, e assentiu com a cabeça, sem saber muito bem do que Mie estava falando.

A porta que havia no começo do corredor se abriu, e aquele pai da bicicleta de entregas entrou. Estava visivelmente irritado. Havia tirado o capacete e tinha o cabelo amassado e oleoso. "Essa deve ser a aparência que a Dinamarca tem de manhã tão cedo", pensou Eva. No jornal, antes de ter sido despedida, os funcionários nunca tinham esse aspecto quando chegavam para trabalhar; mas talvez também tivessem passado pela creche antes, com cara de quem acabou de sair da cama, exalando mau hálito e usando calças de moletom. No fim das contas, Eva não tinha como saber, pois nunca havia estado numa creche antes. A única coisa que sabia era o que, nos tempos de jornal, tinha lido por cima, sem muito interesse. Lembrava vagamente alguma coisa sobre vagas garantidas. Algo sobre os pais terem direito a vaga tão logo as crianças completavam um ano de idade e, ainda que eles pagassem parte da mensalidade, o Estado tomar para si o grosso do custo.

O homem vinha carregando o filho.

– Acabo de falar com a Kamilla. Assim não dá. É um bicho perigoso!

– Recomendo que você vá direto ao escritório da Anna – disse-lhe Mie, e olhou para Eva.

O pai levantou a voz para Mie.

– Você entendeu o que eu acabei de dizer?!

– Um momento aí. Calma. Eu estava justamente dando as boas-vindas à nossa nova funcionária.

– Tenho reunião em vinte minutos – disse o pai, e bateu com dois dedos no pulso, onde poderia haver um relógio, mas onde se via apenas uma pulseira de couro com um pingente oriental.

Eva olhou para ambos os interlocutores.

– Você tem que seguir por ali e depois virar à esquerda – explicou-lhe Mie em voz baixa. – Lá, vai ver o escritório da Anna. É a subdiretora. Ela vai ajudar você a se instalar. Está bem assim?

– Está. Obrigada.

Eva abriu a porta e foi por um corredor estreito, de pé-direito alto. O piso de linóleo deu lugar a um reluzente assoalho de madeira. O cheiro doce e enjoativo foi substituído pelo odor seco de fotocopiadora, impressoras e material de escritório, mais parecido com aquilo a que Eva estava acostumada. Virou à esquerda. A porta estava entreaberta. Alguém digitava. Pela fresta, Eva viu uma mulher de meia-idade sentada de perfil, escrevendo ao computador. A mulher não olhou para a porta quando Eva bateu.

– Só dois segundos e já falo com você. – Ajustou os óculos e releu rapidamente o que tinha acabado de escrever. – Agora, enviar... – resmungou, antes de olhar para Eva. – Você é a Eva?

– Sou. – Sorriu.

A mulher se levantou. Era mais corpulenta do que Eva esperava.

– Anna Lorentzen, subdiretora – apresentou-se, e empurrou os óculos para a ponta do nariz.

– Eva Katz.

– Bem-vinda ao Pomar das Macieiras, Eva Katz. Infelizmente, nosso querido líder, como dizem lá na Coreia do Norte, está fazendo um curso hoje. Mas ficamos felizes de ter você conosco. E, acredite, há uns tantos diabinhos esperando nas salas para lhe dizerem oi.

– Parece bom – disse Eva.

– Você veio do centro de Copenhague?

– De Hareskoven.

– Está parada já faz um tempo, não?

Eva baixou os olhos. Estavam voltando ao passado, a tudo que a psicóloga tinha insistido repetidamente que desconsiderasse. Eva sabia que a terapeuta tinha razão. Era sua última oportunidade, não devia olhar para trás; tal qual o Senhor disse a Lot: "Não olhes para trás", para Sodoma. A mulher de Lot olhou e virou estátua de sal. Eva simplesmente desmoronaria, sumiria, se fizesse o mesmo.

– Eva? – Anna a olhava, sorrindo de leve.

– Estou, sim – respondeu. – Faz um ano.

– Você trabalhava no quê?

– Sou jornalista. – Apressou-se a se corrigir: – *Era* jornalista.

– Jornalista – repetiu Anna. – O Torben não me disse nada.

Eva olhou para Anna. Todos os sinais de entusiasmo protetor tinham desaparecido, e manchas vermelhas surgiram no pescoço de Anna. Eva baixou os olhos.

– Mas... – Anna deu uma engasgada e pigarreou. – Você não é mais jornalista?

Eva, confusa, olhou para ela.

– Não, como já lhe disse, estou parada.

– Mas não gostaria de voltar a ser?

– Espero voltar, sim, mas há muito pouco trabalho. E, se o que a preocupa é que eu largue o emprego daqui a uma ou duas semanas, posso garantir que...

– Já vou dizendo: você não pode escrever sobre o Pomar – a subdiretora a interrompeu. – A relação entre crianças, pais e instituição é sigilosa. Você não vai poder escrever nada sobre o que vir aqui.

Por um instante, as palavras ficaram suspensas no ar. Eva não sabia o que dizer.

– Claro que não – disse por fim. – Eu jamais pensaria em fazer uma coisa dessas. De resto, eu escreveria o quê? Quero dizer, no fim das contas é só uma creche. – Olhou para a subdiretora e, na hora, se arrependeu do que acabava de afirmar. – Não que o trabalho que vocês desenvolvem não seja importante. Eu me refiro simplesmente ao fato de que não há grande coisa para revelar, se me entende.

Anna pigarreou.

Eva estava pouco à vontade.

– De todo modo, não sou esse tipo de jornalista – prosseguiu. – Escrevo sobre moda e tendências.

Sorriu ao recordar a última vez em que trabalhou, naquela noite quase um ano antes. Era um artigo longo sobre Helena Christensen, sobre a vida da supermodelo dinamarquesa em Nova York. Com fotos primorosas, Helena revelava que costumava deitar no chão para ouvir *jazz* quando precisava de inspiração.

Eva inspirou profundamente. As lembranças se amontoavam, e precisava fazer alguma coisa, mudar de rumo, *back to the future* – "de volta para o futuro", como costumava dizer a psicóloga. Eva devia repetir aquilo muitas vezes, se possível alto e bom som, tal qual a psicóloga tinha ensinado. Mas, em vez disso, Eva ouviu a si mesma dizer:

– Anna, sinceramente, não vai haver problema nenhum. Eu lhe garanto. Estou com muita vontade de trabalhar na cozinha.

A subdiretora a encarou durante um instante. Depois baixou os olhos para a documentação de Eva. As manchas vermelhas no pescoço não tinham sumido. Eva já tinha passado pela mesma situação algumas vezes. Havia quem reagisse negativamente quando lhes falava de seu trabalho; comportavam-se como se fossem culpados de alguma coisa, igual a Eva quando ouvia a sirene dos carros de polícia.

– *OK* – disse Anna depois de uma pausa incômoda. – Não sei se você teve tempo de falar por telefone com o nosso diretor.

– Ele não me contou muito, eu acho. Só me disse que vou trabalhar na cozinha e, bem, pouca coisa mais.

– Você vai ajudar a Sally, nossa encarregada da cozinha.

– Muito bem.

– E, para ser sincera, trabalho não vai faltar. Afinal, é uma casa grande. Você está acostumada a cozinhar?

– Anna, você tem um minutinho? – disse Mie, que tinha aparecido na porta. – É sobre o cachorro.

– De novo?

– Aquele pai... como se chama?... está fora de si. Está ameaçando chamar a polícia. E a Kamilla não quer entrar até que tenham levado o cachorro embora.

– Que chata!... – Anna balançou negativamente a cabeça.

– Ela está lá na rua.

– Onde está o dono do cachorro? O nome dele é Frank, não?

– Está na Sala Verde.

– Pois muito bem. – A subdiretora assentiu com a cabeça e olhou para Eva. – Vê-se que há alguém que se recusa a seguir as normas. Vamos mudar um pouco a ordem da visita guiada, começando pela Sala Verde.

– Sem problema.

Eva deixou que Anna fosse na frente. A volumosa mulher se movia surpreendentemente rápido. Eva a seguiu; não sabia o que mais fazer nem dizer. Precisava perguntar alguma coisa, tentar parecer interessada.

– Então, quantas crianças são no total?

– Antes de mais nada, há uma coisa que você tem que saber: não as chamamos de "crianças".

– Ah, *OK*.

– Dizemos "pequenos" – explicou Anna, e se pôs de lado para deixar passar uma menina que saiu correndo da Sala Vermelha. – Temos uns cento e trinta pequenos. Há uma seção para os mais novinhos, que são mais ou menos metade das vagas. E há outra, pré-escolar, para os maiores.

Eva tentou acompanhá-la, ao mesmo tempo que pensava no que mais podia perguntar. Talvez a idade em que as crianças passavam de uma seção a outra. Só que não teve tempo, pois Anna abriu a porta da Sala Verde.

– Frank?

O rapaz se voltou e olhou para Anna. Raspara o cabelo todo e tinha os olhos muito juntos, num rosto envelhecido, com bronzeado artificial. Frank não disse nada.

– Bom dia, Frank. Achei que já tínhamos conversado sobre o seu cachorro.

Frank se levantou. Uma tatuagem rastejava por suas costas, e no pescoço surgia a ponta da cauda de um escorpião. Eva imaginou que o resto do escorpião estivesse debaixo do moletom com capuz.

– O seu cão de rinha. Ele está sentado em frente à grade.

– Qual é o problema? – Frank olhou para Anna sem piscar.

Eva deu um passo atrás, para a porta.

– Já falamos sobre isso. Os cães precisam estar com coleira e não podem, de maneira alguma, permanecer nos limites da creche.

– Não é cão de rinha. O Sr. Hansen não faz nada se não provocam.

– O seu cachorro tem que estar na coleira e fora do terreno da creche – repetiu Anna, impávida, apesar de Frank já ter avançado e invadido o espaço mais pessoal da subdiretora.

– Por quê? Qual é o problema? Ele mordeu alguém?

– Simplesmente porque sim. Já expliquei a você várias vezes. Os pequenos se assustam. Os adultos se assustam. E eu também tenho medo do seu cachorro, Frank.

O homem não disse nada. Durante alguns segundos, ele a olhou fixamente, com semblante frio e inexpressivo. Anna desviou o olhar para Eva e encontrou forças para esboçar um sorriso. Eva não teve certeza, mas talvez houvesse medo, ou pelo menos insegurança, no olhar de Anna.

– Quero que você leve o cachorro embora agora mesmo. Senão...

A bufada de reprovação que veio de Frank a interrompeu. Foi o único som a sair da boca do homem do escorpião, que deu uma palmadinha na cabeça da filha e deixou a sala. Mie pegou a menina nos braços e tentou consolá-la, mas não adiantou nada. Anna precisou levantar a voz para que a ouvissem por cima do berreiro que a filha de Frank abriu.

– Bem, como eu dizia, Eva, esta é a Sala Verde, e você já conhece a Mie. Ainda há o Kasper. Aliás, onde foi que ele se meteu? Faz tempo que não o vejo.

– Acabou de sair para trocar fralda – disse Mie, semeando uma dúvida terrível em Eva. Também lhe caberia trocar fraldas? Torben já não tinha dito que ela teria que dar uma mão nas salas?

– Agora vou lhe mostrar a cozinha – disse Anna, mas foi interrompida por uma batida violenta de porta.

Kamilla, aquela que tinha se recusado a entrar para trabalhar até que levassem o cachorro embora, estava marcando presença. Parou em frente à porta da Sala Verde e olhou com frieza para Anna.

– Ele me empurrou, Anna – disse.

– O Frank?

– Já chamei a polícia.

– Ah, não, Kamilla!... Você exagerou.

– Anna, você é a responsável pela prevenção de riscos. Só precisa telefonar e dizer a eles que não precisam vir; é decisão sua. Mas recomendo que deixe virem. Basta uma mordida para que um dos pequenos fique sem rosto, e isso já poderia ter acontecido. Cachorro solto não pode ficar nas imediações da creche. A segurança precisa ser garantida. Isso ficou claro?

Anna olhou para Eva, que olhou para o chão; sentia-se fora de lugar, como se um par de olhos condenadores tivesse se posto a fitá-la no meio de um conflito que se arrastava havia muito tempo.

– Mas, Kamilla, você não acha que deveríamos dar um pouco de tempo ao Frank para ver se ele entendeu? – perguntou Anna. – Quero dizer, para que polícia?... Vamos assustar os pequenos.

– Ele tentou me bater.

– Bater em você?

– Ou me empurrou. É, ele me empurrou. Me deu um encontrão no ombro.

– E você não tinha dito alguma coisa para ele?

– Desculpe-me, Anna – Kamilla deu um passo à frente –, mas o que você quer dizer com isso? O que eu poderia ter dito que justificasse a violência?

Anna pareceu vacilar um instante, mas se refez de imediato. Ouviram-se sirenes ao longe.

– Parece que a polícia vem vindo – disse Kamilla.

Anna ficou pensando. Depois olhou para Eva.

– Que tal se você ficar aqui enquanto vou falar com a polícia? – perguntou-lhe.

Houve constrangimento até que Eva enfim entendeu que Anna acabava de se dirigir a ela.

– Não se preocupe, o Kasper também vai estar aqui. Assim você o ajuda um pouco; que tal? E já aproveita para conhecer os pequenos.

A subdiretora olhou ao redor. Kasper continuava sem aparecer.

– Sim, claro – respondeu Eva.

– Eu mesma costumo dar uma mãozinha nesse tipo de situação.

Anna se viu interrompida por gritos de júbilo que vinham do corredor. A polícia acabava de chegar, e algumas crianças tinham se juntado na janela que dava para a rua.

– Logo mais vamos à cozinha – disse a subdiretora.

– *OK.*

– E sei que as nossas boas-vindas estão sendo um pouco duras. Pode me chamar se acontecer alguma coisa. Meu número está nesta agenda.

Aproximou-se de uma escrivaninha ao lado da porta. Eva a seguiu.

– É aqui que os pais devem registrar os pequenos, tanto na entrada quanto na saída, indicando a hora. Se quiserem, podem também deixar recados curtinhos. Por exemplo, se é a avó quem vem pegar hoje, ou se o filho pode ir para casa com o pai de algum dos outros pequenos. Piolho, impetigo, doenças diversas. Às vezes anotam se o filho foi dormir tarde na noite anterior, para que saibamos que pode estar um pouco mais ranheta que de costume. Esse tipo de coisa.

– Entendi – disse Eva.

– Também podem falar direto conosco, é claro, mas é uma instituição grande, e sabemos por experiência própria que pode ser difícil acompanhar tudo, principalmente de manhã. Se um mesmo professor recebe vinte recados de uma vez às sete e meia da manhã, é fácil cometer erros. Evitamos isso usando a agenda.

Anna olhou para Kamilla, que a observava, esperando.

– Bem, é melhor que eu vá indo – disse Anna, e saiu.

Eva tinha ficado sozinha com quinze crianças na sala. Até aquele momento, nenhuma tinha sequer olhado para ela. Talvez o melhor que podia fazer fosse ficar quieta, escondida até que aparecesse um professor de verdade. No corredor, perto da entrada principal, viu Anna discutir com Kamilla aos sussurros. "Eu gostaria de saber no que Kamilla pode ter flagrado Anna", pensou Eva. Alguma coisa havia; do contrário, Anna a teria posto no devido lugar. Naquele momento mesmo, enquanto Anna recebia os policiais na porta, Kamilla olhava de braços cruzados, e quase com desprezo, para a subdiretora. Anna olhou rapidamente para trás, para Eva, que correu a prestar atenção às crianças e às mesinhas de madeira pintadas de vermelho, com as cadeiras combinando. Na parede, um cartaz com recortes da família real dinamarquesa. "A RAINHA MARGARIDA II COMPLETARÁ 73 ANOS EM 16 DE ABRIL", tinham escrito com giz de cera. "VIVA!" Na mesa, havia lápis de cor pequenos e papel pardo.

– Você tem formação?

A voz vinha de baixo. Eva olhou para o chão. Uma menina lhe puxava as calças.

– Formação?

– É. Como você se chama?

– Eva.

– Quantos anos você tem?

Eva olhou para ela; não tinha vontade de falar de si mesma.

– Trinta e quatro – respondeu, meio reticente.

– O que vamos fazer agora? – quis saber outra das meninas.

– É, o que a gente poderia fazer? – disse Eva, pensando em voz alta.

Há quantos anos não passava um tempo a sós com crianças? Há quantos anos não dedicava mais de três minutos a uma pessoa daquele tamanho? Se bem lembrava, desde a própria infância. Era melhor que agora se recordasse de algo. Do que gostava naquela época?

– Que tal se a gente desenhar alguma coisa que impressionou vocês hoje? – propôs. Eva sempre gostara de desenhar até que aprendeu a escrever; então, a partir daí, passou a dedicar praticamente todo o tempo a ler e escrever.

– Não entendi – disse a menina, e olhou para o chão.

– Pois então – explicou-lhe Eva –, vocês têm que desenhar alguma coisa que viram hoje de manhã mesmo.

Talvez não soubesse falar direito com as crianças. Não tinha nem ideia de como fazer isso.

– A polícia! – gritou um dos meninos.

– Isso. Desenhe a polícia.

– O meu cachorro – disse a menina.

– Boa ideia – disse Eva.

– Você tem namorado? – perguntou a menina.

– Estão desenhando? – disse um rapaz de barba cerrada e camisa ligeiramente amarrotada. Ele entrou e apertou a mão de Eva. – Ótima ideia. Você deve ser a Eva. Eu sou o Kasper.

Eva sorriu. Sentiu certo alívio ao ver que já não estava sozinha com as crianças.

– Oi, Kasper.

– Estão desenhando Suas Majestades, é? Estamos trabalhando com um tema: o aniversário da rainha, que é semana que vem.

– Não, só alguma coisa que tenha acontecido hoje de manhã.

– Perfeito – disse o rapaz, e sorriu.

Eva olhou para ele. Por causa da barba, ficava difícil determinar a idade de Kasper.

– Vocês são namorados? – perguntou um dos pequenos.

– Não, já tenho namorado – disse Eva. – E, agora, vamos desenhar.

– Como se chama o seu namorado?

– Martin.

– Vocês moram juntos? – perguntou um menino.

Eva observou o grupo de garotos que tinha diante de si. Quase todos os outros já haviam começado a desenhar. Aquele menino tinha um olhar muito intenso; o rosto refletia certa insolência.

– Vocês moram juntos? – perguntou de novo.

– Não, mas... – Reparou que sua voz tremia ligeiramente, como se de repente houvesse uma espécie de eco em cada palavra que lhe escapava da boca. Não estava preparada para que as crianças fuçassem seu passado. Esperava justamente que o trato com elas fosse mais imediato, centrado no aqui e agora.

Kasper sorriu para ela.

– Já pode ir se acostumando, eles perguntam tudo. Tudo!

– Sério? – perguntou Eva.

– O seu namorado faz o quê? – insistiu o menino.

– Agora a gente está desenhando – disse Kasper.

– Vocês transam?

Era o mesmo garoto. Os outros meninos riram, as meninas baixaram os olhos e esconderam o sorriso.

Eva olhou para Kasper, que levantou um dedo e a voz:

– Adam! Não quero ouvir mais nenhuma palavra sua. Estamos entendidos?

Eva sentou ao lado de uma das meninas.

– O que você está desenhando? Parece interessante.

Eva se deu conta do quanto suas palavras soavam forçadas.

– É a minha mãe. Você tá vendo como ela tá brava?

Eva contemplou o desenho de uma mulher que parecia um *emoticon* usado para o mau humor.

– É, talvez.

– Com o meu pai, hoje de manhã – acrescentou.

Eva não soube o que dizer.

Kasper sentou ao lado de Eva e sussurrou:

– Eles perguntam tudo. E contam tudo.

Eva olhou para ele. Kasper tinha um hálito agradável, de café misturado com bala de alcaçuz. Eva viu um menino que estava sentado sozinho num canto. Aproximou-se dele, afastando-se de Adam, o que fazia perguntas demais, e da menina que contava coisas demais.

– O que você está desenhando?

– Nada – disse o menino, e cobriu o desenho com as mãos. Era um garoto muito fofo, moreno. Tinha uns cinco anos; o olhar, porém, o fazia parecer mais velho.

– Tudo bem. – Eva se levantou. – Não tem problema.

O menino afastou as mãos para que Eva pudesse ver o que ele tinha desenhado: duas pessoas; dois homens. Um cravava algo nas costas do outro; talvez uma faca. Ou estava apenas empurrando o outro? Aquilo era uma mão? Grandes gotas de sangue saltavam pelos ares. Uma poça de sangue preenchia a parte inferior do desenho.

– O que é? – perguntou Eva.

– Nada.

– É um homem sendo mau com outro? – Inclinou-se para a frente para ver melhor. A vítima era ruiva. Atrás do assassino, o menino tinha desenhado um rosto, talvez. Ou um animal.

O garoto também olhava para o desenho com muito interesse.

– É muito violento – disse Eva. – Por que desenhou isso?

Ele não abriu a boca. Tinha os olhos fixos na mesa à frente.

– Foi uma coisa que você viu na TV? Vocês tinham que desenhar algo que tivessem visto hoje de manhã.

O menino olhou para ela e assentiu com a cabeça.

– E você viu isso?

De novo, um ligeiro gesto afirmativo com a cabeça.

– Na TV?

O menino fez que não.

– Num gibi ou coisa parecida?

Um som escapou, de leve, dos lábios do menino:

– Não.

O celular vibrou no bolso de Eva apenas meio segundo antes de a impetuosa campainha de sinal da creche começar a reverberar na sala toda. "Papai", apareceu na tela. Eva cortou a chamada, recolocou o aparelho no bolso e voltou a sentar com o garoto, que tinha lágrimas nos olhos. Ele ficara chorando aquele tempo todo? Eva não tinha certeza.

– É alguma coisa que você viu num filme?

Na mesma hora, o choro do menino ficou ruidoso.

– O que você tem?

– Aqui dentro, procuramos ficar com o celular desligado – disse Kasper, que então deu de ombros, como se pedindo desculpas. – Acho melhor já ir dizendo: a Anna e o Torben não...

– Claro, claro. Desculpe-me.

Nisso, o menino se levantou e saiu correndo da sala. Levava na mão o desenho. No caminho, deu um pontapé numa cadeira que lhe atrapalhava a passagem.

– Malte! – gritou Kasper. – O que você tem?

A porta da sala se fechou com estrondo.

Dyrehaven (Parque dos Cervos), Grande Copenhague – 8h53

O velho teria visto o corpo? Será que tinha ouvido o disparo, visto os pombos silvestres levantarem voo e resolvido dar uma olhada para checar se havia acontecido alguma coisa? De todo modo, mesmo se não tivesse visto o corpo, mesmo se não tivesse visto Marcus, o velho tinha visto demais. A polícia não demoraria a aparecer. Tomariam o depoimento dos vizinhos: "Viram alguma coisa?" "Os senhores viram alguém na mata do parque agora de manhã?" Os policiais perguntariam isso e acabariam topando com o velho, que diria: "Vi, sim. Um homem. Ouvi um disparo quando saí para ver os pica-paus e as garças e admirar a aurora. Resolvi entrar um pouco mais na mata. Afinal, não estamos na temporada de caça aos cervos. Eu queria dizer ao caçador que parasse naquela mesma hora, que ele se arriscava a atirar numa das fêmeas que buscam comida para as crias. Só que não achei caçador nenhum. Mas vi outro homem. Ele estava de terno preto. Parecia algum segurança, desses que a gente vê na TV. Cabelo bem curto, boa forma física. Debaixo do paletó, um suéter preto de gola alta. E, bem, a verdade é que matutei o que ele andaria fazendo na mata do Dyrehaven tão cedo, ainda mais vestido daquele jeito. Acho que estava com um cachorro, ainda que eu não tenha visto nenhum..."

O velho diria aquilo, e aí a polícia teria a pista. Marcus se afastou da trilha na mata e se deslocou até um tronco caído e uma moita. Do alto do morrinho, ainda via o velho de longe. David, ofegante, estava logo atrás de Marcus.

– Acha que ele nos viu? – perguntou.

– Acho, sim – respondeu Marcus. – Pelo menos a mim.

– Que merda! Ele disse alguma coisa?

– Dei bom-dia.

– E ele?

– Deu bom-dia também. Depois chamei o cachorro.

– Cachorro?

– Sabe como é. Estou aqui, vestido como quem vai depois para o escritório. Fiz que tinha saído para levar o cachorro a passear no parque.

– E acha que ele acreditou?

– Não. Ainda mais quando acharem o corpo.

– Então... o quê?

– Nada de pânico. Vou atrás dele. Você volta.

– Você está pensando em fazer o quê?

– Vou pensar em alguma coisa.

David balançou negativamente a cabeça e disse:

– É só um velho.

– Exatamente. Por isso não tem muita importância. Já viveu a vida.

David tornou a suspirar. Marcus olhou para ele. David estava afastado do campo de batalha havia tempo demais. Cedo ou tarde, aquilo acontecia a todos os soldados. Se a gente fica tempo demais longe do campo de batalha, tem cada vez mais dificuldade para aceitar a ideia de violência. "Porque a violência é uma coisa que requer manutenção", pensou Marcus. Como tudo mais na vida – a forma física, o amor, a casa, as vias públicas. Era preciso cuidar de tudo. E a violência é uma condição fundamental do ser humano, isso é fato; todos os que tentam se convencer do contrário o fazem porque pretendem viver num mundo imaginário. Portanto, se a gente não cultiva a violência, cedo ou tarde ela vai perecer. É simples assim. Os espanhóis são os únicos europeus que sabem disso; é por essa razão que conservam as touradas.

– David!

Marcus o agarrou pelo braço, com delicadeza.

– O quê?

– Faça com que ninguém veja você, *OK*?

– Eu... – David não terminou a frase.

– Do que você queria falar?

– Não me sinto à vontade com isto tudo.

– É que a situação, neste momento, não é mesmo confortável. Há muitas incógnitas. O velho. Alguém mais pode nos ver quando sairmos da mata. São testemunhas demais. Era nisso que você estava pensando?

– Era.

– O que sugere? Que a gente se renda? – Olhou para David.

David sorriu de leve e voltou a balançar negativamente a cabeça. Ambos sabiam que Marcus estava seguindo o manual à risca: quando o amigo ou os subordinados são tomados pelo pânico, deve-se procurar fazer que olhem para a frente, que pensem no que vai ocorrer de imediato e, depois, no que vai vir na sequência. É preciso conseguir que enfrentem a situação, por mais desesperadora que pareça.

– Não ouvi, soldado – sussurrou Marcus, embora David não tivesse dito nada.

– Não. Não devemos nos render.

– Muito bem. Você volta. Tente fazer que não o vejam. Livre-se do paletó. Corra bem junto da mata, mantenha-se afastado de todo mundo. Você tem dinheiro?

– Tenho.

– Quando sair da mata, tente pegar um táxi. Sente atrás do motorista, esconda o rosto, mas sem dar muito na vista. *OK*?

– *OK*.

– E agora, vá.

David se afastou correndo, quase sem fazer ruído, com o corpo ligeiramente inclinado para a frente. "De novo como um soldado", pensou Marcus. Com certeza, David conseguiria que não o vissem. Marcus é que fora visto, que fora surpreendido por um velho. Olhou para a trilha. O velho já estava muito longe. Será que estava catando cogumelos? Em todo caso, o velho não desconfiava de nada. Havia visto Marcus, sim, mas não tinha como saber de nada do que acontecera na mata do parque aquela manhã. Só que logo se inteiraria: o velho, como todo mundo mais, ficaria sabendo do corpo quando o encontrassem. E aí falaria, e isso poria Marcus a perder. Por isso, o velho era um inimigo não muito diferente de todos os inimigos numa guerra. Afinal, a gente não tinha nada de pessoal contra o indivíduo que por acaso estava perto do depósito de munição que era preciso bombardear; mas, se não se lançam bombas, perde-se a guerra, e a vida, e tudo mais pelo que se luta.

Marcus correu atrás dele. O velho tinha saído da trilha e se dirigia para os chalés brancos do distrito de Klampenborg. Agora Marcus o via melhor. A luz do sol o pegava em cheio. Era calvo; apenas uma fina capa de cabelo grisalho cobria em semicírculo a parte inferior do cocuruto. Marcus esperou um pouco. Era importante que o velho não tornasse a vê-lo. Da próxima vez que o fizesse, seria no instante imediatamente anterior à morte. Uma pena. Marcus estava convencido de que o velho era um dos "seus". Sabia pelos sapatos, pelo jeito de andar, pela aliança de ouro, pelo velho Mercedes na garagem da casa onde estava entrando naquele momento. Sim, era até possível que fosse advogado, alguém que bem sabe o preço que temos de pagar pela sociedade em que vivemos.

Marcus se deteve a certa distância, de maneira que não o vissem das janelas do chalé. Haveria mais alguém em casa? Isso não facilitaria as coisas, é claro. Por um instante, considerou a possibilidade de falar com ele, explicar a gravidade da situação, o que tinha acontecido na floresta aquela manhã e por quê. Explicar que o que estava em jogo era, essencialmente, o modo como nós, os dinamarqueses, havíamos nos organizado. Não se tratava de dinheiro nem de ganância; tratava-se da monarquia, da substância mesma do país. Talvez desse certo; talvez não. Em todo caso, o que estava em jogo era importante demais para que se corresse tal risco.

Marcus esperou até ter certeza de que ninguém podia vê-lo. Então, esgueirou-se pelo lado do Mercedes escuro e seguiu colado às paredes da casa. Chegou a ver dois nomes na caixa de correio, que dava para a rua: "ELLEN BLIKFELDT E HANS PETER ROSENKJÆR". Havia uma esposa. Isso não era bom. "Mas não há pressa, Marcus", disse a si mesmo, para se tranquilizar. "Desde que ninguém tenha encontrado o corpo na mata, Hans Peter Rosenkjær não terá motivo para ficar matutando, e muito menos para comentar com alguém que, hoje de manhã mesmo, tinha visto na floresta um homem bem-vestido." Um homem que o tinha cumprimentado e sorrido para ele. Que lhe tinha dado bom-dia e depois chamado o cachorro.

Viu Hans Peter dentro da casa. O velho, de roupão e cachimbo, cruzou a sala e sumiu. Marcus o olhou por uma janela aberta: estava no chuveiro. Viu o vapor que se filtrava pela janela e subia para o céu, como se uma nuvem tivesse sido apanhada nos encanamentos e encontrasse enfim o caminho de casa. O velho cantarolava "Everybody Loves Somebody". O sol brilhava, o banheiro era um lugar perfeito. Hans Peter cairia ao sair do chuveiro, bateria a cabeça, sangraria até morrer. Antes, porém, Marcus precisava assegurar-se de que a mulher não estava em casa. Aproximou-se das portas que davam para a varanda. Deu uma olhada no interior: móveis já antigos dos designers dinamarqueses Børge Mogensen e Arne Jacobsen. Uma mesa de jantar comprida, sobre a qual se amontoavam livros. Não se via ninguém em parte alguma. Verificou a porta. Estava trancada. Marcus usou o lenço para limpar a maçaneta e eliminar as digitais; o assassinato deveria ser perfeito, definitivo, não como o da noite e o da manhã – uma coisa feita nas coxas, repentina, desesperada. Não, não. Precisava fazer direito, pela pátria.

Rodeou a casa até a porta de serviço. A hera subia pelas paredes do velho chalé de tijolinho. Marcus tentou a porta. Estava aberta, e por que não estaria? Ali, ao norte de Copenhague, reinavam a paz e a ordem. Fechou a porta atrás de si e ficou quieto na lavanderia, escutando. Hans Peter continuava no banho. Marcus ouvia o som da água que vinha do aquecedor. O lugar cheirava um pouquinho a fumo de cachimbo. Tirou com muito cuidado os sapatos. Por precaução, deu uma olhada no celular – totalmente desligado. Já havia se assegurado disso em Copenhague, antes de ter saído no carro com o cadáver.

Voltou a aguçar os ouvidos antes de entrar na sala. Nem sinal de Ellen Blikfeldt. Talvez estivesse no andar de cima. Tinha de se certificar antes de entrar no banheiro. Subiu a escada em quatro passadas silenciosas. Já estava no piso superior. Deu uma olhada no quarto. Pelas marcas no colchão, só haviam dormido de um lado da cama. Ellen Blikfeldt não estava em casa. Marcus e o velho estavam a sós; nunca haveria chance melhor.

Já descia a escada quando tocaram a campainha. Parou. Ouviu tocarem de novo.

– Já vou! – gritou Hans Peter.

Marcus tornou a subir os degraus, correndo. O quarto dava numa sacada. Olhou para baixo. Um pulo de poucos metros, não era nada, não via problema. Ouviu vozes que vinham da lavanderia. A chance tinha passado. Precisava sair de lá. Abriu a porta do quarto e prestou atenção. Continuavam conversando na lavanderia. Poderia pular para a varanda sem que o vissem. Passou as pernas pela beira da sacada, agarrou-se à velha grade de ferro fundido e se deixou cair. Nesse instante, pensou em livrar-se de tudo, das obrigações e da responsabilidade; da responsabilidade por tudo à sua volta. Talvez tenha sido o momento em que ficou solto no ar o que lhe deu aquela ideia estúpida e inesperada... De todo modo, já estava pronto a assumir sua responsabilidade quando voltou a ter os pés firmes nas duras lajotas da varanda. O velho precisava morrer. Não havia mais remédio.

Floresta de Hareskoven, Grande Copenhague – 18h30

Eva acabava de sair da estação de trem, e seguia para casa, quando o celular tocou. Era Pernille, a nova mulher do pai. Bem, não tão nova: o pai tinha casado com ela cinco anos depois que o câncer tirou a vida da mãe de Eva. Não atendeu. Sabia o que Pernille queria: ter notícias do primeiro dia de trabalho, o primeiro dia do resto da vida de Eva. Aquela noite seria a primeira em que Eva dormiria sozinha em casa. Vinha dormindo na casa de Pernille e do pai desde que tinha ficado só. Não gostava de ficar sozinha, e agora queriam ter certeza de que ela estava bem. E, de alguma maneira, sempre conseguiam recordá-la do passado, de tudo aquilo com que Eva não devia mais gastar tempo. Ela sabia perfeitamente que estava sendo injusta ao pensar desse modo. Pernille e o pai sempre tinham sido solidários, sempre tinham se disposto a dar uma mão. Só que também eram parte do passado que ela devia evitar. Eva tinha chegado a pensar que talvez conviesse ir para longe, fixar-se em Marrakech ou em algum vilarejo da América do Sul, para poder ser a dama misteriosa, aquela que não fala do passado. Poderia arranjar um amante jovem. Mas a que dedicaria o tempo na Argentina ou no Uruguai? A única coisa que sabia fazer era escrever, e, assim que sentasse diante do teclado, o passado começaria a pairar em sua cabeça. Afinal, era justamente essa a essência do ofício de escrever – os fatos passados.

Tinha escurecido, mas ainda deveria ser dia claro; para abril na Dinamarca, seis e meia da tarde era cedo. Eva ergueu os olhos à procura de algo que explicasse por que a primavera tinha se interrompido. Em resposta, foi atingida por uma solitária gota de chuva, pesada e lenta. Seguiram-se outras; agora, era só questão de tempo. Melhor apertar o passo. Por outro lado, não devia apressar-se demais em voltar para casa. Tinha dedicado parte da tarde a ir às compras no centro de Copenhague, mais para matar o tempo. Tinha experimentado roupas que não podia pagar, tinha tomado café sozinha na biblioteca. As noites eram o mais difícil de superar. Havia tentado os soníferos do pai, mas sabia muito bem que esse não era o caminho adequado; então, melhor vinho. *Wein macht müde*, não era o que diziam os alemães? O vinho dá sono. Tinha comprado uma garrafa num supermercado Netto e quando a colocou na esteira do caixa, junto com o *müsli*, o leite e as frutas, torceu para que a operadora não a olhasse com maus olhos. Como se a funcionária soubesse o que a gente sente estando sozinha! Era a primeira noite.

A chuva ficou mais forte, e Eva se apressou. Completou os últimos cem metros em plena corrida. As gotas de chuva lhe golpeavam o rosto. Abriu a porta e deixou a bolsa na entrada. O celular tocou. Tirou-o do bolso. Pernille, de novo.

– Oi, Pernille – disse Eva, tentando não parecer enfastiada demais.

– Como foi tudo? – perguntou Pernille, sem ter dito um oi, sem ter feito nenhum preâmbulo.

– Bem. Ainda que eu ache que vou precisar tomar uma tacinha de vinho para me recuperar. Você pode esperar um segundo?

– Mas claro. Estamos muito ansiosos para saber como foram as coisas.

– Estou colocando no viva-voz. – Deixou o telefone na mesa e a bolsa na bancada da cozinha. – Você consegue me ouvir?

– Conseguimos, sim, querida – disse Pernille.

– Só mais um segundo.

Tirou a garrafa. No fundo da bolsa, havia uma folha de papel. Tirou-a com cuidado. Era o desenho do menino. Como se chamava? Malte. O desenho de um homem que feria outro, que empurrava ou espetava com alguma coisa as costas de um ruivo.

– Que estranho! – disse Eva em voz alta, e deixou o desenho na mesa enquanto procurava o saca-rolha.

– Você disse alguma coisa?

Eva ouviu a voz de Pernille no viva-voz.

– É um desenho que um dos meninos fez. Acabou ficando na minha bolsa.

– Que fofo!

– Hã? É, talvez. Mas como foi parar na bolsa?

Eva ouvia o pai ao fundo.

– Como foi tudo? – ela o escutou sussurrar para Pernille.

– Bem. Um dos meninos deu um desenho de presente para ela.

Eva revirou as gavetas meio vazias em busca do único utensílio de cozinha de que não podia prescindir. Lá estava ele, com as facas, ainda com a rolha da noite em que tinha largado a casa, tanto tempo antes. Tirou a rolha com quatro giros muito profissionais do pulso, ou assim lhe pareceu, e pôs de lado o saca-rolha, que caiu no chão com ruído desproporcionalmente forte para algo tão pequeno.

– O que aconteceu? – perguntou Pernille.

– Pernille?

– Sim?

– Se amanhã à noite eu não achar o saca-rolha, lembre-me de que ele caiu no chão e escapuliu para debaixo do fogão.

– Pode deixar; não se preocupe.

Eva foi para a sala com o desenho, um copo, a garrafa e o celular preso entre a orelha e o ombro.

– Pronto. Estou sentada.

– Conte tudo!

– Eram todos muito fofos. Umas crianças muito fofas. Os adultos também – disse, e pensou em Kamilla, a que não queria entrar para trabalhar até que levassem o cachorro embora. – O papai está me ouvindo?

– Não. Agora está na cozinha.

– Pernille... – Não conseguiu continuar. Seus olhos se encheram de lágrimas.

– Está chorando, meu bem?

– Não conte para ele. – Tentou sufocar o barulho do choro.

– Não vou contar.

– Ele se preocupa tanto! É só que...

– Eu sei. É duro.

– Minha vida é uma merda – disse Eva, e enxugou as lágrimas com a manga ainda úmida de chuva.

– Não diga isso.

– Mas é. Quando sento aqui e olho a sala, cheia dessas placas de MDF, desses parafusos, desses outros trastes...

– Ele já está voltando – sussurrou Pernille, referindo-se ao pai da enteada.

– *OK*. – Eva se endireitou, como se ele pudesse vê-la pelo telefone. – Diga que tudo está às mil maravilhas e que hoje à noite vou sair com uma amiga.

– Eva...

– *Please*, Pernille.

Silêncio na linha. Ouviu o pai andar ao fundo. Pernille pigarreou e disse:

– Então está bem, parece fantástico. Tenha uma boa noite, querida.

– Obrigada, Pernille. Você é um amor.

– E lembre-se: o saca-rolha está debaixo do fogão.

Eva riu em meio ao próprio choro.

– Eu te adoro, querida. Seu pai também.

– Eu também adoro vocês.

Largou o celular de qualquer jeito no sofá. Fechou os olhos para não ver o piso, que precisaria raspar, as paredes descascadas, as coisas ainda por montar, os fios que pendiam do teto...

Abriu os olhos e olhou a chuva. "Chuva tropical", pensou. No jardim, debaixo do alpendre, estavam umas placas que o pai tinha comprado. Eva não se lembrava muito bem, mas parecia que era preciso isolar a casa por fora. Ela e o pai costumavam ir trabalhar na obra todo sábado que ele tinha livre. Depois Eva ia com o pai para a casa dele (onde Pernille já estava com o jantar pronto) e ficava para dormir. No domingo, voltavam para trabalhar o dia todo. "Logo acabaremos", costumava dizer o pai, para animá-la; mas Eva percebia que ele estava cansado. Eva vivia dizendo a ele e a Pernille que mais fácil seria deixar leiloarem a casa. Assim, ela poderia declarar-se insolvente, morar de aluguel e seguir adiante com o mínimo imprescindível. No entanto, toda vez que mencionava isso, o pai balançava negativamente a cabeça. Não queria nem ouvir falar daquilo. "Vamos acabar antes do Natal", ele dizia; mas fazia tudo sozinho, com ajuda apenas de Eva, e ia tremendamente devagar. Sempre faltava algo que Eva precisava ir buscar na loja de material de construção: brocas, isolamento térmico de lã de pedra, ferramentas cujo nome nunca conseguia guardar. Em dado momento, tinha se posto a calcular o tempo que realmente levariam naquele ritmo, um fim de semana depois do outro, só ela e o pai com martelo e pregos. Eva contou todas as placas e parafusos que compraram e dividiu pela quantidade que o pai chegava a utilizar num sábado e domingo. O resultado foi cento e cinquenta e quatro. Cento e cinquenta e quatro fins de semana equivaliam a três anos. O pai seria então velhinho. Não comentou nada com ele sobre essas contas, mas chegou a dizer a Pernille que a situação era insustentável, que a maldita casa estava a ponto de estragar a vida deles.

Preferiu olhar o desenho a ver a planta da construção inacabada. Eram dois homens, não havia dúvida. Um assassinava o outro. Não era fácil adivinhar como. Com um empurrão? Uma faca? O que Kasper tinha dito mesmo sobre as crianças? "Contam tudo – e perguntam tudo." Na parte inferior do desenho, havia uma poça de sangue. Malte tinha tentado desenhar alguma coisa por trás dos dois homens. Um rosto? Uma espécie de animal? Um rosto. Estranhamente distorcido, tétrico. Perguntou a si mesma por que tinha trazido o desenho para casa. Não, essa não era a pergunta certa. A pergunta pertinente era por que não se lembrava de ter trazido. Alguém teria enfiado o desenho na bolsa? O menino, talvez? Mas por que o teria feito? Quem sabe um dos adultos? O que o menino queria contar-lhe? Claro, dificilmente um assassinato; mas talvez outra coisa. Que alguém havia machucado outra pessoa? Por isso Anna tinha reagido de maneira tão esquisita quando Eva lhe disse que era jornalista? Estaria acontecendo alguma coisa suspeita na instituição?

Tentou reconstituir o dia no Pomar das Macieiras depois que Malte fez o desenho: a polícia tinha ido embora, e Anna voltou a ter tempo para dedicar a Eva. Tinha lhe mostrado a instituição. Eva ainda estava com a bolsa do lado, às costas; disso tinha certeza. E Malte? Tinha ficado na sala de aula, talvez no parquinho, mas ninguém tinha tido acesso à bolsa de Eva. De mais a mais, Malte tinha levado o desenho quando se levantou da mesa e saiu correndo. Sim, ele tinha começado a chorar e saíra correndo da sala com o desenho na mão. Anna tinha voltado, e Eva, pegado o casaco e a bolsa para segui-la. Tinha olhado em torno, procurando o menino, e tentado prestar atenção ao que lhe dizia Anna, mas esta lhe falava de materiais sustentáveis, da política de reciclagem do Pomar, uma instituição com princípios claros. Depois Eva tinha estado na cozinha e, ali, pendurado o casaco e a bolsa. Seria o lugar onde trabalharia.

Interrompeu a rememoração do primeiro dia na creche, serviu-se de mais vinho e olhou para o desenho, o sangue, o ruivo em cujas costas fincavam alguma coisa e cuja cabeça sangrava. Estava mesmo inteiramente certa de não ter pegado o desenho? Por outro lado, por que o teria feito? Sim, é verdade, falava sozinha e falava com Martin, mas era justamente para não ficar louca. Estava muito consciente disso. E, sim, tinha visto Malte levantar da mesa e sair correndo com o desenho na mão. *OK*, muito bem. Mas, então, como diabos o desenho tinha acabado em sua bolsa?

Outro gole de vinho antes de retomar a revisão dos acontecimentos do dia. Tinha trabalhado algumas horas na cozinha. Sally, a cozinheira, era uma africana que estava havia doze anos na creche, sem ter faltado um dia sequer por motivo de doença. Aquela era sua cozinha – Eva não teve nenhum problema em reconhecer e respeitar isso. Sally tinha manchas escuras nos braços e no rosto. Se as mesmas manchas cobrissem o rosto de Eva, ela teria um aspecto assustador; mas, no rosto quase negro de Sally, formavam um desenho interessante; viravam algo que a tornava ainda mais bela.

De resto, Sally tinha um estilo muitíssimo elegante. Usava vestido de seda, com estampa vermelha, azul e violeta, tudo muito extravagante. Era preciso ser africana para poder usar uma coisa assim.

As crianças não entravam na cozinha; era terminantemente proibido. Lá havia facas, fornos, fogões acesos. Por isso Eva tinha tanta certeza de que ninguém havia se aproximado da bolsa durante as horas em que ficou batendo e assando bolos e familiarizando-se com os fornos e os utensílios. Diria até que chegou a passar alguns minutos sem pensar em Martin. Será que isso era bom?

"Voltemos à minha jornada de trabalho", pensou com seus botões. Precisava averiguar por que o desenho tinha acabado na bolsa. Sally e ela haviam servido o almoço – almôndegas com *curry* e pãezinhos quentes com cardamomo e outras especiarias. Eva comeu uma porção enorme. O sabor era fenomenal, exótico. Enquanto comia, pensava em Madagascar, em amplas praias de areia branca. "Este é o gosto de uma vida sem preocupações", pensou. Uma vida cheia de preocupações tinha gosto de aveia em flocos, alface-americana e vinho barato de supermercado popular.

Depois tinham tirado as mesas, e Sally lhe ensinou como funcionava a lava-louça. Logo já era uma da tarde, hora de ir para casa. Tinham colocado em bandejas o resto dos bolos, com figo, compota, patê e manteiga. Desse modo, os professores poderiam encarregar-se do lanche da tarde. Eva havia pegado o casaco e a bolsa. Até tinha tirado o celular para ligá-lo, e nesse momento não havia desenho nenhum lá. Disso tinha certeza.

Queria ter se despedido da subdiretora, Anna, mas ela não estava no escritório. Foi procurá-la na Sala Azul e na Sala Vermelha. Kamilla sorriu para Eva. "Amanhã, quero falar com você de um assunto", disse-lhe Kamilla, em voz baixa, ao passar por Eva. Não aguardou resposta. Como uma agente secreta, Kamilla tinha sussurrado e se apressado a seguir caminho, como se nada houvesse acontecido. Eva enfim achou Anna. Pela janela, viu que estava lá fora com as crianças. Aí, sim, Eva deixou o casaco pendurado no encosto da única cadeira para adultos na sala, aquela da escrivaninha, onde deixavam a agenda em que era preciso fazer o registro de manhã. A bolsa ficou no assento. Ainda havia algumas crianças na sala. Kasper cuidava da saída dela. Será que Malte estava entre essas crianças? Depois saiu para o parquinho. "Está quente hoje", pensou. Anna perguntou como tinha sido o primeiro dia e se Sally não era mesmo fantástica. Eva estava muito cansada, perto de apagar; talvez por isso, não conseguia lembrar direito o que tinha acontecido durante aquela parte do dia. "Vou dormir no trem", pensou enquanto Anna lhe dizia mais alguma coisa, algo sobre o dia seguinte. Eva disse que sim e que mal podia esperar até lá. Depois voltou à sala de aula para pegar a bolsa. Esta estava no chão? Estava, mas na hora não prestou maior atenção; simplesmente pegou a bolsa junto com o casaco e foi embora. Entretanto, rebobinando mentalmente o filme, do jeito que os jornalistas deviam sempre fazer, será que havia mais alguém na sala de aula? Não, disso tinha certeza. Todos tinham saído para brincar ao sol. Mas espere. Está falando com Anna no parquinho. A subdiretora faz algum elogio a Sally. Um pouco afastado, na estrutura com cabeça de dragão, está sentado Malte. Agora Eva lembra. Lembra que Malte olha para ela. É um olhar cúmplice, como se quisesse lhe dizer alguma coisa, chamá-la. Eva sorri, ou tenta, porque talvez esteja cansada demais; torna a olhar para Anna e responde a algumas perguntas.

Disseram-se "até logo" e "até amanhã". Eva se voltou. É, Malte tinha sumido. "Tinha sumido." Quando Eva havia retornado à sala de aula, ele saiu correndo pela porta. Ele estivera na sala apenas uns segundos, mas o bastante para dar tempo de pegar o desenho e colocá-lo na bolsa. "Eles contam tudo", Kasper tinha dito de manhã. E sussurrado: "Tudo!"

O que seria que Malte tanto queria contar a Eva?

Distrito de Klampenborg, Gentofte, Grande Copenhague – 21h05

Marcus não tinha achado onde se abrigar bem da chuva. As folhas das árvores ainda não tinham caído, e por isso resolveu se espremer contra a fachada; ao menos se protegeria um pouco. Pôs a cabeça na quina da casa, com cuidado, e olhou para a sala de Hans Peter Rosenkjær. Depois que anoiteceu, ficou mais fácil seguir a rotina do velho. Hans Peter tinha acendido as luzes nos cômodos da casa, e Marcus sabia que dava praticamente para ir até as janelas e olhar para dentro, sem se arriscar ser visto pelo velho. Hans Peter era viúvo. Agora Marcus sabia, depois de ter seguido de perto suas idas e vindas. Hans Peter tinha saído de casa ao meio-dia. Para sorte de Marcus, o velho tinha deixado o carro em casa e ido a pé para a mercearia; depois, também a pé, foi ao cemitério. Uma vez lá, ficou sentado num banco por quase duas horas, lendo o jornal e fumando cachimbo antes de, finalmente, voltar para casa. Marcus tinha visto a lápide – "ELLEN BLIKFELDT. 1923-1987". Hans Peter enviuvara fazia anos; estava pronto para se reunir à mulher.

Marcus estava preparado para esperar que o velho fosse deitar. Então entraria de fininho na casa, talvez pelo porão, cujas portas – ele tinha visto – estavam com as dobradiças bem soltas. Lá dentro, tiraria a roupa molhada. Subiria para a sala e continuaria escada acima. Acharia Hans Peter no quarto. Um travesseiro, nem macio nem duro, com que cobrir-lhe o rosto; não deixaria nem uma marca sequer; pareceria parada cardíaca. Naquele instante, o velho estava cuidando do jantar na cozinha. Provavelmente se passariam horas até resolver ir para a cama. Era tempo demais para ficar debaixo de chuva. Fazia frio, mas, tão logo houvesse superado aquele problema, os outros poderiam prescindir dele por alguns dias caso o físico sentisse as muitas horas passadas na chuva e no frio. Pensou em David. Será que tinha chegado em casa? Será que alguém tinha encontrado o corpo? Precisava ligar para David, mas não queria arriscar-se a usar o celular ali. A primeira coisa que a polícia faria seria investigar os celulares; hoje em dia, é possível rastrear a posição exata deles. Depois de morto Hans Peter, não deveria haver nada que pudesse levantar suspeita. Não deveria ficar nenhum sinal de que Marcus tivesse forçado a entrada, não deveriam poder rastrear nenhuma chamada feita dos arredores da casa. Se queria ligar para David, teria de fazê-lo longe dali.

Marcus deu outra olhada no interior da casa. O velho estava sentado em frente à TV, com o jantar. Era um bom momento. Saiu à rua, onde a chuva parecia cair com mais intensidade que no jardim, talvez porque as gotas batessem no asfalto com muita força. Depois de ter-se assegurado de que não havia ninguém, distanciou-se rua acima. Quando estava a quinhentos metros da casa, achou enfim seguro usar o celular. Fez a chamada.

– Alô?

Era a voz de David. Parecia ter estado dormindo.

– Chegou bem em casa? – perguntou Marcus.

– Ninguém me viu no parque.

Marcus olhou para trás, na direção da casa do velho.

– Alô? – disse David.

– Oi.

– Eu disse que ninguém me viu.

– Ótimo. Já acharam?

– Não disseram nada na TV.

– Já checou os canais da polícia?

– Já. Não acharam.

– E agora está chovendo. Isso é bom. Se havia pegadas, elas já desapareceram a esta altura.

– Onde você está?

– Perto da casa dele – respondeu Marcus.

Ouviu David dar um leve suspiro e dizer:

– É mesmo necessário...?

– Preciso de você aqui – disse Marcus, interrompendo-o.

– Agora?

– É, agora. Pegue o carro. Vá no sentido norte. Daqui a pouco, vou mandar um torpedo com o endereço.

David não respondeu.

– Está me ouvindo?

– Não sei. Você não pode pedir ao Trane?

– David...

– O de ontem foi uma coisa. Esse de agora já é outra bem diferente.

– Não, é exatamente a mesma coisa, David.

Marcus lançou um olhar para a casa. Um carro estava estacionado não muito longe. Um homem desceu e entrou num prédio com muita pressa, fugindo da chuva, sem olhar nem para um lado nem para o outro. De certo modo, o aguaceiro era um disfarce maravilhoso; não havia melhor camuflagem, ninguém gostava daquele temporal gelado de primavera.

– Você entendeu? – perguntou Marcus, e continuou: – O que vai acontecer quando derem com o corpo? Você acha mesmo que o velho não vai falar nada? Claro que vai; vai dizer que viu um homem. Vão divulgar a descrição. Vão investigar. Será que foi mesmo suicídio? É o que vão querer saber.

– Você disse que a polícia estava sob controle.

– É, desde que não seja pressionada pela mídia.

– E por que aconteceria isso?

– David, não vamos discutir isso agora. Vou mandar um torpedo com o endereço.

Silêncio. Só o ruído da chuva no asfalto.

– Não pretendo ir – disse David.

Marcus tinha enviado um torpedo a David só com o endereço. Nada mais, nenhuma ameaça do que poderia acontecer se desobedecesse. Não queria chamar Trane. Não adiantava nada envolver gente demais. Por mais que Trane fosse um exemplo de soldado perfeito, costumava ser muito chato. Diferentemente de David, enchia o saco.

Desligou o celular antes de voltar correndo à casa. Hans Peter Rosenkjær tinha saído da poltrona em frente à TV. Quanto tempo ele havia ficado fora? Por sorte, Hans Peter voltou com uma toalha de banho na mão. Ia tomar outro banho? Em vez de sentar na sala, o velho se aproximou da porta da varanda e a abriu. Marcus se afastou e se colou à fachada. Ouvia o velho, que, na varanda, murmurava ao mesmo tempo que acendia o cachimbo:

– Que belo pé-d'água... Não dá para pegar a bicicleta – resmungou.

Marcus olhou para a rua. Estava perto demais de Hans Peter. Esgueirou-se pela fachada, em direção à rua. No mesmo instante, ouviu as sirenes. Não estavam longe e se aproximavam. Se o velho olhasse para a rua, veria um homem de preto pegado à fachada do chalé.

Afastou-se da casa às pressas. Passaram duas radiopatrulhas e uma ambulância na direção da floresta, no fim da rua, por onde Marcus tinha chegado aquela manhã mesmo, seguindo o velho. *Tinham encontrado o corpo.* Pegou o caminho da rua para se distanciar um pouco da casa, na eventualidade de Hans Peter também dar uma espiada para acompanhar os acontecimentos. Observou como o pessoal da ambulância preparava a maca sem pressa nenhuma. O mau tempo era uma bênção para Marcus e David. Para a polícia, seria impossível recolher pegadas na cena do crime. As botas pisoteariam a terra e, num piscar de olhos, as folhas murchas no chão da floresta virariam lamaçal; todas as pegadas desapareceriam num barreiro de primavera. Restava apenas uma pista, uma ponta solta: Hans Peter Rosenkjær.

Os clarões azuis iluminaram fugazmente as gotas de chuva. Logo os vizinhos desafiariam o mau tempo e dariam as caras. As crianças viriam, assim como o furgão da TV2 News. Em menos de trinta minutos, a primeira reportagem apareceria nas telas. Marcus olhou para o chalé. Refletiu que a polícia não teria tempo de interrogar os vizinhos naquela noite, mas que, se Hans Peter assistisse à TV e falasse com algum vizinho ou filho por telefone... "É, eu vi. Vi também um homem esquisito, hoje de manhã mesmo, na mata." Alguma coisa assim; não precisaria de muito mais.

Voltou à casa. As primeiras crianças, com capa de chuva, tinham começado a chegar. Precisava agir de imediato. Pôs a cabeça depois da quina do chalé, com muita cautela, e deu uma olhada na sala. Hans Peter passeava pelo cômodo. Estava prestes a morrer. Marcus repassou as possibilidades. Continuava tendo que tirar a roupa e os sapatos; do contrário, deixaria pistas demais. E como procederia? Asfixiá-lo sem o travesseiro marcaria o pescoço. Quem sabe algum objeto contundente? Depois poderia arrastar o velho para o banheiro e bater a cabeça dele outra vez, agora contra o piso, deixando correr a água do chuveiro. Talvez fosse preferível que Hans Peter estivesse dormindo, mas já não havia tempo. Precisava agir o quanto antes. Olhou a sala uma última vez, enquanto se preparava mentalmente. Para seu horror, viu o velho no centro do cômodo, já de capa de chuva. Talvez Hans Peter estivesse prestes a sair ao encontro da polícia, só para ver o que estava acontecendo, com a mesma curiosidade que as crianças. E falaria; contaria o que tinha visto. Por isso, Marcus tinha de fazer naquela hora mesmo.

Os pensamentos lhe martelavam a cabeça. Como fazer? Deveria bater à porta, fazer-se passar por policial, pedir para entrar? Não, isso poderia degenerar rápido em briga, antes que tivesse tempo de abater o velho. Poderia quebrar alguma coisa na casa. Viu que a porta se fechava. Olhou para a outra ponta da fachada. O velho estava no jardim, com o guarda-chuva na mão. Trancou a porta e foi até o carro, na entrada de veículos. Abriu o carro, fechou o guarda-chuva e embarcou.

– Aonde você vai, velho? – sussurrou Marcus quando o carro saiu de ré. Por um instante, Hans Peter Rosenkjær ficou parado na rua, como se tivesse esquecido o que pretendia fazer. Depois meteu a primeira marcha e saiu em sentido contrário à ambulância e às radiopatrulhas. Marcus saiu atrás dele, ao mesmo tempo que repassava as diferentes possibilidades. O velho ia visitar alguém. A TV2 News ainda não tinha chegado. A notícia ainda não havia saído; Hans Peter continuava sem ter nenhum motivo para contar que, de manhã, tinha visto um homem de terno na floresta, um homem que tinha chamado o cachorro. No fim das contas, as coisas talvez não estivessem tão mal quanto Marcus temera. Podia esconder-se na casa e esperar até o velho voltar. Acabar com ele de noite, com o travesseiro, tal como tinha resolvido fazer de início. Ainda via o carro, mas também viu outra coisa – o furgão preto. David lhe fez sinal acendendo e apagando os faróis. Marcus correu até ele, e abriu a porta, num átimo.

– Siga aquele carro.

– O quê?

Marcus levantou a voz, coisa que quase nunca fazia:

– Vamos! Não podemos perdê-lo.

Floresta de Hareskoven, Grande Copenhague – 21h10

A primeira noite sozinha em casa. Já era hora. Mas já era mesmo? Por acaso alguma vez era hora de ficar sozinha?

Eva olhou pela janela. Era cedo demais para já ter ido dormir. Todo mundo continuava acordado. No entanto, lá estava ela, deitada. O vinho a tinha vencido tal como devia fazer; ele a tinha paralisado. Sentiu que a fadiga tinha se instalado em seu corpo; só os pensamentos resistiam a se acalmar. Fez duas coisas ao mesmo tempo: ligou a TV e pensou em Martin, por mais que se tivesse proibido isso. Talvez devesse retirar os últimos vestígios dele – o livro do criado-mudo, sua leitura favorita, a obra de Sun Tzu, um chinês da Antiguidade que tinha escrito sobre a guerra. Olhou para o livro, mas pensou no corpo de Martin. Durante os primeiros meses, depois que ele morreu, não pensou em sexo uma única vez; mas, com a primavera, chegou o desejo, de maneira que pensava em Martin ao se tocar. Começou a zapear, pulou uns programas de debates ao mesmo tempo que pensava em Martin por cima e por trás dela. Evocou seu cheiro, seu sabor. Tornou a mudar de canal, pulou uma ou duas séries policiais britânicas, sempre fantasiando com o amor que tinham compartilhado. Como a segunda vez que fizeram sexo; era sua fantasia preferida, mas era também um fragmento do passado em que não devia pensar.

– *Back to the future*... – murmurou, mas não adiantou nada.

Havia coisas demais para reprimir – o passado e a necessidade de sexo, tudo de uma vez só. No dia seguinte, falaria com a psicóloga. Contaria que precisava das fantasias, ainda que elas pertencessem ao passado. Continuou zapeando e acabou na TV2 News. Soltou o controle remoto para poder dispor das duas mãos. Não queria fantasiar com a primeira vez em que ficaram juntos, porque ambos estavam bêbados demais para que aquilo fosse digno de recordação. Entretanto, na manhã seguinte, quando acordaram no apartamento dele, quando notou a mão de Martin em seu ventre... Ele subiu com a mão, tocou seu seio com delicadeza. Com o polegar e o indicador, espremeu o mamilo alguns segundos. Depois o soltou e continuou a explorar o corpo de Eva. "Vire-se", ordenou. Ela se surpreendeu com o fato de Martin ter dito aquilo. Nada de "Bom dia", nem de "Obrigado por ontem". Mesmo assim, obedeceu. É, obedeceu. As mãos dele tinham explorado suas costas, cada centímetro delas, mais a nuca, e viajado por suas curvas, e feito cócegas sem que Eva se movesse. Depois as mãos de Martin encontraram seu traseiro, o arco das nádegas, deslizaram pelas coxas, voltaram a subir. "Abra as pernas", ele sussurrou. "*OK*", ela respondeu, e separou ligeiramente as pernas. "Mais", ele disse. Ela obedeceu.

Agora já não a tocava. Estava lá, deitada de bruços, com as pernas abertas para aquele desconhecido tão perito que Eva tinha visto pela primeira vez oito horas antes.

"Abra o mais que puder", sussurrou Martin.

Assim tinham sido suas preliminares fazia três anos, quando tudo ia bem. Depois Martin tinha deitado em cima dela, e o resto foi menos imaginativo, mais conforme o manual. No entanto, agora Eva nunca chegava tão longe nas fantasias. Satisfazia-se com a lembrança das mãos dele, as poucas palavras que Martin lhe tinha dito ao ouvido. Ainda estava de bruços, sozinha, com as notícias da TV2, que viviam vida própria, relegadas a segundo plano.

– *Back to the future* – disse Eva, que então abriu os olhos e olhou para a tela.

Era aquele o aspecto que tinha o futuro, pensou – ambulâncias e polícia numa floresta; um repórter de guarda-chuva no aguaceiro. Eva conhecia um pouco aquele homem. Quando fazia faculdade de jornalismo, ele estava um ano à frente. Agora estava na TV, com aparência muitíssimo estilosa. Havia tingido o cabelo, talvez até as sobrancelhas. Eva aumentou o volume:

– Ainda não sabemos quantos são. Alguns dizem que são dois; outras fontes afirmam que só um homem foi encontrado morto na floresta agora à noite.

Distrito de Klampenborg, Gentofte, Grande Copenhague – 21h20

David desligou o motor. Pela janela, viram Hans Peter Rosenkjær deixar o estacionamento e atravessar a rua.

– Aonde ele vai?

– Aos banhos públicos.

– Estão abertos a esta hora?

– Para os sócios, sim – respondeu Marcus. – O ano todo até meia-noite, se não me engano.

Os olhos deles seguiram o velho enquanto este abria o portão gradeado dos banhos, entrava e tornava a fechá-lo à chave. Os banhos, na orla marítima de Klampenborg, tinham sido construídos sobre estacas na água salgada. Quando não chovia, era possível ver as luzes da Suécia do outro lado do estreito.

– Ele é dos que vêm aos banhos no frio – disse David. – Talvez não seja mau lugar.

– Como assim?

– No que ele sair da sauna...

– Mas quem disse que ele vai à sauna?

– Eu sei que vai. Estive aqui uma vez, faz muitos anos. Primeiro entram na sauna e depois pulam na água. E vou estar lá, esperando.

– Não quero participar disso.

– A única coisa que você precisa fazer é me esperar aqui.

– E aí sou cúmplice.

Marcus olhou para ele. Será que David não tinha entendido nada?

– Nesta altura, você já é.

– Aquilo ontem à noite foi outra coisa, muito diferente.

– Diferente?

Marcus estava a ponto de explodir, mas se conteve. Precisava chegar a David por outros caminhos. Marcus notava no olhar do outro o desespero, o medo. Muitas vezes, tinha constatado o mesmo antes de sair em patrulha no Iraque. Como superior, era importante explicar a missão aos soldados. A ideia, a ideia subjacente, era a única coisa capaz de serenar o medo, de conseguir que voltassem a acreditar na missão. Limpou a garganta.

– Trata-se da Instituição. Você sabe disso, não sabe?

David não respondeu.

– A Instituição é o quê?

– Do que você está falando?

– Quem responde é você. A Instituição é o quê? E por que a temos?

– Em prol da ordem – replicou David. Só isso; não tinha vontade de dizer nada mais.

– Dê uma olhada nos banhos. Vamos, David; vamos falar deles. Agora e nunca mais, *OK*?

– *OK*.

– Dê uma olhada nos banhos públicos.

David olhou para a velha construção de madeira pintada de azul, a cor que o mar nunca tem na Dinamarca.

– Esses banhos também são uma instituição. Alguns dos usuários são sócios; outros não. Os banhos têm regulamento e estatutos; os sócios cuidam do lugar e, por isso, têm chave; e, tendo chave, assumem obrigações. Os banhos existem há muitos, muitos anos; e continuarão aqui por muito tempo ainda. Por quê?

– Já sei aonde você quer chegar.

– Qual é a alternativa? Que qualquer um possa entrar e sair. Mas aí quem cuidaria dos banhos? Quanto tempo levaria até que o lugar ficasse caindo aos pedaços?

– Você sempre foi bom com as palavras – disse David, e baixou os olhos.

– Nós cuidamos da Instituição, David. Estamos fazendo isso agora, fazíamos isso no Exército. Você e eu já estivemos em muitos países. A gente sabe por experiência própria que os países que funcionam são os que têm instituições que funcionam, não é assim?

– Talvez.

– Talvez não. Isso está acima de "talvez". É fato. Quanta gente morre em países onde as instituições não funcionam? E se não funciona o organismo que deve distribuir comida? Ou uma coisa tão simples como as ruas e estradas, a infraestrutura? É indispensável que as vias públicas estejam em bom estado, porque do contrário a comida não chega ao destino, os pacientes não são levados ao hospital a tempo... David, olhe para mim!

David olhou para Marcus.

– A Instituição é a estrutura da sociedade – continuou Marcus. – O que fizemos ontem à noite foi apagar um incêndio, um fogo que poderia ter carbonizado a estrutura. Quantas vidas você e eu salvamos? Você se lembra do Iraque, logo depois da guerra?

– O que tem o Iraque?

– Que missão nos deram?

– Defender o Parlamento.

– Exato. Defender a Instituição.

– Isso aqui é outra coisa – disse David, fazendo sinal para os banhos públicos.

– Em que sentido?

– O velho é inocente.

– Então deixe-me recordá-lo de algumas coisas. Como foi no Iraque? Ou no Afeganistão? Ferimos inocentes enquanto tentávamos defender as instituições deles...

– Não há comparação. Estávamos em guerra.

– Tudo é uma guerra. A raça humana sempre aceitou a perda de alguns inocentes para defender a maioria.

David bufou, balançando negativamente a cabeça, e disse:

– Falando sério, você acredita no que está dizendo?

Marcus olhou para David. Não respondeu até que o outro se virou para ele.

– Acredito, sim. E acredito porque testemunhei em primeira mão. Vi o que acontece quando as instituições desmoronam, quando elas desaparecem. Você também viu. – Abriu a porta e tomou fôlego. – Agora vou sair do carro, David. Se você ainda estiver aqui quando eu voltar, vai ser porque está comigo. Do contrário, você já vai estar fora. *OK*?

Não esperou o amigo responder.

Assim que terminou de atravessar a rua, olhou para trás. O furgão continuava estacionado. Marcus não tinha certeza se, cumprida a missão nos banhos, David continuaria lá. Tratou de se orientar. Não havia ninguém na passarela de madeira dos banhos, nem ninguém atrás dele.

Apoiou um dos pés no puxador do portão gradeado, escalou-o e pulou para a passarela. A porta do vestiário se abriu, e saíram duas mulheres. Marcus começou a assobiar, dirigindo-se ao vestiário masculino, e seguiu em frente. A mais velha das mulheres, debaixo do guarda-chuva, cumprimentou-o com um simples movimento de cabeça. Marcus entrou no vestiário. Havia alguém lá dentro.

– Boa noite – disse em voz alta ao outro. Não era Hans Peter Rosenkjær.

– Tempinho do cão!

– É mesmo – disse Marcus, indo para o fundo do vestiário.

O homem já estava acabando. Estava às turras com os botões da camisa. Não tinha secado bem as costas, e o tecido se colava à pele. Marcus olhou ao redor. Lá estava a caixa dos achados e perdidos. Achou uma toalha listrada com as cores dos Estados Unidos. Despiu-se, pendurou a roupa no gancho e se enrolou na toalha.

– Aproveite bem! – disse o homem.

– Obrigado. Boa noite – disse Marcus, e saiu.

Ficou parado um instante, para se adaptar à escuridão. A sauna estava a alguns passos dali. No caminho, Marcus quase escorregou no chão molhado. Por um momento, sentiu-se frágil, coisa infrequente que não lhe desagradou de todo. Ficou ali em pé, descalço nas tábuas da passarela, debaixo da chuva, até que a sensação foi embora. Deu uma olhada pela janelinha e pôde ver que a sauna estava até bem cheia. Tinha duas opções: ou entrava para vigiar o velho, ou o esperava do lado de fora, no escuro. Não, era perigoso demais. Levantaria suspeitas se o vissem ali fora, escondido atrás da parede. O melhor seria mimetizar-se com o entorno, de modo natural, pensou. Além disso, estava com frio.

Todos o olharam rapidamente quando abriu a porta da sauna. Eram cinco mulheres e três homens, com peitos velhos e pesados e barrigas grandes e pendentes. As mulheres sorriram para ele, e o olhar de Marcus cruzou com o de Hans Peter, que estava sentado no banco superior. O velho não o reconheceu. E por que o faria? Hans Peter o tinha visto de longe pela manhã, quando Marcus estava de terno. Marcus se instalou no assento que estava livre, ao lado das duas mulheres que ele tinha visto ao entrar nos banhos. Olhou para o termômetro: noventa graus. Ao lado do termômetro, havia uma ampulheta, onde a areia caía pelo gargalo num fio fino. Teria sido Hans Peter quem deu a volta na ampulheta ao entrar? Logo acabaria o tempo, e o velho sairia para pular na água. A porta se abriu. Entrou uma mulher, que cobriu os seios, num gesto protetor, até sentar.

– Que zoeira! – disse ela.

Os outros olharam para a recém-chegada.

– Vocês não viram as ambulâncias e a polícia em frente ao Dyrehaven, logo ali em cima? – perguntou ela.

A mulher sentada ao lado pigarreou e disse:

– No Bakken?

– No parque de diversões? Não, deram com alguém morto lá na mata do parque.

Marcus, cautelosamente, olhou por cima do ombro para Hans Peter. A conversa chamou a atenção do velho, e Marcus intuiu o que ele estava pensando – na floresta, no sujeito de terno que tinha visto de manhã.

– O que aconteceu? – perguntou Hans Peter.

– Não sei direito. Só vi de passagem na TV, antes de sair de casa. Acharam um homem morto na mata, assassinado. Dizem que estava ali fazia tempo.

Marcus lançou outro olhar furtivo ao velho. Era necessário que este não falasse. Que não dissesse que tinha visto um homem na mata de manhã. Isso não convinha a Marcus. Ainda mais se depois encontrassem o velho afogado, porque aí a polícia interrogaria as pessoas que tinham estado na sauna e aquela mulher diria: "Estávamos falando do morto que acharam na floresta, e Hans Peter comentou que tinha visto um homem, talvez o assassino".

– Em que lugar do parque acharam o corpo? – perguntou o velho.

– Pelo que entendi, no setor Ulvedalene – disse a mulher.

– No Ulvedalene? Eu estive lá de manhã – disse Hans Peter.

Marcus pigarreou. Hans Peter já se dispunha a abrir a boca de novo.

– Ouvi dizer que o homem estava a cavalo – adiantou-se Marcus.

– A cavalo?

As outras mulheres olharam para Marcus, que estava sentado de costas para Hans Peter.

– É. Caiu e, pelo jeito, quebrou o pescoço.

– Ai, meu Deus!

– Quem disse isso?

– Encontrei um vizinho no caminho para cá. Pelo visto, tinha acabado de falar com alguém de lá.

– Coitado!

Marcus olhou para a ampulheta. Naquela altura, quase toda a areia havia escorrido. A única coisa que Marcus tinha que garantir era que o velho ficasse de boca fechada mais uns minutos.

– Não costuma haver muita gente a cavalo no Ulvedalene – disse Hans Peter.

Marcus não se voltou.

– Foi o que eu disse ao meu vizinho – Marcus se limitou a dizer. – Um cavalo saiu correndo da mata ali pelo meio-dia, sem cavaleiro, e foi quando começaram as buscas.

– E têm certeza de que o cavaleiro morreu mesmo? – perguntou uma das mulheres. Marcus não viu qual delas tinha sido, pois estava com o olhar fixo na ampulheta.

– Eu estive lá hoje de manhã – insistiu Hans Peter.

Marcus se levantou.

– Tudo bem se eu deitar um pouco de água?

Ninguém reclamou. Marcus verteu três conchas. O vapor se propagou pela sauna enquanto Marcus continuava falando, na tentativa de manter o velho calado:

– Na Finlândia, sempre deixam a sauna a cem graus – disse.

Um dos homens tomou a palavra:

– A cento e dez.

– Não, aí já é demais – disse a última mulher a ter chegado.

– Vamos ver até onde aguentamos? – perguntou Marcus, e esvaziou outras duas conchas. Deu uma rápida olhada no velho, que o olhava fixamente, de um jeito esquisito. Será que o tinha reconhecido? A areia se esgotou na ampulheta. Hans Peter se levantou.

– Com licença – disse, e saiu.

Pela janelinha, Marcus o seguiu com o olhar durante alguns segundos. Viu que o velho pendurava a toalha ao lado da escada de madeira que levava à água. Tinha chegado a hora.

– Está quente demais – disse Marcus.

Ouviu rirem quando fechou a porta atrás de si. Hans Peter já tinha quase entrado na água. Marcus se aproximou da escada e deixou a toalha ao lado da do velho. Este se lançou na água. Uma olhada rápida para a sauna. Continuavam todos sentados. Marcus mergulhou. A água estava gelada. Logo adiante, Hans Peter voltava à escada depois de ter dado duas valentes braçadas.

– Posso passar? – perguntou Hans Peter.

Marcus não respondeu. Limitou-se a vedar a passagem do outro, preparando-se para o que teria de acontecer.

– Nós já nos vimos antes em algum outro lugar? – Hans Peter teve tempo de perguntar, antes de Marcus lhe agarrar a cabeça e empurrá-la para debaixo da água.

O velho agitou os braços desesperadamente, debateu-se, arranhou Marcus, tentou até mordê-lo. Marcus ouviu risadas que vinham do interior da sauna.

Pouco a pouco, o velho foi perdendo as forças. Marcus percebia como o vigor e a vontade de Hans Peter se esgotavam. A porta da sauna se abriu. Hans Peter ainda estava vivo, mas agora mal se debatia.

– Vamos para a água?

Eram vozes que, tendo partido da sauna, se aproximavam. Estavam a caminho. Sem soltar a cabeça do velho, arrastou-o por baixo da estrutura de madeira da piscina aberta, de água salgada, perto das estacas sobre as quais toda a construção se assentava. Hans Peter já não resistia de modo algum; estava morto. Com muito cuidado, sem fazer ruído demais, Marcus foi se deslocando de estaca em estaca, segurando o velho pelo pescoço. Ouviu as mulheres pularem na água. Ouviu seus gritinhos. Também as viu à luz da sauna, ali de baixo, mas elas não tinham como avistá-lo. Encontrou uma corda amarrada entre duas estacas. Cingiu o cadáver com ela. Assim tinha acabado a vida de Hans Peter. Tinha pulado na água, sofrido cãibra ou parada cardíaca, se afogado, e a corrente arrastara o corpo até ali. Ninguém poria isso em dúvida nem por um instante. Nem sequer fariam autópsia. De repente, Marcus sentiu cãibra na perna. Agarrou-se a uma estaca e reprimiu a dor. Foi lentamente para a passarela, estaca a estaca, arrastando-se na água, até que chegou à escada. Aguçou os ouvidos por um momento. As vozes das mulheres estavam longe; possivelmente, já tinham voltado ao vestiário.

Saiu da água com muita cautela, como um animal, engatinhando, praticamente sem fazer ruído. Seus pensamentos não o deixavam em paz. Pensou no último olhar de Hans Peter Rosenkjær na água; pensou em sair da água tal qual, milhões de anos antes, tinha feito algum organismo primitivo; pensou na Instituição que havíamos criado e que a natureza não nos tinha dado, naquilo que fazia que nos elevássemos acima da natureza e não ficássemos caçando uns aos outros à beira-mar como predadores; pensou na Instituição que acabava de salvar.

9 de abril

Roskilde, Grande Copenhague – 7h55

Eva respirou fundo antes de entrar no Pomar das Macieiras.

– O segundo dia do resto da minha vida – disse em voz alta.

Agarrou a maçaneta e pensou adiante: à tarde, tinha consulta com a psicóloga. Aquilo lhe convinha e agradava muito; por alguma razão estranha, a consulta tinha se tornado o ponto de referência de Eva na semana. O cão não estava na entrada da creche. Por outro lado, Eva levava um desenho na bolsa, o desenho de um assassinato.

"As crianças contam tudo", tinha dito Kasper. Anna tinha urticária só de saber que havia uma jornalista na instituição. Uma coisa teria a ver com a outra? Ou Eva estava exagerando?

Na cozinha, Sally estava colocando o avental.

– Bom dia, Eva – disse a cozinheira, com um sorriso de evidente alegria por tornar a vê-la.

– Bom dia.

– Torben está no escritório dele. Pediu que você subisse para conversarem.

– Subir agora?

– É, acho que sim.

Eva pendurou o agasalho no pequeno roupeiro. Ponderou se levava o desenho, mas não conseguiu se decidir e pôs a bolsa no ombro. Assim, poderia resolver no caminho.

Enquanto ia para a escada, procurou Malte com o olhar. Kasper estava sentado na Sala Vermelha, mas Eva não viu criança nenhuma. Subiu a escada até o corredor da administração. A porta do escritório de Torben estava fechada. Ouviu discutirem aos gritos lá dentro.

– Parece que estão no meio de alguma coisa importante.

Virou-se. Kamilla estava sentada no escritório de Anna, e na cadeira de Anna, atrás da escrivaninha. Parecia muito à vontade.

– Então volto mais tarde – disse Eva.

– Já está acabando.

– Você poderia dizer a eles que estive aqui?

Kamilla inclinou a cabeça. Tinha o cabelo preso, quando no dia anterior estava solto, lembrou-se Eva. O coque na nuca lhe dava ar mais autoritário. Kamilla parecia menos sensual, mas, enfim, se queremos avançar na carreira, precisamos ocultar a sensualidade. Quando Eva olhava em retrospecto, uma coisa ficava clara: todas as suas colegas, consciente ou inconscientemente, haviam tido de escolher entre ir para a cama com os homens ou mandar neles. Não podiam fazer ambas as coisas ao mesmo tempo. Ou desfrutavam as mãos deles sobre o corpo, a luxúria incondicional dos homens, ou tinham o respeito deles. Kamilla ainda não tinha se decidido por nenhuma das duas opções.

– A Anna disse que você era jornalista.

Eva suspirou. Olhou para o chão e, pela porta fechada do diretor, pôde ouvir Anna, que dizia:

– É uma situação realmente complicada.

Kamilla perguntou a Eva:

– Vocês não têm uma espécie de código de confidencialidade ou coisa parecida?

– Você está falando do sigilo profissional do jornalista?

– Isso.

– Só vale se estou escrevendo alguma matéria.

– Mas você sabe guardar segredo, não sabe? – perguntou Kamilla. – Quer saber o que estão discutindo?

A porta se abriu. Anna saiu e se surpreendeu ao dar com Eva, que se apressou a dizer:

– A Sally me disse para subir e falar com o Torben.

– É a Eva?! – gritou Torben do escritório. – Nossa nova amiga da cozinha! Vamos lá, entre!

Eva entrou. Tanto Anna como Kamilla olharam para ela. Torben se levantou de imediato. Era quase duas cabeças mais alto que Eva.

– Ah, Eva!

– Isso. – Ela sorriu e lhe estendeu a mão.

Torben mostrou uma dentição que trazia escrita a palavra "fumante". Ele usava uma camisa *jeans* fora de moda, por cima da camiseta branca amarrotada e do pingente no pescoço, provavelmente o osso de algum animal exótico.

– Entre e sente-se – disse Torben, e fechou a porta atrás de si.

– Obrigada.

Eva sentou na única cadeira além daquela junto à escrivaninha. Era uma peça, já bem desconjuntada, de design de Arne Jacobsen. A lata de lixo berrava para que a esvaziassem. No chão, havia uma sacola esportiva, da qual parecia despontar uma raquete de badminton.

– Infelizmente, não pude estar aqui ontem para dar as boas-vindas. – Ele sorriu e coçou a cabeça. Varreu com o olhar a escrivaninha entulhada de xícaras de café, pastas, fichários, pilhas de documentos. Havia também uma garrafa de água mineral com gás pela metade. Ouvia-se o zunido suave do computador.

– A prefeitura – explicou Torben – me convocou para um curso sobre como devemos vigiar o consumo de bebida alcoólica nos lares. – Balançou negativamente a cabeça. – Querem que a gente cheire o hálito dos pais de manhã, que preste atenção em olho vermelho e nariz roxo. – Esboçou um sorriso sarcástico e se inclinou de leve para a frente. Folheou os papéis. Pelo jeito, achou o que procurava. Pegou um e leu por cima, com olhos meio fechados.

Não lhe faltavam atrativos, pensou Eva. Sem dúvida, algumas mulheres sucumbiriam à sua aparência juvenil, descontraída e pouco autoritária, de homem ainda capaz de aproveitar o festival de música pop de Roskilde. Eva pensou em pelo menos algumas amigas que o achariam interessante.

– Como foi tudo ontem? Pelo que entendi, houve uma espécie de batalha por causa do cachorro. – Torben desviou só por um instante o olhar do papel.

– Foi bem. Dei uma mãozinha numa das classes. Ficamos desenhando. – Eva hesitou. Deveria mostrar o desenho? De certo modo, era o momento adequado para fazer isso. – Esse Malte... – disse, e tentou entrar em contato visual com Torben.

– Ele aprontou com você ontem? O Malte às vezes briga com o William.

– Não. Pelo contrário, ficou muito calado. Parecia um pouco triste.

– Muitos não dormem tudo o que deveriam. Tinham anotado alguma coisa na agenda?

– Não sei – disse Eva, aborrecida consigo mesma por não ter verificado isso. – As coisas vão bem na família dele?

– Em muitos sentidos, o Malte é uma criança muito privilegiada, que vem de uma família especial. Também é bastante sensível e tem muita imaginação. – Torben finalmente deixou o papel de lado. – No mais, foi tudo bem na cozinha?

– Foi, sim. A Sally é muito boazinha e simpática.

– Ela é fantástica. Conheço um pouco da vida da Sally e só posso dizer que é uma pessoa excepcional.

Eva sorriu e assentiu, principalmente porque não sabia o que dizer. Baixou os olhos. Ali, no chão, estava sua bolsa, com o desenho. Seria prudente tirá-lo de lá? Agora, depois do que Torben acabava de dizer sobre a fantasia desenfreada do menino? "Não", disse uma voz na cabeça de Eva. Outra, porém, insistiu: "Mostre o desenho, sim. Agora". Eva limpou a garganta.

– Com certeza; há algo que eu gostaria de lhe mostrar. – Foi uma frase estranhamente desajeitada. A própria Eva se deu conta disso. Uma frase solene e rígida.

– Sim?

– É só um... – Vacilou. Talvez porque, de repente, leu o próprio nome na parte superior do papel que Torben acabava de olhar. Era dela que o documento tratava. De quem teria vindo? Da assistente social? Da psicóloga?

– Sim? – repetiu Torben.

"O que isso aí deve dizer de mim? Que sou uma doente mental, uma coitada? Será que fala do meu trauma infantil, do alívio que senti quando minha mãe morreu?", pensou Eva, incapaz de tirar os olhos do papel. Ah, tudo o que tinha contado à psicóloga!... Agora se arrependia. "No mínimo, deve constar aí que a assistência social me paga a psicóloga, que se eu não der certo como ajudante de cozinha vou entrar em queda livre até acabar no fundo do poço social." Bateram à porta, e Anna pôs a cabeça para dentro da sala.

– Tem dois minutinhos, Torben?

– Tenho; só um instante... – Olhou para Eva.

– Não, tudo bem. Pode esperar, não se preocupe. – Ela tentou sorrir.

Torben olhou para Anna. Às costas dela, no corredor, viu Kamilla com outra professora; uma que cuidava das turmas dos menorzinhos, se Eva bem se lembrava. Torben, visivelmente inquieto, olhou para a moça que surgia atrás de Kamilla.

– *OK*.

O diretor se levantou e levou consigo o papel – o papel com o nome de Eva. Ela se perguntou por que Torben não a deixava ver o que estava escrito. Quanta informação trocariam entre si na administração pública? De onde tiravam os dados sobre os funcionários todos?

– Nem um único dia de sossego, nunca – disse Anna, e sorriu para Eva como quem pede desculpas. Em seguida, cochichou: – Às vezes, é quase como se estivéssemos em guerra.

Riu e fechou a porta atrás de si.

Guerra.

Que termo mais esquisito. Teria sido por isso que Eva, sem querer, pensou na mãe de Martin? Só faltava mesmo que alguém pronunciasse a palavra "guerra"? A ideia lhe pareceu aterradora, e Eva percorreu com o olhar o escritório vazio.

Em muitos sentidos, Inge também era uma figura aterradora. Eva tinha pensado isso já na primeira vez em que ela e Martin foram a passeio para o mar do Norte, quando Eva ainda achava que nunca o perderia, que teriam pela frente uma vida longa juntos. Tinha sentido que Inge lhe fazia guerra com as palavras, com os olhares, com os sarcasmos, com as pequenas insinuações amargas que silvavam como balaços perto da cabeça de Eva. Era a primeira vez que visitava os pais de Martin. Eva seria "dada a conhecer", como definira Martin com um sorriso irônico. E ele a tinha prevenido: a mãe, por mais que estivesse só pele e osso, podia ser uma mulher dura. Na primeira vez que se cumprimentaram e que segurou a mão seca de Inge, Eva não conseguiu deixar de pensar no corpo descarnado do Homem de Grauballe.* Foram apenas alguns segundos. Um esqueleto de cuja boca saíam coisas mortas, frases que punham ponto-final em qualquer conversa, palavras que cortavam toda comunicação. No entanto, Martin a amava, como todos os filhos amam a mãe, de modo que Eva procurou não comentar. De mais a mais, Inge não parecia estar lá muito entusiasmada com Eva. Sempre dava a entender que ela não era boa o bastante para o filho. De fato, Inge plantara um monte de dúvidas sobre o trabalho de Eva e havia feito outras tantas críticas a ele.

– O Martin diz que você é jornalista – tinha-lhe dito Inge, entre outras coisas, sem dar nenhum tempo para que Eva respondesse direito.

– Sou redatora, do *Berlingske* – respondeu.

– Aqui na Jutlândia, lemos o *Jydske Vestkysten* – proclamou Inge, de um jeito que não deixava dúvida alguma de que a conversa estava encerrada.

Mesmo assim, Eva insistiu:

---

* Cadáver mumificado, muito bem preservado, que remonta aproximadamente ao século III a. C. e que foi encontrado num campo de turfa em Grauballe. Esse vilarejo, na península da Jutlândia, não fica muito longe de onde morariam os pais de Martin. (N. do T.)

– Nesse caso, você já deve ter lido coisas que escrevi. O *Jydske Vestkysten* pertence ao *Berlingske*. Muitos dos nossos artigos também saem no jornal de vocês.

Martin lançou para Eva um olhar de alerta.

– Só leio as notícias locais.

– Verdade?

– Por aqui, o resto do mundo não nos interessa. E o resto do mundo não se interessa por nós. – Mais uma vez, pareceu dar a conversa por encerrada.

– Pois digo uma coisa, Inge – retrucou Eva, tentando suavizar a situação com uma risadinha e um sorriso para desarmar. – Ano passado, publicamos uma série inteira de matérias sobre o mar do Norte. A pesca, a luta pelas cotas pesqueiras, a vida perto do mar e das tradições...

– Ninguém sabe nada do mar – disse a mãe de Martin, interrompendo Eva. A caminho da cozinha, acrescentou: – Se alguém quiser, fiz café.

Mais tarde, na praia, quando Martin e Eva saíram para passear, os dois discutiram. Eva lhe disse que ele era ingênuo porque não queria ver do que se tratava a conversa com a mãe. Não se referia a jornais, é claro. Quando Inge dizia que "por aqui, não nos interessa o resto do mundo", o que queria mesmo dizer era que "você não nos interessa minimamente" ou que "a mim, Inge, você não interessa, Eva". Martin riu e disse que Eva deveria ter prestado mais atenção à frase posterior, qual fosse, que "o resto do mundo não se interessa por nós".

– Do que você está falando? – perguntou Eva.

– Que minha mãe tem medo que você não tenha ido com a cara dela, que você a julgue, que não se interesse por ela.

– Não acredito.

– Mas eu *sei* – disse Martin, e acrescentou: – Amanhã, quando pegarmos o carro para ir embora, não vai levar nem dez minutos até ela me ligar para perguntar se você gostou dela. Dez minutos? Acho que até menos.

Talvez Martin tivesse razão naquele dia no mar do Norte; entretanto, por mais que Eva fingisse se interessar pelos pais dele, de uma coisa tinha certeza: para Inge, aquilo era uma luta por Martin; uma guerra para saber quem o amava mais e, ao fim e ao cabo, para saber a quem ele devia lealdade, se a Eva ou a Inge. Inge venceu a guerra; para Eva, isso ficou dolorosamente claro. A julgar por todos os parâmetros mensuráveis, Eva perdeu. Estava sozinha, desprotegida; era tudo o que sempre temera ser. Se porventura lhe ocorria pôr isso em dúvida, só precisava perguntar à psicóloga ou voltar para casa com seu vinho barato, na bagunçada residência em Hareskoven, sem internet e de péssima construção e acabamento.

– *Toc-toc!* – disse Anna, e pôs a cabeça pela porta. Eva levantou os olhos. – O Torben me pediu para lhe dizer que vocês resolvem a papelada mais tarde e que ele se desculpa pelo mau jeito.

Depois de uma hora e meia de trabalho na cozinha, Sally achou que Eva deveria descansar um pouco.

– Mas e você? – perguntou Eva.

– Você sai e curte um pouco de sol – respondeu Sally.

Eva lançou um olhar ao parquinho. Procurava Malte. "Onde é que ele está?", pensou. Eram crianças demais; não via o menino em lugar nenhum. Talvez ainda não tivesse descido para o parquinho, mas em algum lugar havia de estar.

O sol a ofuscou. Arrependeu-se de não ter colocado os óculos escuros e estava suando, mas não queria tirar o suéter de lã, porque achava muito justinho e provocante o *top* que usava por baixo. De repente, viu Malte. Estava sentado na gangorra, de lado, revolvendo a areia com os pés, inquieto. Traçava pequenos círculos, como se estivesse esperando que alguém se aproximasse para se balançar com ele. "É agora ou nunca", pensou Eva, e atravessou o parquinho.

– Você tem um minuto?

Eva se voltou. Kamilla estava atrás dela.

– Tenho até dois, mas é só – respondeu, olhando para Malte, que no mesmo instante olhou também para ela.

– É que eu gostaria de conversar com você.

– Agora? Não sei...

– Vai ser rápido. Vamos sentar ali no sol? – perguntou Kamilla, e fez algo muito surpreendente: pegou-a pela mão. O primeiro impulso de Eva foi afastá-la, mas não se atreveu a isso. Talvez fosse o que se costumava fazer em creches, tanto com os pequenos quanto com os adultos – segurarem-se pela mão, andarem assim. Kamilla a soltou quando sentaram no banco, pegado à parede sul. Inclinou-se para a frente e encarou Eva.

– O que vou contar agora é uma coisa que os outros professores da creche não sabem, só os do grupo dos menorzinhos.

– Kamilla, sou ajudante de cozinha, nada mais. Estou no programa de reinserção no mercado de trabalho.

– Você estudou jornalismo.

– Faz muitos anos.

– Você fala como se já tivesse setenta. Eu gostaria que você me desse uma opinião profissional sobre o que quero contar.

– Você está falando...?

– É, Eva – disse Kamilla, interrompendo-a. – Estou falando do sigilo.

Eva tomou fôlego. Malte continuava sentado lá, sozinho.

Kamilla mandou ver:

– Escute só. Na semana passada, o grupo dos menorzinhos foi em excursão à floresta. No caminho de volta para a creche, os professores perceberam que tinham esquecido um menino lá.

– Que horror! – exclamou Eva, com toda a sinceridade. Endireitou-se. No fim das contas, talvez valesse a pena ouvir a história de Kamilla. – Foi o Malte?

– O Malte?! Mas se ele está com os mais velhos! – Kamilla olhou para Eva como se esta fosse uma completa idiota. – Era um bebê das turmas de novinhos. De um ano e dez meses. Bem, o fato é que voltaram lá e o acharam. Tinha chorado, mas de resto estava bem.

– Quanto tempo ficou sozinho?

– Só uma hora e meia. Quando voltaram para a creche, resolveram... junto com Torben... – apressou-se a acrescentar.

– Não contar nada – disse Eva.

– Exatamente. Nem aos pais, nem ao resto do pessoal.

– Mas, então, como é que você sabe de tudo? Você esteve lá?

– Lá?

– Na floresta.

– Sou professora. Eu sei porque minha amiga me contou. Ela é que esteve. E, desde então, a coitada está de licença.

– O mais importante é que não aconteceu nada – disse Eva.

– Não. O mais importante é que não torne a acontecer – disse Kamilla, grandiloquente.

– Sim, claro. Mas você não acha que já aprenderam a lição?

– Ou seja, você acha certo não dizerem nada?

– Não sei. Se contassem, não há dúvida de que muitos pais achariam difícil deixar os filhos aqui. Seria o fim da instituição. Além disso, os pais do menino... Não sei o que dizer, Kamilla. Sim e não. Afinal, não sou perita nessas coisas.

– Mas de uma coisa você sabe: quando é preciso falar e quando é preciso não dizer nada.

Eva refletiu. Será que sabia mesmo?

– Uma rodovia passa rente à floresta, e uma lagoa funda fica a menos de quarenta metros de lá. É um milagre que não tenha acontecido nada.

– É o que parece.

– E o que vai acontecer se o menino começar a mostrar que ficou traumatizado? Se de repente ele começa a ter pesadelos, ataques de ansiedade?

Eva pensou no medo e nos traumas, no sangue do desenho e no bebê que tinham esquecido na mata. Não conseguia concatenar as coisas.

– Não seria melhor que os pais soubessem? – perguntou Kamilla.

– Sim, claro. Mas...

Eva não sabia o que dizer. Era preferível que conhecessem a terrível verdade? Ou, para lhes facilitar a vida, era melhor mentir um pouco? Uma sombra encobriu o sol. Eva ergueu os olhos. Era Anna. Torben também tinha saído ao sol. Ele tentava organizar uma partida de futebol com algumas crianças pouco entusiasmadas.

– Epa – disse a subdiretora. – Então vocês estão sentadas aqui, batendo papo.

– Pois é. Algum problema, Anna? – O tom de Kamilla era duro e desafiador.

Eva se levantou.

– Bem, eu já estava indo – disse, e deixou as duas mulheres para se aproximar de Malte, que continuava sozinho na gangorra.

– Oi, Malte! – disse-lhe Eva, sorrindo.

O menino não falou nada.

– Como vão as coisas?

Malte enfiou o indicador na areia e o arrastou devagar, fazendo um desenho sinuoso.

– Está desenhando o sol?

– Não.

– O que é, então?

– Nada.

– Nada? – Eva se inclinou para a areia. – Olá, nada. Como vai?

O menino esboçou um sorriso, para de imediato voltar a adotar uma atitude distante.

– Você gosta de desenhar?

– Um pouco.

– Você se lembra do desenho que fez ontem?

– Sim.

– Foi você que o colocou na minha bolsa?

Malte olhou para outro lado.

– Você se lembra?

Alguém riu ao longe.

– Lembra-se do desenho, Malte? Por que você o colocou na minha bolsa?

Nenhum contato visual. Eva olhou a mão bronzeada do menino, delicada, com uma pintinha num dos nós dos dedos. Colocou a própria mão sobre a dele e a deixou ali um instante, até que conseguiu que Malte virasse a cabeça em sua direção.

– Malte... – Eva aproximou seu rosto do menino. – O que está acontecendo? Você está com medo? Se quiser, podemos olhar o desenho juntos...

Ele se pôs de pé. Por um momento, Eva achou que Malte colocaria os braços em volta do pescoço dela e desataria a chorar, mas o menino se virou e olhou para uma mulher que, naquele instante, abria caminho entre a criançada para chegar a Torben. O rosto estava quase totalmente oculto por grandes óculos de sol pretos.

– É a minha mãe – disse Malte.

– Sua mãe? Tão cedo?

Malte correu para a mulher, que o pegou nos braços. O menino a abraçou com força, enquanto ela falava em voz baixa com Torben. A conversa era séria, disso Eva não teve dúvida. Torben, com a cabeça ligeiramente de lado, escutou a mulher, muito atento, até que ela e Torben se afastaram um pouco para poderem continuar falando sem ser incomodados. "O que será que estão dizendo?", pensou Eva consigo mesma, e se levantou. Aproximou-se devagar, na esperança de captar nem que fossem umas poucas palavras; mas o alvoroço generalizado abafava as vozes. Observou a mulher. Prendia o cabelo loiro numa trança apertada, que chegava até o meio das costas. A pele, delicada e branca, com um pouco de maquiagem nas maçãs do rosto, fez Eva pensar em porcelana. Onde a tinha visto antes? Na faculdade de jornalismo? Usava roupas caras, de grife. Eva não conseguiu determinar a marca da túnica de seda vermelha, mas estava claro que não era nada barata. Mais elegantes, porém, eram seus movimentos. Mesmo com o semblante alterado e evidentes mostras de ter chorado, havia uma arrogância sutil na maneira como levantou o menino do chão; no movimento com que pousou a mão no ombro de Torben e a deixou por um instante; e, sobretudo, na forma de andar quando, pouco depois, saiu da creche levando o filho pela mão.

Uma menina ruiva puxou Eva pela mão.

– Por que o Malte teve que ir pra casa?

– Não sei – respondeu Eva.

– Ele tá doente?

– Talvez.

Mie se aproximou de Eva. A curiosidade fazia seus olhos brilharem ao observar Torben, que estava conversando com Anna. Mie comentou:

– Você viu que a mãe do Malte andou chorando? O que será que está acontecendo?

– É o que eu gostaria de saber – disse Eva.

– Será que tem alguma coisa a ver com o Malte?

Eva deu de ombros enquanto observava Torben e Anna, que tinham se afastado um pouco.

– Deve ter acontecido alguma coisa – disse Mie. – Se não tivesse, eles não... Bem, vamos saber logo, logo.

Anna se aproximou das duas. Provavelmente queria falar só com Mie, mas Eva estava ali, e Anna também olhou para ela quando comunicou que haveria uma reunião de emergência no escritório de Torben, depois do almoço, e que se tratava de Malte.

Centro de Copenhague – 10h40

"Lobista", pensou Marcus. Uma palavra que felizmente dava sono na maioria das mulheres. O resultado é que pelo menos metade da população nem ligava para o tema. Por isso quase ninguém escrevia sobre *lobbies*. Que jornal se arriscaria a publicar assuntos que fariam as mulheres saírem da página? Grupos de pressão; decisões sussurradas em saguões de hotel; legislação que se tenta influenciar nos corredores do Parlamento; pressão que se exerce nas antessalas do poder. Assim se podia descrever o trabalho de Marcus. Assim o próprio Marcus descrevia esse trabalho.

Acabava de sentar num banco de rua. Não costumava fazer isso nunca; não se lembrava da última vez em que tinha sentado no centro da cidade, no miolinho urbano, em pleno horário de trabalho. Estava orgulhoso do *lobby* para o qual trabalhava; estava mais do orgulhoso. Embriagado? Preferia dizer "espiritualmente embriagado". Outros pertenciam a *lobbies* de verdadeiras merdas, como o fumo, as armas, o petróleo, as cotas de gás carbônico e os paraísos fiscais. Marcus defendia um produto sem o qual não conseguiríamos viver – a Instituição. Um sentimento que se teria definido melhor como amor à humanidade o percorreu quando esticou as pernas e olhou ao redor para contemplar a Instituição. As pessoas saíam do metrô; os ônibus iam pelas ruas; sinal vermelho, os carros paravam; luz verde no semáforo de pedestres, os cidadãos atravessavam; ninguém se queixava; os aviões sobrevoavam a cidade e nos levavam de um a outro lugar pacífico da Europa, lugares onde as coisas também funcionavam. Levavam igualmente a países onde as coisas não funcionavam.

Por exemplo, aos Estados Unidos, um país que tinha começado a se imolar, um país em que cerca de quarenta mil pessoas perdiam a vida todos os anos em tiroteios fortuitos e arbitrários, para nem falarmos do grande número de feridos que isso também causava. Os Estados Unidos estavam em guerra consigo mesmos, uma guerra civil sem tirar nem pôr... Por que estava agora pensando naquilo? Seria porque a consciência lhe pesava? Ou porque sabia que acabava de salvar a todos? Tinha salvado a Instituição, todos os que o rodeavam, a mãe e a menininha sentadas a seu lado no banco. Um pequeno passo em falso, e a segurança delas estaria em risco. As ruas voltariam a ficar inseguras como na Grécia e nos Estados Unidos, onde não havia como o cidadão comum saber com que depararia amanhã – sobreviveria a outro dia na escola? Teria comida? A mãe e a filhinha se levantaram. A mulher sorriu para Marcus.

Ele se levantou, atravessou a rua e, renovado, reparou no que o rodeava, como se a longa noite e todo o dia anterior lhe tivessem aberto os olhos e aguçado os demais sentidos. Tinha feito algo para defender a instituição; tinha derramado sangue para salvá-la. Sim, tinha dormido mal, era verdade; principalmente por causa do velho. Afinal, este era inocente, como David tinha dito; mas Marcus estava disposto a pagar de bom grado o preço. Desde que pudesse defender a perfeição, conseguia suportar o peso de ter tirado a vida de um inocente. Lançou pela última vez um olhar para trás e viu os jardineiros que podavam as árvores para que os galhos não pendessem sobre a rua, para que os ônibus e caminhões não batessem neles, não os quebrassem, não os fizessem cair na passagem de pedestres. *Perfeição*. Estética e funcionalidade. Será que alguém imaginava o que se fazia necessário para obtê-la?

Foi assim que Marcus deu por encerrados seus pensamentos íntimos naquela manhã, antes de chegar à entrada principal, numa rua ao lado da Kongens Nytorv.* Os dizeres de latão do porteiro eletrônico tinham acabado de ser lustrados. "SYSTEMS GROUP", um letreiro discreto com logotipo dourado – duas flechas entrecruzadas; nenhum arco, nenhuma rama, só as duas elegantes flechas com penas, a única munição estética, bela, que a humanidade tinha criado. Balas, bombas, projéteis, minas terrestres – quem quereria que aparecessem num logo? Já as flechas estavam carregadas de espiritualidade.

Apertou a campainha. A porta se abriu. Depois que entrou, ouviu a voz de David antes mesmo de tê-lo visto, porque ainda perguntava:

– Você viu?

---

* Em dinamarquês, Praça Nova do Rei, a maior e mais visitada de Copenhague. (N. do T.)

Marcus se voltou. David se aproximava.

– Você me escutou? – quis saber David.

– Escutei, sim.

– E viu as notícias?

– Andei dormindo – respondeu Marcus, incapaz de esconder a irritação. Os muitos sentimentos que percebia na voz de David eram todos fora de hora.

O outro insistiu com suas preocupações:

– Saiu nos jornais. Encontraram um homem morto na floresta.

– Quem está cuidando do caso?

– O que você quer dizer?

– Na polícia.

– Um tal de Jens Juncker. Um dos superintendentes-chefes da polícia de Copenhague.

– Tem certeza? O caso não é da polícia da Zelândia do Norte?*

– Não. Por quê?

Por que a polícia de Copenhague estaria envolvida? Normalmente, a da Zelândia do Norte já era mais do que capaz de lidar com um simples suicídio. O Departamento de Homicídios da Chefatura de Polícia só se dedicava a investigações quando...

– É para nos preocuparmos se a polícia da Zelândia do Norte não está cuidando do caso? – perguntou David.

– Verifique o que temos sobre esse Jens Juncker. Voltamos a conversar no meu escritório, depois da reunião.

– Também noticiaram o caso do velho.

O computador iniciou muito devagar, pois tinha que carregar o programa antivírus antes que algo tão simples como o Google aparecesse na tela. Marcus foi às notícias. Viu de imediato: "Morte em Klampenborg. Homem de 78 anos se afoga nos banhos públicos". Leu por alto o resto da matéria

---

* O território da Dinamarca é composto pela península da Jutlândia (Jylland) e por uma série de ilhas. A capital fica na maior dessas ilhas, a Zelândia (Sjælland), que se divide em cinco distritos policiais, entre eles o de Copenhague e o da Zelândia do Norte. É a este último que competem municípios como Roskilde e Gentofte, citados no texto, que se localizam no norte da Área Metropolitana de Copenhague (Grande Copenhague). (N. do T.)

– nada sobre homicídio. Alguém comentava que deveria haver vigilância permanente nos banhos. Um político local já estava botando banca à custa da morte de Hans Peter Rosenkjær.

Os leitores costumavam escrever seus comentários à matéria. "Coitado", tinha dito um idiota. Marcus se endireitou e digitou: "Acidente terrível que poderia ter sido evitado se o Estado e a prefeitura houvessem assumido a devida responsabilidade. A cada ano, morre gente demais na água".

Sorriu. Assim os políticos locais ficariam entretidos o resto da manhã, debatendo a morte do velho.

Três batidas na porta.

– Entrem.

David, Trane e Jensen entraram no escritório. Trane fechou a porta. Sentaram-se. Marcus olhou para eles. Doravante, seria ele o chefe. As primeiras palavras na nova posição precisavam mostrar-se acertadas. Olhou pela janela enquanto os outros se acomodavam ao redor da mesa.

– A partir de hoje, as coisas vão mudar.

Olhares curiosos.

– E, infelizmente, vão mudar por motivos um tanto desagradáveis – acrescentou Marcus. Resolveu continuar sem pausas. – Noite passada, Christian Brix se suicidou. Sei que é uma notícia triste.

Deu-lhes alguns segundos para que digerissem a informação. Tanto Trane como David eram ex-militares; nenhum dos dois tinha por que se angustiar com a morte; ela não lhes era tão estranha. Jensen tampouco parecia estar a ponto de desabar.

Trane foi o primeiro a abrir a boca.

– Se matou como?

– Com a espingarda de caça. Na floresta. Antes mandou um torpedo para a irmã. Vai dar no noticiário mais tarde.

– E fez isso por quê? – coube a Jensen perguntar.

– Divórcio. Depressão. Quem sabe? Seja como for, escolheu um modo horrível. Às vezes temos que seguir em frente. As coisas são do jeito que são; nem mais nem menos.

Fez uma pausa teatral bastante oportuna.

– Nós também precisamos seguir em frente. Os nossos sócios europeus decidiram que, por ora, eu vou assumir o comando desta birosca.

Marcus estudou os olhares dos três. Sobretudo o de Trane, pois sabia perfeitamente que ele não estava gostando nada e teria assumido com prazer a liderança.

– Vamos ter que lidar com a imprensa. É possível que surja algum interesse pela pessoa de Brix; quem ele era, para quem trabalhava, esse tipo de coisa. Isso vai conduzi-los até aqui. Vão querer saber o que é esse tal de Systems Group. Devemos nos ater ao que costumamos responder, tranquilamente, nesses casos: que somos um centro de estudos, um *think tank*. Uma empresa dedicada ao lobismo, como tantas outras. Temos escritórios em oito países. Trabalhamos em prol da paz e da segurança na Europa. Temos clientes cujos interesses representamos, tanto aqui como em...

– Os jornalistas vão perguntar quem nos paga – disse Trane, interrompendo Marcus.

– Quem é que contribui para o Partido Liberal? – perguntou Marcus retoricamente. – De onde vem o dinheiro do Abrigo de Gatos? – Levantou-se; até certo ponto, tinha incorporado muitos dos maneirismos e expressões de Brix. – É evidente que qualquer organização não governamental vai proteger seus investidores. Há muita gente interessada em influenciar as coisas no mundo, mas pouca gente quer a atenção da mídia. É por isso que existem organizações como a nossa.

Silêncio.

Trane pigarreou e disse:

– Eu não tinha notado nada de mais em Brix – disse.

Jensen, a julgar pela expressão no rosto, estava de acordo com Trane. Marcus retrucou:

– A gente é assim mesmo. O sofrimento fica só no íntimo. Não é verdade?

Um solitário gesto de aprovação de Jensen. Trane se mostrava um tanto mais obstinado. Marcus via que as perguntas se acumulavam na cabeça de Trane. Precisava encerrar a reunião o quanto antes.

– Trane?

– Sim?

– Você se encarrega da imprensa. Eu cuido dos aspectos oficiais...

Trane tornou a interrompê-lo:

– Agora de manhã, recebi uma solicitação. Não acho que tenha alguma coisa a ver.

– Solicitação de quem?

– De um jornalista alemão muito agressivo. Fazia perguntas sobre os nossos clientes. Está escrevendo uma matéria sobre os *lobbies* europeus.

– Ele escreve para quem?

– É o que estou tentando descobrir.

– Da última vez que alguém quis contar o número de lobistas em Bruxelas, chegou a quase dezesseis mil antes de desistir. E isso faz quinze anos. Eu diria que desde então o número dobrou.

– No mínimo – disse Trane.

– Então digamos que sejam trinta mil lobistas. Deve dar uns cinco mil grupos de interesse, mais ou menos o mesmo número em cada país do continente. Aqui na Europa, daria para povoar um país de tamanho médio só com essa gente toda. Então, por que o jornalista foi se interessar justamente por nós?

– Não sei.

– *OK*. Venha me informar logo que tiver algumas respostas. Mais alguma coisa?

Havia muito mais coisas, ele via naqueles olhares e corpos inquietos. Por que Brix tinha tirado a própria vida? Teria sido mesmo por causa do divórcio? O que tinha acontecido nos bastidores? O que Marcus sabia e eles não?

– Vamos nos reunir de novo no fim do dia – disse Marcus. As cadeiras se afastaram da mesa com um sincronismo quase militar.

– David, você pode ficar mais um pouquinho?

A porta se fechou. Estavam a sós.

– Não dá para você mudar essa cara? – perguntou Marcus. – Está parecendo muito preocupado. Não há como os outros não perceberem.

– Dois homicídios, na mesma região. Você não acha que a polícia...?

– Foi um suicídio e um afogamento – disse Marcus, interrompendo. – Todo dia, enterram umas cento e cinquenta pessoas na Dinamarca. Um terço disso, numa terça-feira como ontem, é na região metropolitana. O homem da foice anda bem ocupado, David. A polícia também. Como é que vão relacionar as duas mortes? Que tal se você deixar de ter medo durante alguns minutos e tentar pensar com clareza? Preciso de você. Preciso do verdadeiro David. O que você descobriu sobre esse Juncker?

David lhe entregou uma pasta: Juncker, ex-diretor do Departamento de Repressão às Fraudes, era pai de três filhos, todos empregados no setor público.

– A coisa se complica – disse Marcus.

– Em que você tinha pensado?

– Conheço o diretor-geral de polícia de Copenhague. O nome dele é Hartvig.

– E conhece bem?

– O bastante para tentar. Ele esteve no Iraque. Treinou policiais de lá. É um bom homem. Cruzei com ele algumas vezes.

– E por que esse Hartvig nos ajudaria?

– Porque representamos a família do morto. E porque a família está sofrendo e não quer uma autópsia demorada. Ela quer apenas que liberem o corpo o quanto antes, para que possam realizar o funeral e tocar a vida adiante. Só a imprensa é que vai tirar proveito da demora.

– E a irmã de Brix?

Marcus baixou os olhos. Pois é, o que acontecia com a irmã?

– É o nosso único fator de incerteza – disse David.

Marcus pensou: pela primeira vez em muito tempo, David tinha dito a coisa certa. Hans Peter Rosenkjær nunca falaria. A irmã do morto era o único elo fraco.

– Você está pensando em quê?

– Temos que vigiá-la pelos próximos dias – disse Marcus –, para garantir que não desabe, não dê com a língua nos dentes.

– E se ela não colaborar?

– Ela vai. Você vai precisar ver como está o ambiente, se a hostilidade da irmã por nós aumenta ou se ela aceita as coisas do jeito que estão. *OK*?

– *OK*.

– Ótimo. Agora vá.

David obedeceu. Estava indo para a porta quando Marcus o chamou.

– David?

David se voltou.

– Você esteve bem ontem. Tem sido uma honra servir ao seu lado, soldado.

O outro esboçou um sorriso, um sorriso que se diria de orelha a orelha, e fechou a porta atrás de si. Marcus ficou sentado um instante, com os olhos fechados. Talvez porque soubesse que não dormiria bem até que o morto fosse cremado. Não fariam nenhuma autópsia, pensou. Não, não. Até que Brix tivesse passado pelo crematório, a Instituição não voltaria a ficar segura. Mas depois não teriam por que temer que se repetisse a situação grega, o caos, a insegurança. Digitou "Hartvig" e "polícia" no Google. Apareceu uma foto. Parecia mais velho do que Marcus se recordava. Logo se aposentaria. Será que haveria alguma coisa ali? Os policiais não gostavam nada, nada de reconhecer que precisavam se aposentar. Deprimiam-se. O trabalho de proteger os cidadãos lhes dava um barato tal que, depois, tinham muita dificuldade em ficar na espreguiçadeira olhando a erva daninha crescer no jardim. Para eles, era preferível ter alguma coisa com que se ocupar, um pouco de trabalho extra do tipo que Marcus e o Systems Group podiam oferecer.

Creche O Pomar das Macieiras – 13h30

Eram catorze funcionários no pequeno escritório de Torben, e a maioria precisou ficar em pé. Eva continuava sem saber se a tinham convocado ou não, mas, já que ninguém tinha dito nada, ela se colocou no meio dos outros. Estabeleceu-se entre os presentes um silêncio estranho – solene e cheio de expectativa. Pelo visto, não era todo dia que se convocava uma reunião de emergência na sala do chefe. A temperatura ali era de pouco menos de vinte e cinco graus, e o sol de primavera se filtrava pelas cortinas finas. Anna tentou descontrair o ambiente e aliviar a situação com um sorriso, mas seus braços cruzados e mandíbulas tensas a faziam parecer tudo menos despreocupada. Como fiel escudeira, tinha se colocado bem ao lado de Torben. Kamilla havia sentado na outra cadeira do escritório, bem em frente a Torben.

– Você faria o favor de abrir a janela? – disse Torben, olhando para um dos professores mais velhos. – Senão, daqui a pouco a gente sufoca. – Limpou o suor da testa e tomou um gole de um copo de água.

– Não é melhor sairmos? – perguntou Mie.

Torben não lhe deu atenção e olhou, entristecido, para o grupo.

– A reunião não vai durar muito – ele disse, e levantou um pouco a voz. – Só me pareceu que eu devia convocar vocês para...

Foi interrompido pelo barulho da porta, que naquele instante era aberta pela professora do grupo dos menorzinhos, a mesma que Eva tinha visto conversar de manhã com Torben, Anna e Kamilla. A mulher esboçou um sorriso de desculpas e se pôs ao lado de Eva. Foi quando Eva pôde vê-la bem pela primeira vez. Tinha uns trinta e poucos anos, e os lábios finos e pálidos a faziam parecer ligeiramente mal-humorada.

– Já começaram? – cochichou.

Eva se limitou a dar de ombros, e notou como o perfume dessa professora se propagava lentamente pelo recinto e se misturava com o cheiro de suor. Gucci Guilty. Tinha reconhecido de imediato a fragrância. Sua antiga chefe no *Berlingske* a usava. Inclusive no dia em que demitiu Eva.

– Muito bem – disse Torben, agora em tom impaciente. – Vamos começar, então. Como todos vocês provavelmente já sabem, trata-se do Malte.

Eva quase sentiu fisicamente quando o nome do menino foi pronunciado em voz alta.

– Vocês com certeza viram que a mãe do Malte veio pegá-lo hoje de manhã. Ela fez isso porque aconteceu uma tragédia na família. Parece que o irmão dela se suicidou. – Fez uma pausa teatral de muito mau gosto, tomou fôlego e deu um suspiro sonoro e dramático, como se a menção de suicídio exigisse um momento de silêncio.

– Que horror! – Mie acabou exclamando.

– Pois é – disse Torben, e tocou repetidamente a borda do copo já vazio.

– Que idade tinha esse que se matou? – perguntou Gitte.

– Não sei. – Torben balançou negativamente a cabeça. Talvez lhe parecesse que, em vista da magnitude da tragédia, a idade não tinha importância.

– Mas sabem por que fez isso? – insistiu Gitte. – Tinha filhos?

Anna pigarreou e disse:

– Só sabemos o que o Torben acaba de contar, que o tio do Malte se suicidou e que a família está profundamente abalada. Por isso, pensamos... – Deteve-se, como se de repente visse que estava a ponto de dizer o que Torben deveria contar.

O diretor voltou a tomar a palavra.

– A prefeitura tem um protocolo que nós, como instituição, devemos seguir na hora de lidar com o falecimento de parentes próximos. Podem ficar sossegados; não pretendo ler o protocolo em voz alta, aqui e agora. Mas cabe salientar que vocês devem prestar atenção especial ao Malte durante um tempinho. Ele tem necessidades específicas. Se perceberem que...

– A Laura perdeu o pai ano passado – disse Kamilla, interrompendo Torben. – Laura, a da Sala Vermelha.

– Perdeu o padrasto – corrigiu-a Mie. – Ele era arquiteto.

– Mas tinham vivido debaixo do mesmo teto a vida toda – disse Kamilla. – Laura o via como pai.

– Justamente – disse Torben. – Essas coisas podem acontecer a todos nós. Doença, acidentes... Por isso nós, como instituição...

– Então não é preciso fazer nenhuma reunião como esta – disse Kamilla, que voltava a interrompê-lo. – Era só mandar e-mail para todos nós, e depois muito bem, é isso aí, mais nada.

– O que você está querendo dizer? – perguntou Anna.

– É isso aí. Ou por acaso a gente precisa fazer distinções?

Agitaram-se. Eva notou na hora. Não ouviu, porque ninguém disse nada, mas uma coisa lhe chamou a atenção: todos pareceram aproveitar o momento para mudar de postura, enfiando as mãos nos bolsos, ou levando-as à cintura, ou trocando a perna de apoio.

– Não se trata disso – disse Torben, claramente irritado. – E a verdade é que eu achava que já tínhamos discutido o assunto ontem, quando você insinuou coisa parecida. Era outro contexto, mas mesmo assim...

– É, estávamos falando da nossa comissão de arte. A diferença de tratamento pode ter muitas caras, e nenhuma delas acaba sendo muito bonita. – Kamilla deu um passo à frente e conseguiu parecer ainda mais ameaçadora. – Para ser sincera, se você quer saber a minha opinião, tudo isso, parece, porque a mãe do Malte trabalha para a princesa consorte e, assim, é mais importante que os outros pais.

Torben, visivelmente, enfureceu-se. Lutava para reprimir a raiva, mas as manchas vermelhas no pescoço e a dificuldade para manter as mãos quietas o denunciavam.

"A princesa consorte", pensou Eva. Talvez por isso tinha a impressão de já ter visto a mãe de Malte, numa revista ou talvez na TV, ao lado da mulher do príncipe herdeiro.

– Escute aqui, Kamilla – disse Torben, ainda que tenha se arrependido de imediato. – Não, escutem todos, porque para mim é importantíssimo que entendam o que vou dizer. Na época das Festas, vai fazer doze anos que sou diretor desta creche. Passei toda a minha vida adulta trabalhando com crianças...

Kamilla o interrompeu:

– Com pequenos.

– Isso, *sorry* – disse Torben, irritado, e continuou. – No mais profundo do meu DNA, nos genes desta instituição, está uma verdade indiscutível: nós... ou melhor, *eu*... eu não faço distinção entre os pequenos. Todos são iguais para mim, todos devem ter as mesmas oportunidades, todos devem receber nossa ajuda quando têm problemas.

– Muito bem. Então não entendo por que não nos esmeramos mais no caso da Laura. – Kamilla deu uma encolhida resignada de ombros e olhou para o grupo. Estabeleceu contato visual com um dos presentes e até obteve um gesto de aprovação.

Torben preferiu ignorar aquilo e retomou o discurso.

– Não estou dizendo que sejamos infalíveis. Assim, de bate-pronto, não sei determinar se agimos corretamente em situações parecidas que possam ter ocorrido antes. Mas, no caso do Malte, estamos falando de um tio que, segundo a mãe, era muito ligado ao menino e, por isso...

– E você acha que a Laura não era muito ligada ao pai? Vamos, estou perguntando.

– E por isso – insistiu Torben, e levantou um pouco mais a voz, sem olhar para Kamilla – é importante para mim que realizemos esta reunião e concordemos em dar atenção especial ao Malte, à situação psicológica dele. Para isso, temos que nos comprometer a observar mesmo os pequenos indícios, para ajudá-lo o melhor que pudermos.

A maioria assentiu com a cabeça. Kamilla também.

– Mas é claro – ela disse. – Sem dúvida nenhuma. Eu apenas queria garantir que concordamos em que as pessoas não são mais importantes só porque são damas de companhia da Casa Real.

Anna assentiu, não tanto para responder a Kamilla quanto para dar a entender que a reunião estava prestes a terminar.

– Bem, acho então que já acabamos – disse a subdiretora, em tom enfático. – Mais alguma pergunta?

Eva hesitou. Teria chegado o momento de mostrar o desenho? Devia avisá-los da estranha circunstância de que, um dia antes do suicídio do tio, o menino tivesse enfiado em sua bolsa um desenho tão inquietante? A porta se abriu, e as primeiras pessoas começaram a sair da sala. Kamilla ficou esperando enquanto Torben consultava o iPhone.

– Sim? – ele disse, e olhou para Kamilla.

"Não", pensou Eva, e saiu com os outros. A última coisa que ouviu foi um toque de telefone. A dama de companhia, talvez? Dama de companhia, princesa consorte. Eva tornou a recordar aquele desenho alarmante, o sangre que fluía do homem ruivo e formava uma poça. Torben tinha chamado de suicídio, mas, no desenho de Malte, ficava evidente que se tratava de homicídio.

Hauser Plads, centro de Copenhague – 15h50

Eva o viu antes que ele a tivesse visto. Usava roupa demais para a estação e, ainda assim, parecia tremer de frio. Em todo caso, tremia. Quantos anos devia ter? Talvez trinta e poucos. O cabelo preto e seboso caía em mechas até os ombros. Usava óculos de armação redonda. Será que o tinha visto antes, ali, em frente ao consultório? Ele levou um susto e encarou Eva. Ela desviou o olhar, dirigiu-se o mais rápido possível para o consultório e tocou a campainha. "Centro de Psicologia", dizia o letreiro. Pelo reflexo no vidro da porta, viu que o homem se levantava na outra calçada da praça, olhava para as costas dela e vinha em sua direção. Eva tornou a tocar a campainha. O homem estava prestes a atravessar a rua. Um carro se interpôs entre os dois. A porta se abriu, e Eva se apressou a fechá-la atrás de si.

Começava a ficar muito familiarizada com a sala de espera. "Talvez este aqui seja o recinto que conheço melhor, com mais detalhes, dentre todos onde já estive." Foi isso o que pensou. Fazia quase meio ano que sentava ali uma vez por semana, e sempre chegava um pouco antes, por medo de se atrasar, por medo de perder alguma coisa, uns minutos que fossem, de seu tempo em companhia de Henriette Møller. Sentava lá para esperar junto com outros homens e mulheres, quase todos já um tanto maduros. Só numa ocasião tinha visto uma mulher de vinte e tantos, e só uma vez um menino, acompanhado pela mãe e pelo pai. Quanto aos demais, todos tinham no mínimo trinta, e a maioria eram mulheres com mais de cinquenta. "Será possível que aconteça com a psique o mesmo que com os carros e tudo mais?", perguntou a si mesma. A maquinaria toda, as muitas pequenas engrenagens que moviam nosso mecanismo discursivo, enferrujava, se desgastava e, de repente, não funcionava mais. "Os parafusos se soltam", sorriu ao pensar. "É, os parafusos estão soltos, as rodas emperram, nós nos deprimimos e ficamos com cara tristonha, iguaizinhos a tudo o que se estraga."

Eva repassou suas opções. Deveria contar a Henriette Møller o que tinha ocorrido na creche? Deveria falar de Malte, do desenho, do assassinato, do suicídio? Ou seria melhor dizer-lhe que quase conseguira olhar para a frente, mas que ainda tinha fantasias eróticas com Martin?

Olhou a pilha de revistas na mesa. Revistas de celebridades, como *Billed-Bladet*, *Kig Ind*, *Se og Hør*, revistas femininas, como *Alt for damerne*, *Femina*, *Woman*, e, tremendamente fora de lugar naquele contexto, a revista dedicada a lanchas, iates e veleiros *Bådmagasinet*. Se a mãe de Malte era babá ou dama de companhia da princesa consorte, era possível que aparecesse nas revistas, não? Pegou a primeira da pilha. Uma edição natalina da *Billed-Bladet*. Havia muito sobre o rei sueco, sobre sua suposta relação com a máfia sérvia, com prostitutas. No miolo da revista, encontrou fotos da princesa consorte entrando numa igreja. O príncipe herdeiro lhe lança um olhar carinhoso; a princesa olha para a frente. Nenhuma imagem da mãe de Malte. Outra revista – esta mais manuseada, talvez porque se tratasse de edição especial dedicada ao casamento do príncipe herdeiro. O rei Constantino da Grécia cumprimenta a princesa consorte. Eva se surpreendeu. Ainda tinham rei na Grécia? Não desde os anos 1970, ou pelo menos lhe parecia. Pode-se ser rei e rainha sem reino? O povo grego tinha manifestado claramente que não os queria. Eva pegou uma revista mais recente, uma edição de verão. Casamento real em Luxemburgo, vestido de noiva com fios de prata com cristais e cinquenta mil pérolas. Um casório de quase quinhentos mil euros, leu, pagos pelos contribuintes. Também nessas fotos, o príncipe herdeiro da Dinamarca olhava para a mulher com olhos apaixonados, mais do que ela olhava para ele. Seria possível que, nesse tipo de situação, ele tivesse mais energia e fosse mais capaz de se descontrair, que a esposa? Outra revista do gênero. Fotos do príncipe Jorge Frederico da Prússia, trineto do cáiser Guilherme II e herdeiro histórico da Coroa prussiana. Prússia? Eva sentiu-se abobalhada. Onde ficava a Prússia? Não era atualmente parte da Alemanha? A Alemanha era república. Então, como podia haver príncipe? Também aparecia um *close* extremo do príncipe Joaquim da Dinamarca, irmão do príncipe herdeiro. "É injusto fotografar alguém tão de perto", pensou Eva. Viam-se os poros, os vasos rompidos, as impurezas que todos temos. Será que ele bebia?

Pensou em todos os boatos que tinha ouvido no *Berlingske*. Ninguém como um jornalista para saber de fofocas, e a Casa Real estava entre os maiores fornecedores delas. Uma dos mais recorrentes era que Joaquim tinha problemas com a bebida e que tinha batido na primeira mulher, Alexandra, pelo que haviam se divorciado. Também se dizia que ela o tinha pegado na cama com um jovem oficial, ou com um soldado da Guarda de Hussardos. Afirmava-se que o pai dele, o príncipe consorte, dispunha de um apartamento em Copenhague onde ele se encontrava com seus amantes. O mais extraordinário nesse boato era que só a história do apartamento secreto era dada como incerta. Porque, de resto, nenhum dinamarquês punha em dúvida que o marido da rainha gostava de homens. A característica de todos os boatos: nunca eram de primeira mão, sempre de alguém que conhecia alguém. Todos os dinamarqueses conhecem alguém que se reuniu, falou ou jantou com algum membro da Casa Real, mas nunca é alguém que se possa considerar fonte fidedigna. Assim, era possível desconfiar de muitas coisas e não acreditar em nada.

Pronto: ali, numa das últimas páginas de uma edição de outono da *Billed-Bladet*, a mãe de Malte aparecia andando atrás da princesa consorte, levando as crianças pela mão. Leu a chamada: "Mary se diverte no Tivoli com a dama de companhia". A legenda explicava: "Na tarde de sexta, a princesa consorte Mary e sua dama de companhia, Helena Brix Lehfeldt, tiveram tempo para se divertir no tradicional parque de diversões". Eva tornou a olhar para a foto. Helena era, se possível, ainda mais bonita que a princesa consorte; parecia uma verdadeira rainha. Usava *tailleur* creme e discretos sapatos de salto agulha. Em todos os sentidos, era uma mulher mais jovem do que aquela que Eva tinha visto fazia apenas algumas horas na creche, embora se devesse levar em conta que, mais cedo, ela estava abalada – por um suicídio na esfera familiar mais íntima, o do próprio irmão.

Eva levantou o olhar e viu a mulher que, nesse instante, entrava na sala de espera. Já a tinha visto antes, chamava-se Merete. Eva sabia disso porque os psicólogos sempre chamavam os pacientes pelo primeiro nome ao abrir a porta. Merete tinha cabelo curtinho e liso, tingido de escuro. As raízes brancas costumavam estar lá, à espreita, mas não nesse dia. Nesse dia, Merete tinha acabado de tingir o cabelo, fazer as sobrancelhas e pintar as unhas. "Ela deve estar melhor", pensou Eva, com uma pontada de inveja.

– Oi – disse Merete.

– Oi – sussurrou Eva, e voltou a baixar os olhos para revista. A página seguinte: mais fotos, agora num evento beneficente na Ópera de Copenhague, ao qual a princesa consorte comparecia com os filhos. A mãe de Malte estava sempre em segundo plano, pronta para se encarregar do pequeno Cristiano e da irmã. Eva tinha esquecido o nome da menina. Haviam ocorrido muitos nascimentos régios nos últimos anos, e aquilo nunca tinha sido sua área no jornalismo. Não que tivesse alguma coisa contra a Casa Real; simplesmente se mantinha a par apenas do que se referia à seção em que trabalhava. Na foto, Helena, a mãe de Malte, falava com um homem que estava a seu lado, tinha a mesma idade e apoiava uma das mãos no ombro dela. Seria o irmão? Aquele que tinha morrido?

– Merete?

Um dos outros psicólogos tinha aberto a porta. Eram três terapeutas a compartilhar o consultório. Merete se levantou e ajeitou a saia ao entrar. O psicólogo fechou a porta, e Eva tornou a ficar só. Irritara-se por não conseguir lembrar o nome do segundo filho do casal régio, para nem falar do terceiro ou do quarto.

– Eva?

Ergueu os olhos. A psicóloga Henriette Møller olhou, admirada, para ela.

– Eu disse alguma coisa?

– Não, mas já é a terceira vez que chamo você.

– Meu Deus, me desculpe! Eu estava completamente distraída.

Henriette Møller sorriu.

Eva se levantou e pensou em Merete, que estava sentada na sala ao lado; em como a mulher tinha ajeitado a saia atrás para não ficar amarfanhada no traseiro. Eva estava de *jeans* e não ficou nada à vontade quando sentou no sofá da psicóloga. Henriette Møller fechou a porta. Ficou de pé em frente à mesa, anotando alguma coisa num pedaço de papel. Sempre fazia isso quando Eva chegava e quando esta ia embora. Será que anotava algo sobre a psique da paciente? Eva tinha vontade de perguntar à psicóloga o que escrevia sobre ela. Talvez algo do que Torben tinha lido, do que ele tinha sabido sobre Eva.

– No que você estava pensando? – perguntou a psicóloga, sem se voltar.

– Agora há pouco?

– É. Você disse que estava completamente distraída.

Eva se deu conta de que tinha ruborizado.

– Eu não conseguia lembrar o nome do segundo filho da princesa Mary. O nome da menina.

– E era nisso que estava pensando? Nos filhos da princesa consorte?

Eva assentiu com a cabeça:

– Era.

– Por quê? – perguntou Henriette Møller, e sentou diante dela.

Por um momento, Eva ponderou se devia contar-lhe.

– Um menino da creche desenhou um homem sendo assassinado por outro. E hoje... – Olhou para a psicóloga.

– Sim?

– Aconteceu que, hoje de manhã, o tio se suicidou.

Henriette sorriu e juntou as mãos.

– E por isso você pensou nos filhos da princesa consorte? – perguntou.

– Esse menino é filho da dama de companhia da princesa consorte.

Um segundo de silêncio. Por que a psicóloga a olhava com aquela cara de preocupação?

– E o que você acha disso?

– Não acho nada – retrucou Eva, com certa aspereza. – Só me pareceu curioso, nada mais.

– Por que curioso?

– Bem, ora essa, que ele tivesse feito o desenho e no dia seguinte achassem o tio morto... – Pegou a bolsa no chão, abriu-a e tirou o desenho. – Está aqui.

– Você levou para casa?

– Não, ele botou na minha bolsa – apressou-se Eva a responder, como que se justificando.

Henriette a encarou e disse:

– Agora, conte-me como você se sente depois de ter recomeçado.

Eva olhou para o desenho. Sentia-se rejeitada. Henriette Møller sempre mudava de rumo quando achava que Eva não ia bem.

– Não sei. O assunto do Malte ocupou boa parte da minha atenção.

– Malte?

– O menino que fez o desenho.

– Quando os serviços sociais quiseram obrigar você a voltar a trabalhar – disse Henriette, continuando a encarar Eva antes de prosseguir –, eles lhe deram várias opções, não deram?

– Deram. Jardinagem e coisas assim.

– Coisas assim?

– Todo tipo de trabalho.

– Mas você escolheu a creche.

– Escolhi.

– E você já considerou por que fez isso?

Eva deu de ombros. Tinha mesmo feito aquilo?

– Você se lembra da primeira coisa que me contou?

– Lembro.

– E o que era?

– Que uma vez os meus pais me perderam em Roma.

– Isso mesmo. Você tinha seis anos, não?

– Cinco.

– É, cinco. Você se lembra do que me contou?

– Que eu quis ir por causa de umas moedas. A única coisa que eu queria era voltar para o carro e pegar umas moedas, porque minha mãe não quis me dar nenhuma. Foi na Fontana di Trevi.

– Isso. E o que mais?

Eva tratou de procurar a resposta nos olhos de Henriette, que muitas vezes queria levar Eva a um lugar concreto, à conclusão que a psicóloga já havia chegado.

– O que mais aconteceu?

– Não achei o carro. Aí tentei refazer o caminho de volta, mas não achei os meus pais. Eu tinha me perdido.

– Tinha se perdido?

– Eles tinham sumido... Não sei o que você está querendo que eu diga.

– O que me contou daquela vez. A polícia a recolheu. Levaram você para um abrigo de menores.

– Isso. Foi de tarde, ou de noite. Acho que foi de dia. Até que a embaixada abriu e tudo se resolveu.

– Você ficou sozinha muito tempo?

– É, fiquei.

– A noite inteira?

– Foi.

– Com cinco anos, sozinha numa cidade estrangeira a noite toda. Alguém ali falava dinamarquês?

– Não.

– Então você não tinha como falar com ninguém.

– Não, mas...

– Sim?

– Foram muito carinhosas. Eu me lembro das mãos delas.

– Das mãos delas?

– As mãos das adultas, as freiras. Umas mãos quentes, bronzeadas. Elas me abraçaram. Me fizeram carinho no rosto.

– Elas consolaram você?

– Sim.

– E o que você pensou?

– Não lembro.

– Não lembra? Tem certeza?

– Sim. Eu tinha cinco anos.

– Pois foi a primeira coisa que você me contou, e estive a ponto de não acreditar. Era um pensamento elaborado demais para uma menina de cinco anos.

– E o que era?

Henriette olhou para Eva como se costuma olhar para uma menina adorável, mas difícil.

– *OK*. Feche os olhos um instante. Não há nada que estimule tanto a memória quanto um pouco de obscuridade.

Eva obedeceu. Fechou os olhos e se deixou afundar um pouco mais no sofá

– Como você está se sentindo? – perguntou a psicóloga.

– Assim, um pouco... Você sabe.

– Pouco à vontade?

– Nunca gostei de ficar de olhos fechados com gente olhando – respondeu Eva.

– Como quando a gente dorme no avião.

– Não consigo de jeito nenhum – disse Eva.

– Então vou girar a minha cadeira e ficar de costas – disse Henriette.

Eva ouviu a cadeira girar, e, quando Henriette tornou a falar, foi como se sua voz viesse de muito longe.

– Melhor assim?

– Melhor.

– Então vamos voltar àquela noite. Tente descrever o abrigo de menores em Roma.

– É difícil. Acho que misturo imagens de coisas que vi.

– O que você viu?

– Faz uns anos, dei busca no Google, para passar o tempo. O abrigo fechou.

– Muito bem. Do que você se lembra?

– De estar num dormitório com um monte de crianças.

– Meninas e meninos?

– Só meninas.

– Você conseguiu dormir?

– Não.

– Estava triste?

Eva tentou recordar os sentimentos que tinha tido à época. Não lhe veio nada à lembrança.

– Eva? Vamos tentar outra coisa.

– *OK*. Agora não consigo me lembrar.

– Não se preocupe com isso. Continue com os olhos fechados. Vamos dar um salto enorme no tempo, para a frente, até a morte da sua mãe.

– Por quê? – Eva se deu conta do tom de irritação na própria voz. Não tinha vontade de falar daquilo. – Quero dizer... A gente não poderia falar do Martin? Afinal, é por causa dele que tenho andado mal.

– De fato, é mais fácil superar a dor daquilo em que costumamos pensar.

– Pelo visto, não no meu caso.

– A não ser que se trate de outra coisa, Eva. Agora eu gostaria que você se concentrasse no dia em que sua mãe morreu. Você já me falou desse dia outras vezes.

– Então vamos ver se consigo me lembrar.

– Como foram as últimas horas da sua mãe?

– Ela estava preocupada.

– Com a morte?

– Não. Comigo. Com o jeito como seriam as coisas. Não parava de falar.

– O que ela dizia?

– Você sabe, o tipo de coisa que as mães dizem. As coisas com que eu precisava ter cuidado.

– Ela era sempre assim?

– Desde o que tinha acontecido em Roma, sim.

– Ela teve um trauma com o que aconteceu em Roma porque achava que tinha perdido você para sempre?

– Não sei se ela colocaria nesses termos. Simplesmente, não queria nunca me perder de vista.

– Então, sua mãe vigiava você.

– Ela cuidava de mim.

– Cuidava quanto?

– Telefonava várias vezes ao dia, todo dia.

– E o que ela dizia?

– Queria saber se estava tudo bem.

– E, na noite em que ela morreu... O que você sentiu?

Eva notou que seus olhos se enchiam de lágrimas. Abriu a boca, tentando falar. Agora se lembrava.

– Eva? Apenas fale, ainda que tenha que chorar.

E foi o que fez, falar enquanto lutava contra o choro.

– Senti alívio. Tanto alívio!... Eu me senti livre e, ao mesmo tempo, horrível por me sentir daquele jeito.

– *OK*. Tente parar por aí.

Eva respirou fundo. Enxugou as lágrimas com duas rápidas passadas de mão, como se o choro fosse uma torneira que se pode simplesmente abrir e fechar.

– Agora vamos voltar para o abrigo de menores. Para alguma coisa que você sentiu então, por ter ficado sozinha, talvez. O que você me contou foi fabuloso.

– Senti que...

Eva se viu interrompida por um enorme estrondo na escada. A psicóloga se levantou. Outro estrondo, como se alguém estivesse tentando entrar.

– O que aconteceu? – perguntou Eva.

– É o ex-paciente de um dos meus colegas.

– Acho que o vi na rua. Moreno, bem caidaço.

– Ele mesmo. Fique tranquila. Não está acontecendo nada.

A psicóloga pegou o celular, que tinha deixado na mesa, e saiu da sala de consulta. Deixou a porta aberta. Os outros dois psicólogos também tinham saído de suas salas. Eva os ouviu falar em voz baixa sobre a polícia e o fato de que não podiam continuar daquele jeito. Um deles disse: "Pelo amor de Deus, isto aqui não é pronto-socorro psiquiátrico!" O outro fechou a porta principal, à chave, e Henriette Møller fechou a da sala de consulta, sem olhar para Eva.

Eva se levantou. Ainda conseguia ouvi-los. Henriette disse que o melhor seria deixá-lo entrar e falar com ele até a polícia chegar. Do contrário, ficaria ainda mais agressivo. Eva se afastou da porta. Aquilo não lhe dizia respeito. Não estava com medo. Sua ficha estava em cima da mesa. Podia dar uma olhada? Ou era proibido? De repente, ouviu uma voz nova na sala de espera, de um homem que, muito contrariado, falava alto.

– Só quero falar com vocês, maldição!

A psicóloga retrucou que ele não podia irromper daquele jeito no consultório. Eva abriu a pasta. Se Torben podia ler e compartilhar o conteúdo daquilo com todos, então ela também tinha direito de fazê-lo. Seu nome aparecia na parte superior, junto à data de nascimento. A primeira página parecia mais um resumo de vida: a morte da mãe; a vez em que, aos cinco anos, tinha ficado perdida uma noite inteira em Roma; a compra da casa; Martin; a demissão; a depressão. A página seguinte continha sobretudo anotações soltas, a maioria ilegíveis para qualquer um menos Henriette.

– Eu só quero conversar, caralho! – O homem voltou a gritar na sala de espera.

Eva olhou pela janela. Duas radiopatrulhas pararam em frente ao edifício. Continuou lendo: "Cuidado com a percepção da realidade de Eva. Possível psicose aguda causada por trauma infantil".

Chefatura de Polícia de Copenhague – 15h55

Marcus desligou o motor. A partir daquele momento, só teria que esperar. Tudo estaria encaminhado, disse a si mesmo. Eles se mostrariam compreensivos com sua solicitação. O diretor-geral da polícia de Copenhague era um homem que colocava a calma e a segurança acima de tudo; tinha sido justamente o que esse policial irradiava da última vez que os dois se viram. Quanto tempo fazia isso? Sete anos? Um pouco menos? Marcus não lembrava. Por outro lado, lembrava que tinha sido num hotel de Bagdá, num saguão com sofás de veludo vermelho. Um oficial britânico se comportava como idiota. Não se entendia o que diziam os outros. Marcus recordava o que tinha pensado à época: que aquele era um homem em quem se podia confiar, um homem que compreendia que o caos e a instabilidade eram a fonte de todos os males. Será que tinha sido por causa desse carisma que ele passou tão facilmente de responsável por adestramento de policiais no Iraque a diretor-geral da polícia de Copenhague? Hartvig era a personificação do agente da ordem. Se alguém o acordasse no meio da noite, a primeira coisa que Hartvig diria ao abrir os olhos seria "Fique calmo".

E foi o que fez Marcus, acalmar-se. Pensou no... amor. Por que pensava, justamente naquele momento, no amor? Provavelmente, ele o fazia porque era primavera. Com os sons do Parque Tivoli ao fundo, checou no celular as notícias, para ver se alguém tinha escrito sobre Brix. Nada. Entretanto, uma biscate esquerdista tinha escrito um artigo que defendia a abolição da Casa Real. Marcus leu o artigo por cima enquanto vigiava a Chefatura. Não, ele não concordava com a raiva que aquela mulher tinha da Casa Real; claro que não. Será que a esquerdista não entendia que a monarquia protege seu povo dos perigos externos? Em troca, os súditos honram seu rei. Era esse o acordo. Por acaso não tinha sido Cristiano x quem passeava a cavalo entre os súditos quando Hitler ocupou o país? Sim, e os ataques não haviam terminado. Agora eram diferentes, e muitas vezes tinham de ser repelidos longe da Dinamarca. Também tinha sido fora da Dinamarca que Marcus se encontrou com a rainha, quando ela visitou a Base Aérea de Camp Bastion, no Afeganistão. Bem, talvez fosse um pouco de exagero dizer que tinham se encontrado. Mais propriamente, foi lá que Marcus a viu pela primeira vez. E pensou: "Estou aqui por ela. Por ela". Tudo o que fizeram no Afeganistão, aquela defesa encarniçada em prol da segurança dinamarquesa, Marcus nunca teria feito por nenhum político, por nenhum cacique social-democrata, por nenhum fazendeiro gordo do Partido Liberal que tivesse subido mediante reuniões sindicais e viagens de negócios com o gigante industrial Disa, por ninguém que tivesse aberto lentamente caminho em meio a jantares e coquetéis até ocupar lugar nas altas esferas do sistema político. É, esse tipo de gente tinha visitado as tropas no planalto árido e poeirento da província de Helmand. Por exemplo, o ministro da Defesa – Marcus jamais sacrificaria a vida por um ministro qualquer. Com a rainha, era diferente. Era questão de titularidade – de assumir a titularidade. No fundo, era o que os reis e rainhas sempre tinham feito: assumir a titularidade de seus países. E proprietário defende a propriedade; se necessário, sacrifica-se por ela. A rainha tinha dedicado a vida à defesa da Dinamarca. Quem além dela fazia isso? Os políticos? A comuna que tinha escrito a matéria? Tão logo suas possibilidades de fazer carreira se esgotavam, iam embora de bom grado para ocupar algum alto cargo no exterior. Para eles, tratava-se tão somente do poder. Nada mais. Nenhum deles agia por amor à pátria. Nenhum deles assumia a titularidade. Marcus balançou negativamente a cabeça. Jornalistas. Políticos. Como Churchill disse em sua época: "O melhor argumento contra a democracia é uma conversa de cinco minutos com o eleitor médio". Não, Marcus não tinha dúvida nenhuma: quando a gente menos esperasse e as coisas tornassem a ficar feias, o príncipe herdeiro seria o último a deixar o campo de batalha. Aí, os políticos já estariam haveria muito no exílio, em algum lugar com campo de golfe de dezoito buracos e um bar bem suprido. Só tinham olhos para a própria carreira. Hartvig, porém, não era desses. Marcus tinha certeza. Hartvig era servidor fiel, com vinte e cinco anos na polícia; entendia o significado das palavras "ordem" e "estabilidade". O celular tocou.

– Oi, Trane.

– Estou incomodando? – perguntou Trane.

– Desembuche.

– Eu me encontrei com o jornalista alemão que perguntou do nosso trabalho. Escreve para a revista *Der Spiegel.* É um dos bambambãs.

– O que ele quer saber?

– Para quem a gente trabalha.

– Você acha que consegue distraí-lo?

– É muito insistente. Disse que logo, logo vai postar um artigo no *site.* O resto depende de nós, se estamos dispostos a cooperar ou não.

– Ele sabe de alguma coisa?

– Não me mostrou nada, mas acho bom a gente cooperar e dar alguma coisa para ele.

– Não – opôs-se Marcus. – Vamos deixar que escreva o que quiser. Ele não sabe de nada. Se soubesse, teria nos pressionado mais.

Marcus tinha saído para o sol. Desceu do carro, apoiou-se nele, fechou os olhos e deixou que o sol o bronzeasse. Hartvig logo apareceria. Seria uma conversa curta. Marcus a tinha repassado mentalmente várias vezes. Sabia a conversa de cor, palavra por palavra; conhecia os desafios que ela encerrava. O lobismo clássico consistia nisso, em estabelecer contato com uma pessoa e convencê-la a fazer algo que, em princípio, ela não tinha intenção de fazer. Marcus precisava persuadir Hartvig a fazer algo que não apetecia ao segundo. Hartvig reagiria mal, como todos costumavam reagir, sobretudo os que trabalhavam para a administração pública – empregados do Estado, funcionários públicos. Diferentemente do Serviço de Inteligência, acostumado a operar na zona cinzenta, era quase impossível influenciar a polícia e a administração da Justiça. Seus membros eram íntegros. Marcus não dispunha de grande coisa para recompensar Hartvig, mas precisaria usar de modo criterioso o que tinha – a promessa de alguns trabalhos de consultoria interessantes, que estariam à espera tão logo Hartvig se aposentasse. Sempre havia um ou outro contrato para fechar, na Tanzânia ou no Mali, alguma conferência para organizar por cento e cinquenta mil coroas* neste ou naquele fim de semana prolongado.

Assim, a receita seria uma combinação, sensata e bem amarrada, de dinheiro com oportunidades de futuro. Nesses casos, a psique humana contribuía muito.

---

* No início de 2016, a coroa dinamarquesa estava cotada a pouco menos de 15 centavos de dólar. (N. do T.)

Depois de plantada a semente do dinheiro e da prosperidade, o cérebro era capaz de convencer a si mesmo de muitas coisas. No fundo, o ser humano é uma criatura racional, disso Marcus tinha certeza. Quase sempre, a perspectiva de uma vida boa vence o idealismo. Portanto, o diretor-geral de polícia estaria aberto a aceitar alguns argumentos racionais, assegurando melhores oportunidades para si mesmo e os filhos. Menos trabalho e mais tempo livre; tempo para as coisas que são importantes na vida – a família, o amor, os filhos. Quem não acharia razoável? Por isso, Marcus estava tranquilo e convencido de que Hartvig se mostraria compreensivo com seu humilde desejo. Se necessário, Hartvig se reuniria com Jens Juncker e aí garantiria um flanco decisivo – o cadáver de Christian Brix. Não seria preciso autópsia; só que o coitado fosse enterrado, se possível cremado, e o assunto se encerrasse o quanto antes.

Estação Hareskov, Grande Copenhague – 18h33

Eva desceu do trem junto com o pessoal de escritório – homens que usavam terno, cansados, e mulheres que continuavam trabalhando a caminho de casa, mulheres da classe à qual a própria Eva tinha pertencido já fazia muito tempo, antes de terem precisado ficar de olho em sua percepção da realidade, antes de ter sofrido uma possível psicose aguda, fosse isso lá o que fosse; na época em que Eva era parte do motor do mundo, em que era uma das pessoas que mantinham em funcionamento as engrenagens de que os políticos tanto falavam. Agora era ajudante de cozinha. Era quem cozinhava para os filhos dos que mantinham as engrenagens em funcionamento. A bem dizer, que mal havia nisso? Na hora da verdade, quem era mais imprescindível?

Deixou-se levar pelo fluxo de pessoas que desceram do trem e entraram na passarela subterrânea para chegar ao outro lado da linha férrea, onde ficava o estacionamento e onde os cônjuges esperavam nos carros. Era ali que deveria estar Martin, num carro da Volvo ou da Volkswagen, pronto para levar Eva para uma casa aquecida com provas de vida por toda parte – lençóis usados, xícaras de café no parapeito da janela, flores em jarros de vidro; para o lugar onde Eva achou que sentariam juntos a contemplar o jardim, a luz que batia na grama, a roupa de corrida de Martin na lavanderia. Eva se aproximou do ponto de ônibus e se consolou com o pensamento de que havia outros que ninguém vinha buscar na estação. Alguns também tomavam ônibus; outros pegavam a bicicleta no estacionamento e partiam para o bairro. Eva pensou em Malte, no medo que o olhar do menino denotava, no desenho do homem que assassinava outro e, depois, naquele dia mesmo, na mãe de Malte, que fora buscá-lo por causa de um suicídio repentino na família.

Olhou para as casas aonde já tinham chegado os moradores, onde já tinham ligado a TV e havia discussões com as crianças que não queriam ir para a cama nem tinham gostado do jantar. "Psicose aguda." E pensar que se podia reduzir um ser humano àquelas duas palavras, a duas palavras de bem poucas letras! Mas era ela, aquilo era ela: "Psicose aguda provocada por trauma infantil". Deveria pesquisar, talvez, o que era aquilo? Sim; seria muito razoável fazer isso, sem dúvida. Entre os direitos humanos, está o de saber quem se é.

Na realidade, podia acessar a internet pelo celular; mas demorava muito, a tela era pequena, e, quando clicava num link, quase sempre a mandavam para alguma página indesejada – anúncios de pacotes turísticos, carros ou outras coisas que de modo algum poderia se dar ao luxo agora. Achava, portanto, que o celular começava a tirar sarro dela. Por isso, tinha sentado na pequena biblioteca pública das redondezas, não muito longe das quadras de tênis. Através da janela aberta, ouviu um homem que resfolegava, quase gemia, quando se dispunha a bater na bolinha amarela. O computador demorou um tempo para iniciar e fez um zumbido esquisito, não muito diferente de um motor avariado. Uma fina camada de pó tinha se acumulado na tela, que Eva limpou com a manga, ao mesmo tempo que prometia a si mesma contratar internet fixa quando recebesse o primeiro salário. Afora um homem que pigarreava, reinava o silêncio profundo que costuma haver numa tarde qualquer em bibliotecas de bairro.

Conseguiu enfim se conectar e digitou "psicose aguda" no Google. "Estado mental repentino que acarreta delírios e alucinações, caracterizando-se por percepção desajustada da realidade", leu numa página. "Incapacidade de se orientar no tempo, no espaço ou nas próprias circunstâncias pessoais."

Eva levou um susto. Estava mesmo tão mal?! Delírios e alucinações? Incapacidade de se orientar nas próprias circunstâncias pessoais?

Isso podia ser traduzido mais ou menos como "completamente maluca". Não quis continuar a ler nem uma palavra mais. Digitou "trauma infantil". Surgiu na tela uma quantidade avassaladora de propostas terapêuticas. "O corpo recorda os traumas da infância", leu Eva, e só quando chegou ao final do texto entendeu que tinha entrado na página de um massagista, que se oferecia para eliminar os traumas corporais das pessoas (com chá gratuito na sala de espera e descontos a cada dez sessões).

– Chame se eu puder ajudar em alguma coisa – disse o bibliotecário, que sorriu timidamente e tirou da testa uma mecha um pouco comprida demais.

– Obrigada, mas não é preciso – replicou, pega de surpresa. Na porta, tinha lido que naquele dia a biblioteca estaria sem funcionários para atender aos usuários; mas, pelo visto, um bibliotecário estava trabalhando.

Já podia levantar-se e voltar para casa, e esteve mesmo a ponto de fazê-lo. Podia ir para lá, para o vinho e o som dos próprios passos, que ressoavam pela sala vazia. Ou podia dedicar tempo ao...

Facebook. Fazia séculos que não entrava ali. Será que a dama de companhia tinha perfil? Será que esse perfil poderia deixar Eva mais perto da resposta que estava procurando? Quem era o falecido tio? Que circunstâncias tinham envolvido sua morte? Antes, Eva teria que superar o perfil dela mesma e a comoção de ver a própria foto. Ali, parecia tão jovem, tão alegre, tão cheia de... vida. Bochechas cheinhas, energia, olhar brilhante, o cabelo ligeiramente desarrumado. Ainda se lembrava do momento em que tinham tirado a foto, em Copenhague, no quarto do antigo apartamento no distrito de Vesterbro. Fazia uns seis meses, no máximo. Acabava de fazer amor com Martin, e de repente ele começou a tirar fotos de Eva enquanto ela ainda estava nua. Tinham rido. A situação era cômica, mas também um pouco picante, e, por alguma estranha razão, uma das fotos foi parar no Facebook, provavelmente porque pareceu divertido tê-la como o pequeno segredo deles, sabendo que o resto do retrato, que não se via no perfil, era um nu.

Havia toneladas de mensagens de antigas amigas que, na maioria dos casos, tinham desaparecido pouco a pouco de sua vida. Rikke havia escrito que esperava que Eva telefonasse logo. Eva olhou a data. A mensagem tinha mais de quatro meses, e Eva precisou fazer força para lembrar que Rikke era uma moça com quem tinha estudado na faculdade de jornalismo e que tinha largado o curso poucos meses depois de ter começado. "Será que eu deveria escrever uma mensagem para Martin?" Afinal, ele continuava sendo seu "amigo" no Face. Ou deveria "excluí-lo"?

"*Back to the future*", pensou. Apesar disso, escreveu a mensagem. "Como sinto sua falta, safado!" Depois ficou sentada um tempo sem fazer nada, pensando em sua psicose aguda. O que queria dizer aquilo? Que tinha inventado tudo, inclusive o caso de Malte? Tirou o desenho da bolsa. Era real. Por ora, tudo bem. E o tio do garoto? Será que tinha perfil no Facebook? Digitou no campo de busca o nome da mãe de Malte; "Helena Brix Lehfeldt". A foto de Helena que apareceu na tela não era boa – estava um pouco borrada, parecia um tanto fortuita –, mas era simpática, pensou Eva. A maioria das pessoas fazia todo o possível para ficar bonita no Facebook, para se apresentar, e apresentar sua vida, como se fosse um sucesso retumbante do começo ao fim. E ali, de repente, havia uma pessoa que era mais bela que a maioria e não tinha necessidade de exibir a beleza. Era um perfil fechado, com muito pouca informação. "Casada com Adam Lehfeldt, mora em Copenhague, estudou na Herlufsholm Skole,* formou-se em 1998." Só isso. Nada sobre o número de amigos. Nada sobre o número de filhos. Nenhuma outra foto além daquela do perfil, que podia ter sido tirada em qualquer lugar. Nem uma única palavra sobre o irmão, o falecido tio de Malte.

Eva digitou "dama de companhia" e "suicídio". Nada. Digitou "Helena Brix Lehfeldt" e "Herlufsholm". Apareceram alguns poucos artigos. Um retrato breve e superficial, publicado no jornal *Jyllands Posten* fazia anos, por causa do trigésimo aniversário de Helena. Nada sobre o irmão. Mas mencionava o marido: Adam Lehfeldt, empresário. "Empresário", pensou Eva. A definição, convenientemente vaga, podia significar qualquer coisa. Parecia ser boa ideia voltar a bancar a jornalista. O tempo passava mais rápido, ainda que na realidade ela não fosse mais que uma simples ajudante de cozinha e nunca tivesse se dedicado ao jornalismo investigativo. Lembrou-se de quando, na faculdade, um repórter veterano lhes deu aula sobre sua área. Eva não lembrava o nome do jornalista, mas, pelo visto, era uma espécie de celebridade nos círculos profissionais. Não tinha gostado muito dele. Era desalinhado e descuidado, e passou duas horas berrando com os estudantes; sua mensagem, entretanto, foi bem clara: não se devia economizar nenhum meio para chegar à verdade. Era preciso mentir, roubar, fazer qualquer coisa – e, se necessário, estar disposto a ir para a cadeia para proteger as fontes. O que mais ele disse? Ah, sim: que, no final das contas, quase todos os crimes do colarinho branco cometidos na Dinamarca tinham a ver com a compra e venda de imóveis.

Eva voltou ao Facebook. Deu busca por "Herlufsholm". Entrou na página. Havia uma porção de informações. Dados práticos, a história do colégio, um sem-fim de atualizações. Ex-alunos escreviam sobre suas vivências na escola. Nada que tivesse uso para Eva. De alguns dos campos para comentários, remetiam-na a outras páginas extraoficiais da Herlufsholm: "Herlufianos de sangue", "Os mestres do tiro ao pombo". Eva olhou para o relógio de parede. Talvez já fosse hora de voltar para casa.

Um casal de meia-idade tinha entrado na biblioteca. Ou talvez já estivesse ali o tempo todo? Eva não tinha certeza. Ouviu as vozes, o trato surpreendentemente

---

* Colégio particular dinamarquês fundado no século XVI e um dos mais tradicionais e exclusivos da Europa. (N. do T.)

descortês que os casamentos de longa duração muitas vezes criam entre os parceiros. A mulher parecia muito interessada na estante de romances policiais que havia bem ao lado de onde Eva estava. Eva entrou numa página do Facebook para alunos da Herlufsholm, com antigas fotos de turma, e ali, sentada na primeira fileira, com as pernas descuidadamente cruzadas e o cabelo ligeiramente inclinado, estava Helena Brix Lehfeldt.

"Está igualzinha", foi a primeira coisa que ocorreu a Eva.

Os anos não lhe tinham afetado o rosto. Eva deu uma olhada nas demais fotos, mas, à primeira vista, não havia irmão nenhum. Será que ele não tinha frequentado a Herlufsholm?

– Posso perguntar uma coisa?

Passaram-se alguns segundos até Eva compreender que a pergunta se dirigia a ela.

O casal estava bem às suas costas.

– É você quem mora no número 12?

– Sou.

– Moramos no 19, quase em frente. Só queríamos cumprimentá-la. – O marido estendeu a mão para Eva. – Tom.

– Eva.

– Eu sou a Lone – disse a mulher, que se limitou a cumprimentar com um aceno de cabeça, pois estava com as mãos tomadas por romances policiais.

– Bem-vinda a Hareskoven – disse Tom. – Você vai ver: vai gostar de morar aqui. Acompanhamos a mudança pela janela da cozinha. Como você carregou coisas!

Ele riu.

– É verdade, sim – respondeu Eva. – Eu tinha muita coisa para trazer. – Tornou a olhar para o relógio de parede. O casal talvez tivesse notado sua impaciência; fosse como fosse, os dois se despediram. Já se dispunham a ir embora quando Tom, de repente, pareceu mudar de ideia.

– Tinha mesmo muita coisa – ele disse.

– Pois é. – Eva se voltou mais uma vez.

– Não é que eu queira me meter onde não sou chamado, mas, pelas normas da associação de proprietários, a calçada precisa ficar desobstruída. Ainda há um monte de cascalho lá, e a verdade é que deveríamos poder transitar sem obstáculos.

– *OK* – disse Eva. – Vou me lembrar.

O homem assentiu com a cabeça e sorriu. Depois se dirigiu para a porta, onde a mulher o esperava.

“Merda!”, pensou Eva, e teve uma vontade terrível de voltar para casa, abrir uma garrafa de vinho, esquecer que já tinha tido a oportunidade de ficar impopular no bairro. Aquele ridículo montinho de cascalho! Pouco mais que um carrinho. Seria mesmo um problema tão grande? Fabian Brix. O nome aparecia num campo de comentários, debaixo de uma atualização, do ano anterior, sobre uma festa de ex-alunos. Brix. Só podia ser irmão de Helena, talvez aquele que tinha morrido. Eva examinou a foto. O retrato de perfil do Facebook, com óculos de esquiar, tirado durante férias. O sol brilhava nas montanhas nevadas. A julgar pela foto, a idade coincidia mais ou menos com a da irmã, pensou Eva. Não. Só podia ser mais velho que ela, uns cinco ou seis anos. Pareciam-se? Possivelmente. Fabian tinha cabelo um tanto mais escuro, mas talvez Helena tingisse o seu. O nariz dele era mais largo, e o queixo, mais afilado – não, não se pareciam. Além disso, Fabian não era muito bonito. Mas os olhos... Havia alguma coisa naqueles olhos. Voltou ao perfil de Helena no Facebook e comparou as duas imagens. Sim, Eva tinha quase certeza. Tinham a mesma expressão de confiança. Podiam perfeitamente ser irmãos.

“Fabian Brix”, procurou no Google, que retornou uma série de resultados. Encontrou algo já numa das primeiras páginas: uma foto de Fabian Brix com a irmã, Helena. A imagem era de uns anos antes e se referia a algum projeto de comércio ético na Namíbia. Pelo visto, Fabian era diretor na Agência Dinamarquesa de Desenvolvimento Internacional, a Danida. Estava junto a um africano de sorriso largo que lhe passava o braço pelos ombros. Eva entrou no *site* do guia Krak e achou Fabian Brix. Morava na Grande Copenhague, no distrito de Snekkersten, em Helsingor, e dele só constava um número de celular. Ligou para lá. A julgar pelo tom da chamada, parecia que Eva estava ligando para o exterior. Passado um instante, ouviu uma voz masculina refinada e fraca.

– Fabian falando.

– Alô? – Eva sentiu certa decepção. Em todo caso, não era Fabian Brix quem tinha morrido.

– Desculpe-me, com quem estou falando? – perguntou o homem.

– É o Fabian?

Eva tinha voltado à página do Facebook em que estavam as fotos das antigas turmas da Herlufsholm.

– Ele mesmo.

– Aqui é a Monika. Monika Bjerring.

Na foto, Eva viu que Monika Bjerring, na última fileira, era tão alta quanto os rapazes da turma. Bonita, estilosa, uma das garotas mais atraentes da série de Helena.

– Pois não? – Fabian parecia impaciente. Ouviam-se vozes ao fundo. – Estou na Tanzânia, a ponto de embarcar. Do que se trata?

Eva se arriscou:

– Do seu irmão.

– O Christian. – Alguma coisa mudou na voz de Fabian; o tom ficou mais grave. – Foi terrível o que aconteceu. Ainda não consegui entender.

– Foi por isso que liguei. Para dar meus pêsames.

– Monika? – Pelo tom de voz, Eva imediatamente se deu conta de que Fabian parecia tê-la reconhecido. – Eu me lembro. Você estava na classe da Helena.

– Na mesma série, não na mesma classe. Pois é, faz muito tempo – disse Eva, e cruzou os dedos para que o homem não lhe estranhasse a voz. Não, não tinha motivo para se preocupar; podiam ter-se passado muitos anos desde a última vez que conversaram, e isso se chegaram mesmo a se conhecer. Talvez Fabian e Monika apenas soubessem da existência um do outro, nada mais que isso.

– Eu não sabia que você tinha contato com o Christian.

– A gente se falava de vez em quando – disse Eva, e se apressou a acrescentar: – Mas nunca pressenti nada, é claro...

Silêncio no outro extremo da linha. Eva digitou no campo de busca: "Christian Brix". Não apareceu quase nada. Algo relacionado a Bruxelas, pelo que conseguiu deduzir. Membro de um *lobby,* o Systems Group?

– Você se refere à depressão? – perguntou Fabian Brix.

– É.

– Para mim também foi um baque terrível. Estou arrasado.

Ficou com a voz embargada. "Rápido, Google – 'Systems Group.'" Apareceram vários resultados. Um fabricante de softwares de Genebra e, mais uma vez, alguma coisa de Bruxelas. Nenhuma página própria, só referências de outros *sites.* "Systems Group" + "Brix". Eva clicou em "Imagens". Surgiram várias fotos na tela. Numa, tirada em frente à Herlufsholm, Brix descia de um carro e era recebido por um homem de smoking. Eva olhou para a mão com que operava o mouse. Tremia ligeiramente. Lembrou-se do desenho que Malte fez do homem assassinado, com o cabelo furiosamente ruivo. Na foto, Christian Brix tinha a mesma cor de cabelo, como uma labareda.

Fabian Brix pigarreou.

– Como você ficou sabendo? Quem contou?

Havia desconfiança naquela voz? Alguma coisa tinha mudado. De repente, Fabian parecia receoso. Eva resolveu fazer-se de desentendida.

– Ainda estou abalada – disse. – Passei o dia todo procurando uma explicação. Ou, pelo menos, alguma coisa que me deixasse mais perto de entender o porquê de uma atitude tão drástica.

– Você é jornalista?

– Como? – disse Eva, e sentiu-se como uma menina que pegam na mentira.

– Responda. Você é jornalista?

Passos que se aproximavam. De repente, Eva viu o bibliotecário vir até ela.

– Aqui você não pode usar celular – ele disse, visivelmente irritado. – Vou ter que pedir que desligue.

Eva não lhe deu atenção.

– Não, eu só queria dar os pêsames e...

– Você não é a Monika. Para qual veículo você trabalha? Para aquele tabloide, o *Ekstra Bladet*? Não quero falar com você.

– Mas escute...

– Passe bem. – Desligou.

– É proibido conversar ao telefone aqui na biblioteca.

– *OK* – concordou Eva, sorrindo inocentemente para o bibliotecário. – É claro.

O outro se afastou. Eva tornou a recordar o desenho, com o cabelo ruivo, o sangue, a faca. Depois recordou a foto de Christian Brix. "Que estranho", pensou. "Um homem que, para a internet, mal existia." Procurou no *site* das Páginas Amarelas. Achou um endereço de Christian e Merete Brix. A mulher dele? "Os crimes do colarinho branco costumam ter a ver com a compra e venda de imóveis", tinha gritado na faculdade aquele experiente repórter de meia-idade. Jogou o endereço no Google. Apareceu de imediato a cadeia de agências imobiliárias Home. A casa de Christian Brix, em Copenhague, estava à venda. Deu uma olhada nas fotos de uma casa recém-reformada no distrito de Kartoffelrækkerne. Clicou em "Ampliar imagens". Estudou a cozinha e o refrigerador duas-portas com máquina de gelo. A decoração da sala era minimalista, quase não havia nada nas paredes, só um quadro antigo, um retrato, aparentemente de Mozart.

Eva se voltou. Olhou para o bibliotecário e sorriu para ele.

– Dá para imprimir aqui na biblioteca?

– Hoje não é um dia bom. Estou sozinho, e a impressora fica no andar de cima.

– Preciso muito imprimir uma coisa.

– Mas...

– Por favor. Pagarei com prazer. Dez coroas a página – disse Eva. Estava consciente de que tinha gastado toda a sua munição: afagos e dinheiro por baixo dos panos. No entanto, detectou um leve sorriso.

Chefatura de Polícia de Copenhague – 19h10

Marcus enfim viu o diretor-geral sair do prédio. Hartvig estava em companhia de uma mulher. Secretária? Amante? O vento agitou ligeiramente o cabelo loiro e comprido da mulher, num movimento ondulante que fez Marcus continuar a olhar para ela, ainda que somente por um instante. Considerou seguir os dois. Não seria mau ter alguma coisa com que pressionar o diretor-geral da polícia de Copenhague. Não, o melhor seria ir ao ponto o quanto antes. Saiu do carro e o fechou, batendo a porta com violência. O diretor-geral continuava falando com aquela mulher. Ela o abraçou rapidamente, ele aceitou o abraço e sacou o celular. A mulher sumiu.

– Hartvig? – disse Marcus, antes que o outro tivesse tido tempo de telefonar.

O diretor-geral se voltou. Olhou para Marcus e tentou lembrar-se de quem se tratava.

– Do Iraque?

– Primavera de 2005, se não me falha a memória – disse Marcus, e se adiantou um passo. – Que bagunça aquilo! Ainda bem que já passou.

– Você é o Marcus?

– Isso.

– Eu gostaria de bater um papo, mas a verdade é que estou com um pouco de pressa – disse, e ergueu o celular.

– É só um segundinho – disse Marcus. – Na verdade, eu queria apenas cumprimentá-lo e falar com você a respeito de Christian Brix.

O olhar do diretor-geral mudou. Teria sido o nome? Em todo caso, Hartvig enfiou o celular no bolso.

– O que acontece?

– Eu soube que o caso está nas mãos de um tal de Juncker. É isso mesmo? Jens Juncker.

Antes que Hartvig pudesse responder, Marcus lhe ofereceu o cartão de visita do Systems Group.

O diretor-geral de polícia ficou um bom tempo olhando para o cartão com as duas flechas douradas sem arco, estampadas em ligeiro relevo no papel fosco. Sentiam-se as flechas com os dedos ao passá-los cuidadosamente sobre o cartão, do jeito que estava fazendo naquele instante o diretor-geral.

– Você é do Systems Group, como Brix – disse Hartvig. – É uma espécie de Blackwater europeia, não?

Marcus sorriu e balançou negativamente a cabeça, mas de um modo que expressava não a superioridade desdenhosa, e sim a amabilidade.

– A Blackwater é um exército privado que se pode contratar para fazer qualquer coisa a troco de dinheiro, todo tipo de trabalho sujo que ninguém mais está disposto a aceitar. O Systems Group é mais ou menos o oposto. Trabalhamos em prol da paz e prosperidade na Europa. Somos um centro de estudos...

Hartvig o interrompeu com uma breve gargalhada.

– Centro de estudos?! Pelo que me lembro, vocês aparecem o tempo todo na lista daquelas empresas privadas que compram mais equipamento de segurança que o próprio Serviço de Inteligência. De mais a mais, por que contratam basicamente ex-militares como você? É para vocês pensarem? – Hartvig tornou a rir.

"Que palhaço folgado!" Um impulso violento esteve a ponto de se apossar de Marcus, que, entretanto, acabou esboçando um sorriso controlado.

– Não pense que só contratamos militares, não mesmo – disse. – Também gostaríamos de contratar um homem como você, quando tiver encerrado por aqui.

– Você não vai conseguir me pressionar.

– Mas é claro que não. Estamos apenas conversando.

– Sobre o quê?

– As oportunidades financeiras, a liberdade. E aí é possível que as pessoas que represento possam lhe dar uma mão.

Suas palavras impressionaram o diretor-geral mais do que este teria gostado.

– Há futuro depois da polícia. Você já começou a pensar nisso? Semana passada, demos uma mão numa conferência sobre a paz e o progresso nos Bálcãs. Contratamos o ex-ministro da Justiça para ser o moderador. Ele passou uma semana em Sarajevo, e recebeu trezentas mil coroas. Afinal, ninguém disse que ajudar o mundo precisa ser grátis. Você também recebe para ser policial.

Marcus esboçou um ligeiro sorriso.

Silêncio.

– Muito bem – concordou Hartvig. – Um centro de estudos, um *think tank*. No que você está pensando, então?

– Pensamos na maneira de assegurar a paz e a estabilidade, e...

– Besteira. – O diretor-geral riu. – Vá direto ao ponto.

Marcus manteve o olhar o tempo justo para que Hartvig o achasse desagradável.

– Você vai ter que ser mais claro. Do que se trata exatamente? – perguntou Hartvig. – Como eu já disse, estou com pressa.

– De Christian Brix. – Marcus esticou o braço e, com um sorrisinho, pegou o cartão de visita. Queria recuperar o controle sobre a conversa.

– O caso de Christian Brix está nas mãos da polícia da Zelândia do Norte – disse Hartvig, na defensiva. – Só participamos porque Brix tinha residência fixa em Copenhague.

– Foi o que pensei, e também por isso vim ver você. E porque somos velhos amigos.

– Em que mais você pensou?

– Pensei principalmente na família. Na situação difícil e infeliz por que estão passando.

O diretor-geral olhou fugazmente para ele.

– É, a irmã dele é dama de companhia.

– Foi uma desgraça terrível. Falei com ela – disse Marcus, e balançou negativamente a cabeça. – Está arrasada.

– É compreensível.

– Como eu já disse – continuou Marcus –, sou amigo da família, e para nós é melhor encerrar o caso o quanto antes. Foi suicídio, infelizmente. Não há motivo nenhum para que se faça autópsia. Afinal, é evidente que não se tratou de crime. Quanto mais cedo Brix for enterrado, mais depressa a imprensa vai deixar de se ocupar do caso.

Hartvig transferiu o próprio peso de uma perna para a outra.

– É pena, mas não consigo controlar a imprensa. Você sabe como eles são: quando farejam sangue, não param até que tenham o cadáver no prato.

– Mas será que você não poderia talvez considerar quais pedaços de carne atirar para eles? – Dessa vez, o sorriso de Marcus foi mais generoso.

Hartvig lhe lançou um olhar teimoso e sorriu. O sorriso era o mesmo que tanto havia impressionado Marcus no Iraque; só que, agora, o irritava. Deu um passinho para trás. Tinha que dar espaço ao diretor-geral de polícia.

– Só espero que você faça o melhor para todos – disse Marcus. – Talvez você possa conversar com Juncker.

– Sobre o quê?

Marcus suspirou.

– Apenas escute. A família está arrasada. A maior vontade deles é que se encerre o caso agora mesmo. Querem que a imprensa faça o mínimo de barulho, e não querem autópsia.

– Você está me dizendo que representa a família?

– Acho que você sabe perfeitamente do que estou falando. Trata-se de fazer um favor a um velho amigo; é tudo o que peço. Não pretendo me imiscuir no seu trabalho. – Marcus fez uma pausa breve, teatral, antes de apelar para a peça mais importante do jogo: a compaixão. – Um marido se suicidou. A família está desolada, a dor se instalou para sempre no coração deles, e me pediram para ajudar a encerrar esse capítulo o quanto antes. Por isso estou aqui. Não creio que haja nada de mau no que peço. Por acaso os cidadãos não podem mais implorar compaixão da polícia?

– Mas não é disso que estamos falando.

– Estamos falando do quê, então?

Hartvig ficou olhando para Marcus, que se deu conta de que o outro queria dizer alguma coisa. Deu-se conta das voltas que Hartvig estava dando ao assunto na cabeça. O diretor-geral travava uma batalha consigo mesmo: as leis se pegavam contra a ideia de garantir o futuro. Chegar a uma conclusão custou a Hartvig um tanto mais do que aquilo com que Marcus estava acostumado.

– Vou ver o que posso fazer – disse Hartvig, e estendeu a mão para pôr ponto-final na conversa.

10 de abril

No trem de Hareskoven para Copenhague – 7h20

Eva tinha tido sua melhor noite de sono em meses, talvez porque tivesse se entretido até tarde olhando as fotos da residência do falecido tio de Malte e lembrando o que o veterano jornalista gritara: que a Divisão de Crimes Financeiros andava curta de ideias; que, nos casos de fraudes com imóveis, os delinquentes eram quase sempre mais espertos que a polícia; que os imóveis eram ideais para lavar dinheiro, para processar grandes somas livres de impostos. "Antes de mais nada, vocês precisam investigar as propriedades das pessoas", ele tinha dito. Era o que Eva estava fazendo. A única foto que não havia imprimido era a vista exterior da casa. Tinha o tempo exato para vê-la no celular antes que o trem chegasse à Estação Central de Copenhague, onde precisaria fazer baldeação. Entrou no *site* da imobiliária. Digitou o número de referência no campo de busca. O imóvel surgiu na tela. Eva repassou as fotos, aquelas que tinha estudado na cama na noite anterior. Mas... Voltou atrás. Alguma coisa parecia ter mudado. A foto do quarto, talvez. Não, a da sala. Tinha sido tirada de outro ângulo. Tirou a papelada da bolsa – as fotos impressas e o desenho feito por Malte. A foto da sala tirada da cozinha para a elegante zona da janela, como um quadro... Um quadro. Era o que tinha mudado, o quadro. O antigo retrato de Mozart, ou de quem fosse, não estava mais lá. Tinha sido tirado.

Tornou a checar. Examinou a foto que tinha imprimido no dia anterior. Sim. Lá estava. Talvez não fosse de Mozart, mas era de um homem do mesmo feitio, com o nariz afilado, o olhar astuto, meio renascentista, e a casaca verde-jaguar (embora à época provavelmente não chamassem assim aquele tom) com detalhes de veludo vermelho. Elegância, um marco imponente. Eva olhou para a nova foto no celular. Não restava dúvida. Tinham tirado o quadro. Comparou as outras fotos. Era a única coisa que havia mudado.

Eva desceu na Estação Central e subiu a escada rolante às pressas.

– Ei, olhe por onde anda!

Quem tinha gritado com ela era uma mulher da idade de Eva. Esta respondeu com um "Perdão" que a outra certamente não ouviu. Para chegar a Roskilde, Eva precisava fazer baldeação, passando do trem de subúrbio ao regional. Pulou os últimos degraus da escada rolante e venceu quase correndo os metros que a separavam da Linha 5. O trem estava parado na plataforma. Faltavam dois minutos para a partida. Entrou no vagão, sentou, pensou. Por que tinham mudado uma das fotos? Por causa de um quadro? Foi quando viu a tela de TV. Estavam dando as notícias no canal TV2. A tela estava fixada entre dois compartimentos de passageiros, e Eva não conseguia ouvir nada. Só via as costas do repórter, que entrevistava um policial graduado em frente à Chefatura. Na parte inferior da tela, corria a linha habitual de texto com as últimas notícias: "Empresário encontrado morto no Dyrehaven..." Saiu do compartimento e se aproximou da tela.

"Por ora, a única coisa que podemos dizer é que a família foi informada e a polícia da Zelândia do Norte se encarregou do caso", declarou o superintendente-chefe Jens Juncker, cujo nome aparecia numa legenda abaixo da imagem.

"Mas já podem nos dizer alguma coisa sobre a natureza da morte?", perguntou o repórter, que Eva não via, pois a câmera focalizava apenas o policial. "Suspeitam que possa ter sido crime?"

"Não há nada que indique que possa ter sido crime. A única coisa que podemos afirmar é que..."

Eva ficou olhando fixamente para a tela enquanto o repórter continuava a falar. "Ao vivo", indicava-se no canto superior esquerdo. Ao fundo, via-se a Chefatura de Polícia de Copenhague, que ficava logo depois da esquina, pertinho da estação. Ouviu o aviso eletrônico das portas do vagão. Elas se fechariam dali a um segundo, e o trem se colocaria em movimento e a levaria a Roskilde para que tocasse a vida adiante... Nem sequer teve tempo de chegar ao fim do pensamento. Era agora ou nunca. Saltou do trem.

* * *

Eva viu o furgão da TV2. Os técnicos estavam recolhendo o equipamento. O repórter cujas costas ela tinha acabado de ver na tela do trem falava ao celular enquanto tomava café. Qual seria o *lead* de Eva? Afinal, ela também era jornalista. Olhou na bolsa e achou a carteira. Sim, a carteirinha de jornalista continuava lá. Já tinha caducado, mas que importância tinha isso? Aproximou-se da Chefatura de Polícia a passos lentos. Fazia muito tempo que não ia lá. A última vez tinha sido quando ainda era universitária e estagiava no *Ekstra Bladet*. Muitos de seus colegas de curso acabaram indo fazer estágio em jornais locais e pequenos canais de TV. Eva, porém, tinha engolido o orgulho, mandado currículo e foto ao redator-chefe do tabloide sensacionalista e escrito que lhe interessava o destino das pessoas, a vida delas, sobretudo a íntima – o amor, o sexo, os sonhos, as ambições, as tragédias. Uma semana depois, a secretária do editor-chefe telefonou para lhe oferecer uma posição no *Ekstra*. Começou atuando com repórter veterana, dessas que tinha trabalhado com crimes e desgraças a vida toda. Juntos, visitaram os juizados, no mesmo complexo em que ficava a Chefatura de Polícia, e aquela foi a última vez que pisou lá. Isso logo faria dez anos.

– Oi! – disse o repórter da TV2, que a tinha visto. Ele sorriu. Um pouco mais novo que Eva, talvez tivesse estado na faculdade à mesma época e se lembrava dela. Já Eva não se lembrava dele.

– Do *Berlingske*, não?

– Isso – respondeu Eva, e se aproximou.

– Também veio por causa de Brix? – Ele lhe estendeu a mão.

– É, Christian Brix – respondeu, apertando-a.

– Não parecem dispostos a dizer grande coisa. Pelo visto, ele se matou com um tiro.

– Não me diga.

– Bem, é preciso ver isso ainda, não está confirmado.

– Onde você conseguiu a informação?

Ele respondeu com outra pergunta:

– Você sabe quem ele era?

– Sei. Alguém de Bruxelas.

O repórter assentiu com a cabeça e deu de ombros:

– É muito esquisito. É quase impossível saber alguma coisa sobre esse homem. – Encarou Eva antes de continuar. – Mesmo assim, dá para ver que era alguém importante.

– Quem foi que disse que tinha sido suicídio?

O repórter sorriu, balançando negativamente a cabeça. Ele tinha certo encanto. Os olhos eram talvez um pouco juntos demais; ainda assim, diante das câmeras, o aspecto juvenil lhe caía bem.

– Minhas fontes na polícia. Ele se matou com um tiro na boca, de espingarda de caça de cano duplo. Não deve ter sobrado muita coisa do cara.

– Puxa! – exclamou Eva, e pensou qual pergunta fazer em seguida.

Jornalismo investigativo nunca tinha sido sua praia. Era coisa completamente diversa do que tinha feito como redatora de tendências no *Berlingske*. Tinha conseguido o cargo de redatora cedo, poucos anos depois de ter concluído o curso, sabendo que muitos dos ex-colegas de faculdade depreciavam aquela posição e a chamavam de "jornalismo diário de revista feminina". Mas Eva não ligava. Adorava a seção e não se irritava com aquilo. Costumava dizer: "Os leitores também precisam de descontração, conhecer políticos em entrevistas que se concentram não na política, e sim na vida, no entorno".

– Talvez você tenha alguma coisa para negociar – disse o jovem repórter de TV.

– Negociar?

– Você sabe como é. Eu dou esta ou aquela informação, e você me dá outra.

Eva olhou para a Chefatura de Polícia, que, se bem tinha entendido, era o último edifício neoclássico construído na Europa setentrional. Do que ela dispunha para dividir com o jornalista? Afinal, Eva não sabia de nada.

– A casa dele está à venda.

– É, o homem estava no meio do processo de divórcio. Costuma ser o tipo de situação em que as pessoas acabam resolvendo estourar os miolos.

– Você sabe o que a irmã faz? – perguntou.

– A dama de companhia?

– É.

– O que tem ela?

Eva precisava ser rápida. Sentia-se boba; tinha que dizer alguma coisa, qualquer coisa.

– Ontem ela já sabia. Lá pelas onze da manhã, pegou o filho na creche às pressas.

– Muito bem. Como foi que você soube disso?

– Agora é a sua vez.

O repórter soltou uma gargalhada.

– Como é? Isso é tudo que você pode oferecer?

– Tenho acesso direto a um membro do círculo mais íntimo da família – disse Eva, pensando no pequeno Malte, em suas mãozinhas bronzeadas, na pinta naquele nó dos dedos.

– E quem é?

Eva respondeu com mais uma pergunta.

– Você acha que ele se matou por qual motivo?

– Não faço a mínima ideia. Não sou policial nem psicólogo. Só sei que um cara, correndo ontem no Dyrehaven, achou o corpo.

– Mas quem disse isso?

Eva já estava mais à vontade. A única coisa que precisava fazer era parecer enigmática.

– Quem é a sua fonte na família?

– Você primeiro.

O repórter ficou olhando para Eva. Inclinou-se para a frente com uma careta que se poderia muito bem interpretar como risada – ou como exatamente o contrário.

– Ah, você não tem nada, maninha! Só que você é muito gata. Com isso se costuma ir longe. O resto de nós não tem outro remédio senão ralar para conseguir informação.

Ele foi embora. Eva tinha se equivocado. O encanto ameninado do repórter só aparecia quando se acendia a luz vermelha das câmeras. Ele era *duro*, igual a todos os sabujos ávidos de notícias.

Eva se aproximou do guichê de atendimento, onde estava sentado um policial uniformizado. Era um dos mais antigos. Quantas vezes ele teria feito besteira para acabar ali, preso numa gaiola de vidro? Teriam sido tantas quanto Eva? "Provavelmente foram algumas mais, e não seja tão dura consigo mesma", pensou Eva ao se aproximar do policial a passos lentos. O que o jovem repórter tinha dito uns momentos antes? "Você é muito gata." Quanto tempo fazia que ninguém lhe dizia isso? O policial olhou para Eva. Ela fingiu que o celular estava tocando. Tirou-o da bolsa e disse:

– Sim? Consigo estar de volta à redação em uns vinte minutos.

Olhou então para o policial com um sorriso, que ele retribuiu.

E agora? Precisava falar com o superintendente de polícia que tinha acabado de ver na TV, o tal de Juncker, se possível de maneira um pouco informal. Por exemplo, se o encontrasse casualmente pelos corredores e aí conseguisse que ele lhe contasse alguma coisinha que, no fundo, não tinha vontade de contar. Mas como? Evitar o vigia de que jeito? Se telefonasse para Juncker, diriam que primeiro deveria marcar hora, e então ele teria tempo de se preparar para a entrevista e estaria na defensiva.

– Vamos – sussurrou para si mesma. Recolocou o celular na bolsa e se aproximou do guichê de atendimento sem fazer a mínima ideia do que diria. O policial abriu a janelinha de vidro e perguntou:

– O que você disse?

– Eu disse "Bom dia". – Eva sorriu para ele.

– Bom dia – disse ele, com um sorriso enviesado.

Eva tirou da bolsa o desenho de Malte.

– Prometi a Jens Juncker que passaria pela sala dele para deixar isto quando acabássemos.

O policial olhou para o desenho. Não estava entendendo nada.

– É um desenho da sala de Juncker. Foi uma criança quem fez. Nós o usamos na reportagem – disse Eva, e indicou o furgão da TV2. O policial continuava olhando para o desenho do terrível assassinato, o sangue... – Ele não deixou você avisado?

– Não.

– Prometi que eu passaria pela sala dele depois que a gente acabasse – insistiu Eva.

– *OK*.

– Também posso deixar com você. Só tem que prometer que vai levar lá agora mesmo.

– Você sabe onde fica a sala?

– Mas é claro.

O policial apertou o botão, e a porta se abriu. Eva entrou com passo firme e decidido, ou assim pareceu a ela, como alguém que sabia aonde ia. Abriu a primeira porta que encontrou.

– Ei!

Eva se voltou. O policial tinha saído da gaiola.

– Você vai chegar antes se atravessar o pátio e depois subir pela escada da esquerda.

"O trabalho na Chefatura de Polícia é muito sossegado", pensou Eva enquanto seguia pelos corredores abobadados e dava uma olhada no interior de alguns escritórios, onde havia homens calados e sérios, inclinados sobre os computadores; um deles falava ao telefone. Por um instante, Eva pensou no Pomar das Macieiras. Chegaria atrasada. O que alegaria? Pôs as preocupações de lado e se dirigiu a um rapaz que, naquele momento, saía de um dos escritórios.

– Com licença...

O jovem ergueu os olhos.

– Acho que me perdi. Jens Juncker fica onde?

– A sala no fim do corredor.

– Obrigada.

Mais que corredor, aquilo era, arquitetonicamente, uma nave. Eva sentiu-se pequena, como se estivesse num templo ou igreja. Reinava a mesma atmosfera sombria. Parou em frente à sala de Juncker. Ele estava com uma senhora de certa idade; a secretária, talvez? Eva resolveu esperar. Seria melhor que o surpreendesse quando saísse. Também isso tinha sido algo que aquele professor tão bravo ensinou na faculdade? Quem dera conseguisse lembrar o nome dele! Eva só recordava que tinha chegado atrasada a várias aulas suas e que ele, todas essas vezes, tinha levantado a cabeça e feito *tsc, tsc*. Em algumas ocasiões, tinha dito algo do tipo "Eis uma aluna que chega atrasada às únicas aulas importantes que vai ter na faculdade de jornalismo". Os colegas de Eva tinham rido, convencidos de que era brincadeira do professor; mas um único olhar para o homem deixava bem claro para Eva que ele falava muito sério. Logo na primeira vez, Eva tinha concluído que se tratava de um palhaço amargurado.

Sentou numa das cadeiras do corredor, em frente à sala de Juncker. O que diria quando chegasse à creche? Que tinha ido ao médico? Devia telefonar e dizer que estava doente? Pegou o celular, mas, em vez de ligar para a creche, deu busca de Jens Juncker no Google. Achou uma série de menções. Juncker aparecia muito na mídia. Um caso em seus tempos na Divisão de Crimes Financeiros fez que o policial se tornasse alvo da imprensa. Eva percorreu algumas páginas. A polícia tinha sido muito criticada. Num editorial do *Børsen*,* tinham até tachado Jens Juncker de "completo incompetente". Juncker tinha se defendido, e Eva não teve tempo de ler mais porque, naquele mesmo instante, ele saiu de sua sala. Não a viu e seguiu pelo corredor. Eva correu atrás dele.

– Oi, Jens!

Ele se virou e olhou para Eva, tentando se lembrar de onde poderia conhecê-la.

– Acabei de ver o seu chefe – disse Eva, sem lhe dar tempo de abrir a boca.

– Ah, é? Não sei quem...

– Estávamos falando de Brix – disse Eva, interrompendo-o. – Você sabe, o coitado que se matou com um tiro.

---

* *Dagbladet Børsen*, equivalente dinamarquês de jornais econômico-financeiros como o *Financial Times* ou o *Wall Street Journal*. (N. do T.)

– Desculpe-me, mas já fomos apresentados?

– Era um desses caras de Bruxelas – disse Eva, buscando alguma reação de Juncker. – Aparentemente, tudo ia bem com ele. Tinha dinheiro no banco, era amigo das pessoas certas... Você não acha meio prematuro descartar a possibilidade de que a morte dele tenha sido crime? Puseram à venda uma casa grande, que vale muitos milhões.

Jens Juncker olhou gelidamente para ela, sem responder.

– E você é...?

Eva sacou a carteirinha de imprensa. Estendeu-a com um movimento rápido e profissional.

Ele leu o nome.

– *OK*, Eva. Vou dizer duas coisas. A primeira é que a sua carteirinha já caducou faz três meses. A segunda é que pode ligar para a minha secretária, para que ela lhe diga que não tenho vontade nenhuma de falar com você.

– Não vou escrever nada – disse Eva.

– Não me interessa o que você escreve ou deixa de escrever.

– Não vou escrever nada sem a sua aprovação. Mas talvez eu tenha uma informação que poderia interessar a você.

– Se me dá licença.

Deu meia-volta e se afastou.

Eva o alcançou.

– Espero que isso não acabe como o caso da Divisão de Crimes Financeiros, porque aí vamos ter que voltar a olhar todos os documentos.

Jens Juncker parou. Lançou-lhe um olhar frio.

– Está me ameaçando?

– Estou é tentando ajudá-lo, Jens – replicou Eva. – E, com isso, ajudar a mim mesma. Se você não quiser cooperar e estiver errado, vou escrever. Tenho que fazer isso, é minha obrigação.

– Eu, errado? Eu não lhe disse nada.

– Pois a mim parece que você já disse que não existe nada para investigar.

– E não existe mesmo. Claro que foi suicídio. Ele até mandou um torpedo antes de se matar.

– Mandou SMS?

– Mandou.

– Para a irmã?

– E o irmão. De mais a mais, o caso está com a polícia da Zelândia do Norte. Você veio ao lugar errado.

– Não me diga que você não está meio curioso. – Eva sentiu que seu cérebro esquentava. Era uma sensação muitíssimo agradável que ela não experimentava fazia tempo.

– Como?

– Você me diz que o caso está com a polícia da Zelândia do Norte, mas pelo visto é você quem responde às perguntas. Como foi que o caso acabou indo parar na sua mesa? Quando foi que disseram "Vai ter que ser a polícia da capital quem vai decidir o que fazer com o tal suicídio, porque a gente não tem coragem de mexer nisso aí"? Bruxelas... A irmã é dama de companhia da princesa consorte... Um monte de implicações. Aí, passam o abacaxi para o Juncker, para que ele apareça na frente da imprensa e diga que está tudo nos conformes.

Jens Juncker continuava olhando friamente para Eva. Respirava apenas pelo nariz, como um touro enfurecido. E então se foi.

Roskilde, Grande Copenhague – 9h47

Torpedo de suicídio. Eva, ao mesmo tempo que acelerava o passo até chegar a correr, refletia sobre a ideia. Para ela, fazia muito sentido. Por que desperdiçar os últimos momentos de vida redigindo compridas e rebuscadas cartas de suicídio, com as quais os familiares não poderiam fazer nada senão chorar e guardar numa gaveta poeirenta? Explicações longuíssimas não tinham serventia para ninguém. SMS era coisa bem diferente. Breve, claro, preciso. "Sempre vou te amar." "Não é culpa sua." "Toque a vida adiante." Entretanto, por que o desenho de um assassinato? Por que mudar numa foto o arranjo que a imobiliária tinha feito?

Eva se apressou ainda mais quando viu a creche. Queria estar um pouco resfolegante ao chegar, para que os outros vissem que se aborrecia, sim, em estar atrasada. Felizmente o caminho estava livre, exceção feita a um pai que saía naquele momento.

– Oi – Eva se limitou a dizer, e recebeu um grunhido à guisa de resposta.

Subiu correndo para a cozinha. Será que estava muito atrasada? Verificou isso checando o celular. Pouco mais de hora e meia. A porta da cozinha se encontrava aberta. Sally estava de costas para Eva.

– Bom dia – disse Eva.

– Ah, você está aí! Achei que tivesse ficado doente.

Sally lhe lançou um olhar rápido. Tinha as mãos cheias de massa de pão.

– A Anna perguntou por mim?

– Perguntou, sim, algumas vezes. Parece que ela está um pouco... você sabe...

– Aborrecida? – sugeriu Eva.

A cozinheira deu de ombros.

– Um pouco.

– Você também?

– Quem, eu? Eu sou da África.

Eva sorriu e disse:

– Desculpe-me. – Vestiu o avental. Ficou considerando as possibilidades por um instante. – Sally, acho melhor eu descer e dizer à Anna que cheguei.

Sally sorriu, como se já tivesse esquecido que Eva havia chegado tarde. "Será que os africanos deixam mesmo tão rápido os problemas, preocupações e aborrecimentos para trás?", pensou Eva. Oxalá pudesse aprender com ela. Assim não precisaria mais passar tantos meses de vida numa constante obscuridade. Assim esqueceria todo pesar no dia seguinte, como Sally.

Saiu da cozinha, atravessou a creche às pressas e deixou para trás os pequenos armários com sapatos, luvas e casacos em tamanho mirim. A porta do corredor estava fechada. Abriu e acendeu a luz. Torben e Anna estavam bem diante dela.

– Oi – disse, pega de surpresa. Por que não tinham acendido a luz? Será que estavam...? Não, Eva tirou a ideia da cabeça – ou ao menos tentou, ainda que não tivesse conseguido de todo. Os dois estavam muito juntos quando ligou o interruptor. Parecia uma situação bastante íntima. Talvez estivesse enganada; fosse como fosse, não era problema seu.

– Bom dia – disse Anna, sem que Eva pudesse determinar se havia nisso algum sarcasmo.

– Oi, Eva – disse Torben, e voltou a olhar para Anna. – Vai chegar daqui a pouquinho.

– Mas não disse que vinha às dez?

– Já são quase dez.

Torben sumiu escada abaixo, e Eva, no corredor estreito, ficou sozinha frente a frente com Anna.

– Eu só queria dizer que...

– Bem, vamos conversar no escritório – disse a subdiretora.

Eva a seguiu e sentou no sofazinho de canto.

Anna sacudiu uma garrafa térmica, mas, pelo jeito, estava vazia.

– Vamos ter que apenas sonhar com café – disse.

– Eu só queria me desculpar por ter perdido a hora hoje de manhã – disse Eva. – Não costumo fazer essas coisas. – Ficou incomodada com a situação, tendo de sentar ali e se deixar humilhar como alguma colegial que chegasse atrasada à aula.

– Também deve ter sido uma mudança enorme para você – disse Anna, que continuava sem sentar, o que contribuía para que a situação fosse extremamente incômoda. – Eu entendo.

– Mudança?

– É, na sua vida. De repente, voltar a trabalhar, ter que chegar na hora certa, assumir compromissos.

– Isso não é problema nenhum para mim.

Foi interrompida por vozes que vinham do corredor, vozes de um homem e uma mulher. A porta não estava fechada, e Eva vislumbrou uma mulher de cabeleira loira que usava sapatos de salto alto, talvez Louboutin. Era Helena, a dama de companhia. Eva, para enxergar melhor, inclinou-se ligeiramente para a frente. Helena levava na mão uma bolsa. Olhou para o escritório de Anna e viu primeiro esta e depois Eva. Seus olhos pareciam cansados, chorosos; não era de estranhar, o irmão tinha morrido fazia um dia, ou dois, e Helena tinha recebido um torpedo de suicídio. "Será que ela está com o celular?", pensou Eva, e no mesmo instante se deu conta de que uma ideia, um plano, se formava em sua cabeça. Claro que a dama de companhia estava com o celular. Talvez Eva pudesse...

– Suponho que também deve ser muito diferente do que você está acostumada a fazer – disse Anna. – Quero dizer, no *Politiken*...

– No *Berlingske*.

– Ah, sim, é verdade, no *Berlingske* – corrigiu-se Anna. – Também gostaria de falar disso com você. Não sei o que a Kamilla lhe contou. – A subdiretora limpou a garganta.

– Veja bem – disse Eva –, não tenho nada a ver com aquilo. De mais a mais, não é o tipo de coisa que os jornais costumem publicar.

– Ou seja, ela falou com você.

– Não sei disso. Estou aqui para ajudar na cozinha e reingressar no mercado de trabalho, *OK*? Os conflitos de vocês não têm nada a ver comigo.

Anna olhou para ela. Cruzou os braços por um instante, mas se arrependeu disso e deixou-os cair.

– Muito bem, então. Mas você precisa entender que, numa instituição como esta, tudo é questão de seguir a rotina. Existe um roteiro que seguimos de cabo a rabo, religiosamente, e que, com bem poucas exceções, todas elas programadas, é o mesmo todo santo dia. Por isso chegamos no horário, porque assim os pequenos se sentem seguros, porque é assim que a instituição funciona melhor. Afinal, você não é a única desempregada em busca de reinserção que recebemos. De fato, eu costumo ter uma palavrinha com as pessoas no primeiro dia; mas acontece que você é jornalista e achei desnecessário. Mas vamos lá: nem todo mundo é feito para trabalhar em creche. A gente não pode fazer o que dá na telha, ir e vir conforme bate a vontade. E isso vale tanto para nós quanto para os pequenos. Eles também têm horários fixos, para dormir, comer, fazer as atividades em grupo. Todos nós seguimos de mãos dadas, ligados uns aos outros, juntos nesta comunidade.

Ouviu-se uma criança chorar, mas longe. O discurso de Anna tinha acabado.

– É claro – disse Eva. – Prometo que não vai acontecer de novo.

– Muito bem, Eva – disse a subdiretora, e assentiu com a cabeça. – Conto com você, então.

– *OK*.

Eva considerou se levantava ou não. Anna permaneceu de pé, como se não tivesse terminado. Continuavam ouvindo a criança chorar, talvez gritar.

– Você e a Sally se dão bem? – perguntou. – As coisas rolam direitinho entre vocês duas?

Eva fez que sim e disse:

– Rolam. Ela é muito simpática e muito boa na hora de me ensinar o jeito de fazer as coisas. Ela é muito boa em...

A porta se abriu. Era Torben, totalmente fora de si. Helena estava logo atrás dele. O choro do menino se intensificou; ele agora gritava.

– Houve um acidente! – disse Torben.

– Acidente?

Anna saiu para o corredor, deixando Eva no escritório.

– Acho que foi com a Esther. Ela está sangrando. Você pega o estojo de primeiros socorros?

Anna deu uma olhada rápida para Eva antes de sair correndo atrás de Torben.

Eva ficou sentada um instante, deixando que a preocupação instintiva pela menina desaparecesse e fosse substituída por uma sensação egoísta de alívio: pelo menos não a tinham demitido. Continuava tendo emprego. Ouviu Anna e Torben sumirem corredor abaixo e viu que Helena ia atrás deles, sem o casaco e sem a bolsa. Esther tinha parado de berrar. Eva escutou o ruído de tubulações oxidadas debaixo do telhado, um ligeiro zunido, mais vozes infantis que vinham das salas de aula. A porta do escritório de Torben estava fechada. Será que ele a tinha trancado? Eva segurou a maçaneta. A porta se abriu com elegância, fácil e silenciosamente, quase como se convidasse Eva a entrar. A bolsa de Helena estava numa cadeira. Era uma Birkin de couro de cobra. Eva tinha visto outra igual só uma vez na vida, quando, poucas semanas depois de ter começado a trabalhar no *Berlingske*, entrevistou a milionária Janni Spies. Se a bolsa era original, podia facilmente custar mais de cem mil coroas. Eva a abriu. O celular estava lá dentro? Não. A decepção lhe veio como uma sensação física. E aí acabou por se questionar. O que alegaria se a descobrissem? Procurou depressa alguma explicação que justificasse o fato de que estava no escritório de Torben fuçando uma bolsa que não era sua; não encontrou nenhuma. Bem, talvez uma: que merecia a bolsa. Depois de tudo o que tinha aguentado, a decadência que tinha vivido nos meses anteriores a levara àquilo, a essa bolsa que valia mais de cem mil coroas. Era uma chance, e fazia muito tempo que a maldita vida não lhe proporcionava uma. Chance? Para fazer o quê? Pela janela, olhou para o parquinho. Estavam alvoroçados lá. Alguns pequenos estavam em lágrimas. Fixou-se de novo na bolsa. Sim, concluiu, era uma chance, no sentido mais amplo da palavra – a chance de averiguar o que tinha acontecido ao tio de Malte antes de ele ter enfiado uma espingarda de caça na boca; a chance de ser despedida; a chance de dar com uma história. Reparou no compartimento lateral da bolsa. Abriu o zíper. Lá estava o celular. Eva pegou o iPhone novo, de metal frio. "Digitar código."

– Merda! – sussurrou Eva, e depois pensou: "É óbvio que está bloqueado, como a maioria dos celulares costuma estar. E, sem dúvida, os das damas de companhia têm os números privados de Suas Altezas na memória". Que diabos tinha imaginado? "Digitar código." Eva tornou a ver aquelas palavras irritantes. Ouviu vozes na escada, as vozes de Torben e Anna. Enfiou o celular no bolso e se apressou a sair e fechar a porta. Safou-se por um triz.

– Disseram que iam demorar quanto tempo?! – perguntou Torben, fora de si.

– Ligaram faz três minutos, devem estar chegando – respondeu Anna.

– E quem vai acompanhá-la?

– A Mie.

Entraram no escritório de Torben.

Eva desceu a escada, e Helena passou por ela em sentido contrário, rumo ao escritório de Torben. "Agora ela vai descobrir", pensou Eva. "Já, já, vai ver que andei fuçando a bolsa dela e afanei o celular."

Ouviu uma sirene, alta e inquietante. O som se aproximou e, então, parou. Pela janela da escada, Eva viu que a ambulância parou em frente à creche e que dois maqueiros saíam do veículo. Torben tinha voltado. Desceu correndo a escada, com Anna nos calcanhares. Os dois tomaram a frente de Eva, e ela os seguiu até o parquinho, onde uma menina chorava sentada no colo de Mie, que a consolava. Um filete de sangue escorria pela testa da criança e descia pelo rosto. Eva não conseguiu determinar se ela também tinha quebrado os dentes ou se era sangue da testa o que lhe entrava pela boca.

– Ajude-nos a afastar um pouco os pequenos – disse Anna.

– Mas é claro. – Eva começou a chamar as crianças para que se afastassem dos maqueiros. – Venham cá! – gritou para elas, mas só algumas lhe deram atenção.

Kamilla lhe deu uma mão.

– Abram espaço para os senhores amarelinhos! – gritou.

A menina subiu na ambulância com as próprias pernas. Mie a levava pela mão. Não ligaram a sirene quando partiram.

– Meu Deus! – disse Kamilla, e soltou uma gargalhada de alívio. – Quanto drama fizeram! Quase cheguei a achar que...

– A Esther morreu? – perguntou um menino, e começou a chorar.

– Não – disse Kamilla, e o pegou nos braços. – Ela só caiu do balanço e machucou a cabeça. Vai ficar tudo bem, você vai ver. Venha, vamos entrar.

Eva acompanhou Kamilla e as crianças até a sala de aula. Algumas continuavam chorando, mas a maioria achou tudo muito emocionante. Kamilla voltou a pedir que se acalmassem; ainda não tinha terminado de sossegá-los quando Torben e Helena entraram na sala. Torben se postou na porta, como se para garantir pessoalmente que ninguém escapasse. Eva viu de imediato do que se tratava e sentiu as faces e o pescoço ficarem vermelhos.

– Temos outro probleminha – anunciou o diretor, com as mãos na cintura.

– Ah, é? – disse Kamilla.

– Pelo visto, sumiu o iPhone de um dos pais.

Torben olhou para Helena, que assentiu com a cabeça. Eva se surpreendeu com o jeito desprezível com que Torben se expressou. Por que não dizia de uma vez por todas de quem se tratava?

– Será que foi alguma das crianças? – perguntou Kasper. Ele tinha estado ali o tempo todo? – Talvez achem que o celular é brinquedo.

– Estava na minha bolsa – disse Helena, com voz mais grave do que Eva esperava. Eva também se deu conta de que era a primeira vez que ouvia a dama de companhia falar.

– E onde estava a bolsa? – quis saber Kamilla.

Torben não respondeu. Estava evidente para Eva que Torben olhava apenas para ela. As coisas só ficariam piores se ela baixasse os olhos. Seria uma atitude ainda mais suspeita, se é que tal coisa era possível. Eva sentia o celular no bolso. Tinha a sensação de que todo mundo conseguia vê-lo, como se fosse uma excrescência que, de repente, tivesse crescido em seu corpo. Nisso, uma espécie de obstinação despertou dentro de Eva. Ela não ia deixar aquele maldito filho da puta julgá-la sem provas.

– Onde estava a sua bolsa quando o celular sumiu?

Pelo visto, Kamilla tinha desistido de receber resposta de Torben e se dirigia diretamente a Helena.

– No escritório de Torben.

– E quanto tempo você ficou fora? – perguntou Kamilla, tornando a olhar para o diretor.

– No máximo dez minutos – disse Torben. – Durante esse tempo, alguém deve ter entrado e pegado.

Eva o encarou. Manteve-se fria como uma pedra de gelo, absolutamente convencida de que aquilo não tinha nada a ver com ela, de que Torben estava prestes a cometer uma injustiça.

– Também pode ser que alguém tenha confundido os celulares – sugeriu Kasper. – Afinal, esses iPhones todos se parecem.

Torben não lhe deu atenção, nem tirou os olhos de Eva.

– Você estava lá em cima – disse Helena a Eva.

Durante alguns segundos, Eva quis mostrar que não acreditava que estivessem falando dela. Isso acabou ficando impossível, porém.

– Eu não...

– Você está com a sua bolsa? – perguntou-lhe Torben.

– Estou. Eu a deixei na cozinha.

– Posso ver?

– O quê?

– A sua bolsa.

Eva não sabia o que dizer.

– Foi você quem pegou o celular? – perguntou Torben.

– Não.

– Então, por que não posso ver a sua bolsa?

– Já chega. – Kamilla se colocou na frente de Eva, como um escudo humano. – O que está acontecendo aqui, Torben? – Ela o olhou com desprezo.

– O que está acontecendo? Ora, estou tentando esclarecer um furto.

– E daí? Você não pode querer revistar a bolsa de outra pessoa à força. É propriedade particular, e você não é polícia.

– Mas, se ela roubou o celular, eu imagino que vá ter que... – Torben engasgou. A voz embargada o denunciou. Tinha ido longe demais e sabia disso. – Desculpe-me – disse, olhando para Eva. – Eu não pretendia culpar você de nada. Suponho que simplesmente... Primeiro a Esther e agora um furto...

– Está tudo bem – disse Eva, baixinho.

– Não, não está tudo bem porra nenhuma! – protestou Kamilla. – Faz quantos dias que você está aqui, Eva? Dois? Três? E, de repente, o chefe vem e, sem nem uma mísera prova, a acusa de ter afanado algo. Não é exatamente um ambiente em que a gente possa trabalhar à vontade.

– Mas ela era a única que estava lá em cima – disse Helena.

– E daí? Pode ser que também houvesse crianças no andar de cima. Torben, você se lembra – disse Kamilla, e sua voz, cheia de indignação, subiu de tom ao prosseguir – do ano passado, quando o Jonas sumiu de repente e o achamos debaixo do sofá da sala dos funcionários, onde as crianças não deviam entrar? Não! – acrescentou, e fez uma coisa que surpreendeu a todos os outros, talvez até a si mesma. Bateu com o pé direito no chão, não uma batida forte, uma batida mais para discreta, suave, que no entanto teve o efeito desejado – foi como se pusesse ponto-final à situação, uma espécie de limite que deteve a loucura, uma risca na areia que ninguém deveria sequer tentar cruzar.

Torben se limitou a assentir com a cabeça e olhou tentativamente para Helena, como se pedindo a compreensão dela para o repentino recuo. Mas Helena olhava para Eva. Esta, mesmo quando não olhava para Helena, sentia aquele olhar.

– *OK* – disse Torben por fim. – Tenho que subir e ligar para o hospital para ter notícias da Esther. Helena, acho que deveríamos... – Voltou-se e olhou para a dama de companhia. – Acho que deveríamos dar um pouco mais de tempo e ver se o celular aparece. Se não aparecer, vamos ter que seguir o procedimento padrão em caso de furto. Ou seja, denunciar à polícia e... Bem, você sabe, todo o resto.

Helena não disse nada. De novo, aquele olhar cravado em Eva. E, de novo, Eva o sentiu como um formigamento na pele. Depois a dama de companhia saiu da sala de aula.

Eva fechou com cuidado a porta do banheiro dos funcionários e pegou o próprio celular. Sabia quem podia ajudá-la com o iPhone bloqueado da dama de companhia. Pelo menos, tinha um bom candidato para fazer aquilo. A questão era saber se ele concordaria. Rico Jacobsen era um velho amigo. Não, amigo não, corrigiu-se. Sem dúvida, seria mais acertado dizer que se tratava de um conhecido. Tinham sido da mesma turminha na faculdade, ele provavelmente um pouco mais apartado dos restantes; tinham ido às mesmas festas, frequentado os mesmos bares, conversado. Era alguns anos mais velho que ela e tinha fama de ser um dos sacanas mais carne de pescoço da imprensa sensacionalista.

Havia escrito muito sobre as gangues de motoqueiros e, por isso, tinha vivido sob proteção policial. Era mais inteligente que a maioria; às vezes divertido, às vezes desagradável; e, para ser sincera, bastante atraente. Havia muita gente que não ia com sua cara, mas ele não parecia se importar muito com isso; ou, pelo menos, era o que dava a entender. Fosse como fosse, não fazia esforço nenhum para ser popular. Eva logo achou um telefone do *Ekstra Bladet*. Perguntou por Rico Jacobsen. Uma moça quase cochichou do outro lado da linha, e Eva, por um instante, pensou em lembrá-la de que não era telefonista de bordel. Depois esperou só um segundo, até que Rico atendeu.

– Alô; Rico falando – ele disse, num tom que não era nem amável nem o contrário.

Primeiro impulso: desligar. Parar antes de chegar a águas mais profundas, onde não conseguiria se manter à tona.

– Meu nome é Eva Katz – acabou dizendo. – Eu e você cursamos uma matéria juntos na faculdade de jornalismo.

– Eva?

Na voz dele, Eva sentiu duas coisas: assombro e reconhecimento. Esse último facilitou consideravelmente as coisas e lhe deu ânimo para seguir adiante.

– Você se lembra de mim?

– E por que não me lembraria de você?

– Você poderia me dar uma mão numa coisa?

– Em quê?

Vozes do outro lado da porta. Torben estava colocando Anna a par das coisas.

– Não vai ter sequelas permanentes, mas é provável que tenha tido uma concussão cerebral.

– Os pais estão com ela?

As vozes morreram.

– Em que é que eu tenho que ajudar?

Rico não era dos que gostam de pausas longas.

– Não posso dizer agora – respondeu Eva. – A gente pode se encontrar?

Rico fez um ruído irritante. Eva teve uma vontade tremenda de desligar.

– *OK* – ele disse de repente. – A gente se encontra lá onde jornalista de verdade costuma ir. Você sabe do que estou falando, não? Às quinze para as sete.

Systems Group – 12h30

Marcus colocou a mão no velho aquecedor preto esmaltado. Ainda estava quente. Talvez o corpo de Marcus estivesse sentindo o longo dia sob a chuva e os minutos passados no mar gelado dos banhos. Tremia. Colocou o sobretudo. Às vezes, precisava apenas fazer a sesta para voltar a ficar bem. Sentou-se de costas para o aquecedor. Fechou os olhos.

O celular tocou. Tinha pegado no sono? Talvez. David... Parou de tocar. Marcus estava indisposto. A sesta não tinha adiantado nada; continuava a sentir aquele frio nos ossos. Fechou os olhos mais um tempinho, até que o celular tornou a tocar.

– Sim, David?

– Apareceu um problema.

– Sim?

– Roubaram o celular dela.

– Dela quem?

– Da dama de companhia, a irmã de Brix.

– Onde?

– Numa creche.

Marcus se endireitou.

– Na creche do filho?

– Isso.

– Ela tem certeza?

– Disse que sim. Tem certeza absoluta.

– E você acredita?

– Acredito. Ela está consternada. Disse que sabe quem pegou.

– E quem foi? Não, espere aí. Há alguma coisa de interesse no celular?

– Os torpedos.

– Os torpedos de quem?

– Dela com os irmãos, e a mensagem de despedida.

– Algum conteúdo perigoso?

– Não dá para descartar essa possibilidade.

– *OK*. Quem ela acha que roubou?

– Uma ajudante de cozinha que acabaram de contratar.

– Parece bem possível.

– Já investiguei a tal ajudante.

– E?

– É jornalista.

Marcus se levantou, talvez um pouco rápido demais; sentiu o sangue refluir da cabeça e apoiou uma das mãos na mesa.

– Ela escreve onde? Está fazendo o que nessa creche?

– Não sei.

– Onde você está?

– Levei a dama de companhia para casa.

– Está em Roskilde?

– Perto.

– E a jornalista?

– Continua na creche.

– David, precisamos recuperar o celular. Ele tem senha?

– Tem.

– Ótimo. Isso nos dá umas horas.

– A não ser que a jornalista tenha adivinhado a senha.

– De que jeito?

– A dama de companhia não lembra se a usou no escritório. A jornalista pode ter visto a senha.

– Escritório? Que escritório?

– Ela foi a uma reunião com o diretor da creche para avaliarem como deviam lidar com o menino depois da morte do tio. O diretor saiu do escritório. Ela mandou um torpedo. Botou o celular outra vez na bolsa. Saiu para o parquinho. Quando voltou, o celular tinha sumido. Só o telefone, não o dinheiro, nem nenhuma outra coisa.

– Alguma ideia do porquê?

– Por que o quê?

Marcus pensou se não teria sido um acaso. Também poderia ter sido simples furto, mas nesse caso o ladrão também teria levado o dinheiro.

– Volte para a creche. Ache essa ajudante. Já sabe o nome dela?

– Eva Katz.

Furiosamente, Marcus digitou o nome de Eva no teclado. Apareceu uma foto de Facebook de uma mulher atraente. "São as piores", pensou Marcus. "As bonitas sempre foram as mais ambiciosas. Abençoadas que são com um físico privilegiado, bem que podiam relaxar um pouco." Não conseguia deixar de olhar para ela. Ela o encarava fixamente, como se o conhecesse. Havia algo nela... mas o quê? Marcus desistiu de compreender os próprios sentimentos para se concentrar na missão. A jornalista era um pequeno obstáculo no caminho, nada mais que isso – uma inimiga. Que acabava de lhe declarar guerra.

– David?

– Estou ouvindo.

– Já estou a caminho.

Marcus desligou e apertou o número 3 no interfone.

– Trane falando – disse uma voz grave, do jeito que Marcus gostava: breve, sério, alerta.

– Apareceu uma coisinha no radar.

– O que posso fazer?

– Eva Katz – disse Marcus, e ouviu Trane digitar. Nesse exato instante, Marcus se arrependeu. Envolver Trane nunca saía de graça. Ele se meteria onde não era chamado. Questionaria as decisões. Já era tarde demais, porém.

– Achei – disse Trane. – Eva Katz. Nada má.

– Precisamos monitorar tudo o que ela fizer.

– Vamos colocar grampo?

– Vamos. E descubra para quem ela trabalha.

Marcus ficou um instante olhando pela janela para a Kongens Nytorv (que tinha se tornado um gigantesco canteiro de obras), pensando na situação. Agora Trane estava envolvido. Trane, que se considerava o número dois da hierarquia, aquele que um dia assumiria o comando. *OK*, mas por isso avaliava Marcus constantemente, sopesando se seria capaz de fazer melhor que ele. Marcus estava consciente disso a todo momento. Trane, portanto, não podia ficar sabendo do que acontecera no dia anterior. Era preciso restringi-lo a Eva Katz, ao celular que tinha sido afanado da dama de companhia.

Universidade de Copenhague – 14h47

Na saída do metrô, Eva quase trombou com dois mochileiros italianos. Um estava comendo sanduíche, o outro tinha sentado na mochila, que mostrava uma enorme bandeira italiana bordada. O primeiro sorriu para Eva, depois se levantou e assobiou quando ela passou. Ela se voltou. Agora estavam os dois de pé, o abusado com os braços abertos, convidando-a. Eva balançou negativamente a cabeça e seguiu em frente, rumo à universidade. Por que os italianos eram os únicos homens da Europa que ainda não tinham entendido nada? As mulheres não se deixam enganar pelos galanteios de rua. Não dão meia-volta para se jogar nos braços dos homens, como o jovem viajante esperava. O amor das mulheres se distribui conforme um sistema baseado em méritos, *status* e em mil outras coisas de um homem. Tudo complexo demais para se resolver em alguns segundos na rua, com um assobio e um sorriso. Deu uma última olhada para trás. O mochileiro olhava para ela, abatido. Com os braços ainda abertos, levantou os ombros até as orelhas, como um jogador de futebol que tivesse recebido injustamente o cartão vermelho.

– Por favor... – disse Eva, sorrindo para a mulher de meia-idade que estava saindo naquele momento.

– Sim?

– O Instituto de Artes e Estudos Culturais?

O termo "Instituto" talvez fosse pomposo para os pequenos escritórios e salas de aula daquele edifício de concreto. Eva tirou da bolsa a foto do *site* da imobiliária – a imagem de uma sala de estar em Kartoffelrækkerne, um lugar onde se deveria ser feliz. Só que não bastava isso para ser feliz. Christian e Merete Brix estavam no meio de um processo de divórcio quando ele morreu.

A porta de um dos escritórios estava aberta. Havia um homem sentado de costas para a porta, com o telefone ao ouvido e as pernas sobre a mesa, em cima de montes de papel. Uma plaqueta dizia: "D. A. Weyland". Eva bateu à porta.

– Com licença. O senhor está em uma ligação?

O homem se voltou.

– Amor, eu torno a ligar – ele disse ao telefone.

Eva sentiu uma pontada de dor. Aquela palavra... Era a ela que deveriam chamar de amor numa tarde qualquer de primavera; era ela que deveria estar pensando em compras e outras trivialidades. De repente, desanimou, e o projeto lhe pareceu absurdo.

– Posso ajudá-la em alguma coisa?

Eva voltou à realidade.

– O senhor é historiador da arte?

– Da última vez que olhei o holerite, acho que havia alguma coisa assim. Você está no terceiro ano, não?

Eva colocou a cópia fotográfica diante do acadêmico, que olhou para ela.

– Que baita vista. Você está querendo que eu compre? Acho que não posso me dar a esse luxo.

– O quadro na parede.

– Ah, entendi.

– O que é?

– Isto é parte da nova avaliação de qualidade dos docentes? – disse o historiador da arte, que, pelo visto, era um engraçadinho.

– Sou jornalista. Eu só queria saber o que é esse quadro.

Weyland olhou para Eva e, depois, para o quadro.

– Obviamente, é um retrato. Pode ser de qualquer um. Fizeram-se muitos retratos no século.

– Então, o senhor acha que foi pintado no século XIX?

Weyland examinou detidamente o quadro.

– É, acho que sim. Talvez em fins do século XVIII.

– Não consegue me dizer mais nada?

– É um óleo.

– Pode ser roubado? Uma falsificação? Quem é o homem do quadro?

– Não faço a mínima ideia.

Eva suspirou. O historiador olhava fixamente para ela.

– Sabe com quem você deveria falar?

– Não.

– Você veio ao departamento errado – disse ele, e saiu do escritório com a cópia na mão.

Eva o seguiu pelos corredores desertos, passando por salas de aula das quais os estudantes tinham saído fazia tempo.

– Você escreve onde? – perguntou o historiador, e diminuiu um pouquinho o passo, para que Eva se pusesse a seu lado.

– Para o *Berlingske*.

– Sobre cultura?

– Negócios – apressou-se Eva a dizer.

– Não estou entendendo.

– Estou investigando um caso de fraude.

– Ah! – Ele olhou para ela com interesse renovado. – Vamos ouvir o que os cê-dê-efes da faculdade de história têm a dizer.

Parou em frente a uma porta igualzinha às outras. Prestou atenção durante um momento. Ouviam-se vozes do outro lado.

– Creio que se trata de uma reunião oficial. – Isso era possivelmente alguma piada.

Três batidinhas, e abriu a porta. Eva contou dezesseis rostos sérios que olhavam para ele. Um estava ao lado do quadro branco, com um marcador na mão.

– Espero estar incomodando – disse Weyland.

– Um pouco.

– Bem, eu lhes trouxe uma jornalista do *Berlingske*.

Eva sorriu, tentando fazer uma cara que parecesse adequada.

– Resumindo, diz respeito a um caso de fraude – disse Weyland, e entrou na sala. – É um retrato do século XVIII ou XIX. Dito isso, a história da arte entrega os pontos.

Eva ficou na porta enquanto Weyland deixava o papel na mesa, em frente ao historiador sentado mais perto da porta. A interrupção tinha sido inoportuna. A sala irradiava descontentamento acadêmico.

– É lorde Nelson? – perguntou Weyland, que conseguiu assim a atenção do reticente historiador.

– Não, não é – foi a resposta.

O colega ao lado esticou o pescoço e olhou para o quadro, mais ou menos do mesmo jeito que se costuma olhar para as pessoas de quem realmente não se gosta.

– Parece alemão – disse esse outro.

Passaram o papel de mão em mão. Um deles se levantou para dar uma olhada mais detida. Weyland se voltou e piscou para Eva.

– O *Berlingske* garante um ano de rosquinhas se vocês derem uma mão.

Eva riu.

– Creio que é Fernando – disse um, referindo-se ao imperador austríaco.

– Claro que não é – disse uma historiadora, balançando negativamente a cabeça.

Pelo visto, aquilo foi a frase-chave de que precisavam para despertar a necessidade de estarem com a razão. Vários ali se colocaram de pé. A competição tinha começado. Murmuraram nomes, mencionaram o imperador Francisco José e um compositor de quem Eva nunca tinha ouvido falar; as sugestões eram muito hesitantes, porém. Ninguém se atrevia a cravar um nome.

– Klemens Wenzel Nepomuk Lothar von Metternich, príncipe de Metternich-Winneburg-Beilstein – sentenciou por fim uma voz autoritária.

Os outros olharam para o dono daquela voz. O homem se levantou. Era alto, tinha o cabelo branco e pousou seus olhos azuis em Eva. s

– Também conhecido como príncipe Metternich – disse, e devolveu a cópia a Eva.

Weyland sorriu para Eva.

– Cadê as rosquinhas? – ele disse.

Centro de Copenhague – 16h12

Marcus estacionou bem na hora em que Trane ligou.

– Trane?

– Estou incomodando?

– Nunca.

– Consegui grampear o celular dela. Pelo que pude averiguar, ela não tem internet em casa.

– O que você conseguiu descobrir pelo celular dela?

– Que ela buscou Juncker, Brix e a casa de Brix no Google.

– Mais alguma coisa?

– Sim.

– Fale.

– Deu busca de Metternich.

– É mesmo?

– É.

Marcus ficou pensando. Que ela era rápida. Competente. Embora provavelmente tivesse começado sua investigação antes da morte de Brix. Ninguém era capaz de averiguar tanto em tão pouco tempo. Desligou o motor do carro. Viu David na outra calçada. Pontual como sempre, já ia cruzar a rua.

– Você ainda está aí, chefe? – perguntou Trane.

– Onde a garota está agora?

– Acaba de entrar no metrô. Vai para o centro.

– Mantenha-me a par dos rumos dela.

– É claro. Vou mandar LiveLink. Assim você pode acompanhar pelo celular os movimentos da moça.

– Obrigado.

Marcus esperou. David abriu a porta do carro, deixando entrar o barulho e a poeira da rua. Marcus sentiu irritação e desassossego.

– Já apareceu o celular da dama de companhia? – perguntou Marcus.

– Não.

– Ela continua achando que roubaram?

– Tem certeza absoluta. E agora, o que fazemos?

– Vamos recuperar o celular, David. É isso ou...

– Ou o quê?

– Ou a gente sai correndo e se alista na Legião Estrangeira – disse Marcus, e sorriu.

David balançou negativamente a cabeça.

– Menos mal que você consiga ver o lado cômico.

– Está pronto, soldado?

– Estou.

– Vamos fazer isso juntos. Juntos somos mais rápidos e mais fortes que a Legião, não é verdade?

David sorriu e fez que sim. O celular de Marcus deu sinal de vida. A tela pulsou uma única vez, e apareceu nela o mapa de uma área de Copenhague – Kongens Nytorv. Um pontinho vermelho que se movia lenta e placidamente por ali, como a presa que não desconfia de nada, que vive e pasta bem na trajetória que o caçador já determinou para o projétil.

Klareboderne, centro de Copenhague – 18h45

Eva nunca tinha gostado do Bo-Bi Bar, ainda que fosse o mais antigo da capital. Ora, nem se fosse o bar mais antigo do mundo! Fumaça, cerveja só de garrafa (e só na garrafa, sem copo), e a única coisa que havia para comer era ovo cozido. Os colegas dos tempos em que ela trabalhava ali perto, no *Berlingske*, tinham uma ideia muitíssimo romântica do lugar. Diziam que, quando se era jornalista de verdade, frequentava-se o Bo-Bi. Ali eles se juntavam a poetas, escritores, artistas e gente que pretendia mudar a sociedade. Mas a única coisa que Eva via era gente que desfrutava o alcoolismo das bebedeiras românticas, como se levar uma vida desregrada, fumar e beber favorecesse a criatividade.

O garçom interrompeu aqueles pensamentos ácidos.

– Em que posso servi-la?

– Você pode me trazer uma salada de queijo de cabra com *pinoli* e um copo de *chardonnay*? – disse Eva, com cara muito séria.

Por um instante, o garçom a olhou com desconfiança, e logo depois caiu na gargalhada, mostrando uma língua quase negra. "Tingida de cerveja preta, cigarro e fumo de mascar", pensou Eva, e se rendeu com um sorriso.

– Agora a sério. Vocês já evoluíram o suficiente para que a gente possa pedir um copo de vinho branco? Ou isso é frescura demais?

– Um copo de vinho para a moça – disse o garçom.

Eva procurou Rico com o olhar. Mesmo que tivessem se passado muitos anos, estava convencida de que seria fácil reconhecê-lo pela autoconfiança que se refletia em seus olhos, pela fisionomia que irradiava "eu contra o resto do mundo".

Na faculdade, Eva tinha estado a ponto de ir para a cama com ele, e Rico havia insistido. Seria por isso que ela acabou dando para trás?

Havia dois homens sentados a uma mesinha, bem ao lado da porta. Por que reparou neles? Teria sido porque um deles tinha levantado a vista e olhado para Eva quando ela entrou? Não. Isso era o que a maioria dos homens do bar fazia, olhar furtivamente para ela. Tinha reparado nos dois por causa do aspecto – o cabelo extremamente curto, a pele saudável e bem cuidada, a extrema boa forma. Pareciam militares. Não tinham jeito de quem frequentava o Bo-Bi, ou talvez a freguesia houvesse mudado desde a última vez que Eva estivera ali. O garçom deixou o copo de vinho no balcão.

– Obrigada – disse Eva.

Pegou o celular. Nenhuma mensagem de Weyland. Eva tinha prometido que checaria algo sobre o quadro e que ligaria ou mandaria mensagem para dizer se era roubado, se valia muito dinheiro. Tratava-se mesmo de uma obra de arte? Todo mundo sabia a grande quantia que algo assim podia valer. No divórcio, quem ficava com o dinheiro dos quadros pendurados nas paredes? Eva bem podia imaginar aquilo, as desavenças, toda a encrenca. Sorriu, balançando negativamente a cabeça. Será que se tratava mesmo de algo tão simples? Bebeu um gole de vinho branco e, na internet móvel, começou a ler sobre Metternich, o homem retratado no quadro que tinham tirado da parede da casa de Christian Brix. Era um estadista do século XIX, ministro do Exterior, em muitos aspectos o homem que então governava o Império Austríaco. "O criador da Santa Aliança", leu.

– Ah, agora reconheço você.

A voz vinha de trás. Eva se voltou. Lá estava Rico, e ele continuava igual – cabelo curto e grosso, olhos intensos por trás de uns óculos à John Lennon, barba de três dias, *blazer* azul de uma grife cara que o distinguia e o colocava acima da freguesia habitual do Bo-Bi.

– Rico! – disse Eva, e se levantou. – Desculpe-me o incômodo, e obrigada pelo seu tempo. – Abraçou-o. Supôs que, se a mão dele lhe roçou a bunda, foi apenas por acaso.

– Quando você aceitou que a gente se encontrasse no Bo-Bi, achei que tivesse virado jornalista de verdade – disse Rico, e sentou com um sorriso nos lábios –, mas o vinho branco a denuncia.

– Acho que nunca vou conseguir ser jornalista do jeito que você entende o termo.

O garçom os interrompeu.

– Rico?

– O de sempre. E dois ovos cozidos.

– *Yes, sir.*

Rico estava com a pasta no colo. Tinha envelhecido desde os tempos em que ambos estavam na faculdade de jornalismo. Mas continuava tendo os mesmos olhos escuros e ligeiramente fundos. Eram olhos que a tinham atraído e assustado ao mesmo tempo. Por um lado, eram vorazes, ávidos, não só de Eva, mas de tudo – sabedoria, poder, influência e mulheres de menos de quarenta anos. Por outro, tinham um quê de muito antigo; não tínhamos nenhuma vontade de que aqueles olhos velhíssimos sacassem o que nos andava pela alma. Talvez por isso tivesse faltado coragem a Eva para se envolver com Rico.

– O que posso fazer por você, Eva?

– Você consegue desbloquear um celular?

– Está falando do quê?

– É um iPhone. Ela botou senha de acesso.

– Ela? Ela quem? O que acontece?

– E isso interessa? Eu pago, não se preocupe.

Rico a encarou durante alguns segundos e depois baixou os olhos.

Tinha dito alguma coisa de que ele não gostou, Eva percebeu de imediato. "O lance de pagar", pensou. Aquilo provavelmente não significava grande coisa no universo dele.

– Rico?

Ele ergueu os olhos.

– Desculpe-me. Podemos começar de novo?

– Podemos, com um brinde – disse. – Já faz um dia inteiro que não bebo, o que, acredite ou não, é um recorde nestes tempos bicudos.

Rico sorriu. O garçom colocou diante dele uma cerveja Carlsberg e uma dose de *aquavit*. Os dois ovos cozidos vieram envoltos num guardanapo e acompanhados de um pratinho de sal grosso. Rico ofereceu um a Eva. Ela aceitou, pôs sal e pensou: "Talvez não esteja tão ruim, apesar de tudo". Deu uma mordida. O gosto era bom, e não tinha comido nada desde a hora do almoço.

– Saúde – disse Eva. – Pelos velhos tempos.

– Saúde – respondeu ele.

Eva lhe perguntou da vida. Rico estava divorciado e tinha um filho de três anos, que via a cada dois fins de semana; a mãe do menino também era jornalista, trabalhava para um sindicato e – Rico disse com algo que talvez se pudesse interpretar como um sorriso – tinha lhe parecido muito gostosa na noite em que foram para a cama pela primeira vez, embora depois se revelasse uma completa neurótica. Eva lhe contou que tinha sido despedida do *Berlingske*.

– Você não foi a única! – disse Rico, e enumerou a grande quantidade de jornalistas que estavam sem trabalho. Eva não se orgulhava de reconhecer, mas o papo sobre as desgraças dos colegas teve efeito ligeiramente alentador sobre ela – não era a única em processo de reinserção no mercado de trabalho.

– Bem, agora me fale desse seu iPhone – disse ele, de súbito impaciente.

– Não é meu.

– Isso eu já supunha.

– Confidencialidade?

– Cem por cento. É a única ferramenta de trabalho que temos.

– É da dama de companhia da princesa consorte.

Rico refletiu durante alguns segundos.

– Você vai ter que me ajudar agora. Não sou muito de imprensa rosa.

– O irmão dela, Christian Brix, acaba de se suicidar.

– Ele tem algo a ver com Bruxelas?

– Esse mesmo. Teve tanta consideração que mandou um torpedo para a irmã antes de estourar os miolos.

– Comovente.

– Não acredito nessa história de suicídio.

– E não acredita por quê?

Eva pensou um pouco. Poderia confiar em Rico?

Ele se adiantou:

– Se você quer que eu a ajude com um troço tão fodido, precisa me convencer de que isso vai ser bom para a sociedade dinamarquesa. Você pode até achar besteira, mas é assim que eu penso.

Eva assentiu. Era daquele jeito mesmo. Desobediência civil, desrespeitar as leis e esquivar-se delas – isso os jornalistas podiam fazer sempre que fosse a serviço da justiça. Não se livravam assim do castigo. O castigo era o mesmo que para os outros. Mas, diferentemente dos delinquentes comuns, o jornalista ganhava mais respeito das pessoas quanto mais longe ia, na hora de descobrir a verdade. Watergate. Ou o Caso Tamil, a corrupção na prefeitura de Farum.* O padrão era o mesmo – alguém tinha pisado na zona cinzenta.

– A creche onde trabalho...

– O que acontece com ela?

---

* Dois escândalos muito notórios na Dinamarca. O primeiro levou à renúncia de um primeiro-ministro, nos anos 1990. O segundo, à prisão de um prefeito e cacique político, já neste século. (N. do T.)

– Helena... Já contei que é esse o nome dela? Eu falo da dama de companhia da princesa consorte. O filho está matriculado na creche. O nome dele é Malte. Disse que o tio foi assassinado.

Rico balançou negativamente a cabeça, e Eva se apressou em continuar:

– Sei que não parece grande coisa, mas acredito no menino. Ele já sabia antes de todo mundo que o tio estava morto, antes de a mãe ter vindo pegá-lo na creche...

– E o que eu ganho com tudo isso? – disse Rico, interrompendo-a.

– Você fala do quê?

– Imagino que você queira persistir nessa história se ela tiver mesmo substância. Coisa em que, a propósito, não acredito. Sendo assim, eu ganho o quê?

– Pode ser pelos velhos tempos?

Rico tornou a sacudir negativamente a cabeça. Ficou pensativo durante um tempo. Eva percebeu que estava acontecendo alguma coisa com ele. Alguma coisa em seu íntimo. "O quê?", teve tempo de pensar antes que ele, de repente, perguntasse:

– Você se lembra das nossas saídas? – Sua voz também tinha mudado. Surgiu a raiva, certa amargura.

– *Århus by Night?** – disse Eva, na tentativa de esvaziar de tensão o assunto.

– Você era sarrista: atiçava a gente, mas não dava. Lembra?

Eva resolveu engolir o sapo. Rico, magoado e furioso, lhe lançou um olhar feio e continuou:

– Paquerava todo mundo. Até a mim.

– Mas, Rico...

– Você progrediu depressa na carreira graças à aparência, à beleza – ele disse, insistente, interrompendo-a. – Se conseguiu aquele baita estágio, foi porque sabia paquerar. Quer saber o que você faz? Você usa a xoxota de isca.

– Rico!

– Pode ir embora se não quiser ouvir o que estou dizendo.

Eva deveria ter ido embora, em vez de ficar ali sentada, de cabeça baixa.

– Já pensei muito no que acontece com vocês, mulheres bonitas.

– Olha que eu nem sou bonita!

Rico negou em silêncio.

– E descobri.

---

* Alusão tanto ao ambiente de farra e permissividade que se vê num famoso filme dinamarquês de mesmo nome quanto ao fato de que em Århus fica a maior e mais antiga faculdade de jornalismo do país, a DMJX, onde Eva e Rico estudaram. (N. do T.)

Pausa teatral.

– Vai me contar ou não? – disse Eva.

– O problema é que, já desde meninas, desde que são pequenas assim... – Para mostrar o quanto eram pequenas, Rico separou apenas alguns centímetros as mãos. – Desde pequenas, todos dizem para vocês que são lindas, maravilhosas, fofíssimas. Com vocês, as pessoas reagem de um jeito diferente.

– Já chega, Rico.

– Estou me lixando para o seu "Já chega". É assim, e ponto. Já a gente não tem remédio: precisa ralar se quer nota boa, se quer bons contatos, se quer escrever coisas que valham a pena, e isso todo santo dia, toda semana, o ano inteiro. Você virou redatora em quanto tempo? Um ano? E posso saber por qual mérito? Por mérito nenhum! Da turma toda, você era quem tinha menos talento e, olha só, foi quem chegou mais longe no primeiro ano de formada.

Eva sentiu as lágrimas se acumularem nos olhos. Olhou para o copo de vinho.

– E agora o seu mundinho desmoronou, e todos temos que ajudar a Eva, coitada, que não sabe nem escrever uma matéria do jeito que Deus manda. Estou certo ou não? Mas quer saber? Fim de papo!

– Rico, ouça...

– E que diacho você estava pensando naquele rolo todo com o milico?

– Como é que é?

– Você ouviu. O milico. O seu soldado, oficial ou o que quer que fosse.

Eva quase desmaiou. De repente, tudo ao redor ficou borrado.

– Você está falando do quê? – ouviu a si mesma dizer.

– Qual era mesmo o nome dele? Martin. Mas será que você não vê? Jornalista que casa com militar é quase como se casasse com político. A guerra é política com armas. O que foi que você pensou...?

– Não estávamos casados. Não deu tempo.

– Não, porque ele foi e morreu. Triste, é claro, principalmente para ele; mas é o que acontece quando a gente fica zanzando pelo Afeganistão, bancando o Rambo com os outros babacas sem cérebro. A gente morre disso, sabia?

– O Martin não era assim – disse Eva, e viu que estava gritando. – Queria fazer as coisas de outro jeito.

– O cacete! Quantas vezes a gente já não viu isso? Caras que andam por aí de pistola na mão em algum deserto do mundo, berrando que são eles os bonzinhos ao mesmo tempo que atiram a torto e a direito. Estou cagando para eles. E estou cagando para jornalista que se junta com um idiota desses. De que jeito a senhora acha que vai conseguir ter uma atitude crítica diante de tudo o que está acontecendo?

– Ele cuidava de mim – sussurrou Eva.

Tinha se levantado. As lágrimas... Já fazia um tempinho que tinha desistido de segurá-las. Queria dizer algo mais, gritar alguma coisa na cara de Rico, mas as palavras se negavam a sair. Nisso, Rico não parecia ter dificuldade nenhuma.

– Que se fodam! – ele disse. Jogou no balcão uma nota de cem coroas e foi embora.

Eva o alcançou no calçadão. Rico não parou, limitando-se a olhar rapidamente para ela, e continuou andando rumo à estação. Eva caminhava ao lado dele. Naquela altura, já tinha quase controlado as lágrimas, mas ainda tremia.

– Rico?

Ele continuou em frente.

– Rico. O celular.

– O quê?

– Preciso que alguém desbloqueie o iPhone.

Rico parou. Estavam frente a frente.

– E eu ganho o que fazendo isso?

Eva precisou fazer força para falar.

– Você disse que eu só atiçava. Lá atrás, no...

Eva se dava conta de que não conseguia se expressar, talvez porque não soubesse o que dizer. Mas Rico sabia.

– E agora quer consertar isso?

Eva fez que sim.

– Oferecendo a mercadoria para valer?

Eva não respondeu. Pensou em Martin, morto no caixão. Pensou nas flores na igreja, no uniforme de gala no armário de casa, na vida dela, destruída. Aquilo que vinha reprimindo com tanta habilidade, o *back to the fucking future* e a merda toda que a psicóloga dizia – Rico tinha destroçado tudo isso em trinta segundos.

– Você fala sério? Está me oferecendo a xana?

Rico riu, balançando negativamente a cabeça.

Eva assentiu e pensou: "Nunca", torcendo para que ele não percebesse.

– Então, como ficamos?

– Você desbloqueia o celular, e vamos para a cama.

– Você está muito mal. Sabe disso, não sabe?

– Mais do que você imagina.

Rico continuava a encará-la. Ele tornou a fazer que não com a cabeça, agora de leve.

– Preste atenção. Você agora vai enfiar a mão na bolsa e tirar o celular. Enquanto isso, a gente continua conversando, e você fica olhando para mim. Depois você me abraça. Quando eu puser a mão na sua bunda, você deixa o celular cair no bolso do meu paletó. Entendeu tudo direitinho?

– Estão seguindo a gente?

– Nunca se sabe. Fizeram muito auê com o caso da gangue de motoqueiros. O melhor é a gente tomar cuidado. Jornalista dando celular a outro é bem suspeito. Venha cá, me abrace forte.

Eva tirou o celular e abraçou Rico. Sentiu que talvez estivesse sendo vítima de algo que não entendia.

– Aperte os peitos contra mim, para que eu saiba que é a sério.

– Rico...

– Considere um aperitivo.

Eva resistia, mas de repente ele a puxou para si com força, até que seus seios tocaram o corpo de Rico, separados pela roupa e, ainda assim, mais próximos do que tinham estado de outra pessoa desde a manhã em que Martin saiu para não voltar mais.

– É uma sensação boa – disse Rico, que, usando a mão esquerda, percorreu então as costas de Eva e, com delicadeza, lhe roçou uma das nádegas. Foi um gesto surpreendentemente terno, e não libidinoso como ela havia esperado. – Agora – Rico lhe sussurrou ao ouvido.

Eva deixou o celular cair no bolso do *blazer*.

Estação Central de Copenhague – 19h53

Eva entrou no trem ainda pensando em Rico, em como a mão dele lhe tinha roçado o traseiro, no que ele tinha dito sobre Martin. As lágrimas ameaçavam voltar, mas ela lutou para reprimi-las. Porco! Maldito! "Que diabos ele sabe do Martin?!", pensou, na mesma hora que achou um assento livre no compartimento do trem de subúrbio. Claro que o namorado não era um idiota louco para sair atirando por aí! Martin era oficial, um homem de elevada moralidade, que realmente acreditava que o mundo poderia ser melhor se fizéssemos alguma coisa para isso, se *agíssemos*. Acreditava na justiça; acreditava que, por mais desesperada que uma situação pudesse parecer, sempre havia uma luz no fim do túnel. Do contrário, nós mesmos teríamos que acendê-la. Era o que ele tinha escrito na última carta que mandou. No dia seguinte, uma mina o matou. Não, quem dera tivesse sido assim. No dia seguinte, seu veículo blindado passou por cima de uma mina. Martin morreu dezoito horas depois, numa mesa de operação. Para quê? A que preço?, perguntava Eva, embora soubesse muito bem a resposta – um milhão duzentas e setenta e nove mil coroas. Esse fora o preço acordado por um batedor do Regimento da Guarda Real. Tinha sido o preço pago por Martin, a indenização. Como se chega a uma quantia dessas? Como se calcula que esse é o preço de um soldado morto?

– Eva?

Tal qual agora, ela se encontrava imersa em seus pensamentos quando ele a chamou. Estava sentada no Kastellet.* Sim, agora se lembrava de tudo. Por mais

---

* Uma fortaleza seiscentista, em Copenhague, que hoje é sobretudo um parque, mas onde os militares ainda realizam cerimoniais e atividades administrativas. (N. do T.)

que Eva tivesse sussurrado "*Back to the future*", Rico tinha aberto as comportas e deixado correr tudo aquilo em que ela não devia pensar – no milhão e duzentas e setenta e nove mil coroas; numa tarde muito tempo antes; em que tinha levantado os olhos quando o militar entrou. Já contava que ele viesse de uniforme, que todos estariam de verde-escuro, com medalhas e estrelas reluzentes nos ombros. Entretanto, ele estava de *jeans*, jaqueta azul e camisa branca.

– Nós nos falamos pelo telefone, não? Meu nome é Asger Christensen.

– Sim – disse Eva, então aliviada por voltar a ouvir a própria voz. Lembrava que, naquela manhã, não tinha dito palavra a quem quer que fosse. Era uma hora da tarde. Um solitário "sim" nas sete horas desde que tinha acordado.

– Vamos lá. Café?

Eva o seguiu até o escritório. Na realidade, tinha achado que as instalações da fortaleza pareceriam mais antigas, que o piso rangeria de velhice e que faria frio atrás das grossas muralhas e paredes.

Ao cruzar o fosso pela passarela e entrar no Kastellet, pensou na guerra, em como é antiquada, em como é inacreditável e espantoso que continuemos a mergulhar nela de cabeça. A fortaleza tinha sido construída fazia vários séculos, com fossos e canhões, e parecia vestígio de um passado longínquo. Nada, porém, tinha mudado. O campo de batalha se transferira de Copenhague para o deserto de um país distante; os inimigos já não eram os suecos, e sim algumas tribos. Mas, de resto, continuava tudo na mesma. A sentinela, os canhões, a prisão, as paradas, as honrarias e o "Senhor, sim senhor".

– Não entendi se você quer café ou não – disse Asger Christensen.

– Só se você quiser também.

Ele olhou rapidamente para Eva, deu um sorriso e disse:

– Dois minutos. Já volto.

Eva olhou as fotografias da rainha e do marido, o príncipe consorte Henrique. Estavam separados, cada um em seu retrato. Eram fotos antigas. O príncipe usava um uniforme repleto de medalhas. Teria ele, a exemplo dos filhos, sido militar alguma vez? Eva olhou em volta. Tudo estava recém-reformado e lembrava mais um escritório moderno que um vetusto comando militar. Deviam ter gastado muito dinheiro, lembrava-se de ter pensado na época. Talvez por isso tivessem chegado à cifra de um milhão duzentas e setenta e nove mil coroas. Provavelmente era o que podiam permitir-se pagar. A soma aumentava se o militar tinha filhos, mas Martin não tinha. Deveria ter tido. Queriam ter filhos.

Quando Asger Christensen voltou, deixou uma bandeja na frente de Eva.

– Normalmente trabalhamos em outros locais, mas, como eu já estava na cidade e de todo modo tínhamos que encerrar este assunto... – ele disse.

– Você já falou com os pais do Martin?

Ele tinha sentado. Serviu o café quente, em duas xícaras, e só então respondeu.

– Pois é, já estive em contato com eles.

– O que disseram?

– Estão impacientes. Gostariam de virar a página.

– Virar a página? – Eva balançou negativamente a cabeça. – Faz só meio ano que o Martin foi assassinado.

Asger pigarreou.

– Que ele morreu.

– E qual a diferença?

– É grande. Há muita diferença entre "assassinado" e "morto". "Assassinado" implica que alguém concreto atentou contra a nossa vida. "Morto" quer dizer, no caso do Martin, que ele faleceu defendendo uma causa.

– Uma causa? – disse Eva, com a fúria à flor da pele, e tornou a olhar para a rainha.

– Eva, nós entendemos a sua raiva.

– Não! Não entendem, não – disse em voz alta, mais alta do que pretendia.

Asger olhou para ela, surpreso. Eva continuou:

– Vocês não conseguem entender o que eu sinto. Ninguém que não tenha perdido um ente querido vai entender. – Ele ficou vermelho, mas Eva não desviou o olhar. – Preste atenção. Eu perdi tudo. Perdi o meu marido.

– O seu namorado – apressou-se Asger Christensen a corrigir. O rubor nas faces dele estava diminuindo.

– Nós compramos uma casa, que droga!

– Eu sei. E só se tivessem ido morar juntos...

Ela o interrompeu.

– Tínhamos que ajeitar a casa antes. Qual o problema?

– Você entende por que as regras são do jeito que são? A indenização vai para a esposa legal, para a pessoa com que se tem relação estável ou para os parentes mais próximos, nessa ordem. Você não se enquadra em nenhum dos casos.

– Tínhamos comprado a casa juntos. A gente tinha rescindido os contratos de aluguel.

– Eva... – Asger Christensen suspirou. E se reclinou na cadeira. – Imagine se qualquer mulher pudesse fazer exigências quando um militar morre em serviço.

– Não! – Ela se calou e olhou para os próprios punhos, cerrados, prontos para o combate. – Tínhamos comprado uma casa – continuou, mais ou menos serena. – E não sou qualquer mulher. Nós dois assinamos o contrato de compra. Achamos a casa três dias antes de ele partir. Era a casa dos nossos sonhos, que droga!

– Pena que vocês não se casaram.

O trem de subúrbio entrou no túnel, e Eva flagrou o próprio reflexo na janela. O que viu? Uma mulher furiosa. É, foi isso o que viu. Uma mulher magoada, mas, ao mesmo tempo, uma mulher que irradiava determinação e força de vontade. O que mais Rico tinha dito? Que era bonita mas carecia de talento. "Que se foda! Fodam-se..."

Ergueu os olhos e os viu de imediato. Os mesmos dois homens que tinha visto no Bo-Bi, os que eram ou tinham sido militares. Não subiram no trem e sentaram, como quaisquer outros passageiros teriam feito. Não, eles tinham percorrido os vagões quase vazios e, no que viram Eva, se apressaram a desviar os olhos e sentaram não muito longe dela. Eram os mesmos, tinha certeza – ou será que estava imaginando que alguém a seguia, tal qual a psicóloga tinha escrito? "Psicose aguda provocada por trauma infantil." Pesar, depressão, estresse pós-traumático, aquilo tudo. Era tudo normal. Tudo normal de um jeito anormal.

Estação Østerport. Eva se levantou. Ainda faltavam muitas paradas até descer. Colocou-se à porta. Um dos homens levantou a vista, olhou para Eva e os outros passageiros. Usava o cabelo cortado quase a zero, igual a seu amigo ou colega. Eva conhecia esses tipos. Eram militares. Ela os tinha visto um sem-número de vezes naqueles anos anteriores, quando visitava Martin no quartel. As portas do vagão se abriram. Eva desceu. Continuou olhando para eles. Não olharam para ela. Talvez tivesse sido só um acaso. De todo modo, não a seguiram para a estação, nem estavam no trem seguinte quando Eva enfim chegou ao destino.

Hareskoven, Grande Copenhague – 20h35

– Com licença?

Tinha acabado de enfiar a chave na fechadura quando ouviu a voz, que vinha de algum ponto atrás dela. Um homem de cabelo branco e idade avançada havia parado na calçada. Levava um bassê pela coleira.

– Parece-me que nunca fomos apresentados – disse, com entonação elegante, um pouco afetada, de uma época em que as coisas tinham estado perfeitamente em ordem.

– Não. – Eva deixou a bolsa no chão.

O homem se aposentara fazia tempo, mas era atraente e estava em forma; naquela área, todos estavam, pensou Eva. Era assim que tinha imaginado a vida com Martin, uma vida ordenada, sã, bela.

– Meu nome é Jørgen Lauritsen – disse o homem. – Moro no número 16. Sou aquele da casa cheia de rododendros.

– Ah, sim! – disse Eva, e se apresentou.

– Você já se aclimatou aqui? – ele perguntou, e a olhou com uma curiosidade sincera.

– Bem, mais ou menos. Há muita coisa para fazer ainda. – Eva olhou para a casa. – Nem sei mais o que dizer. É muita coisa mesmo.

– Posso ajudar em alguma coisa? É só dizer.

– É muita gentileza sua, mas não tenho como...

– Sim, sim! Por favor. Eu poderia... – Parecia não saber bem o quê, mas isso durou só alguns segundos. – Se você quiser – ele enfim propôs –, eu poderia tirar o cascalho da calçada, cuidar do jardim. Tenho certeza de que você anda muito ocupada. Eu me lembro de como era a minha vida quando tinha a sua idade. A gente não para nem um minuto, sempre tentando conciliar a família com a carreira. Não estou certo?

– Talvez – limitou-se a dizer Eva.

– Tenho pensado muito nisso. É que Deus organizou tudo muito mal. – O homem deu uma gargalhada.

Foi uma risada falsa. De repente, ficou nervoso; tinha se dado conta de que Eva o calava. Não se tratava de prestar ajuda a ela; os vizinhos é que não aguentavam mais que a casa de Eva estivesse um nojo.

– Deus deveria ter organizado as coisas de modo que não se pudesse ter filhos até a carreira estar bem encaminhada, você não acha?

– Vai ter que me desculpar. Tive um dia muito cheio.

– Bem, ficamos assim, então – disse o homem, e tentou outro sorriso.

Eva abriu a porta, deixou a bolsa na entrada e respirou fundo.

– Eu não me encaixo aqui, Martin – disse. – Não sozinha, não sem você. Juntos, talvez estivéssemos rindo. Mas...

Calou-se, de súbito consciente de que estava falando sozinha, como alguma velha maluca. "Este lugar me deixa doida." Ter reconhecido isso foi talvez o que a levou a descer direto para o porão, porque precisava sair dali, teria que tornar a tirar as caixas da mudança, colocá-las na rua, chamar uma empresa de mudanças ou, melhor ainda, tocar fogo em toda aquela droga. "Nesta casa, é só desgraça e sofrimento", pensou. "Que o mato e os dentes-de-leão fiquem no meu lugar. Flor e grama não conhecem a dor nem a solidão da gente."

Acendeu a luz da escada. Havia poeira no ar. As caixas com livros e roupas de inverno se amontoavam. O que ela fora fazer ali? Não tinha descido para se mudar, nem para dar mais tesouradas no uniforme de gala de Martin, como fizera numa noite em que estava realmente furiosa, semanas depois da morte dele (o uniforme, todo destruído, estava agora pendurado num cabide). Não. Não tinha descido ao porão para dar uma olhada no uniforme. Descera atrás de uma coisa que tinha a ver com a faculdade de jornalismo, uma coisa que tinham aprendido naquela época, coisa que Rico sabia fazer muito bem. Eva se lembrava de que Rico tinha se encantado com aquele jornalista veterano e estourado, o mesmo que Eva detestou desde o primeiro dia, mas de quem, não obstante, tomou notas. Disso tinha certeza. Primeira caixa: vestidos de verão. Segunda caixa: roupa de inverno. Patins, calças de esquiar, lembranças dos Alpes e seus crepes e chocolate quente. Lá estava – uma caixa, só uma; pelo visto, quatro anos de curso não haviam dado para mais que isso. Abriu e encontrou os velhos livros universitários: *Retórica aplicada*, *Escreva para ser ouvido*, *Teoria social*. Não era o que estava procurando. Três pastas de anotações. Virou as páginas até achar. "Jornalismo investigativo", tinha escrito na parte superior da folha. Eva leu:

> Nunca serei uma jornalista como você. É um coroa amargurado e estourado. Sentiu necessidade de me humilhar quando entrei na sala de aula. Fiquei vermelha, e você viu, e continuou a me dar bronca. "Menina bonita", foi disso que me chamou, aquela que não precisa aprender direito a profissão. Você é um bosta, um malvado, um complexado. Desconta sua raiva nos outros. Diz que é preciso "matar os desgraçados". Dividiu o mundo em bons e maus, e, nesse seu mundo, você é o único bom. Os outros são ou ignorantes que só pensam em si mesmos, ou maus, MAUS MESMO, que também estão dispostos, mais até que os ignorantes, a mentir e roubar para ficar com tudo.

Viu Lauritsen por uma das janelas do porão. Já estava mergulhado no trabalho de tirar o cascalho. Eva ouvia o raspar estridente da pá ao recolher as pedrinhas, que Lauritsen ia amontoando num carrinho. O bassê estava amarrado a um braço do carrinho e esperava sentado, paciente. Depois Lauritsen foi para casa, empurrando o carrinho. Lá fora, tinha escurecido. O orvalho se depositara na grama. Eva continuou lendo:

> Agora você está em frente ao quadro-negro, alardeando as suas façanhas. Não tenho vontade de ouvir. Vou dizer o que quero escrever: quero escrever sobre gente normal. Não quero me esconder nas moitas, de câmera na mão, do jeito que você, pelo visto, fez. Não quero fuçar a lata de lixo dos outros, como você diz ter feito, nem a cesta de roupa suja, como você acaba de contar que fez, para a classe toda rir. Deus, como você é vaidoso! É o único, o último jornalista de verdade da Dinamarca, porque, segundo você, os outros são apenas estrelas de *reality show*, jornalistas que vivem na terra encantada do jornalismo. Que se fodam você e seu papo furado de Watergate, de jornalismo investigativo. Você é só um maldito lugar-comum. Quero escrever sobre gente de verdade e sobre o destino que tem, e não há nada de mau nisso. Não quero escrever sobre o que não funciona. Quero escrever sobre o que consegue fazer a vida funcionar, sobre o que mantém as famílias unidas, e como não acabar sozinho no mundo.

Tinha realmente escrito aquilo em vez de anotar o que o professor dizia? Em caso afirmativo, devia mesmo ter-se sentido ridicularizada e enxotada. Aquilo talvez tivesse sido até o motivo inconsciente pelo qual tomou o caminho diametralmente oposto, porque o susto tinha sido para sempre. Eva virou a folha. Nem sequer anotara o nome do professor.

Lauritsen continuava dando voltas lá fora. "Que esquisito", pensou Eva. Ele tinha voltado? Talvez para podar as roseiras que havia bem em frente à janela do porão. Não, ainda não era para tanto, ou... Eva olhou para cima, para as botas; botas militares, identificou de imediato. Dois pares delas, portanto não era Lauritsen. Lauritsen estava de sandálias. Primeiro ela ficou totalmente quieta, ouvindo. Cochichavam, mas não conseguiu ouvir o que diziam. Quem eram? Os vizinhos? Continuavam cochichando. A única coisa que captou foi isto: "... da parte de trás".

Da parte de trás? O que queriam dizer? A parte de trás da casa, era claro. Eva enfim ficou em pé e subiu a escada. Não viu ninguém pela janela da cozinha. Abriu a porta que dava para a rua. Ninguém.

– Tem alguém aí?! – gritou.

A escuridão respondeu, vazia, muda.

Tornou a fechar e trancar a porta. Só por garantia, pôs a correntinha. Se ligasse para o pai, ele estaria ali em cinco minutos. Podia ser boa ideia.

"Não, Eva", disse a si mesma. "Agora, faça o favor de controlar a sua psicose aguda provocada por ter sofrido trauma infantil e por ter ficado sozinha nesta casa de merda, com uma dívida do tamanho do mundo e..."

Foi quando os viu. Estavam ali na sala, a poucos metros de Eva, como se morassem ali, como se pertencessem àquele lugar. Moravam na sala, com máscaras negras que lhes cobriam o rosto. Eva reagiu. Como num sonho, suas pernas correram devagar demais, como se não conseguisse movê-las rápido o bastante. Correu para a porta da frente. Um deles a alcançou quando Eva já estava com a mão na maçaneta.

– Socorro! – ela gritou, e sentiu uma mão lhe tapar a boca.

A mão apertava com força. Eva mordeu a língua quando tentou safar-se. Tinha destrancado a porta, mas a correntinha resistia a abrir. O outro homem a alcançou e conseguiu arrancar da corrente os dedos de Eva. Ela gritou, por trás da mão enorme, e o som foi sufocado. Sentiu que o outro homem a agarrava pelas pernas, como se Eva não pesasse nada, como se fosse apenas um bichinho indefeso, um frango ou cabrito a ponto de ser sacrificado, uma coisa tão miúda, que era bastante lógico alguém tomar decisões sobre ela. Eles a deitaram no chão, no meio da sala. Eva continuava a gritar por trás da mão, mas não com força o bastante para que alguém a ouvisse. Será que agora se reuniria a Martin? Iria morrer? Por quê? O que tinha feito – roubar um celular? O rosto de um dos homens, aquele que lhe tapava a boca, estava muito próximo do seu. De repente, quando desistiu de continuar gritando, sentiu seu hálito. Cheirava a damasco. Era isso mesmo? Ou só cheirava a álcool? Não, talvez a álcool misturado com outra coisa, com menta. Talvez tivesse bebido umas e outras, para juntar coragem, e depois tentado disfarçar chupando bala. De súbito, sentiu o toque. Era quase pior do que morte... O outro lhe abriu o primeiro botão do *jeans*. Não. Ela resistiria. Em vez de tentar gritar, fechou as mandíbulas e os dentes naquela mão. Mordeu, mordeu como uma fera, atravessando a luva fina. Gosto de sangue na boa.

O homem não gritou. Limitou-se a grunhir antes de bater no próprio peito com a outra mão. Uma vez. Duas vezes. Eva abriu a boca para respirar, e ele afastou a mão. Ela tornou a gritar, e o outro lhe agarrou a mandíbula e apertou. Os lábios de Eva se juntaram até se fecharem, e ele lhe espremeu o nariz com o polegar e o indicador e lhe cortou a respiração. Baixaram-lhe as calças até depois dos joelhos. Pararam. Depois a puseram de lado, tranquilamente, com muito profissionalismo, e lhe amarraram as mãos com uma braçadeira de plástico. Eva não teve tempo de gritar. De repente lhe cobriram a parte inferior do rosto com uma tira larga de fita adesiva. Rodearam-lhe a cabeça com ela, como se Eva fosse um embrulho que era preciso deixar bem fechado. A fita, muito apertada, lhe puxava o cabelo. A braçadeira se cravava em seus punhos.

Só quando tentou mexer os pés percebeu que os tinham amarrado também. Estava deitada de lado, mas continuava enxergando ali do chão. Viu como se descontraíam; parecia que, para eles, o pior tinha passado. Um dos dois homens tirou do bolso uma corda fina. Amarrou a corda às braçadeiras que envolviam as mãos e pés de Eva, levou a corda até a cabeça dela e a enrolou no pescoço com movimentos rápidos, como se já tivesse feito aquilo centenas de vezes. Uma volta, duas voltas... A cordinha apertava o pescoço. Eva, para não sufocar, precisou deixar os braços para trás o mais que pôde, apesar de estarem amarrados às costas. Eram profissionais. Sabiam o que faziam, o jeito de amarrar um ser humano pelos pés e pelas mãos para que fosse impossível mover-se, para que tivesse de despender todas as forças em ficar quieto, em evitar as câibras, em não tensionar a fina corda ao redor do pescoço. O cara que ela havia mordido tirou a luva. Sua mão sangrava, muito. O outro cobriu a ferida com a fita adesiva, rápido; estava acostumado a estancar hemorragias. Olharam para ela. O homem cortou outro pedaço de fita e cobriu com isso os olhos de Eva. Durante alguns instantes, o pânico se apoderou totalmente dela. Veio-lhe um pensamento: se tivessem querido matá-la, já o teriam feito fazia tempo. Eva prestou atenção e os ouviu esvaziarem sobre a mesa o conteúdo de sua bolsa. Reviraram tranquilamente os objetos pessoais de Eva. Depois um começou a revistar a sala, pois Eva ouviu um par de pés andarem por ali. Onde estava o outro? Talvez tivesse subido ao andar de cima, ao quarto. Talvez fossem simples ladrões ou estivessem procurando algo específico. Talvez pretendessem apenas afanar um pouco antes de violá-la, como faziam os mercenários de antigamente. Só que Eva não tinha inimigos, e não havia quem quisesse começar uma guerra contra ela, que nunca tinha prejudicado ninguém. Ninguém exceto a dama de companhia.

O outro voltou. Eva tentou virar a cabeça para ouvir melhor. Cochichavam? Teria mesmo ouvido um "não" antes de terem retomado a busca? Sim, estavam procurando alguma coisa específica, não dinheiro apenas; disso tinha certeza. Um carro passou na rua. O barulho os fez pararem durante alguns segundos. A sala estava mergulhada num silêncio profundo. Então ela ouviu um deles abrir e fechar os armários da cozinha com toda a calma. O que tinha ficado na sala se aproximou de Eva. Ela sentia sua presença. Tinha chegado a hora de violá-la? E depois a matariam. Ela subiria para o mesmo lugar onde estava Martin, embora Eva não acreditasse nessas coisas. O homem se ajoelhou e deixou alguma coisa na mesa de centro, talvez uma arma. Baixou um pouco mais as calças de Eva. Apalpou os bolsos, tanto da frente quanto de trás, mais uma vez com movimentos pausados, sem pânico nenhum. Tampouco achou ali o que procurava. Continuou ajoelhado ao lado de Eva. Ela sentiu que ele a olhava. Depois sentiu o toque. Primeiro ele lhe acariciou de leve a testa, com o dedo médio; depois correu a mão pela coxa de Eva. Estava prestes a acontecer. A respiração de Eva acelerou, ela começou a chorar; quis libertar-se, mas, toda vez que se mexia um pouco, a cordinha apertava um tanto o pescoço. Continuava sentindo a mão dele na coxa. A mão roçou a calcinha, perto da genitália; depois, com um só dedo, traçou alguns círculos em seu sexo. O homem se inclinou sobre Eva; aproximou o rosto do dela. Eva conseguia sentir o cheiro do estranho. E agora? O homem tinha se afastado. Levantou-se. Distanciou-se. Estavam procurando algo específico. Algo que não haviam achado, disso Eva não tinha mais dúvida. Pressentiu o descontentamento deles quando voltaram para a sala. Passaram a seu lado e sumiram. Silêncio. Estava sozinha? Ficou uns minutos prestando atenção, quase querendo que voltassem. Iam deixá-la sozinha ali, deitada no chão? Não conseguia se mexer. Quando viria alguém? Fez uma estimativa. No dia seguinte de manhã, não compareceria à creche, mas tampouco telefonariam; eles se limitariam a marcar sua ausência, achando que estava doente ou que, tão somente, tinha ficado em casa sem outro motivo, que era uma das que simplesmente vão a pique. O pai ou Pernille telefonariam ao longo do dia, talvez quando a tarde já estivesse bem avançada. É. Ficaria deitada ali quase vinte e quatro horas. E o que aconteceria quando o pai não conseguisse falar com ela? Porque ele não viria à casa dela talvez até um dia depois. Ela aguentaria tanto tempo? Conseguiria sobreviver duas noites e dois dias sem se mexer, só com o pouco de ar que respirava pelo nariz? Sem água, sem...

Tentou virar-se, mas a pele do pescoço doía. Estava deitada sobre o lado esquerdo. Seria capaz de se virar para o direito sem que a cordinha apertasse demais? E por que estaria melhor do lado direito? "Pense, Eva, pense!" Ela tentou. Pensou na morte, nas crianças do Pomar das Macieiras, em Malte, no desenho que talvez fosse de um assassinato. Que importância tinha isso para ela? O tio do menino podia até ter merecido. Não. Eva acreditava no sistema judicial. Ninguém merece ser assassinado. Bem, talvez. Mas, em todo caso, era melhor não fazer isso; era preferível castigar com penas de prisão, e talvez o tio de Malte nem isso merecesse. Eva respirou fundo, pelo nariz. O muco dificultava. Eva então fez uma coisa que, para seu alívio, ninguém podia ver: assoou o nariz. O muco ficou pendendo dele, mas assim era mais fácil respirar. Estava com as coxas ensopadas; até aquele momento, não tinha se dado conta disso. Tinha urinado de medo. "*OK*, Eva. Aí está você, coberta de xixi e quase morta. E agora? Você vai querer o quê? Eu quero viver." Não dariam cabo dela. Aquilo não tinha terminado, não nessa noite. A primeira coisa a fazer seria cortar a cordinha que lhe unia os pés ao pescoço. Precisava de algo afiado, algo em que pudesse esfregar os pés, algo em que pudesse passar a cordinha até rompê-la. Um pé de mesa? Demoraria um século. Aos trancos, começou a avançar. Conseguia fazer isso, centímetro a centímetro, como um caracol. Na cozinha, talvez? Sim, mas não conseguiria levantar-se, era impossível, e estava com as mãos amarradas. Tinha que cortar a cordinha; do contrário, não teria como fazer nada.

Tomou ar. Precisava de alguma coisa afiada que estivesse ao nível do chão. Repassou mentalmente a disposição das coisas na casa. Devia haver uma lasca grande de madeira em algum lugar, uma tábua do piso com borda cortante. Ou... Tinha sido anteontem que o saca-rolha caiu no chão? É, enquanto falava com Pernille. Tinha aberto uma garrafa, o saca-rolha caiu, ela teve preguiça de pegar e se deixou cair no sofá com o *cabernet sauvignon*. O que tinha mesmo dito a Pernille pelo telefone? "Se amanhã à noite eu não achar o saca-rolha, lembre-me de que ele caiu no chão e escapuliu para baixo do fogão." Seria suficiente para cortar a corda? Eva conseguiria chegar até o saca-rolha? Iniciou a longa viagem, arrastando-se pelo chão sujo e poeirento. Espirrou; foi um ruído inocente num cômodo escuro que abrigava a dor e uma atrocidade. Deixou para trás o sofá; com a ponta dos dedos, tocou os pés dele, os pés do sofá que tinha vindo do apartamento de Martin. Pausa. Não, tinha que continuar. "Encare como um exercício, como se estivesse seguindo um programa fantástico de condicionamento físico." Imaginou centenas de mulheres deitadas como ela no chão da academia, com as mãos nas costas, os olhos vendados, arrastando-se como girinos fora da água enquanto o instrutor lhes gritava palavras de ânimo.

Tinha quase chegado à cozinha. Precisava conseguir atravessá-la. Doeria e lhe cortaria a respiração durante talvez um minuto.

Eva se virou e empurrou as pernas para a direita. A corda apertava mais do que esperara. Ficou sem ar, sua pele ardia. Por um segundo, pensou em desistir e virar-se para o lado direito. "Não, vamos lá, merda!" Deixou as pernas caírem. Durante alguns instantes, ficou retomando fôlego. Alguma coisa lhe escorria pelo pescoço – sangue. A corda tinha cortado a pele. Estaria sangrando muito? Será que se esvairia em sangue? Tinha chegado ao fogão. Comprimiu o corpo contra o aço frio. O saca-rolha estava ali debaixo. Tentou alcançá-lo; tocou-o com a ponta dos dedos. Aproximou-o. Estava com ele na mão. E agora? O saca-rolha tinha, acoplada, uma faquinha. Martin costumava usá-la para cortar o lacre de metal no gargalo. Eva levou certo tempo para abrir a faquinha com as unhas. O saca-rolha caiu duas vezes, e ela precisou fazer muito esforço para recuperá-lo. Que horas eram? Estava no chão havia quanto tempo? Não tinha importância. Notou uma coisa molhada no chão. Por um instante, achou que fosse água; mas era pegajoso demais. Será que a corda estava aos poucos chegando à aorta? Ficou imóvel durante vários minutos, mas o sangue continuava a minar do seu pescoço. Sentia que ele escorria devagar pelo pé. Precisava agir mais depressa. Agarrou o saca-rolha, apalpou com o polegar a lâmina da faquinha, para ter certeza de que estava virada para o lado certo, e começou a cortar a corda. Esta resistia; possivelmente era de náilon, resistente e sólido. A lâmina lhe escapou várias vezes. Por fim, a corda cedeu. Eva ficou até surpresa. A corda soltou-se do pescoço, e ela pôde esticar as pernas. Levou-as ao peito, como um bebê, e passou as mãos por baixo dos pés. Já não estava com as mãos às costas. Tirou a fita adesiva da boca e dos olhos, respirou fundo, apalpou o pescoço. Não estava sangrando aos borbotões. Com essa certeza, tirou uma faca maior da gaveta. Primeiro, cortou a braçadeira dos pés. Depois, colocou a faca entre os joelhos e, com força, friccionou a braçadeira dos punhos contra a lâmina, até se soltar.

– Ela sumiu.

A voz sussurrante que vinha da sala deixou Eva sem fôlego. Tinham voltado, e Eva tornou a sentir um medo que a subjugou. Não conseguia pensar; a única coisa que queria era gritar com todas as suas forças. "Não, agora não. Use a cabeça. Você está de faca na mão. Está mais preparada que antes." Ouviu que cochichavam.

– A gente precisa ir embora.

– Ela continua aqui na casa.

– É arriscado demais.

– Só um minuto.

Eva ouviu os passos deles. Por que tinham voltado? Tinham esquecido alguma coisa? Os passos se aproximavam.

– Eu chamei a polícia! – gritou Eva de repente. – Estou na cozinha e, agora, estou armada! Posso até morrer, mas vou levar um de vocês comigo. Eu juro: pego um ou outro. Ouviram, desgraçados?! A polícia vem vindo.

A sala estava em silêncio. É, talvez tivesse ouvido passos; não tinha tanta certeza. Ficou imóvel durante o que lhe pareceu muito tempo, colada à parede da cozinha, segurando a faca com força. Tinha medo de se mexer. Talvez já tivessem ido embora; não tinha certeza. Por que teriam voltado? Quem eram esses homens? Eva ponderou o que era possível fazer. Podia ficar na casa ou tentar chegar à porta da frente. A segunda opção a denunciaria. Então só lhe restava uma possibilidade: subir correndo a escada até o andar de cima, enfiar-se no quarto e trancar a porta à chave. E depois o quê? Eles conseguiriam abri-la sem dificuldade nenhuma, de um só pontapé. Mas... a janela do quarto estava aberta. Podia correr até lá e pular para fora. O que havia lá embaixo? Grama, talvez alguns arbustos. Era o que ia fazer. Planejou a rota: ir com um ou dois pulos até a escada, subir, abrir a porta sem nem olhar para trás e saltar da janela. Uma vez fora, poderia pedir ajuda aos gritos.

Tomou fôlego e, então, surpreendeu-se consigo mesma. Simplesmente fez o que tinha planejado. Nem sequer teve medo quando enfim colocou um pé adiante do outro. Deu um grito de guerra quando pisou no primeiro degrau, subiu a escada em dois passos largos, bateu a porta atrás de si e ficou parada, com os dois pés no peitoril, pronta para saltar. Não ouviu nada às costas; ninguém parecia persegui-la. Em contrapartida, viu que um furgão escuro dava partida no fim da rua, afastava-se às pressas do meio-fio e sumia.

Rodovia Europeia E47, Copenhague–Helsingør – 21h46

– Pode ser que tenhamos seguido a pessoa errada – disse David. Como de costume, estava ao volante, uma rotina em que se sentiam à vontade desde os tempos do Iraque.

– Não, era ela mesma – respondeu Marcus, e se lembrou da mão.

Não tinha voltado a pensar na mordida desde que haviam saído da casa. Tinha pensando nela, na jornalista, nos livros que viu no porão. *Jornalismo investigativo*. Pensou na genitália de Eva, em que ele tinha passado a mão. Nunca antes tinha feito coisa assim. Nunca. Aquela mulher tinha algo, algo que ele não entendia. Tirou a luva. Estava encharcada de sangue. Ele tinha merecido, pensou. Não por ter amarrado Eva; de fato, podia até ter-lhe tirado a vida que não se sentiria tão mal quanto se sentia por aquilo, por ter-lhe tocado o sexo quente com o dedo. Por quê? Porque isso tinha sido pouco profissional. Levantou com cuidado a tira de fita adesiva. O sangue começou a correr. Por um instante, foi como se o sangue dela lhe saísse da mão, sangue proveniente do interior de Eva, como se ela estivesse dentro de Marcus. Ele ainda conseguia lembrar o odor da pele de Eva.

– Não parece que a fita vá estancar a hemorragia – disse David.

– Vamos para a sua casa. Lá você me costura.

– Não sou bom nisso. Que tal o pronto-socorro?

– Não importa se você é bom. Eu mesmo faço então. Não vamos para o hospital.

– Mas lá dá para dizer que foi só mordida de cachorro, não?

– David, acho que você ainda não entendeu. Se você é que tivesse sido ferido de morte na casa, se ela tivesse lhe dado uma facada no pulmão e você estivesse deitado ali no banco de trás e só tivesse mais uns minutos de vida, eu ainda assim continuaria não querendo ir para o pronto-socorro. Entendeu agora? Todos somos descartáveis. Ninguém está acima da nossa causa, da nossa luta.

David balançou a cabeça, negativa e imperceptivelmente. Olhava para a frente, para a estrada. Marcus tornou a cobrir o ferimento com a fita. Bem poucas mulheres o haviam mordido. Essa agora tinha algo de especial, algo que Marcus só havia visto em quem não tinha nada a perder – soldados que perderam o ânimo, pessoas que haviam perdido a família, esse tipo de adoidado. Marcus olhou fixamente pela janela, tal qual vinha fazendo desde que tinham saído de Hareskoven.

– O cara que ela abraçou.

– O do bar.

– Será que ela deu o celular para ele?

– Ou deixou lá na creche.

– Talvez.

– Ou, sei lá, nem foi ela que roubou.

– David! – gritou Marcus, algo que fazia muito poucas vezes. – Quando é que você vai acordar?

– Você está falando do quê?

– Isto aqui é uma guerra! Você entendeu? Estamos no meio de uma guerra. Eu e você, ninguém mais. Quer sair da guerra? É isso?

David não respondeu.

– Pare aqui – ordenou Marcus. David obedeceu; ligou o pisca-pisca e parou no acostamento.

– Fomos largados atrás das linhas inimigas, você entende? Estamos só eu, você e o que eu e você compartilhamos. Essa é a única coisa, soldado, a única coisa que vai nos tirar desta situação com vida. E aqui estamos nós. Estamos com as mãos manchadas de sangue. O que quer que a gente faça, só vamos sair desta lutando. Se a gente se rende, se a gente senta aqui no acostamento ou se a gente simplesmente vai para casa, o inimigo nos acha.

David parecia a ponto de dizer alguma coisa, mas desistiu.

– E quem é o inimigo? Neste momento, é ela. Se deu o celular para alguém, já são dois inimigos. Se conseguiram desbloquear e mostraram para mais alguém, já são vários. Olhe para mim, David!

David obedeceu.

– Quantos inimigos você está disposto a encarar para sobreviver?

– Não sei.

– E estamos falando da sobrevivência do quê?

– Da Instituição.

– A sobrevivência da Instituição e a nossa. Somos nós e a Instituição. Quantos inimigos? Só me diga, para que eu saiba. Nenhum? Um, dois, cinco?

David fez um gesto de desânimo.

– Incluídos os dois primeiros?

– É, incluídos. De quantos inimigos você está disposto a se desfazer para continuar vivo? Eu preciso saber.

Silêncio no furgão. Marcus conseguia ouvir a própria respiração.

– Saia do carro – ordenou a David.

Olhou para o velho amigo. Marcus sabia que David tinha chegado ao ponto em que preferia perder a vida a tirar a de outros. Marcus tinha observado isso antes, no deserto, em soldados que desabavam sob o peso da responsabilidade, a responsabilidade pela vida e pela morte que se tinha assumido para, literalmente, mudar o mundo. Pôs a mão no ombro de David.

– Eu falo sério. Saia do carro, soldado.

– Não, eu consigo.

– Não acredito.

– Consigo, sim – insistiu David, e olhou para a mão de Marcus. – Vamos, temos que suturar isso aí.

Tornou a dar partida. Marcus sabia que David estava exausto, que quase não conseguia mais. Em circunstâncias normais, teria mandado um homem assim de volta para casa, mas não contava com ninguém mais e não queria ficar sozinho. Marcus sentiu um tremor no corpo, um medo repentino da solidão, como se alguma coisa tivesse se fendido em seu íntimo. De onde vinha essa sensação? Da jornalista? Marcus tirou aquilo da cabeça. Tinha passado a vida inteira sozinho, também nos relacionamentos que tivera. Não tinha dividido os pensamentos com mulher nenhuma, não era de sua índole, não era desses. Sabia aguentar a dor, era bom em administrá-la, livrar-se dela e seguir em frente. Muitas vezes, era questão apenas de conseguir distanciar-se dos problemas. Uma única noite costumava bastar. Quase tudo parecia mais simples na manhã seguinte; era o que sempre tinha dito a seus homens. Era o que devia fazer agora. Só precisava dormir uma noite inteira, coisa que não tinha conseguido fazer desde a noite em que matou Christian Brix.

Hareskoven, Grande Copenhague – 23h12

Um dos policiais, o mais velho, tinha saído para recolher as provas no jardim. Haveria mais técnicos a caminho? Eva não sabia; só conseguia olhar para as próprias mãos, trêmulas, e depois para o policial jovem que estava diante dela e que a olhava com genuína comiseração. Estavam sentados na sala. Eva no sofá, com as pernas recolhidas e uma manta de tricô por cima.

– Tem certeza de que não quer telefonar para ninguém? – ele perguntou.

– Sim, absoluta.

– Acho que você está em choque.

– Ah, não tenha dúvida – disse Eva, e olhou para ele. Eram da mesma idade? Talvez ele fosse uns anos mais velho.

– Eva?

– Sim?

– Você se lembra do meu nome?

– Você me disse?

– Duas vezes.

– Ah, sim! Peter.

Ele sorriu.

– Não, Søren. *OK*?

– Søren. O policial Søren. É fácil de lembrar – disse Eva, com um sorriso forçado.

Ele retribuiu o sorriso, antes de se endireitar na cadeira, que rangeu.

– Conte tudinho desde o início.

– Desde o início?

– Você estava sentada no porão. Tinha descido para procurar alguma coisa.

– Mesmo?

– Foi o que você me disse.

– Ah, sim, agora me lembro. Umas anotações antigas.

– E aí ouviu vozes lá fora?

– Isso. Subi a escada, e eles estavam aqui na sala, bem na minha frente, como se tivessem saído do nada. Eles vieram para cima de mim, me amarraram e revistaram a casa toda.

– Você os ouviu conversar?

– Não. Sim, ouvi. Cochichavam.

– Conseguiu ouvir o que diziam?

– Consegui, no final.

– Quando eles voltaram?

– É. Falaram em voz baixa. Não sabiam se eu continuava aqui dentro ou se tinha fugido.

– Tinham sotaque?

– Não.

– Tem certeza?

– Tenho. Eram dinamarqueses.

O policial mais velho tornou a entrar.

– Há marcas no portão do jardim – disse. – A madeira é muito porosa. A casa é velha...

Eva fez que sim. Não sabia se a última frase não tinha sido uma pergunta velada. Surpreendeu-se com o fato de que o policial tivesse usado a palavra "porosa".

– Não sei – ela disse. – A casa é de 1978. Temos quase a mesma idade. Então, eu também sou velha.

– Todos somos – disse o policial mais velho, e os dois riram. Ele voltou a ficar sério. – É um velho portão de jardim, foi só o que eu quis dizer. A madeira está ligeiramente apodrecida. É fácil entrar para roubar.

– Você mora sozinha? – interveio Søren, o mais moço.

– Moro. Meu marido morreu.

– Sinto muito. Hoje não é mesmo o seu dia, é?

Eva riu. Um riso demasiado sonoro e prolongado, sabia, mas o choque é assim mesmo, chega uma hora em que não resta outra coisa senão rir para não chorar. E não tinha necessidade nenhuma de chorar; vinha chorando já fazia meses demais.

– Você tem algum...? – O policial mais velho hesitou. Depois resolveu perguntar, do mesmo jeito. – Você tem algum inimigo?

– Não.

– Então, por que diz que eles estavam procurando alguma coisa específica?

– Não sei. Só sei que, de certa maneira, tudo pareceu tão... profissional.

– Os ladrões costumam ser – disse Søren. – Os assaltantes de residências vivem disso. Vigiam os endereços de casais idosos ou de mulheres solteiras e, às vezes, as casas um pouco afastadas. No ano passado... – Olhou para o colega. – No ano passado, houve cinco assaltos a residências aqui em Hareskoven.

– Cinco? – disse Eva, sem saber bem se era muito ou pouco.

– Você disse que acha que eles voltaram porque tinham esquecido alguma coisa?

– É. Um deles deixou algo na mesa de centro. Alguma coisa pesada.

Os dois policiais olharam para a mesinha.

– Talvez uma lanterna – sugeriu Eva.

– E você acha que voltaram por causa disso?

– Acho.

Os policiais tornaram a olhar um para o outro. Eva maldisse a si mesma. Por que tinha dito que eles pareciam procurar alguma coisa específica? Søren pigarreou. De repente, parecia cansado.

– Eva...

– Sim?

– Acho que se trata de simples roubo.

– É.

– Mas também acho que você não quer nos contar alguma coisa.

Encarou Eva, preocupado, como um amigo, como alguém que queria ajudá-la. Depois olhou para o outro policial. Silêncio. Eva olhou pela janela.

– Que horas são? – ela perguntou, embora já soubesse a resposta. – Daqui a pouco, tenho que ir trabalhar.

– Mas é claro que não tem que ir trabalhar! – disse Søren. – Depois de tudo o que passou?!

Eva fez que não. "Vou, sim", pensou, mas lhe faltavam forças para dizer isso, para explicar que o assalto tinha tido nela o efeito oposto. Os psicopatas que tinham invadido sua casa, aqueles nojentos que tinham colocado as mãos nela, não iam assustá-la.

Olhou para as próprias mãos. Tremiam uma barbaridade; tomara que parassem de tremer antes que fosse trabalhar na cozinha da creche. Não conseguiria cortar os pepinos e as cenouras para as crianças se não controlasse as mãos.

– Eva?

– Sim?

Era de novo o policial jovem.

– Vamos ter que mandar os peritos para cá, e é melhor que eu já vá avisando: ocupam um espaço danado com o equipamento deles. Depois eu venho pegar você, porque vamos ter que tomar o seu depoimento. Mas talvez você queira dormir um pouco, antes. Quer que um médico dê uma olhada no seu pescoço? É, o melhor é irmos para o hospital, para que examinem você. Também podemos oferecer ajuda psicológica.

– Não, não. Eu estou bem, de verdade – disse Eva, e pensou em Martin, no dia em que foi assassinado, nos companheiros dele, no soldado que estava sentado ao lado de Martin no blindado, teve a coluna partida ao meio, sobreviveu e estava agora em algum asilo, sem conseguir mexer nada senão os músculos do rosto. Ela estava bem. Em comparação com eles, estava bem. Atraiu o olhar de Søren e o encarou.

– Você disse que precisava tomar o meu depoimento. Pode perguntar o que quiser.

11 de abril

No trem para Roskilde, Grande Copenhague – 7h32

Eva Katz estava sentada no vagão, folheando um desses jornaizinhos gratuitos, e quase se esqueceu de fazer a baldeação. O lenço de seda que estava usando no pescoço ficou a ponto de se enganchar na porta quando saltou para a plataforma. Que lindo teria sido se o lenço que tinha posto para esconder as marcas no pescoço lhe tivesse causado a morte! Começou a rir: primeiro quase asfixiada, depois enforcada num trem regional para Næstved, arrastada pelo pescoço na via férrea, como um cão. Eva ria, e as pessoas que passavam deviam achar que não estava batendo bem. Um homem sorriu para ela. Aquele riso desenfreado não dava sinal de parar. Entre um e outro soluço, pegou o celular e o aproximou do ouvido. Assim, parecia que estava rindo de alguma coisa que lhe diziam. Na mesma hora, começou a receber olhares mais compreensivos. "Se eles soubessem!..." Estava mesmo maluca. Sabia disso. Conseguia ver a si mesma, tal qual acontece a quem sofreu algum acidente de trânsito – no carro há três pessoas despedaçadas, e a sobrevivente está engatinhando no asfalto, com sangue na cara, sem parar de dizer: "Não estou achando a presilha de cabelo". Sofria desse tipo de loucura, de choque, de colapso. Tantos nomes diferentes para a mesma coisa.

Quando Eva atravessou a creche e entrou na sala dos funcionários, tornou a pensar em acidente. Tinha acontecido alguma coisa horrível, e todos corriam de um lado para o outro, imersos na própria confusão, do jeito que ela se sentia.

– Eva?

Voltou-se. Era Kamilla, com um olhar triunfante.

– Isso. Quero dizer, oi – disse Eva.

Kamilla fechou a porta. Estavam a sós.

– Resolvi que não consigo mais viver com isso.

– Com o quê?

– Com a decisão de ficar de boca fechada.

– Aquilo do menino na floresta?

– É. Aquilo e o que aconteceu ontem, o jeito como acusaram você. Eu disse ao Torben que vamos subir para falar com ele.

– Vamos?

– Vamos. Você e eu.

– Eu preferiria não fazer isso – disse Eva, e limpou a garganta. – Não acho que o caso da floresta tenha alguma coisa a ver comigo, e a história do celular...

– Mas está óbvio que você não pode se conformar com aquilo! – disse Kamilla, interrompendo-a. – Se você não puser a boca no mundo, vamos pensar que foi você quem pegou, e não foi, né?

– Não, claro que não.

– Então. E por que você acha que hoje a Anna avisou que não vem porque está doente?

– Porque não está bem?

– Porque não quer se colar demais ao Torben nesse assunto. O Torben ficou isolado. Ter escondido aquilo da floresta foi ruim. A gente não pode viver com uma coisa dessas.

– A gente?

– A instituição – disse Kamilla. – Os funcionários. Não dá.

Torben não estava gostando da situação. Ao que parecia, não conseguia manter as mãos quietas. E ainda havia aquele sorriso. "Largo demais, forçado demais", pensou Eva. Já Kamilla não estava sorrindo. Simplesmente sentou ao lado de Eva e olhou com expectativa para Torben. Este inclinou a cadeira do escritório ligeiramente para trás, talvez para criar mais distância entre ele mesmo e as duas mulheres que tinha diante de si. Manchas de suor se espalhavam pelas axilas do diretor.

– Bem, precisamos fazer um controle do episódio de ontem – ele disse, e fixou o olhar num ponto entre as duas. – Foi um dia meio tumultuado; acho que nisso podemos concordar.

– Já apareceu a bolsa? – perguntou Kamilla.

– O celular – disse Torben, corrigindo-a. – Não; que eu saiba, não. Acho que a mãe de Malte está pensando em dar queixa na polícia.

– Mas ela tem certeza de que foi mesmo aqui que sumiu? – disse Kamilla. – Ela pode ter perdido mesmo antes de ter chegado.

– Ela descarta enfaticamente essa possibilidade. Disse que sabe muito bem que estava com ele quando entrou na creche. Mas é possível que esteja enganada, é claro, e é também por isso que eu gostaria de me desculpar.

Torben olhou para Eva. Por um instante, ele deixou que seus dedos brincassem com o pingente que tinha no pescoço, "o dente de um animal marinho", pensou Eva.

– Por ter desconfiado de você daquela maneira... – Interrompeu-se. – Mas acho que eu estava um pouco estressado.

Eva olhou para ele. Tentou concentrar-se na situação. Ainda tinha na cabeça a imagem de si mesma sendo arrastada pelo lenço de seda até a estação seguinte, em Næstved. Também lhe pareceu que sua própria voz soou estranha quando enfim disse algo, embora os outros não tivessem notado nada de esquisito:

– Como está a menina?

– A Esther, se consideradas as circunstâncias, está bem – disse Torben, claramente encantado em poder falar de outra coisa que não o celular sumido. – Passou a noite em observação no hospital, mas já voltou para casa. Pode ser que venha amanhã para a creche. Os pais vêm hoje para uma reunião...

– Simplesmente não entendo como pode ter acontecido uma coisa dessas – disse Kamilla, interrompendo-o. Seu tom era ligeiramente acusador, impressão que o olhar reforçava, não dando a Torben a mínima oportunidade de se safar.

– No fim das contas, é muita criança num lugar muito pequeno – disse ele. – E onde tem gente, tem acidente.

– Mas não se trata só da segurança das crianças. Também é muito difícil para os funcionários. Se acontece alguma coisa com os pequenos que poderia ter sido evitada...

– Ah, Kamilla, tenha dó! – Torben se inclinou ligeiramente por sobre a mesa, na tentativa de reforçar a própria autoridade. Eva não estava certa de que ele tivesse conseguido. – Sei muito bem que você anda com ojeriza de mim, mas escute: *OK*, tivemos um acidente. Mas essas coisas acontecem, a menina vai voltar logo, não há motivo nenhum para ficar dando mais importância do que o estritamente necessário. Pelo contrário, acho que deveríamos esquecer o assunto o quanto antes e seguir em frente, para o bem de todos.

– Mas ela podia ter morrido. Igual ao que... Bem, você sabe do que estou falando. Não dá para aceitar certas decisões.

Silêncio. Torben olhou pela janela. Eva sentiu uma vibração no bolso. Pegou o celular, mas deixou-o escondido debaixo da mesa. Olhou para a tela. Era Rico. Ele já tinha ligado duas vezes.

– Tudo bem se eu atender?

Ninguém respondeu. Kamilla olhou para Torben, que continuava olhando pela janela. Ele parecia um enxadrista cujo adversário acabava de dizer xeque-mate.

Quando Eva saía, viu que Kamilla dizia em tom imperioso que não podia ser daquele jeito, que a decisão era catastrófica para todos. Enquanto descia a escada em direção aos banheiros, Eva pensou que talvez Kamilla estivesse equivocada, que a decisão era a melhor para a maioria, mas que Torben tinha deixado os adversários com a faca e o queijo na mão. Eva se lembrou das lutas pelo poder na redação. Tinha tido uma boa atuação nelas, ainda que não tão boa quanto a de Kamilla.

– Já estamos dentro – disse Rico, teatral.

"Dentro." Eva se surpreendeu com a expressão. Parecia coisa de filme de ação. Ela ponderou se lhe contava do assalto que tinha sofrido em casa.

– Eva, você está aí?

– Estou.

– Pelo visto, o último torpedo que ele mandou foi uma mensagem de despedida. Você quer que eu leia?

Eva hesitou um instante, como se tivesse que vencer uma barreira moral antes de dizer sim. Reclinou-se, apoiando as costas no frescor dos azulejos. Flagrou o próprio reflexo no espelho e pensou no quanto era significativo que as conversas com Rico acontecessem às escondidas nos banheiros dos funcionários. Rico, sem vontade de esperar que Eva lhe desse o consentimento, começou a ler:

– "Querida Helena, minha irmãzinha. Não dá mais. Não quero continuar. Eu adoro você. Sempre vou adorar."

Rico havia lido a mensagem com uma indolência espantosa, mas talvez tenha sido justamente por isso que as palavras atingiram Eva com tanta dureza. Tudo era tão sóbrio, tão frio... Pensou em Martin, na morte. A morte, Eva sabia, era daquele jeito – breve, precisa, simples, direta. Na noite em que tinha recebido o telefonema que a informava da morte de Martin, foi tudo igualmente simples e direto.

– E *bang!* – disse Rico. – Enfiou a espingarda na boca e atirou, sem mais firulas. Mandou o torpedo às oito e cinquenta e dois da manhã.

– Você tem certeza disso? Mandou mesmo no dia 8, de manhã, às oito e cinquenta e dois?

– Certeza absoluta.

– Mas... *OK*, obrigada. Mais alguma coisa?

– Talvez. Aliás, bem grande.

– O quê?

– Antes, e o pagamento?

– Vamos, o que é que é tão grande?

– Você vai ter que ir lá em casa hoje à noite.

– Rico, é desse jeito que você quer que fiquem as coisas?

– Escute aqui, gata – disse Rico, em tom repentinamente ameaçador. – Não sei se você percebeu, mas isto tudo não foi fácil para mim, nem está livre de risco. Tenho um contato que uso, um...

– Contato? – disse Eva, interrompendo Rico.

– Você também pode chamar de auxiliar devotado. E isso não vem de graça. Nada vem de graça, e você sabe muito bem do que estou falando. Sabe o que Henrik Nordbrandt disse uma vez?

– Henrik...?

– O poeta. Ele disse: "Na vida, tive muita mulher que só atiçava, e eu gostaria de ter mais". Por que você acha que sempre penso nessa frase quando escuto a sua voz?

Eva refletiu por um instante. Precisava da informação. Era a única coisa que significava algo para ela.

– Você mora onde?

– Pelo telefone não, Eva.

– Como assim?

– Eu já disse da última vez. Cuidado nunca é demais. Gangue de motoqueiros, crime organizado, essa coisa toda com que eu trabalho... Pode acreditar, eles têm equipamento muito mais sofisticado do que a gente pensa, e contatos para tudo quanto é lado. A gente se vê no mesmo lugar que da última vez.

– No bar?

– Pelo telefone não. Você sabe muito bem onde a gente estava. Vamos começar por aí. O mesmo lugar, o mesmo horário, e aí eu digo para onde a gente vai. – Ele riu. – Você disse que ficaria pelada na minha sala ou fui eu que sonhei com isso? – Rico desligou sem se despedir.

"Às oito e cinquenta e dois da manhã", disse Eva para si mesma. "A hora em que o suicida manda a última mensagem para a irmã, antes de estourar os miolos." Havia algo que não se encaixava, ou pelo menos era a sensação que tinha, como quando sentimos que esquecemos algo mas não sabemos o quê.

Entrou na Sala Verde, onde estava a agenda com encadernação de tecido, em que os pais registravam a chegada dos filhos pela manhã. Folheou o livro. Procurava algo sobre Malte, algo sobre...

Faltava uma folha – a de segunda-feira. O primeiro dia de Eva. O dia em que Malte tinha feito o desenho. A borda das folhas estava ligeiramente desbeiçada. Alguém tinha arrancado aquela. Por quê? Eva olhou todas as folhas. Era a única que faltava. Por que tinham arrancado logo a de segunda-feira? Para que ninguém soubesse o horário em que Malte tinha entrado naquela manhã? Mas por que isso era tão importante?

Tornou a ouvir a voz de Rico: "Às oito e cinquenta e dois", a hora em que a última mensagem foi enviada, as últimas palavras de Brix nesta vida. Mas quando foi que Malte fez o desenho? Quando foi que Eva detectou o medo no olhar do menino? Onde aquilo se encaixava...?

O telefonema do pai de Eva. De repente, ela se lembrou. Correu a checar no celular as chamadas perdidas. O pai tinha ligado e deixado mensagem logo depois que o menino fez o desenho. Eva se lembrava. Lembrava-se de que não tinha atendido. Lembrava-se de que Kasper a avisara de que não podia ficar com o celular ligado nas salas de aula. Às oito e quarenta e seis; fora esse o momento em que o pai tinha ligado; o momento em que o desenho foi concluído – o desenho que mostrava o morto, o tio ruivo.

– Eva?

Uma menina pequena e sardenta se aproximou de Eva e lhe puxou a manga.

Talvez a menina também tivesse dito alguma coisa, mas Eva não ouviu. Só ouvia os próprios pensamentos. Como o menino poderia saber da morte do tio se este mandou o SMS só seis minutos mais tarde, depois do que se matou com um tiro?

Systems Group – 14h30

– Entre!

A voz de Marcus estava rouca; não lhe restava muito volume com que compensar a afonia. De manhã, a mulher do café tinha perguntado se ele não preferia chá de camomila. Marcus lhe havia dito que não. Chá de camomila era um pequeno sinal de fraqueza, tal qual a sêmola de trigo, o limão *kefir*, o trigo-vermelho e quinhentos outros produtos que Marcus e seus homens não deveriam jamais ingerir, coisas próprias de acampamentos para mães solteiras e separadas ou de cafeterias orgânicas alternativas do distrito de Østerbro. Ali não.

Tornaram a bater à porta.

– Já falei, entre.

Trane abriu.

– Eu não tinha ouvido.

– O que você queria?

– Sei para quem ela trabalha.

– E?

– Hoje de manhã, recebeu uma ligação do *Ekstra Bladet*.

– Mas é claro – disse Marcus, e balançou a cabeça. – Ela falou com quem?

– Era de um telefone fixo da redação. Ligaram para ela.

– Você sabe quem foi?

– Não.

– Tem o número?

– Tenho.

– Já tentou ligar para lá?

– Antes eu queria conversar com você.

– Qual é o número?

Trane consultou as anotações. Marcus acionou o viva-voz e digitou o número que Trane leu para ele. Olharam um para o outro quando o telefone deu linha.

– Jacobsen – atendeu uma voz.

Marcus pegou o fone.

– Por favor, quem fala?

– Você primeiro – disse.

Um momento de silêncio, e Marcus desligou.

– Jacobsen? – disse, para que Trane pudesse ouvir tanto a pergunta como a ordem subentendida de que averiguasse quem era aquele tal de Jacobsen. Trane demorou doze segundos para achar a resposta. Marcus cronometrou em seu velho relógio de mergulhador.

– Jacobsen, Rico – disse Trane, e continuou: – Prêmio Cavling pelo trabalho sobre crimes de gangues. Endereço mantido em segredo. Atentaram contra a vida dele. Os motoqueiros...

Marcus aproximou a cadeira.

– Tem foto?

Trane virou a tela para o outro lado. Na foto, Rico Jacobsen estava sorridente. No dia anterior, ao abraçar Eva em frente à Estação Nørreport, não estava sorrindo. "Há algo de esquisito nesse abraço", tinha pensado ao ver de longe os dois jovens.

– David já chegou?

– Não. Quer que a gente ligue para ele?

– Eu mesmo faço isso. Bom trabalho, Trane. Comece por aí.

Bo-Bi Bar – 18h50

"Ar fresco", pensou Eva, antes de inspirar e encher os pulmões durante longos e gostosos segundos. Depois empurrou a porta e entrou no bar cheio de fumaça. Sentou junto ao balcão, como da última vez. Nova garçonete. Ouviu o nome – Louise – quando um dos clientes a chamou.

– O que você disse mesmo?

– Vinho branco, obrigada.

Eva tentou tranquilizar-se, relaxar, mas o olhar se negava a obedecer e continuava procurando rostos, procurando outros olhares, pessoas que olhassem para ela. Alguém a seguia? Alguém a vigiava? "Não", pensou. Não se via soldado em parte alguma. Disso tinha quase certeza. E Rico? O que tinha sido feito dele? Eva tinha chegado um pouco atrasada de propósito, justamente para não parecer uma solteira desesperada. O que tinham combinado de fato? Que se veriam? Ou que ele lhe deixaria um recado? Eva esperou até a garçonete passar por ela.

– Com licença.

A garçonete olhou para Eva.

– Alguém deixou recado para mim?

– Não.

– Tem certeza? Eu sou a Eva.

– Absoluta. *Sorry*.

Pensou na promessa que tinha feito a Rico: que dormiria com ele. Rico tinha exigido isso e, de resto, queria participação no furo ou coisa assim. Um furo. Então, alguma coisa havia. Não era só que Eva estivesse padecendo de psicose aguda. Maldita psicóloga! Eva pretendia não voltar nunca mais ao consultório. Ufa! Os pensamentos iam e vinham. Por que Rico não chegava logo?

– Posso sentar aqui um pouco?

Olhou para o rapaz. Tinha pele muito branca e cabelo muito preto, como um vampiro.

Eva se levantou, pendurou o casaco no ombro e foi para a saída. Não aguentava ficar ali. Alguém riu às suas costas.

Tão logo saiu, pegou o celular e ligou para o *Ekstra Bladet*. Perguntou por Rico, mas ele não estava, explicou uma secretária de redação.

– E onde você disse que ele mora? – pergunta Eva.

– Não posso dizer – foi a resposta.

– Vamos lá. Sou amiga de muito tempo. Eu trabalho no *Berlingske*. Eva Katz. Pode procurar no Google.

– Lamento, Eva.

– *OK*, obrigada – disse, e desligou.

Depois ficou na dúvida se não tinha desistido fácil demais. "Não", pensou. Devia haver outro jeito de encontrar Rico. Atravessou a rua, afastando-se do bar. Continuava sentindo o olhar, triste e faminto, do vampiro. Procurou na internet móvel, embora o celular estivesse quase sem bateria. O endereço de Rico não aparecia no guia. Buscou o perfil dele no Facebook, mas lá tampouco constava o endereço. Deu um passo para o lado quando uma grade do metrô soltou um pouco de vapor. Talvez tivesse sido o metrô que, de repente, a fez pensar em Nova York e, depois, em Tim. Tim, que era meio americano e também tinha feito faculdade de jornalismo, um dos poucos a quem Rico respeitava de verdade. Será que ainda mantinham contato? Foi fácil achar Tim na internet, associado a dois números de telefone. Eva ligou para o primeiro e esperou.

– Tim falando – disse um homem que não tinha dedicado os anos a perder o sotaque americano.

– Oi, Tim – disse Eva, esperando poder evitar o excesso de papo furado. – É Eva Katz. Você se lembra de mim?

– Eva?

– Fizemos faculdade juntos.

– Ah, aquela Eva!

– Essa mesma. Essa Eva. Você era amigo do Rico. Será que teria o endereço dele?

***

O prédio da Gråbrødre Torv estava sendo reformado e quase não ficava visível da praça atrás dos andaimes.

No porteiro eletrônico, só aparecia o sobrenome de Rico. Eva tocou a campainha e esperou. Talvez não estivesse funcionando. De repente, teve dúvidas. Será que ela e Rico tinham combinado para outro dia, talvez o seguinte?

– Vai entrar? – Uma moça abriu a porta de dentro, e perguntou: – Você consegue encarar a bagunça?

Eva sorriu.

– Obrigada – disse, e deixou que saísse.

– Vamos fazer uma coisa – disse a garota, e largou a tranca. – Só vou até a banca, fecho a porta depois. – Foi-se embora sem olhar para Eva.

Tralhas de pintor, baldes, um carrinho de obra apoiado na parede, partes do piso e da escada cobertas de plástico. Cheiro de tinta e de massa de vidraceiro, produtos de limpeza, reboco, poeira, sentia tudo isso nos olhos e nos pulmões.

Quarto andar. Os andaimes tapavam as janelas e não deixavam entrar a luz do entardecer. Não havia nome na porta do apartamento, mas, já que a plaqueta da outra porta mostrava um nome de mulher, Eva aplicou o método de eliminação e bateu. Nada. Pôs a mão na maçaneta e a baixou. A porta se abriu.

– Rico?

Ela teria ouvido um ruído lá dentro? Ele estaria deitado na cama, esperando? Seria aquilo parte do jogo, da vingança contra a "sarrista" que, segundo Rico, ela havia sido? Ou estaria acontecendo alguma coisa? "Não", pensou consigo mesma. "Não vá ficar paranoica agora."

– Rico – tornou a chamar. A voz já saiu melhor, menos tensa.

Na mesa da sala de jantar, havia pequenas pilhas de papéis arrumados. "Sigiloso", leu Eva na pasta de cima. Um MacBook aberto, xícaras de café, copos de água, cadernetas, uma garrafa de vinho tinto aberta e não terminada.

– Rico?

Talvez devesse esperar ali até que ele voltasse. Largou a bolsa. Tentou imaginar como seria ir para a cama com ele. Deveria surpreendê-lo? Tirar a roupa, tal qual ele queria que fizesse, e ficar nua para esperá-lo? Era isso mesmo que ele queria? E se levasse um susto e se arrependesse? "Não, obrigado. Achei que eu estivesse a fim de você, mas agora que a vi sem roupa..." Seria humilhante demais! Entrou no quarto. A cama estava por arrumar, com o edredom jogado no chão. Olhou para os lençóis. Alguma coisa a impelia a deitar, a sentir contra a pele nua os lençóis dele. Teve nojo.

– Não – disse, e olhou em volta. O guarda-roupa, o criado-mudo, um par de sapatos, um livro com a lombada para cima, um guardanapo de papel que fazia as vezes de marca-página, provavelmente vindo do Bo-Bi. Havia também o cheiro da loção pós-barba de Rico. Seria isso o que a animava a sentir uma coisa que não sentia fazia muito tempo? O sentimento continuava ali quando pegou um copo de água na cozinha e se olhou no espelho do banheiro. Que esquisito: cheirava a vômito!

Tirou o casaco na sala. Ficou uns minutos sentada numa cadeira. Tinha vontade de no mínimo continuar tirando a roupa, de esperá-lo na cama como alguém que tivesse recebido ordens de fazer isso. Uma troca de favores. Uma coisa pela outra. É, se ele quisesse mesmo trepar quando voltasse para casa, tinha pelo menos que saber que ela era puta, porque era de fato. Talvez isso não tivesse importância. O amor era coisa que ela havia perdido. O amor estava na pior, como um grande valor interior, algo que por certo havia estado ali, mas que tinha se quebrado. Assim, por que não um pouco de sexo? Pelo menos conseguiria dar prazer aos outros. Tirou as calças e a blusa. Então começou a entender que estava em pé, de calcinha e sutiã, no chão recém-encerado de Rico. Sentia-se ligeiramente mal, talvez com um pouco de náuseas, um pouco enojada de si mesma, de não entender a si própria.

– Tudo... – sussurrou, e se lembrou de um livro que tinha lido sobre uma francesa que era amarrada e açoitada e gostava disso. Eva sentia-se como se o sangue não fluísse mais para a cabeça; estava enjoada quando se agachou para tirar a calcinha. Tinha deixado os pelos do púbis crescerem. Não tinha se preparado. Agora era tarde para lamentar. Tirou o sutiã. Estava pronta.

– Era assim que você queria?

Aproximou-se da janela e deu uma olhada na praça. Não via Rico em parte alguma. Então notou que a vidraça inferior da janela estava quebrada. Havia pequenas manchas de sangue no parapeito. Eva passou o dedo nele. Era sangue fresco. Rico tinha se cortado. Talvez estivesse no pronto-socorro. Foi o que pensou durante alguns segundos. Depois entendeu, e a certeza a atingiu em cheio. Tinham estado ali. Eles. Olhou para o chão. Também ali havia manchas do sangue de Rico. Eles o tinham carregado pela sala, como tinham feito com ela. Seguiu o rastro das manchas. Acabavam no quarto, debaixo do edredom que estava no chão.

– Meu Deus! – sussurrou. Avançou dois passos, agarrou o edredom e puxou.

O barulho de um balde que tombava. Registrou-o sem entender que tinha sido ela que o derrubara. Os degraus debaixo de seus pés estavam vivos, dentes de um predador que a tinha escolhido para presa. Compreendeu que estava no patamar da escada. De alguma maneira, tinha conseguido vestir-se. Continuava sem ver outra coisa além dos olhos de Rico, mortos, o buraco de bala na testa, como um terceiro olho. Precipitou-se escada abaixo, longe, longe do sangue no chão e do olho entre os olhos de Rico. Chegou à via principal do calçadão Strøget sem ter parado em momento algum.

– Pare, Eva! – disse em voz alta. – O que você está fazendo?!

O celular, o iPhone de Helena, estava em cima da mesa? Eva fechou os olhos e tentou reconstituir a cena, mas a única coisa que viu foi Rico deitado no chão, a poça de sangue debaixo da cabeça, o olhar. Precisava voltar o quanto antes e procurar o celular. Era o que tinha que fazer. Dar com o telefone, examiná-lo, achar o que Rico pensava ser importante que ela visse. Voltar.

Pegou a Klosterstræde. Voltou à porta. Surpreendeu-se com o fato de que a porta da rua estivesse aberta, mas aí lembrou que a garota a tinha deixado assim. Entrou. Não viu ninguém. Subiu correndo os lances de escada e voltou ao apartamento. Vozes no poço da escada. Mais que ouvi-las, Eva as intuiu, e se apressou a fechar a porta. Entrou em silêncio. Agora conseguia sentir o cheiro do sangue – ou era apenas porque já sabia o que havia no quarto? Entrou na sala. "Onde é que está?", perguntou a si mesma. Não estava na mesa. Bem, talvez debaixo... Não, nada. Na estante? Também não. Rico o teria escondido em algum lugar? Numa gaveta? Numa gaveta do quarto, por exemplo. Entrou rápido no quarto e ficou um instante olhando para o cadáver de Rico. Eva tinha feito que o assassinassem. Alguém tinha dito "sarrista"? Coitado. Eva sentou na beira da cama. Menos mal que tivesse voltado. Há imagens e impressões tão terríveis que não aguentamos vê-las ou tê-las uma vez só. Um paradoxo. É preciso olhar fixamente, chegar a um acordo com o horror, o ódio e o medo. Encará-los, assimilá-los por inteiro e depois contorná-los. Sentia isso dentro de si – a morte de Rico a enrijecia, determinava-lhe alguma coisa.

– Vamos lá, Rico – resmungou.

Ele não disse nada, apenas olhava para o teto. Eva pensou em fechar os olhos dele, teria gostado de fazer algo por Rico. Mas o melhor seria não deixar rastro. Secou o copo em que tinha bebido água. Vasculhou o chão, tentou lembrar onde tinha estado, o que havia tocado. Não que isso tivesse muita importância; qualquer coisa, podia dizer que tinha visitado Rico na semana anterior. E a moça que a tinha visto de passagem, na entrada do prédio? Eva poderia dizer que tinha ido lá, mas que Rico não abriu a porta. Ninguém desconfiaria dela. Eva não tinha motivo nenhum para matá-lo.

Revirou as gavetas. Olhou debaixo da cama. Nada. Talvez os homens que assassinaram Rico tivessem levado o celular. Haviam surpreendido Rico em casa, e ele tinha resistido. Talvez tivesse escapado para a cozinha, onde se atracaram, conseguido safar-se e fugido para o banheiro. Ou eles o arrastaram para o banheiro e, ali, dispararam à queima-roupa. Os assassinos tinham fugido, mas antes haviam corrido para a sala, onde estava o iPhone, em cima da mesa, e o tinham levado embora. Era uma possibilidade realista? Eva a considerou. Sim, era provável. "Eva, saia logo daqui."

Vozes no patamar da escada. Enquanto corria para a cozinha, ouviu que a porta do apartamento se abria. Uma voz de homem sussurrou:

– Tem gente aqui dentro.

Outra voz respondeu, mas aí Eva já tinha aberto a porta da escada de serviço e começava a descer. A escada estava em mau estado. Não havia luz, e Eva teve que seguir caminho às escuras. Ouviu ruídos às suas costas. Será que os homens a estavam seguindo? Talvez. "Continue!" Mais os últimos degraus, e estaria do lado de fora. Ar.

Olhou em volta. O pátio traseiro do prédio estava na penumbra. Havia várias saídas. Correu para a mais próxima. Sentiu um momento de pânico ao pensar que talvez os homens já estivessem à sua espera, mas não havia ninguém. Saiu do pátio. Estava numa rua cujo nome desconhecia. Dobrou uma esquina, seguiu reto e, pouco depois, deu num calçadão, a Købmagergade. Uma escadaria.

"O que eu faço agora?" A pergunta não a largava. "O que eu faço agora?" Não se atrevia a voltar para casa – com isso conseguia atinar. Provavelmente iriam atrás dela lá. Mas para onde pode ir? E quem eram eles? Os que tinham assassinado o tio de Malte. Os que tinham amarrado e quase matado a ela, Eva. Os que tinham assassinado Rico. E tudo aquilo por quê?

Centro de Copenhague, uma noite qualquer. Não havia muita gente. Que horas seriam? Eva comprou um copo de café num 7-Eleven, só para não ficar à toa.

– Você está bem? – perguntou o rapaz que estava atrás do balcão.

– Estou ótima.

– Certeza?

Estava dando na vista. Era claro que notavam o medo que sentia. Atravessou a Rådhuspladsen, a Praça da Prefeitura. Pensou em pegar um táxi. Para ir aonde? "O que eu faço?"

Sentou num banco e tentou pensar. Olhou para o celular. Estava sem bateria, e, de resto, agora ia querer o celular para quê? Não ia ajudá-la. Dele não surgiam ideias, pelo menos não as que servissem para alguma coisa. Eva só tinha perguntas, muitas perguntas: deveria ir à polícia? Mas, aí, o que diria sobre o furto do iPhone? "Os assassinos virão atrás de mim? Sei lá! Só sei que Malte, com toda a certeza, sabia. Sabia que o tio estava morto antes de este ter mandado para a irmã o último torpedo. Quer dizer, não tinha sido o tio quem mandou. O tio também não tinha se matado, e Rico menos ainda." O que mais ela sabia? Tudo girava em torno de Brix. Podia pelo menos ter certeza disso? E quem era Brix, de fato?

Levantou-se, juntou suas forças e se obrigou a pensar em diferentes possibilidades até o final, enquanto andava sem rumo.

"Não", disse a si mesma. "Pense com clareza." O que aconteceria se fosse à polícia? Se simplesmente contasse tudo – que tinha furtado o celular de Helena e depois tentado desbloqueá-lo, e que depois, quando foi à casa de quem a ajudava nisso, encontrou-o com uma bala na testa, debaixo de um edredom? Em muitos sentidos, seria sem dúvida o mais correto. Colocar as cartas na mesa. Por outro lado, como encarariam o furto em seu novo emprego? Uma pergunta desprovida de sentido, pois já sabia a resposta – seria mandada embora. Isso era óbvio. Em creche, não se pode ter funcionária que afana as coisas dos pais das crianças. Também a condenariam judicialmente por aquilo? Aplicariam multa? Não tinha ideia, mas sabia que a última coisa que precisava era de antecedentes criminais para acompanhar o perfil, já bem carregado, que a psicóloga tinha elaborado. *Psicose aguda. Ladra.* Como ia arranjar emprego de novo?

Passeou pela margem dos lagos de Copenhague, dobrou à esquerda e cruzou a Ponte Rainha Luísa, sem rumo, sem outro propósito além de evitar voltar para casa. Entrou na Nørrebrogade. Mais táxis na avenida. Um bêbado cantando no meio da rua. Eva começava a sentir frio. Entrou num bar. Pediu cerveja e sentou a uma mesa. Isso a reanimou um pouco. Precisava sumir. Era a ideia que tinha mais presente na cabeça. Sabiam onde morava. Voltariam lá. Por isso, ficaria algumas horas mais, sentada onde estava. Esperaria até amanhecer. Aí pegaria o primeiro trem de subúrbio para Hareskoven. Iria para casa, faria a mala e sairia correndo. Para longe. O plano era esse. E depois? O que faria depois? Como conseguiria seguir em frente? Com que podia contar?

– O Malte.

Surpreendeu-se ao ouvir a própria voz. Mas a voz tinha dito a verdade – Malte, um menino de apenas cinco anos, era a única coisa com que podia contar.

Os olhos de Eva depararam com um relógio de parede. Já era muito tarde, ou muito cedo, dependendo do ponto de vista. Tinha que ir trabalhar. Lá onde Malte estava. Não podia chegar muito tarde, não podia dar-se ao luxo de perder o emprego, que era seu único acesso às respostas que procurava.

12 de abril

Distrito de Nørrebro, Copenhague – 5h40

A bala. Marcus a lavou na torneira de água quente. Ouvia David na sala contígua. David estava com a respiração pesada, como um touro já gravemente ferido antes que o matador lhe dê a última estocada. David não sobreviveria ao que estavam fazendo, pensou Marcus. Talvez sobrevivesse fisicamente, mas sua alma estava em frangalhos. Marcus havia horas se ocupava unicamente em tranquilizar o amigo. Olhou-se no espelho. Sentia alguma coisa? Fazia quase dez horas que tinha segurado a cabeça do jornalista no chão, com um travesseiro por baixo, e o havia executado. David tinha vomitado no banheiro daquele apartamento. Durante alguns minutos, tudo fora um caos terrível; mas depois tinham achado o iPhone, e David voltou a enxergar as coisas. Talvez saíssem incólumes daquilo. Marcus olhou para a bala. Tinha atravessado o osso frontal do jornalista, depois a massa encefálica, e saíra pelo osso occipital; a almofada havia amortecido a velocidade da bala, que acabou no chão de madeira. Não era o que se via pelo estado do projétil; a bala estava quase intacta. Os fabricantes conseguiam fazê-las incrivelmente sólidas – elas atravessavam concreto e metal, areia e pedra, sendo capazes de trespassar quatro homens adultos como se eles fossem bidimensionais, meros alvos de papelão.

David estava na sala, inclinado sobre sua flor do deserto, que acabava de regar. Havia gotas de água no parapeito. Marcus estivera presente no dia em que David ficou com esse pedacinho da flora de Helmand. A menina da aldeia a tinha arrancado pela raiz. Avançou para eles. Marcus destravou o fuzil automático. Os talibãs não se importavam de sacrificar uma criança de cinco anos, envolvê-la em explosivos e mandá-la contra soldados ocidentais com uma flor ou um pouco de pão, alguma coisa inocente, uma arapuca. Depois detonavam a bomba de longe. Davam gritos de júbilo lá do morro onde tinham se escondido e de onde podiam ver de binóculo todos os soldados mortos, como se fosse um videogame. Marcus o havia avisado do perigo quando David foi ao encontro da menina. Mas David não deu importância. Aceitou a flor. A menina o abraçou. Falaram sem entender a língua um do outro. Ninguém voou pelos ares. Não até o dia seguinte, quando um grupo de soldados ingleses morreu. E também a menina.

Marcus sentou diante de David. Deixou a bala na mesa de vidro. A bala rolou tranquilamente pelo tampo até David. Marcus fechou os olhos e escutou o tilintar inocente. Metal contra vidro; poderia tratar-se de alguma moeda, de uma dessas de cinco coroas que passam de mão em mão. Por um instante, pensou em sorvetes e doces, em coisas que se podiam comprar com cinco coroas quando ele era pequeno. Depois abriu os olhos e olhou para David.

– Não há nada que aponte para nós – disse Marcus. – Verificamos o lugar todo. Foi um bom trabalho.

David sacudiu negativamente a cabeça.

– Trabalho – repetiu.

– Você talvez devesse tirar uns dias de férias. Pedir licença médica.

– E ela? E Eva Katz?

Marcus olhou para ele. Sabia muito bem o que David queria ouvir – que não era necessário que ela perdesse a vida, que já podiam parar de matar. Sorriu para o velho amigo.

– Vejo que está sendo difícil para você. No momento, você só enxerga o que fizemos ontem. O último olhar do jornalista. Não foi nada divertido, é claro.

– Eu nunca tinha visto ninguém que tivesse tanto medo de morrer. E você?

– Algumas vezes. E ontem você evitou muitas mortes. Evitou que muitos jovens perdessem a vida antes da hora. Está me ouvindo?

David se aprumou. Comprimiu as mãos contra as pálpebras, como se pudesse devolver as lágrimas ao lugar de onde vinham. Ainda assim, elas deslizaram por baixo das mãos e pousaram no vidro da mesa.

Marcus se levantou, sentou ao lado de David, pôs a mão no ombro dele.

– Agora vou pedir algumas coisas, *OK*? Vão parecer clichês, mas fazer o quê? É o que acontece com as verdades quando são repetidas do jeito que fazemos. Porque cabe a nós cuidar da parte difícil. Porque aguentamos muito peso em cima dos ombros, muito mais do que quaisquer outros no Reino da Dinamarca. David? Está me ouvindo?

– Estou.

– Os dois jornalistas apontaram os canhões deles contra nós, e ponto-final. Simples assim. Eles teriam nos atingido.

– Não é preciso que...

Marcus o interrompeu:

– Não, não. É preciso, sim. Vamos falar disso como sempre fazemos quando voltamos de uma missão de reconhecimento. Nós nos reportamos quando temos uma experiência desagradável, quando ficamos com alguma cicatriz na alma. Aí sentamos dentro da barraca de campanha, atrás do arame farpado, com o vento do deserto soprando lá fora, e falamos do que aconteceu. É o que estamos fazendo agora. Estamos na barraca, foi uma noite ruim. Mas sabemos que agimos sem perder a cabeça, que garantimos a situação e que conseguimos o que tínhamos ido procurar. Protegemos a Instituição. Soldado?

– Eu.

– Olhe a Grécia, os manifestantes morrendo nas ruas. Olhe o Egito, a Síria, morte que não acaba mais. Povos divididos que voltam a lutar entre si. Foi isso que você evitou. Vai haver quem diga que nada disso é certeza. Mas será que não é?

– Não sei.

– Que o que eu digo não é certeza?

– E a mulher?

– Eu fiz uma pergunta.

– Eu sei, chefe.

Marcus se levantou. Tirou a mão do ombro de David, que levantou os olhos.

– O que vai acontecer com ela? – perguntou David.

– Você não tem que pensar nisso. Tente dormir um pouco. Tire uns dias de licença.

– O que vai acontecer com ela?

– Não fique pensando nisso – respondeu Marcus. Ele mesmo já fazia isso o tempo todo, não sabia muito bem por quê.

Marcus comemorou poder ir embora, sair da sala de David. Dirigia-se para seu carro ao mesmo tempo que remoía o fato de ter coragem suficiente para pensar no que a população não ousa querer ver. E ela nem tem por que fazer isso. A única coisa em que as pessoas deviam pensar era em ser felizes. Não existe sobre a face da Terra nenhuma nação feliz em que a população comum precise ficar tomando decisões desagradáveis. Afinal, há muitos lugares onde as pessoas vivem desse jeito – levantam-se e pensam se vão precisar matar para sobreviver, talvez ir para a guerra, roubar, fugir ou render-se. Aqui não. Nunca. Aqui, só uns poucos têm que pensar nessas coisas. A família, Marcus e seus homens, alguns generais e dois ou três políticos; ninguém mais. O resto não tem por que ficar pensando em Eva como Marcus fazia naquele momento. Pensava nas sobrancelhas e nas maçãs do rosto de Eva, na maneira como ela tinha olhado para ele quando estava deitada no chão, imediatamente antes de lhe terem tapado os olhos. Sim, eram olhos cheios de medo, mas também de alguma coisa que Marcus talvez só tivesse visto no Iraque, nas crianças, certo abandono que lhe dava vontade de proteger, de abraçar. Não, precisava tirar esse pensamento da cabeça. Precisava esquecer a mulher, por difícil que isso fosse. Não, não era ela que ele tinha que proteger; era o reino, disse a si mesmo. E ela seria a última. Assim recuperariam a tranquilidade. Era inútil fazer o que David imaginava que pudessem fazer – deixá-la escapar. Sempre voltam quando não se faz a coisa direito. Como os filhos dos guerreiros talibãs mortos. Se a gente mata o pai, precisa matar também o filho, mesmo que tenha só cinco anos ou seja bebê. As coisas eram assim; assim era a realidade com que o cidadão comum nunca deveria ter de se ocupar. A realidade de Marcus. Mais alguns dias, e a mulher já teria desaparecido; Marcus conseguia aguentar perfeitamente esse peso nos ombros. A polícia atribuiria tudo aos tais motoqueiros e ao fato de que Eva Katz dormia com Rico Jacobsen, acreditando que essas coisas estavam relacionadas.

Hareskoven, Grande Copenhague – 5h50

Durante quase uma hora, da beira da floresta, Eva tinha vigiado a casa. Não havia nenhum furgão escuro na rua, mas podiam perfeitamente continuar dentro da casa. Só havia um jeito de averiguar – entrando.

Escolheu a trilha que se estendia pela margem do lago e que a levou até os fundos da casa. O portão estava aberto. Não se lembrava de tê-lo aberto. Não passava muito tempo no jardim. Jardim não era coisa de mulher sozinha. Jardim era algo que Deus tinha reservado para a família e para o que vem imediatamente antes da família – os namorados, os noivos. Comprimiu as mãos contra a vidraça e olhou o interior da sala. Não havia ninguém. A porta estava trancada. Pensou: "Consigo ver todos os cômodos do térreo menos o quarto". Deslizou pelo comprimento da casa e olhou através da janela da cozinha. Pela do porão, viu as caixas da mudança e as antigas anotações de faculdade, que continuavam abertas no trecho em que ela falava mal do jornalista de meia-idade. Ele também tinha falado mal de Eva. Continuava não sendo capaz de lembrar o nome do homem. Bergstrøm? Não, não era isso, pensou, e olhou pela janela da fachada. Olhou o interior do monstro. "As casas são monstros", pensou. "É. Nós nos engaiolamos com todas as esperanças que depositamos na vida, com nossas ideias fixas de como as coisas devem ser, e ficamos lá." Talvez esse pensamento a tenha impelido a enfiar a chave na fechadura – na fechadura do monstro. Sabe-se lá em que ela e Martin teriam se transformado ali dentro. Provavelmente teriam tido filhos, tal qual haviam combinado. O que Martin e Eva teriam dado a eles? Uma mistura da firme visão de mundo de Martin com o constante medo de Eva. Teria tido tanto medo de que acontecesse alguma coisa com os filhos! O mesmo medo que a mãe tinha tido e que só piorou depois que Eva se perdeu perto da Fontana di Trevi. Por que estava pensando nisso agora que tinha enfiado a chave na fechadura?

"A chave na fechadura."

"Todas as moedinhas na água."

Segundo o folclore, a gente tem que jogá-las na água se deseja rever Roma, e os pais lhe haviam explicado isso ali, junto àquela fonte celestial. Eva tinha se soltado da mão da mãe, que não queria mais atirar moedas na fonte. Eva queria jogar muito dinheiro lá; queria ter certeza de que voltaria a Roma.

Deu as costas para a porta.

Tinha voltado por onde eles haviam vindo. Era do que se lembrava, com apenas cinco anos e o monte de pessoas que lhe tapavam a vista. Não achava o carro, não lembrava onde estava estacionado, mas lembrava que havia umas moedinhas no banco de trás. Foi assim que continuou em frente. Talvez por aquela transversal?

Eva olhou por cima do ombro. A chave continuava na fechadura. Por um instante, sentiu-se como a menina pequena que tinha se perdido em Roma e que nunca acharam.

– O que posso perder? – disse a si mesma antes de girar a chave.

De início, ficou parada no vestíbulo, quieta, prestando atenção. Aquele era o som de Hareskoven às seis da manhã: um trem distante que viajava através da floresta; um ciclista que, vindo de algum lugar, se aproximava ruidosamente; o canto das aves; a própria respiração de Eva, cada vez mais forte à medida que subia a escada. Ia desarmada. Agora sabia que, se estivessem mesmo na casa, uma faca de cozinha não faria diferença nenhuma. O quarto estava vazio. Estava sozinha. Refez os passos, até o vestíbulo, e fechou a porta.

Dois comprimidos de paracetamol. Eva os achou numa gaveta do banheiro e os tomou com um copo de água e um pouco de vinho branco.

"Sente-se um minutinho, só um minutinho." Acomodou-se no sofá e bebeu a goles rápidos. A luz fraca da alvorada. Esticar-se no sofá. Só um minutinho. Deitar-se. Apenas fechar os olhos.

Acordou quando ouviu a campainha. Na sequência, bateram na porta. Que horas eram? Estava dormindo havia quanto tempo? Sete e meia. Chegaria atrasada. Sentia o gosto de álcool na boca, conseguia sentir o cheiro do próprio suor. Quem será que vinha procurá-la àquela hora da manhã? Será que eram...?

– Quem é?! – gritou.

– A polícia. Abra!

Essa voz... Eva a reconheceu. Onde a tinha...?

– Abra!

Obedeceu. Abriu a porta com um puxão e deu com o semblante irado de Jens Juncker, o policial que ela havia ido ver na Chefatura de Copenhague. Superintendente, talvez? Eva não lembrava o posto exato, mas lembrava a animosidade entre os dois, o evidente desagrado dele com a maneira como o tinha abordado. Juncker, com o cabelo molhado penteado para trás e o rosto forte e quadrado, parecia cansado. À sua esquerda havia outro policial, um jovem uniformizado de olhos muito juntos. Este também não se apresentou.

– O que está acontecendo? – disse Eva, e olhou, esperando, para Juncker.

– Você não tem que perguntar nada. Deve se concentrar apenas em responder. Podemos entrar?

Pergunta retórica, concluiu Eva, já que passaram sem que ela tivesse dito coisa nenhuma.

Depois, um sentimento surpreendente: ficou envergonhada da casa, de todo o material de construção, do caos.

– Estamos reformando – disse, e acrescentou: – Um segundinho, quero só tirar isto.

Tirou a manta que estava no sofá e a jogou em cima de uma cadeira. Ninguém sentou.

– Ontem à noite, encontraram Rico Jacobsen morto – disse Juncker, e examinou o rosto de Eva, sua reação. – Você não parece ter ficado surpresa.

– Quem encontrou?

– Como assim quem encontrou? Que tipo de pergunta é essa?

– Não sei.

– A pergunta devia ser quem matou. – Juncker olhou para ela, atento. – Eva?

– Hã?

– Quem matou Rico?

– Não sei.

– Você esteve com ele ontem?

Eva ficou pensando um bom tempo, tempo demais. "O que será que eles já sabem?", perguntava a si mesma.

– A gente só se falou – disse por fim.

– Não foi o que perguntei.

Ela perderia o emprego se contasse tudo. Talvez pudesse limitar-se a dizer apenas parte do que sabia – mas o quê? Contar o quê? E ficar calada sobre o quê?

– Sabemos que ontem você esteve no apartamento dele. Temos testemunha, e os registros das antenas de celular mostram que você esteve lá.

– *OK* – disse Eva, interrompendo-o. – *OK*... – Levantou os braços, em gesto de rendição, talvez para ganhar tempo. Precisava deixar que as últimas informações se ordenassem em sua cabeça. – Estive mesmo em contato com Rico Jacobsen. É uma história muito comprida, mas já vou avisando que não matei o Rico. Eu nem sequer... – Esteve a ponto de dizer "entendo dessas coisas", mas percebeu a tempo o quanto aquilo pareceria estúpido.

– Vá em frente, conte tudo.

– Então vou sentar – disse Eva, e puxou uma cadeira da mesa de jantar. – Agora trabalho numa creche, O Pomar das Macieiras, em Roskilde. Um dia, um menino lá fez um desenho.

– Desenho? – disse Juncker, impaciente.

– É, o desenho de um homem que estava sendo assassinado. A vítima era o tio do menino. Esse tio se suicidou uns minutos depois de o menino ter desenhado o assassinato. Não é uma coincidência esquisita?

– Christian Brix? – perguntou Juncker.

– Ele mesmo. Foi quase como se o menino tivesse previsto a morte do tio. E aí...

– Clarividência – disse Juncker, sarcástico.

Eva não lhe deu atenção e continuou:

– Você me disse que Brix tinha mandado um torpedo para a irmã pouco antes de se matar. E um dia... – Hesitou uma última vez, mas de repente uma voz interior que lhe disse: "Vá em frente". – E um dia tive a chance de pegar o celular para o qual ele tinha mandado esse torpedo.

– O celular de Helena Brix?

– Isso. Ela esteve na creche, e tive acesso à bolsa.

– Você furtou? – disse Juncker, brusco.

– Foi coragem cidadã – respondeu Eva.

– Palavreado rebuscado não vai ajudar você em nada.

– Tipo "clarividência"?

Juncker fez um gesto de impaciência. Parecia ter vontade de bater. Eva tornou a não fazer caso dele.

– Não consegui desbloquear – continuou – e aí contatei um amigo da época de faculdade, que talvez pudesse me dar uma mão.

– O Rico.

– E ele, de fato, podia me ajudar. Eu lhe dei o celular, ele desbloqueou e entrou em contato comigo.

– E depois o assassinaram?

Por um instante, Juncker pereceu refletir, como se tivesse que digerir as palavras de Eva antes de rechaçá-las.

– Foram os mesmos que entraram aqui em casa à força. Só pode ser isso. Tem a ver com Brix, esse cara tão cheio de mistério que a gente não consegue saber nada...

– Você foi ao apartamento do Rico a que horas? – quis saber Juncker, interrompendo-a.

– Não sei. Acho que vocês vão conseguir deduzir isso pelas antenas de celular. Por que a pergunta?

– Porque você desligou o celular quando entrou.

– Não! – Eva negou com a cabeça, pegou o celular e, de repente, vislumbrou uma escapatória. – Olhe. Está apagado. Ficou sem bateria.

– O que você viu lá?

– Bati à porta. Ninguém abriu.

– Uma testemunha fala de dois homens que foram vistos na escada. Você os viu?

– Talvez os mesmos que me atacaram? Ou você não vê relação entre um fato e outro?

– Rico Jacobsen levava vida perigosa. Você acompanhou as matérias dele sobre o crime organizado e a guerra de gangues?

– Acompanhei – mentiu Eva.

– Rico Jacobsen recebia ameaça de morte toda semana, o tipo de ameaça que dá para relacionar diretamente ao trabalho dele. Faz menos de um mês, mandaram para a redação, pelo correio, dois cartuchos de bala. Entre bandidos, isso significa que a pessoa já pode começar a procurar jazigo. Do jeito que eu vejo a situação, uma dessas ameaças acabou mesmo se concretizando.

– Mas então o que você me diz do celular e do desenho?

– Eva... – Juncker tornou a suspirar. – Você não percebe?

– Não percebo o quê?

– Que você está falando de celulares e desenhos de criança. – Antes de continuar, Juncker olhou para o outro agente, como se estivesse se perguntando se aquilo não era mais do que aqueles jovens ouvidos aguentariam ouvir. – Sabe o que eu acho?

– Sei. Que foram os motoqueiros.

– Agora de manhã, andei lendo um pouco o seu histórico. – Afastou uma cadeira alguns centímetros da mesa. Arrependeu-se e continuou em pé. – O seu marido... – Voltou a empacar.

– O meu marido morreu. Sim, o meu noivo. Isso não tem nada a ver com nada.

– Eu acho que tem.

– O negócio é Brix e a irmã, a dama de companhia. – Eva tinha levantado a voz.

– É. No seu mundo, Eva, é o que parece. Mas só no seu mundo. Andei lendo sua ficha clínica.

Eva se levantou. Tinha vontade de gritar. Antes que ela chegasse a tanto, Juncker retomou o discurso, com altiva confiança em si mesmo:

– Mas vamos nos deter um pouco mais no Rico. Você disse que se encontrou com ele. Onde?

Eva vacilou.

– No Bo-Bi.

– Que impressão ele deu? Parecia assustado? Acha que estavam atrás dele? Ou estava empolgado com alguma coisa? Você teve a sensação de que alguém o estava seguindo?

– Não acho que estivessem.

– Ele contou alguma coisa? Mencionou alguém que...?

– Tem a ver com o celular.

Eva se deu conta de que tinha outra vez levantado a voz quando o outro policial disse:

– Calma aí – e pareceu querer algemá-la naquela mesma hora.

– O desenho. O SMS. O telefone. Alguém que invade a minha casa. Alguém que mata o Rico. Você não percebe? Não é possível que essas coisas não estejam relacionadas.

– Parece que não estamos nos entendendo, Eva. Essa é a única coisa que percebo.

Jens Juncker olhou ao redor – a furadeira, o isolamento de lã de pedra, as madeiras.

– Agora eu tenho que ir trabalhar – disse Eva.

– A gente volta a se falar.

– Já falei tudo o que sei. – Sentiu que as lágrimas se acumulavam nos olhos.

– Já, mas às vezes gostamos que nos repitam as coisas – disse o superintendente-chefe. – Pode chamar de doença ocupacional. Pessoalmente, prefiro chamar de rigor e atenção aos detalhes. Venha. – Essa última frase tinha sido para o jovem policial, que passou em frente a Eva sem olhar para ela. – E, por favor, ligue para mim caso se lembre de alguma coisa que não nos contou.

Foi a última coisa que ele disse.

Creche O Pomar das Macieiras – 8h27

Será que Juncker tinha conversado com a direção da creche? Será que tinha ligado para falar com eles sobre Eva e trocado informações? Em caso afirmativo, seria demitida de imediato. Isso significava que, antes de qualquer outra coisa, precisava encontrar Malte. Talvez fosse a última chance de fazer isso. Eva precisaria de um testemunho se quisesse avançar, se pretendesse achar o assassino de Rico. Olhou o relógio. Oito e meia. Sally a esperava na cozinha. Estava chegando atrasada, mas era o momento de agir. Deu uma olhada na Sala Verde. Não viu o menino em lugar algum.

– Você soube?

Eva se voltou. Kasper estava atrás dela, esperando.

– Se eu soube o quê, Kasper?

– Convocaram reunião para daqui a dez minutos.

– Reunião? Para quê?

– Acho que alguém está a ponto de nos deixar.

Kasper não conseguiu reprimir um sorrisinho. Deixá-los? Seria ela? Pretendiam fazer reunião e contar para todo mundo que Eva estava mal da cabeça e tinha afanado o celular?

Naquela manhã, a tensão era tangível em toda a creche; os funcionários cochichavam, e ninguém olhava para Eva. Evitavam encará-la. É, seria ela quem iria embora. Que repugnante convocar reunião com todos! No *Berlingske*, pelo menos, eles a tinham chamado de lado. Ali queriam que as crianças a vissem chorar, partir humilhada. Estava na sala dos funcionários, pensando se deveria revirar os casacos e bolsas, roubar tudo o que pudesse e sair correndo de uma vez. Se de todo modo a consideravam ladra, por que não levar tudo e sumir? Pelo vidro da porta, viu que Kamilla estava prestes a entrar.

– Eva? – Fechou a porta atrás de si. Estavam sozinhas na sala dos funcionários.

– Já sei o que você vai dizer – disse Eva.

– Você já falou com a Anna?

– Não. Mas...

Eva hesitou. Tomara que tivesse tempo de falar a sós com Malte antes de a demitirem!

Kamilla a olhou com ar preocupado e perguntou:

– Você está bem?

– Não sei.

– O que acontece?

– É tudo, são as coisas de modo geral – respondeu Eva.

– É, têm sido uns dias muito tumultuados, mas agora as coisas vão melhorar.

Eva olhou para ela.

– Eva... – Kamilla deu um passo à frente e baixou a voz. – O que eu contei outro dia... Acho que posso confiar em você, não?

– Sim, claro.

– Eu disse ao Torben e à Anna que não consigo conviver com a decisão que tomaram aquele dia. Ou eu conto tudo, ou eles mudam as coisas.

– Contar o quê?

– Que eles esconderam que tinham esquecido o menino lá na mata. Que ele corria perigo de morte. O Torben acabaria despedido. A Anna também, quem sabe?

– *OK.*

– E então o Torben finalmente resolveu fazer uma coisa ajuizada – disse Kamilla, segura de si.

Aquilo significava que, apesar de tudo, Eva não seria despedida.

Foi a única coisa em que conseguiu pensar enquanto Kamilla continuava falando o quanto era importante que os pais confiassem na instituição.

– Talvez eu devesse ir para a cozinha – disse Eva à guisa de resposta. – A Sally está sozinha com tudo.

– Já, já digo à Sally que eu e você tínhamos uma coisa para conversar. Aliás, acho que, no futuro, vou ser eu a encarregada desses assuntos.

– Que assuntos, Kamilla?

– Os problemas de pessoal. Hoje mesmo, vão me nomear subdiretora interina. Você é a primeira a quem conto isso.

– E a Anna?

– Vai ser nomeada diretora do Pomar. E o Torben... – Kamilla inclinou a cabeça ligeiramente de lado. – A gente vai dizer que foi estresse. Desse jeito, oferecemos a chance de ele ir embora sem escarcéu. Quer saber? Acho que é a melhor solução.

– Solução para o quê?

– Para o que aconteceu aquele dia no mato. O caso do menino que largaram lá, a decisão equivocada de insistir em esconder o que aconteceu.

– A reunião que convocaram é sobre isso?

– É.

– Então, vão contar para todo mundo lá?

– Contar o quê?

– Do menino que esqueceram no mato.

– Não! – Kamilla olhou meio carrancuda para Eva. – Mas é justamente o que eu acabei de dizer. Vamos partir da estaca zero. Não vai se repetir esse tipo de coisa aqui na creche: nada de esquecer criança, nada de esconder nada.

– Nada de esconder nada – repetiu Eva, ainda sem ter certeza de que havia entendido a lógica daquilo tudo.

– A gente se vê na reunião, então. Tenho confiança em você.

– Obrigada.

Kamilla saiu e a deixou com uma série de incógnitas, mas Eva estava sobretudo aliviada, porque não iam demiti-la, ao menos não por ora. Depois concluiu que, daquela maneira, o sistema protegia a si mesmo. Sim, é possível que haja chefes que tomam decisões tão erradas que chegam a pôr em dúvida o próprio sistema. Será que é mesmo sensato transferir a responsabilidade por crianças pequenas a desconhecidos, a um sistema? Cedo ou tarde, todos os sistemas têm panes; qualquer instituição acaba se esquecendo de alguém; mas algumas verdades são tão constrangedoras que não conseguimos conviver com elas. Então é melhor nos desfazermos do sistema, do líder, e deixar que subsista a raiz do problema, junto com nossa fé cega. Balançou negativamente a cabeça, pensando em Rico. O que ele teria dito?

A grande reunião estava demorando para começar. Era complicado colocar na sala coletiva tantas crianças e adultos. Alguns auxiliares tinham ficado nas salas de aula com os menorzinhos – esses funcionários eram os chamados objetores de consciência, os que ocupavam o escalão inferior da creche. Assim são as coisas: se você não quer defender a pátria, vai ter de cuidar de bebês. Como se isso fosse castigo. Sendo assim, podiam-se deixar as crianças no mato, ora.

Fazia calor, e o cheiro que Eva tinha tido tanta dificuldade para aguentar no primeiro dia voltou, o odor de muita criança junta. "Por que as crianças maiores estão participando da reunião?", estranhou Eva, enquanto procurava Malte com o olhar. Kasper estava sentado com a garotada da Sala Verde. Eva talvez pudesse enfiar-se no meio deles. Kamilla ficou em segundo plano, não no centro, ainda.

– Oi para todo mundo! – gritou Anna. Sua voz falhou; Anna parecia estar como Eva por dentro: nervosa, como quem perdeu alguma coisa. – Prestem atenção. Vou resolver as coisas o mais rápido possível, para que você possam aproveitar o tempo bom e sair para brincar. Na verdade, é um assunto que diz respeito mais aos adultos.

Kamilla sorriu. Eva se colocou ao lado de Malte. "Ele está muito elegante hoje", pensou. Com camisa social, calça bem passada e risca no cabelo, parecia um principezinho.

– Posso sentar aqui? – Eva sussurrou para o menino.

Ele não respondeu. Eva olhou para Anna.

– Infelizmente, a notícia é um pouco triste – continuou Anna. – O Torben optou por... – Olhou para Kamilla. – Bem, ele está sofrendo um tipo de estresse e vai tirar licença médica por tempo indeterminado.

– Ele vai morrer? – perguntou um dos pequenos.

– Não. O Torben não vai morrer.

Alguns dos adultos riram. Vários dos pequenos queriam fazer perguntas. Anna dedicou algum tempo a responder a eles; pelo visto, era importante que as crianças também se inteirassem do que estava acontecendo.

– Malte... – Eva tornava a sussurrar para o menino. – Você está me ouvindo? A gente tem que conversar.

Kasper fez cara de azedume para Eva. Teria escutado os cochichos? Não, era porque Anna tinha chegado ao ponto mais importante da reunião. Kamilla tinha se instalado ao lado de Anna.

– Por isso, vou assumir o cargo de diretora interina – disse Anna –, e Kamilla vai ficar no de subdiretora. Assim, vocês já sabem a quem procurar.

Anna sorriu. Dois dos professores aplaudiram; as crianças pareciam estar ficando entediadas.

Eva pegou o braço do menino.

– Temos que conversar, Malte. É importante.

Malte fez um movimento como se quisesse soltar-se, mas o gesto não parecia totalmente sincero. Eva precisava ficar a sós com ele um instantinho. Precisava ser de imediato; ela não teria chance melhor do que aquela. Quase todos os adultos tinham se reunido num grupo. Kamilla falava de segurança, do que ela defenderia como subdiretora, dos valores pelos quais lutaria.

Eva se levantou. Pegou Malte pela mão.

– O Malte precisa ir ao banheiro – sussurrou para Kasper sem que Malte ouvisse. Dirigiu-se ao menino: – Venha comigo.

– Aonde a gente vai?

Eva não respondeu. Malte não parecia querer acompanhá-la.

– Você está me machucando.

– Ande logo.

– Aonde a gente vai?

– Ao parquinho. Venha. Antes, temos que calçar os sapatos.

Eva não parou até chegar ao vestiário, sentou Malte no banco e se ajoelhou diante dele. Continuava ouvindo a voz de Kamilla na sala de reunião. Estavam aplaudindo. Por que faziam isso? Era porque Torben tinha ido embora? O rei tinha morrido. Tinha ido embora porque quebrou as regras. Viva a nova rainha.

– Malte?

– Hã?

– Aquela noite... o seu tio Christian. Você sabe do que estou falando?

O menino não respondeu.

– Alguém disse que você não devia falar daquilo? Alguém disse isso?

Malte baixou os olhos. Eva, suavemente, pegou-o pelo rosto com as duas mãos.

– Agora você tem que prestar bastante atenção ao que vou dizer. Se a sua mãe, ou o seu pai, ou qualquer outra pessoa mandou você guardar segredo... Eu falo do fato de que mataram o seu tio... Se pediram isso, é porque estão contando mentira. – Eva falava em voz baixa. Percebeu que tinha conseguido a atenção de Malte; a palavra "mentira" tinha desencadeado alguma coisa. – Mentira, entendeu? Mas você já sabe disso, não é verdade?

O menino enfim disse algo, baixinho, quase para si mesmo.

– Preciso ir.

– Você não vai até me contar o que viu naquela noite...

– Vão enterrar o meu tio – disse Malte, interrompendo-a.

– É o que acontece com todo mundo quando morre.

– Não quero ir.

– Não quer ir? Hoje? O enterro é hoje?

– E se ele for também?

– Quem? Olhe para mim, Malte. É muito importante que você diga a verdade para mim. Senão, não vou poder ajudar você.

Uma voz veio de trás:

– Malte?

Eva ergueu os olhos. Helena a encarou, com um olhar frio que combinava com o elegante vestido preto e os óculos escuros. "É", pensou Eva. "Está vestida para o enterro."

– Venha cá, Malte.

Malte ficou em pé.

– Parece que vocês dois ficaram muito amigos – disse Helena.

– Malte estava um pouco triste porque hoje vão enterrar o tio.

Helena deu mais uns passos calmos e se aproximou de Eva. Era a primeira vez que Eva a via de tão perto, a cútis delicada, a sombra azul-escura, os lábios que, apesar de tudo, talvez não fossem inteiramente naturais. Era bonita demais.

– Não quero você perto do meu filho. Entendeu?

Deu-lhe as costas e foi embora.

Roskilde, Grande Copenhague – 10h17

Eva saiu, colocou-se atrás da cerca e viu Malte entrar no Mercedes escuro. O que tinha querido dizer com "E se ele for também"? Ele quem? O homem que tinha atirado em Brix? Provavelmente. O mesmo que tinha entrado na casa de Eva à força, um dos desgraçados que a tinham amarrado, que a tinham maltratado, humilhado. Por que ele apareceria no enterro de Brix? Porque o conhecia. É, possivelmente. O assassino devia conhecer Brix – e Helena. Era a única coisa que fazia sentido. Do contrário, por que mover mundos e fundos para recuperar um celular? A dama de companhia só podia estar envolvida e, por alguma razão misteriosa, ter concordado em silenciar sobre o verdadeiro motivo da morte do irmão. "Pense rápido, Eva. O que fazer agora?" Em um instante, já teriam ido embora. Era a chance de Eva identificar o assassino. Como? Só o tinha visto (ou só os tinha visto) com máscara. "Pela mordida." Eva tinha atravessado a luva com os dentes, mordido com força, sentido o gosto do sangue dele. O assassino de Brix e de Rico estaria com algum tipo de curativo.

Helena continuava em pé junto ao carro, fumando meio a contragosto enquanto falava ao celular. Não parecia fumante. Tinha pele perfeita, sem uma ruga sequer. Talvez tivesse fumado quando mocinha e voltado a fazê-lo depois da morte do irmão. Flagrou Eva a olhá-la e a encarou enquanto continuava ao celular. Estaria falando de Eva? Talvez com aquele que tinha assassinado Rico, aquele que tinha passado a mão pelo corpo de Eva. O que Helena estaria dizendo? Que a sujeitinha da creche continuava bisbilhotando? Que era preciso acabar com ela?

* * *

Nunca teria chance melhor. Uma mão com curativo. Precisava descobrir onde estava acontecendo o funeral. Pelos obituários? Ou teria tempo de seguir o carro? Na sala dos funcionários, Eva pegou a bolsa e topou com o olhar de Mie, que a estranhava.

– Você vai embora, Eva?! – perguntou, surpresa.

– Vai ser só um instante.

Não tinha tempo para explicações. Tampouco sabia o que dizer. Pegou a jaqueta e se apressou a sair. Tornou a descer a escada e saiu para o pátio, onde quase trombou com Anna.

– O que está acontecendo?

– É que...

Eva olhou para o carro. Helena apagou o cigarro e entrou no banco de trás com Malte. Os vidros eram escuros?

– O meu pai. Ele...

– O seu pai?

– É, acabaram de ligar. Foi atropelado.

– Meu Deus, que horror! – exclamou Anna. – Como ele está?

– Ele... – Eva gaguejou e sentiu as lágrimas e, depois, o espanto por estar chorando. O que a entristecia era a ideia do pai acidentado? Ou o fato de que lhe estava sendo tão fácil mentir? – Não sei a gravidade ainda – disse, e enxugou as faces.

– Como é que você está pensando em ir para lá?

– Eu...

– Use o meu carro – disse Anna, interrompendo Eva. Procurou nos bolsos, mas não achou as chaves. – Ah, só faltava essa! – disse, e correu para a sala dos funcionários.

Eva olhou para o Mercedes escuro. Helena tinha fechado a porta, Malte abriu a janela.

– Eva? É aquele Mazda vermelho ali – disse Anna, apontando. – Não repare, está um pouco bagunçado.

– Muitíssimo obrigada – disse Eva. – Prometo que volto antes de...

– Dirija com cuidado, para que mais ninguém se machuque.

Eva atravessou a cerca. O Mercedes escuro descia a rua e, então, sumiu na esquina.

– Abre, merda! – disse Eva em voz alta, enquanto brigava com as chaves do carro. A porta enfim se abriu. Eva afastou do banco do motorista uma garrafa de Coca-Cola meio vazia e se acomodou. Enfiou a chave no contato. Passou-se um momento, o suficiente para que Eva tivesse dúvidas sobre se o carro daria mesmo partida.

O sol entrava direto pelo para-brisa, uma parede de luz e calor. Abriu o porta-luvas e achou o que procurava – óculos escuros. Onde estava aquele Mercedes do diabo? Será que a tinha ultrapassado? Olhou pelo retrovisor central e pelos laterais. Nada. Não! Ali, mais à frente! Agora Eva via a limusine, na outra faixa. Vislumbrou o Mercedes antes que um furgão preto se interpusesse. O trânsito estava lento. Obras. Os carros seguiam devagar para o centro de Roskilde.

– Anda, merda! – resmungou Eva.

O furgão continuava entre Eva e o Mercedes. *Buffet*, lia-se na lateral do furgão. Talvez por isso, Eva foi invadida por uma fome repentina. Quando tinha comido pela última vez? Por outro lado, já não estava cansada. A adrenalina vencera a falta de sono. O furgão pegou um desvio e deixou Eva completamente à vista. Só alguns metros a separavam do Mercedes, e sentiu-se desprotegida. Caso Helena se voltasse naquele instante, caso Malte o fizesse, provavelmente a veriam.

Eva já se dispunha a parar no acostamento para lhes dar um pouco mais de vantagem quando o Mercedes resolveu pegar outro desvio. Eva viu as duas torres, a imagem quase icônica da Catedral de Roskilde. Avançaram paralelamente ao calçadão e acabaram numa feirinha. As pessoas se apinhavam junto às barracas, que vendiam peixe, temperos, livros, roupas de segunda mão. Havia um museu à direita. Tornaram a dobrar à direita. Paralelepípedos substituíram o asfalto, e o carro começou a vibrar de leve. Casas amarelas com paredes de vigas cruzadas contribuíam para acentuar a impressão que Eva tinha de viajar no tempo, para épocas passadas em que o rei era soberano, quando Deus e o monarca eram a mesma coisa. Quantos anos teria a Catedral de Roskilde? Eva não tinha certeza, mas parecia lembrar ter ouvido que a igreja original havia sido construída ali fazia mais de um milênio. Reis e rainhas estavam enterrados lá dentro; era até onde chegava o conhecimento de Eva. O mais antigo era o rei *viking* Haroldo Dente-Azul, cujos restos mortais descansavam no templo. Parecia ser também o caso de Sueno I e de quase toda a lista de monarcas dinamarqueses até os tempos modernos, inclusive Frederico IX, o pai da atual soberana. Quando chegasse a hora, também enterrariam lá a rainha Margarida? "Provavelmente", pensou Eva.

A bandeira dinamarquesa pendia debilmente a meio mastro. Havia uma longa fila de carros estacionados. Eva contou mais de vinte e cinco, todos de alto padrão, quase iguais, indistinguíveis, como numa reunião de cúpula da política internacional. Parou o Mazda a certa distância. Começou a sair gente dos carros. Homens de *blazer* preto iam ao encontro dessas pessoas. Todas, sem exceção, ostentavam aquele olhar aflito que só se vê em funeral, quando ninguém parece olhar para os outros, quando os olhos sempre buscam o chão. Teria sido assim também no funeral de Martin? Provavelmente. Mas Eva não tinha se dado conta. Sentira-se vazia, como se apenas o corpo dela estivesse presente, porque o resto descansava no caixão, junto a Martin. Olhou para as mãos dos homens. Procurava o curativo, mas não achou.

Helena e Malte esperavam em frente à catedral. Helena segurava Malte pela mão. Quem era o homem do outro lado do menino? Provavelmente o pai de Malte. Com o cabelo preto e penteado para trás, era alto, empertigado e aristocrático. Não tinha curativo na mão. Talvez ela estivesse enganada. Talvez o ferimento já tivesse sarado. Nesse caso, precisaria procurar um homem com marca na mão. Não, qualquer um esconderia a mordida até cicatrizar. Outro grupo tinha se reunido perto de uma das torres: um grupo de aposentados com crachá. Eva não se encaixaria muito bem entre eles. Vários tinham câmera pendurada no pescoço e formavam um círculo em volta de um homem que usava camisa branca amarrotada. Uma visita guiada à catedral? Podiam fazer isso enquanto se oficiava um serviço fúnebre? Talvez. A catedral era enorme. De resto, era a única possibilidade de Eva. Se conseguisse se misturar aos turistas e entrar de fininho... Desceu do carro justamente quando o guia disse alguma coisa e os velhos começaram a andar. O que ele tinha dito? Sem dúvida, que não dispunham de muito tempo, que precisavam sair quando começasse o serviço fúnebre, alguma coisa assim. Eva respirou fundo. Torcia para que os óculos escuros lhe cobrissem boa parte do rosto. Agora! A porta do pórtico estava aberta. Eva se enfiou discretamente entre os aposentados. Por fragmentos de conversa, entendeu que a visita guiada estava programada havia meses, mas que a morte não respeitava nada nem ninguém. Alguns velhos riram; os restantes pareciam tristes com a ideia de uma morte desrespeitosa. Eva procurou manter o olhar fixo nas pedras desgastadas do piso diante de si. "Evite encarar", murmurou uma voz em sua cabeça. "Baixe os olhos."

A Catedral de Roskilde contava melhor que a maioria das igrejas a seguinte história: Deus é grande, é maior que todos nós e, sobretudo, é dinamarquês. Disso não havia dúvida; por mais que o estilo arquitetônico fosse importado, gótico, os tijolos eram inequivocamente nacionais, vermelhos, do mesmo tipo que se usava para construir chalés. Eva olhou para o filho de Deus na cruz – loiro, alto, dinamarquês, talvez sueco, porém de modo algum mais exótico que isso.

O cortejo fúnebre ia ocupando seus assentos nos bancos ornamentais de madeira. O caixão estava no corredor central, perto do altar. Eva reparou nas pedras do chão. Lápides. Havia bispos, nobres, ricos de um passado distante; era um grande cemitério. Eva olhou para as pessoas presentes, tentando ver as mãos, interpretar os rostos. Quem era essa gente? Rostos estrangeiros, traços mais típicos da metade sul da Europa. Ela os escutou falarem em várias línguas, entre sussurros, mas mesmo assim o som se difundia pela enorme nave. Teria um deles assassinado Brix? Eva, atrás dos velhos e do guia, estava longe demais para ver direito aquelas mãos. Tratou de fingir que pertencia ao grupo e prestou atenção.

– Nada menos que vinte e um reis e dezoito rainhas estão enterrados aqui, na Catedral de Roskilde, que é a igreja onde jazem mais monarcas em todo o mundo – afirmou o guia, e continuou caminhando enquanto Eva se colava a eles, um passinho atrás do grupo. – Antes de mais nada, daremos uma olhada na famosa capela que fica a poucos metros daqui e que, entre outras coisas, contém os restos mortais de Cristiano IV e Frederico III.

Eva olhou para os presentes no serviço fúnebre. Helena, o marido e Malte estavam sentados na primeira fila, ao lado de uma mulher de uns quarenta anos, vestida de preto, que talvez fosse aquela de quem Brix estava se divorciando. Todos estavam bem-vestidos e cheiravam a dinheiro, à riqueza discreta; mas Eva não reconheceu verdadeiramente ninguém; bem, sim, havia um analista de banco, ela não se lembrava de qual, um homem elegante que costumava ser convidado à TV quando era preciso comentar o balanço anual das grandes empresas.

– Só temos mais cinco minutos – disse o guia.

"Tenho que chegar perto." Eva viu um lugar vazio, afastou-se um pouco dos velhos e seguiu depressa para os bancos. Sentou na sexta fila, quase em linha reta atrás de Helena e no meio de um grupo de homens que pareciam não ter feito outra coisa na vida além de tomar decisões importantes olhando para o porto, na Holmens Kanal, o centro financeiro de Copenhague. Eva atentou às mãos deles, cuidadas, de unhas perfeitas. Nenhuma marca de mordida, nenhum curativo. Mais adiante. Não conseguia afastar os olhos de um homem em especial. Usava o cabelo cortado muito rente e estava sentado de costas para Eva. Tinha nuca larga e forte, com uma dobra logo acima do colarinho. Era rijo e musculoso de um jeito profissional, de quem o trabalho exige isso, e não de quem passa anos suando na academia só para conseguir físico atraente. Eva esboçou um sorriso de desculpas quando tornou a levantar e avançou pelo corredor da igreja, olhando ansiosamente as mãos dos presentes. Ali, um que escondia a mão direita no bolso. Olhou para ele. Era velho demais? Eva sentou ao lado dele. Ele lhe deu lugar, mas não tirou a mão do bolso. Por outro lado, não deu o mínimo sinal de tê-la reconhecido. Teria ele lágrimas nos olhos?

De repente, Helena se virou e olhou para Eva, como se soubesse, como se já esperasse que ela estivesse sentada ali. Eva sentiu uma espécie de formigamento no corpo e se agachou ligeiramente, como se para rezar, mas já era tarde. A dama de companhia se reclinou e disse algo a um homem sentado atrás dela. O homem se levantou e, de imediato, foi até Eva, com discreta eficiência, como um garçom de restaurante, e lhe disse em tom impessoal:

– Não querem a senhora aqui.

– Mas...

Eva não sabia o que dizer. Olhou a mão dele, forte, sem nenhuma marca. Por um instante, lamentou não ter previsto que uma situação como aquela pudesse acontecer. Talvez devesse ter tido um plano preconcebido, ter pensado no que dizer num caso desses. Agora era tarde.

– Preciso pedir que vá embora – disse o indivíduo no mesmo tom impessoal.

"Como um robô programado", pensou Eva. Um robô que só conseguia repetir uma frase, sempre e sempre: "Preciso pedir que vá embora".

Eva hesitou tanto que o robô se viu obrigado a ampliar o vocabulário.

– É uma cerimônia privada, e estranhos não são bem-vindos.

– Mas todo mundo pode... – Eva olhou para o homem que estava sentado a seu lado e que olhou também para ela, antes de, entretanto, se afastar um pouco. – É claro – ela acabou dizendo.

Levantou-se. Sentia que o robô a seguia com o olhar. Eva desceu pelo corredor central e virou entre as fileiras de cadeiras, perto do púlpito, rumo à porta pela qual tinha entrado. Nesse momento, os velhos estavam saindo. Eva olhou uma única vez por cima do ombro, e ninguém a estava vigiando.

"Não." Deu meia-volta, cento e oitenta graus, e pegou o corredor lateral até o outro extremo da igreja, em direção aos velhos, procurando um lugar onde se esconder, um lugar de onde pudesse observar todos os enlutados ao mesmo tempo. Moveu-se ao abrigo das colunas góticas até chegar a uma escada ampla e gasta. O guia falava da princesa dinamarquesa Dagmar – a czarina Maria Fiódorovna, mãe de Nicolau II –, enquanto Eva procurava o lugar certo onde se colocar para poder ver o melhor possível sem ser vista. A voz do guia era um eco, um tanto distante, como se vindo do passado, que narrava que Dagmar, filha de

Cristiano IX, tinha estado enterrada ali até setembro de 2006, quando o ataúde empreendeu a viagem que, na primeira etapa, o levou em carruagem fúnebre para Copenhague, até o Cais Langelinie.

Eva subiu a escada tranquilamente, acompanhando a cadência da voz do guia, que contava que Dagmar tinha sido trasladada de navio para São Petersburgo e reenterrada lá na Rússia ao lado do marido, o czar Alexandre III. A visita guiada acabou. A porta se fechou. "É proibida a entrada de estranhos." Quando o órgão começou a tocar, Eva correu escada acima. Chegou ao alto e sentou um pouco enquanto o coro acabava de cantar o primeiro hino:

"Embora siga sozinho nos momentos de dor..."

Eva aproveitou para lançar, pelo corrimão, um olhar furtivo aos presentes. Viu primeiro Malte. Ele olhava para a frente, com fisionomia vazia. Quem era aquele que estava sentado mais perto da saída? Tinha estado ali aquele tempo todo?

"E a dura pedra seja meu único leito..."

Eva o olhou. O homem observava o que acontecia ao redor, com olhar atento, como se fosse guarda-costas.

"O sonho me leva a vós, ó Senhor, mais perto de vós..."

De repente, ele olhou para o celular. Helena puxou Malte para si.

"Mais perto de vós."

Uma espécie de saliência se estendia ao longo da parede da igreja, a uns quinze metros do chão. O olhar de Eva pousou num ponto uns metros mais adiante: se ela seguisse o arco que a saliência descrevia, chegaria ao outro lado e, com isso, conseguiria um ângulo de visão que lhe permitiria observar todo mundo ali. Embora a distância não fosse ideal, veria melhor as mãos deles. "É proibido o acesso à passarela." Olhou para esse aviso e, depois, para a passarela. Deu um passo à frente e começou a correr enquanto o órgão e o coro atingiam um crescendo, pelo menos no volume. Chegou finalmente ao outro lado. Correu colada à parede, para que não a vissem lá de baixo, acompanhando o arco até o ponto escolhido. Arriscou um rápido olhar aos presentes. Já não achava em lugar nenhum o homem do pescoço taurino. Talvez tivesse ido embora. Não, não se sai no meio de um funeral. Havia acabado o primeiro hino. A igreja estava mergulhada num silêncio profundo quando, de repente, alguns dos homens se levantaram. Eva viu que eles iam para o corredor central e faziam fila. O que levavam na mão? Varetas? Sentou para ver melhor enquanto os oito homens, vestidos de modo quase idêntico, todos quase da mesma idade, se aproximaram do caixão e, um depois do outro, depositaram cada um duas varetas na tampa do caixão. Viu que Malte cochichava alguma coisa para a mãe. Talvez ele estivesse perguntando que diabos estava acontecendo ali. Porque era justamente o que Eva queria saber. O jeito como andavam, um atrás do outro, tinha certo ar ritualístico. De repente, viu o que estavam colocando em cima do caixão. Duas flechas? Sim, das que se atiram com arco. O penúltimo deixou ali duas, e aquela munição de antigamente fez um ruído retumbante contra a tampa escura do caixão. Assim como os outros homens, esse penúltimo dirigiu um discreto gesto de cabeça a Helena e à família sentada na primeira fileira, um gesto de respeito. Respeito ao morto. Seria alguma espécie de homenagem? O que significava? Eram amigos em algum clube de tiro? Absurdo. Nenhum deles parecia amigo de ninguém. Todos pareciam ser homens do tipo que já passou do estágio de precisar de amigos e colegas, do tipo que tinha resolvido carregar nos ombros todo o peso do mundo e do futuro. O último depositou suas flechas. Helena desviou o olhar quando ele se inclinou para a família, como se ela não estivesse disposta a aceitar seus respeitos, como se os repelisse. E aí Eva viu a mão do homem, com um curativo branco e simples. Por que Eva não desviou o olhar? Por que ficou olhando fixamente para ele? Mesmo quando o homem ergueu os olhos e encarou Eva.

Eva se afastou e sentou atrás do corrimão. "Tenho que sair daqui", pensou. "Agora." O organista atacou novamente, aquele espetáculo esquisito tinha terminado, e lá embaixo tinham voltado a um serviço fúnebre dinamarquês regular. Eva não via o homem em nenhuma parte. Um ruído às suas costas. "Ele está aqui em cima." Uma rápida olhada ao redor. O pânico se propagou pelo corpo de Eva como um vírus. Ela viu o homem subir a escada e começou a correr. Ninguém ouviria seus passos; tanto o órgão quanto o coro abafavam os outros sons. Eva poderia ter gritado, que ninguém a ouviria. Até o outro lado. Mas por onde? A porta do canto. Debaixo do relógio – mal teve tempo de ver a imagem de um homem que matava um dragão –, havia uma porta estreita de madeira pintada de preto. Olhou para trás ao mesmo tempo que abria de um puxão a porta. O homem estava a poucos metros de Eva. Ela fechou a porta. A mão do homem se agarrou à beirada da porta; Eva tinha as duas mãos na porta, e ele, apenas a ponta dos dedos; ainda assim, o homem conseguiu abrir. Eva soltou a porta e quis continuar correndo, mas o homem a agarrou por um dos pés. Tentou arrastá-la para fora.

– Me solte, desgraçado! – gritou Eva, e se voltou.

Olhou a mão que a segurava pelo calcanhar. Viu o pequeno curativo ali onde o tinha mordido. Ergueu o pé e o sentou com todas as forças na cara do homem. Ela o atingiu em algum lugar. Fosse como fosse, o homem encolheu o braço e soltou Eva. Ela tornou a ficar de pé e correu sem saber para onde. Subiu uma escada.

Talvez estivesse numa das duas torres. Outra porta, que Eva abriu com dificuldade. "Onde é que eu estou?!" No forro. No alto da catedral. Uma luz fraca entrava pelas janelinhas. Piso de madeira clara sem encerar. Vigas que se cruzavam no teto. O homem ainda a estaria perseguindo? Eva não tinha tempo de parar e descobrir. Precisava seguir em frente. Deparou com outra porta. Estava aberta; dava em outro cômodo, dessa vez um forro gigantesco, uma teia labiríntica de passarelas. Uma escada levava ao telhado, ao remate pontiagudo da torre. Continuou pela passarela, acima das abóbadas da catedral. "Acima do céu", pensou. Um corredor estreito se estendia ao longo de uma cerca de alambrado que tinha a altura de um homem; do outro lado, havia pombos. Estes olharam, curiosos, quando Eva passou correndo. Então ela ouviu – passos. Quase sem aviso, o homem se plantou diante de Eva, mas do outro lado da cerca. Eva parou e olhou para trás. Qual direção deveria tomar?

– Espere um pouco – ele disse.

Eva sentiu náuseas, sabia que as pernas falhariam se aquele homem se aproximasse. Mas estavam separados pela cerca. Os olhos de Eva examinaram furiosamente essa cerca que os separava, instalada para impedir que os pombos passassem. Junto a ela, duas barras de madeira se estendiam horizontalmente a um metro de altura. O alambrado estava pregado a elas. Havia um buraco, talvez suficiente para passar um braço, mas não o corpo todo. O homem não tinha como alcançar Eva. A questão era para onde ir.

– Eva... – O homem hesitou. Olhou para ela. – Que bom seria se eu pudesse deixar você para lá! Isto não tem nada a ver com você.

– Você...

Ela engasgou com as palavras. Suas mãos tremiam, e sentiu o quanto o queixo tremia também. Ele olhou para o chão e balançou negativamente a cabeça, com dó e compreensão. Eva acompanhou aquele olhar. Viu a urina. Foi quando reparou no calor úmido que lhe escorria pela perna esquerda.

O homem enfim abriu a boca:

– Estou vendo que você não está muito bem.

– "Não muito bem..." – resmungou Eva. Quis dizer mais alguma coisa, mas não conseguiu. Tornou a tentar. Respirou fundo. – Quem é você?

– O importante é quem é *você* – ele disse, e até conseguiu esboçar um leve sorriso. – Você é a Eva e não vai querer saber nada de tudo isto aqui. Você pousou meio por acaso numa história e não está no elenco. Está entendendo?

– Eu...

Eva baixou o olhar. As palavras continuavam sem sair. Queria dizer alguma coisa a respeito de Rico.

– Existem outras histórias de que você pode ser protagonista. Histórias melhores que esta. Pode acreditar em mim – ele disse, e acrescentou: – Isto aqui é uma tragédia. Você é bonita demais para isso. Se a partir de agora você deixar para lá... Olhe para mim; assim, vai ver que estou falando sério.

Eva procurou os olhos dele, os olhos que tinham presenciado a morte de Rico. Tinham também presenciado a morte do homem que estava lá embaixo, na igreja. Por que esses olhos eram tão belos? Por que transmitiam tanta... confiança?

– É – ele disse. – Está vendo? Você só precisa deixar para lá. Dar as costas e ir-se embora. Isto aqui não tem grandes revelações; só tem coisa feia, vai acabar mal. Vamos esquecer, *OK*? Eu falo sério. Você não está vendo? Eva? Responda. Você não está vendo?

Eva olhou para ele. Ela ficou um pouco menos tensa. Será que ele tinha razão? Não era mesmo o caso de ir embora da igreja e esquecer tudo? Nesse instante, o homem a agarrou pelo pulso através do buraco.

Eva gritou. Ele a puxou para si, e só os separavam as duas barras e o alambrado. O homem tentava agarrá-la pelo pescoço com a outra mão.

– É, vamos esquecer!... – gritou Eva.

Ela o olhou nos olhos; estes a haviam enganado, o homem nunca tinha tido intenção de deixá-la escapar. Deu um grito ao mesmo tempo que batia na cara dele com as costas da mão; afastou o braço, rasgou a pele no alambrado e caiu para trás quando ele a soltou. O homem não perdeu nem um segundo. Começou a dar pontapés no alambrado, que aos pouquinhos ia cedendo. "De pé, Eva!" Precisava seguir em frente. Ouviu os pontapés, agressivos e ritmados, contra a cerca. Ele logo conseguiria atravessar. Por que Eva estava tão sem ar? Respirava como um paciente com doença pulmonar terminal. Por um instante, teve vontade de desistir, deitar no chão e esperar a morte. Já o homem nunca desistiria. Ali! Uma porta... daria em outro forro? Talvez num cômodo de onde pudesse descer, ou num lugar onde se esconder. O trinco obedeceu de imediato. E...

Ar fresco no rosto. O sol, que a cegou. Uma vista para toda a cidade de Roskilde. Uma saída para o telhado. Uma escada vertical. Havia talvez uns vinte metros até o telhado de baixo. Será que ela deveria...?

O homem já tinha derrubado a cerca. Os ouvidos de Eva confirmavam isso.

Aço frio contra as mãos. Eva estava no telhado. A escada ficava presa à parede externa por alguns rebites grandes e enferrujados. Ventava muito. Eva se concentrou em não olhar para baixo, em não pensar nas consequências se o pé escorregasse e ela caísse.

"Continue", sussurrou uma voz interior. "Um passo de cada vez." Eva precisou saltar o último metro para o telhado inclinado de baixo. Ali havia outra escada, uma espécie de passarela, onde pôde agarrar-se a poucos metros de uma abertura no telhado, não muito diferente daquela pela qual tinha acabado de sair. Agora ouvia os passos do homem na escada. Estava descendo para encurralá-la. Se a nova porta estivesse trancada, seria o fim de Eva. Não teria por onde escapar. Empurrou a porta. Ela se abriu. Deu uns passos para dentro, envolta na penumbra. "Use a cabeça, droga!" Deu meia-volta e achou o que procurava – um trinco. Fechou-o. Ficou alguns segundos imóvel, ouvindo como o homem puxava a porta. Eva bateu na madeira com a mão, sentiu as lágrimas nas faces, sentiu-se também repentinamente valente. Valente porque ele não tinha como alcançá-la.

– Não vamos esquecer nada, desgraçado! – gritou, pensando em toda a besteira que ele, havia pouco, tinha falado sobre história e elenco. – Vou ter o papel de protagonista de merda na sua tragédia pessoal!

Eva bateu outra vez na porta. Sentiu a raiva, sentiu o prazer – em contraste com o desespero – que resultava da raiva. Aguçou os ouvidos. O homem tinha sumido. Provavelmente não tinha ouvido uma palavra sequer do que ela gritou. Ele estava fazendo o caminho de volta, pela escada. Sendo a máquina que era, não pensava em desistir.

Eva correu no escuro. Percebeu o sangue no braço. Saiu num corredor com caixas poeirentas e chapas de metal apoiadas contra a parede. Outra porta. Esta dava numa escada de pedra, em caracol, que descia pela torre e que Eva percorreu o mais rápido que lhe foi possível sem perigo de cair. Lá embaixo, longe dali! Chegou ao pórtico justamente quando os sinos começavam a tocar e os presentes ao funeral se preparavam para sair da igreja. Eva já estava do lado de fora. O ar, o sol contra o calçamento de pedra, o azul acima da cabeça. Correu até o carro.

Catedral de Roskilde, Grande Copenhague – 11h30

O caixão estava saindo. Marcus viu o cortejo do estacionamento, enquanto dava um telefonema.

– Oi, chefe – respondeu a voz de Trane.

– A Eva.

Marcus se deu conta de que tinha ficado sem ar. A manga do *blazer* havia rasgado na costura. Ele quase conseguia sentir o gosto das lágrimas, da urina, da raiva de Eva.

– Você está bem?

– Não vejo onde ela está – disse Marcus, tentando parecer sereno.

– Um instante.

Marcus contemplou o funeral. Estavam colocando o caixão no carro fúnebre. "Idiota", pensou, e sentiu uma pontada de raiva. Naquele instante, teria matado Brix outra vez, se pudesse. Não fosse a decisão fatal de Brix naquela noite, Marcus não precisaria estar ali agora.

– Chefe?

– Diga.

– Ela desligou o celular.

– Tem certeza? Ela saiu daqui num Mazda.

– Você tem a placa?

– Um Mazda velho. Vermelho.

– Complicado. Vai levar um tempo.

– *OK*. Mas no que ela tornar a ligar o celular...

Trane o interrompeu:

– Então ligarei para você na mesma hora. De resto...

– Sim?

– Esse jornalista.

– Quem?

– O Rico, aquele das gangues de motoqueiros.

– Sim?

– Ele foi morto.

– E quem o matou?

– Bem, aí é que está. Tem alguma coisa a ver conosco?

– Não temos esquema de cooperação com os motoqueiros, se é o que você quer saber – disse Marcus em tom cortante.

– Não, não. É só que...

– Mais alguma coisa?

– Não.

Marcus desligou. Estava tranquilo. Ela logo voltaria a ligar o celular, e então tudo acabaria. "Tem que acabar até esta noite", pensou, apenas um pouco preocupado com Trane. Talvez tivesse chegado a hora de colocá-lo a par.

Na rodovia – 12h33

Eva só pegou o centro de Copenhague porque não sabia para onde mais ir. Poderia perfeitamente ter feito o contrário: ido para o campo, encontrado um vilarejo deserto qualquer com alguma pousada solitária ou centro cultural decadente, tomado café com o olhar perdido, ou olhado para o céu, devaneando em outra realidade, longe, uma realidade em que ninguém quisesse matá-la, invadir sua casa, amarrá-la e apalpá-la. Em vez disso, escolheu Copenhague, as multidões, os carros, o comércio, o burburinho; a cidade é que a protegeria, que a esconderia de um inimigo que, ela sabia agora, queria matá-la.

Distrito de Valby. Eva não se lembrava de ter pegado o desvio. Também sem saber por quê, estacionou na praça. Ficou no carro, com o motor ligado, olhando em volta. Alguém a seguia? Bares e cafés ao ar livre, pessoas que passeavam despreocupadas ou sentavam às mesas para curtir a primavera enquanto tomavam café com leite ou suco de laranja feito na hora; mulheres da mesma idade que Eva com filho no colo, carrinho de bebê, marido, amigas e vida absolutamente normal. O tipo de vida de que Eva deveria ter sido protagonista, como seu inimigo tinha dito imediatamente antes de tentar matá-la. Desceu do carro. Foi o cheiro da própria urina o que a fez sair para a calçada. Aquilo já não estava tão visível, porém; as calças estavam quase secas. Sentou num café ao ar livre. Ali não tentariam matá-la.

– Com licença – disse Eva. A mulher se voltou. – Você me arranjaria um cigarro?

– Ah, claro. Aqui está.

Um rosto amável. Eva poderia ter ficado olhando para ele o dia todo. Acendeu o cigarro. Eva não fumava desde que tinha conhecido Martin. Ele era fanaticamente não fumante. Mas agora, de repente, fumar era fantástico!

Pediu um copo de vinho, por um preço que não podia permitir-se. "*OK*", disse a si mesma enquanto sentia o álcool e a nicotina exercerem seu efeito calmante sobre os nervos. "O que é que eu faço agora? Faço o que é mais sensato no momento. Faço a única coisa que importa. Dou um jeito de continuar viva."

"É, dou um jeito de continuar viva."

Olhou ao redor, para os rostos que a rodeavam. Estaria algum deles mancomunado com seus perseguidores? O rapaz que estava sentado quase em frente a ela e que tomava pequenos goles de café enquanto mandava mensagens eletrônicas para o mundo? E o que dizer da mulher de uns trinta anos que colocara os óculos escuros na testa e carregava um bebê? Será que o bebê era disfarce? Será que a mulher não a estava vigiando? Talvez. Eva se levantou e já se preparava para ir embora quando ouviu uma voz interior dizer: "Não". Voltou a sentar. Não podia deixar que a paranoia se apoderasse dela. "Se você deixar, vai enlouquecer", sussurrou a voz. "Em vez disso, precisa lutar contra a paranoia. E levar a melhor." Juntou coragem e encarou a mulher, com toda a naturalidade e despreocupação que conseguiu fingir. Nenhuma reação. Não eram mais que duas pessoas cujos olhares tinham se cruzado por acaso, como costuma acontecer milhões de vezes por dia em qualquer cidade do mundo. "Que bom seria se Martin estivesse aqui!", pensou, e por um instante teve vontade de cair no choro. Ou pelo menos Rico. Alguém com quem pudesse falar. Esvaziou o copo e tornou a levantar. De súbito, sentiu o cansaço no corpo, uma rigidez esquisita nos braços, as pernas pesadas, os olhos inchados. E agora? Faria o quê? Sim, tinha que voltar para o Pomar das Macieiras. Estavam esperando por ela. Quem? As crianças ou o homem que viria matá-la? Talvez uma e outra coisa. Não podia voltar. A certeza demorou um pouco para se firmar em seu íntimo. Devia ser sempre assim quando, de repente, nos dávamos conta de alguma coisa. A aceitação de um fato chega sem avisar, mas precisa de tempo para se sedimentar. "Não posso voltar." Não podia voltar ao Pomar, não podia voltar à casa em Hareskoven. Não podia voltar para a vida da qual deveria ter sido a protagonista, uma vida que teria que ser vivida como fazia a maioria das pessoas, uma vida de segurança e cumplicidade, de rododendros, caminhadas e passeios à beira da floresta.

Eva estava ao balcão, esperando.

– Com licença.

– Pois não?

– Vocês têm saída pelos fundos?

A atendente, loira, de traços clássicos, com as sobrancelhas arqueadas, olhou para ela com surpresa. O assombro que se refletia em seus olhos virou compreensão, a compreensão que se estabelece entre duas mulheres bonitas que sabem o que é ser assediada por homens.

– É claro – disse. – Venha comigo.

Eva a seguiu através da cozinha. A atendente segurou a porta para ela.

– Obrigada – disse Eva, que de repente se viu entre cestas de lixo, apoiada contra a parede.

Esperou um momento. Ninguém a seguiu. Nem quando saiu do calçadão, deu num pequeno parque e ficou observando durante alguns minutos os arredores, o trânsito e as pessoas. "Por ora, não estão me seguindo", pensou. "Estou livre. E não posso voltar." Ao sair dali, quase chegou a sentir que uma força sobre-humana lhe percorria o corpo, uma força que surgia do nada. Uma zona morta, uma estaca zero interior – nenhuma família, nenhum marido, nenhuma ocupação, e no dia seguinte lhe tirariam a renda mínima e levariam a casa a leilão. Respirou fundo. Que estranho – a sensação era libertadora. Pegou a rua principal; sim, o medo vem do medo de perder as coisas, e ela não tinha nada a perder. Naquele instante, encontrava-se totalmente fora da sociedade; e nunca mais poderia voltar para a instituição, qualquer instituição, não importava como se denominasse.

Parte II

O INDIVÍDUO

Estação Central de Copenhague – 19h

Mesmo que se esteja fora da sociedade, continua-se plenamente inserido nela. Eva, em meio à multidão da Estação Central, estava ponderando suas possibilidades. Infelizmente, tinha diminuído em grau considerável no decorrer da tarde a euforia provocada pela falta de posses; foi pouco a pouco substituída pelo vazio, como se o cérebro fosse incapaz de engendrar um único pensamento coerente; e, quando os pensamentos enfim vieram, foi com uma força e uma velocidade que quase a derrubaram, como num bombardeio – a casa, Martin, o homem que Eva tinha mordido, aquele que queria acabar com a vida dela, aquele que tinha tirado a vida de Rico. Mais pensamentos. Mudar-se. Escapar. As ilhas Féroe. O Marrocos. Não, o Marrocos não; algum lugar com bebida alcoólica.

Comprou um café no McDonald's e deixou o saguão da estação. Saiu para o sol, o burburinho e os gritos que vinham do Parque Tivoli. Estava perto de uns alcoólatras que ficavam sentados na escada em frente à estação e tinham o olhar cravado, como se fossem zumbis, em sua cerveja de alto teor alcoólico e seu vinho em embalagem longa vida. Eva já não estava chorando; as lágrimas tinham sido substituídas por raiva, um sentimento irracional e claustrofóbico de estar presa mesmo encontrando-se no centro de Copenhague e podendo fazer o que lhe desse na telha, desde que, é claro, não custasse dinheiro algum nem exigisse a participação de mais alguém.

De repente, lembrou-se de uma coisa que Martin tinha dito numa noite em que conversavam sobre as operações militares no Afeganistão: "Conhece o teu inimigo". Sun Tzu, um general chinês que tinha escrito um tratado fazia dois mil e quinhentos anos. Era uma bíblia para Martin. O livro estava sempre em sua mesa de cabeceira, era a única coisa que ele lia já havia muito tempo. "Conhece o teu inimigo", escreveu Sun Tzu. O que Eva sabia do seu? Que o mais provável era que tivesse matado Brix; que sem nenhuma dúvida tinha matado Rico; e que também estava atrás de Eva. Sabia ainda que ele havia levado uma mordida na mão esquerda que ela mesma dera. E, a partir de agora, sabia que cara ele tinha. Precisava identificá-lo, conhecê-lo!

– Merda! – exclamou em voz alta, e balançou negativamente a cabeça.

Um homem a olhou com severidade, como se fosse algum professor em sala de aula; talvez Eva tivesse falado alto demais, mas o homem não sabia que ela acabava de se dar conta de algo – que a primeira coisa a fazer seria voltar para casa. Sua euforia tinha eclodido cedo demais, como brotos de videira que se abrissem com deleite ao sol das tardes e morressem com geadas nem um mês depois. Ainda não estava livre. Tinha de voltar para casa. Talvez seu assassino a estivesse esperando lá. No entanto, precisava do passaporte, do carregador, do cartão MasterCard que o pai havia insistido em lhe dar. O cartão cujo titular era ele, não ela. Eva Katz era um nome que deixava qualquer caixa eletrônico fora de sistema e dava calafrios em banqueiros.

Hareskoven, Grande Copenhague – 19h01

Precisava acabar logo com aquilo. A coisa tinha ido longe demais. Marcus olhou para o piso do carro – o barro da noite na mata tinha endurecido. Quando pisava nos pequenos torrões, eles viravam poeira, a mesma coisa que Marcus seria um dia, a mesma coisa que Eva precisava virar de imediato. "Vamos todos acabar assim." Por que as pessoas se preocupavam tanto em saber quando isso aconteceria? Marcus nunca tinha entendido aquilo. Deu uma olhada rua abaixo, para a casa de Eva. Devia ter se alimentado antes. Talvez achasse na geladeira da casa alguma coisa que pudesse comer. Não, seria blasfêmia tirar coisas da geladeira de Eva e depois lhe tirar a vida. O celular tocou.

– Oi, Trane – disse.

– Tenho uma informação para você, sobre os antecedentes dela – disse Trane.

– Diga.

– Ela teve uma relação com um dos nossos.

Marcus olhou para a casa enquanto Trane continuava:

– Era oficial. Martin Selinius Andersen. Já ouviu falar dele?

– Não. Ele serviu quando?

– Até o ano passado. Quer dizer, era mais novo do que nós. Morreu em serviço.

– No Afeganistão?

– Uma mina.

– Eta! Que desgraça...

– Pois é, uma desgraça também para a nossa amiga aí. Compraram casa juntos, mas não casaram.

– Ah, clássico – disse Marcus, e respirou fundo. Um número surpreendentemente grande de militares destacados para zonas de conflito não tinha se dado ao trabalho de cuidar dos requisitos formais para a eventualidade de voltarem para casa num caixão. Isso apesar de o Ministério da Defesa reiterar o quanto aquilo era importante. Mas entendia-se. Os jovens não aguentavam a ideia de precisar planejar a própria morte, ser previdentes; tinham medo de que isso os deixasse em pânico no campo de batalha.

– Ainda está aí, chefe?

– Estou ouvindo – disse Marcus.

– *OK*. Agora vem a parte boa: não concederam nenhuma indenização para ela, nada. Foi tudo para a sogra. A Eva entrou na Justiça contra o Ministério da Defesa. Andei dando uns telefonemas. Ela chegou mesmo a escrever umas coisas muito feias.

– Você está falando do quê?

– São cartas que transpiram ódio de verdade, acusando o Ministério de ser culpado da morte do militar. Ficou doida. Armou um barraco no enterro do namorado.

– Tipo?

– Berrou com os generais. Fez um escândalo, estava totalmente fora de si.

Marcus fechou os olhos e os manteve assim, sem saber realmente o que encontraria naquela escuridão, talvez alguma coisa que fizesse mais sentido que a vida de Eva.

– E tem mais.

– Continue.

– Acabou arrancando as coroas do uniforme de gala do namorado e mandando para a comandante-chefe.*

– Você está falando do quê?

– O militar, o Martin, era da Guarda Real.

– E?

– Sabe o símbolo régio que eles têm nos galões?

– Sei.

– Ela cortou. Mandou para as Forças Armadas, aos cuidados da comandante-chefe.

– Por quê?

– Pois é, por quê?

---

* A rainha Margarida. (N. do T.)

– Muito bem. Temos que achá-la. Alguma notícia do celular? Ela está usando? Já podemos rastrear?

– Não. Não está conectada. Continua com ele desligado.

– Obrigado, Trane – disse Marcus, e desligou.

Ficou pensando um tempinho. Surpreendeu-se ao ver que estava balançando negativamente a cabeça. O Estado tinha agido mal, pensou. Toda guerra se baseia nisto: mesmo que a gente tenha vencido o adversário, precisa deixar aberto um pequeno flanco para que o derrotado tenha a chance de se retirar. Não tinham deixado essa possibilidade para Eva. O Ministério deveria tê-la ajudado na questão da casa. Eram tacanhos demais, e justamente por isso Marcus tinha dado baixa, por lhes faltar visão global das coisas. Tinham empurrado Eva para o abismo, e agora ela virava um problema para outros. Precisariam primeiro tê-la sustentado; era um problema econômico. Mas agora teriam que dar cabo da vida dela. Depois teriam que investigar o caso. Nunca se esclareceria o homicídio, mas custaria muitos milhares de coroas, talvez milhões. Teria saído mais barato quitar para ela a maldita casa.

– Merda! – ele ouviu a si mesmo resmungar. E falou sério.

Marcus calçou luvas finas e usou a mesma entrada que da vez anterior – o portão do jardim. O trinco estava para lá de gasto; o velho chalé quase parecia um museu dos anos 70 e 80, quando Marcus era menino. Enfiou a chave de fenda entre o portão e o batente. Durante quarenta anos, o portão tinha servido para deixar as crianças no jardim. Crianças como Marcus e Eva haviam sido; tinham a mesma idade, poderiam ter brincado juntos, brincado de guerra e de médico, entrado e saído por portões como aquele, se apaixonado um pelo outro.

Fechou a porta da casa. Já estava na sala. Percebeu quanto estava cansado. Não acendeu a luz. Sentaria ali e ficaria esperando. Aquilo tinha que acabar de vez. Seria um disparo só. Nada de fazer que parecesse acidente ou suicídio; Marcus não tinha mais forças para isso. Abririam investigação, e esta seria até minuciosa e correta. A polícia ligaria Rico a Eva. A mesma arma. Continuariam culpando o crime organizado. De resto, o que poderiam fazer? Mesmo se Marcus deixasse algum rastro – coisa em que não acreditava –, a investigação nunca levaria a ele.

Vozes na rua. Crianças que passavam correndo, uma mulher que as chamava, que pedia que fossem mais devagar, que não corressem pela via. Avisos, advertências. Ah, quanto precisamos disso! Quem dera Marcus tivesse podido falar com aquela mulher, Eva, antes de ela ter afanado um celular que não era seu.

Foi para a cozinha. Abriu a geladeira. Fruta velha, iogurte vencido. Tornou a fechá-la. Saiu, subiu a escada. Entrou no quarto. Um só edredom. Dois criados-mudos. Marcus sentou no lado descoberto da cama, aquele sem edredom, o lado que só podia ter sido o do militar. No criado-mudo, um exemplar de *A arte da guerra*, de Sun Tzu. Marcus conhecia muito bem aquele livrinho, um velho *best-seller*. "Conhece o teu inimigo", esse tipo de lugar-comum. Coisas que Marcus tinha deixado para trás. Sun Tzu ensina as pessoas a ganhar guerras, mas não a ganhar a paz, a dirigir e proteger um país. Por isso Marcus tinha largado o Exército. Era o que o soldado de Eva deveria ter feito quando ainda havia tempo. Agora Marcus estava sentado na cama dele, lembrando o momento em que tinha tocado Eva entre as pernas naquela noite. Não conseguia entender que tivesse sido um ato dele próprio, Marcus, algo que tivesse mesmo feito; revia aquela sua ação como se vê uma cena de filme.

Deixou o livro no lugar. "Conhece o teu inimigo." Marcus não tinha tanta certeza. A cada detalhe que se acrescia a seu conhecimento da inimiga chamada Eva, mais difícil era ter de sacrificá-la.

Desceu a escada. No porão, à luz do entardecer, ficou um tempo olhando para as caixas amontoadas; o sol baixo atravessava a janela à perfeição, quase parecia um quadro. Abriu um armário. Lá estava o uniforme de gala, quase igual ao que Marcus tinha pendurado em casa. Trane estava certo: Eva o tinha cortado, tinha tirado as coroas. Ela estava com um parafuso solto? Era esse ódio não resolvido o que a impulsionava? A dama de companhia. Será que podia ter sido algo tão simples? Será que tinha sido a dama de companhia quem despertara o ódio latente em Eva, sua percepção de que a rainha lhe tinha tirado algo? Marcus olhou as pastas abertas que estavam no chão. Leu:

> Sentiu necessidade de me humilhar quando entrei na sala de aula. Fiquei vermelha, e você viu, e continuou a me dar bronca. "A menina bonita", foi disso que me chamou, aquela que não precisa aprender direito a profissão. Você é um bosta, um malvado, um complexado. Desconta a raiva nos outros. Diz que é preciso "matar os desgraçados". Dividiu o mundo em bons e maus, e, nesse seu mundo, você é o único bom. Os outros são ou ignorantes que só pensam em si mesmos, ou maus, MAUS MESMO, que também estão dispostos, mais até que os ignorantes, a mentir e roubar para ficar com tudo.

Passou um carro na rua, e Marcus ergueu os olhos. Sentiu uma coisa: seria um pouco difícil – seria mais que difícil – tirar a vida de Eva. Deixou os papéis de lado. Já tinha colocado o pé no primeiro degrau, para subir, quando ouviu a porta da entrada principal abrir. Abotoou o *blazer*, sacou a pistola e, aproveitando o ruído da porta ao se fechar, destravou o gatilho. Um clique metálico: agora, nove milímetros de morte estavam à espera na câmara da arma para pôr fim àquela história.

– Eva?

Era uma voz que chamava do térreo. Voz de homem, não de Eva. Marcus se afastou da escada e olhou instantaneamente para a janela do porão. Será que ela abria?

– Eva? – O homem de novo. Uma mulher falou:

– Você acha que ela está em casa? Vou dar uma olhada no porão.

Marcus sopesou as possibilidades: tentar sair dali ou incluir o homem e a mulher numa conta que vinha engordando paulatinamente.

Estação Central de Copenhague – 19h30

Havia dois estrangeiros fazendo fila atrás dela; ciganos, pelo que Eva deduzia do aspecto e do jeito de falar. Dois homens impacientes. Queriam usar o telefone público. Eva tornou a ligar. Até minutos antes, estava esperando o trem para Hareskoven; mas, quando ele chegou, suas pernas se recusaram a embarcar. No entanto, precisava de dinheiro. E o homem que tinha dinheiro enfim atendeu:

– Eva?

– Papai.

– Ah, Eva! Por que você não telefonou?

– Eu não tenho muito tempo. É importante que você preste atenção no que vou dizer. Você entendeu?

– Aconteceu alguma coisa?

– Estou trabalhando num caso.

– Caso? Que caso?

– Uma reportagem. É meio perigoso. Por enquanto, não posso voltar para casa.

– Bem, nós estamos na sua casa.

– Papai, quem são vocês para...?

– O portão do jardim não estava bem fechado – disse o pai, interrompendo-a.

Eva refletiu. Tinha se esquecido de trancar o portão do jardim? Não. Os outros estavam lá dentro, esperando-a. Ouviu Pernille gritar ao fundo.

– Você também esqueceu a luz acesa.

– Papai, vocês têm que sair daí agora mesmo!

– Só um instante, filhota. Não consigo ouvir quando as duas falam ao mesmo tempo.

– Papai! – O telefone fazia ruído. Eva agora gritava: – Papai!

Os ciganos impacientes retrocederam dois passos. Fez-se silêncio durante alguns segundos, tempo suficiente para que Eva imaginasse o pior – o pai e Pernille mortos.

– Eva?

– Sim, papai!

– Já estamos no jardim. Você também deixou a janela do porão escancarada! O que você tinha na cabeça, filhota?!

Eva sentiu quanto as lágrimas se acumulavam nos olhos.

– Papai, preste atenção! Vocês têm que sair daí. Vocês correm perigo.

– Do que você está falando? Perigo? Que perigo? O que está acontecendo?

– Vocês têm que ir para longe da casa!

– Não estou entendendo nada.

– Não posso dizer muita coisa agora. Tem a ver com o trabalho. É importante.

– Filha, você está bem?

– Estou, sim; estou ótima – disse Eva, e viu o próprio reflexo no vidro. – Prometo que volto a ligar logo, logo, e conto um pouco mais. Eu estou bem, sim. Voltei a fazer trabalho de jornalista. – Eva percebeu quanto estava soando falsa. Um silêncio, que ela mesma quebrou: – Não se preocupe. Eu logo volto a ligar.

– Faça isso. Estamos morrendo de preocupação.

– Você poderia fazer uma transferência para mim?

– Você não tem o cartão de crédito? Pode sacar o que quiser.

– Deixei em casa e não posso ir aí para pegar.

– Mas por que não? Você vai ter que explicar para a gente...

– Papai, por favor. Só estou pedindo para você fazer uma transferência. Não, espere. Vamos fazer o seguinte: você se certifica de que não tem ninguém na minha casa e, depois, entra e pega o meu cartão e o meu passaporte. Eu deixei os dois na gaveta da cozinha. Amanhã eu vou e pego no seu trabalho. Deixe tudo na recepção.

– Eva?

– Vou desligar. Beijo.

Clique.

Biblioteca Real, Copenhague – 19h45

Eva não se lembrava da última vez em que tinha estado ali; também não sabia o que pensar, mas sentia que, naquele momento, era o lugar certo para estar. Havia gente, havia sossego para poder pensar, sentia-se mais ou menos segura lá. De resto, também gostava do nome que davam ao grande anexo futurista onde estava agora: o Diamante Negro. Parecia o título de um dos milhares de gibis que tinha lido quando menina, deitada na rede da casa de verão da avó paterna. Isso tinha sido em outra época, uma época em que tudo continuava sendo possível. Eva não conseguia entender as pessoas que sempre diziam que não mudariam nada se tivessem a chance de começar tudo de novo. A vida não era mais que um esboço, uma coisa inacabada. É, Eva teria mudado tudo. Não teria ficado noiva de militar. Não teria comprado aquela casa de merda em Hareskoven. Se pudesse recomeçar, continuaria sendo jornalista? Talvez, mas teria escutado o que aquele professor irritante da faculdade tinha a dizer.

Olhou as pessoas que estavam ao redor. Estudantes despreocupados, cheios de curiosidade, que liam tudo com grande interesse; não havia assunto que lhes fosse estranho, a vida ainda podia levá-los em mil direções, para Serra Leoa ou a África central – dois dos títulos de livro na mesa de duas moças que debatiam em tom baixo mas acalorado. E depois exatamente o contrário, gente maltrapilha que estava sentada no corredor entre a velha e a nova biblioteca, pessoas cuja presença e vestimenta não combinavam tão bem com o desenho vanguardista do Diamante. Gente sem conexão com a internet. Em pouquíssimos anos, sem conexão com a internet tinha virado sinônimo de indigente, alcoólatra, dependente da sociedade. Infelizes doentes mentais. Gente que tinha sucumbido aos cortes orçamentários e para quem o Diamante Negro constituía a possibilidade de achar abrigo, acesso gratuito a sanitário e a computador. Talvez também acesso a um pouco de dignidade. Em todo caso, Eva imaginava que devia ser menos degradante estar ali do que em cima de alguma grade do metrô, esperando o vapor quente do sistema de ventilação.

Estou virando um deles? O cheiro era o mesmo, embora tivesse limpado as calças com água e sabonete no lavatório. Quase tinha piorado o efeito. Não fazia diferença. Sentou-se em frente a um computador que estava livre. Conectou-se. Pensou no homem com a marca de seus dentes na mão. Recordou seu rosto. O olhar caloroso e sedutor que convidava a confiar nele. Aqueles olhos irradiavam credibilidade e boa vontade quando disse a Eva que ela não estava no elenco, que podia dar meia-volta e largar a tragédia sem problemas. E imediatamente depois tentou matá-la.

– *OK*, filho da puta. Agora quero saber quem é você.

Procurou o nome Christian Brix no Google. Se o homem tinha ido ao funeral de Brix, os dois tinham de ser conhecidos um do outro. Talvez fossem colegas de trabalho. Velhos amigos? Em algum lugar apareceria uma foto, algo que ajudasse Eva a progredir na busca. De novo, porém, constatou que Brix se destacava pela ausência no Google. De repente, Eva se lembrou de algo que tinha lido certa vez: que uma das coisas que tinham dado aos americanos a pista sobre o paradeiro de Osama bin Laden era que o líder terrorista morava num bairro paquistanês confortável, mas não tinha nem telefone nem internet. Foi justamente a competência para se esconder o que levou à sua localização. Como dizia alguém na matéria: "Às vezes, não estar presente chega a ser suspeito". Por que um homem como Christian Brix não existia no ciberespaço? Sim, ali estava ele, na minuta de uma diretiva de 2009 da União Europeia. Não conseguiu ver do que tratava a tal diretiva e, quando clicou no arquivo, este não quis abrir. Também encontrou Brix em alguns outros *sites*. Citado num relatório em que, pelo visto, Brix argumentava contra uma proposta do comissário estoniano Siim Kallas sobre um subsequente afrouxamento nas diretrizes da União Europeia. Mais uma vez, o tal Systems Group. Um lobby. Eva fechou os olhos. A União Europeia nunca lhe interessara. Não tinha saco para ler sobre ela; a simples menção de "Bruxelas" já desviava sua atenção, fazendo-a sair dos trilhos. Com os olhos fechados, brincou com essa ideia de descarrilamento – a dinamite debaixo dos dormentes, a explosão e o trem que tombava e depois ia barranco abaixo. Assim eram Bruxelas e a União Europeia: dinamite debaixo da capacidade de concentração de Eva.

– Pois muito bem. O que mais temos, Eva? – resmungou, pelo visto não em voz baixa o bastante, porque um dos outros usuários a olhou contrariado.

Juntou mentalmente as escassas informações concretas de que dispunha: Brix; um SMS enviado depois do suposto suicídio, coisa que Eva não tinha como provar. Do que mais dispunha? Ah, sim! O quadro desaparecido. Como se chamava o retratado? Matternik? Digitou isso, e o Google a corrigiu: "Metternich, príncipe austríaco". Que diabos tinha ele a ver com aquilo tudo? Lembrou-se do historiador da arte, Weyland. Eva tinha prometido mais detalhes do quadro para ele. Talvez Weyland já tivesse deixado mensagem. Eva tinha se esquecido de carregar o celular, e já fazia tempo que estava sem bateria. Tornou a ler sobre Metternich. O típico aristocrata: nariz proeminente, olhar alerta e inteligente, de alguém que tinha visto e entendido quase tudo e que acumulava no sorriso discreto seu superávit de sabedoria. Olhou as páginas sobre a Santa Aliança. O czar Alexandre I tinha se inspirado numa dama da nobreza, uma beldade, Barbara von Krüdener, para estabelecer uma aliança entre as monarquias. Uma aliança que lutaria contra a democracia e a sociedade laica. Eva contemplou o retrato que encontrou de Barbara – uma Afrodite, muito especial, com um vestido branco que tentava cobrir o corpo exuberante, cachos castanho-aloirados e frívolos, sorriso melancólico, olhos grandes que escondiam um segredo.

– A aparência era pura isca – disse Eva para si mesma.

E, de novo, deparou com um olhar de descontentamento:

– Você vai demorar muito? – perguntou um homem que esperava para também usar o computador.

– Não – retrucou, e voltou à página de internet. Sim, Barbara von Krüdener usava seus atributos como isca. Era uma mística que tinha morrido fazia tempo e que tinha enredado um czar, coitado, com sua mistura de sensualidade exacerbada e pensamento esotérico. "Quem não preferiria ler sobre ela a ler sobre a maldita União Europeia?", pensou Eva, a ponto de sair da página com uma clicada. No começo, quase não entendeu o que tinha encontrado na parte inferior do quadro, na mão esquerda de Barbara, que estava ligeiramente fechada – quase com despreocupação – em torno de duas flechas. Duas flechas como as que os anônimos colegas de Brix tinham depositado em cima do caixão. Eva procurou entender aquilo. Talvez fosse coincidência; só podia ser. Barbara morreu no Natal de 1824. O que significavam as duas flechas? No quadro, o filho de Barbara posava junto a ela segurando um arco, como um Cupido. Eva voltou ao Google e digitou primeiro "arco e flecha significado". Vendo que quase não aparecia nada, digitou em inglês, "*arrow meaning*". O significado bíblico, concluiu, eram a verdade e a sabedoria. O arco simbolizava a verdade, e as flechas eram mísseis sagrados, carregados de sabedoria e conhecimento espirituais, uma coisa para poder lançar e alcançar outros. Aquilo fazia sentido? Eva digitou "Christian Brix + Barbara von Krüdener". Não achou nada que os ligasse de verdade. Leu sobre a baronesa Barbara Juliane von Krüdener, que nasceu em 1764 em Riga, no Império Russo, e cujo pai lutaria nas guerras da czarina Catarina, a Grande. Uma coisa foi ficando clara para Eva à medida que lia: o destino predeterminado era algo que tinham suprimido de nossa realidade social-democrata. No tempo de Barbara, muitas vidas já vinham com o destino traçado. Eva desejou ter vivido naquela época, junto com Barbara, que casou com um homem que ela não amava. O marido fora designado...

Eva deteve-se e releu aquilo com mais vagar. Obrigou-se a ler cada palavrinha: o marido foi nomeado embaixador da Rússia em Copenhague. Copenhague! Queria dizer que Barbara tinha estado ali, tinha passeado pela mesma rua do prédio onde Eva estava sentada agora. Ainda que não por muito tempo. A saúde a obrigou a ir mais para o sul do continente, onde se apaixonou por um capitão francês de cavalaria...

– Cuidado com soldados – Eva sussurrou para Barbara. – Eles morrem.

Continuou lendo. De volta a Copenhague e a Barbara. Eva já quase conseguia tocar a bela Barbe-Julie, como a chamavam, que queria o divórcio, mas cujo marido não parecia estar a fim. Ela volta para a corte prussiana, onde o pai é embaixador. Quando o czar Paulo – pai de Alexandre I – é assassinado, as coisas se complicam, e Barbara escapa para Paris.

– Isso, leve-me com você! – sussurrou Eva. – Tire-me deste chatíssimo Estado de bem-estar social e me devolva para uma época em que podia acontecer de tudo e em que tudo acontecia mesmo.

Leu que Barbara conheceu então o escritor francês Chateaubriand e que um homem que caiu morto aos pés dela a levou à conversão religiosa. A última coisa que o sujeito viu foram os fantásticos olhos da baronesa. Barbe-Julie começa a refletir sobre a vida, visita um camponês com poderes proféticos, faz viagens que a levam a visitar todo o continente à procura do sentido de Deus e acaba encontrando. Um belo dia, quando o czar Alexandre I, o homem mais poderoso da Europa, está inclinado sobre a Bíblia, mergulhado nas mesmas preocupações que o resto do continente, aparece a baronesa, e ela, durante três horas de conversa privada, lhe apresenta sua visão. Durante todo esse tempo, o czar não para de chorar; fica soluçando, de joelhos, como as pessoas costumam fazer quando alcançam a iluminação. E, quando Alexandre viaja para Paris, leva seu novo oráculo. Instalam Barbara no cômodo contíguo ao do czar, com acesso direto ao poderoso homem, e a elite intelectual faz fila. Todos querem ouvi-la, todos querem vê-la. Naquela casa, nasce a Santa Aliança. A Santa Aliança de Barbara, uma ideia sobre a paz universal entre as nações, sobre o caráter divino dos monarcas. Não era nada muito complicado: Deus colocou Seus monarcas na Terra para que eles instaurassem a paz, e ponto. Em 26 de setembro de 1815, os soberanos da Prússia, Rússia e Áustria firmam o tratado. A Santa Aliança se torna realidade.

Pausa. "Eu tinha que ter estado lá", pensou Eva. Sua vida agora era talvez como a de Barbara. Afinal, Martin tinha voado pelos ares, e ela estava fugindo. Tinha arrancado a si mesma da sombra do *welfare state*. Agora só lhe faltava um pouco de grandeza, um pouco de Paris e alguns poetas atraentes.

Continuou lendo. Durante um tempo, Barbara é a mulher vestida de sol que, segundo o Apocalipse, nos salvará a todos. No entanto, todo poder é passageiro, e o príncipe Metternich, o verdadeiro líder do vasto Império Austríaco, toma as rédeas da Aliança.

Eva tomou fôlego. Muito bem. Místicos, mais alianças defuntas. O que isso tinha a ver com Brix? De volta à realidade social-democrata. Eva tentou encontrar alguma coisa sobre os quase inexistentes Brix e Systems Group. Talvez uma matéria na *Der Spiegel*...

"Traduzir, Google. Obrigada." As palavras vieram ordenadas de qualquer jeito e, provavelmente, não tão bem escolhidas. No entanto, Eva conseguiu ler que o jornalista alemão estava tão irritado quanto ela com a falta de informações sobre o Systems Group. Esses lobistas tinham escritório em muitos países e pareciam ser imensamente ricos, mas ninguém conseguia descobrir com o que e para quem faziam seu trabalho. Ainda assim, a mensagem da matéria tinha sobrevivido até ao Google Tradutor: "Mais transparência já!"

Na quinta página de resultados de busca, topou enfim com uma matéria dinamarquesa em que Brix aparecia. Uma matéria que Eva ainda não tinha lido. Mas, ali, Barbara não aparecia em parte alguma. Era só mais União Europeia, e Eva quase já não tinha forças para aquilo.

– Mas mãos à obra – sussurrou, e se endireitou na cadeira. – Vamos em frente!

Tentou achar sentido em outro dos fragmentos de texto que acompanhavam o nome de Brix. Um sobre um grupo de *watchdogs* – jornalistas investigativos –, como o holandês Corporate Europe Observatory e a associação britânica Alliance for Lobbying Transparency and Ethics Regulation. No trecho, Brix se declarava crítico dessas forças que lutavam por maior transparência no sistema. A citação vinha de uma matéria da qual Eva conseguiu ler apenas as primeiras frases. Era do jornal dinamarquês *Information*, e precisava pagar para poder ler o resto. O trecho gratuito, porém, tinha o nome do jornalista: Jan Lagerkvist. Eva se reclinou na cadeira, soltou o *mouse* e pensou um momento naquele nome. Onde o tinha ouvido antes? Então, lembrou-se. Era Lagerkvist quem gritava que lá vinha a menina bonita quando Eva entrava na sala de aula, a menina que não precisava chegar no horário à única disciplina importante que os alunos de jornalismo fariam; tinha sido Lagerkvist quem dissera que Eva seria igual a todos os outros imbecis desprovidos de talento, que ela daria alguns telefonemas em troca de uma ou outra declaração dada às pressas, e isso num dia bom, porque nos demais provavelmente se limitaria a requentar o publicado em outros veículos e correria a acabar o quanto antes para poder sair e tomar um *latte* com as amigas no Café Victor. Eva deu busca no Google e encontrou uma foto. Sim. Era ele. Nascido em 1948. Segundo a revista especializada *Journalisten*, era "o *enfant terrible* do jornalismo dinamarquês". Em outro *site*, denominavam-no "o jornalista mais temido do país". Eva entrou no guia Krak e procurou o telefone de Jan Lagerkvist.

Pediu a um dos funcionários da cafeteria da biblioteca para usar o telefone e ligou. Só havia um Jan Lagerkvist na macrorregião da Zelândia, e ele morava no sul, na ilha de Møn. Eva estava disposta a ir encontrá-lo mesmo se ele morasse no polo Sul. Precisava de ajuda. "É certo pedir ajuda", disse a si mesma. O simples fato de ter que ligar para o número de Lagerkvist deixou Eva estranhamente nervosa. "A inteligência dele intimida", tinha lido numa manchete na internet, e por um instante, o instante em que uma voz feminina fraquinha se apresentou como Anne-Louise Lagerkvist, Eva esteve a ponto de desistir.

– Sim? – disse a voz, ao perceber que Eva hesitava demais.

– Desculpe-me se estou ligando tão tarde. Meu nome é Eva Katz. Sou jornalista e gostaria de falar com seu marido.

Silêncio.

– O Jan está doente.

– Puxa, eu sinto muito. Posso voltar a ligar amanhã?

– Não acho que seja boa ideia. – Por mais que a mulher tivesse dito as palavras sem tremor nenhum, Eva pressentiu o choro quando ela continuou. – Meu marido está gravemente doente, sabe? Não sei se seria o mais apropriado que...

– Eu não vou me demorar – prometeu Eva. – Quero só perguntar uma coisa. A senhora acha que é possível? Onde eu poderia encontrá-lo? É extremadamente importante.

A mulher tomou fôlego antes de sussurrar:

– O Jan está nas últimas. Está internado no hospital de Hellerup.

Porto de Copenhague – 20h53

A morte. Ultimamente, ela a perseguia, pensou Eva ao sair da biblioteca. Demorou-se um pouco, aproximou-se da beira do cais e se debruçou, como quando alguém vai sentir o aroma de uma panela no fogo. O cheiro da água do ancoradouro veio ao seu encontro. Ergueu os olhos. Tinha anoitecido. As janelas do outro lado davam vida à água. Viver e morrer. Lagerkvist tinha sessenta e cinco anos, e logo estaria tudo acabado para ele. Quando terminaria tudo para ela? Naquela mesma noite, ou no dia seguinte, se não tomasse cuidado. Mas para onde podia ir? Não podia voltar para casa; isso estava fora de cogitação. Precisaria achar outro lugar onde passar a noite.

Distrito de Vesterbro, Copenhague – 21h30

A luz forte e dura da recepção do hotel feriu os olhos de Eva. De repente, percebeu que não tinha dormido na noite anterior. Tinha a sensação de que seus olhos haviam secado; estava quase a ponto de fechá-los, como se estivesse fora do mundo que a rodeava e só se apercebesse das coisas uma fração de segundo tarde demais. Ficou esperando na recepção. A recepcionista, uma mocinha com a metade da idade de Eva, tinha antes que terminar uma conversa no celular. Eva flagrou o próprio reflexo no espelho que estava atrás do balcão. Não se reconhecia. Estava pálida, como se não tivesse mais sangue nas veias; parecia apavorada e irritada.

– Sebastian! – disse a recepcionista em tom de advertência, como uma professorinha ao aluno. Ainda não tinha dado nenhuma atenção a Eva. – Eu estou trabalhando! – Depois deu uma risadinha.

Eva emitiu um som adequado a esse tipo de situação; era breve e impaciente, um grunhido.

– Agora preciso desligar – disse a recepcionista, e encerrou a conversa.

– Quero um quarto.

– Quantas noites?

– Só esta.

– *OK*. Precisa preencher isto e pagar adiantado. Tem algum documento?

– Não estou com nenhum.

– Nem a habilitação ou...?

– Bateram a minha carteira agora à tarde, no calçadão da Strøget.

A recepcionista a olhou durante um instante, enquanto Eva escrevia. "Uma coisa ridícula, isto aqui", pensou Eva, porque a garota sabia que ela mentia e porque Eva sabia que ela sabia. Mas a garota não estava nem aí; claro que não estava. Tinha um desses empregos que os estudantes arrumam em hotéis baratos de Vesterbro, faltavam só umas dez ou doze horas de plantão, e a única coisa em que pensava era em voltar para casa e transar com o cara com quem acabara de falar.

– Aqui tem muito punguista – disse Eva, na tentativa de quebrar aquele clima esquisito.

– É, tem – a garota teve tempo de dizer antes que o celular voltasse a tocar e ela ficasse com pressa. – Quarto 32, no terceiro. *OK*? – Pôs a chave em cima do balcão.

Eva pagou quinhentas e trinta coroas pelo pernoite. Caro, mas não ligava; naquela hora, teria pagado um milhão se preciso.

– Você vai ver que o elevador está meio enferrujado. Mas não costuma quebrar.

– Obrigada – disse Eva, e enfiou a chave no bolso. – Acho que vou subir pela escada.

A garota já estava de celular na mão.

– Faça o favor de não ficar chamando o tempo todo – disse a Eva antes mesmo que esta chegasse à escada e começasse a subir. Eva tinha subido só uns degraus quando se arrependeu e voltou ao balcão.

– Sim?

A garota, sem conseguir esconder a irritação, cobriu o fone com uma das mãos.

– Desculpe se venho incomodar mais um minutinho – disse Eva. – O que eu vou dizer é muito importante, entendeu?

– Entendi. O que é?

– Se aparecer alguém perguntando por mim ou pelo meu quarto, não deixe subir. Estamos entendidas?

– *OK*.

– Diga que não estou, que nunca estive aqui, que você nem sabe quem eu sou. Nada de visita, não importa o que digam.

– *OK*.

– E, se passar alguém pela recepção, alguém que não esteja hospedado aqui e que você não saiba quem é, você me avisa na mesma hora. Entendeu?

A garota não disse nada. Sua única reação foi um leve cabeceio de assentimento. No entanto, Eva detectou curiosidade no olhar dela. Viu que a garota pensava: "Quem será essa aí?"

– Muito bem – disse Eva, e esboçou um rápido sorriso. – Então estamos combinadas. A propósito, você me empresta isso um pouquinho?

– O quê? O meu iPhone?

– O carregador – disse Eva. – Você está usando agora?

– Não, mas...

– A que horas você sai?

– Às nove da manhã.

– Excelente – disse Eva, e concluiu que seria uma noite muito longa. A moça já parecia morta de cansaço. – Prometo que desço antes das nove. Está bem para você?

– *OK* – disse a garota, e se apressou a retomar a conversa telefônica.

Eva voltou a subir a escada: carpete verde e gasto; marcas de chiclete e de bitucas; o tecido de parede era uma aniagem marrom que fez Eva pensar na Europa oriental e no antigo apartamento da avó paterna na Jutlândia; um ligeiro fedor de cigarro e vômito. Alguém discutia aos gritos atrás de uma das portas. Eva chegou ao final da escada. Terceiro andar. Mais aniagem marrom nas paredes. Parecia que estas sugavam a já escassa luz. O quarto 32 ficava no fim do corredor, e a porta se abriu sem ruído.

– *Home sweet home* – disse Eva, totalmente a sério, porque naquele cômodo triste e modesto estava tudo que ela necessitava naquele momento: uma cama, que parecia mais ou menos confortável; e um criado-mudo, com um abajur que não funcionava.

Foi até o banheiro e acendeu a luz. Era do tamanho de um armário, tão pequeno que a porta se abria para fora. Começou a funcionar um exaustor, com um som grave e intenso que Eva de imediato associou às profundezas da Terra. No espelho, havia uma larga fenda horizontal. Quando Eva se olhava nele, parecia que tinham lhe cortado o pescoço.

Eva conectou o celular ao carregador e esperou um pouco enquanto o aparelho ganhava vida. Ligou-o e digitou a senha; o aniversário da mãe: 1409. 14 de setembro. Usava a mãe em quaisquer senhas. Se precisavam ser mais longas e conter tanto algarismos quanto letras, costumava empregar Suzanne1409. De certo modo, era como ir ao cemitério; para Eva, uma maneira de recordar a mãe. Eva era obrigada a viver com algumas sequelas – a consciência pesada por causa do alívio que havia sentido quando a mãe morreu.

Um torpedo se fez anunciar e interrompeu o complicado momento de Eva com a falecida mãe.

Systems Group – 22h45

O quadro de Metternich estava no chão; só era preciso pendurá-lo. Tinha sido Marcus quem pediu a Trane que o levasse para o escritório. Era melhor serem prudentes e eliminarem todo e qualquer rastro. Além disso, Brix nunca deveria tê-lo pendurado na sala de sua casa.

Marcus estava deitado no divã, um pouco curto demais, do pequeno quarto de dormir que era parte do escritório. Não conseguia dormir, e isso o deixava contrariado. Era um sinal de fraqueza. Marcus sempre havia considerado importante, sobretudo para um soldado, a capacidade de adormecer em qualquer lugar e a qualquer momento. Tão importante quanto poder andar, correr e matar. Que valor tinha em situação de combate um soldado exausto? Tinham sido feitos muitos estudos sobre isso, e a conclusão não deixava dúvida: valor nenhum. Depois do medo, a falta de sono era o maior inimigo de qualquer militar. Marcus pensou nas vezes em que o destacaram para o Iraque e o Afeganistão. Pensou no clichê de que o soldado de verdade dorme com um só olho fechado. Ah, como as pessoas se enganavam! Era justamente o contrário. Sono pesado e profundo, até receber a ordem de acordar e estar inteiro e pronto. A gente dorme quando há tempo para isso.

Sentiu o estômago embrulhar. Nervosismo? Não, raiva. Raiva porque as coisas tinham tomado aquele rumo. Raiva de si mesmo por não ter encerrado o assunto muito tempo antes. Eva Katz. Em outras circunstâncias, em outro mundo, poderiam ter ficado juntos. Evocou a imagem de Eva, em pé no forro da catedral. Bela, vulnerável. Havia algo nela. Tinha urinado nas calças. Marcus tentara agarrá-la. Tinha sentido seu cheio de suor e urina, que, entretanto, atiçou algo nele, Marcus. A diferença entre matar e amar quase não existia. Os dois fenômenos estavam conectados. Marcus tinha visto isso muitas vezes em situações de guerra. Parece que você está pronto para apertar o gatilho, para esvaziar o pente num grupo de homens e mulheres com roupas largas e burcas e, possivelmente, com explosivos presos à cintura. De repente, o intérprete grita alguma coisa, e acaba que aqueles homens são aliados, e um instante depois a gente os abraça, ri com eles, divide uma garrafa de água, compartilha saliva e, como se aquilo fossem beijos, sente certa cumplicidade com eles. Era assim que se sentia com Eva. Não se lembrava da última vez que tinha tido ereção igual. E isso só de pensar em Eva, em sua urina, nada repulsiva, mas doce e desamparada. Tomara que o intérprete gritasse algo, tomara que todos se descontraíssem, tomara que pudessem dividir uma garrafa de água. Tomara que pudesse beijá-la. Se ela tinha conseguido amar um militar, por que não o amaria também?

Marcus levantou as calças ao ouvir passos; sabia que era Trane. Conhecia seu andar ligeiramente pesado, seus passos agressivos como se chutasse o chão, muito diferentes do modo como David se movia, um jeito brando e quase submisso. Preferiria mesmo que fosse David que estivesse do outro lado da porta? David era amigo; Trane era colega de trabalho, um subordinado. Mas, considerando-se o rumo que as coisas tinham tomado, talvez fosse preferível Trane mesmo. Trane era complicado, mas não vacilava nos momentos decisivos, não precisava de licença médica quando as coisas ferviam. Na noite anterior, quando Marcus o tinha colocado a par do quanto era grave o problema com a jornalista, do quanto era importante localizá-la, de que a situação poderia ficar muito feia, de que a sobrevivência da Instituição estava em jogo, de que se tratava de uma mulher disposta a tocar fogo na civilização, Trane não tinha perguntado nada nem esboçado a mínima reação. Bem, sim, havia assentido rapidamente com a cabeça, de modo decidido. Trane estava pronto para resolver o problema; era o que se estampava em seu olhar. Estava disposto a fazer o que fosse necessário. "Mas tenho uma afeição indescritível por David", pensou Marcus, e perguntou-se se tinha dormido de verdade ali, dado o sentimentalismo em que de repente caía. Não, só tinha tirado um cochilo.

– Marcus? – Trane enfim abriu a porta, sem bater, e entrou. A luz também entrou, em profusão, e a silhueta de Trane surgiu no vão da porta. – Você está acordado?

Marcus colocou as pernas para fora do divã e se levantou.

– A jornalista – disse Trane, e ficou parado na porta. – Já sabemos onde ela está.

– Tem certeza? – perguntou Marcus, principalmente para ganhar um segundo que lhe permitisse livrar-se da rigidez que se apossava do seu corpo. O divã era uma merda de tão desconfortável.

– Faz dois minutos, ela apareceu no meu notebook.

Marcus estava a ponto de perguntar por que, então, Trane não tinha vindo antes. Dois minutos era muito tempo. O suficiente para Eva escapar.

Marcus entrou no pequeno escritório, mal iluminado por uma lâmpada de mesa, pelos monitores na parede e pelo brilho azulado do notebook de Trane.

– Aqui – disse Trane, e apontou um ponto na tela. – Nós a estamos monitorando pelo LiveLink e podemos seguir todos os seus passos, desde que o celular esteja ligado. Ela se registrou num hotel. O Leão. Você conhece?

Marcus fez que não e deu uma sacudida na cabeça. Não deu maior atenção às palavras de Trane quando este disse:

– Deve ser um daqueles lugares em que a gente pega doença venérea só de pisar na recepção.

– Vamos indo – disse Marcus, e se assegurou de que estava levando tudo: celular, pistola, as chaves do carro.

Três minutos depois, quando saiu pela porta, não havia só alegria no corpo de Marcus. Havia alguma coisa mais. Talvez pesar.

Distrito de Vesterbro, Copenhague – 23h

Tinha lido três vezes o torpedo: "Cara Eva. O retrato de Metternich está seguro no Museu de História da Arte, em Viena. Tomara que isso lhe seja útil na pesquisa. Cordialmente, Weyland".

Aquilo era mesmo útil? Eva fechou os olhos. Naquele momento, não conseguia avaliar. Mas sim, porque queria dizer que o assassinato de Brix não tinha nada a ver com obra de arte; estava evidente que se tratava de uma cópia. Então, por que tinham tirado o quadro da parede? Era alguma falsificação? Ou tinha a ver com Barbara e as duas flechas, com a Santa Aliança? Pelo que tinha lido, a Aliança estava morta e enterrada fazia muito tempo. Seria possível que, apesar de tudo, ela continuasse viva? Não aparecia grande coisa sobre o assunto na internet, mas Eva tinha lido que a Santa Aliança se tornara um grupo de cinco monarquias, e não mais três ou quatro, e que tinha ainda a mesma missão: preservar a paz na Europa com os soberanos, os escolhidos de Deus, no poder; e lutar contra a democracia e a sociedade laica.

Agora nada disso tinha importância. Agora precisava dormir, pela primeira vez em muitos dias. Depois pediria ajuda.

Mas o sono não vinha. "É questão de soltar as amarras", pensou, "de parar de resistir." Sentou na cama. Sentia-se como se travassem uma batalha – o cansaço contra o medo de que alguém aparecesse enquanto dormia. Uma porta bateu no corredor; de resto, reinava o silêncio no hotel.

Levantou-se e se aproximou da janela. Puxou as cortinas, olhou lá fora, resolveu abrir a vidraça. Entrou ar fresco, e Eva não demorou a sentir frio. Não havia sacada, só uma borda que se estendia pela fachada do hotel. Olhou para o escuro lá fora e teve a sensação de que ele se intensificava em volta do hotel. Uma escuridão protetora? Ameaçadora?

Tornou a fechar a janela e deitou no colchão fofo. Ficou um bom tempo lutando com a ideia de que nunca voltaria a abrir os olhos.

– Não quero morrer – ela se ouviu dizer.

Viktoriagade, distrito de Vesterbro, Copenhague – 23h45

O taxista árabe da esquina estava de cigarro na boca. Estaria olhando para eles? Não, Marcus descartou essa possibilidade. A única coisa que estavam fazendo era ficar estacionados numa travessa da Viktoriagade, a uns duzentos metros do hotel. O que podia haver de suspeito nisso? De resto, o taxista não tinha como ver o notebook que descansava nos joelhos de Trane. O homem jogou a bituca no chão, tornou a entrar no táxi e foi embora. Marcus pegou um receptor auricular sem fio.

– Você colocou direito, para que o som chegue o melhor possível? – perguntou Trane.

Marcus verificou. Sim, o fone estava bem colocado no ouvido. Tirou o *blazer* e pegou no banco de trás o coldre axilar. Vestiu-o. Era onde preferia levar a pistola, perto do coração. Voltou a colocar o *blazer*. Trane olhou para ele. Marcus lhe disse:

– Você se lembra do que falei? Estamos tratando da sobrevivência da Instituição – enfatizou.

– Não se preocupe comigo – respondeu Trane. – Você vai ter muito pouco tempo depois que cortar a luz.

– Eu só preciso de uns minutos – disse Marcus depois de um instante de silêncio.

– É claro. A maioria dos hotéis tem gerador de emergência.

Marcus desceu do carro.

* * *

Era a primeira lição do manual: entrar quando as ruas estiverem vazias, cortar a luz, criar confusão generalizada. Os cidadãos, assustados, estariam ocupados chamando a polícia; num mundo que eles dão por resolvido, o menor dos contratempos desencadeia uma onda social de alarme.

– Vou cortar a força – disse Trane no fone.

– *OK.*

Passaram-se alguns minutos. Acabou a luz na área ao redor do hotel, momento em que o alarme começou a piscar na operadora nacional de eletricidade, a Energinet. Os técnicos já tinham sido acionados, já tinham embarcado no furgão da empresa e se mantinham em contato permanente com o diretor de operações. A rede elétrica dinamarquesa é das mais confiáveis do mundo; a maior parte das avarias se resolve em minutos. A sabotagem que Trane tinha feito na rede local levaria não mais que meia hora para sanar; provavelmente só uns quinze minutos. Marcus, porém, esperou. Antes de entrar em ação, precisava dar tempo para que o pânico se alastrasse. "Seria preciso lembrar mais vezes os cidadãos de que eles não podem achar que o paraíso é permanente", pensou; de que tudo pode desaparecer em questão de segundos; de que bastam pouquíssimos dias para o comércio ficar sem comida, a eletricidade acabar, os hospitais fecharem e todo mundo ver-se obrigado a viver como na África, numa sociedade violenta, num país onde a sobrevivência se torna cada um por si. Naquele instante, estavam vivenciando uma pequena prévia disso. As mulheres acordariam os maridos para dizer: "Acabou a luz!" E agora? O que aconteceria com a comida no refrigerador e no *freezer*, com os computadores que ninguém conseguia ligar? De repente, tinham uma pequena ideia de como era realmente o mundo descrito por Darwin – brutal, desapiedado.

– Você está aí, chefe?

– Vou esperar mais um minuto – respondeu Marcus.

– *OK.*

Marcus olhou para a rua. Numa janela, alguém tinha acendido umas velas. Logo, logo, as pessoas começariam a chamar a polícia. Marcus desejou que o corte de energia se prolongasse por umas semanas, para que as pessoas tivessem tempo de refletir, e sobretudo perceber que este mundo é uma construção bela e perfeita, uma estrutura tão refinada e complexa que mais do que se justifica defendê-la da maneira como Marcus se dispunha a fazer. Caso os cidadãos fossem lembrados disso, provavelmente não se mostrariam tão hipócritas ao ouvir falar de traslados ditos ilegais de pessoas, de Guantánamo, de tortura e ataques com *drones*, de soldados e generais, de Marcus e Trane. Alguém tinha que matar os inimigos. Sim, os inocentes muitas vezes pagavam pelos pecadores, mas esse era o preço. O preço por esta sociedade. Era impossível defendê-la sem pagá-lo. Os inimigos já não chegavam de uniforme e em formação militar; eles descansavam em quartos de hotel; eram, por exemplo, uma jornalista disposta a pôr fogo no mundo, a abandonar a segurança de milhões de pessoas normais e comuns por um idiota como Brix.

– Em frente, soldado – murmurou Marcus para si mesmo.

– Disse alguma coisa, chefe?

– Não.

– Apresse-se – disse Trane.

– Vou entrar.

"Discrição" era a palavra-chave. Num primeiro momento, Marcus ficou na calçada do outro lado e passou em frente ao hotel. Registrou tudo o que pôde a distância, na penumbra, tendo como iluminação apenas o luar e os faróis de um ou outro veículo. A entrada tinha aspecto bem insignificante, sem nenhum letreiro pretensioso dando as boas-vindas aos fregueses, sem nenhuma intenção de irradiar confiança e amabilidade. Uma porta corrediça de vidro, rodeada de fachada cinzenta e anônima, deixava bem claro que a melhor qualidade do hotel era o preço do pernoite. Havia câmeras? Em caso de apagão, estas recorriam a *nobreak*, e, sim, funcionavam no escuro quando necessário. Marcus se permitiu parar um instante para lançar um rápido olhar à entrada. Não viu câmera nenhuma, mas as de segurança só poderiam estar na recepção. Saiu para a via. O ar estava fresco, parecia conter um débil vestígio dos últimos estertores do inverno. Ouviu-se uma sirene em algum lugar. O pânico estava se desencadeando, e mais de uma pessoa aproveitaria a oportunidade para, ao abrigo das sombras, quebrar a vitrina de alguma loja e levar um televisor ou computador. Da última vez que tinha havido apagão noturno na capital, o número de furtos disparou. Marcus pensou em Eva, em sua pele clara, seus olhos; não devia fazer isso, tinha que se concentrar no que era importante. Nova Orleans, 2005: chega o furacão. Vinte e quatro horas depois, a cidade está mergulhada na anarquia, os habitantes em guerra uns contra os outros... A civilização é só uma casca de ovo, uma camada fininha de verniz...

Trane:

– Marcus?

– Aqui – sussurrou.

– A comunicação está perfeita. Eu só queria checar.

– Estou vendo a melhor maneira de entrar. Não pode ser pela entrada principal.

– Deve haver outra.

– Esta porta aqui – disse Marcus, e se aproximou dela. A entrada de serviço, talvez?

– Só um momento.

Marcus ouviu os dedos de Trane pressionarem as teclas.

– É, aí é o estacionamento. O hotel também tem escada do lado de trás.

Marcus foi até lá. Não viu câmera nenhuma perto da porta, só o luar tênue que se refletia nela. Ótimo. A escuridão facilitava as coisas. Atravessou a soleira, passou entre dois carros e, de fato, chegou ao pátio traseiro do hotel.

– Ela está a uns dez metros de altura – disse Trane. – Isso seria o quê? O terceiro andar? Ou o quarto?

Marcus deu uma olhada.

– O prédio só tem três andares.

– *OK*. Está vendo a escada?

– Estou – sussurrou Marcus. – Vai para o porão, e acho que também para a cozinha. Vou descer por lá agora mesmo. Eu volto a me conectar quando estiver lá dentro.

– Certo.

Com passos rápidos, entrou num corredor de cimento, estreito e sujo, que se estendia ao longo da parte traseira do hotel. Marcus olhou pela janela. O brilho vermelho e fraco de um letreiro luminoso que anunciava: "Saída de emergência". Utensílios de cozinha, facas pendentes da parede, um fogão do tamanho de uma mesa de bilhar. Aproximou-se da porta, mexeu na maçaneta. A porta estava trancada, naturalmente, e parecia nova e sólida. Um pouco adiante, outra janela, quase escondida, porque a luz não chegava ali. Ficava a metro e meio do chão, talvez um pouco mais, e Marcus passou o dedo pela moldura. Velha e apodrecida, com uma única vidraça.

O orçamento só tinha dado para trocar as portas, pensou Marcus, antes de ponderar o ruído que poderia fazer quando quebrasse a vidraça com o cotovelo e abrisse o trinco. Havia um pedaço velho de pano no chão. Marcus o apoiou contra a vidraça, na esperança de que absorvesse parte do barulho.

Antes de quebrar a vidraça, pensou numa data concreta, o 10 de janeiro de 2010, e num fato concreto – o assassinato do líder palestino Mahmoud al-Mabhouh, levado a cabo pelo serviço secreto israelense, o Mossad. Pensou nesse assassinato porque o admirava, porque era uma obra de arte, uma genialidade técnica e logística, realizada à perfeição. Os agentes do Mossad chegaram a Dubai com passaportes da União Europeia furtados de uns israelenses com dupla nacionalidade. Estavam disfarçados de tenistas quando entraram no hotel. Pareciam-se com os outros hóspedes, turistas abonados e decadentes do Oriente Médio e da Europa que estavam em Dubai para jogar golfe e tênis, e curtir o bom tempo. E então atacaram.

Foi o que fez Marcus. Quebrou o vidro com uma cotovelada seca e rápida. Viu que quase não tinha feito barulho, enfiou a mão lá dentro e abriu o trinco. Ergueu sem problemas seus noventa quilos de peso e passou pelo buraco estreito da janela. Entrou na cozinha. Ficou quieto um instante, acostumando-se à escuridão para poder orientar-se com a luz vermelha e escassa. O lugar cheirava a comida rançosa. *Bacon* e mais alguma coisa. Marcus atravessou a cozinha até uma escada, que subia. Para onde ia? Marcus venceu os degraus em três pernadas e abriu cautelosamente a porta, que dava para o restaurante, deserto. As cadeiras e as mesas eram vultos vagos, cinzentos.

– Marcus? – perguntou Trane pelo fone.

– Já entrei.

Atravessou correndo o restaurante e saiu num corredorzinho, onde uma porta entreaberta dava na recepção. Marcus espiou e viu a silhueta de uma moça que, sentada, falava ao celular, sendo iluminada pela luz de uma vela acesa no balcão. Estava numa conversa particular no iPhone e não parava de rir, totalmente absorta. Na parede, atrás dela, estava o telefone para falar com os hóspedes, uma velharia. A escada ficava bem em frente à garota. Era impossível que Marcus chegasse lá sem ser visto. No entanto... Mesmo que a garota levantasse a cabeça e olhasse para ele, grande parte do campo de visão dela estaria bloqueado pela coluna de mármore que constituía o centro da recepção.

Marcus retrocedeu e voltou a entrar no restaurante.

– Trane? – sussurrou.

– Na escuta.

– A linha telefônica do hotel continua funcionando?

– Continua. Isso não tem nada a ver com a rede elétrica.

– Então ligue para cá. Na recepção, há um daqueles velhos telefones de hóspedes.

– Agora?

– É. Não preciso de mais que vinte segundos. Diga qualquer coisa.

– *OK*.

Marcus voltou ao corredor. Esperou. Depois de um instante, o telefone tocou, mais forte do que Marcus tinha imaginado. Até a recepcionista pareceu surpresa quando pendurou a conversa no celular e correu a tirar o fone do gancho.

– Sim?

Marcus foi rápido. Ela lhe deu as costas só alguns segundos, mas foi o suficiente para que Marcus conseguisse alcançar a escada e sumir dali. Quando chegou ao terceiro andar e deu em outro corredor, a voz de Trane tornou a soar em seu ouvido.

– Perguntei se tinham vagas para a noite de Natal – disse Trane, não sem certo orgulho. – Ela disse que achava que sim.

– Agora estou no corredor – sussurrou Marcus.

– Dá para eu ver tudo daqui. Você tem que seguir pelo corredor, mas vá devagar, para que eu consiga acompanhar. Você está perto.

Marcus assentiu para si mesmo. Ela estava perto.

13 de abril

Distrito de Vesterbro, Copenhague – 0h12

Eva se ergueu e sentou na cama. Tateou até achar o interruptor. A luz não acendeu. Pegou o celular. Que horas eram? Onde estava? Pouco mais de meia--noite, informou a telinha. Por que tinha acordado? O que tinha acontecido com a luz? Levantou-se, usando o celular como lanterna. Olhou para a rua. A iluminação pública não estava funcionando no distrito de Vesterbro. Só os carros que passavam afugentavam a escuridão. Depois uma mulher no edifício em frente colocou velas acesas na janela. Alguém gritava na rua. Ouviam--se sirenes.

– Apagão – sussurrou Eva, e resolveu continuar dormindo depois que voltasse do banheiro. Abriu caminho tateando no escuro, empurrou a porta do banheiro, sentou no vaso, usou a luz fraquinha do celular para procurar o papel higiênico, fez xixi e deu descarga. A água fez um barulho ensurdecedor. Será que mais alguma coisa estava fazendo estrondo? Alguém tinha chutado a parede ao lado, ou batido numa porta, ou... Não, provavelmente não era mais que...

A fechadura. Eva a achou no escuro, antes que seu cérebro tivesse entendido o que acabava de acontecer. Alguém puxava a maçaneta do banheiro e chutava a porta. O primeiro pensamento de Eva foi jogar-se no chão. Talvez resolvessem atirar através da porta.

– Socorro! – gritou. – Socorro!

Por um instante, reinou o silêncio. Depois recomeçaram. Chutes pesados, sólidos, como na catedral. A porta abria para fora, não era fácil arrombá-la a pontapés. O batente cedeu. Alguém ouviria Eva se ela continuasse gritando?

Teve vontade de morrer, de acabar de uma vez por todas. Aquilo não terminaria nunca. Não até que ele estivesse satisfeito. Só isso já fez Eva ficar de pé.

– Filho da puta! – ela gritou. – O que você quer de mim?

Iluminou o banheiro com o celular. Não havia jeito de sair; a janela era pequena demais. Pelo teto? Uma grade quadrada de metal cobria o pequeno buraco entre as placas de gesso. Era a saída do exaustor, e talvez conseguisse alcançá-la se subisse no vaso, apoiasse um pé na pia e o usasse para tomar impulso. Já estava em pé em cima da tampa do vaso, iluminando o teto com o celular. Viu dois parafusos. Quem dera houvesse uma moeda à mão! Mas tinha apenas a unha e o dedo, que conseguiu enfiar por baixo da grade.

– Socorro!

Gritou com tanta força que sentiu a garganta doer.

Os parafusos estavam muito duros, e o espelho do banheiro caiu ruidosamente na pia. Devia tê-lo chutado, foi isso. O barulho sufocou por um instante o do homem que lutava para arrebentar a porta, e agora Eva tinha na mão um pedaço de espelho quebrado. Ela o iluminou. Enfiou-o na fenda do parafuso e o usou como chave; girou repetidas vezes o pedaço de vidro. O sangue lhe brotou da ponta dos dedos, mas o parafuso se soltou, e Eva de imediato pôde tirá-lo e dedicar-se ao outro, o último, que estava mais duro, que se recusava a sair, que devia estar colado ao gesso, que... A porta estava quase cedendo. Houve umas pausas rápidas entre os golpes. Estaria o homem tomando impulso para se jogar contra a porta? Eva puxou a grade, forçou-a para um lado até que o metal dobrado cedeu, do mesmo modo que o doido que estava do outro lado da porta pretendia que ela cedesse. A grade caiu no chão com um ruído surdo e desagradável, um som inconcluso. "Isto não vai acabar aqui, ele vai vir atrás de você..." Talvez aquele ruído tivesse levado o homem a se deter um instante, a parar de dar pontapés. A desistir?

Eva conseguiu subir para o duto e arrastar-se por ali.

Reboco, poeira e escuridão. Teias de aranha. Precisou fechar os olhos, avançar tateando pelo duto estreito. Ouviu quando a porta do banheiro enfim cedeu. Eva se arrastava para a frente o melhor que podia. Era um processo lento. Será que ele já estava bem atrás dela? Será que ele podia dar tiros dentro do duto? Será que a vida dela acabaria assim, encurralada num cano estreito e claustrofóbico, no forro de um hotel de merda em Vesterbro, como um rato, um bicho nocivo que se extermina sem mais nem menos? Tinha ouvido um ruído ali atrás? Ele havia destravado a pistola. Eva ficou completamente quieta. A única coisa que ele precisava fazer era disparar dentro do duto metálico, e ela estaria morta. Seu sangue escorreria pelo duto, vazaria para os quartos, gotejaria em cima dos hóspedes, haveria um pouco de Eva sobre todos eles. Atentou para a respiração do homem e, de repente, pareceu que ele tinha sumido.

Chegou ao fim do duto. Outra grade? Eva bateu nela com todas as suas forças. Tentava empurrá-la, mas a grade não cedia. Eva ouviu um estrondo em algum lugar. O louco estava no banheiro do quarto dela? Ia colocar a arma dentro do duto e atirar? Ela tornou a bater na grade, com a máxima força de que foi capaz. Uma derradeira pancada. Ouviu outra vez o mesmo estrondo – o som de uma grade metálica que caía no chão em algum lugar. Em outro mundo. Um mundo situado do outro lado do inferno onde Eva se encontrava agora, do outro lado de...

Caiu de cabeça, talvez uns dois metros. O ombro direito doía. A dor se expandiu para a nuca e o resto do braço. Levantou-se. Estava num patamar. Onde? No hotel, ou... Viu à frente uma escada; na queda, tinha estado a ponto de rolar escada abaixo no escuro. A dor no ombro se intensificou. Pisou em alguma coisa, abriu uma porta, adentrou um escritório. O luar entrava pela janela. Não era muito, mas o bastante para que ela conseguisse ver que estava num escritório, com elegante piso de madeira, paredes de vidro, telas de computador. O lugar dava para a calçada. Uma agência de publicidade? Uma seguradora? Eva começou a correr na mesma hora, de súbito consciente de que estava só de calcinha e top branco e curto. Uma porta, uma saída. Agarrou a maçaneta. A porta estava fechada, como era de esperar. Eva puxou, mas não conseguiu abrir. Ali ao lado, havia uma cadeira de escritório. Eva a ergueu e atirou contra a porta de vidro. Não teve o efeito esperado; a porta não quebrou, embora rachasse e um alarme disparasse. A luz tinha voltado. O apito do alarme atravessou o cérebro de Eva e ameaçou fazer sua cabeça estourar. Outro golpe, dessa vez com uma cesta metálica de papel. Eva concentrou todas as forças nisso, atirando a cesta repetidas vezes contra o vidro, até que o atravessou. Choveram lascas de vidro para todos os lados, fragmentos de luz que voavam e aterrissavam. O alarme continuava apitando; Eva abriu caminho pelo buraco na porta e saiu para a rua. Onde estava? Para onde iria?

Lille Colbjørnsensgade, distrito de Vesterbro, Copenhague – 0h35

Marcus ouvia Trane pelo fone quando saiu correndo por onde tinha chegado.

– Por que você não a pegou? – perguntou Trane. – Por que não a tirou de lá?

Marcus quis responder, mas não conseguiu.

– Para onde ela foi? – perguntou por sua vez.

– Saiu correndo, talvez para os lados da Istedgade. Quer que eu vá pegá-la?

– Não!

Marcus surpreendeu-se com o tom de sua própria voz. Ele estava na rua. Viu Eva por um instante fugaz, iluminada por um táxi que passava.

– Já a vi – disse a Trane, e saiu correndo atrás dela.

O que teria acontecido?

Marcus se fez essa pergunta enquanto reduzia pouco a pouco a distância até aquela mulher. Por que não tinha dado cabo de tudo quando a teve presa no duto de ventilação? Nunca mais seria tão fácil. Não teria nem precisado apontar. No entanto, o dedo no gatilho se recusou a obedecer. Ele tinha saído do banheiro por um momento. Ficou parado no meio daquele quarto modesto de hotel; havia deixado a pistola em cima da cama. Juntou as mãos, como se a rigidez provocada pelo frio tivesse sido o que o impediu de comandar o dedo indicador direito.

– Chefe?

– Estou indo atrás dela – respondeu Marcus.

Atravessou a rua. Ele a via, não estava longe. Talvez agora fosse mais fácil. Era um alvo móvel, um inimigo na noite, não uma coitada que estava encurralada num tubo de alumínio. Ergueu a pistola, apoiou-a na mão esquerda e apontou.

– Puxa vida, vamos lá! – murmurou.

– Chefe, você disse alguma coisa?

– Não consigo.

Ouviu Trane dar partida – ou era um som que vinha da rua? Olhou para trás. Nada. Eva tinha se distanciado demais; não conseguiria acertá-la. O que estava acontecendo com ele? Olhou para a mão; ela tremia. Começou a correr. Isso lhe fez bem. Já que o maldito indicador se recusava a obedecer, talvez conseguisse deixar Eva sem fôlego. Apressou o passo. Atravessou a rua. Alguma coisa no ouvido? Um chiado rápido. Era Trane dizendo algo? O carro; Marcus se voltou. Teve tempo de ver dois faróis e ouvir um ruído. Então foi atropelado. Teve a sensação da ausência de gravidade, de flutuar confortavelmente no ar. Uma sensação agradável. Veio a escuridão.

Em plena noite, uma mulher só de calcinha e *top* branco corria pela fria Copenhague. Chovia, gotas pesadas martelavam o asfalto e lhe molhavam o rosto. Tinha visto o carro atropelá-lo e jogá-lo para o ar como um boneco. Ela havia parado um instante; pensou em voltar, acabar com ele, com seu inimigo, mas deu-lhe as costas e continuou correndo. Alguém gritou alguma coisa para ela. Eva correu pela Vesterbrogade abaixo, junto às paredes das casas; não pensava com clareza. Talvez tivesse corrido em círculos. Tinha se concentrado tão somente na sobrevivência, mas começava a sentir frio, agora que estava encharcada de chuva, que o frio da noite a abraçava. Roupa. Uma lona. Qualquer coisa que repelisse o frio. Mas onde? Não tinha dinheiro, não tinha nada. Tudo era escuridão, tudo estava fechado e apagado. Um brechó. Da Cruz Vermelha? É, muitas vezes deixavam sacos cheios de roupa na porta. Roupa para os pobres, para quem não tinha nada. Eva não tinha nada. A ideia nasceu do frio e logo se fixou, como uma corda salvadora a que Eva se aferrou desesperadamente. A única coisa que tinha, seu único objetivo: a loja da Cruz Vermelha na Istedgade. Dobrou à esquerda, correu em direção à Istedgade, quase trombou com um sujeito que disse alguma coisa sobre o traseiro de Eva; ela não se voltou. Para a esquerda de novo – onde ficava exatamente a loja? Ali, um pouco mais adiante. Do outro lado da rua. Chegou, enfim. E havia mesmo umas sacolas plásticas na porta. Ouvia-se o tamborilar da chuva neles, um som agradável, como quando ela cai nas barracas de acampamento. Eva arrastou as sacolas para debaixo de uma marquise e virou o conteúdo de uma delas no chão. A grande maioria eram roupas de criança, mas havia um *jeans* que talvez servisse. Eva o vestiu. Ficou meio apertado, mas dava para o gasto. Também colocou um suéter vermelho-arroxeado esquisito que ela nunca teria escolhido numa loja e um casaco que, embora grosso demais para aquela época do ano, era perfeito porque Eva estava tiritando de frio; não conseguia que suas mãos parassem de tremer; pareciam quase se desfazendo, como se tivessem ficado tempo demais debaixo da água. Procurou sapatos, mas não havia nenhum. Talvez na outra sacola? É, um par de tênis Nike, caro. Incrível o que as pessoas jogam fora, ou doam, hoje em dia. Os tênis serviram mais ou menos, sendo talvez meio número maiores. Eva ainda tremia. Era uma pessoinha menor até que os pequenos da creche, mais desamparada que o menininho largado na floresta – mas seu inimigo tinha... O quê? Morrido? Talvez. Havia mais de um, porém. Tinham ido dois à sua casa. Provavelmente eram mais numerosos que isso. Aquilo não tinha acabado. Não acabaria nunca.

Hospital Sankt Lukas, Hellerup, Grande Copenhague – 8h20

A noite tinha sido a única coisa, em muito tempo, que foi amável com Eva e a tratou com certa cortesia. Eva dormiu num banco de praça, matutando se aquela seria sua cama dali em diante. Podia até escolher qual. Olhou para o relógio da igreja. Eram quase sete e meia. Poderia ir visitá-lo tão cedo? Tinha conciliado o sono ao lado de dois indigentes, perto do canal e do Palácio de Christiansborg; parecera-lhe um bom abrigo. Os indigentes, ambos homens, olharam para ela. Ficou deitada a alguns metros deles. Não lhes disse nada, nem eles acharam necessário dizer alguma coisa. Continuavam dormindo quando Eva se levantou. Ela correu até a estação, para se aquecer. Estava com a alma leve enquanto esperava o trem para Hellerup. Depois de ter ficado sem casa e sem trabalho, achava que já não tinha nada a perder; mas lhe restava algo – a dignidade.

– Ele está esperando visita? – perguntou a enfermeira, uma moça de coque. Olhou Eva de cima a baixo, não de modo condenatório, mas para ter ideia de quem seria a visitante.

– Está – disse Eva.

– E o seu nome?

– Eva.

– Eva de onde?

– Ele sabe quem é. A mulher dele avisou que eu vinha.

– *OK*, Eva. Sente-se um pouquinho. Vou ver se ele está acordado e se quer receber visita.

Eva se sentou numa das três cadeiras encostadas contra a parede. Olhou as flores nas mesas, os cartazes na parede em frente: "Familiares, participem da reunião informativa às terças-feiras". Terças-feiras. Martin tinha morrido numa terça. Seria preferível morrer ali, no hospital, tranquilamente, a voar pelos ares em algum deserto longínquo?

Eva sentia-se mais ou menos recuperada. Estava com o corpo dolorido, mas já não parecia sentir o cansaço. Era como se ele tivesse se tornado um estado permanente, uma condição básica, como a respiração. Ou seria a adrenalina o que a mantinha desperta? Uma espécie de vontade de lutar, o instinto de sobrevivência.

– Eva?

A enfermeira provavelmente já a tinha chamado algumas vezes.

– Sim?

– Ele não tem certeza de quem você seja, mas está acordado e não vê problema em receber a visita.

Eva se levantou e seguiu a enfermeira pelo corredor. Não conseguiu deixar de olhar o interior dos quartos onde os moribundos esperavam tudo acabar em definitivo.

– Você já pode entrar – disse a mulher. – Mas não se demore, *OK*? O Jan está muito cansado.

Eva, antes de abrir a porta, ainda bateu duas vezes, de mansinho, como se algum ruído maior e inesperado pudesse tirar a vida do jornalista moribundo. Jan Lagerkvist estava sentado na cama e olhava para Eva. Estava velho, pensou ela. Parecia muito mais idoso do que de fato era. A quimioterapia o tinha deixado sem cabelo e sem sobrancelhas, com os olhos cansados e fundos.

– Você é quem?

Eva entrou, fechou a porta e se aproximou. Era evidente que ele tentava identificá-la, lembrar-se de quem se tratava.

– Você não se lembra de mim?

Lagerkvist a olhou da mesma maneira que se contempla uma obra de arte moderna no domingo de manhã – com desconfiança, desapaixonadamente. Talvez fosse só pela roupa de Eva.

– Eu deveria?

– Fui sua aluna na faculdade de jornalismo, já faz uns anos.

– Tive tantos alunos... – respondeu, sem tirar os olhos dela.

– Eu costumava entrar atrasada – disse Eva, e esboçou um leve sorriso.

Nenhuma reação no rosto de Lagerkvist. Eva passou os olhos pelo quarto – mesa para a TV; estante com alguns livros; criado-mudo com uma foto de mulher, provavelmente a esposa, com quem Eva tinha falado ao telefone.

– Por que você veio aqui? – disse Lagerkvist. – Estou quase morto. O que você quer de mim?

Eva baixou os olhos. "É, errei em ter vindo", pensou. O coitado merecia coisa melhor do que ter de aguentá-la.

– Sinto muito – ela disse.

– Você também vai morrer um dia. As pessoas se importam demais em querer saber a hora da morte, se vai ser hoje, amanhã ou daqui a vinte anos.

– Meu noivo foi assassinado, no Afeganistão – disse Eva, sem saber muito bem por que tinha contado isso.

– Era militar?

– Era – apressou-se em responder. – Foi uma mina que explodiu.

Lagerkvist balançou negativamente a cabeça.

– Muito triste – ele disse. – E inútil.

– Eu não saberia dizer.

– Você não sabe o quê?

– Há gente lá que agora está melhor do que antes.

– É mesmo? Você foi lá?

– Não, mas li.

– Leu o quê?

– Que agora o povo vive melhor no Afeganistão. As crianças vão à escola, e as mulheres...

Lagerkvist esboçou um sorriso de paciente superioridade.

– Agora escute... É Erika, não?

– Eva.

– Então, Eva: não estão melhor. Pode acreditar. Bombardearam o país até ele voltar para a Idade da Pedra. Não que fosse uma maravilha antes, mas não há nada que tenha mudado significativamente. Caudilhos, mafiosos, talibãs. Esses mandam em tudo. E por quê? Porque estávamos dispostos a mandar nossos soldados e nosso sangue para lá, mas não quisemos dar a quinquilharia militar de que precisam para lutar contra os barões da droga e contra os islamitas, esses que os sauditas, podres de ricos, enchem de ouro. O Exército do governo afegão anda de...

Ele fechou os olhos um instante, e Eva pensou se deveria levantar-se para fechar a cortina e protegê-lo do sol. Mas Lagerkvist continuou:

– Mulheres e crianças estavam melhor quando os soviéticos mandavam em Cabul. Pense: já são doze anos de caos total. Quem diz coisa diferente disso está mentindo. Saia só umas centenas de metros das áreas mais seguras e descobrirá que os últimos doze anos não serviram para nada. Tudo somado, essa aventura afegã já nos custou uma quantia que dá para comparar com o Plano Marshall, no final da Segunda Guerra Mundial. Cifras astronômicas. Sinto muito, de verdade, mas tanto a morte do seu noivo quanto a minha não têm sentido. Ele morreu como soldado, tentando ajudar uma gente que não quer ser ajudada, pelo menos não por nós. Já eu...

Tossiu ligeiramente e olhou pela janela. Matutou.

– Estou deixando um mundo que foi ficando absurdamente mais idiota do que quando me puseram nele, muitos anos atrás. Durante toda esta minha vida de merda, lutei pelo contrário, pela informação, pela verdade. Nesse sentido, não tenho medo de afirmar que a minha vida foi um fracasso, que vou morrer um infeliz. A luta foi em vão; os poderes que tive que enfrentar, muito superiores. Os poderes... – repetiu, e acrescentou: – Essa imbecilização.

A enfermeira, sorridente, enfiou a cabeça pela porta.

– Querem tomar alguma coisa? Café? Talvez uma coisa doce?

Eva e Lagerkvist responderam ao mesmo tempo. Ela disse sim, e ele disse não.

– Vou entender isso como um sim – disse a enfermeira, e foi embora.

O jornalista tornou a olhar pela janela, para o mundo que tinha se imbecilizado tanto desde que Lagerkvist viera para ele.

– Já ouviu falar de Dennis Potter? É o autor de *The Singing Detective*. Um dramaturgo inglês, um dos grandes. Faz uns anos, pouco antes de morrer, ele foi entrevistado pelo Canal 4. Estava lá sentado com um coquetel de morfina na mão e câncer no corpo todo. Sabe como Potter chamava o tumor dele?

Eva não disse nada.

– Rupert, por causa de Rupert Murdoch. – Lagerkvist emitiu um ruído que talvez fosse uma gargalhada. – Potter viu, antes de todo mundo, que a mídia tinha degenerado por completo, até virar biscate. E, no mundo de Potter, Murdoch era o símbolo da morte do jornalismo. Já eu simplesmente não consigo achar nome para dar ao meu tumor. Você tem alguma sugestão?

Eva não disse nada.

– É bem aqui. – Ele bateu num ponto do abdômen. – Começou aqui, no pâncreas, seja lá onde isso for. Depois se espalhou, é claro, do mesmo jeito que a burrice, uma queimada ou... – De repente, lembrou-se de Eva. – O que você está fazendo aqui? Veio me entrevistar? Pois pode esquecer.

Eva hesitou. Será que tinha ido lá para conseguir a formação profissional que tinha negligenciado tantos anos antes porque ficara brava, porque se sentira ofendida?

– Eu vim por causa de um desenho.

– Desenho?

– De um homicídio – disse, e explicou.

Falou da dama de companhia, do desenho de Malte, do horário que não batia, de Malte saber do assassinato do tio, o ruivo, antes que este tivesse morrido. Eva mostrou o pescoço, ali onde o barbante lhe tinha cortado a pele, e contou do assassinato de Rico.

– O Rico? – disse Lagerkvist, interrompendo-a.

– É.

– Eu achava que tinham sido as gangues de motoqueiros.

– Não. Tudo gira em torno desse Christian Brix. Você o conhecia? Você escreveu sobre ele.

Uma pausa rápida. Talvez estivesse pensando. Talvez não tivesse escutado a última coisa que Eva disse. Então Lagerkvist fez que sim.

– Mas já faz muito tempo. Acho que topei com ele em Bruxelas uma vez. Será que foi isso?

– Foi. Você o citou. Ele era membro de uma espécie de *lobby*, o Systems Group.

– Systems Group?

– É.

– Isso aí pode ser qualquer coisa. Bruxelas, que lugar de merda! – Lagerkvist quis rir, mas teve um acesso de tosse. Pigarreou; parecia nauseado. – Agora escute: a União Europeia. Está me acompanhando?

– Não sou uma idiota total.

– *OK*, mas agora preste atenção: 25 de março de 1957. Jean Monnet, Robert Schuman e os outros pesos-pesados que fundaram a União Europeia vinham lutando desde a Primeira Guerra Mundial para criar os Estados Unidos da Europa. Toda vez que eles davam a ideia, a população do continente ficava completamente doida. Basta a ideia de união, solidariedade, paz para atiçar o pior que há em nós. Então, os graúdos resolveram embalar a coisa de um jeito um pouco diferente, aquela história de vinho velho em garrafa nova. Você está entendendo?

– Estou.

– Em 1957, seis países da Europa assinaram o Tratado da Comunidade do Carvão e do Aço. Ninguém subiu pelas paredes por causa disso. Não é verdade?

– É – respondeu Eva.

– Mas durante a assinatura, em Roma, Monnet se virou para Schuman e cochichou: "Isto não é a Comunidade do Carvão. É o nascimento dos Estados Unidos da Europa". *OK*?

– *OK*.

– O que estou dizendo são fatos, devo lhe dizer. Mas eles sabiam que não dava para vender aquela invenção aos europeus, esses doidos, nacionalistas do jeito que são. Por isso, nos últimos setenta anos, só fizeram enganar a população. Quantos europeus sabem disso? Quantos sabem que somos tão sanguinários e odiamos tanto as outras nações que é preciso enfiar a paz de fininho pela porta dos fundos do continente?

– Muito poucos?

– E quanto se fala da União Europeia nos noticiários?

– Não muito.

– Não muito?! Proporcionalmente ao que a União Europeia influencia a nossa vida, ela deveria ocupar dois terços do espaço dos jornais impressos e todos os telejornais, com exceção talvez do boletim meteorológico. Mas do que é que falamos aqui na Dinamarca? De um pirralho do Marrocos que não está satisfeito com os pais adotivos. Do que mais? De um retardado que disse coisas feias sobre o islã. Isso tem relevância para a vida que levamos? Não, é claro que não. Ainda assim, somos obrigados a ouvir falar deles durante semanas, até que, sei lá, façam um auê porque acharam carne de cavalo na lasanha de supermercado.

Ele fez outra pausa, e Eva, de caso pensado, deixou o silêncio no ar. Muitas vezes, o silêncio extrai o melhor das pessoas.

– No momento, que prova você tem? – perguntou Lagerkvist.

– Prova?

– De que a morte de Brix não foi suicídio.

– O celular que Rico conseguiu desbloquear. O torpedo que Brix mandou para a irmã é de depois que o Malte desenhou a morte do tio.

– Você está com esse celular?

– Não. Tiraram do Rico.

– Então prova você não tem, não é? Nada que se possa publicar em jornal?

– Não.

– Imagino que, se você tivesse, nem teria vindo aqui.

– Há mais uma coisa, muito esquisita – disse Eva, e se interrompeu. Não sabia se devia mencionar o quadro com as duas flechas; talvez fosse algo idiota demais.

– E o que é?

– Não sei se tem a ver.

– Nunca se sabe.

– Numa das paredes da casa de Brix, havia um quadro.

– E como é que você sabe disso?

– A casa está à venda. Dá para ver no *site* da imobiliária.

Os olhos de Lagerkvist se iluminaram, e ele se endireitou:

– E?

– Num dia, o quadro estava pendurado na parede. No outro, já tinham substituído a foto por outra, sem o quadro.

– O que você acha que é? Alguma coisa a ver com arte?

– Achei que tivesse sido furto, mas acabou que o quadro nem é autêntico.

– Mesmo assim, pode ter a ver com arte. Falsificações.

– Pode ser, mas...

Eva tornou a hesitar.

– Mas?

– Era um retrato de Metternich – disse Eva.

– O príncipe austríaco.

– É, esse mesmo. E, no funeral de Brix, algumas das pessoas que participaram colocaram flechas, de par em par, em cima do caixão.

– Flechas?

– Sabe como é. Arco e flecha. Se você leu sobre Metternich, sabe que era ele quem estava por trás da Santa Aliança.

– É, isso mesmo.

– Só que há um detalhe.

– O quê?

– Foi outra pessoa quem teve a ideia da Santa Aliança, uma dama da nobreza, uma mulher em quem o czar estava gamado. Num dos únicos retratos que existem dela, essa mulher segura duas flechas em uma das mãos.

Lagerkvist olhou pela janela. Será que estava balançando negativamente a cabeça, bem de leve?

– Deve ser bobagem minha – apressou-se Eva a dizer. – Não tem pé nem cabeça.

– Não tenha tanta certeza. As pessoas comuns nem desconfiam que o mundo é dominado por grupos de poderosos que preferem fazer suas reuniões longe de gente como eu e você. Já ouviu falar do Grupo Bilderberg?

– Já.

– São as pessoas mais poderosas do mundo e se reúnem uma vez por ano. São políticos e empresários. Não tem ata, não vai nenhum jornalista, ninguém comenta nada. Aqui na Dinamarca, há o VL, um grupo de empresários. Você só precisa ir à internet para ver quem está nele; garanto que é de gelar o sangue. Gente graúda da corte, diretores de grandes grupos de mídia, altos executivos, subsecretários de Estado, todo mundo na mesma merda de grupo. A Casa Real, os mandachuvas da imprensa, altos funcionários, a cúpula do empresariado dinamarquês, todos estão unidos de maneira indissolúvel numa sociedade secreta, e isso enquanto tantos de nós andamos por aí achando que vivemos numa democracia e que esse teatrinho que nos mostram nos telejornais tem alguma coisa a ver com a realidade.

– E o que faço agora?

– O contrário do que vem fazendo. Você fez tudo errado. Tudo – repetiu.

Eva respirou fundo; voltava a reconhecer aquele tom depreciativo.

– O jeito como você falou com Juncker... pare com isso, foi a coisa mais tosca que já vi um jornalista fazer na vida! Se eu fosse dar nota para isso, teria que ser menos que zero.

Eva baixou o olhar. Lagerkvist a olhou sem pena e continuou o sermão:

– Por princípio, você só pode abordar as pessoas quando já sabe tudo o que há para saber. Nunca antes disso. Nesse tipo de jornalismo, o investigativo, as pessoas nunca devem ter a sensação de que estão sendo entrevistadas. Você está entendendo?

– Não.

– Quando você aborda alguém, é sempre para contar o que você já sabe. O outro não pode ficar com a impressão de que você pretende sondá-lo. Você simplesmente faz a gentileza de contar a história que o jornal vai estampar na primeira página e, aí, põe todas as cartas na mesa. Só então ele, não importa quem seja, vai falar.

– Mas...

– Como é que você vai investigar alguma coisa se não pode mais pegar o telefone e ligar para as pessoas para questionar as implicações disto ou daquilo? Era isso o que você queria perguntar? Pois bem, minha filha, eu digo: para começo de conversa, esqueça a internet. Você não vai achar nada lá, de jeito nenhum. Todos esses idiotas sem talento que estão nas redações de hoje acham que conseguem achar as matérias na internet e esquecem que ela está cheinha de erros. Confundem a Wikipedia com o mundo lá fora. Justamente por isso, todos os veículos cobrem as mesmíssimas notícias. Além do mais, podem rastrear a gente. Tudo o que você faz fica registrado, pelo Google, para a empresa para quem você trabalha... As pegadas digitais que a gente deixa para todo lado são de elefante.

– *OK*. Nada de internet.

– E, principalmente, você precisa agir como se fosse um submarino.

Eva olhou para ele. Lagerkvist estava falando sério?

– Você precisa sumir. Sair totalmente de vista. É preciso que todo mundo se esqueça de você; é preciso que ninguém ache que uma jornalista está zanzando por aí para fazer todo tipo de pergunta. Você entendeu?

– Submarino. *OK*.

– Invisível. Em seguida, você precisa começar do início. Via de regra, pelo Arquivo Nacional. Tem que olhar todos os documentos que Brix possa ter assinado esses anos, todas as transações comerciais. Essas coisas todas estão à disposição de quem quer se dar ao trabalho. Depois você vai pagar uma busca no Registro Civil. Ele tem filhos de casamentos anteriores? O pai tinha filhos ilegítimos? Há tios e tias? Brix estudou com quem? Era vizinho de quem? Você se lembra das antigas listas telefônicas por endereço?

– Não.

– Trate de consegui-las. São indispensáveis. Lá você vai achar os nomes e sobrenomes de toda rua e edifício. Se houver algum nome que se repita nos documentos que tiver examinado, você vai ter que se perguntar o motivo disso. Consulte os obituários, os registros de casamento, os arquivos da comissão de controle dos aluguéis.

Ele se calou e olhou para Eva.

– O que foi? – ela perguntou.

– Por que você não está anotando?

Eva ficou vermelha de vergonha. Olhou em volta, levantou-se e foi até a recepção, onde lhe emprestaram bloquinho e esferográfica. Um minuto depois, tornou a sentar ao lado de Lagerkvist, que tinha fechado os olhos. Ele os manteve fechados quando continuou:

– Já foi pegar?

– Já – respondeu Eva, e foi anotando o mais depressa que conseguia enquanto Lagerkvist lhe passava sua experiência, explicando como deveria se aproximar lentamente da presa, vindo da periferia da pessoa, tendo antes falado com os antigos vizinhos, com os ex-colegas de escola, com os ex-colegas de trabalho, depois com as ex-mulheres ou namoradas, tudo do jeito mais cauteloso possível. Ao contrário do que muito jornalista fazia hoje em dia, Eva não deveria nunca apelar para detetives particulares.

– É uma questão de musicalidade. Encare a presa como um instrumento que você precisa aprender a tocar. Está entendendo o que quero dizer?

– Estou.

– Do mesmo jeito que você não pode dar violão para alguém e dizer "Por favor, aprenda a tocar no meu lugar", também não pode pedir que outros façam o trabalho investigativo por você. Muitas vezes, a pista mais insignificante vira a brechinha por onde você vai entrar, uma coisa por cima da qual qualquer pessoa teria passado por alto e que só você consegue ver o que significa porque, por exemplo, falou na semana anterior com um ex-vizinho do homem.

A porta se abriu, e a enfermeira entrou com uma bandeja e um sorriso que iluminou o quarto todo.

– Café para a visita – disse, e pousou uma xícara diante dela. – E uma coisinha para o nosso guloso. – Deixou na mesa um pratinho com alguns pedaços de chocolate. – Como você está se sentindo, Jan? – ela perguntou, e recebeu um grunhido como resposta. – Não vou mais incomodá-los.

– Obrigada – disse Eva, e sorriu para a enfermeira.

A porta se fechou sem fazer ruído. Eva ouviu umas vozes que, fraquinhas, vinham do quarto ao lado.

– O trabalho que a gente faz se parece, em muitos sentidos, com aquele que a polícia faz, ou pelo menos deveria fazer – continuou Lagerkvist. – Com uma grande diferença: a gente precisa escrever, e eles, prender. Tenha sempre presente o texto. Comece tendo uma manchete quanto antes. Que matéria você está escrevendo?

A pergunta era retórica? Pelo semblante dele, Eva não conseguia dizer com certeza.

– Vamos logo! Eu estou morrendo!

– O que tenho que responder?

– Que tipo de matéria é?

– Reportagem sobre um homicídio?

– Qual a manchete?

– É muito cedo. Não sei ainda.

– Tem razão. É muito cedo. Mesmo assim, você precisa ser capaz de visualizar os contornos da matéria o tempo todo. Precisa ter uma ideia da manchete, do estilo, já imaginar isso. Você está me entendendo?

– Estou.

– Jornalista é preguiçoso. Olhe para o fundo do coração. Descubra se é preguiçosa ou não. Se prefere voltar para casa às cinco da tarde e fazer a janta dos filhos.

– Não tenho nada disso. Não existe mais coisa nenhuma.

– É um bom começo. A preguiça é a maior inimiga do jornalismo. Você talvez tenha uma matéria que a obrigue a olhar o censo de Copenhague de cabo a rabo para encontrar este ou aquele fulano. Talvez precise telefonar para todos os sujeitos de um mesmo sobrenome, ainda que seja o sobrenome mais comum que há. Invista cinco dias inteiros nisso, faça mil ligações para nada. Mas vá em frente. Não desista. Você tem que entender que o que está procurando é a tal da agulha no palheiro. O insólito, o excepcional, no meio de tudo que é comum, corriqueiro. No caso de Christian Brix, eu começaria pelo laudo do legista. Dê um jeito de conseguir esse documento. Você sabe se fizeram autópsia? Em caso afirmativo, quem fez? Há alguém com quem você possa conversar sobre isso? Há alguma coisa fora do comum? Algo que surpreenda você? Quem conheceu Brix bem? Qual foi a última pessoa que o viu com vida? Onde foi isso? Com quem ele estava falando? Para quem telefonou? Tinha dívida com alguém? Dinheiro, amor, sexo, negócios. Investigue os imóveis dele.

– Você fala de onde ele morava?

– Ele tem imóveis de aluguel? Vendeu casa para alguém? Comprou? De quem? Quando é preciso transferir muita grana de um lugar para outro, sempre há corretor imobiliário envolvido. Quase todo crime financeiro na Dinamarca tem origem no setor imobiliário; isso é tão certo quanto dois e dois são quatro. Por quê? Porque dá muito dinheiro e porque ninguém acha esquisito se alguém compra um imóvel absurdamente caro. Não é contra a lei ser burro, nem investir mal. O mercado imobiliário é uma zorra, e a polícia não tem como ficar investigando quem compra o que de quem, quem aluga o que para quem. Isso tudo. De mais a mais, o pessoal da Divisão de Crimes Financeiros é mais burro que os bandidos.

Lagerkvist respirou com dificuldade. Quatro ou cinco vezes, rapidamente, uma depois da outra.

– Você disse que a irmã dele é dama de companhia?

– Disse.

– Tomara que a Casa Real não esteja envolvida. Do contrário, o melhor que você pode fazer é se jogar do telhado do SAS Hotel.*

– Por quê?

– Porque ninguém vai querer escrever sobre isso.

– E se eu conseguir as provas?

---

* O primeiro arranha-céu de Copenhague e durante um tempo o edifício mais alto da Dinamarca. Hoje se chama Radisson Blu Royal Hotel, mas o nome original ficou. (N. do T.)

Lagerkvist balançou negativamente a cabeça e fechou os olhos.

– Em linhas gerais, a gente tem com a rainha a mesma relação que os muçulmanos têm com Maomé. É, é isso mesmo. A gente aguenta um pouquinho de sátira; aquele mínimo; ator *gay* de vestido que fica dando pulinho e bancando o bufão, bobos da corte como os que sempre tivemos. Desse jeito, a gente alivia um pouco a pressão. Mas vai só até aí, nada mais que isso. Ninguém critica de verdade. O empresariado dinamarquês e a Casa Real: troca de favores e de dinheiro. – Lagerkvist tornou a fazer que não com a cabeça. – O que o italiano chama de Cosa Nostra, a Máfia, o que o resto do mundo chama de corrupção, a gente chama de Casa Real aqui na Dinamarca. – Fechou os olhos. – Estou cansado.

Silêncio. Eva deu uma olhada nas anotações que tinha feito e olhou para Lagerkvist, que respirava profundamente, com a boca aberta. Tinha adormecido? Ela se levantou.

– Obrigada pela ajuda – disse Eva, baixinho. Não houve resposta. Eva, na ponta dos pés, se encaminhou para a porta.

– É gozado – ele disse.

Eva se voltou. Lagerkvist ainda estava de olhos fechados.

– Eu estava na esperança de que alguém viesse me ver.

– Alguém?

– Qualquer pessoa. Era só uma esperança. Leio os jornais todos os dias; uma voz nova, quem sabe? Fico assistindo à maquininha de fazer bobo – disse, e, ainda de olhos fechados, fez sinal para a TV. – Tenho esperado que apareça alguém.

– E aí apareço eu – disse Eva, e baixou os olhos. Pensou se não deveria desculpar-se. Pedir desculpas por não ser a esperança que ele tinha. – Seja como for, obrigada – disse. Já estava prestes a sair quando ele a chamou.

– Eva?

– Sim?

Lagerkvist agora estava olhando para ela.

– Telefone se acontecer alguma coisa.

Abrigo de mulheres – 10h30

O submarino. Eva o visualizou, um gigantesco monstro de ferro. Viu como ele deslizava lentamente debaixo da superfície para o fundo, até que restou só o periscópio, um último sinal de vida, uma última olhada curiosa para o mundo, quando enfim sumiu no desconhecido.

O submarino de Eva estava um pouco afastado, escondido atrás de uma moitinha e de uma cerca baixa. Era um edifício grande e anônimo que, com seus discretos tons pardacentos, não atraía atenção demais. De fato, tinha sido difícil achá-lo, e isso lhe pareceu bom sinal. Algumas lajotas com mato crescendo entre elas levavam à escada e a uma porta trancada. Eva hesitou por um momento. Ficou pensando no que diria. Era um abrigo de mulheres que tinham sofrido violência. E não era esse o seu caso? Era, mas certamente precisaria mudar um pouco a história, inventar alguma coisa. Será que deveria dar o nome? Estava com o passaporte no bolso; pediriam algum tipo de identificação? Nem fazia ideia. No caminho, tinha passado pelo escritório do pai. Antes de entrar lá, ficou meia hora vigiando o prédio onde ele trabalhava. O pai tinha deixado na recepção um envelope com o passaporte e o cartão MasterCard, mais um bilhete com *smiley* e umas tantas preocupações e advertências escritas à mão, em que pedia que Eva não se esquecesse de telefonar. Já tinha passaporte. De certo modo, ela sentia que isso representava um passo adiante numa direção nova. Também tinha comprado roupas e uma bolsa para guardar as coisas. Não se deixaria soçobrar; tratava-se de não perder mais nada – de, pelo contrário, reerguer-se. Começaria por ali, no abrigo de mulheres. Eva era mulher e precisava de abrigo. Assim, tocou a campainha do porteiro eletrônico até com certo direito a fazê-lo, torcendo para que seu plano funcionasse. Tinha de funcionar. O abrigo tinha de ser seu submarino, o lugar onde não conseguiriam achá-la.

– Recepção.

– Oi – disse Eva. – Posso entrar?

– É visita?

– Não, eu gostaria de ficar um tempo aqui.

– Um momento.

E se passou um momento, no máximo cinco segundos, até que abriu a porta uma mulher alta e esbelta, na casa dos quarenta, com traços duros num rosto que de resto era amável.

– Entre – ela disse, e estendeu a mão para Eva. – Eu sou a Liv. Sou a diretora. Ou intendente, se você preferir, mas acho meio antiquado. A sua bagagem é só isso? – Olhou para a bolsa de Eva.

– É.

Entraram num pequeno saguão, com caixas de frutas, enlatados e conservas amontoadas até o teto. O lugar cheirava a maçã.

– Temos um acordo com os supermercados para que nos abasteçam de comida. Sabe como é, coisas que não podem mais vender porque a validade está no fim. Vamos por aqui – disse Liv, e abriu outra porta.

Eva a seguiu por um corredor estreito, sem carpete e com portas dos dois lados, muito perto umas das outras, como num alojamento universitário. Uma moça árabe de pouco mais de vinte anos, levando bebê no colo, cruzou com elas.

– Oi, Bashira – disse Liv. – Como vão as coisas?

– Bem – respondeu a moça.

– E o nenê?

– Está... – A mulher sorriu, desistindo de encontrar as palavras certas.

– Logo mais a gente se fala – disse Liv, e sorriu para Bashira antes de abrir uma porta e olhar para Eva. – Aqui dá para eu e você conversarmos um pouco. Sente-se.

Eva, de costas para a janela, sentou-se à mesa quadrada. Tentou recostar-se na incômoda cadeira de madeira. Pensou em cruzar as pernas, mas lhe pareceu uma postura indolente demais, e acabou optando pelo contrário – aproximou a cadeira o máximo que pôde da mesa e apoiou os cotovelos no tampo, como se fosse uma colegial aplicada e atenta.

– Muito bem – disse Liv, e colocou uma xícara de café na mesa, em frente a Eva, antes de afastar uma das cadeiras e sentar. – Você pode me dizer o seu nome?

– Eva.

– Só Eva?

– Se possível.

– *OK*, Eva. Veja bem, ninguém vai ter como fazer mal a você aqui. Temos vigilância vinte e quatro horas. Câmeras de vídeo, linha direta com a polícia, alarmes em todas as janelas. O socorro chega num instante. – Colocou a mão sobre a de Eva, mas apenas brevemente. Tinha a mão quente, de um jeito agradável. – Você está entendendo?

– Estou.

– Você está vindo de onde?

Eva pensou na mentira. Uma mulher maltratada podia conviver com que tipo de homem? Com o tipo que havia entrado à força na casa dela. Um psicopata com magnetismo de psicopata.

– Eva?

– Do apartamento do meu namorado – respondeu Eva, e pensou nele, em seus olhos.

– Vocês moram juntos?

– Não tenho onde ficar e, por isso, morei os dois últimos meses na casa dele. O apartamento.

– Em que distrito é?

– Em Nørrebro.

– E onde o seu namorado está agora?

– Não sei. Ele às vezes sai – disse Eva.

E aquilo, no fim das contas, era verdade. De repente, o homem tinha aparecido na sala da casa de Eva. Ele a tinha amarrado e depois tinha sumido. Qualquer dia, ele voltaria.

– Ele sai? Para trabalhar?

– Não tem emprego – disse Eva. – Sai com os amigos. Some sem avisar.

– E você escapou?

– Você tem certeza de que ele não me acha aqui? De que não vai topar comigo e...

– Eva, eu entendo que esteja com medo, mas você precisa saber que aqui não entra ninguém que possa lhe fazer mal.

– Você poderia me mostrar a casa?

– Quer ver você mesma se a segurança é boa?

– Isso. Se for possível. Obrigada.

– Se você vai se sentir melhor com isso, vamos lá – disse Liv, e se levantou.

* * *

– Esse é o Tom. É ele quem está cuidando de nós hoje.

Eva cumprimentou com um movimento de cabeça o sujeito grande, parrudo e quase totalmente careca que estava lendo jornal numa cadeira perto da entrada.

– Oi – disse o guarda.

– Eu estava justamente dizendo à Eva que ela não precisa ter medo de nada estando aqui. – Tornou a olhar para Eva e sorriu. – Como eu já disse antes, também temos linha direta com a polícia. Se acontece alguma coisa, eles chegam em minutos.

– Você falou de alarmes...

– Olhe – disse Liv, e se aproximou da janela. Apontou um quadradinho preto, com uma luz vermelha intermitente. – Todas as janelas têm alarme. Simplesmente não dá para entrar sem que eles disparem. E você está vendo ali em cima? – Tornou a apontar. – Câmera de vigilância. Eva... – Liv se aproximou e a pegou pelo braço. – Pode acreditar, você está nas melhores mãos.

– E o porão? – perguntou Eva, e lembrou que Liv não conhecia o novo namorado dela, esse que a acariciava entre as pernas enquanto tentava lhe tirar a vida.

– Venha.

Seguiram por um corredor comprido e estreito até chegarem a uma porta.

– Já falei da nossa política de portas trancadas?

– Não – respondeu Eva.

– É uma política que implantamos. Damos duas chaves a cada uma das abrigadas. É uma chave do quarto e outra do corredor correspondente. A do corredor só serve para aquele andar. Ou seja, não dá para usá-la nos outros corredores. Isso traz mais segurança, até com relação a furtos.

Liv abriu a porta com uma das chaves.

– Você talvez possa me contar um pouco mais enquanto mostro o resto.

– *OK*.

Desceram uma escada. Tinham pintado o corrimão fazia muito pouco tempo.

– Ele não estava em casa quando você fugiu?

– Não.

– Por que você resolveu ir embora hoje, especificamente?

– Fiquei com medo.

– Temos que pegar este elevador – disse Liv, e apontou. – Só dá para chegar ao porão assim.

– *OK* – disse Eva ao entrar.

Liv tornou a olhar para Eva. O elevador tremeu de leve.

– Não dá para dizer que seja a última palavra em matéria de elevador – disse Liv, sorrindo –, mas costuma funcionar. Você tem medo de quê?

– Da ideia de ele voltar a qualquer momento – disse Eva.

– Porque ele bate em você?

– É.

– Ele bateu muitas vezes? Ou foi uma só?

– Muitas.

– Onde ele costuma bater?

– No corpo – disse Eva – e na cara. Mais no corpo. Faz uns dias, tentou me esganar.

Eva baixou a gola do suéter e deitou a cabeça para trás. O elevador parou, com estrondo.

– Posso ver? – Liv se aproximou um pouco mais e examinou a marca que a corda de náilon tinha deixado. Seus dedos roçaram o pescoço de Eva. – Ui! – murmurou. – Foi cordão de sapato ou o quê?

– Uma cordinha – explicou Eva. – Amarrou em volta do meu pescoço e puxou.

– Como foi que você se soltou?

– Quase desmaiei, mas aguentei... e aí ele me soltou.

De repente, Eva sentiu que as lágrimas se acumulavam em seus olhos. A lembrança daquela noite terrível na casa... Quando saíram do elevador, Liv colocou a mão no ombro de Eva.

– Por que ele faz isso?

– Diz que fico olhando para outros homens. Que não consegue mais confiar em mim. Mas não é verdade. Não olho para ninguém.

– E a polícia? Você não deu parte?

Eva fez que não.

– Não posso.

– Por que não? Você tem medo do quê?

– Ele me mata.

A diretora do abrigo assentiu, serena.

– Mas ele não pode fazer essas coisas, Eva. É crime.

Eva não respondeu. Liv tinha parado. Estavam na penumbra de um porão.

– Até há duas janelas aqui embaixo, mas, mesmo que alguém entrasse por elas, não conseguiria subir para o abrigo. O único jeito de ir lá para cima é pelo elevador, e é preciso uma chave para usá-lo.

– *OK* – disse Eva, ainda sem saber se estava mesmo se sentindo segura.

– Eu entendo que você esteja com medo. A maioria das mulheres que moram aqui tem medo; eu, no lugar delas, também teria. Você deve estar com fome, não? Quando foi a última vez que comeu?

– Não, eu estou bem.

– Certeza?

Eva fez que sim.

– Vamos ter que passar pelo pronto-socorro, Eva. É preciso que um médico examine você. Pode ter havido alguma lesão que a gente não vê e que precisa de tratamento. *OK*?

Eva tornou a assentir.

– Muito bem, então. Vamos chamar um táxi.

Ter visto as medidas de segurança a deixou um pouco mais calma, constatou Eva quando saíram à porta do abrigo de esperar o táxi. Sentia-se um pouco mais segura agora. Pensou em quanto lhe tinha sido fácil mentir, talvez porque aquilo não parecesse mesmo mentira, talvez porque de certo modo era verdade o que tinha contado. Um homem perigoso andava atrás dela. Ele a machucaria se a encontrasse. Eva tinha realmente medo.

O telefone tocou no escritório de Liv. Esta fez sinal para indicar que voltaria logo, e, um segundo depois, outra mulher surgiu ao lado de Eva.

– Oi – ela disse, e sorriu.

"Que pele bonita", pensou Eva antes de retribuir o cumprimento. Cor de café com leite, quase dourada. Os cabelos eram cacheados, pretos e indomáveis. A mulher só arranhava o dinamarquês, mas falava com voz plena de sentimento.

– Eu também esperar táxi aqui primeiro dia – disse. – Três mês faz agora, mas... – Empacou, riu e sacudiu a cabeça, como se pudesse arrancar as palavras em dinamarquês no tranco, à maneira como se sacodem as palmeiras para pegar coco. E aquilo pareceu dar um pouco de resultado: – Parece faz tempo.

– Quero que chegue a hora em que vou achar que tudo isto faz muito tempo – disse Eva.

Olharam uma para a outra. A mulher era mais velha que Eva. Não muito, talvez uns cinco anos. De onde seria? Do norte da África? Por isso Eva tinha pensando em palmeiras?

– Alicia – apresentou-se.

– Eva.

Liv saiu do escritório.

– O táxi já chegou. Está pronta?

Hospital Nacional, Copenhague – 11h58

Muito tempo antes, no Iraque, já tinha acontecido de uma explosão o atirar para longe vários metros e o deixar desacordado. Então como agora, tinha dedicado os primeiros segundos depois de acordar a verificar que não tinha morrido e que estava internado num hospital. Havia uma única enfermeira, lá fora. A cabeça doía toda vez que tentava virá-la.

Marcus checou os dedos dos pés. Mexiam-se. Os braços, os dedos das mãos; sim, estavam doídos demais, mas parecia que, apesar dos pesares, tudo ainda funcionava.

– Você está acordado?

Marcus quis virar de novo a cabeça. A voz vinha da esquerda.

– Quem está falando comigo?

– Consegue se mexer?

– Dói um pouco.

– Os médicos dizem que você vai ficar bem – disse Trane, que então se levantou e se inclinou sobre Marcus.

– Trane?

– Eu mesmo.

– O que foi que aconteceu?

– Você não se lembra?

– Não. Sim. Foi um carro?

– Isso.

– Quem era?

– Alguém que o atropelou e fugiu – disse Trane.

– Atropelou e fugiu?

– Você pulou na frente do carro. Foi acidente. Porra, quase achei que você tinha feito de propósito!

– Você sabe quem foi?

Trane balançou negativamente a cabeça, e Marcus se lembrou de que tinha corrido atrás de Eva pela... pela Istedgade? Tinha olhado por cima do ombro. Viu dois faróis. Quem estava ao volante?

– E você? Onde estava? – perguntou Marcus.

– Esperando no carro. Não pense mais nisso.

– Por que estou aqui?

– Ué, e onde mais deveria estar?

Trane olhou para Marcus de cima a baixo e assentiu com a cabeça, como se estivesse de acordo. Mas de acordo com o quê? Não tinham conversado nada. Talvez Trane estivesse de acordo no debate que, naquele momento, tinha consigo mesmo sobre o que fazer com Marcus. Restava saber que conclusão ele tinha tirado.

– Volto amanhã.

– Espere. – Marcus tentou agarrar Trane. – A mulher. Eva.

– Pare de se preocupar. Deixe que, a partir de agora, eu cuide disso.

– De que jeito?

– Já me colocaram a par das coisas. Uma situação bem complicada – disse Trane, que acrescentou, seco: – Ela talvez tenha sido administrada mal desde o início.

A nuca de Marcus protestou quando ele tentou erguer-se na cama. Não podia continuar deitado; não conseguiria recuperar a autoridade naquele estado. Antes que Marcus tivesse tido tempo de se apoiar no cotovelo, Trane chegou à porta, e estava prestes a sair.

– Trane?

Este se voltou. Marcus não tinha muita coisa para contra-argumentar; estava consciente disso. Tinham posto Trane "a par", e tudo o que Marcus tinha feito até então estava ruim.

– Acho que você tem razão – disse Marcus, ao mesmo tempo que procurava palavras capazes de impor sua vontade. Mas qual era a vontade dele? Recuperar o emprego? Porque, na realidade, era disso que se tratava; Marcus estava fora, e Trane tinha assumido o comando, ou...

– O que você tem em mente?

– Acho que a gente foi longe demais com aquela mulher.

– Longe demais?

– Não precisa colocá-la fora de combate. Uma conversa deve bastar.

Trane sorriu.

– Você pirou mesmo, hein, chefe?

– Não, essa é a minha avaliação profissional.

– *OK*, anotado – disse Trane. Saiu e fechou a porta. Marcus viu que o outro trocou algumas palavras com o médico, do outro lado da vidraça, e que depois sumiu de vista.

Precisava levantar-se, sair dali. Por quê? O que tinha que fazer? Sua cabeça não estava de todo boa, mas ele sabia que havia alguma coisa que precisava fazer. Matá-la. Ou salvá-la. Olhou para a própria mão. O dedo que, naquela noite, tinha tomado certas liberdades na casa dela. O mesmo dedo que tinha se recusado a apertar o gatilho. Levantou-se. As dores nas costas eram lancinantes. Não eram mais que dores musculares, disse a si mesmo; luxações. Não tinha nenhuma fratura; nenhuma bala tinha atravessado tecido e órgãos. Quase caiu a caminho da janela. Agarrou-se a ela e tombou de joelhos. O soro desabou lá atrás, e a agulha disparou para fora do braço. O sangue começou a brotar. Tentou endireitar-se. A cabeça doía. Olhou para fora. Era dia. As pessoas iam e vinham do hospital. Um táxi parou na entrada. Desceram duas mulheres. Uma delas se parecia com Eva.

– O que o senhor está fazendo fora da cama?

A enfermeira correu até ele. Marcus quis protestar, dizer alguma coisa.

– Alguém pode me dar uma mão aqui dentro?! – ela gritou, e duas enfermeiras logo acudiram.

– Eu preciso sair – murmurou Marcus imediatamente antes de arriar. Alguma coisa o deteve, talvez o chão; do contrário, teria continuado em queda livre. Tinha perdido algo. Ou encontrado.

Escuridão. Eva.

Hospital Nacional, Copenhague – 12h05

A caminho do Hospital Nacional, Liv segurava Eva pela mão. Ficaram em silêncio durante o trajeto; quase não havia tráfego, e o rádio tocava uma canção pop.

– ... e costumam ser muito bacanas conosco – disse Liv quando desceram do táxi e entraram no hospital. – Com certeza vão nos atender agora mesmo.

O hospital era um mundo branco. O sol iluminava as grandes vidraças, os claros corredores, os jalecos descorados.

– É a nossa vez – disse Liv, e se levantou. – Você consegue?

– Consigo – disse Eva.

O médico estava um pouco distraído, e Eva achou que nem parecia médico. Ela não sabia que aspecto deveriam ter os médicos, mas aquele sem dúvida não parecia um deles. Tinha corpo de fisiculturista, pescoço taurino, nariz de ex-pugilista. Boris, lia-se no crachá. Liv cuidou de pô-lo a par do assunto; Eva só precisou fazer alguns sinais afirmativos com a cabeça e acrescentar um rápido comentário aqui e ali. Depois ele a examinou.

– Vou ter que pedir que você tire a roupa, *OK*?

– A *lingerie* também?

– Você sofreu algum tipo de agressão sexual?

– Não.

– Então não precisa. Você pode sentar aqui?

Eva se despiu e sentou. Surpreendentemente, acabou achando bem menos desagradável ficar sentada na beira de uma cama de consultório enquanto aguardava ser examinada. Por mais que estivesse com frio, aquilo a fazia sentir-se segura. Segura por estar rodeada de pessoas gentis que usavam jaleco branco e tinham voz tranquila.

– Dói em algum lugar em especial?

Eva deu de ombros.

– Você não desconfia que possa ter fraturado alguma coisa? Mão, dedo, calcanhar?

– Acho que não.

Foi auscultada, tocada e sua garganta foi examinada. O médico se concentrou no pescoço, na garganta e nos olhos. Com uma lanterninha, examinou-os de muito perto. Eva pôde sentir o hálito dele e ver seus lábios rachados. Ele depois suspirou, balançou negativamente a cabeça e pediu que ela se vestisse.

– Pois bem – ele disse, e olhou para Eva. – Primeiro a parte boa. Você não tem nenhuma fratura. Nem na nuca, nem na cervical, nem em parte nenhuma do corpo. O ombro também está *OK*.

– E isso...

– Mas é um caso muito grave. – Agora olhava para Liv, como se quisesse proteger Eva da terrível verdade. – Ele podia tê-la matado. Mais uns segundos, e seu cérebro teria sofrido danos permanentes. Na pior das hipóteses, você poderia ter morrido estrangulada. As marcas no pescoço... – disse, com expressão de profundo abatimento. – Você tem tido dificuldade para respirar, não é verdade?

– Tenho.

– É, o cara não vale nada mesmo – disse Boris. Parecia ter vontade de dar uma sova no agressor.

Eva olhou para Liv. Por alguma estranha razão, Liv estava sorridente. Talvez estivesse feliz pelo fato de as coisas não terem saído tão mal quanto poderiam. O trabalho de Liv era este, pensou Eva quando foram embora: cavoucar o fundo da sociedade junto com mulheres infelizes e encontrar forças no fato de que, apesar de tudo, as coisas poderiam ter sido piores. Não muito piores, mas um pouco. Poderiam ter estrangulado Eva, ela poderia ter morrido.

Abrigo de mulheres – 12h55

– Aqui é o banheiro do quarto.

Liv abriu a porta e acendeu a luz.

– Está ótimo – disse Eva, e examinou o banheiro: o piso de cerâmica branca, o boxe pequeno, o espelho não muito grande. Não tinha nenhuma razão para ficar se preocupando demais com a própria aparência; não agora, não neste momento da vida.

– E a cozinha, lá embaixo, é compartilhada. Umas cinco ou seis abrigadas costumam jantar lá juntas, toda noite. Você já conheceu a Alicia, não?

– Conheci. Ela é muito bonita.

– É, sim. Alicia costuma jantar lá. Ela cozinha uns pratos muito interessantes para as outras abrigadas.

Eva assentiu e tentou esboçar um sorriso. Fazia tempo que não comia nada decente.

– Mas, claro, você é quem decide. Temos também a geladeira aqui no quarto, se você preferir comer sozinha. E a sala de TV, onde nem preciso dizer que você é muito bem-vinda. Está tudo em ordem?

Eva fez que sim.

– Ótimo. Agora, vou deixar você em paz um tempinho.

– Vou dormir um pouco. Estou tão cansada!

– Ah, as chaves, é claro – disse Liv, e as colocou na mesa. – São duas. Uma para o quarto, a outra para o corredor. A política de portas trancadas. Acho que já expliquei, não?

– Já. A política de portas trancadas – repetiu Eva.

No que Liv foi embora, Eva se aproximou da janela e olhou para a rua. "Este é o meu submarino", pensou, quando a porta se fechou e o silêncio pareceu brotar das paredes. Voltou-se e olhou ao redor. O quarto tinha uns catorze ou doze metros quadrados, talvez até menos. Havia cama-armário (para não ocupar muito espaço), mesa, cadeira, luminária, geladeira e uma estante de alvenaria logo abaixo do teto (porque era preciso aproveitar o espaço reduzido). Na melhor das hipóteses, o cômodo poderia ser considerado um quarto alugado em algum apartamento barato; na pior, uma cela. Sentou na beira da cama e viu como o corpo se rendeu ao cansaço na mesma hora. Estava havia dias e noites sem dormir, sem descansar. Entrou no banheiro. Ainda estava um pouco atordoada quando tirou a roupa e abriu a ducha. Tinha xampu. Ensaboou-se. O cheiro era de produtos químicos. Fechou os olhos debaixo da água. "Já estou dentro do submarino", pensou, "mas o que faço agora?" Lembrou-se de Jan Lagerkvist. O que tinha mesmo dito o jornalista moribundo? Que ela precisava conseguir o laudo do legista, vê-lo com os próprios olhos, e que precisava ser meticulosa, procurar as pequenas peculiaridades, todas as coisinhas que parecessem fora de lugar. Listas telefônicas, o guia Krak, contratos de compra e venda de imóveis.

Não, não! Tinha que começar pelo princípio.

"Pois bem, o que é que eu já sei?", perguntou-se, sentada nua na cama. A roupa recém-comprada estava ali ao lado: *jeans*, camiseta, *lingerie*, meias. É, sabia que Christian Brix aparentemente tinha se matado com um tiro. Pelo menos era essa a explicação oficial. Sabia que Malte estava ciente da morte do tio antes que o tio lhe tivesse mandado o torpedo. Sabia que alguma coisa não se encaixava. Quem poderia ajudá-la nisso? Lembrou-se, então, de que Rico tinha mencionado um contato. O que ele tinha dito mesmo? Um "auxiliar devotado". O que Rico quisera dizer com aquilo? Alguém que extraiu para ele os dados do celular da dama de companhia? Alguém que o ajudou a obter informações sobre o tráfego telefônico de Brix? Sim, era possível. Alguém que descobriu alguma coisa? Mas o quê? De todo modo, era importante. Eva havia sentido isso quando Rico telefonou para ela, pouco antes de ser assassinado.

Tirou da bolsa as anotações e a esferográfica que tinha pegado no hospital. No verso da folha de bloquinho, escreveu: "Local do crime. O auxiliar de Rico: é ele que sabe o que havia no celular? Malte: testemunha do crime?"

Antes de mais nada, havia um lugar que precisava visitar. "Você tem que ver tudo por si mesma."

Hospital Nacional, Copenhague – 13h07

Acordou; talvez já estivesse desperto havia algum tempo. Examinou o dedo indicador, mexendo-o para a frente e para trás, o necessário para apertar o gatilho e desencadear na câmara da pistola a detonação que dispararia a bala. Ficou assim um bom tempo, contemplando o movimento que, em muitos sentidos, era a essência do trabalho de soldado. Estava um pouco atordoado. Tentou pensar em outras profissões que pudessem reduzir-se a um movimento tão ínfimo. Não se lembrou de nenhuma. Tampouco era soldado. Não mais. Fazia parte de um *lobby*. Trabalhava para a Instituição. Não. Também não trabalhava mais. Agora ele era o quê? Estava sozinho.

A mulher.

Eva.

A primeira mulher. Bobagem. Os sentimentos o traíam. Tinha tido mulheres até demais, muitas vezes pagando quando estava de serviço. Por que essa era diferente? O amor não tinha muito valor para ele; não o valor que tinha para os outros. Reconhecia a existência do amor, desenvolvera um sentimento por todas as mulheres com quem esteve, o instinto de proteção, querendo proteger um mundo em que o maior número possível de pessoas pudesse viver o amor, pudesse dedicar tempo a isso, não à guerra e ao caos. E isso levou seus pensamentos de volta à Instituição: Marcus tinha sido expulso de lá. Havia ido longe demais na defesa do sistema em que acreditava. O paradoxo estava aí. O sistema só sobrevive se, de vez em quando, alguém vai longe demais. Se um funcionário público está disposto a mentir, destruir documentos, apagar e-mails; se os políticos estão dispostos a enganar os eleitores; se a polícia e os colegas de Marcus estiverem dispostos a desrespeitar aqui e ali as leis – logo elas, que constituíam os alicerces da Instituição – e desse modo salvaguardar o sistema, mesmo ao custo da própria vida, física ou profissional. Era o que Marcus tinha feito. Se não, a Instituição teria desmoronado. E agora ele estava de fora. Já não prestava mais para eles. Por ter errado, também. Na hora da verdade, no momento decisivo, ele tinha falhado. Não conseguira apertar o gatilho. Agora cabia a Trane defender a Instituição. Isso colocava Marcus em que situação? Estava livre? Tinha deixado de ser o homem do sistema. Suas obrigações estavam em outro lugar. Mas onde?

Precisava sair dali. Uma imagem o perseguia – a mulher que tinha descido do táxi em frente ao hospital. Tinha sido miragem? Estaria vendo Eva em toda parte? Tal qual as crianças pequenas que veem em todos os lugares as poucas pessoas que conhecem e, em férias na Tailândia, por exemplo, exclamam de repente: "Olha lá a tia!", apontando alguma mulher que não se parece minimamente com a tia. Os médicos também o tinham entupido de analgésicos, e estava com a cabeça um tanto enevoada. Na hora em que desmaiara, ele viu Eva entrar no hospital. Viu, sim. Ou talvez não; não sabia. Provavelmente tinha sido alucinação, um desejo não expresso. Quem dera Eva estivesse ali! Mas, ora: outras vezes Marcus já fora ferido e havia sido entupido de remédios, e ainda assim conseguira analisar corretamente as situações logo em seguida. Portanto, talvez fosse mesmo ela, Eva, que tinha ido ao hospital para que examinassem os ferimentos horrorosos que Marcus lhe infligira. Quem seria a mulher que a acompanhava? E se tinham examinado Eva, haveria histórico clínico disso em formato digital. Era a única pista que Marcus precisaria seguir.

Visão de conjunto. Marcus repassou o que sabia: Trane tinha se apossado de seu posto; se Marcus não encontrasse uma solução, Eva logo estaria morta e enterrada; ele tinha mudado de lado e queria salvá-la. O que mais? O grupo já não confiava nele. Até que se recuperasse, até que a questão com Eva estivesse resolvida, eles o manteriam sob controle. Se Marcus estivesse no lugar deles, faria o mesmo. Mas já não era um deles, não mais. Já não era parte de nada. Estava sozinho.

Foi quando tirou a roupa do armário que se deu conta de quanto tinha sido duro o impacto que sofrera. Suas calças estavam rasgadas de alto a baixo; a camisa, encharcada de sangue; e havia sumido metade do salto do sapato esquerdo. Parecia que alguém o tinha atropelado com a intenção de matar. Recordou o momento. Olhara por cima do ombro. Eva estava à frente dele, no semáforo, e Marcus tinha corrido mais alguns metros antes de ir para a via. Ali, tornou a olhar para trás. Teria ouvido o carro; foi por isso que se voltou? Não teve tempo de ver nada além dos faróis. Quem dirigia? Estava com Trane no fone de ouvido. Marcus o tinha ouvido gritar.

Balançou negativamente a cabeça. Naquele momento, Marcus sabia que era uma péssima testemunha de acusação. Teria gostado de dizer que viu Trane ao volante; isso teria simplificado tudo, a vontade de vingança. Só que não tinha certeza. Mas tinha quase? Nesse tipo de colisão, as sensações, o medo, as alucinações e as lembranças sempre se misturam. "Ele sabia", pensou. Pensou em Trane. O que Trane já sabia? Tinha sido mesmo ele o motorista do carro? Fora ele quem tentou assassiná-lo? O que Trane tinha dito? Que por ora Eva estava abaixo do radar, mas que a achariam. Marcus não teria muito tempo se quisesse salvá-la. Por mais que Eva viesse aprimorando dia a dia as próprias habilidades, ela não poderia fazer nada para se proteger deles. Era questão de horas. Eva tinha deixado digitais eletrônicas em algum lugar, Trane a localizaria, e a única pista de que Marcus dispunha era a mulher que talvez fosse Eva e que tinham examinado naquele mesmo hospital.

Talvez já estivesse morta.

– Levantou?! De novo?!

A enfermeira estava na porta.

– Eu estou bem.

– Tem que ficar deitado.

– Preciso ir ao banheiro.

– Tem que usar a campainha para chamar a gente.

– Pare de dizer o que tenho que fazer, *OK*?

Recebeu um olhar de surpresa, que foi substituído pelo de raiva:

– Menos, hein!

– Você sabe com quem está falando?

– Só sei que a pancada em você foi forte...

– Quero falar com o seu chefe – disse Marcus, em tom de ordem. – Não estou com vontade de ficar aqui discutindo com você. Dê busca no sistema pelo meu número de identidade. Veja lá quem eu sou. Faça isso agora! Do contrário, você vai estar no olho da rua daqui a pouquinho.

A enfermeira, furiosa, deu meia-volta e foi embora pelo corredor. Marcus a seguiu com o olhar. Observou-a de longe enquanto ela entrava na sala de administração daquela ala, sentava ao computador e digitava o número de identidade de Marcus. Daquele computador, pensou Marcus, podia-se acessar o histórico médico de Eva. E quem sabe até uma ou duas palavras sobre o paradeiro da paciente? Ou alguma receita com o nome dela para usar na farmácia? Qualquer coisa serviria. Claro, era preciso senha para consultar os históricos. Viu que a enfermeira falava, muito brava, com o médico. Marcus voltou para o quarto a tempo, antes que o médico aparecesse com a enfermeira atrás.

– Qual é o problema aqui? – perguntou o médico.

– Eu estou detido? – perguntou Marcus.

– Detido?! Você esteve é envolvido num acidente grave de trânsito.

– Fui atropelado. Fiz uma pergunta: estou detido?

– Estritamente falando, não. Mas, se achamos que você pode representar um perigo para si mesmo e para as pessoas no seu entorno, temos o direito, sim, de resguardá-lo dos seus próprios atos. – Sorriu. Era mais enérgico que a enfermeira. – Por que você não se deita e a gente conversa sobre isso? Venha.

O médico pegou Marcus pelo braço.

Dyrehaven, Grande Copenhague – 14h10

Não era paranoia. Era fato. Eva tinha descoberto a câmera ao subir no ônibus. Apressando-se a sentar, ficou maldizendo a si mesma. Devia ser mais cuidadosa. Será que a vigiavam? Talvez... Não tinha como ter certeza. Talvez se usasse peruca escura e óculos de sol... Adiantaria? No ônibus, seguiu uma velha, falou com ela, sentou ao seu lado e tentou o tempo todo pensar como as pessoas que, em algum lugar, sentam em frente a monitores e nos vigiam. "Estão procurando uma mulher sozinha." Pois ali estava uma mulher que acompanhava a avó. Embora Eva precisasse seguir até o Dyrehaven, desceu com a velha em Nørrebro para poder desempenhar o papel, para que não a achassem. Lançou um olhar à câmera do ônibus quando este se afastou. A câmera: um céu invertido, com a parte côncava voltada para baixo, observando-nos.

Demorou a achar uma loja de perucas, mas depressa encontrou ali uma peruca escura, lisa, com franja. Não usava peruca desde a encenação de *Um conto de Natal*, de Dickens, no ensino fundamental. Olhou-se no espelho. Parecia uma mulher de negócios da metade sul do continente, uma dessas francesas elegantes que se veem pelas ruas de Paris.

Num posto de gasolina, comprou óculos escuros por 39,95 coroas. Depois retomou o trajeto.

Eva desceu do ônibus no estacionamento do parque e olhou em volta. Havia uma solitária mesa de madeira, chumbada ao asfalto, e o tampo estava coberto de líquen cor de verdete. Um mapa da floresta de cervos se sustentava em duas barras de ferro oxidado. Christian Brix tinha chegado ao parque segunda-feira de manhã, lá pelas sete. Pouco depois, matou-se com um tiro.

Passaram alguns veículos. Um velho carro japonês diminuiu a velocidade, e a motorista olhou para Eva. Estava ali para segui-la? Não. Eva se aproximou do mapa da floresta, ilegível, quase apagado, depois dos estragos do tempo. Para tirar o pó, passou as costas da mão pela folha descolorida. Procurou o setor Ulvedalene.

Seguiu pelo caminho da floresta, que se estendia até onde a vista alcançava. Christian Brix tinha entrado por lá. Ele teria mesmo estado naquele lugar, espingarda de caça na mão, totalmente fora de si, tremendo de medo com o que planejava fazer? Ou sereno e firme, talvez. Só que havia mandado um torpedo para o irmão e a irmã vários minutos depois que Malte soube que o tio tinha morrido. Isso era fato, uma das poucas coisas de que Eva tinha certeza naquele caso – e uma das razões pelas quais agora andava por ali. Deixou o asfalto e pegou uma trilha, que a chuva tinha molhado e amolecido. Uma corredora de longo cabelo loiro surgiu um pouco mais adiante.

– Oi – disse a mulher, e sorriu ao cruzar com Eva.

– Oi.

A mulher continuou correndo. Eva se voltou e chamou:

– Com licença!...

A mulher parou.

– Por favor.

– Sim?

– O setor Ulvedalene fica para que lado?

A mulher voltou para junto dela. Examinou o rosto de Eva um instante, e Eva o dela. Era uma mulher de quarenta e poucos anos, bonita, em boa forma, com aliança elegante, belos brincos. O tipo de mulher sobre quem Eva escrevera artigos fazia poucos meses, quando o mundo era diferente, e lhe parecia se justificar que ela fosse nem mais nem menos que uma leitora despreocupada na manhã de um sábado qualquer, tomando a xícara de café na varanda de casa.

– Foi uma coisa horrível – disse a mulher. – Vi na TV. Você conhecia a pessoa?

– Não.

– Você é da polícia?

– Sou jornalista.

Na mesma hora, em alguma parte da cabeça daquela mulher, a palavra provocou uma reação em cadeia de hostilidade. Eva viu isso em seu olhar. Os jornalistas servem para prover entretenimento e para desmascarar os outros, mas ninguém quer repórter zanzando pelo quintal.

– O Ulvedalene? – perguntou Eva.

A mulher hesitou um instante.

– Você tem que entrar mais na mata. Vai chegar a uma clareira, para a esquerda. É uma área muito grande.

– Obrigada.

Eva pretendia lhe dar as costas, mas a mulher continuou onde estava. Como se quisesse algo, como se tivesse alguma coisa para dizer.

– Eu conheço o homem que encontrou o corpo.

– Ah, é? Não deve ter sido muito agradável.

– Ele depois teve até que receber assistência psicológica.

– E ele... viu mais alguém?

– Do que você está falando? Não foi suicídio?

– Foi, pelo menos segundo a polícia.

– Você é do *Ekstra Bladet*?

– Acertou em cheio – apressou-se a dizer Eva.

– Não vou dizer que adoro esse tabloide.

– Nem eu – disse Eva sorrindo e, aproximando-se uns centímetros mais da mulher, sussurrou: – Mas, de vez em quando, publica alguma verdade, alguma coisa que os outros não querem publicar.

A mulher deu de ombros.

– Você sabe se a polícia interrogou as pessoas por aqui? Algum de vocês vem para cá todo dia? Gente que corre, esse tipo. A polícia foi à sua casa?

A mulher fez que não.

– Pelo que entendi, só à casa de Mikkelsen.

– Mikkelsen?

– O meu vizinho, aquele que achou o corpo.

– E esse Mikkelsen mora onde?

A mulher tornou a hesitar. Não estava nada entusiasmada com a ideia de soltar uma repórter em cima dos vizinhos.

– *OK*, não precisa responder – disse Eva. – Você não está falando com a polícia.

– A verdade é que estou pensando em mudar de bairro.

– Eu sei como é – disse Eva.

– Pois é; é horrível. Penso nisso toda vez que entro no parque. Você entende? É como se o parque... É como se, de repente, isto aqui fosse um parque muito diferente.

– Entendo muito bem – disse Eva, e sorriu. – Muito obrigada pela ajuda.

Eva se voltou e seguiu em frente. Percebeu que aquela mulher bonita continuava olhando. Parecia ainda estar matutando se valia a pena mudar-se, se a tragédia na mata havia maculado para sempre o pedacinho de paraíso pelo qual tinha lutado tanto.

No chão da floresta, ainda havia restos do cordão policial. A grama estava pisada; por ali tinham passado muitos veículos e muita gente. Durante algumas horas, a clareira havia sido o centro do mundo para um exército de policiais.

Tudo tinha acontecido ali. Eva sentiu ligeiro calafrio. Teria sido por causa da proximidade da morte? Pensou na versão da polícia – que, de manhã cedo, Christian Brix sentou ali, fora de si, ou no domínio das faculdades mentais, ou ambas as coisas ao mesmo tempo; que digitou e mandou um torpedo para a irmã segundos antes de enfiar o cano duplo da espingarda na boca, acomodar aquilo contra o palato, apertar o gatilho e disparar uma rajada de chumbo de caça através da cabeça.

Eva sentou-se ao lado da árvore junto à qual Brix também tinha se sentado. As folhas estavam pisoteadas, e já não havia nem sinal de sangue; tinha chovido depois, na noite daquele mesmo dia. Eva ouviu um ruído às suas costas. Passos. Ela se levantou e se escondeu atrás da árvore. Olhou para a frente rapidamente e viu três deles, a boa distância de onde estava. Sentiu as batidas do próprio coração.

– Nada de pânico – murmurou, mas já era tarde.

Falavam em voz baixa, aproximavam-se. Estariam procurando por ela? Da última vez, tinham sido dois; por que três agora? A alguns metros, havia um tronco caído; um carvalho que se partira ou que o vento derrubara. Ah, se ela conseguisse chegar até ele!

"E então, Eva?", perguntou a si mesma. Assim os veria melhor; poderia esconder-se ou ir embora; qualquer coisa menos ficar colada a essa outra árvore, esperando que deparassem com ela e...

Olhou para a frente. Os três estavam inclinados sobre algo que Eva não enxergava. Era agora ou nunca. Correu até as raízes da árvore caída. Ficou um tempo ali, prestando atenção. Continuavam cochichando; embora estivessem a certa distância, conseguia ouvi-los. O que deveria fazer era apenas tentar sair dali – baixar a cabeça, esgueirar-se ao longo do tronco, chispar pelo mato e sumir daquele parque. Começou a andar, mas alguma coisa a fez parar. As vozes deles. Um dos três riu. Eva ergueu a cabeça para dar uma olhada e os viu. Estavam mais perto que antes. Eram meninos, não homens feitos; não eram mais que garotos que estavam se divertindo.

– Achei outro – disse um deles.

– Eu vi primeiro! – disse outro.

Eva os viu procurarem alguma coisa no chão da floresta, como aves ciscando a terra. Estavam atrás de quê?

– Aqui tem outro – disse o mais novo dos três, um menino loiro cuja camiseta trazia o logotipo "CemTech". Provavelmente era a empresa do pai. Filhos de famílias abastadas. Seriam irmãos? Não; ou talvez só o mais novo e o mais velho, porque o do meio tinha traços mediterrâneos e pele morena. Eva se aproximou um pouco, para ver e ouvir melhor os três.

– É o maior que a gente já achou – disse o que parecia ter mais idade, talvez o irmão mais velho.

– O que você quer em troca?

– Não quero trocar.

Trocar? O que tinham encontrado no chão da mata? Convinha falar com eles; todo mundo que chega perto de locais de crime é testemunha em potencial. Eva deu um passo à frente.

– Oi, meninos – ela disse. Eles se entreolharam. – O que vocês estão fazendo?

– Nada – disse o mais velho. Agora Eva o via melhor. Ele falava com fisionomia firme – aparentava ter mais segurança que Eva, sem dúvida algo que lhe tinha sido inculcado pelo pai, o diretor da CemTech, o que quer que esta fosse.

– O que vocês acharam aí? – perguntou Eva.

– E o que você tem a ver com isso?

Eva olhou para ele. Os dois mais novos recuaram alguns passos. Cada um dos garotos segurava com firmeza um saquinho plástico, e Eva não conseguia determinar o que havia dentro deles.

– Vocês ficaram sabendo do cara que se matou com um tiro? – ela perguntou. – Não faz nem uma semana que aconteceu.

– Não ficamos, não – rebateu o garoto mais velho.

– Não é possível. Ele se matou logo aqui, bem ao lado daquela árvore.

O garoto olhou para os outros, deu de ombros e disse:

– E daí?

– Vocês talvez tenham sabido de alguma coisa.

– Sabido do quê? Do que é que você está falando?

– De como ele levou o tiro.

– Não mesmo.

– E por isso estão pegando coisas no chão? O que vocês colocaram aí nesses saquinhos?

– Nada.
– É chumbo de espingarda ou coisa parecida?
– Não.
– Posso ver?
Deu um passo em direção a eles. O mais novo foi o primeiro a sair correndo; os outros dois se mandaram um segundo depois.
– Ei!
Eva os chamou, mas não adiantou nada. Ficou um instante olhando e depois saiu correndo atrás deles. Não estava no melhor da forma física, porque não se exercitava desde o tempo em que ela e Martin saíam para correr juntos, durante um breve período; e, mesmo naquela época, não era a melhor corredora do mundo. Martin precisava dar vários *sprints*, para a frente e para trás, se quisesse tirar algum proveito do exercício, porque Eva corria segundo seu próprio ritmo, bem pausado. Os garotos eram rápidos. Eva vislumbrou onde acabava a mata e começavam os grandes chalés. Tinha que alcançar os meninos antes que chegassem em casa.
– Vamos lá, Martin – disse Eva. Cerrou os dentes e apertou o passo. Pulou por cima de um tronco de pinheiro, estendido no chão da floresta como se estivesse fazendo a sesta, cansado de ficar em pé, como Eva se sentia desde a morte de Martin. Mas agora Martin corria a seu lado, chamando-a, brincando com ela. "Vamos lá, você consegue mais que isso!", ele gritava. Eva esticou o braço para agarrar o garoto e conseguiu pegá-lo pela gola da jaqueta.
– Me solta!
Eva o segurou e o virou para si.
– Pare!
– Me solta! – o menino tornou a gritar, agora na cara dela. Era um moleque desagradável; tinha baba nas rachaduras dos lábios e olhos pequeninos.
– Por que você fugiu?
– E o que você tem com isso?
– Você sabe com quem está falando? Quer que a gente vá até a Chefatura? Aí os seus pais podem ir buscar você lá!
O menino a olhou fixamente. Pela primeira vez, ela viu um quê de respeito nos olhos do garoto. Se tinha sido pela menção aos pais ou pelo fato de ter dito que era da polícia, não dava para saber.
– Por que você saiu correndo?
– Por nada.
– Para onde os seus amigos foram?

O menino deu de ombros.

– Vocês estavam procurando alguma coisa. Eu vi – insistiu Eva.

– Não é verdade!

– Estavam procurando no chão da floresta. O que era?

O menino não respondeu. Eva olhou para o saco plástico que ele levava na mão. Um saquinho autovedante, desses que vão ao *freezer*, que ele tinha pegado em alguma gaveta, na cozinha da mãe.

– O que é isso aí?

– Nada.

Eva arqueou as sobrancelhas.

– Quantos anos você tem?

– Doze e meio.

– E como é que você se chama?

Ele não quis responder. Olhou para os sapatos. Caros, da Lloyd.

– Pois bem. Vamos para a Chefatura – disse Eva, e o agarrou pelo pescoço.

– É Rune! *OK*?

– *OK*, Rune. Agora escute bem. Quando a gente pergunta o que você tem aí na mão, você já é meio grandinho para dizer "nada". Você não é mais nenê, é?

– Não.

– Então responda: o que é que você tem aí na mão?

O menino levantou o saco transparente para que Eva visse. Pedacinhos de alguma coisa branca, talvez giz.

– O que são essas coisas?

Rune deu de ombros. Eva abriu o saquinho. Tirou um daqueles fragmentos brancos, não muito maior que um botão de camisa.

– É giz?

O menino fez que não. Eva tirou um pedaço maior; era branco e... avermelhado? Foi o cabelo ruivo colado a um dos pedaços que finalmente fez Eva compreender o que estava segurando.

Quando os outros dois garotos viram Eva e Rune se aproximar, não fizeram menção de fugir. Rune era o líder, a brincadeira tinha acabado, eles já tinham se resignado. Eva viu que os outros dois continuavam com os saquinhos plásticos na mão. Rune tinha contado que o plano era recolher todos os pedaços; estavam vasculhando o chão da floresta já fazia dias. Depois de recolhidos todos os pedaços, sentariam em casa e reconstituiriam o crânio, como se fossem as peças de um modelo para montar, com cola e cuidado. E isso valeria mais até que o modelo do avião mais irado do mundo! O resultado seria assombroso e lhes granjearia o respeito dos outros garotos da rua: o crânio de um defunto.

– Pois é, meninos – disse Eva. – A coisa não está nada boa para vocês.

– Nós não fizemos nada de mais – disse Rune. Vinha dizendo a mesma coisa já fazia um tempinho.

– A gente está falando de provas de um caso de polícia – sustentou Eva.

Os garotos olharam para ela, que não estava certa de que eles tivessem entendido o que acabava de dizer.

– Deem isso aí para mim – ordenou. – Vocês dois.

O menorzinho foi o primeiro a ceder. Deu o saquinho plástico para Eva. O menino moreno acabou cedendo e fez o mesmo.

– *OK*, já podem ir.

– Podemos ver a sua identificação?

– A minha identificação?

– É, de polícia.

– Claro que não. E vão circulando, agora mesmo!

Cabisbaixos, os meninos se afastaram para um chalé branco de brilhantes telhas vitrificadas. Eva abriu um dos saquinhos. Sangue coagulado, os cabelos ruivos de Brix ainda colados a alguns fragmentos do crânio, os que tinham voado pela floresta numa manhã debaixo de chuva, no mesmo dia em que Eva começara no novo emprego. "Ativação de mão de obra", a serviço do Estado. Ativação e o que mais?

Hospital Nacional, Copenhague – 14h21

Marcus estava no corredor. Tinha esperado um tempinho até que as coisas se acalmassem e ele pudesse sair do quarto. Deu uma olhada para a sala onde estava o computador, que o tentava com a promessa de uma resposta sobre o paradeiro de Eva Katz. Durante os poucos minutos em que tinha ficado à espera, foi tomado por muitos sentimentos. Impotência. A sensação de ter perdido tudo. Mas não estava correto. Tudo continuava em perfeita ordem, o sistema funcionava como devia. Marcus sempre soubera que chegaria o dia em que seria ele o sacrificado. Era o que tinha explicado a Brix naquela noite fatal; só que Marcus não achava então que a coisa viesse a ser tão imediata.

A enfermeira saiu da sala de administração, vindo no sentido de Marcus, que tornou a entrar no quarto. Ela passou direto. Ele saiu. A parte posterior da coxa direita quase não queria obedecer a Marcus. Ele entrou na sala de administração mancando e apoiando-se na parede. Sentou diante do computador. Apertou uma só tecla, e a tela se iluminou. "Digite sua senha." Olhou em volta. Não havia senha na mesa, nem no quadro de cortiça. O que fazer? Precisava observar algum funcionário que digitasse a senha. Era o beabá da espionagem. Não dava para Marcus se esconder naquela sala; era pequena demais, seria visto onde quer que se colocasse. Ouviu passos no chão de linóleo. A enfermeira estava voltando. "Pense. Rápido." Ela já estava perto da sala.

– Um espelho – murmurou Marcus para si mesmo. Não havia nenhum. Molduras; elas têm vidro. Tirou da parede um dos quadros, uma reprodução impressa de Renoir. Deixou-o sobre a mesa, encostado à parede. Lançou um olhar para o corredor. A mulher conversava com um paciente; ainda restavam alguns segundos a Marcus. Sentou na cadeira em frente à mesa, a cadeira dos pacientes, e verificou o ângulo; não tinha ficado muito bem, a luz não era boa. Corrigiu a posição da luminária de mesa, dirigindo-a para o teclado.

– Ora, ora. Quem temos aqui?

Marcus se voltou. Era o médico.

– Essa luminária. Ela estava me cegando.

– Normal – disse o médico, secamente. – Dor de cabeça após choque mecânico; fotossensibilidade.

Sentou.

– Desculpe se fui tão mal-educado – disse Marcus. – Ando confuso.

– Não pense mais nisso. Mas você precisa voltar para a cama. – O médico olhou, surpreso, para o quadro que estava em cima da mesa.

– Eu tenho uma coisa muito importante para dizer.

– Sim?

– Tenho alergia a penicilina e alguns analgésicos – disse Marcus.

– Tenho certeza de que estamos sabendo disso.

– Meu clínico geral já tinha registrado isso na minha ficha.

– É claro que...

Marcus o interrompeu:

– Não vou conseguir dormir direito se não confirmar que não me deram essas coisas aqui. Da última vez, quase morri. Tive umas dores horrorosas.

O médico encarou Marcus um instante e balançou a cabeça, desanimado.

– O seu número de identidade?

Marcus concentrou toda a atenção no Renoir. Pelo vidro do quadro, viu os dedos do médico pairarem acima do teclado. Com um dedo da mão direita, o médico acionou a tecla Shift, ao mesmo tempo que digitava *R*, *I* e *G* com o indicador da esquerda. Soltou a tecla Shift e digitou três números, muito rápido, mas Marcus teve quase certeza: 363. RIG363.

– O seu número de identidade – repetiu o médico. Flagrou Marcus a olhar fixamente para o Renoir. O médico virou a cabeça e também contemplou a obra de arte por um instante. – Pois é. Que diabo isso está fazendo aí em cima da mesa?

Departamento de Medicina Legal da Universidade de Copenhague – 16h02

Não é permitido acessar os laudos. A mensagem da polícia foi simplesmente essa. Não importava se era Eva ou qualquer outro meio de comunicação quem solicitava; a resposta era sempre a mesma: os laudos policiais não são públicos; o quarto poder não tem direito a ver nada de nada. Por isso, Eva estava agora em frente ao Departamento de Medicina Legal, com o parque do Fælled bem a suas costas. O sol de primavera tinha feito que mães de olhar cansado saíssem dos apartamentos empurrando carrinhos de bebê; tinha também atraído pacientes do vizinho Hospital Nacional; e havia aposentados sentados nos bancos do parque. Dois maqueiros estavam fumando na escada de entrada do Departamento de Medicina Legal. O que Lagerkvist tinha dito mesmo? Que só temos uma chance de entrevistar as pessoas. E se não temos os fatos claros, se fica óbvio que a única coisa que queremos é extrair informação sem antes nos informarmos direito, elas não abrem o bico. E aquela chance não volta.

– Oi, moçada – disse Eva aos maqueiros. Trabalhadores em extinção, a proximidade do Dia do Trabalho, solidariedade, isso tudo. Olharam para ela, que sorriu. – Então, já acabou o turno?

– Oi, gata – disse o mais velho. – Curtindo um solzinho?

Eva deu alguns passos adiante e começou a subir a escada em direção a eles.

– Não seria melhor se você já pedisse direto? – Era outra vez o mais velho. – A gente não precisa ter vergonha de não ter dinheiro para comprar cigarro.

Eva riu, aceitou um cigarro e o acendeu. Por um momento, ficou eufórica. O sabor era fantástico, motivo pelo qual havia começado a fumar nos velhos tempos, quando tinha dezesseis anos e precisava de estimulantes para aguentar a estada num colégio preparatório de província.

– Obrigada – disse Eva.

– É bom, né? Então, que mal faz ficar como a turma que levamos no rabecão?

– Dá para notar isso neles? – perguntou Eva, e ficou pensando em como passar do papo furado a seu verdadeiro propósito.

– O quê? Se eles são fumantes?

– É.

– Está de brincadeira? É claro que dá.

– Você trabalha na autópsia?

O homem fez que não. Eva olhou para o colega dele, que respondeu:

– A gente só transporta.

– Mas o serviço não deixa vocês desanimados?

– Porque vou ou não ser um defunto bonito? – disse o mais jovem, dando de ombros.

Eva deu outra tragada, fechou os olhos e deixou que o sol a aquecesse. Não havia nenhuma transição ideal para a conversa. Ou, pelo menos, ela não soube achar nenhuma. Precisou apelar para uma mudança de assunto dura e pouco elegante:

– Vocês se lembram do cara que estourou os miolos?

Os dois homens se entreolharam.

– Faz uma semana, talvez um pouco menos – insistiu Eva.

– O do parque? – perguntou o mais velho.

– É, esse.

– Olha, não sobrou muita coisa dele, não. Foi foda.

Tinha chegado o momento em que Eva deveria infundir confiança com seus conhecimentos – os poucos que tinha.

– Enfiou a espingarda na boca e *bang!*

– Eu o levei para a sala – disse o mais novo.

– A sala?

– De autópsia.

– Quem foi o legista?

Pela primeira vez, os dois viram que aquela não era uma conversa à toa. Eva tinha um propósito. O mais novo apagou o cigarro e entrou pela porta sem dizer nada. O mais velho ficou olhando para Eva, surpreso, talvez cético.

– A polícia fez merda – disse Eva. – Pôs a investigação a perder.

– Você é jornalista?

Eva deu de ombros.

– Só porque ele conhecia uns bacanas, não investigaram.

– Do que você está falando?

– Do óbvio, ué. Ele era unha e carne com a realeza, e por isso a polícia resolveu não investigar.

– Você está dizendo que ele não se matou com um tiro, sem mais nem menos?

Eva negou com a cabeça.

O maqueiro mais velho encolheu os ombros, deu uma última tragada e deixou que a fumaça lhe saísse dos lábios junto com três palavras:

– Hans Jørgen Hansen.

– Hans Jørgen Hansen? – repetiu Eva.

– Você perguntou o nome do legista que fez a autópsia.

A ruiva da recepção nem levantou os olhos quando Eva se dirigiu a ela.

– Eu trouxe uma coisa para o dr. Hans Jørgen.

– Pode deixar aqui – disse a mulher.

– Tenho que entregar pessoalmente.

A ruiva enfim ergueu a vista.

– Hoje ele não vem.

– Você sabe o endereço dele?

– Qual é o assunto?

– É coisa urgente.

A mulher balançou negativamente a cabeça.

– Não damos informações sobre funcionários – disse, e atendeu ao telefone, que tinha começado a tocar.

Na internet, havia um monte de coisas sobre Hans Jørgen Hansen: tinha comparecido recentemente a uma conferência em Washington, organizada pelo FBI; era considerado um dos maiores peritos em ferimento a bala; dominava os métodos mais avançados de escaneamento a laser e autópsia da íris. No semanário da Associação Médica Dinamarquesa, Eva encontrou inúmeros artigos, mas nenhum endereço. Nas Páginas Amarelas, porém, descobriu que havia quinze Hans Jørgen Hansen na Zelândia, dois deles em Copenhague. Mas era no distrito de Nørrebro, e Eva logo os descartou, porque um legista de renome ganharia o bastante para dar-se ao luxo de morar em vizinhança melhor. Depois se lembrou do que tinha dito Lagerkvist, das velhas listas telefônicas e dos registros cartoriais, de tudo o que ela já devia ter sabido, mas ainda desconhecia por completo. Havia três Hans Jørgen Hansen na região da Zelândia do Norte, e dois deles tinham preferido não divulgar o número telefônico. Andando pelo distrito de Østerbro, achou uma cabine telefônica e ligou para aquele cujo número era público. Era um professor aposentado. Eva depois procurou vizinhos daqueles dois cujo número era sigiloso. Alô, boa tarde, seu vizinho por acaso não seria o dr. Hans Jørgen Hansen? De onde a senhorita é mesmo? Da Interflora? Um buquê, é isso? Sim, de fato, o vizinho é médico no Hospital Nacional. Um babaca arrogante, acrescentou o vizinho. Não, de jeito nenhum vocês podem deixar o buquê aqui até esse Hansen chegar em casa.

Mal disse isso, o vizinho desligou.

Clube de Tênis de Hellerup, Grande Copenhague – 17h05

Não sem certo orgulho, Eva desceu do ônibus e percorreu os últimos quinhentos metros até as quadras de tênis. Por mais que aquilo fosse café-pequeno e que ela não tivesse conseguido nenhuma entrevista exclusiva, Eva tinha triunfado. Não fizera tudo por telefone, como Lagerkvist disse que jamais deveria proceder. Tinha saído a campo, encontrado algo que a polícia não vira e localizado o legista – ele estava no clube de tênis, disse a filha quando Eva apareceu na casa deles. A filha também contou que o pai dirigia um Mercedes Coupé prata. Eva logo achou o carro no estacionamento e resolveu esperar Hans Jørgen ali, em vez de sair procurando por ele na metade do terceiro *set*.

Esperou um bom tempo, sentada no meio-fio ao sol de primavera, ouvindo o som meio enervante da bola contra as raquetes. Ao se sentar ali, Martin apareceu de imediato em seus pensamentos. Sempre acontecia isso quando Eva ficava parada sem fazer nada. Precisava manter-se em movimento, pensou, tinha que estar em constante movimento. Como diziam, "deve-se afastar a tristeza com o esporte e o trabalho".

– Vê se descansa, Hans Jørgen.

– A gente se vê, velho.

Eva levantou os olhos. Hans Jørgen deu um rápido abraço no amigo antes de jogar a sacola esportiva no porta-malas. Eva se pôs de pé. Precisava alcançá-lo antes que ele entrasse no carro, pensou. O carro era um baluarte, um lugar de onde se podia subir a janela, essa espécie de ponte levadiça, quando não se queria continuar falando.

– Hans Jørgen Hansen?

O homem olhou para trás. Estava com a porta aberta, prestes a entrar no carro.

– Eu conheço você? – perguntou, em tom autoritário. O cabelo, grisalho e curto, ainda estava úmido da chuveirada no clube.

– Sua filha me disse que eu o encontraria aqui.

Eva se deu conta de que o parceiro de tênis de Hans Jørgen os olhava com curiosidade, matutando quem seria aquela moça.

– Do que se trata?

– Tem cinco minutos?

– Para quê?

– Para conversar sobre Christian Brix.

Por um instante, Hans Jørgen pareceu desorientado; precisava de um momento para se ressituar e se refazer.

– Quem é você? É alguma jornalista?

Eva olhou para trás. O parceiro de quadra não fazia nenhum esforço para esconder a curiosidade.

– Tem algum lugar onde a gente possa conversar? – perguntou Eva.

– Antes eu quero saber com quem estou falando.

– Meu nome é Eva. Sim, sou jornalista.

– Acho muito inoportuno alguém vir aqui para falar de uma coisa que tem a ver com trabalho – disse o médico, cortante. – Meu lazer é sagrado. Você pode ir ao Departamento de Medicina Legal no horário de atendimento.

Já ia se enfiar no carro quando Eva o pegou pelo braço.

– Brix não se matou – ela disse.

Ele a encarou.

– Está tudo bem, Hans Jørgen? – perguntou o amigo, de longe.

Hans Jørgen respondeu primeiro com um aceno, depois com um sorriso e enfim com palavras:

– Está tudo ótimo! A gente se vê quinta-feira.

Hans Jørgen Hansen olhou para Eva. Era agora ou nunca. Teria de ganhá-lo com o que sabia. "Você tem só uma chance."

– Morreu antes de ter mandado o tal torpedo.

– Não estou entendendo.

– Alguns minutos antes do momento em que ele teria se suicidado, o sobrinho de Brix já estava dizendo que tinham matado o tio.

Hans Jørgen Hansen olhou para ela. Ia dizer alguma coisa, mas mudou de ideia.

– E como é que você sabe uma coisa dessas? – ele perguntou.

Eva ponderou se devia contar a verdade ou mentir alegando que tinha ficado sabendo por alguma professorinha. A boca tomou a decisão por Eva.

– Porque eu trabalhava na creche onde deixam o sobrinho de Brix. Tenho diploma de jornalista, fui redatora do *Berlingske* até o meu noivo morrer na explosão de uma mina, no Afeganistão.

– Sinto muito.

Eva o ignorou.

– Fiquei uns meses bem abatida, para dizer o mínimo – continuou. – Ainda por cima sofri com a crise financeira, perdi o emprego, acabei no programa de reinserção de mão de obra. Mas é a vida, não vim aqui para falar disso. Vim só para dizer que o Malte, o sobrinho de Christian Brix, sabia do assassinato antes de Brix, ou quem quer que fosse, ter mandado o torpedo. – Parou de falar. Eva tinha mais coisas guardadas no arsenal, mas precisava dar a ele a chance de lhe fazer perguntas.

– O que você quer de mim?

– Naquela manhã, mandaram o corpo dele para você?

– Mandaram. A quem eu estou dando declarações?

– Você está falando comigo, Eva. Extraoficialmente.

– Declaração absolutamente anônima? Nada de colocar o meu nome, em lugar nenhum?

– Dou a minha palavra.

Hans Jørgen Hansen hesitou. Ficou olhando para ela. Ponderou se apenas a palavra de Eva bastava.

– Não me deram quase tempo nenhum.

– Do que você está falando?

– Logo depois que trouxeram o corpo, a irmã apareceu com alguém.

– E isso costuma acontecer? Os familiares aparecem assim, sem mais nem menos, no Departamento de Medicina Legal?

– Na verdade, não.

– Acontece com que frequência?

– Mais ou menos nunca.

– E o que aconteceu então?

– A polícia também veio.

– À... à sala de autópsia?

– Nós chamamos de sala de dissecação. Não. Eu me reuni com eles no meu escritório. A polícia disse que já era caso encerrado.

– Quem da polícia?

Ele deu de ombros.

– Juncker? – perguntou Eva. – Jens Juncker?

– É, esse aí.

– E o que aconteceu? O que ele disse?

– Queriam que o corpo fosse liberado quanto antes. Era a vontade da família. Porém, fiz o meu trabalho. Não me impediram, mas...

– Mas?

Hans Jørgen Hansen pensou.

– É possível que tenha havido certa pressão subjacente. E depois o celular dele tocou.

– De Juncker?

– É, enquanto estávamos conversando. Depois de ter atendido, ele ficou parecendo um cachorrinho que tivesse levado bronca. De repente, era ainda mais importante que liberássemos o corpo. Não que isso tenha influenciado o meu trabalho. Fizemos o que tínhamos que fazer, direitinho. Calculamos o ângulo de disparo, coletamos sangue, essas coisas. Do jeito que fazemos sempre.

– Mas vocês poderiam ter feito mais?

– Poderíamos, se a polícia tivesse suspeitas fundamentadas. É claro que, se tivesse sido desse outro jeito, teríamos ficado semanas olhando e revirando o corpo. Mas fazer autópsia é caro, e só quando pedem é que executamos todos os procedimentos possíveis.

– E você ficou surpreso por não terem pedido?

Ele refletiu sobre aquilo e acabou soltando a porta do carro.

– Qual teria sido o procedimento habitual? – pergunta Eva.

– Quando existe suspeita de homicídio?

– Isso.

– Aí, sempre é preciso que o corpo passe pela mesa de dissecação. Uma autópsia de cabo a rabo. Exame de sangue, de tecido, o toxicológico, fraturas, hematomas, arranhões, lesões no cérebro. Tudo, enfim, que possa levantar dados sobre a causa da morte.

– Mas daquela vez não.

– Não.

Eva tomou fôlego.

– Meu colega do *Ekstra Bladet*, Rico Jacobsen, me deu uma mão no começo desse caso. Eu fiz algo que não devia. Furtei o telefone da irmã de Brix. Queria dar uma olhada no tal torpedo que Brix mandou pouco antes da morte, mas o aparelho estava bloqueado. Aí o Rico concordou em desbloquear para mim. Ele estava com o celular no apartamento dele. Logo depois...

– Ele morreu – disse o legista, que já era um homem de meia-idade.

– Você soube?

– Eu fiz a autópsia. A polícia disse que tinha sido coisa de gangue. De alguém que queria se vingar de algo que ele tinha publicado.

– É possível. O caso do Rico com as gangues de motoqueiros já faz vários anos. Você já sabe o que eu penso.

– *Enlighten me* – disse, com sotaque de classe alta inglesa. "Explique-me."

– O que é mais provável? Que o Rico morreu porque escrevia sobre motoqueiros? Ou porque tentou desbloquear o celular da dama de companhia? Na mesma noite em que dei o aparelho para ele, dois homens entraram na minha casa e me fizeram isto.

Eva afastou o lenço do pescoço. O médico, sem mexer nem um centímetro sequer a cabeça, passeou com o olhar pelas marcas.

– Eles me amarraram – disse Eva. – Vasculharam minha casa toda.

O legista se aproximou.

– Talvez não devêssemos ficar conversando aqui. Você veio de carro?

Clube Náutico de Hellerup – 17h35

Eva desceu do ônibus no primeiro ponto da Strandvejen,* tal como tinham combinado. Era preferível não irem juntos, ele tinha dito. "Se é verdade o que você diz, não vai fazer mal tomarmos cuidado." Viu o Mercedes prata parado em frente à cafeteria, tal como ele tinha dito que faria. O homem deu a partida e se dirigiu para o porto. Ela o seguiu; atravessou a via e pegou o mesmo caminho. De repente, um pensamento a assaltou: o legista era um deles. Por um instante, essa simples ideia afetou a respiração de Eva. Seria possível que estivesse a ponto de cair numa armadilha? O homem estacionou na marina. Eva hesitou. Tinham combinado que se encontrariam no barco dele. Ela imaginou que lhe dariam uma pancada, para deixá-la inconsciente, e depois a amarrariam a alguma coisa pesada – uma âncora? – e a jogariam na água turva do porto. Afinal, o que sabia realmente sobre Hans Jørgen Hansen? Que era o legista que estava de serviço na manhã em que trasladaram o corpo de Brix. Mais alguma coisa? Não. A verdade era que Eva não sabia nada sobre o inimigo.

– "Conhece o teu inimigo" – disse para si mesma.

Como Martin tinha explicado, se não entendemos quem é o inimigo, vamos perder a guerra, e Eva não sabia nada sobre o adversário.

O homem já havia saído do carro e lhe fazia discretamente sinais. "Siga-me!", diziam os gestos. "Aqui, no meu barco, estamos a salvo." Eva olhou por cima do ombro. Pelo que conseguia verificar, ninguém a tinha seguido. Entretanto, ao

---

* Em dinamarquês, Estrada da Praia. (N. do T.)

entrar no carro, logo depois de terem combinado que Eva iria de ônibus, ele tinha pegado o celular. Para quem teria ligado? Deveria ter investigado o legista mais a fundo antes de ir até ele. Lagerkvist lhe teria dado razão nisso. "Quem é o adversário? De que loja maçônica e conselhos de administração ele é membro? Qual o passado dele? Foi militar?"

Tornou a olhar por cima do ombro enquanto o seguia pela passarela. Haveria alguém no encalço de Eva, talvez no barco? Estariam esperando por ela?

– Bem-vinda a bordo – disse Hans Jørgen. Estava no convés e lhe estendia a mão.

– Para quem você telefonou?

– Do que você está falando?

– Quando entrou no carro.

Ele a olhou com frieza, irritado.

– Preciso ter certeza – ela disse. – Eles andam muito perto de mim.

– Você acha que eu tenho parte nisso tudo?

Um ruído de desdém saiu pelo nariz de Hans Jørgen.

– Não sei mais o que achar.

– Mas então por que você me procurou se...?

– Para quem você telefonou? – disse Eva, interrompendo-o.

– Para a minha filha. Mas, ora, se foi você quem entrou em contato comigo!

– Posso ver seu celular?

Ele olhou para Eva, ponderou o pedido e acabou esboçando um sorriso (o que surpreendeu Eva) antes de tirar o Blackberry do bolso. Duas chamadas perdidas. Última discagem: para Katrine.

– Satisfeita?

Ela o encarou. Estavam dentro da cabine. Pela primeira vez desde que tinha conhecido o legista, via nele alguma coisa de infantil, uma alegria especial. Eva olhou em torno e compreendeu o motivo: estavam no santuário de Hans Jørgen, o lugar que melhor o representava. Cartas náuticas emolduradas, talvez muito antigas, sonhos aventurosos de dar a volta ao mundo de veleiro, belos móveis embutidos que eram do mesmo mogno do convés.

– Que baita navio! – disse Eva, antes de se corrigir: – Barco. Eu quis dizer barco.

Ele assentiu.

– Sente-se. Você toma uma cerveja?

– Tomo, sim, obrigada.

Ele abriu a geladeira, e Eva abriu a bolsa. Deixou na mesa os três saquinhos plásticos. Hans Jørgen abriu as garrafas de costas para Eva, virou-se e olhou primeiro para ela, depois para os saquinhos.

– Pedaços de crânio – disse Eva.

Ele deixou as duas garrafas na mesa. Eva não viu nenhum sinal de surpresa em seu rosto.

– Você...?

– Topei com três meninos na mata onde Brix morreu. Estavam juntando isso como se fossem peças de Lego.

– E você tem certeza de que são?

Eva assentiu e disse:

– Não precisa ser legista para confirmar.

– São quantos?

– Não sei. Nem mexi neles. Em quantos pedaços o crânio se parte quando a gente dá um tiro na própria cabeça?

Ele deu de ombros e brincou com o rótulo da cerveja.

– Não dá para dizer. Três. Dez. Uns cem, talvez. Depende de muita coisa.

– E quando é espingarda de caça?

– Dessa distância, não dá tempo para que o chumbo se disperse. Imagine que caia uma bola de vidro, por exemplo. Às vezes, ela se parte em dois pedaços. Outras vezes, quase se pulveriza. É a mesma coisa com isso.

– Você poderia analisar os pedaços para mim? Ver se há algo que...

– Posso perguntar uma coisa? – ele disse, interrompendo-a.

Eva olhou para ele. No olhar de Hans Jørgen havia algo que não lhe agradava.

– Por que você está fazendo isso? – ele quis saber.

– Porque alguma coisa não se encaixa.

– Mas por que logo você? Afinal, nem os conhece. Você não conhecia Christian Brix. Para você, não é mais que um óbito suspeito. E esses existem de sobra.

A sensação de mal-estar aumentou. Eva não sabia o que dizer.

– Como já contei, perdi meu noivo no Afeganistão. Perdi tudo. A casa, as economias, o amor... tudo.

– E agora você acha que luta para... Luta para quê? Para vingar seu noivo?

Eva deu de ombros. De repente, caiu em si e percebeu que estava dentro de um barco. Não tinha terra firme debaixo dos pés. Tinha vontade de sair. Tinha também vontade de dizer alguma coisa, de dar uma explicação. De dizer, por exemplo, que não sentia que estava lutando contra os que tinham matado

Martin. Não contra os talibãs. Até porque eles não eram mais que guerreiros primitivos que lutavam contra uma potência de ocupação, e isso era compreensível. Não, ela lutava contra algo maior, um sistema. Contra os que tinham mandado Martin para lá. Era contra esses que Eva lutava. Contra os que tinham enganado Martin para que ele acreditasse que lutava por uma boa causa, por tudo o que eles representavam. A retórica pomposa de que havia uma verdade superior às outras. De que ele estava do lado certo. Deus, a monarquia, a pátria – isso tudo, ombro a ombro, atuando com força prodigiosa na eterna busca da liberdade. Assim estava Martin quando voou pelos ares. Assim estava ele, no meio do deserto, arrebentado até ficar irreconhecível. Lá, junto com a Dinamarca oficial e com tudo o que se julgava representante da segurança, da verdade, da igualdade. Eva teria gostado de dizer isso, mas não disse nada, nem uma única palavra.

– E por que *você* faz o que faz? – ela enfim perguntou. – Você também não conhece quem, entra dia, sai dia, aparece na mesa de autópsia.

– Sinceramente?

– Se possível.

– Foi puro acaso. Meu pai era médico, então virei médico também. Mas eu sabia que não queria trabalhar com clínica geral, nem com nada disso.

– Melhor os mortos que os vivos?

– Eles pelo menos não reclamam – disse Hans Jørgen, e, como se tivesse se cansado da conversa, pegou um dos saquinhos. Examinou-o por um momento. – É incrível que tenham andado por aí catando pedaços de crânio. Uma brincadeira meio macabra.

– Talvez haja um futuro legista ali entre os meninos.

Ele deu uma gargalhada e deixou a garrafa na mesa. Abriu o saquinho e o esvaziou. Como quem estava muito acostumado, ficou um tempo com um pedaço de crânio na mão.

– Como faço para entrar em contato com você? – ele perguntou por fim.

Hospital Nacional, Copenhague – 19h12

Acordou. Esticou o braço para agarrar alguém, mas deparou com um travesseiro e o cateter do líquido intravenoso. Que horas seriam? Era noite; ainda não havia luz lá fora. Ele tinha sido anestesiado com alguma coisa. Não conseguia pensar com clareza. Era por causa da mentira que tinha contado sobre as coisas a que seria alérgico – os analgésicos e a penicilina. O médico tinha concluído que Marcus estava confuso, que era preciso sedá-lo para dar descanso ao corpo. É, o médico o acompanhou até o quarto. Disse que Marcus estava atordoado com o impacto na cabeça. Marcus deitou na cama ao mesmo tempo que ficava repetindo para si mesmo a senha. Depois fechou brevemente os olhos. Dormiu? O médico devia ter injetado alguma coisa no líquido intravenoso. Tal qual o tio de Hamlet, que derramou veneno no ouvido do irmão, o rei, enquanto este dormia. Do contrário, Marcus não estaria agora tão... grogue.

Eva.

Por que Eva?

Não fazia diferença. Não havia lógica. Mas acontecia alguma coisa com Marcus quando ele respirava, como se Eva fosse o ar. Surgiram-lhe três letras e três dígitos. RIG363.

– Vamos lá, soldado – sussurrou. Estava perto. Era o melhor espião de todos. "Melhor que o resto da tropa", pensou, e tentou equilibrar-se nos pés enquanto se convencia da própria grandeza. Os outros... não faziam nada mais que ficar olhando para telas de monitor. Vigilância. Trane. Babaca. Logo, logo Marcus o colocaria no devido lugar. Logo, logo Trane veria só. Se Marcus não tinha matado Eva, então não deixaria ninguém matá-la. É, precisava salvá-la. Era o que queria. Queria salvar Eva Katz. Por vingança? Queria vingar-se de Trane? Por isso Eva estava no ar, nos pulmões de Marcus?

Distrito de Vesterbro, Copenhague – 20h30

Não era nenhum cibercafé, era mais uma *lan house*, mas naquele momento tinha de se contentar com o que havia. Além disso, era barato. Um sorriso para o homem com cara de indiano que estava atrás do balcão já havia bastado, coisa que ele mesmo afirmou a Eva, junto com a oferta de uma xícara de café.

Estava inclinada sobre o computador do canto, vigiando incessantemente o salão à procura de ameaças em potencial. Prestava atenção sobretudo à porta. Quem entrava? Caras com jeito de militar? Alguém que pudesse ameaçá-la? A única coisa que viu foram crianças e adolescentes que jogavam videogame e bebiam Coca-Cola.

Uma pergunta não parava de atormentá-la. Teria deixado algum rastro? Não, disso tinha quase certeza. Mas não se atrevia a comprar outro celular, mesmo se não o registrasse em lugar nenhum. Quando ligasse para alguém – o pai, o legista, qualquer um –, ficaria vulnerável. Talvez tivessem grampeado todos os números para os quais Eva poderia eventualmente chamar. Em todo caso, tinha medo disso. Se houvessem mesmo grampeado os conhecidos, rastreariam qualquer novo celular e a própria Eva, como tinham feito da última vez, quando ligou o carregador na tomada do hotel. Eles. Quem quer que fossem. Não, ficaria longe de celulares. Nada de deixar pistas eletrônicas que levassem a ela. Mas precisava saber mais a respeito dos inimigos. Quantos eram? Dois ou mais? Que força eles tinham? Talvez fosse o caso de se expor um pouquinho, obrigando-os a mostrar a cara. E depois o quê?

– Leite e açúcar? – perguntou o indiano, e levantou uma xícara de plástico.

– Sim, obrigada – disse Eva.

O lugar estava praticamente às escuras. Eva olhou fixamente para o monitor e tratou de se concentrar.

– Muito bem – pensou em voz alta. – O auxiliar de Rico.

O que Rico tinha mesmo dito? Que descobrira uma coisa bem grande. Mais: que tinha a ajuda de um auxiliar devotado. Eva se lembrava do adjetivo porque havia soado esquisito, antiquado, na boca de Rico. Será que esse devotado auxiliar sabia algo a respeito dos inimigos de Eva?

Facebook – fonte inesgotável de dados pessoais. Quem somos. Quem gostaríamos de ser. Onde estamos. Quem conhecemos. A Receita usava o Facebook. A polícia também, e as autoridades que iam atrás de quem fraudava o auxílio-desemprego. O Facebook era ajuda inestimável também para os jornalistas. Por mais que Lagerkvist achasse o contrário, eles agora descobriam em minutos o que antes exigia três dias de esforço.

Eva entrou no perfil de Rico no Facebook. Quatrocentos e cinquenta e cinco amigos. Ele tinha estudado jornalismo em Århus. "Nossa, que surpresa", pensou Eva, sarcástica, e retomou a busca. Trabalhava no *Ekstra Bladet* desde 2005. "Curtia" um monte de coisas, entre elas Bruce Springsteen, o Liverpool Football Club, o sindicato nacional dos jornalistas, a revista *Ræson*, o Clube Enológico de Copenhague, James Ellroy, John Fante, a casa editorial Ekstra Bladets e a organização não governamental Save the Children. Havia bem poucas fotos. Eva as examinou. Numa, Rico aparecia numa praia exótica de Chetumal, onde quer que ficasse isso. Talvez no México? Algumas fotos do clube de vinho, em que se via Rico bebendo junto a uma mesa comprida, com outras seis pessoas.

"Muito bem", pensou, e clicou na lista de quatrocentos e cinquenta e cinco amigos. Seria o auxiliar de Rico um deles? Talvez. Provavelmente. Eva olhou para aquela lista de tantos nomes. Já podia descartar alguns? Não tinha certeza, mas acabou se convencendo de que era pouco factível que o auxiliar estivesse entre os amigos de mais de sessenta anos. Provavelmente também entre os de menos de vinte e cinco. Não tinha nenhuma pista sobre o resto. Sim, "devotado". Um auxiliar devotado. Só podia ser mulher. Eva tinha certeza disso. E era mais que uma auxiliar. Do contrário, Rico nunca teria usado aquele adjetivo. Amante? Namorada? Uma simples recontagem indicou que trezentas e doze das amizades de Rico no Facebook eram homens. Esse filtro reduziu consideravelmente a busca. Quanto às amizades femininas, pôde descartar mais de um terço pela idade. Eva não acreditava que Rico tivesse amantes de mais de cinquenta anos, e umas vinte e cinco garotas eram novas demais. Sobravam quantas mulheres? Eva examinou seus rostos. Já tinha visto várias delas. Eram jornalistas conhecidas, da TV e dos veículos impressos. Também descartou as que arruinariam a própria carreira se fossem flagradas fazendo algo ilegal. O que mais deveria levar em conta? É, a aparência. Resolveu que, pura e simplesmente, Rico não acharia algumas atraentes o bastante. Outras não eram do tipo de mulher disposta a ter relações com ele. Restavam então dezesseis. Eva olhou bem as fotos, entrou nos perfis, tentou imaginá-las com Rico. Descartou mais duas. Sobravam catorze. Onde moravam? Cinco delas na Jutlândia: três em Århus, uma em Ålborg, outra numa cidade menor. Teria Rico um relacionamento com uma garota que morasse assim longe? Não, seria complicado demais. O mesmo para a que morava numa cidade pequena da ilha da Fiônia. Tinham ficado oito. Eva sentiu a tensão no corpo. Estava chegando perto. Realmente confiava em seu método. Claro, podia ter-se equivocado em alguns aspectos; mas não acreditava nisso. Oito mulheres, com idade de vinte e quatro a quarenta e sete anos. Todas da região metropolitana de Copenhague, todas com um físico e um perfil que faziam Eva poder imaginá-las como amantes de Rico. Anotou os oito nomes em ordem alfabética, de Abelone a Vibeke.

Deu busca no Google. Abelone Ørum. Havia só uma com esse nome em Copenhague, chef num restaurante de frutos do mar em Frederiksberg. Não era o perfil mais evidente de perita em telefonia móvel. A seguinte: Anna Brink. Advogada. Trabalhava na Universidade Técnica da Dinamarca. Talvez. Próxima: Beatrice Bendixen. Nada. Erika...

Eva hesitou. Beatrice Bendixen. O nome resistia a sair de sua cabeça. Seria alguém que conhecia? Da faculdade? Beatrice Bendixen. Não, nada disso. Tinha quase certeza.

O clube de vinho. Por que se lembrava disso agora? Nas fotos do clube... Voltou a entrar no perfil de Rico, olhou outra vez as fotos. Achou a dos seis amantes da bebida ao redor da mesa. Passou o cursor pela foto para que aparecessem os nomes das pessoas. Beatrice Bendixen. Lá estava. Teria visto o nome da última vez? Talvez. Não se lembrava. Mas o nome por certo se fixou no inconsciente de Eva. E por quê? Olhou para a foto apenas um instante e já soube a resposta: porque os dois se entreolhavam. Rico e Beatrice. Contato visual. Não um olhar qualquer. Havia algo ali. Paixão? Atração? Não dava para descartar isso. Principalmente nela, pelo olhar, pela maneira como inclinava de leve a cabeça. Beatrice sentia admiração por ela. Era bonita: cabelo longo e negro, maçãs do rosto saltadas, pele lisa e delicada que a fazia parecer mais jovem. Eva a localizou no Facebook. Ensino médio no Christianshavns Gymnasium, Copenhague; formada em 1990. Morava no centro da capital. Casada com Jørn Albæk. Nada sobre o trabalho de Beatrice. Nada que pudesse justificar que sabia alguma coisa de telefonia móvel. "Merda!", pensou. Nada. Nada além de uma aparência vistosa e... Jørn Albæk. Eva deu busca no Google. Empreiteiro. Dois anos antes dera uma entrevista para uma revista de empresa. Estava em PDF. Eva leu a matéria por alto. Ele tentava conciliar a vida familiar com a ausência de duzentos dias por ano na Malásia e em Cingapura. "A chave é confiança e respeito", dizia o título. "*Duzentos dias*", pensou Eva. Mais de metade do ano longe da bela esposa, que passava algumas noites no clube de vinho com Rico.

Eva pressentia. Havia alguma coisa ali. O último resquício de dúvida se foi quando achou a página de Beatrice no LinkedIn. "Trabalha na operadora de telefonia TDC."

Hospital Nacional, Copenhague – 22h30

Marcus parou um instante e esfregou o rosto. Sentia-se atordoado, num mundo pouco nítido e cheio de medicamentos, com as substâncias que tinham injetado nele e que lhe embotavam os sentidos. Sua mão sangrava, ali onde haviam introduzido o cateter, antes de Marcus tê-lo arrancado.

– RIG363 – murmurou. Sabia o que precisava fazer: chegar à porta e abri-la, empurrando-a, não com o pé, que doía, mas com o ombro. Sentar em frente ao computador. Achá-la.

– Você não deveria estar deitado?

De onde ela havia saído? De repente, estava ali. Sorridente, amável, mas com um olhar que exigia resposta.

– Eu só queria...

– Agora eu o ajudo a voltar para o quarto – disse a enfermeira desconhecida, e se aproximou dele.

– Eu consigo fazer isso sozinho. Só queria esticar as pernas.

– Agora você tem que dormir – ela insistiu. – Em que quarto você está?

– Lá, lá – respondeu Marcus, e fez um gesto com a cabeça para mais adiante no corredor, onde estava a sala com o computador. – Logo ali.

– E acha que consegue?

– Consigo, sim.

– Pois muito bem. Boa noite, então – disse a enfermeira, e o seguiu com o olhar durante os longos segundos em que Marcus se concentrou em caminhar do modo mais normal possível, sem demonstrar nenhum sinal de dor nem de confusão, pensando que precisava ir embora de lá, que tinha de sumir o quanto antes.

Marcus prestou atenção aos passos da enfermeira. Lentamente, foram ficando abafados, até sumirem. Marcus não se voltou; continuou avançando para a fresta de luz.

Porta entreaberta. Mudança de cenário. Abriu, entrou na sala administrativa, ficou um instante sem saber muito bem por que estava ali. Pensou: "RIG363". Tornou a recordar aquilo, repetidas vezes, e depois se aproximou do computador, que estava ligado; talvez fosse a única luz ali dentro, uma tela, uma janela, um lugar por onde olhar, para poder ver, para ver onde Eva estava e salvá-la. Sentou em frente ao monitor. Senha. Digitou "RIG363". Teclou Enter, e... nada. Por quê? O que faltava? O nome de administrador. Qual? Quatro letras. Quatro espaços que piscavam, um coração que disparava. Era o dele próprio? Dava para ouvir. Via os espaços vazios. Caracteres que faltavam. Ou números. Não, letras; talvez iniciais de nome? Não; não havia o usual, que eram apenas duas; ali, estavam pedindo quatro. Olhou em volta. Nada. Saiu da sala. Deu uma rápida olhada no letreiro da porta. "Johannes Frausing, médico-chefe." Marcus tornou a entrar. Johannes Frausing. Marcus pensou nas senhas e nos códigos de identificação que tinham todos os soldados do Exército dinamarquês. Sempre se compunham das duas primeiras letras do primeiro nome e do sobrenome. Digitou JOFR nos quatro espaços vazios debaixo da senha, deu Enter e esperou. E, diante de seus olhos, abriu-se um mundo novo. "*Outro* mundo novo", pensou. Os pacientes, seus históricos. Só faltava clicar para entrar.

"Número de identidade." "Nome." Não sabia o número de Eva. Teria de se virar com o nome, pouco usual. Digitou e, nesse instante, pareceu que nunca tinha ouvido nome mais belo: Eva Katz.

Histórico clínico breve, lacônico. Em algum momento da década de 90, tinham feito checape ginecológico preventivo, para descartar alterações celulares. Receita de anticoncepcional. Aquilo não importava; Marcus não tinha que escrever a biografia de Eva. Agora, o presente. Marcas de estrangulamento. Lesões por golpes em várias partes do corpo. Violência. Mais abaixo: tratada pelo dr. Boris Munck. O médico que a tinha assistido, o médico que tinha visto com quem Eva estava, a mulher que a escondia. Essa mulher a tinha acolhido em casa? Sim, era provável. E era quem Marcus precisava encontrar. Mas antes precisava achar Boris Munck, falar com ele, conseguir que falasse.

Distrito de Amager, Copenhague – 23h07

Era arriscado, mas necessário. Ela avançava às cegas, tateando – precisava tirá-los da toca. O plano era esse. Saber se estavam muito perto. Saber que força tinham, quantos ela estava enfrentando. *Conhece o teu inimigo*. Tudo aquilo de que Martin falava. O caixa eletrônico ficava na esquina da Amagerbrogade com o Amager Boulevard e tinha sido escolhido judiciosamente; seria o instrumento de Eva para colocar à prova o poder e os conhecimentos do inimigo. Sabia que eles conseguiam rastrear celulares. Mas hoje em dia há muita gente que consegue. Lagerkvist tinha falado de Rupert Murdoch, o magnata australiano da mídia. Os jornalistas dos veículos de Murdoch tinham feito escutas telefônicas, até grampeado os telefones da família real britânica. Atualmente, aquilo era café-pequeno. Será que os inimigos de Eva tinham acesso a algo mais? Às câmeras de vigilância nas ruas? Aos dados de cartão de crédito? Coisas assim?

Passou em frente ao Christianshavns Vold, a muralha de terra que antigamente servia de defesa para Copenhague e que agora era área verde. Viu as silhuetas escuras das árvores, a superfície oleaginosa do lago. Seu lugar seria ali. Era ali que Eva pretendia instalar-se, camuflada pela escuridão, num ponto entre as árvores com vista para o bulevar. Imaginou que eles viriam do centro da cidade. Se é que viriam.

Uma garota loira sacava dinheiro no caixa. Eva não queria arriscar-se a envolver a moça naquilo. Assim, esperou pacientemente que ela sumisse de vista e só então tirou a peruca e foi inserir o cartão.

Ouviu-se um estalido quando o caixa eletrônico aceitou o cartão. Eva sacou duzentas coroas e as colocou no bolso. Tinha procurado ficar bem em frente à tela do caixa, à luz da via pública, inclinando ligeiramente a cabeça para uma câmera de vigilância. Permaneceu assim uns dez segundos, com o rosto voltado para a câmera, enquanto colocava o dinheiro e o MasterCard no bolso. "Muito bem", pensou. Deveria bastar. Naquele momento, se podiam mesmo vê-la, já tinham feito isso. Era hora de Eva fazer outra coisa – sair dali o quanto antes.

Começou a correr por onde tinha vindo, em direção à muralha de terra. Não levou mais que dois minutos. Enfiou-se entre as árvores. Ofegante, ficou à espera. Quase de imediato, percebeu que o lugar era ruim. E perigoso. Se quisesse ter boa visão da esquina, correria o risco de pôr-se a descoberto. Uma cena pavorosa lhe passou pela cabeça: eles a perseguiam no parque, a alcançavam em algum lugar, no escuro, e não havia ninguém que pudesse ouvir os gritos. Uma bala na cabeça, seu corpo afundando nas águas barrentas do lago. Sumindo de vez.

Outra possibilidade se elevava para o céu. Ali em frente ficava o SAS Hotel, ainda um dos edifícios mais altos de Copenhague. Por que não tinha pensado nisso antes? O bar na cobertura. Já havia estado lá. Em outra vida. É, dali faria a tocaia. Seu posto de observação.

Cruzou a rua e depois o estacionamento do hotel, rumo à entrada. O presidente da China tinha recentemente se hospedado lá. Ao que parecia, tinha ficado com um andar inteiro para si. Eva não precisava de um andar todo; bastava um lugar de onde vigiar. Entrou arfando no saguão. Um mundo de espelhos, vidro e aço. Todos os recepcionistas se pareciam e sorriram mecanicamente quando entrou no elevador e apertou o botão do vigésimo quinto andar. Poucos segundos depois, entrou no restaurante The Dining Room, a versão de Copenhague do antigo Windows on the World, que ficava na torre norte do World Trade Center, antes que ele viesse abaixo. Gente bonita ao redor. Roupas caras, colágeno nos lábios, mãos cuidadas, uma mistura de muitos perfumes. Aproximou-se da janela e olhou para fora. Um garçom que estava tirando a mesa ao lado perguntou se Eva queria tomar alguma coisa.

– Por enquanto – disse Eva –, quero só curtir esta vista um pouquinho.

– Mas é claro.

Diante de seus olhos, estendia-se a versão ao vivo do Google Earth. Faltava apenas a função *zoom*. O céu estava completamente limpo. A lua estava muito baixa, e o céu não conseguia se decidir entre o azul-escuro e o negro. Eva olhou para a rua, procurando seus inimigos (se é que ainda continuavam lá), os carros que passavam pelo Amager Boulevard. O que havia para ver não era grande coisa. Eva os tinha superestimado. Antes isso que o contrário, disse a si mesma. Claro que não tinham acesso àqueles recursos de vigilância. Só a polícia tinha. Foi o que ela teve tempo de pensar antes de ver uns vidros escurecidos. Apesar da grande distância, não teve dúvida nenhuma. Preto, ameaçador, o carro pareceu deslizar furtivamente pela ponte de Langebro. Parecia a Eva um réptil ou a sombra de um tubarão que nadava logo abaixo da superfície, rumando fixamente para a presa. Um instante depois, apareceu outro vindo da direção contrária, em alta velocidade, ultrapassando os demais veículos. Pararam em frente ao banco. Eva os viu descer dos carros. A visão estava meio borrada, mas era nítida o bastante para saber que eram eles. Em cada carro, eram três, três sombras. Talvez estivessem discutindo o que fazer. "O que foi feito dela?", deviam estar pensando. "Se vocês três forem pela Amagerbrogade, pegamos o caminho do centro." É, voltaram a entrar nos carros. Refizeram o trajeto de Eva rumo a... ela?! Sabiam onde estava?! Eva olhou para o elevador. Como poderia descer? Havia escadas também? Ou a única opção era mesmo o elevador? "Não, calma", pensou, e repassou mentalmente a chegada ao hotel. Os recepcionistas? Eram parte da maquinação? Não, impossível. Alguém mais podia tê-la visto? As câmeras?

No entanto, os carros passaram direto. Cruzaram a Ponte Langebro no sentido centro. Enquanto Eva descia de elevador, voltou a pensar em tubarões. Agora sabia que estavam lá, logo abaixo da superfície. Era questão de não deixar mais sangue na água.

Abrigo de mulheres – 23h59

Havia alguém no quarto. Percebeu isso ainda meio adormecida, afastou o edredom e tateou até achar o interruptor. Acendeu a luz. Estava sozinha.

Que esquisito! Teria jurado que um homem estava inclinado sobre ela. Aquele dos belos olhos, em quem tanto teria gostado de poder acreditar quando lhe dissera que a esperavam papéis melhores, o protagonismo de uma bela vida.

Soergueu-se na cama. Prestou atenção. O abrigo estava saturado de ruídos noturnos; precisava acostumar-se com isso. Algumas mulheres choravam quando se apagavam as luzes; era coisa muito natural, porque a situação delas era desesperadora. Fugiam de homens que queriam matá-las. "Deveria ser o contrário", pensou. "Deveria haver abrigos para homens, casas enormes, gigantescas, com milhares de marmanjos que fugiam de mulheres que queriam matá-los." Eva acendeu um cigarro e abriu a janela. Tragou profundamente, quanto mais não fosse para encurtar a vida desgraçada que levava. Recordou-se de seu perseguidor; voltou a pensar nele. Na noite em que foi atropelado. Na noite em que ele poderia ter atirado nela com facilidade. Por que não o fez? Eva corria pelo meio da rua. Ela olhou para trás; viu o semblante do homem no instante em que ele soube que seria atropelado. Como se fosse um menininho, Marcus olhou desamparadamente para Eva. Ele talvez estivesse morto agora. Mas Eva sabia que havia outros – o homem que tinha pedido que fosse embora da catedral, o outro que tinha estado em sua casa. Os tubarões.

Jogou o cigarro pela janela. Pegou as anotações. Leu: "Local do crime. O auxiliar de Rico: é ele que sabe o que havia no celular? Malte: testemunha do crime?"

Acrescentou: "O quadro: Metternich? Barbara von Krüdener? As duas flechas: o que significam?" De repente, teve uma ideia. Por que não solicitava à imobiliária uma visita à casa de Brix, tal qual sugeriam na parte inferior do anúncio? Claro! Era tão óbvio. Afinal, era preciso vender a casa; tinham que tê-lo feito antes até da morte de Brix, e agora aquilo era ainda mais urgente.

Na cozinha do abrigo, o sofrido computador cheirava a lágrimas, a sal. Diante dele, mulheres tinham sentado para chorar ano após ano enquanto liam seus e-mails ou verificavam as contas bancárias para concluir que a vida delas era uma merda. Primeiro tinham apanhado do marido; e, depois da fuga, os homens continuavam naquela interminável campanha de agressão, perseguindo-as física e digitalmente, mandando mensagens cheias de ódio, sacando o dinheiro das contas, espalhando mentiras.

A internet. O *site* da imobiliária. Durante alguns segundos, deixou que o cursor apenas pairasse sobre "Solicitar visita", nervoso, trêmulo; não se dava conta, mas milhares de impulsos percorriam a mão de Eva e se transmitiam ao mouse. Estariam vigiando quem solicitava visita? Não. Era loucura. "Por mais que persigam você, não fique paranoica."

Clique. "Visita agendada para domingo às dezessete horas." Amanhã? Isso; 14 de abril. Novos campos por preencher. "Nome." "Endereço." Eva se fez passar por uma tal de Birgitte, que morava na Nørrebrogade, e clicou em "Enviar".

14 de abril

Centro de Copenhague – 9h30

A cabine telefônica cheirava a urina. Eva ligou para o legista ao mesmo tempo que observava a entrada do edifício onde morava Beatrice Bendixen, a devotada auxiliar de Rico.

– Hans Jørgen – disse o legista com impaciência. Seu tom parecia dizer que a morte não espera ninguém.

– Sou eu – disse Eva, e se apressou a acrescentar: – Nada de nomes pelo telefone.

– Só um segundo – ele disse.

Eva ouviu que ele deixava o celular em cima da mesa e fechava a porta em algum lugar.

– Pronto.

– Descobriu alguma coisa?

– Descobri. Podemos nos encontrar?

Eva hesitou. O legista estaria mancomunado com eles? Ela tinha como confiar naquele homem?

– Podemos.

– Vou acabar ali pelas onze e meia.

– No mesmo lugar da última vez?

– Não. Vai ter que ser no Departamento de Medicina Legal.

– Por quê?

– Por quê? – Hans Jørgen Hansen riu, e seu riso teve efeito tranquilizador em Eva. – Porque o meu instrumental está aqui, ora bolas – ele resmungou.

– *OK* – disse Eva, e desligou.

Eva juntou coragem. Atravessou a rua e se aproximou do número 22. Leu os nomes no porteiro eletrônico. Terceiro andar. Considerou que podia também ficar onde estava, esperando até Beatrice sair para tomar o sol de primavera.

– Oi?

Ouviu uma voz de criança no porteiro eletrônico. Quando é que Eva tinha resolvido tocar a campainha?

– Ah, oi. A Beatrice está?

Não houve resposta, só o ruído da fechadura ao se abrir com um leve suspiro eletrônico.

Antes de subir a escada, Eva pensou: "Não posso ficar deixando rastros pelo caminho; agora sou um submarino, submerso, invisível".

– Bom dia!

Eva baixou os olhos ao cruzar com o vizinho bastante jovial que a cumprimentou.

– Bom dia – respondeu entre dentes.

Mais um andar. A porta estava aberta. Sons histéricos de desenho animado no interior do apartamento. Beatrice Bendixen apareceu à porta com fisionomia assustada. Olhou para Eva.

– Beatrice?

– A gente se conhece?

– É sobre o Rico – teve tempo de dizer antes de uma menina aparecer ao lado da mãe.

– Quem é? – perguntou a menina.

– Por favor, filhota, fique só um momentinho lá na sala. Só dois minutos.

A menina obedeceu, mas olhou para Eva por cima do ombro, com evidente curiosidade. Beatrice tentou aparentar não entender, estar confusa, mas era péssima atriz.

– Rico? Que Rico?

– Deixe disso, Beatrice. Não estou aqui para complicar a sua vida, mas a gente precisa conversar.

Beatrice olhou primeiro para Eva, de cima a baixo, e depois para a sala.

– Você prefere conversar lá fora? – perguntou Eva, baixinho, quase cochichando.

Eva esperou na calçada, em frente ao prédio. Levantou a gola do casaco. Havia carros demais, gente demais que podia vê-la. Beatrice logo apareceu.

– Eu só tenho cinco minutos – disse. – As crianças estão sozinhas.

– Vamos até a catedral – disse Eva. – Venha atrás de mim, mas não fique muito perto.

Atravessaram a rua. A catedral ficava uns cem metros adiante, em frente à Igreja de Sankt Petri. "Por que foram construir duas igrejas tão perto uma da outra?", Eva teve tempo de pensar antes de baixar a cabeça e entrar. O organista fazia seu aquecimento. O culto começaria em meia hora. Beatrice apareceu. Eva foi para uma das naves laterais. Dali, podia controlar quem entrava ou saía.

– Afinal, de que se trata?

Beatrice estava ou aborrecida, ou apavorada.

– Você sabe que o Rico morreu? – perguntou Eva.

– É? Eu mal o conhecia. A gente era do mesmo clube de vinho, só isso.

– Agora há pouco, você disse que nem sabia quem ele era.

– Você é jornalista?

– Sou.

Beatrice respirou fundo.

– Naquele dia, imediatamente antes de matarem o Rico, você passou alguma informação para ele – disse Eva.

– Não passei nada. Não sei do que você está falando.

– Beatrice, ele foi morto por causa dessa informação.

Beatrice balançou negativamente a cabeça.

– Sério, não sei do que você está falando...

– Não é nada com o caso de vocês – disse Eva, interrompendo-a. Pensou em Lagerkvist, em sua doutrina do bom senso: as pessoas só se dispõem a falar com um jornalista se ele já sabe de antemão todas as informações. – Também não é nada com o clube, nem com esse seu marido que viaja duzentos dias por ano. Não é nada com as noites que você passa sozinha em casa, sentindo falta de uma vida normal, uma em que seu marido não esteja o tempo todo fora. – Eva viu lágrimas nos olhos de Beatrice, e talvez por isso a tenha pegado pela mão e dado um ligeiro aperto solidário antes de enfiar a faca até o cabo. – Toda mulher pode se apaixonar, Beatrice, ainda mais quando a largam sozinha com filhos. Entendo perfeitamente. E o Rico era atraente, isso não se discute.

Beatrice baixou os olhos. Eva ainda segurava a mão dela. Uma lágrima caiu no chão da igreja, onde Eva agora ministrava um dos sacramentos, ouvindo a confissão de uma mulher.

– Olhe para mim.

Beatrice, com os olhos cheios de lágrimas, voltou o rosto para Eva.

– Não pretendo destruir nada na vida de ninguém – disse Eva. – Você está entendendo?

Beatrice assentiu.

– Mas preciso saber que informação você deu ao Rico antes de ele ter sido morto.

Beatrice enxugou as lágrimas com a mão que estava livre, olhou para o teto, e um solitário "Merda!" lhe escapou dos lábios antes que ela se refizesse.

– Eu corro perigo? Podem me matar?

– Se mataram o Rico, é de imaginar que possam fazer qualquer coisa.

Beatrice pensou muito antes de dizer:

– Como foi que você descobriu?

– O Rico me contou um pouquinho antes de morrer.

– Ele falou de mim?

– Falou. Não se referiu a você pelo nome, mas acabei deduzindo.

– De que jeito?

Eva olhou para ela.

De repente, o celular de Beatrice tocou. Ela olhou para a tela.

– É o meu marido – disse com tristeza, como se em breve tudo fosse acabar. – Talvez eu devesse procurar a polícia em vez de conversar com você.

– Se a polícia conseguir mesmo ajudar... – disse Eva.

– O que você quer dizer com isso?

– Fui até lá. Contei o que eu acho que aconteceu: que mataram Brix, assim como depois mataram o Rico. Que mataram o Rico porque ele estava investigando a morte de Brix. Não acreditaram em mim.

– Eu achava que tinha sido coisa das gangues.

– É o que a polícia diz. Beatrice, preste atenção. Preciso saber o que você contou ao Rico. É a nossa única esperança. A única maneira de solucionar isto tudo. De punir quem é culpado.

Beatrice tornou a hesitar.

– O Rico queria dados do celular de Brix – acabou dizendo.

– De Brix? Não entendi.

– Ele tinha desbloqueado o celular da irmã, não tinha?

– Tinha.

– Pois então. Havia uma mensagem de Brix. O Rico viu o número de celular dele. Aí, entrou em contato comigo.

– Mas por quê?

– Porque eu trabalho na operadora da qual Brix era assinante.

– Puxa, que sorte! – disse Eva, e na mesma hora percebeu que tinha dado um fora. Naquele momento, Rico jazia numa câmara frigorífica com um buraco de bala no meio da testa.

– Não vamos ser ingênuas – disse Beatrice, magoada.

– Você está falando do quê?

– Não importava se era a minha operadora; podia ter sido outra empresa. O Rico sempre conhecia alguém de dentro. Ele era assim. Por isso me usou, e eu o usei. *OK*?

– *OK*.

– Só que é ilegal. Você está me entendendo?

– Mas você já tinha ajudado o Rico algumas vezes – disse Eva, muito calma e composta. Na mesma hora, viu que se desenrolava diante de seus olhos uma pequena história – a história de uma mulher bonita e insegura que estava solitária e tinha se deixado usar por Rico; uma mulher que lhe dava informações enquanto ele, em troca, a embromava lá da redação e lhe dava alguns momentos de intimidade, momentos nos quais ela não se sentia sozinha no mundo.

– Eu disse a ele que não queria fazer aquilo.

– Claro.

– Que era a última vez – disse Beatrice em voz alta, ao mesmo tempo que o organista parava de pressionar as teclas. A repentina suspensão da música fez que as palavras de Beatrice sobrepujassem os ruídos da catedral, como se fossem a última frase de um sermão.

Uma idosa se voltou e olhou para as duas.

Eva baixou a voz.

– O que o Rico queria saber?

– As chamadas feitas e recebidas pelo celular de Brix.

– Saber com quem ele esteve em contato?

– Isso. Tudo que eu pudesse encontrar da noite em que Brix morreu.

– E você encontrou o quê?

– Eu não tinha acesso aos torpedos. Para isso, precisaria passar pelos meus chefes; SMS é uma coisa muito protegida.

– Mas então você descobriu o quê?

– Os únicos dados a que temos acesso lá no departamento são os números para os quais as pessoas ligam. São os que usamos quando os clientes reclamam que estamos cobrando a mais. Quando a memória deles falha, é uma mão na roda poder provar que ligaram para disque-sexo e que isso sai muito caro. Também temos como consultar as coordenadas do GPS.

– Como assim?

– Ajudamos a localizar os celulares roubados ou perdidos. Esse tipo de coisa.

– E o que você descobriu?

– Que, por essas coordenadas, Brix desligou o celular num ponto determinado de Copenhague e só ligou de novo o aparelho quando chegou ao parque, mais ou menos oito horas depois.

– Só isso? Mais nada?

– Quantas vezes você desliga o celular?

– Não sei.

– Quando pega avião?

– É.

– Brix pegou algum avião?

– Não, ficou...

Eva parou no meio da frase. Perguntas e pensamentos se acumulavam em sua cabeça. O que teria chamado tanto a atenção de Rico? Por que era tão importante para ele que Eva soubesse?

Um celular desligado, que continua assim durante horas e horas. Um homem que leva um tiro na cabeça.

– Você lembra quais eram as coordenadas?

Beatrice olhou bem para o rosto de Eva.

– Vamos lá, Beatrice. Mataram o Rico. É importante.

Beatrice tirou o celular do bolso.

– Eu mandei para ele por e-mail. Você tem lápis ou caneta para eu anotar?

Eva vasculhou, toda atrapalhada, a bolsa; achou a esferográfica, mas continuava se sentindo uma amadora.

– Aqui está.

Beatrice anotou as coordenadas.

– Onde é isso?

A porta se abriu às costas delas.

– Nem faço ideia – disse Beatrice. – As crianças estão sozinhas.

Eva assentiu. Por um instante, teve vontade de abraçar Beatrice, de consolá-la, de dizer que tudo voltaria a ficar bem.

Fredericiagade, Copenhague – 11h45

"É tudo tão complicado!", pensou Eva quando chegou à Fredericiagade, rua que era o ponto geográfico correspondente às coordenadas que Beatrice Bendixen tinha dado, não muito longe de um café, o Oscar. Teria Brix feito sua última refeição e tomado seu último copo de vinho ali? Teria depois saído do restaurante, jogado a cabeça para trás e desfrutado os últimos raios de sol do dia?

Eva tornou a checar os números – sim, estava no lugar certo. Por que Rico tinha se mostrado tão animado? Eva deu uma olhada nas lojas em torno. Casas de tapetes. Antiquários. Móveis antigos. Uma joalheria. Nada que se pudesse relacionar a Brix. "Mas por que logo aqui? Por que Christian Brix foi cortar justamente neste lugar a conexão com o mundo exterior?"

Atravessou a rua. Entrou nos saguões para verificar as placas nas portas dos escritórios. Uma editora de literatura infantil? Pouco provável. Agência de modelos? Talvez. Mulher bonita e morte súbita sempre combinaram. Escritório de advogados? Podia ser. É, podia. Olhou a placa de latão, que fazia todo o possível para transmitir a ideia de que se tratava de uma empresa com tanta tradição quanto músculo: "Classens ApS, Escritório de Advocacia". Sem dúvida, Brix era um homem que vivia precisando de advogado. Nunca faltam inimigos a quem tem poder e recursos. Alguém em quem pisamos, alguém que se sentiu tapeado, alguém que vem atrás de nós. "É, no fundo, advogado foi posto no mundo para isso mesmo", pensou Eva. Para ajudar os abonados a manterem longe os problemas. Mas por que Brix tinha desligado o celular antes de se reunir com o advogado? Durante tantas horas? E por que foi ver o advogado àquela hora da noite?

Não. Eva voltou ao Oscar e observou os homens que entravam e saíam. Roupas caras, panças, mulheres bonitas que estavam ali principalmente como troféus. Talvez um garçom tivesse visto alguma coisa, presenciado uma discussão, uma conversa telefônica mais acalorada. Se Lagerkvist estivesse ali naquele momento, teria instruído Eva a verificar todos os nomes e estabelecimentos e cotejar essas informações com velhos amigos, colegas de escola e amantes de Brix. A ideia, por si só, já a desanimou. Entrou no café e não precisou fazer mais do que pronunciar o nome de Christian Brix para que o garçom se apressasse a negar energicamente com a cabeça.

– Esteve aqui faz uns dias – disse Eva, e quis mostrar-lhe uma foto de Brix no celular.

– Reservou mesa? – perguntou o garçom.

– Não, mas...

Eva se distraiu com o som de tambores, pífaros e botinas contra o asfalto. Virou-se e olhou para a rua. Vinham subindo desde a Kogens Nytorv, a Nova Praça dos Reis. Era o desfile dos soldados da Guarda Real, com seus gorros de pelo de urso, suas botinas pretas lustrosas e seus instrumentos musicais.

Saiu para a rua. Contemplou o enxame de turistas que iam atrás dos soldados, as crianças que brigavam para subir nos ombros dos pais. Eva foi ao encontro da multidão. Olhou para trás na rua. A Fredericiagade. "Chegou lá de carro. Estacionou e desligou o celular." A pomposa marcha militar se aproximava. Eva pegou a Bredgade.* Seguiu a Guarda quando ela dobrou à esquerda, pegando a Frederiksgade. Em seguida, os soldados entraram na praça do complexo régio de Amalienborg, até a estátua de Federico V, entre os quatro palácios. A Igreja de Mármore estava às costas de Eva; do outro lado das águas do canal, erguia-se a Ópera de Copenhague. O poder. Sim, isso. Brix tinha estacionado na Fredericiagrade, uma via modesta, mas uma das alternativas mais próximas para estacionar se o que pretendia era entrar num dos palácios.

– Desligou o celular antes de estacionar – pensou Eva em voz alta, já sabendo que a música abafaria suas palavras. – E aí entrou em algum palácio. Algumas horas depois, estava morto.

---

* Em dinamarquês, a Rua Larga, uma das mais famosas e visitadas da capital. (N. do T.)

Hospital Nacional, Copenhague – 12h07

Seus pertences se reduziam a uma carteira e um iPhone que estavam na gaveta do criado-mudo. A roupa, que provavelmente pertencia a outro paciente, ele achou no quarto ao lado. Não era muito elegante, mas lhe caía mais ou menos bem e, pelo menos, não estava rasgada nem coberta de sangue. A dor dificultava a tarefa. Teve problemas principalmente com as calças. Era difícil dobrar a perna esquerda; talvez tivesse sido ali que o carro o pegou; ou teria sido em cima daquela perna que Marcus caíra depois de ter sido jogado para o ar? Mas não tinha quebrado nada, consolou-se; e, enquanto sentava na beira da cama e se apoiava na cabeceira, pensou em alguma coisa boa, numa imagem da infância, no dia em que compraram seu primeiro uniforme de escoteiro com o lenço, nos olhos do pai – quando pensava nisso, conseguia afastar a dor e se levantar. Agora. Em pé. De volta ao corredor. Tinha que procurar o dr. Boris Munck, onde quer que estivesse. Era a única pessoa que podia ajudá-lo. Boris Munck.

Entrou no elevador e apertou um botão ao acaso. Mal percorreu o elevador; desceu no andar de baixo – ou foi no de cima? Dava na mesma, porque não importava o corredor em que saísse. O Hospital Nacional era cheio de corredores, e isso não fazia diferença nenhuma; havia só duas coisas importantes: precisava achar Eva e salvá-la. Mas antes tinha que achar o médico que a tinha tratado, que o levaria a...

O maqueiro vinha em sua direção. Era um tipo parrudo, de barba cerrada.

– Você por acaso conhece um médico chamado Boris Munck? – perguntou Marcus.

– Aqui, no Departamento de Neurologia e Anestesia?
– Só sei que ele é médico.
– Médico, claro que temos alguns. Talvez você deva tentar na recepção.
Tinha que voltar para o elevador. Este o levaria direto para lá.

Havia dois homens sentados atrás do balcão de atendimento. Um falava ao telefone, no fundo; o outro, um sujeito jovem, parecia simplesmente cansado.
– Em que posso ajudar? – disse o rapaz, e tentou sorrir.
– Estou procurando um médico do hospital. O dr. Boris Munck.
– E ele está trabalhando hoje?
– No pronto-socorro.
– Acho que não; aqui não há pronto-socorro. O hospital tem um Centro de Traumatologia, mas é para feridos graves, acidentes de trânsito e coisas assim. Se você precisa fazer algum curativinho, tem que ir ao hospital de Hvidovre ou ao de Frederiksberg, ou chamar o plantonista.
– Eu tenho consulta. Ele precisa me examinar.
O funcionário se virou para o monitor e digitou alguma coisa.
– Você disse Munck?
– É. Boris.
– Só um instante.
– *OK*. Ele está aqui?
– Só um instante, já disse. É, aqui está. Eu tinha adivinhado certo. É mesmo médico do Centro de Traumatologia. Seção 3193.
– Obrigado – disse Marcus, e voltou para o elevador.

Fælledparken, Copenhague – 12h45

Eva dobrou a esquina da Blegdamsvej e continuou em direção ao Departamento de Medicina Legal. Não parava de olhar por cima do ombro. Alguém a seguia? Alguém a vigiava dos carros estacionados ao longo do meio-fio? Não, ninguém.

– Calma – sussurrou.

Do Fælledparken, o grande Parque Comunitário, vinha o cheiro de mato e primavera, o ruído de crianças jogando bola. O edifício parecia surgir do nada, e não era uma visão exatamente animadora – o maior caixão do país, um caixote cinzento cheio de cadáveres, um portal por onde, antes ou depois, quase todos os habitantes de Copenhague precisavam passar a caminho da eternidade ou do nada.

O legista a estava esperando. E a recebeu com um rápido aperto de mão.

– Hoje, excepcionalmente, vamos pela porta de trás – ele disse. – Assim, pulamos alguns alarmes. Estou com uma coisa que você precisa ver.

– É, você já tinha dito.

Seguiram em silêncio. Apenas o ruído dos solados de borracha no piso de pedra e o leve apito a cada vez que Hans Jørgen passava o cartão magnético e abria caminho rumo ao cerne, ao coração do Departamento de Medicina Legal. Algumas vezes, paravam para que o legista digitasse uma senha.

– Transformaram isto aqui num Fort Knox! – ele murmurou. Parou e chamou o elevador. – Você joga tênis?

– Hã? Não.

– Força muito os joelhos. Por isso evito escadas.

– O que é que você quer me mostrar?

– Por aqui.

Outro corredor. Escritórios de ambos os lados. Piso de linóleo. Nada nas paredes. O legista cumprimentou um colega com quem cruzaram.

– Aqui, naquele canto, é onde eu fico – disse, apontando.

A porta estava entreaberta. Tinham preparado uma armadilha para Eva?

– Com um pouco de mágica, dá até para conseguir café. Que tal?

O legista abriu a porta, e entraram no escritório.

Eva percorreu com o olhar aquele recinto grande, quase quadrado. De um lado, a escrivaninha; do outro, um sofá de três lugares. Prateleiras com livros, pastas e fichários.

– Aqui a gente está em segurança? – perguntou Eva.

– Você está falando de quê?

– De tudo um pouco. – Eva deu de ombros e se aproximou da janela. Olhou para a rua. Havia algum carro suspeito lá embaixo? Alguma coisa fora do normal?

– Agora vou mostrar o que queria – disse Hans Jørgen, e ligou um aparelho que havia sobre a mesa. Uma luz, vinda de baixo, iluminou algo que estava em cima de uma placa de vidro. Eva não pôde deixar de pensar no velho retroprojetor de seus tempos de escola primária.

– O que é?

Eva se aproximou. Agora estava vendo: os pedaços de crânio se dispunham um ao lado do outro, como peças de um quebra-cabeça literal.

– Foi um trabalho danado para juntar. Mas, preciso reconhecer, os meninos se empenharam de verdade; não falta nada – disse o legista. – Você se lembra da bomba de Lockerbie?

– Aquela na Escócia?

– Acho que foi em 1988. Um Boeing 747 explodiu em mil pedaços a quase dez mil metros de altura. E depois os técnicos conseguiram juntar de novo o avião. Era parte da investigação. Dizem que levou anos. – Hans Jørgen a olhou com expressão ligeiramente solene. – O nosso trabalho é assim. Bastam décimos de segundo para desencadear um inferno, e depois é um número de horas que não se imagina até que a gente consiga reunir as provas e juntar tudo de novo no lugar.

– Eu respeito muito o seu trabalho – apressou-se a dizer Eva.

– Temos trabalhado em dois. Primeiro juntamos tudo manualmente.

Pegou um dos pedacinhos de crânio, com tanta despreocupação e familiaridade que parecia tratar-se de um objeto cotidiano qualquer. E era, ao menos para o legista.

– Depois escaneamos cada um dos pedaços, para voltar a juntá-los no computador.

– Parece complicado.

O médico olhou para uma tela de monitor, e Eva se aproximou ainda mais. Contemplou a imagem granulada, com partes brancas e partes escuras. A imagem ocupava quase toda a tela.

– Parece a Lua – disse Eva.

– Você está vendo as manchas escuras? – O legista as apontou.

Eva estava tão perto de Hans Jørgen que conseguia sentir o cheiro dele. Suor, o corpo de um homem mais velho, vestígios de desodorante.

– São endentações no crânio – ele continuou. – Parece que ele recebeu um golpe. Aqui dá para ver mais uma, um pouco menor, mas mais profunda.

– Endentações?

– Isso. Há pequenas irregularidades que podem ser congênitas, é verdade, mas estas outras marcas são inconfundíveis. Alguma coisa bateu na cabeça dele. E era uma coisa pesada.

– Mas ele se matou com tiro – objetou Eva.

O legista não lhe deu atenção.

– Pode ter sido uma ferramenta. Ou uma arma. Ou talvez ele tenha se chocado contra alguma coisa. Aliás, acho que foi isso mesmo. – O legista ampliou a imagem e olhou fixamente para a tela. – Eu diria que ele caiu em cima de alguma coisa. Estou pensando no ângulo. Se foi atacado, o objeto o acertou de baixo para cima, e ninguém teria feito isso assim. Não. Caiu mesmo em cima de alguma coisa. Caiu ou foi empurrado.

– E essa conclusão se sustentaria em juízo?

– Mas é claro. A parte posterior da cabeça bateu com muita força em alguma coisa.

– E foi fatal?

– Não dá para afirmar com certeza. Mas foi um objeto que causou as marcas profundas no crânio. Seja como for, podemos fazer uma impressão 3D de parte do crânio, e isso talvez nos diga o que causou aquelas marcas.

– Você vai ter que me explicar melhor.

– Para cada um dos pedaços do crânio que mostram endentações, o computador tem como dizer a profundidade exata das marcas. E ele consegue não só calcular essa profundidade, mas também determinar o ângulo exato. Uma impressora 3D é como a impressora normal. Ela se baseia no mesmo princípio; só é mais refinada e, claro, imprime em três dimensões. Dá para colocar uma xícara, por exemplo, em cima da placa; e, num piscar de olhos, a impressora cria uma xícara nova, de plástico duro. A imaginação é o único limite. Claro que, nos Estados Unidos, já há quem tenha começado a imprimir armas de fogo. E armas de fogo que funcionam.

– Então, você poderia...

– Fazer uma impressão da parte do crânio onde aparece a marca do golpe. Olhe – disse, e apontou na tela a fissura do osso. – Meu primeiro suspeito é que tenha sido algum pé de cabra. Mas são três marcas, não duas, e há algumas estrias na parte exterior.

– É. O que é, então?

– Está vendo ali? Um triângulo. Ou quase.

Eva olhou para as três manchas escuras na tela, o afundamento, uma cratera lunar.

– São ângulos de mais de noventa graus – disse o legista, que afastou um pouco a cadeira da mesa. – Preste atenção. Nesta altura das coisas, não tenho certeza absoluta do que vou dizer. Não cem por cento de certeza. Mas considero uma hipótese autorizada, digamos assim.

– E o que é?

– Imagino que o nosso amigo tenha batido contra um objeto capaz de deixar uma marca como essa. Ele pode ter caído ou sido empurrado; isso é impossível determinar. – O legista apontou a marca e voltou a olhar para Eva. – Também não dá para descartar que tenha morrido por causa do impacto, ainda que o mais provável seja que ele tenha ficado apenas inconsciente. E que depois...

Eva concluiu a frase:

– Tenham atirado nele?

– Varando a cabeça, é. A espingarda na boca. Bangue!

– Mas por quê?

O legista deu de ombros. Eva voltou a examinar a pequena marca triangular no crânio.

– As linhas de fratura relativamente longas talvez sugiram um impacto de certa contundência.

– Mas você não acha que isso tenha sido a causa da morte, acha?

– É, não necessariamente. As lesões no crânio, por si sós, não são fatais. O que mata são as hemorragias internas que as lesões acarretam. Uma hemorragia produzida por traumatismo debaixo da dura-máter.

– E o que mais você pode me dizer?

– É difícil impressionar você, né? – disse o legista, e sorriu. – Bem, volto a dizer que você não deve encarar como verdade incontestável o que estou dizendo; mas, do jeito como vejo as coisas, ele disparou contra si mesmo...

– Ou outra pessoa disparou – disse Eva, interrompendo-o.

– Sim, ou outra pessoa. Isso quando ele já estava mortalmente ferido ou mesmo morto. De qualquer modo, ele ou alguém enfiou a espingarda na boca e apertou o gatilho. Usaram chumbo grosso. Se bem me lembro, é munição proibida na Dinamarca. Mas tivemos sorte. Ou, melhor dizendo, os seus meninos lá do parque tiveram sorte.

– Como assim?

– O crânio se partiu em fragmentos relativamente grandes. Não fosse o chumbo grosso, poderia ter-se rompido em milhares de pedaços.

– Que outra munição se costuma usar?

– Chumbinho. É muito menor.

– *OK* – disse Eva, e ficou um tempo pensativa. – Então, podemos deduzir que o nosso bom amigo foi empurrado contra...

– Não.

– Não?

– Você não pode ir direto para a conclusão que acha mais conveniente – disse o legista. – Limite-se aos fatos. Não dá para afirmar que ele foi empurrado.

– Tudo bem. Podemos então combinar que ele ou caiu ou foi empurrado?

– Melhor.

– Contra alguma coisa que deixou marcas no crânio e causou hemorragias fatais no cérebro. E depois alguém estourou a cabeça dele com espingarda de caça. Isso foi para disfarçar o que tinha acontecido mais cedo?

– Especulações.

– Bem, o que *você* diria? – perguntou Eva. – Sem especular.

O legista respirou fundo. Em seguida, pigarreou como se estivesse diante de um juiz.

– O morto sofreu impacto potencialmente fatal no crânio e depois um disparo, que aconteceu a dezoito centímetros da parte posterior do crânio, provocando morte instantânea.

– Pois bem. Perfeito. Só fatos. Mas como?

– Isso é com a polícia.

– Desta vez a polícia não está do nosso lado, Hans Jørgen – disse Eva. – Então, vamos especular juntos, *OK*? Ele caiu, e depois os outros... Primeiro o levaram para o parque. E lá deram um tiro na cabeça para parecer suicídio.

Silêncio. O legista não gostava muito de especular.

– Existem outras opções possíveis? – perguntou Eva.

– Que ele...? Não.

– É, que ele bateu a cabeça e depois, talvez para se livrar da dor, estourou os próprios miolos.

Hans Jørgen balançou negativamente a cabeça.

– Mas – disse o legista – como supor que ele possa ter chegado ao parque depois de ter batido a cabeça daquele jeito?

– Vai para lá para se matar. Mas, chegando lá, cai e bate a cabeça. Depois concretiza o suicídio com a espingarda de caça.

– Com o golpe forte que levou na cabeça, isso não é muito provável.

– Então, estamos falando de homicídio que fizeram passar por suicídio?

– Não – respondeu Hans Jørgen.

– Não?

– As coisas não são assim.

– Como?

– Você vai depressa demais – ele disse, ligeiramente irritado. – Não pode ficar conjeturando desse jeito com base nas fraturas cranianas.

– Pode ter sido acidente?

– Isso mesmo. Não sabemos. Em vez de ter recebido um golpe na cabeça, pode ter só caído.

– Primeiro houve o golpe. Ou choque. Talvez tenha escorregado numa casca de banana. Quem sabe o empurraram, ou ele caiu no banheiro. Não sabemos. Mas depois alguém lhe deu um tiro na cabeça. Foi isso?

O legista emitiu um som com que deu a entender que concordava.

– E agora... o quê? – perguntou Eva.

– Em circunstâncias normais, tentaríamos determinar o objeto em que ele bateu a cabeça.

– *OK*.

– E é bem possível que consigamos.

– De que jeito?

– Como eu já disse, ele recebeu o impacto de baixo para cima. Ou seja, caiu em cima de alguma coisa. E provavelmente era uma coisa estática. Uma mesa?

Um parapeito de janela? Pode ter sido qualquer coisa, mas não uma que seja tão fácil soltar como um pé de cabra ou bastão de beisebol. E, com um modelo 3D do crânio, é provável que a gente descubra qual objeto corresponde às marcas da fratura. – O legista juntou os dedos para ilustrar como as duas coisas podiam encaixar-se. – A única dúvida é se você sabe onde procurar.

– Sei, sim. Infelizmente.

– Vou ligar a impressora – disse Hans Jørgen.

Distrito de Østerbro, Copenhague – 13h30

A Casa Real. Pensou nela ao sair do Departamento de Medicina Legal. E no pouco que sabia sobre a realeza dinamarquesa. No paradoxo de não saber basicamente nada, muito embora a família real fosse de longe a mais famosa e mais exposta do país. O que Eva sabia de fato? Sabia os nomes deles e a cara que tinham. Sabia que moravam ali na capital, no complexo palaciano de Amalienborg, e que...

Não, Eva interrompeu seus pensamentos e entrefechou os olhos um instante, para se proteger do sol forte. Moravam mesmo em Amalienborg? O casal soberano, sim, é claro, quando não se hospedava no Palácio de Marselisborg, lá em Århus, na Jutlândia; ou na vinícola do príncipe consorte, na França. Mas e os príncipes e respectivas famílias? O príncipe Joaquim e Marie deviam morar no Castelo de Schackenborg, em Møgeltønder, também na Jutlândia. E Frederico e Mary? Sim, Eva sabia que moravam ali em Amalienborg. Quando ela trabalhava no *Berlingske*, o jornal publicou uma série de matérias sobre os artistas plásticos que tinham decorado o apartamento do casal, num dos quatro palácios do complexo. Mas talvez tivessem apartamento também em outros lugares. E as irmãs da rainha – Benedikte e Anne-Marie –, moravam onde? E o que faziam os membros da Casa Real na vida cotidiana? Quando não compareciam a jantares de gala com as outras famílias reais, nem cortavam fitas em inauguração, nem davam a volta ao mundo em companhia de representantes do empresariado nacional, eles faziam o quê? Eva não tinha a mínima ideia. Como era a vida deles? Estavam satisfeitos ou tristes? Contentes ou descontentes? Trabalhavam muito ou pouco? Quem decidia a jornada de trabalho deles? Quem eles frequentavam?

Como andavam suas finanças? O príncipe herdeiro tinha conta normal no Danske Bank? Quem decidia o que ele devia vestir?

Eva atravessou a rua e parou numa banca de jornal. Ficou um instante olhando para uma capa da revista *Billed-Bladet* em que a princesa consorte esboçava seu sorriso bonito e um pouco frio. "Resumindo", concluiu Eva, "a gente acha que sabe muita coisa sobre eles; de fato, as revistas nos fazem pensar que sabemos tudo. Mas nada está mais longe da verdade: não sabemos coisa nenhuma da realeza. Prova disso são os boatos que sempre correm sobre ela. O boato nasce justamente quando falta transparência. Quando ninguém, ou bem pouca gente, sabe realmente alguma coisa." Deixando de lado por um instante as imagens à Disney dos vestidos e penteados que saíam nas revistas, concluía-se que a Casa Real era território inexplorado; que o público em geral conhecia a superfície de Marte melhor do que sabia o que acontecia com a realeza. E tinha sido a esse território inexplorado, com Amalienborg como centro absoluto, que Brix chegou na noite anterior ao dia em que morreu. Era ali que ele tinha passado suas últimas horas. O que tinha acontecido aquela noite nos palácios? Quem tinha estado presente? Eva depois pensou: "Por que não considerar a Casa Real uma espécie de Vaticano dinamarquês? Um Estado dentro do Estado". A Casa Real e o Vaticano se equiparavam em tudo – o verniz de pompa e circunstância, a história, a escassez de informações.

"O ser humano está a caminho de se tornar supérfluo", pensou Eva ao entrar na biblioteca pública do Islands Brygge, o Cais da Islândia, no distrito de Amager. Aos domingos, sistema de autoatendimento, sem nenhum bibliotecário à vista. E com quase nenhum público. Cumprimentou um senhor de cabelos brancos que estava folheando um jornal. Uma mãe jovem e o filho pequeno liam livros infantis num sofá. Não fosse por essas pessoas, Eva estaria sozinha ali. Uma busca rápida no computador indicou que acharia as biografias dos membros da Casa Real na Seção 99.4 e que os livros de história da Dinamarca estavam na Seção 96.

Primeiro as biografias. Na biblioteca, havia de todo tipo – políticos sem graça, jogadores de futebol, chefes de gangues de motoqueiros. Pelo visto, não existia personalidade insignificante para a indústria editorial. E os biógrafos da Casa Real tampouco se reprimiam, é claro. Havia biografias de toda e qualquer pessoa que, no decorrer da história, tivesse ostentado o que pudesse assemelhar-se mesmo remotamente a um título nobiliárquico. Reis e rainhas, príncipes e princesas. Duques e duquesas, condes e condessas, barões e baronesas. Eva escolheu uma biografia da rainha Margarida, outra do príncipe consorte Henrique e um livro de entrevistas, com o príncipe herdeiro, que se intitulava *Frederico, herdeiro do Reino da Dinamarca*.

Ficou de cócoras e os folheou. Encontrou um capítulo sobre as joias e os vestidos da rainha. Outro sobre a decoração do complexo de Amalienborg. Não demorou a constatar que a maior parte do que estava publicado era só publicidade.

Notou que suas pernas estavam dormentes e ficou em pé. Andou um pouco, para deixar o sangue fluir, antes de ir para o objetivo seguinte – os livros sobre a Casa Real em que esta era vista de uma perspectiva histórica. Passou os dedos pelas lombadas. Estavam empoeiradas. Não eram exatamente livros pelos quais fosse preciso fazer fila. Eva escolheu uns que lhe pareceram menos chatos. Sorriu para o senhor de cabelos brancos, que naquele momento passava a seu lado; nisso, o olhar de Eva se deteve em dois livros que estavam na mesa contígua. Pelos títulos, ficava claro que eram livros críticos à Casa Real. Folheou um deles. *Para que a Dinamarca precisa de monarquia?*, lia-se na lombada. O outro tratava de finanças. O primeiro capítulo era "Quanto a Casa Real custa de fato à sociedade dinamarquesa?"

Eva sentou na seção infantil e começou a folhear os livros de história. O menino ainda ouvia a mãe ler em voz alta, mas parecia já estar quase dormindo. Eva leu uma coisinha aqui, outra ali. Leu que os arquipélagos escoceses das Órcadas e das Shetlands ainda pertenceriam à Dinamarca não fosse o rei Cristiano I, que em 1468 e 1469 empenhou as ilhas em pagamento do dote da filha. E que a princesa Tira, filha de Cristiano IX e da rainha Luísa, teve uma filha ilegítima com um oficial do Exército e, pouco depois, o rei ordenou que o militar se matasse.

Havia mais episódios, um monte de escândalos ligados diretamente à Casa Real dinamarquesa; histórias que muito pouca gente conhecia e que, como um fio sombrio, se desenrolavam paralelamente à versão da Casa Real centrada em belos vestidos e amplos sorrisos. "O lado obscuro da Casa Real", pensou Eva. Por que as pessoas não se interessavam por isso? Quantas sabiam que Cristiano IX – que era alemão – por muito pouco não tinha vendido a Dinamarca à Confederação Germânica? Ou que um sem-número de lunáticos tinha ocupado o trono da Dinamarca ao longo da história?

Todo mundo já tinha ouvido falar da doença mental de Cristiano VII. Mas será que todo mundo sabia que Frederico VII era alcoólatra e mitomaníaco, tendo ficado a vida toda às voltas com embustes que contava sobre suas supostas façanhas? Quem sabia que Frederico V era um sádico total, que, entre outras coisas, costumava açoitar as amantes até fazê-las sangrar? Para nem falarmos da mentira de que a dinastia vinha desde os *vikings* até a atualidade, ininterruptamente. Por exemplo, no caso de Frederico VII, que não teve filhos, foi preciso desencavar um parente distante na Alemanha e nomeá-lo rei da Dinamarca.

Eva se levantou e se voltou. Sentia o início de uma ligeira dor de cabeça. Estava lendo fazia mais de uma hora. O garotinho tinha ido para casa e fora substituído por uma menina mais ou menos da mesma idade, que estava montando um quebra-cabeça com o pai. Eva entrou no banheiro da biblioteca e, antes de sair, bebeu água da torneira. Pensou na Casa Real como instituição. Pensou na história. Uma monarquia milenar. Despotismo. Qual a diferença? Execução de contestadores, prisão de adversários, desterros, críticos silenciados das maneiras mais selvagens, corrupção. A Casa Real tinha deixado um verdadeiro rastro de sangue através da história, e ninguém parecia preocupar-se com isso. Eva imaginou como teriam sobrevivido a todos os escândalos. A primeira explicação que lhe ocorreu foi que antigamente eles não vinham à luz. Naquele tempo, não havia meios de comunicação para cobrir os fatos, não havia transparência, não havia internet. Mas não; a explicação não era boa. Mesmo agora, quando o mundo estava soterrado sob tantos meios de comunicação que tinham a obrigação de preencher com histórias e escândalos as vinte e quatro horas do dia, a Casa Real, *grosso modo*, safava-se.

Um livro velho, de capa gasta. Eva leu sobre as casas reais europeias, as ligações entre elas. Que a casa real britânica, tal qual a dinamarquesa, era de origem alemã na realidade. Que as grandes famílias europeias repartiam os países entre si: em 1862, o rei da Grécia, que era alemão, foi deposto e um referendo levou à escolha do príncipe dinamarquês Guilherme, que era filho do futuro Cristiano IX e de Luísa, ambos alemães. O príncipe se tornou o rei Jorge I da Grécia por cinquenta anos. E seu pai seria coroado rei da Dinamarca, um desfecho já determinado mais de dez anos antes, porque Frederico VII não tinha herdeiros e o czar decidiu que um príncipe alemão deveria reinar em Copenhague. Eva leu tudo por cima. Confundia os nomes – eram tantos! A Casa de Wettin...

– Nunca ouvi falar – sussurrou para si mesma, embora acabasse vendo que essa dinastia alemã reinou na Bulgária, Polônia, Grã-Bretanha e Bélgica, e era aparentada havia muitos séculos às casas reais da Dinamarca, Espanha e França. Eva leu que qualquer europeu de sangue azul podia encontrar vinte reis ou rainhas entre os antepassados. Os membros das casas reais, sem exceção, estavam unidos por laços de sangue. Formavam uma linhagem que remontava a mais de um milênio.

Era impossível ler tudo. Levaria anos. Eva folheou o livro. Alguém tinha sublinhado certos trechos com esferográfica vermelha fazia muito tempo, talvez vinte anos. Eva se limitou então a ler o que estava sublinhado. "Casa Real." "Tráfico negreiro." "Peter von Scholten." Só pelos sublinhados ficou logo evidente o que tinha interessado àquele leitor tanto tempo antes de Eva: a participação da Casa Real dinamarquesa no tráfico de escravos africanos. Também nisso, a monarquia tinha manchado as mãos de sangue. E talvez estivesse aí o motivo de terem usado tinta vermelha para sublinhar os trechos. Durante séculos, os reis dinamarqueses tinham lucrado com o comércio de pessoas caçadas na África. Um sem-número de africanos morreu durante a viagem da Costa do Ouro às Índias Ocidentais Dinamarquesas.* Ninguém sabia quantos perderam a vida, mas sabe-se que tudo era organizado pelo rei. O negócio em si tomou forma graças a uma Carta Régia de Privilégios de 1671. Não é preciso dizer mais; ainda é possível admirar a assinatura do rei no documento que deu o sinal de largada para a participação dinamarquesa no capítulo mais negro da história da humanidade. E a conversa de que o país foi o primeiro a abolir a escravidão? Besteira. O tráfico negreiro só fez aumentar depois que se aprovou uma lei que pretendia abolir a escravidão no futuro. O rei e seus conselheiros faziam apenas pose para o exterior, tentando satisfazer as numerosas vozes, na Europa, que exigiam a abolição, mas aumentando ao mesmo tempo o comércio de seres humanos. Nas possessões da Dinamarca, a escravidão só chegou ao fim em 1848, quando um homem – Peter von Scholten – se rebelou contra o rei. Foi castigado por isso.

Eva se reclinou na cadeira. Respirou fundo. Pegou outro livro, um daqueles que eram críticos da monarquia. Virou-o e examinou na contracapa a foto da autora, Tine Pihl, jornalista, escritora e palestrante. Eva a tinha visto na TV e nas revistas. Era das detratoras mais combativas da Casa Real, uma mulher mordaz que não estava disposta a deixar nada de lado, por mais que se escudasse atrás de um sorriso aparentemente ingênuo. Eva folheou o livro. Apenas trezentas páginas, cujo subtítulo prometia "um olhar excepcionalmente cortante sobre a face oculta da família mais poderosa do país". Retórica batida, mas funcionava. Eva ficou fascinada. Leu por cima algumas páginas, pulou outras, mas leu profundamente concentrada as restantes. Pelo visto, a crise econômica internacional não tinha chegado à Casa

---

* Assim como outras nações europeias, a Dinamarca tinha feitorias na Costa do Ouro, atual Gana. Essas possessões foram dinamarquesas da segunda metade do século XVII a 1850, quando o Reino Unido as comprou. Nas Antilhas, as chamadas Índias Ocidentais Dinamarquesas foram estabelecidas ainda na segunda metade do século XVII e também acabariam sendo compradas, em 1917, então pelos EUA, que as rebatizaram Ilhas Virgens Americanas. (N. do T.)

Real. O livro expunha um exemplo atrás do outro da relação muitíssimo negligente da família real com o dinheiro. "A rainha é vinte e seis vezes mais cara que o presidente da Irlanda", dizia uma das chamadas do livro. Um parágrafo contava que em 2011, quando compareceu ao casamento de uma sobrinha na cidade alemã de Bad Berleburg, a rainha Margarida chegou rodeada de muita pompa, e só a viagem de helicóptero custou quatrocentas e sessenta mil coroas aos contribuintes dinamarqueses. Em outro parágrafo, a autoria dizia que "a rainha gosta de visitar o Museu de Skagen para admirar os quadros de P. S. Krøyer e tem o costume de se deixar transportar de helicóptero também para lá. Isso quer dizer que só a ida e volta do museu se eleva a mais de trezentas mil coroas".

E assim sucessivamente, uma página atrás da outra, capítulo após capítulo, sempre a mesma história de uma família esbanjadora que permitia de bom grado que a nata do mundo empresarial dinamarquês pagasse para ser convidada ao círculo mais íntimo da realeza, às festas elegantes em Amalienborg, aos bons vinhos, à comida cara, pelo reconhecimento prestigioso para a identidade e o valor acionário das empresas, e pela atenção recebida da mídia ao estar em companhia do príncipe herdeiro e da esposa, sorrindo para a revista *Billed-Bladet*, quando se abriam as portas para os jantares palacianos de gala. A palavra "corrupção" não aparecia em parte nenhuma do livro – talvez a autora temesse processos –, mas estava nas entrelinhas, como uma sombra. Lagerkvist tinha insinuado o mesmo. Ele não tinha tido medo de pronunciar a palavra, e Eva, quando largou enfim o livro, achou difícil não dar razão ao veterano jornalista. Do que mais chamar a circunstância de os ricos pagarem grandes somas às pessoas mais poderosas do país para assim obterem mais influência?

O livro, contudo, não tratava apenas de finanças. Havia também capítulos dedicados a assuntos judiciais. Ao fato de que os membros da Casa Real estão acima da lei e da ordem e não podem ser indiciados. De que, na prática, podem fazer o que lhes dê na telha – e fazem. Reuniam-se incontáveis exemplos quer de abuso de poder, quer da imagem idealizada que a Casa Real gostava de construir em torno de si. Entre outros casos ilustrativos, o livro contava que, em várias ocasiões, o príncipe herdeiro e a mulher tinham enfatizado que não deixariam os filhos aos cuidados de terceiros. Não, eles mesmos se encarregariam da educação diária das crianças; queriam ser uma família moderna que se virava sozinha. Mas então, perguntava o livro, como se explicavam as vinte e seis pessoas empregadas para cuidar da residência do casal? Entre elas, uma tropa de babás.

Eva tornou a olhar para a foto da autora. "Tine Pihl frequentou durante anos os círculos mais íntimos da Casa Real", dizia o texto. "Algumas de suas fontes preferem permanecer anônimas, mas a autora falou pessoalmente com todas elas." Eva se levantou, com o corpo adormecido por ter ficado sentada tanto tempo. Uma mulher estava prestes a ir embora; de resto, a biblioteca estava deserta. "Tine frequentou no dia a dia os círculos mais íntimos", pensou Eva. "Então, talvez tenha conversado com Brix."

Antes de sair da biblioteca, Eva lançou um olhar às duas pilhas de livros. Uma delas nos assegurava que, qualquer que fosse o brutal capítulo que consultássemos da história da Dinamarca, sempre encontraríamos um rei ou rainha responsável por aquilo. Tratava-se de assassinos vis, nem um pouquinho melhores que os ditadores da atualidade; eram pessoas gananciosas e sedentas de poder que tinham um único objetivo – acumular bens. E havia a outra pilha, com um relato mais ameno, sobre reis populares e pançudos que amavam seu povo. Por alguma estranha razão, não havia livros que cobrissem o espectro intermediário. O lado ruim e o lado bom. Que escolhêssemos nós mesmos qual preferíamos.

Hospital Nacional, Copenhague – 13h45

Marcus ficou imóvel um instante, ouvindo a porta se fechar às suas costas. Havia médicos e enfermeiras ali; alguns pareciam não ter pressa; outros corriam. Foi em frente. Passos pesados. Pensou em gritar com todas as forças: "Quem de vocês é o dr. Boris Munck?" Mas, em vez disso, abriu uma porta – uma porta qualquer – e entrou numa sala. Estava vazia. Continuou pelo corredor, para a porta seguinte. Estava aberta e dava para uma sala um pouco maior. Vozes, ruído de xícaras, mesa oval, duas mulheres e dois homens, olhares graves.

Marcus já se dispunha a entrar quando ouviu algo que o fez parar. Um nome – Boris. Naquela sala, uma voz de mulher e um homem que dizia alguma coisa. "Boris", pensou Marcus. Ele estava ali dentro. Mas o sigilo profissional... O médico não quereria falar com ele; era óbvio que não. E claro que não lhe daria o nome de uma paciente! Nem de familiares. Ainda mais a um estranho. Mas talvez Marcus não devesse pensar tanto. Talvez devesse entrar na sala de chofre, colocar o médico contra a parede e ameaçá-lo para que dissesse com quem Eva tinha vindo. Ameaçá-lo para que lhe mostrasse os documentos de que precisava. Não, chamariam a polícia. Marcus seria detido. Eles descobririam. Trane. Aí, quem salvaria Eva? Precisava arranjar outra solução.

Um celular tocou em algum lugar, por bem pouco tempo, mas o bastante para que Marcus tivesse uma ideia. Recuou dez passos e entrou na sala anterior, que ainda estava vazia. Tirou do bolso o celular, todo arrebentado. Uma rachadura enorme atravessava toda a tela. O aparelho já não recebia chamadas. Mas talvez o microfone continuasse funcionando. Encontrou a função gravar e a ativou.

– Oi – disse. Deixou o celular em cima da mesa. Afastou-se um pouco. – Dá para me ouvir? – perguntou retoricamente; ninguém respondeu. Não até que interrompeu a gravação e a pôs para tocar. Sim, dava.

Voltou para o corredor e se dirigiu à sala grande. A porta, agora, estava fechada. Bateu e entrou.

– Está procurando alguém?

– Estou – disse Marcus, e tratou de determinar quem tinha perguntado.

A mulher dos óculos escuros. Ela parecia eficiente, e era justamente disso que Marcus precisava.

– Tenho que falar com o dr. Boris Munck.

A mulher virou de leve a cabeça. Um homem ergueu os olhos. Era mais moço que muitos outros médicos. Irradiava uma arrogância e uma obstinação que não casavam bem com sua voz agradável.

– Sou eu – ele disse, e encarou Marcus com olhar frio. – Desculpe-me, mas vou ter que pedir que vá embora. Nem pacientes nem familiares são permitidos aqui.

– Será que poderíamos conversar só um instante? – disse Marcus, e terminou de entrar na sala. Colocou-se junto à janela.

Boris se levantou. O sujeito estava em forma.

– Amigo, saia agora mesmo.

O celular já estava no peitoril da janela, escondido atrás da cortina.

– É sobre a Eva. – disse Marcus. – Eva Katz.

– Quem?

– Uma mulher que você atendeu. Outro dia, ela veio ao hospital com outra mulher. Como eu já disse, o nome dela é Eva Katz. Bonita, esbelta, cabelo até o ombro. Tinha marcas no pescoço, como se alguém tivesse tentado esganá-la...

– Você ouviu o que eu falei? – disse Munck, e se voltou para uma das outras pessoas ali. – Pode chamar a segurança.

Uma vez no corredor, Marcus começou a suar como se a reação tivesse ocorrido só naquele instante. Marcus não estava satisfeito com o plano. Tinha muitos pontos fracos, muitos aspectos que não era possível controlar. Dirigiu-se à outra ponta do corredor e ficou ali uns minutinhos. Com sorte, sairiam daquela sala. Mas não o fizeram; quando voltou lá, não teve mais remédio. Bateu à porta, dessa vez com mais educação, quase com humildade.

– Acabei deixando uma coisa aqui – disse, e entrou.

Ninguém disse nada. Olhares de assombro – e de aborrecimento, no caso de Boris Munck. Um olhar que dizia a Marcus que o médico estava prestes a chamar a segurança e a polícia. Marcus pegou o celular e o enfiou no bolso. Saiu com toda a pressa do mundo.

– Ele pegou alguma coisa – disse uma mulher atrás de Marcus.

– Como é?

Mas Marcus já tinha sumido. Disparou pelo corredor, entrou no elevador, desceu. Só tirou o celular do bolso quando já estava na rua. Ficou ao sol, ouvindo, enquanto olhava para cima, onde um avião partia o céu em dois. Não prestou atenção a tudo o que estava gravado; era como se seu cérebro selecionasse os trechos e só permitisse que os relevantes sobressaíssem.

Ouvia-se nitidamente a voz de uma das mulheres: "Quem era esse aí?"

Boris: "Acho que é o marido violento".

Voz de mulher: "Vou pedir para a Lene chamar a polícia. Ele estava perguntando de quem?"

Boris: "De Eva Katz. Você vai ter que procurar no sistema; eu a atendi ontem. Coitada. O cara tentou esganá-la".

Não conseguiu ouvir muita coisa mais. A porta da sala se abriu, arrastavam-se cadeiras, a acústica matava a inteligibilidade.

Marcus se afastou do hospital a passos lentos. Quando uma ambulância chegou com a sirene tocando, ele enfim se deu conta de que estava acontecendo algo em seus ouvidos. Marcus continuava escutando a gravação, ela continuava reverberando em sua cabeça. Atentou às palavras, revirando-as, procurando alguma coisa. "Marido violento." Era o que o médico tinha dito. Mas por quê? Por que o médico desconfiava que Marcus fosse o marido violento? Será que Eva Katz tinha marido? Não, tinha tido só noivo, que já havia morrido; de resto, ela não tinha ninguém. Mas, então, por que aquilo? Porque tinha sido a primeira coisa que ocorreu a Munck? Teria sido por algo que Eva disse ao médico? Marcus já tinha chegado à rua. O tráfego soava normal em seus ouvidos; a audição tinha voltado. E ele pensou: "Para que contar uma mentira dessas? O que ela...?"

Não, precisava partir de outro ponto. Colocar-se na situação de Eva, tentar entender como ela pensava. "*OK*." Eva tinha necessidade de quê? Qual era o objetivo dela? Esconder-se? Sim, entre outras coisas. De fato, era o mais importante para Eva naquele momento. Esconder-se em algum lugar onde pudesse ficar sossegada. Os pensamentos lhe ocorriam em cascata:

Coitada.

Fugindo.

De quem?
Maridos.
Violentos.
Mulheres. Homens. Fugindo.
Abrigo.
Abrigo de mulheres.

Havneholmen, Copenhague – 15h40

O edifício triangular e espelhado que abrigava a sede do grupo editorial Aller Media combinava, ali fora, com a paisagem ligeiramente futurista do conjunto residencial e empresarial de Havneholmen. Eva não tinha nenhuma hora marcada com Tine Pihl, só o compromisso consigo mesma de que não ia desistir. E por isso estava agora sentada em frente à editora, esperando, confiando. Ao telefone, o filho adolescente de Tine, acometido de uma ressaca pavorosa, tinha explicado que a mãe estava trabalhando.

Eva se levantou e olhou através da porta de vidro da entrada. Fixou-se num relógio de parede. Ainda teria tempo para se encontrar com o corretor imobiliário em frente à casa de Brix. Deu uma olhada nas revistas de papel brilhante, publicadas pela Aller, dispostas lá dentro, na sala de espera. *Billed-Bladet. Familie Journal. Tidens Kvinder. Kig Ind. Se og Hør.* Incontáveis revistas mais. Sentou num banco e esperou. Refletiu que os empregados da editora produziam a única leitura de muita gente na Dinamarca. Um táxi parou, e um homem muito elegante desceu e sumiu dentro do prédio. Uma moça saiu. Entrou num carro, sumiu também. Era surpreendente a quantidade de gente que trabalhava aos domingos. Ou talvez não fosse assim tão surpreendente. O cargo que Tine Phil ocupava atualmente na empresa era de redatora web, e o que os leitores de notícias queriam – fofocas ou dicas para emagrecer – não se reduzia só porque era domingo. Muito pelo contrário. No domingo, as pessoas tinham tempo para ler. Eva contemplou a vista para as águas do porto, e, quando tornou a olhar para o prédio, Tine estava indo embora, acompanhada de uma amiga – ou colega. Qualquer que fosse o caso, saíram juntas, copo de café na mão, cigarro. Aproximavam-se de Eva. Resolveu ficar sentada até que tivessem passado por ela e depois... É, e depois o quê? O que diria a ela? Seria preferível esperar que Tine ficasse sozinha? Ouviu uma frase solta da conversa e reconheceu da TV a voz de Tine: "Mas nem por isso a gente pode ter certeza de que esteja falando sério".

Eva se levantou e as seguiu. As duas estavam caminhando e batendo papo. Manteve-se a uns dez metros de distância, esperando o momento certo e pensando no que dizer. Elas atravessaram um estacionamento e pararam junto a um Passat vermelho-fogo. Queriam ainda falar um pouco mais. Grande abraço, beijo no rosto, e a amiga entrou no carro e foi embora. Eva aproveitou a deixa.

– Tine Pihl? – disse, e se esforçou para parecer amável.

– Quem é você?

– Será que podemos conversar um minutinho?

– Quem é você?

– Meu nome é Eva – disse, e estendeu a mão.

Tine a encarou.

– *OK*, Eva. Do que se trata? Estou com um pouco de pressa.

Começou a andar, com Eva ao lado, de volta para a entrada da editora.

– De Christian Brix – disse Eva. – Você o conhecia?

– Não conheço ninguém até você me explicar quem você é e por que estamos conversando.

– Sou jornalista, igual a você.

– Eva de quê?

– Katz. Trabalhei no *Berlingske*.

– Trabalhou? Ou seja, está desempregada e veio atrás de uma matéria que faça você voltar para a lista dos poucos jornalistas que a mídia ainda está disposta a contratar.

Eva parou. Tine seguiu em frente, mais alguns passos, até que Eva resolveu também continuar. Estavam a poucos metros uma da outra.

– Tine, escute: Brix esteve em Amalienborg pouco antes de morrer.

– E como você sabe disso?

– Vamos dizer que se trata de um testemunho em primeira mão. Você conhecia Brix?

Dessa vez, foi Tine quem deu alguns passos em direção a Eva.

– Pessoalmente, não – respondeu.

– Mas já topou com ele?

– Sim, em várias ocasiões. Mas isso foi antes de terem me colocado em quarentena.

– Puseram você em quarentena? Por quê?

– Desculpe-me, mas do que se trata? Por que é que a gente está aqui conversando?

– O assunto é Brix. O que você quis dizer com quarentena?

Tine Pihl não ficou satisfeita com a resposta de Eva. Deu para perceber isso quando respondeu:

– Já não sou bem-vinda na alta sociedade. É por isso que não estou mais na *Billed-Bladet*. Agora fico dando conselhos na internet. – Olhou rapidamente para Eva. – Não posso ser mais clara que isso.

– E por que não?

– Como se você já não soubesse! – disse Tine, irritada. – Precisava mesmo vir me procurar para saber uma coisa que você já sabia? Uma coisa que você vai achar em qualquer dos livros que eu escrevi? No total, doze. Pelo menos desde a última venda de encalhes.

– Christian Brix não se matou, e as últimas pessoas com quem esteve antes de morrer eram gente de Amalienborg. Foi na noite anterior.

– Você está dizendo que a rainha matou Brix? – Deu uma risada rouca, que alardeava muito cigarro e uma vida pouco saudável. – Acho que você não está bem da cabeça, querida.

Tine lhe deu as costas e começou a andar. Eva foi atrás dela. Enfiou a mão no bolso, procurando o papel.

– Tine, e isto aqui? Dê só uma olhada!

Um olhar rápido para o que Eva segurava na mão.

– É do Departamento de Medicina Legal – explicou Eva. – É uma reprodução de parte do crânio de Brix. Os pedaços que foram reconstituídos depois do tiro na cabeça.

Os passos de Tine tornaram a ficar mais lentos. Eva parou. Era como um balé, pensou; repulsa e atração, para a frente e para trás. Naquele momento, para a frente. Tine se aproximou de Eva.

– De onde você tirou isso? Como vou saber que você não é doida de pedra?

– Eu pareço doida?

– Você quer mesmo que eu responda?

– Se você quiser, vamos juntas ao Departamento de Medicina Legal. Aí o legista vai poder contar como praticamente arrancaram de lá o corpo de Brix. Não era para investigar nada.

– Mas, então, como foi que o legista descobriu?

– Pelos fragmentos de crânio, juntados como num quebra-cabeça. Veja isto aqui – disse Eva, e apontou o crânio, as endentações. – Foi onde Christian Brix levou um golpe.

Tine olhou fixamente para a reprodução. Passou os dedos pelas endentações, certificando-se.

– Preciso entrar em contato com alguém de dentro – disse Eva.

– Dos palácios?

– É.

– Ninguém lá vai querer ajudar você.

– Mas existe toda aquela gente que frequenta o lugar no dia a dia. Igual a você, antes. Tem que haver algum jeito.

– Estou começando a achar que você não entendeu nada mesmo. – Tine balançou negativamente a cabeça e, enquanto ficava pensando em algo, tirou um cigarro do maço. Acendeu e deu a tragada de que tanto precisava; talvez por isso, disse: – Os palácios são um pedaço da Idade Média em plena Copenhague. As pessoas que acham que a rainha não tem poder são tão ingênuas que merecem uma morte bem dolorosa, para deixarem de ser tão ignorantes.

Eva olhou para ela e viu o sofrimento em sua fisionomia quando Tine continuou:

– *OK*, *OK*, a rainha não dita as leis; ela só as assina. Por isso, as pessoas costumam dizer que a rainha não tem poder; que ela não influencia em nada. Como se a única coisa com que ela se importasse fosse a educação, a agricultura, os limites de velocidade! Os reis não querem saber das necessidades da população. Eles só se importam com duas coisas: poder e dinheiro. Você entende o que estou dizendo?

– Entendo, sim.

– E como é que eles conseguem o poder?

– Diga-me você.

– A rainha possui o poder social, que é o mais importante. Pense na estrutura de poder na Dinamarca. Não é difícil; qualquer idiota pode ver quem decide o quê. A elite empresarial. E a elite política, aí incluídos alguns do segundo escalão. Depois vêm os formadores de opinião; o redator-chefe do *Politiken*, por exemplo. Você diria que esses três quadradinhos abrangem mais ou menos o poder no país?

– Os sindicatos não?

– Ora, por favor!

– *OK*. O empresariado, a elite política e os formadores de opinião.

– É uma estrutura de poder absurdamente antiga, absurdamente arraigada nesta trama que chamamos de Dinamarca. Quando você está prestes a se tornar alguém, eles a convidam para entrar. Pode ser uma festa na casa do seu chefe, algum evento a que alguém da realeza compareça. É o exame de admissão que você faz. São uns anos até você conseguir acabar a prova. Se vai passar ou não, depende do seu grau de fidelidade. Você, devagarzinho, vai subindo os degraus. É um processo natural; quanto mais alto você chega, na sociedade, mais fica integrada no círculo do poder. Através dele, dos contatos que você faz, vai ganhando mais influência. A fidelidade é o que conta. E, nessa subida, você nem sequer se pergunta se aquilo está certo, se é daquele jeito mesmo que as coisas deveriam ser. Então, como é que vamos conseguir mudar o sistema algum dia? E as decisões que são tomadas, são tomadas levando em conta também o povo? São para o bem comum?

– Mas você fez isso?

– Fiz o quê?

– Questionar-se. Quando trabalhava na *Billed-Bladet* e tinha um pé lá dentro.

– No começo, não. Não, você não faz isso. Fica seduzida, cativada. Quando sai da primeira festa de verdade com a rainha e o príncipe herdeiro, você já está fisgada. Até os chefes de redação, até os artistas, gente normalmente muito capaz de pôr a boca no mundo, ficam sentadinhos, obedientes, como cachorrinhos. Comigo foi igual. De repente, você está à mesa com um herdeiro da Mærsk de um lado e um subsecretário de Estado do outro, um cara que, na véspera, apertou a mão do Obama.

– Mas?

– Mas aí conheci um homem. Tivemos um relacionamento, e fiquei morando uns anos nos Estados Unidos. Fiquei longe um tempo. E a distância influencia. Comecei a pensar do jeito que jornalista deve pensar, mas que ninguém pensa.

– E pensou o quê?

– Que a Dinamarca é mais monarquia do que democracia. Ao contrário do que as pessoas por aí costumam achar.

– Mas a legislação... – disse Eva, antes de Tine, balançando negativamente a cabeça, interrompê-la.

– Preste atenção, lindona. A rainha, se pudesse, limparia a bunda com as leis que assina. Como eu dizia, quem é que liga para cotas de pesca e reformas municipais? Quem se importa com isso? – Aproximou-se um pouco mais de Eva antes de continuar. – O poder social. Quem chega a ser alguém neste país. Quem permite que seja alguém. O poder pelo poder. Para continuar no trono.

Riqueza, *status* social. Essas pessoas protegem o trono. Todos eles, sem exceção. É como uma colmeia. Com a rainha no centro. E todos os outros só pensam em ajudá-la e protegê-la; quanto melhor a gente a protege, mais alto a gente chega. Você acha que algum redator-chefe vai voltar para casa e escrever um artigo criticando a monarquia, depois de ter abraçado a princesa consorte em festas e ter combinado as próximas férias com os herdeiros da Lego? Pense só: você vai para Maurício de jatinho e, no caminho, eles param para pegar Tony Blair. Está entendendo? Acaba sendo tão... – Tine pareceu procurar a palavra certa. – ...inebriante. Você realmente sente que é próxima de quem faz e acontece, e isso não só na Dinamarca. A metade das pessoas que se reúnem para uma noitada de *bridge* com a rainha acabou de descer da porra de um Learjet depois de ter se reunido com os outros caras que governam o mundo. É a droga mais forte que existe. Você se vicia. Totalmente. Fica chapada. Fica até excitada; e percebe a mesma coisa no rosto dos outros: nas festas, vê-se que as pessoas estão com tesão. – Deu uma rápida tragada no cigarro. – Você só precisa ter em mente que é como uma maçonaria. Se percebem o mínimo sinal de traição, você está fora. Completamente. Todo mundo tira algum proveito. Você recebe ajuda para subir. Isso traz *status* e dinheiro. E você retribui dando fidelidade. Fidelidade incondicional.

– E agora você está fora?

– Totalmente. Tive sorte de ainda conseguir emprego. No livro, mostrei as coisas do jeito que são. Achei que já era hora de os cidadãos terem um pouco de informação sobre o que fazem com o dinheiro deles e sobre o jeito como funciona a monarquia, o jeito como funciona a democracia. Mas eu nunca deveria ter feito isso. No instante em que publicaram o livro, passei a ser malquista. Fiquei em *bad standing*. O conceito que as pessoas faziam de mim foi a zero, e ninguém queria ouvir a verdade.

– *Bad standing* – disse Eva.

– Veja nossa querida rainha, por exemplo. Quantos dinamarqueses sabem que é uma dependente, uma viciada em remédio? Quem escreve sobre isso? Ninguém. Quem é que diz a verdade nua e crua, ou seja, que todo santo dia entopem a rainha de tranquilizantes e de remédios para o reumatismo? É um coquetel que acaba atordoando tanto quanto o ópio purinho.

– Eu não sabia – disse Eva.

– Não, claro que não! Porque ninguém noticia; porque ninguém aguenta pensar na realidade que estamos vivendo.

– E que realidade é essa?

– Que temos uma soberana que, durante a maior parte do tempo, está tão dopada que não consegue reagir nem raciocinar direito. Nisso, parece o pai, que volta e meia estava bêbado, ou Cristiano VII, que era louco de pedra. E quem raciocina então? Quem decide quais chefes de Estado convidar para um jantar de gala, quais empresários incluir na comitiva real para a viagem à China? Se não é a rainha, vai ser alguém da corte. Altos funcionários. Gente que não conhecemos. Gente que não foi eleita nem é da realeza. O pessoal que realmente administra aquele troço. O poder dentro do poder. E quem noticia isso? Ninguém nos conta nada. Não sai nem a mínima insinuação de que talvez fosse boa ideia uma licença médica para a rainha. E por que isso? Porque ninguém tem coragem de dizer a verdade. Eu já tentei, muitas vezes; mas parece que ninguém quer ouvir. Não, preferem escutar a princesa consorte. Sabe o que ela falou de mim?

– Não.

– Várias vezes, disse que ficou decepcionada comigo. – Tine tornou a dar aquela risada rouca e insana. – Pense só: uma garota sem sal, totalmente desconhecida, lá do outro lado do mundo,* é trazida para a Dinamarca e, de um dia para outro, colocada num pedestal absurdo. Estamos falando de muito dinheiro, milhões e milhões de coroas, e todo mundo a aclama, a aplaude, acha que ela é adorável, a criatura mais fantástica que já pôs os pés no mundo. E depois ela vai e fica *tão* decepcionada comigo, uma ex-jornalista da *Billed-Bladet* que ninguém quer escutar de jeito nenhum, só porque me permiti ser um pouco crítica. Poxa, eu fico quase comovida! E sabe o que isso mostra?

– Não.

– Mostra que o melhor que a gente pode fazer é baixar a cabeça. Ninguém noticia nada de ruim sobre a Casa Real. Ninguém quer saber da história de verdade.

– E qual é a história de verdade?

– Uma história negra como breu. Séculos e séculos de déspotas que reprimiram toda e qualquer tentativa de oposição, que prenderam e executaram os adversários, que nunca cederam voluntariamente nem um milésimo que fosse. Quanto tempo faz que a rainha visitou o emir de Bahrein e o condecorou com a Grã-Cruz da Dannebrog? Dois anos? E ela declarou que o emir era um soberano muito preocupado com os súditos, ou alguma merda do tipo. – Tine tinha saliva nas rachaduras dos lábios. Eva baixou os olhos enquanto a outra prosseguia com sua diatribe. – Estamos falando de um ditador que tiraniza e mata sistematicamente. Hermann Göring, o braço direito de Hitler, recebeu de um rei nosso a

* A princesa consorte Mary é australiana. (N. do T.)

mesma condecoração. A lista de tiranos que condecoram outros tiranos não tem fim. E, quando a rainha passeia de carruagem pela cidade e ficamos assistindo e agitando bandeirinhas na calçada, com a criançada sentada no ombro, estamos festejando uma família que há séculos enriquece à custa dos outros, uma família que mandou o povo para inúmeras guerras absurdas, impossíveis de vencer, só para poder enriquecer ainda mais. As pessoas comuns precisaram lutar por cada um dos direitos e bens adquiridos. A Coroa dinamarquesa é um símbolo de repressão. Nem mais nem menos. O fato de os cidadãos da Dinamarca acharem que a Coroa simboliza uma coisa boa não é muito diferente de quando as pessoas se ajoelham para rezar para uma pedra negra ou uma imagem de mármore e berram que Deus é grande. Não passa de pura invencionice, uma concepção absolutamente distorcida da realidade. E eu achei que poderia...

Emudeceu. Eva percebeu na hora. Tine havia estado a ponto de falar o que não devia.

– Achou que poderia o quê? – perguntou Eva.

– Derrubar aquela merda toda.

– De que jeito?

– Eu sei de uma coisa. Mas, se digo o que é e quero que pareça verdade, vou ter que revelar as minhas fontes, expor quem já pertenceu ao círculo mais íntimo...

Eva a interrompeu:

– Então existe mesmo gente que está disposta a falar?

– Existe. Dá para fazer. Ex-babás. Auxiliares domésticos. Amigos que foram postos para escanteio. Mas, você sabe, ninguém quer ouvir.

– Ouvir o quê?

– Estou falando de violência, a psicológica e a física. Até os príncipes reconhecem. O pai deles também. No meu mundo, ninguém tem dúvida. Esses meninos se criaram com um déspota violento. Aliás, há quem fale de agressões sexuais.

Eva olhou para ela.

– Contra quem?

Tine olhou para Eva. Tinha dito mais do que pretendia. Mas mentia? Eva não era capaz de determinar. A outra parecia dizer a verdade. Tine tinha má fama, mas talvez isso fosse parte de uma conspiração contra ela. Contra os que não faziam reverência nem aplaudiam os membros da Casa Real. Contra os que escreviam o que ninguém queria escutar.

– Agora tenho que ir – disse Tine, e fez um rápido movimento com o braço para se soltar de Eva, que a segurava.

Eva a seguiu, sentindo uma raiva repentina que não conseguiu reprimir.

– Preste atenção. Para mim, é questão de vida ou morte. Estão tentando me matar. E estão tentando com tanta vontade que precisei me esconder. Agora vou dizer onde estou morando. Ninguém mais sabe, Tine.

– Então não conte.

– Vou contar, sim. Talvez o que esteja faltando seja justamente um assassinato, para que alguém comece a escutar.

– Não conte com isso.

– Mas esta noite, quando você voltar para casa e começar a pensar... – disse Eva, e agarrou Tine com força pelo braço.

– Mas que porra você está fazendo?!

– Eu sou mulher; você também. Eu sou jornalista; você também. Eu quero denunciar a verdade; você também. Estou sendo perseguida por alguém ligado à Casa Real; você também. Por que então você me vê como inimiga, alguém com quem mal se digna a falar?

Tine afastou a mão de Eva.

– Você tem caneta? – perguntou Eva. – Alguma coisa onde anotar?

– Por quê?

As duas mulheres se olharam. Um instante de silêncio. Por fim, Tine abriu a bolsa com um gesto decidido e ofereceu uma esferográfica.

– E a caixinha de cigarro.

Tine a pegou. Era um maço de Prince.

Eva anotou o endereço na caixinha dura, logo abaixo do desenho da coroa.

– Eu moro aí. Um abrigo de mulheres. Fica para o caso de você se lembrar de alguém. Tem que haver quem possa me ajudar. Tem que haver alguém por aí. Você mesma falou nisso. Alguma antiga dama de companhia, algum motorista que mandaram embora; como é que vou saber? A única coisa que sei é que preciso entrar em contato com alguém que possa me ajudar. Alguém de dentro.

Tine Pihl não disse nada. Fez questão de mostrar que não estava ouvindo o que Eva dizia. Mas Eva viu nos olhos dela: estava prestando atenção, sim. E as palavras a impressionaram.

Jens Juels Gade, Copenhague – 16h50

Pensou em Lagerkvist quando olhou por cima do ombro. Ficou imaginando se o jornalista ainda estava vivo. As palavras dele, pelo menos, continuavam vivas em Eva. "Quando você for se aproximar da presa, faça isso vindo das margens. Do mesmo jeito que um predador. Não parta para o ataque direto; fale com os ex-amigos da pessoa, as ex-namoradas, os vizinhos." Seguiu pela Jens Juels em direção à casa de Brix. Eles estariam vigiando o endereço? Passou de cabeça baixa em frente à casa. Na rua, havia apenas um homem, que estava lavando o carro um pouco mais adiante. E era gordo demais. Aqueles outros não eram assim; tinham mais o aspecto de Martin. Ainda sobrava tempo antes do compromisso com o corretor. Agora, chamava-se não Eva, mas Birgitte. Agora, era uma mulher normal com interesses normais, que iria a uma *open house* numa tarde radiante de domingo em companhia de outras pessoas igualmente normais. Quase acreditou nisso enquanto seguia pela rua e se esquecia de olhar para trás, de vigiar o inimigo.

Não se viam indícios de que o proprietário da casa tivesse sofrido morte atroz fazia só poucos dias. Nenhum cordão policial, só os afazeres típicos de um domingo à tarde no distrito de Kartoffelrækkerne. Alguém tinha colado um cartaz na janela da casa de Brix: "Vende-se".

Ao fundo, o vizinho continuava lavando o carro, com movimentos enérgicos e circulares.

– Oi – disse Eva, e se aproximou.

O homem vistoriou Eva de um jeito que a mulher dele não teria aprovado.

– Posso perguntar uma coisa?

– Manda ver.

– Christian Brix?

O homem deixou o pano molhado em cima do capô e assentiu.

– É, eu vi na TV.

– Você não o conhecia?

– Nós nos cumprimentamos uma vez, e foi só. Faz pouco tempo que mudei para cá.

– Você não viu nada fora do normal?

– Você está falando do quê?

– De alguma coisa que tenha acontecido na casa. Algum barulho, alguma zoeira. Esse tipo de coisa.

– E por que você está perguntando?

– Não viu nada? Nem ouviu?

– Você é jornalista?

– Sou.

Um breve instante de desconfiança no olhar dele. "Ossos do ofício", pensou Eva. "Mereço adicional de insalubridade."

– Não, nada – disse o homem. – Acho que ele tinha acabado de se divorciar.

Por um momento, pareceu envergonhado, como se estivesse consciente de que aquilo não era mais que fofoca.

– *OK*, então – disse Eva, e sorriu. – Até logo.

Afastou-se um pouco e contemplou rapidamente a casa. Não sabia grande coisa sobre o distrito de Kartoffelrækkerne. Só o óbvio: era para gente de boa renda, gente que escolhia morar no centro em vez de mudar para a zona norte da cidade. Estava perto do quê? Do aeroporto? Relativamente. Dos palácios de Amalienborg?

Percebeu que tinha acabado com a capacidade de concentração do vizinho. Ele estava segurando o pano contra o carro, mas não conseguia parar de olhar para Eva. Continuou assim quando ela subiu a escada de entrada da casa ao lado e tocou a campainha. Passado um momento, a porta se abriu, e Eva deu com o olhar tão apático quanto desconfiado de um adolescente que estava com o *skate* debaixo do braço e passava a nítida impressão de achar a vida um suplício.

– Oi – disse Eva. – Seu pai ou sua mãe estão?

– Meu pai foi viajar, e minha mãe está trabalhando.

– *OK*, mas... – disse Eva, hesitante. – Não é nada importante. Tchau.

Viu que o garoto estava saindo de casa, mas ela não lhe disse mais nada. Foi à casa do vizinho seguinte e tocou a campainha. Não estava funcionando; Eva então bateu à porta e esperou.

A senhora que abriu achou eletrizante que Eva lhe fizesse perguntas sobre Brix. Não conseguia esconder a animação. Seus olhos brilhavam de curiosidade, e falava com voz um pouco alta demais.

– Não, eu não vi nada muito suspeito – disse. – Mas...

Ficou evidente que a mulher estava com muita vontade de contribuir com alguma coisa, com qualquer coisa que convencesse Eva a se demorar mais um pouquinho ali. Em nenhum momento perguntou quem era ou por que estava batendo de porta em porta, e Eva se deu conta de que a moradora matutava se deveria mentir, se deveria inventar algo que trouxesse um pouco de emoção à vida banal de dona de casa em Kartoffelrækkerne.

– Talvez a senhora se lembre de alguma coisa mais tarde – disse Eva, e foi embora.

– Isso! E aí eu telefono. Prometo.

"Não, não vai fazer isso", pensou Eva. "Porque você não faz a mínima ideia de quem eu sou. E não tem o meu número."

O vizinho de Brix tinha sumido. Ficaram apenas o Opel azul brilhando e o balde de água com sabão. Nisso, o adolescente passou de *skate* por Eva. Ele parou e a encarou.

– O que foi? – disse Eva.

– Você não é da polícia.

– E você achou que eu fosse?

– Eles sempre vêm em dois. Mas, então, você é o quê?

– Sou jornalista – disse Eva, e tornou a achar que a palavra lhe caía bem na boca.

– Nunca vi você na TV.

– Eu escrevo. Para um jornal.

– Escreve sobre o quê?

– De tudo um pouco.

– Sobre o cara que morreu? – perguntou o garoto, e lançou um olhar para a casa de Brix.

– Você sabe alguma coisa dele?

– Pode ser.

– O quê?

– Você paga quanto para...?

– O que é que você sabe? – disse Eva, interrompendo-o.

– Você vai me dar o quê?

– Em troca do quê?

– De contar o que eu sei.

– Você me conta, e aí eu digo quanto vale.

O garoto torceu o nariz.

– Mas aí eu já terei contado.

– Se valer alguma coisa, eu pago. Então, o que é?

– Aquela noite, eu fiquei jogando.

– Jogando?

– No computador. Mas os meus pais não podem ficar sabendo. Eles não me deixam jogar de noite.

– Eu entendo o ponto de vista deles – disse Eva.

– Aí parou um carro.

– De quem? De Brix?

– Não sei. A verdade é que não pensei muito naquilo.

– Mas aí...?

– Mas aí eu soube que ele tinha estourado os miolos. E então pensei bastante, sim.

– Só que não podia contar porque aí descobririam que você passa as noites no computador.

O garoto deu de ombros.

– *OK* – disse Eva. – Apareceu um carro. O que mais?

– Não muita coisa. Um homem entrou na casa e, pouco depois, saiu com uma espingarda de caça na mão.

– Tem certeza? Não é só uma coisa que você está inventando porque leu no jornal?

– Tenho certeza, sim. Mas não acho que era ele.

– Ele?

– O cara que morava na casa. Esse que morreu era meio magrinho.

– *OK*. Como era o cara que entrou?

– Largão. Era mais forte, ou coisa assim.

Eva olhou para ele. Não estava certa de que ele não tinha inventado aquilo. O olhar do garoto indicava certa insolência.

– Cem coroas – ele disse de repente, e estendeu a mão.

Eva o encarou com um quase sorriso.

– Cai fora, moleque.

O garoto riu, jogou o *skate* no chão, colocou um pé na prancha, o outro no asfalto, e partiu dando trancos secos. Fazia um barulho danado assim, muito mais do que o carro elétrico em que quase bateu ao dobrar a esquina.

* * *

Eva estava esperando que viesse um homem, não uma mulher. E, de todo modo, não uma moça tão novinha como a que desceu do Polo vermelho e veio sorrindo ao encontro de Eva. A corretora se chamava Lisa e parecia alguém que ainda deveria estar estudando. Cabelo muito clareado, jaqueta esportiva azul, expressão corporal quase excessiva.

– Está esperando faz muito tempo? – perguntou a corretora. – A gente espera os outros casais?

Eva levou um susto. Os *outros* casais? Qual era o primeiro? Eva e Lisa? A ideia de que moraria ali com aquela moça a perseguiu enquanto, indo atrás da corretora, avançava para a casa. Felizmente, os outros casais apareceram e interromperam esses pensamentos absurdos. Não houve apertos de mão. Todos se olhavam desconfiados, como rivais numa disputa esportiva.

– Agora só falta o último – disse Lisa. – Talvez seja esse que vem vindo ali.

Eva olhou para trás, para o homem que se aproximava com um sorriso bem largo.

– Vocês são da visita guiada? – ele perguntou.

Conservou o sorriso ao olhar para Eva, que num instante perdeu todo o ânimo, toda a vontade. Naquela fração de segundo, o medo se propagou por todo o seu corpo como um tremor. Não tinha certeza de quem fosse o homem, mas estava quase certa de que era um deles. *Eles*. Parecia-se com eles. O cabelo cortado à escovinha, o olhar... Como a tinham achado? Sabiam onde estava morando?

– Bem, e se você entrar primeiro? – disse a corretora a Eva, e lhe deu um empurrãozinho para que entrasse no vestíbulo.

"E agora?", pensou Eva. Ele não podia matá-la ali, diante de três mulheres e dois homens. Pensamento repentino: e se estivessem todos envolvidos? Eva se deteve no vestíbulo; os outros entraram atrás. Estava encurralada. Não tinha como sair.

– São três pavimentos – explicou a corretora.

Cada um dos dois casais conversava entre si, cochichando. Uma mulher repreendeu o marido. Não, não estavam mancomunados; o homem do cabelo à escovinha estava sozinho ali. Por quê? Ele olhou para Eva, que avançou para a sala ao mesmo tempo que tentava acalmar-se. As mãos dela... O que faria? Sair correndo agora que os demais tinham entrado?

Vozes, conversas dispersas.

– Podemos subir?

– É um bairro muito tranquilo – disse Lisa. – Nem dá para acreditar que estamos bem no centro de Copenhague.

– Onde fica a sala?

– Em cima. Mas antes você precisa ver o terraço. É incrível; tem um encanto especial. – Lisa atravessou a cozinha e abriu uma porta de correr. – Que tal?

Eva continuava na cozinha. O homem do cabelo à escovinha acompanhou um pouco o fluxo e olhou para o terraço. Depois, olhou para Eva.

– O que acham? – perguntou a corretora. Parecia realmente entusiasmada. – Por mais que vente lá fora, não chega aqui. E o terraço é quase voltado para o sul; assim, bate sol quando a gente volta do trabalho.

– Fantástico! – disse uma das mulheres.

– Você mora por aqui?

Deu-se conta de que Lisa estava falando era com ela, Eva.

– Na Nørrebrogade – respondeu Eva. O cabelo à escovinha sorriu e olhou para o chão.

– Podemos subir? – quis saber um dos outros homens.

– Mas é claro.

Lisa ia à frente. Eva a seguia. O que o homem pretendia fazer? Matá-la quando ela saísse? Olhou em volta. "Talvez eu devesse dar no pé agora mesmo... Não, não." Por que ali? Do que tinham medo? De que ela fosse descobrir alguma coisa? Lisa falava da maneira que um corretor imobiliário costuma falar.

– As casas de Kartoffelrækkerne têm muitas escadas. Têm mais de cem anos, e isso também é parte do encanto. Na época eram moradias operárias, e agora é um bairro bom. Abonado. Nobre. Aqui é a sala. Muita luz. E trocaram o verniz das tábuas do soalho no ano passado.

O olhar de Eva percorreu a sala vazia. O único vestígio de que um quadro já tinha estado ali era o halo amarelado no papel de parede branco.

– E refizeram o telhado em 2011 – disse Lisa, que procurou o olhar de Eva. – Você está se sentindo bem?

Eva percebeu que tinha se aproximado da parede e que estava passando a mão pela superfície rugosa.

– É só que... Havia um quadro pendurado aqui. Uma tela.

Lisa, sem saber o que dizer, sorriu. Eva olhou para o homem do cabelo rente. Ele já não sorria.

– Por que tiraram?

– Não entendi.

– No anúncio que estava no *site* – disse Eva. – Entrei lá para ver as fotos da casa, e no dia seguinte a foto com o quadro tinha sido trocada por outra. Essa nova foto foi tirada praticamente do mesmo ângulo, só que sem o quadro. Você sabe por que fizeram isso? – perguntou, e logo acrescentou: – É só curiosidade minha.

Lisa deu de ombros.

– Você veio para ver obra de arte ou para comprar casa?

Os outros riram. E, agora que eles se afastavam, o homem se aproximou de Eva.

Lisa olhou para os dois.

– Vocês vêm? – ela disse, e, um pouco impaciente, chamou com a mão.

Dessa vez foi Eva quem se adiantou escada acima, até o piso superior. Foi a primeira a entrar no estúdio. No centro do cômodo, havia uma escrivaninha – bonita, antiga, escura.

– O dono usa o estúdio como *home office*. Mas também pode ser um quarto de criança simplesmente fantástico – disse a corretora, e olhou só um instante para a barriga de Eva, uma rápida checagem para ver se havia algum indício, por ínfimo que fosse. – Você tem filhos?

– Não – respondeu Eva, surpresa com o fato de a corretora ter-se referido a Brix no presente. Lisa talvez não soubesse que ele tinha morrido. Talvez fosse para evitar qualquer menção de morte em meio a uma visita informal e simpática. Eva se colocou atrás da escrivaninha de Brix. O homem a vigiava. Ele continuou a fazer isso quando Eva olhou a cesta de lixo. Não estava vazia. Aquilo ali era um cartão de embarque?

Eva saiu da casa junto com o último casal. Os outros já tinham ido embora. Não era imóvel para eles, o marido tinha dito baixinho à corretora.

Agora só restava Eva, sozinha com aquele homem.

– Esqueci uma coisa lá em cima – disse Eva, quando a corretora ia fechar a porta à chave. – Já volto.

Eva foi rápida. Subiu as escadas. Ouviu Lisa falar às suas costas; a corretora estava ao celular. Eva entrou no estúdio de Brix. Em cima da escrivaninha, a carta de uma seguradora. Um impresso do banco sobre uma reunião próxima. Os temas da assembleia da associação de amigos de bairro. Gaveta superior: bloco de notas, canetas caras, um exemplar de uma revista de caça e armas de fogo. Cesta de lixo: um cartão de embarque. Eva o pegou e o examinou. Era da SAS. "Quando foi mesmo que ele morreu?", perguntou a si mesma, e colocou o cartão no bolso. Fazia uma semana. Ou seja, Brix tinha acabado de voltar quando morreu. Estava em casa havia poucas horas. Gaveta seguinte: as atas de uma reunião do conselho administrativo de uma empresa da qual Eva nunca tinha ouvido falar. Uma foto de Brix com Helena, de braços dados numa festa. A irmã parecia bêbada, alegre; nessa foto, ficava evidente a semelhança entre os dois.

O telefone – tirou-o do gancho. A tecla de rechamada, a última ligação feita ou recebida. Pressionou a tecla. O número apareceu no visor. Era do exterior, com um código de país – 39.

Eva se inclinou um pouco para a frente e olhou pela janela. A corretora continuava ao celular. O homem também continuava lá. Estava do outro lado da rua, esperando-a. Passou-se um longo momento, em que Eva esteve a ponto de interromper a ligação, quando de repente se ouviu um silvo breve, seguido de uma voz eletrônica que dizia alguma coisa em... espanhol? Italiano? Voz de mulher.

– *Do you speak English?*

– *Yes, madam. Who am I talking to?*

Eva hesitou. Subitamente, não sabia o que dizer.

– Eu liguei para onde? – acabou perguntando, sempre em inglês.

– Hotel Villa Maria.

– Fica onde?

– Desculpe-me, mas do que se trata? A senhora quer fazer reserva?

– O hotel fica onde?

– Em San Menaio.

– Na Itália?

– Sim.

– O aeroporto mais próximo?

– *Madam, that would be Rome.*

Um hotel perto de Roma? Uma chamada que Brix tinha feito pouco antes de morrer. Eva ouviu Lisa. Estava entrando na casa para procurá-la.

– Faz uma semana – disse Eva; apertou o fone contra o ouvido e pensou depressa enquanto se esforçava para não errar a conta dos dias – ou oito dias. Um homem ligou da Dinamarca. Você se recorda? Talvez tenha se hospedado no seu hotel. Christian Brix.

– *No. No. We can't... information. Sorry.*

– *Please.*

Passos na escada. Eva estava com o cartão de embarque na mão quando a corretora entrou. Roma. Fiumicino. Estava ali, preto no branco. Brix tinha retornado de Roma um dia antes de morrer. E havia se encontrado com alguém. Tinha voltado para casa e corrido a ligar para o Hotel Villa Maria? Mas para quem lá?

Para quem a gente telefona em hotéis na Itália? Para uma amante? Para alguém que tinha alguma coisa a ver com a morte dele? Talvez.

Lisa estava diante dela. Eva desligou.

– Você é uma dessas esquisitonas? – disse a corretora, muito irritada.

Eva olhou pela janela. O homem tinha sumido. Não estava mais do outro lado da rua.

– Uma dessas que gostam de ficar fuçando a casa dos outros? Então, já podemos ir embora?

Lisa vinha atrás dela. Trancou cuidadosamente a porta. Eva ficou sozinha em frente à casa. Não via o homem em parte alguma. Teria sido imaginação sua? O corte de cabelo quase a zero... Paranoia?

Ali – um ponto de ônibus. E estava chegando um ônibus. Paranoia ou não, precisava estar entre outras pessoas. Um escudo humano. Atravessou a rua no último instante, bem quando o ônibus chegava. Depois olhou por cima do ombro. Entrou no coletivo; não tinha bilhete, mas o motorista não ligou. Eva aproveitou o tempo até a Praça da Prefeitura para ter raiva de si mesma. Era a última vez que não seguia as recomendações de Lagerkvist. Por acaso ele não tinha mandado que não usasse a internet?

"Para começo de conversa, esqueça a internet", ele tinha dito. A partir de agora, seguiria as leis de Lagerkvist. "Eva, você é uma idiota." Para gente com o equipamento adequado, seguir um rastro eletrônico é tão simples quanto seguir pegadas na neve. E tinham o equipamento; isso Eva pouco a pouco tinha compreendido. "É, aprendi a lição. Só peço que você me ajude a superar o dia de hoje, Lagerkvist."

Desceu do ônibus. Pegou um trem. Depois pegou metrô e táxi. Quando já tinha anoitecido, juntou coragem para voltar para casa. Ao submarino. E imergir.

H. C. Andersens Boulevard, Copenhague – 20h30

Marcus olhou para a entrada do abrigo de mulheres. Era o mais famoso de todos, o Grevinde Danner. Viu duas mulheres entrarem e uma sair. Só que pareciam trabalhar lá, e não fazer parte das abrigadas, qualquer que fosse o aspecto destas últimas.

Eva era mais atilada do que Marcus tinha pensado. O abrigo de mulheres maltratadas tinha sido uma ideia simplesmente genial. Homem nenhum pode pôr os pés num abrigo desses. Todos os homens estavam sob suspeita, todos eram canalhas em potencial. Canalhas como Marcus. Ele, que tinha amarrado os pés e as mãos de uma mulher, que a tinha tocado entre as pernas. Olhou para o próprio dedo. Por um instante, imaginou que o indicador direito – o que tinha sentido o calor de Eva – estivesse contaminado com alguma coisa. Uma coisa que tinha impedido Marcus de apertar o gatilho. Ah, se ele tivesse posto fim à história de Eva quando a teve no duto de ventilação!... Aí, ele não estaria onde estava agora, com os pulmões repletos de Eva a cada vez que respirava. Voltou a olhar para o abrigo – portão trancado, muro com cerca de ferro, guarda, alarmes nas janelas. Tampouco pretendia entrar à força. O que deveria fazer, então? Precisava avisar Eva. Precisava contar-lhe que ele era a pessoa capaz de salvá-la. Precisava alertá-la contra Trane, que estava procurando por ela e queria matá-la. Por que Eva acreditaria nele? Porque Marcus não tinha atirado nela. Porque eles o tinham atropelado. Porque ele se sacrificara por ela.

Atravessou a rua. Sentiu uma dor terrível na perna direita, ali onde o carro o tinha atingido. Um motorista buzinou. Olhou com raiva para Marcus.

Ao chegar ao porteiro eletrônico, hesitou. Na capital, havia mais de um abrigo de mulheres. Por que Eva estaria justamente naquele? Porque estava desesperada e tinha de agir com rapidez. Em qualquer situação, Eva, assim como Marcus, escolheria a primeira coisa que lhe ocorresse. O Danner, o mais conhecido. Perto do hospital. É, Eva só podia estar ali. Tocou a campainha.

– Sim?

Uma voz de mulher, hostil. Acima do portão, uma câmera vigiava Marcus.

– Eu...

– Em que posso ajudar?

– Uma mulher que está morando aqui. Ela corre perigo – disse Marcus, e na mesma hora percebeu quanto aquilo tinha soado bobo.

– Vou ter que pedir que o senhor se afaste do portão. Do contrário, vamos chamar a polícia.

– Preste atenção, por favor. Não sou um deles – disse, e travou. Ele não era mesmo. Não era um daqueles homens que agridem mulher, incapazes de amar porque a mãe e o pai não os queriam. Não, tinha amarrado Eva porque a Instituição era mais importante. Porque Eva estava disposta a tocar fogo em tudo o que representava paz e amor.

– Já chamamos a polícia.

– É só um momento. Eu só quero saber se está com vocês uma mulher que se chama Eva. É muito bonita. Cabelo castanho, olhos verdes. Deve ter, se muito, trinta anos. Diga que estão atrás dela. Que eu sou o único que pode protegê-la. Que ela ainda não entendeu o quanto eles são poderosos. Diga que vou esperá-la... – Marcus teve um branco. Onde poderia ficar à espera de Eva? – Diga que vou esperá-la no bar onde a gente se viu da primeira vez. Diga que quero ajudar. Oi? Ainda está aí?

Tinham saído do interfone. Marcus voltou a tocar. A mulher não respondeu. Sirenes ao longe. Talvez estivessem soando por causa dele. Talvez não. Ergueu os olhos para o edifício. Sentia-se atordoado. Foi em direção ao parque, para se esconder. Antigamente, aquilo era parte do fosso defensivo que circundava Copenhague. Era parte do que se acreditava que protegeria o reino. Tal qual Marcus tinha sido. Agora ele deixaria de ser. Salvaria Eva. Marcus ainda não tinha muito claro o porquê. Seria porque simplesmente não tinha ninguém mais para proteger? A vida toda, desde que protegia a irmã pequena quando a mãe a atormentava e tudo o que tinha feito no Exército ele o fizera para proteger alguém ou alguma coisa. E agora não restava ninguém. Só Eva.

15 de abril

Metrô para o Aeroporto de Kastrup, Copenhague – 5h30

Quando Eva seguiu para o aeroporto, não sabia os voos que havia para Roma; não tinha como checar sem entrar na internet. Pensou na ocasião em que jogou moedas na Fontana di Trevi e depois quis voltar para o carro porque precisava de mais moedas para jogar na água da fonte. Tinha cinco anos na época. Queria ter certeza de que voltariam a Roma. E então se perdeu. Ficou vagando pelas ruas de Roma durante horas, até se cansar. Aí, começou a chorar. Chamaram a polícia; ainda se lembrava um pouco daquilo. Sem dúvida, parte das recordações que tinha do episódio eram coisas que o pai contou quando Eva já era adulta. A mãe não conseguia falar daquilo. E Eva, apesar das moedas jogadas na fonte, não tinha voltado a Roma. Não até agora, quando o fazia por ordem de Lagerkvist. Siga a pista, não deixe de procurar nem que "precise telefonar para todos os sujeitos de um mesmo sobrenome, ainda que seja o sobrenome mais comum que há". Ou viajar para Roma, a cidade onde tinha se perdido. No entanto, havia uma coisa de que se lembrava, sim. O abrigo de menores para onde a polícia a tinha levado. Onde passara uma noite inteira esperando os pais. Ninguém lá sabia dinamarquês. Recebeu muitos cuidados e foi muito consolada; mãos – mãos quentes em suas faces. Já era outro dia quando a polícia italiana, os pais e a embaixada dinamarquesa juntaram enfim os pontos. E então muita coisa aconteceu. Muita coisa se frustrou. Muita coisa se despedaçou para sempre.

– Pois não?

Eva levantou a vista. O homem parecia cansado. Passava as madrugadas no balcão de venda de passagens no aeroporto.

– Roma?

– Roma – ele disse, e então repetiu com um sotaque italiano ainda mais cantante. – Roma, Roma. – Enquanto seus dedos dançavam no teclado, ele olhou para o relógio. – Primeiro voo daqui a trinta minutos. Vai ter que se apressar. Portão B12.

Tentou ser a primeira a embarcar no avião; a primeira a sentar. Dali podia vigiar cada um dos passageiros que baixavam a cabeça e entravam, principalmente homens e mulheres de negócios que, naquela manhã, precisavam comparecer a uma reunião em Roma. Não o viu entre eles. Talvez um que tinha certa semelhança; mas esse ia acompanhado de outros dois, e Eva os ouviu falar de Vespas e gatonas italianas, um papo matinal inocente. De resto, via a expectativa nos olhares deles. É, aquele homem e seus colegas viajavam para Roma para vender algum produto, talvez para comprar tomate pelado ou sabem-se lá quantos milhares de toneladas de massa de tomate para alguma cadeia de supermercados, e Eva via a alegria por estarem longe de casa, longe dos filhos, das marmitas e da mulher. Uma noite em Trastevere, ora.

Sentaram atrás dela. Um deles, quando se deixou cair no assento, agarrou-se com força ao encosto da poltrona de Eva.

– Quanto tempo vamos ter em Roma? – perguntou o homem.

– Só vinte minutos antes do outro voo – foi a resposta, e depois começaram a discutir como chegariam a Tirana, na Albânia, se não conseguissem pegar aquele avião.

Eva balançou negativamente a cabeça. "Nada de tirar conclusões sem fatos", pensou. Como tinha ensinado o legista, só porque três homens embarcaram no avião para Roma não queria dizer que aquela fosse a destinação final. E, por mais que Brix tivesse voado de Roma no dia anterior ao da morte, não tinha necessariamente de ter estado na Itália. Era possível que tivesse feito escala, tal qual os homens sentados atrás dela, que seguiriam viagem para a Albânia. Do que não havia dúvida, porém, era de que Brix tinha desembarcado em Copenhague, de um voo procedente de Roma. Tinha voltado para casa e jogado o cartão de embarque na cesta de lixo. E ligou para o Villa Maria, em San Menaio.

Roma – 9h20

Roma Termini. Estação Central de Roma. O nome fez Eva pensar em Lagerkvist. *Termini.* Terminal. Uma coisa que está chegando ao fim. Mas, enquanto descia a escada rolante, teve tempo de descobrir a origem do nome. O painel, afixado acima da entrada para as plataformas, trazia um desenho completo das termas romanas. *Thermae.* Um dos césares tinha construído as termas na área onde hoje fica a estação central. A não ser que se tivesse eliminado a verdade do velho bordão, estava agora no lugar ao qual todos os caminhos levavam. E não parava de correr de um lado para outro.

– *Excuse me?*

Um homem de negócios segurando meio *panino* na mão.

– *Sì?*

– *Track nine?*

O homem deu de ombros, desculpando-se.

Eva continuou correndo. Por que tudo precisava ser tão complicado? Olhou para o relógio. O trem para Foggia sairia em cinco minutos. Em Foggia, pegaria ônibus ou táxi.

Viu um bilheteiro.

– *Track nine?* – disse Eva, e lhe mostrou a passagem.

– *Sì. Come! Come!*

O bilheteiro, como se tivesse visto o desespero no rosto de Eva, pegou-a pelo braço e fez com ela o caminho de volta, escada rolante acima. Ah, lá estavam as plataformas; agora as via.

– *Thank you!*

– *Prego.*

Eva estava ensopada de suor quando enfim achou a poltrona 53, janela. Ensopada e esbaforida. A mulher que seria sua vizinha por mais algumas horas a olhou contrariada. Sentiu-se jeca quando se deixou cair na poltrona. Nem de longe se parecia com as gatonas romanas que a rodeavam. Perfeitas, bem--vestidas, bonitas, impecáveis. Ficou olhando as mulheres ao mesmo tempo que o trem se punha em movimento. Unhas compridas e pintadas, maquiagem que devia exigir pelo menos uma hora pela manhã, penteados que demandavam cuidados profissionais toda semana. E as roupas!...

– *Oh my God!* – sussurrou, e balançou negativamente a cabeça. – *In your dreams, Eva.*

Naquele momento, era uma mulher maltratada que tinha ficado para trás no sistema. Uma fracassada. Estava muito longe de suas irmãs que ocupavam as outras poltronas.

Mesmo assim, uma delas lhe lançou um sorriso.

San Menaio – 13h30

Só de ver o Adriático pela janela do trem, Eva já recobrou todas as forças. O taxista a tinha deixado num vilarejo à beira-mar e insistido em que ela percorresse os últimos quilômetros no trem de subúrbio. Eva nunca entendeu o motivo, por mais que o homem tivesse explicado de três maneiras diferentes – as três, claro, em italiano. Era baixa temporada, e não havia turistas, só um mar profundamente azul e um calor mediterrâneo suave. Na praia, um trator de esteira dava voltas empurrando montes de areia; podiam-se acompanhar do trem esses trabalhos de limpeza. Eva notou o Hotel Sole e alguns outros que se viam da ferrovia, a qual acompanhava o litoral; mas não viu nenhum Villa Maria.

Desceu do trem. Não trazia bagagem; estava só com a roupa do corpo. Nesse instante, percebeu que tinha sido justamente com um lugar assim que, depois da morte de Martin, sonhara durante meses. Devia ter-se instalado num lugar como aquele e se tornado uma dama meio misteriosa com quem os rapazes se esforçassem para trepar; muito embora não quisesse realmente homem nenhum por perto. Seu coração tinha se endurecido, virado pedra, algo que nenhuma flor silvestre, nenhuma primavera, nenhum homem e nenhum deus conseguiriam derreter. No entanto, a gente do vilarejo começaria pouco a pouco a respeitar aquela nórdica meio biruta. Com o tempo, sua beleza murcharia; seria como uma árvore que devagar vai secando. Aí pareceria cada vez mais uma maluca, toda descabelada, que bebia Campari na praça na hora do almoço, que estava sempre bêbada e nunca recusava uns tragos; tragos que decantariam como uma película ao redor de seu coração de pedra. É, aquele era o lugar certo. Ali encontraria uma casa onde morar. Entrou no primeiro comércio que viu, uma farmácia, e perguntou pelo Villa Maria.

– *Due minuti* – garantiu o farmacêutico, que então apontou para um beco.

– *Grazie.*

Não havia muita coisa ali, constatou Eva quando saiu da farmácia. Só a poeirenta rua, que subia serpenteando pelo morro, e o beco sem saída. Deu no Villa Maria. Era rosa, como nas fotos, só que mais bonito, mais romântico, um lugar construído para a noite de núpcias de alguém, não a de Eva – que, mesmo assim, entrou na recepção.

Estava deserta, mas limpa, com flores frescas em dois jarros, colocados um de cada lado do espelho. No restaurante, viu duas mulheres, que dispunham os talheres nas poucas mesas que havia.

– *Excuse me.*

As duas ergueram os olhos. A mais nova com um sorriso, a mais velha não.

– *English?* – perguntou Eva.

– *Yes, of course* – disse a mais nova.

Como explicaria? Pensou no jornalista moribundo. No que ele teria feito. Não adiantou nada.

– *Can we help you?*

Eva começou, em inglês, lentamente.

– Estou aqui porque alguém matou um homem na Dinamarca. *Dead. Understand?*

– *No.*

A mais moça olhou para a outra.

– Mataram um homem na Dinamarca – tornou a explicar Eva. – A última coisa que ele fez antes de morrer foi telefonar para este hotel.

A moça traduziu. A mais velha fez que não e deu de ombros ao mesmo tempo – todo um *pot-pourri* da negação.

– *Understand?*

– *No!*

Eva resolveu começar de novo, mas de modo um pouco diferente. Avançou até as duas e lhes estendeu a mão. Primeiro para a mais velha, que secou as mãos no avental e falou com a mais nova. Discutiram. Precisou desistir do projeto da mão estendida. A mais nova explicou em seu inglês limitado:

– Não sabemos nada de matarem ninguém. Nada. Você se enganou de pessoas. *Wrong people!* – E repetiu: – *Wrong.*

A mais velha fez menção de ir embora e disse alguma coisa que reavivou a discussão. Eva não entendia nada, mas compreendeu que não chegaria a lugar algum com aquelas duas e voltou para a recepção. Ficou um momento esperando, pensando se devia mesmo tocar a campainha. Uma mulher surgiu na porta do escritório da recepção. Elegante, quarenta e poucos anos, muitas curvas; uma Mãe Terra. Logo acima dos seios fartos, o crachá: "Claudia. Gerente".

A discussão acalorada se estendeu à recepção quando irromperam ali as outras duas, que pareciam galos de briga. Era um verdadeiro drama italiano, com todo mundo falando ao mesmo tempo. A mais velha explicava e gesticulava sobre Eva e para Eva; a mais nova emendava; e Claudia, a gerente, olhava para uma e outra, alternadamente. Quando acabaram, a gerente olhou para Eva.

– Lagerkvist – sussurrou Eva para si mesma, como lembrete de tudo o que devia e não devia fazer. Teria que explicar tudo tal e qual. Era o que ele tinha dito: não vá até eles para que expliquem os fatos a você. Vá para contar *você* os fatos a eles. É, tinha sido isso que Lagerkvist mandava fazer. – Prestem atenção – ela disse.

As mulheres olharam para ela. Eva lhes explicou a situação. Falou de Christian Brix. Da morte dele. Disse que Brix tinha estado ali, telefonado para lá.

Não teve tempo para mais que isso.

– *Please. Leave! Go!* – ordenou Claudia, a gerente, interrompendo-a.

– Eu lhe imploro – insistiu Eva uma vez mais, em inglês. – Só estou tentando descobrir...

– Não! – cortou-a. O olhar colérico de Claudia, a voz agressiva, não combinavam com sua aparência calma. Abanou as mãos como se Eva fosse uma mosca irritante que voava em volta da comida. – *Out!*

Eva recuou para a saída, empurrada pelas palavras, olhares e gesticulações das funcionárias, que não estavam lhe desejando vida lá muito longa e feliz. Voltou-se quando chegou à porta. Seu olhar cruzou com o de Claudia. Muito rapidamente. Claudia queria dizer alguma coisa com os olhos, uma coisa que não podia dizer de outra maneira, palavras que não podiam ser pronunciadas.

Eva parou na rua. Só um tempinho. Confusa. A mulher queria falar com ela ou não? Quando Claudia a olhara ao ouvir o nome de Brix, foi como se dois impulsos contraditórios – calar-se ou falar – se enfrentassem no mais íntimo da mulher.

Eva começou a andar pela rua. Depois deu meia-volta e se dirigiu de novo para o hotel.

– E agora, Lagerkvist? – disse em voz alta.

Um carro se aproximava em sentido contrário. Vinha a toda. Iam atropelá-la? Eva se precipitou para um lado e pisou na grama alta. O velho Fiat deu uma freada brusca. A mulher do hotel, Claudia, a olhou com raiva. Tinha tirado o crachá. Havia uma bolsa no banco do passageiro.

– *Entra!* – disse Claudia, furiosa, em italiano. Depois acrescentou em inglês: – Agora!

Eva entrou no carro. A mulher olhou por cima do ombro antes de dar meia-volta e tomar de novo o rumo do hotel. Passou direto por ele e foi em frente. Em vez de pegar a larga rua principal, pegou um caminho sinuoso, estreito demais para trânsito nos dois sentidos.

– Para onde estamos indo? – perguntou Eva.

– De onde você veio?

– De Roma.

– Então vamos para Roma.

– Eu não... – Eva travou. Em seguida, juntou coragem e disse: – Pare o carro.

– Com quem você andou falando?

Eva olhou para ela. A raiva parecia prestes a fazer Claudia ter um ataque de nervos.

– Responda! – gritou Claudia. – Você está pondo a minha vida em perigo. Você põe a *sua* vida em perigo vindo aqui e fazendo perguntas. Com quem andou falando?

– Com vocês. No hotel.

– E com quem mais?

– Com ninguém.

– Tem certeza? Com ninguém mesmo? E no caminho para cá?

– Com o taxista de Foggia. Eu e ele nem conversamos.

– Ninguém? *No one?* No caminho para o hotel?

– Pedi informação ao farmacêutico.

– Contou para ele por que queria vir para o hotel?

– Não.

– Pense bem. *Think!*

– Foi para você que o Christian telefonou? Aquela noite. Antes de morrer.

– O que é que você pretende? – disse Claudia, interrompendo-a, com súbita dureza. – Por que você veio para a Itália? Foi para falar comigo?

– Porque quero saber quem matou Christian Brix e por quê.

– Ele se matou. Você não lê jornal?

– Você sabe muito bem que não é verdade. Foi para você que ele telefonou. Vocês eram o quê? Amantes?

Claudia sacudiu negativamente a cabeça e bateu no volante com raiva ou impotência; foi a palavra "amantes" o que provocou essa reação. Deu uma freada brusca, levou a mão direita à boca e a mordeu. Eva viu a mão sangrar.

– *No!* – Agarrou a mão de Claudia, que ainda tinha os dentes fincados nela, e disse em dinamarquês. – Pare já com isso!

Claudia enfim parou de se morder. Talvez tivesse sido o uso do dinamarquês o que operou o milagre. Finalmente brotaram as lágrimas que Claudia vinha reprimindo. Chorou em silêncio, total silêncio. Eva tentou abraçá-la, mas era difícil fazer isso num carro tão pequeno. Foi embaraçoso.

– Será que alguém está nos seguindo? – perguntou Claudia, atrapalhada pelas lágrimas, por um instante pensando na sobrevivência em meio a toda aquela sensação de impotência. Estava sentindo um desejo profundo de morrer, misturado com aquele instinto de preservação que sempre acaba se impondo.

Eva se voltou. Pelo vidro de trás, olhou para uma estrada poeirenta de montanha, com oliveiras de ambos os lados do caminho.

– Não. Ninguém está seguindo a gente.

Silêncio, do tipo que faz barulho. Eva cedeu ao choro, sem dizer nada; durante alguns segundos, não houve espaço para outra coisa.

Pausa. Claudia tomou fôlego. Olhou para Eva.

– Quem é você? É jornalista? Não devia ter vindo. Imagino que você saiba o tamanho do perigo.

Olhou para a própria mão, para as poucas gotas de sangue, como se fossem um aviso de todo o sangue que seria derramado antes que aquela tragédia chegasse ao fim.

– Perigo por estar aqui?

– De que vejam você comigo.

– Também é perigoso para os outros serem vistos comigo. Já tentaram me matar. – Eva tirou do pescoço o lenço de seda. Claudia viu as marcas de estrangulamento. – Estamos juntas nisto.

– Não. – Claudia deu uma risada falsa. – Não estamos juntas, não. Eu já levei a pior.

– Eu também. Meu noivo morreu. Mataram um velho amigo meu. Brix e você eram o quê?

Claudia hesitou.

– Nós dois nos conhecíamos desde crianças. A família dele tinha casa aqui. A gente costumava brincar juntos.

– Namoro de infância?

– É. *Amore*. Sempre fomos parte da vida um do outro.

– *Amore*? Por isso ele queria se divorciar?

Claudia assentiu com a cabeça.

– E foi você que ele veio visitar antes de morrer?

– Foi.

– Depois disso, por que foi que ele telefonou?

– Para dizer que me amava, mas que estava com medo.

– Medo de quê? – Silêncio. Eva tentou de outro jeito. – Você trabalha no hotel?

– O hotel é meu, mas eles estão sempre lá. E a minha casa é vigiada vinte e quatro horas por dia. O meu celular está grampeado. Eles controlam todo rastro eletrônico que deixo.

– Eles quem? Os que mataram Brix? Você os conhece?

Eva poderia ter continuado perguntando, sem parar. Tinha centenas de perguntas para fazer e vontade de fazê-las todas de uma vez.

Claudia tornou a dar a partida.

– Agora vamos para Roma. Você não pode ficar aqui. No caminho a gente conversa. Mas, antes de mais nada, responda uma coisa: quem é você?

Claudia e Eva cruzaram os Apeninos, em direção a Roma, enquanto Eva explicava tudo. Falou do desenho de Malte, do torpedo de Brix, dos horários que não batiam. A italiana não pareceu ficar surpresa nem uma vez sequer. Pelo contrário: Eva teve a sensação de estar contando um filme a alguém que já o tinha visto.

– *OK*, então – disse Claudia quando se fez nova pausa. – Você já sabe muita coisa.

– Eles o mataram. Descobri a prova disso. Mas quem é essa gente? E por que fizeram aquilo?

– Você precisa perguntar é quem era *ele* – disse Claudia. – Brix.

– *OK*. Ele era o quê?

Claudia sorriu, um sorriso repentino que pegou Eva de surpresa.

– É um homem maravilhoso – disse a italiana. Naquele instante, Brix voltava a estar vivo na lembrança de Claudia. Eva viu isso nos olhos dela. É assim que mantemos vivos os mortos, recordando um carinho, uma palavra dita, do mesmo jeito que Eva tinha feito com Martin. – Mas já nasceu com um compromisso – continuou Claudia. – Os pais dele conheciam a família real.

– A dinamarquesa?

– E as outras. Ele era parte de toda aquela palhaçada.

– Você também?

– Eu?! – Claudia riu. – Sou dona de um hotel numa província italiana de que pouca gente ouviu falar. Sou a namorada de infância. Eu era a lembrança que ele tinha de outra vida. E ele era minha lembrança de amor. Nós dois brincávamos juntos e éramos uma coisa muito especial um para o outro. Uma coisa que nós dois queríamos recuperar: a inocência.

– O que você quer dizer quando fala de "toda aquela palhaçada"?

Claudia balançou negativamente a cabeça, mas Eva a pressionou.

– Foi você mesma que disse. Eles estão por toda parte. Você vai ter que falar. É a única coisa que pode proteger você. Proteger você e proteger a nós duas. Quanto mais gente ficar sabendo, mais protegidas vamos estar. Isso complica as coisas para eles. Você não entende?

Claudia fez que não e perguntou:

– Você está falando de publicar?

– É a única proteção que temos, o fato de que o mundo todo possa ficar sabendo.

– Ninguém vai querer publicar.

– Mas é claro que vai haver quem queira, sim.

– Acho que você não entendeu nada – disse Claudia.

– Então explique. Conte tudo o que você sabe. Faça isso também por Brix.

– São muito poderosos – disse Claudia antes de pegar a rodovia e dar a última olhada pelo retrovisor.

– A família real?

– É uma família grande. As sete grandes monarquias que restam na Europa são todas aparentadas. São todos irmãos e primos; qualquer monarca da Europa de hoje tem um pai, mãe, avó ou avô que reinou ou foi príncipe numa das outras casas reais. Você entende isso? Estão unidos por laços de sangue. Você não deveria pensar neles como sendo a Casa Real da Dinamarca, da Noruega ou da Espanha. Precisa pensar neles como sendo um todo. Uma só casa. Uma só família. Uma família cujos membros passaram séculos e séculos lutando entre si, mas também se ajudaram uns aos outros. Casaram entre si. – Claudia soltou um pouco o volante e entrelaçou os dedos, para mostrar o quanto eram unidos. – De modo que agora a gente tem os chefes de Estado da Grã-Bretanha, Escandinávia, Holanda, Bélgica, Espanha. Uma grande família, você não acha? – disse, e mostrou os dedos entrelaçados.

– Estou entendendo. Agora, só peço que você volte a segurar o volante.

– Não está entendendo, não. Isto aqui é a família. Mil anos de história. Eles sabem que basta um ramo da família falhar, basta o povo de *um* país pôr a realeza no olho da rua, para que ocorra o efeito dominó. As histórias dos podres das monarquias vão começar a aparecer aos borbotões; vão contaminar as outras casas reais como se fossem vírus. Isso talvez não aconteça em uma semana; mas vai acontecer com certeza, sem que se consiga evitar.

– Foi o que o Christian contou para você?

– Depois da Revolução Francesa, já sabiam que a democracia e a sociedade laica representavam uma ameaça para a monarquia. Aí fizeram uma aliança.

– A Santa Aliança – disse Eva.

– O czar da Rússia, o rei da Prússia e o imperador da Áustria. O objetivo era manter na linha a sociedade laica e a democracia. Em 1815. Oficialmente, o pacto em si durou só alguns anos. Mas a verdade é que ele nunca foi revogado.

Eva olhou para Claudia. Era Brix quem falava através dela. A explicação que Claudia estava dando eram as palavras dele, como quando um adolescente fala de política e vemos que o que sai de sua boca são as opiniões dos pais. Aquela era uma voz do além-túmulo. Uma voz que dava a entender que a Santa Aliança na realidade acarretou o nascimento da União Europeia – uma coalizão de Estados soberanos unidos pela vontade comum de preservar a paz.

– A Santa Aliança nunca foi rompida – disse Claudia. – Pelo contrário. A família europeia permanece unida. Depois daquele primeiro acordo, mudaram o nome, e houve a Quádrupla Aliança e a Quíntupla. O sucesso tem muitos nomes. E o Christian era uma espécie de lobista desse troço.

– Ele lhe explicou isso com essas mesmas palavras?

Claudia hesitou.

– Eu preciso ouvir do jeitinho que ele explicou – disse Eva.

– Ele se considerava um Metternich dos dias de hoje.

– O príncipe Metternich? – perguntou Eva, e pensou no quadro que alguém tinha tirado da parede de Brix.

– Metternich foi o padrinho da Santa Aliança. Era contra a democracia e o nacionalismo, a favor de Deus e da monarquia. Era um homem bom, que queria a estabilidade, o progresso, a paz, e considerava o monarca alguém que Deus pusera no mundo com uma missão – disse Claudia enquanto seus olhos vigiavam o tráfego pelo retrovisor.

– E, se foi Deus quem botou os monarcas no mundo, eles têm a obrigação de instaurar o Reino de Deus? – disse Eva.

– Você está muito a par do assunto. É, os monarcas se veem desse jeito. Era o que faziam naquela época e é o que fazem hoje. Com a graça de Deus.

– E o Christian se via desse jeito.

– Sim.

– Ele era lobista da monarquia dinamarquesa? É isso?

– Você é como todos os outros. Acha que estamos falando de um país concreto. Das princesas de contos de fadas e dos desfiles ridículos quando casa alguém da realeza britânica ou dinamarquesa.

– Então explique o que acontece de verdade.

– Imagine as famílias mais poderosas do mundo. Sete grandes monarquias, mais umas menores. Estão no poder faz mil anos ou mais. Em princípio, são uma grande família. Do que você acha que eles falam quando se reúnem? E se reúnem bastante.

– Falam de... Ah, não sei – disse Eva, e se arrependeu na mesma hora. Deu a entender que era incapaz de pensar direito. No entanto, percebia aonde Claudia queria chegar e preferia ouvir de sua boca a ficar conjeturando.

– Você acha que falam de vestidos de noite e bailes de gala? Como vão posar para os fotógrafos na próxima festa?

– Conte tudo, Claudia. Conte o que você sabe. Do jeitinho que o Christian explicou.

– Eles comentam é como manter o poder. E como restaurar o trono dos monarcas depostos. Vou dar um exemplo. Faz uns anos, em 2004, os dois rivais que disputam o trono italiano caíram no braço em Madri, no Palácio de La Zarzuela. Se você quiser, vai achar a história nos jornais; não é segredo nenhum. O príncipe Vítor Manuel, que é filho do rei deposto, deu uns socos no príncipe Amadeu, que é primo de Vítor, tudo porque eles brigam para ver qual dos dois é o herdeiro legítimo do trono.

– Mas vocês são uma república.

– Até mais ou menos a metade dos anos 70, a Espanha também era.

– E os italianos querem a volta do rei?

– Nunca teriam destituído o último rei se o pai dele não tivesse apoiado Mussolini.*

---

* O último rei da Itália foi Humberto II, chefe de Estado de 1944 a 1946, mas reinou oficialmente apenas um mês, no final daquele período. Seu pai, Vítor Manuel III, foi rei de 1900 a 1946 (renunciou em favor do filho Humberto em 1944 e abdicou em 1946), uma era que abarcou todo o governo Mussolini (1922-1943). (N. do T.)

– Mas apoiou. E o derrubaram, não?

– Só que, desde então, temos a democracia mais instável da Europa. Um número cada vez maior de italianos é a favor de restaurar a monarquia. Você acha mesmo que dois príncipes riquíssimos se pegaram por nada na escada do palácio espanhol? E sabe quem segurou o príncipe Amadeu?

– Não.

– A rainha Ana Maria da Grécia.

– Anne-Marie? A irmã da rainha da Dinamarca?

– Ela mesma. Deposta em algum momento dos anos 70, ainda que todo mundo continue chamando Ana Maria de rainha e o marido de rei da Grécia. A rainha de vocês, aliás, nunca aceitou a democracia grega. Sempre trata a irmã por rainha da Grécia. E o governo grego tem o mesmo medo que o italiano. Faz só poucos anos, em 2002, que deixaram Vítor Manuel voltar para a Itália. Esse herdeiro do trono estava sem pôr os pés aqui fazia mais de cinquenta anos. Antes, o governo não queria de jeito nenhum deixar que ele entrasse no país. Mas quem você acha que acabou dando uma mão para Vítor Manuel?

– Brix?

– A União Europeia – disse Claudia, triunfante. Depois de uma pausa teatral, continuou. – O Tribunal Europeu dos Direitos Humanos tromba de frente com os desejos do governo italiano. Estamos falando de um homem que é neto do rei que colaborou com Mussolini. Um homem que, em 1969, se proclamou rei à revelia das leis italianas. Um homem que, enfim, não dá a mínima para a democracia. Pois a União Europeia o deixou entrar aqui. E quem é a primeira pessoa que ele vai visitar na Itália? – Claudia olhou para Eva, esperando um palpite que, entretanto, não veio. – O papa, em audiência privada, no Vaticano. O papa lhe deu a bênção.

– E os italianos não podiam ter negado a entrada dele?

– Não há nada que se possa fazer contra uma decisão do Tribunal de Direitos Humanos. E o governo só o deixou entrar depois que Vítor jurou fidelidade à Constituição e renunciou a qualquer direito sobre imóveis, títulos, poder ou privilégios na Itália. Amadeu, filho de um primo do último rei, passou então a ser o herdeiro "oficial" do trono. Por isso a briga na casa do rei da Espanha.

– E as duas flechas?

– Pois é, as duas flechas. Barbara von Krüdener. A mulher que seduziu o czar.

– Seduziu com ideias sobre o direito divino dos reis...

– Christian me disse que, na Constituição da Dinamarca, a rainha reina pela graça de Deus. Ou seja, que Deus, indiretamente, está envolvido na condição de rainha da soberana de vocês. Você sabia que ela é muito, mas muito religiosa mesmo?

– Não. Bem, é, talvez.

– A rainha já disse isso em várias entrevistas. Durante muito tempo, ela ia à igreja todo dia. Houve uma hora em que o marido quase enlouqueceu com isso. Está mesmo convencida de que foi Deus quem a pôs no trono. Nesse sentido, não existe diferença entre a Dinamarca e o Irã. No fim das contas, os dois países são presididos por fanáticos religiosos que acreditam ter mandato do Todo-Poderoso. Pode até haver primeiro-ministro e Parlamento, mas todo mundo que consegue subir...

– Todo mundo que consegue subir – disse Eva, interrompendo-a – sobe apenas através da estrutura de poder.

– Exatamente. E a rainha tem Deus do seu lado quando decide quem vai subir e quem vai ser preciso excluir.

Eva ficou pensando enquanto respirava fundo, como se tivesse prendido o fôlego até aquele momento.

– O que mais ele disse?

– Em 2005, publicaram um livro na Rússia. No começo, imprimiram só trezentos exemplares. Era uma edição lindamente encadernada, para ser distribuída só entre os russos de mais influência e os mandachuvas da União Europeia. O livro explica como fortalecer a Rússia, reinstalando a figura do czar e refreando a democracia. Depois uma editora grande republicou o livro, e ele virou *best-seller* na Rússia.

– Quem o escreveu?

– Foi obra anônima. Ano passado, um dos oligarcas russos assumiu a responsabilidade pela publicação inicial, mas ela foi coisa escrita a muitas mãos. Existem livros parecidos para a Grécia e a Itália. E para os Bálcãs: Albânia, Bulgária, Romênia. Para outros lugares também. Os reis e czares desses países nunca desistiram. E nunca vão desistir. Hoje, vários deles estão mais perto de voltar ao trono do que nunca. De que jeito? Pela pressão que vem de fora. É um trabalho que não para. Distribuem livros em segredo. E quem orquestra tudo é...

Claudia olhou para Eva, que disse:

– O Christian?

A italiana assentiu com a cabeça.

– A família é quem orquestra tudo. A Santa Aliança.

– Mas isso é uma insanidade!

– Pois faça-me o favor de não achar que é verdade só porque sou quem está contando. Volte para casa e faça o dever de casa. Está tudo publicado por aí; é só questão de ir atrás.

– E por que é que ninguém faz isso?

– Nenhum político, e nenhum jornalista, quer olhar para além das fronteiras do país dele. Mas a verdade é que é tudo bastante lógico. A gente só precisa parar e pensar: é a família mais poderosa que existe. As pessoas mais íntimas estão nos cargos mais influentes do mundo. Banqueiros, presidentes, primeiros-ministros, ricaços. Você acha que uma família dessas vai ficar sentadinha, sem fazer nada, enquanto vê se desfazer o que lhe resta de poder? Não é mais racional a gente concluir que essas pessoas, inteligentes, todas formadas nas melhores escolas da Europa e dos Estados Unidos, com uma história de mil anos na bagagem, vão lutar para manter o poder? – Claudia olhou para Eva e continuou: – Em alguns lugares, já foram bem longe na hora de preparar caminho para os reis voltarem. Na Sérvia, na Albânia, em Montenegro. Faz poucos anos, deram oficialmente os primeiros passos na Rússia. A família do czar, não faz tanto tempo, foi enterrada como manda o figurino. Acho que uma das czarinas era dinamarquesa, não?

– A princesa Dagmar – disse Eva, e pensou na Catedral de Roskilde.

– É, a mãe do último czar. Foi enterrada de novo, depois que levaram o caixão da Dinamarca para a Catedral de São Petersburgo.

– Isso mesmo. Eu me lembro.

– E a família do czar recuperou por lei os direitos sobre as antigas propriedades na Rússia. A chefe da família, a grã-duquesa Maria Vladímirovna, mora na Espanha. Até estava presente quando os dois príncipes italianos saíram no braço. Ela mesma está brigando com parte da família, os Romanov, para ver quem deve ser o próximo czar. Você está vendo como a coisa vai ficando mais nítida?

– Estou, sim – respondeu Eva, e contemplou o perfil de Claudia. Era fácil adivinhar por que Brix tinha se apaixonado. A pele dourada, os cabelos negros; o aspecto e a cor do verão. Claudia era quase a personificação da ideia de outra vida. Uma vida fora do mundo; uma vida como a das revistas de decoração, com belas vistas, boa comida e muito amor. Nada de alta política, nada de estresse, nada de correr atrás da riqueza e da fama. Apenas a vida, a vida em sua essência mais pura. Eva, sentada ao lado de Claudia, quase conseguia saborear a necessidade de mandar tudo à merda, de dar as costas a toda essa maquinaria complexa que denominamos civilização. O peixe fresco do mar. O tomate da horta. As uvas colhidas ali. Os beijos de Claudia.

– Você está prestando atenção? – perguntou Claudia. – Porque vou ter o maior prazer em terminar de esclarecer. Na França, uma parte da Casa de Bourbon foi à Justiça para definir quem é o herdeiro legítimo. Luís XX é tratado por Majestade Real, os filhos dele recebem a bênção pessoal do papa, o monarquismo não para de crescer entre os franceses. Faz pouco tempo, o herdeiro do trono alemão, o príncipe Jorge Federico, disse à *Vanity Fair* que o povo deveria pensar em restaurar a monarquia, e que ele, Jorge, estava convencido de que acabariam fazendo isso mesmo. É casado com uma princesa de lá, os dois são de famílias riquíssimas, e os antepassados deles remontam a tão lá atrás na estrutura de poder da Europa que você chega quase a se convencer de que essa gente tem mesmo direito de governar o mundo.

– Você também acha isso?

Claudia não deu atenção à pergunta e foi em frente.

– Se você desse uma olhadela no pessoal que vai a esses casamentos da realeza, ficaria de queixo caído. Estou falando de reis destronados, de herdeiros de Portugal, do Império Austro-Húngaro, da Albânia, daquela grã-duquesa russa, de condes e barões de todos os Estados do antigo Império Alemão. De gente que, em seus respectivos países, já foi posta no olho da rua faz tempo. E preste atenção aos cargos que todos eles ocupam hoje. São figuras decorativas na gestão da União Europeia, no setor bancário, no Banco Mundial, no FMI. Têm cargos em diferentes ministérios dos países onde moram. E qual é o único emprego de que nunca querem saber?

– Não sei. Qual?

– Vamos, tire sua conclusão. Você não sabe?

– Não.

– A política. E por quê?

– Porque seria a mesma coisa que aceitar a democracia?

– Exatamente. Se quisessem, seria muito fácil conseguirem cadeiras nos diferentes Parlamentos europeus. Só que não fazem isso. A Aliança tomou a decisão unânime de não querer exercer influência direta através de cargos políticos. É, houve um que agiu de maneira diferente, o último rei da Bulgária.* Ele não pertence mais à alta sociedade.

– Por quê?

– Porque os monarcas não podem descer tão baixo. Quem está com a democracia é o povo. Os reis estão é com Deus. Por isso mesmo, o rei de vocês não quis voltar a morar em Christiansborg depois que reconstruíram o palácio destruído pelo incêndio de 1794. Foi ou não foi assim?

---

* Simeão II, que nasceu em 1937, tornou-se rei (ou czar) aos seis anos e reinou entre 1943 e 1946, quando a família teve de fugir após a consolidação do domínio soviético. Depois de cinquenta anos de exílio, Simeão voltou para a Bulgária, entrou para a política e foi primeiro-ministro de 2001 a 2005. (N. do T.)

Eva não disse nada, e Claudia continuou:

– A ideia era que o rei morasse no mesmo palácio que abrigava o Parlamento.

– Mas?

– Mas ele disse não. Sabia que aquilo acarretaria o fim da monarquia. A estrutura ou é hierárquica, ou é horizontal. Não há meio-termo.

– Se é assim, por que alguém iria querer ajudá-los?

– Ajudá-los?

– Os reis e rainhas, os príncipes e princesas. Por que alguém os ajudaria?

– Porque na monarquia o soberano pode oferecer à família da gente o acesso ao poder. Fazer que os filhos da gente se sentem à grande mesa. Os netos também. Qual democracia de verdade consegue prometer uma coisa dessas?

Eva ficou pensando enquanto olhava para a rodovia. Aqui e ali, o mar Adriático surgia entre as colinas e as videiras, que ainda não tinham dado uva e sobressaíam como estacas tristes no solo nu. Seria aquilo verdade? Seria verdade o que Claudia dizia, que os monarcas podiam oferecer prosperidade às famílias durante muitos e muitos anos? Talvez. Quando pensava nas fotos, nas revistas, no que tinha lido... É, era justamente o tipo de coisa que a monarquia tinha condições de fazer. Os reis talvez não pudessem garantir aquela prosperidade, mas pelo menos abriam as portas para que os filhos da gente participassem da festa, para que tivessem acesso ao clube dos que são alguém neste mundo e vão continuar a ser, tendo como aval o apoio mútuo entre eles e os monarcas.

Claudia interrompeu os pensamentos de Eva.

– Você sabia que, por mais que o governo grego exija, o rei deposto se recusa a adotar sobrenome?

– Por quê?

– Por quê? Rei não tem sobrenome. O da Grécia se nega a abdicar. Em contrapartida, o governo dinamarquês lhe concedeu passaporte diplomático. Quem você acha que administra essas coisas?

– Brix?

– Ele e todo o estafe que trabalha para a Aliança. Mas, naquela noite, ele quis se aposentar.

– A noite no palácio? A última noite?

Claudia assentiu.

– Mas se aposentar do quê? Do trabalho para a Aliança? É isso que você quer dizer?

– É. A Grécia lhe dava medo.

– Por quê?

– Estão jogando o país numa miséria que vai durar um século.

– Não acho que se possa culpar Brix por isso.

– Mas a Aliança também não foi de muita ajuda. Pelo contrário: tem pressionado muito. Pressionado para que apliquem sanções pesadas, para que os salários sejam precários. Tudo o que possa contribuir para a causa da Aliança. E vem conseguindo.

– Mas como? Continuam sem rei na Grécia.

– Durante muitos anos, foi proibido por lei que candidatos monarquistas concorressem ao Parlamento grego. A lei foi revogada agora, durante a crise. Facilitaram o caminho para que o rei volte. A gente pode dizer que, quanto menos estabilidade, mais possibilidade de instituírem a monarquia outra vez. Por isso a Aliança não queria ajudar a Grécia a sair do brejo.

– Aquela noite, quando o Christian telefonou para você...

– Sim?

– O que ele disse?

– Que tinha que falar com eles, comunicar que o trabalho dele tinha acabado. Não queria mais continuar.

– Ele estava com medo?

– O que mais receava era que ameaçassem a família. A irmã.

– Ameaçar como?

– Que a família fosse perder os privilégios.

– Ele tinha medo que o matassem?

– Não. Isso nunca. – Claudia olhou para Eva. – Aliás...

– O quê?

– A verdade é que achei que tivesse sido mesmo suicídio. Isso durante os primeiros dias. Talvez porque os sentimentos do Christian estivessem muito divididos, pensei. Lembre-se: ele também acreditava na causa. Acreditava sinceramente que os monarcas são o melhor para o mundo. Ele sempre dizia que os alemães elegeram Hitler democraticamente. Que nem a Primeira nem a Segunda Guerra Mundial teriam começado se os reis estivessem no poder.

– E você?

– E eu o quê?

– Acredita em quê?

– O que eu acredito não tem importância. *Ele* acreditava. Às vezes. Porque às vezes tinha dúvidas.

– Posso garantir que ele não se matou, mas não sei exatamente o que aconteceu aquela noite. Ele contou com quem ia se encontrar?

– Ia jantar no palácio e depois falar com os outros.

– Com os membros da Casa Real?

– Não. Esses nunca se envolvem diretamente. Têm secretários, gente na corte.

– Ele disse algum nome?

Claudia olhou para Eva, talvez para assentir com a cabeça; mas, principalmente, olhou para Eva como os adultos olham para as crianças.

– Se eu fosse você... Não tenho certeza de que iria querer saber de tudo isso.

– Por que não?

– Porque acho que as coisas são bem o contrário do que você imagina. Você fala da informação e da verdade como se elas fossem alguma espécie de defesa, de proteção. Mas estou falando justamente do contrário: saber das coisas faz que a gente vire inimigo deles. O Christian acabou virando inimigo na hora em que deixou claro que queria sair, se divorciar, vir morar comigo, começar vida nova.

Eva olhou pelo para-brisa. Ainda havia muito chão antes de chegarem a Roma.

Distrito de Nørrebro, Copenhague – 16h10

Estava sentado no edifício de escritórios abandonado, olhando para o imóvel em frente. Para o apartamento de David. As velhas placas de revestimento de amianto pendiam acima da cabeça de Marcus. Iam demolir o prédio. Até que isso acontecesse, era o lugar ideal para Marcus vigiar a rua. Não havia nem sinal dos homens de Trane. De Trane? Eram "seus" homens. Não. Não era assim. Ninguém possui a Instituição. Somos parte dela, e, enquanto temos utilidade, tudo vai bem. Quando deixamos de ter, estamos fora.

Passou um carro. Não era deles; nunca usavam carro velho. Tinha se surpreendido ao ver que Trane não vigiava o apartamento: todos sabiam da amizade que unia Marcus a David. Era evidente que Marcus entraria em contato com David. Aonde mais iria? Agora, um carro novo. Era David; estava estacionando – manobra complicada, pois não havia muitas vagas em frente ao condomínio. Marcus se levantou. Estava esperando havia horas. As costas doíam. Tinha havido época em que ele fora melhor nisso. Tinha havido época em que achava muito mais fácil reprimir a fome, a dor. Não mais; ele se tornara um molenga. E a moleza tinha vindo depois que passou anos sentado numa cadeira de escritório, com um trabalho que consistia primordialmente em olhar para telas de computador.

Havia passado a noite no parque, com os párias. Com os que não tinham lugar em parte alguma. Dedicou a manhã a colher informações sobre os abrigos para mulheres de Copenhague. Existiam pelo menos cinco na capital, em diversos distritos: um em Vesterbro; outro em Frederiksberg; outro ainda em Østerbro; um em Nørrebro; e o Danner. Assim, cada região principal da cidade dispunha, funcionando vinte e quatro horas por dia, de um serviço de emergência daquele tipo. Havia tanto homem que costumava maltratar e prejudicar mulher! Além disso, existia um abrigo secreto, em algum lugar da Dinamarca. Um centro de acolhida tão sigiloso que só os funcionários sabiam seu endereço. Marcus sabia disso porque uma das intérpretes afegãs que o Exército tinha usado em Helmand fora levada para esse abrigo. A vida dela estava ameaçada por ter ajudado as tropas dinamarquesas, e não bastou lhe concederem asilo – havia simpatizantes dos talibãs também dentro das fronteiras da Dinamarca. Por isso a levaram para o que era, definitivamente, o lugar mais protegido do reino. Marcus, porém, não achava que Eva estivesse lá. Ela continuava precisando ir e vir.

David tinha saído do carro. Parecia cansado. Abriu com a chave a porta do prédio. Marcus, antes de sair do edifício condenado, deu uma última olhada na rua.

Esperou no pátio, perto do bicicletário do condomínio. Talvez Trane estivesse observando a rua de algum lugar que Marcus não tinha visto. Marcus havia aproveitado que uma família de cinco pessoas entrava no pátio e foi junto com elas. Ficou de cabeça baixa e falou com elas para parecer um cidadão como qualquer outro, com afazeres triviais. Eles estranharam, mas não disseram nada. Agora Marcus estava esperando que alguém saísse pela escada de serviço. Que esse alguém viesse pôr o lixo ou pegar um dos filhos. Até que enfim: duas moças entraram. A porta estava se fechando atrás delas.

– Ainda dá tempo de eu entrar com vocês?

Olharam para ele. Uma das garotas segurou a porta antes que se fechasse.

– Obrigado.

Subiu com muita pressa a escada de serviço. Ali havia engradados de cerveja com garrafas vazias, garrafões de água de bebedouro e tudo mais que é proibido deixar numa saída de emergência, o tipo de coisa para o qual se estabeleceram normas, sistemas, algo que existe para todo mundo. Marcus ficou parado um instante em frente à porta do apartamento de David, tentando ouvir alguma coisa lá dentro. Nada. Tocou a campainha. Uma cadeira arrastada. Passos.

– Quem é? – perguntou lá de dentro uma voz abafada.

– Sou eu. Abra.

David obedeceu. Abriu a porta. Caiu reboco do teto, só um pouquinho, como na primeira neve do ano.

– Você está um caco – disse David.

– É que sofri um acidente.
– E por que fugiu do hospital?
– Posso entrar?

David hesitou. Abriu a porta. Tornou a fechá-la atrás de Marcus.

– Faz tempo que eu não como nada – disse Marcus. – Você tem alguma coisa aí?
– Pode ser ravióli de lata?
– Está ótimo.

Marcus entrou na sala. Olhou em volta. Tinha imaginado o quê? Que Trane estaria à espera? Sorriu ao ver no peitoril a flor do deserto. David era frouxo. Muito frouxo. Marcus devia ter percebido isso no Afeganistão, na tenda de campanha onde David dedicou horas àquela flor de merda.

– Já estou esquentado o ravióli – disse David.

Olharam rapidamente um para o outro.

– O que deu errado?
– Tenho que achá-la – respondeu Marcus. – Eva Katz.
– Trane já pôs vários homens atrás dela. Não se preocupe, eles vão terminar o serviço.

Marcus respirou fundo.

– Você não está me entendendo – disse. – Preciso ajudá-la. Não posso explicar agora, mas essa coisa não está certa.
– Não está certa? E você me diz isso agora? Eu já tinha dito que não estava certa no caso do velho, lá nos banhos. E no do jornalista.

Marcus ouviu o molho de tomate ferver na cozinha.

– A coisa estava certa no caso deles, e tudo bem que você esteja contra mim agora. Estou fora, David.
– Você não é dono do seu destino.
– É, não sou. Tem razão. Não sou dono do meu destino. Estou fora. Você continua dentro. Ainda precisa se defender de gente como eu. Não consigo pensar em outra coisa; só nela. Agora estou no meu direito. Você entende? Quero salvá-la.
– Eu entendo é que você bateu a cabeça, isso sim.
– Ajude-me. Pelos velhos tempos. Eles têm alguma pista? Você sabe onde ela está?

David balançou negativamente a cabeça.

– Você não quer dizer? Ou eles não sabem?
– A gente não pode falar sobre isso.
– Quem não pode? Eu e você?

– Você falaria comigo se a situação fosse inversa?

– Eu não lhe contaria nada, nem uma palavra. Iria me livrar de você na mesma hora. Avisaria os outros. Delataria você. Provavelmente o mataria.

David, magoado, baixou os olhos. Não tinha sido a intenção de Marcus. Este deu um passo à frente e abraçou o velho amigo. Os braços de David apenas pendiam, frouxos.

– Faça-me um pequeno favor – cochichou Marcus no ouvido de David.

David quis afastar-se, mas Marcus o segurou. Continuou cochichando; nunca se sabia quem podia estar escutando.

– Quando a acharem, avise-me. Tire da janela o vaso de flor. Vai ser esse o sinal.

David se distanciou de Marcus e olhou para a planta no vaso. Entendeu o que Marcus queria. Um sinal muito simples, primeiro item do manual de espionagem, uma coisa que ninguém mais percebesse. Marcus poderia então passar sem aviso pela rua e verificar. Depois que Trane localizasse Eva, a planta sumiria, e aí Marcus precisaria apressar-se porque, do contrário, tudo estaria acabado.

– *Please* – sussurrou Marcus.

Um gesto afirmativo, quase imperceptível, de David. Um gesto que revelava muito mais do que David tinha imaginado. Que ainda não tinham achado Eva. Que provavelmente não sabiam onde ela estava. Naquele mesmo instante, aflorou em Marcus um sentimento inesperado. Solidão. Seria porque ele e David já não estavam do mesmo lado? Ou simplesmente porque Marcus precisava de ajuda? Não tinha como vigiar ao mesmo tempo tantos abrigos para mulheres. Não tinha a mínima chance. Eva também não.

Via Bartolomea Capitanio, Roma – 17h30

Eva estava num táxi. Desde manhã, tinha ficado praticamente o tempo todo dentro de veículos. Fazia apenas vinte minutos que Claudia a tinha deixado em Roma. Haviam se abraçado, e Eva tinha sentido aquele aroma de infância e inocência que Christian Brix achara promissor o bastante para arriscar tudo por ele. E Eva dava razão a Brix. Se algum dia houve mulher que mereceu aquilo, estava óbvio que Brix a tinha encontrado. Ainda que tarde demais. Eva tinha prometido que não tornaria a telefonar para Claudia, que não traria até ela o rastro de morte e tragédia. Chegou a prometer isso três vezes, até que Claudia a deixou enfim ir embora. Mas será que Claudia não gostaria de saber o final da história caso Eva descobrisse como Brix tinha morrido? Não. Ele estava morto, e ponto. Se Claudia ainda pretendesse aproveitar um pouco que fosse da vida que lhe restava, teria de esquecer Brix; esquecê-lo por completo. E incitou Eva a fazer a mesma coisa.

– Via Bartolomea – disse o taxista, e olhou para o taxímetro. – *Chiuso! Sì?*

Tinha sido ali? Uma pilha de cascalho bloqueava a rua.

– *Sì?* – disse o taxista, e repetiu: – Via Bartolomea!

– *Sì.*

Eva pegou vinte euros.

O taxista olhou para o dinheiro como se aquilo estivesse longe de ser suficiente. O taxímetro indicava dezoito e cinquenta.

– *Return, return* – disse o taxista, e desatou uma lenga-lenga italiana segundo a qual ele também precisava voltar e, por isso, cobrar o dobro. Eva saiu, bateu a porta e não lhe deu atenção. O taxista continuava gritando para Eva quando ela passou por cima do monte de cascalho. Era ali mesmo? Talvez o pai não tivesse se lembrado direito. Tinham falado disso algumas semanas depois da morte da mãe. Falado da noite de que nunca puderam falar enquanto a mãe ainda estava viva. A noite que se fixara como trauma não só em Eva, mas também na família toda; a noite em que Eva, com apenas cinco anos, tinha se perdido num país que não conhecia. Talvez tivesse sido a experiência daquela noite que fez os pais decidirem que Eva seria filha única. Fosse como fosse, a opinião do pai era a seguinte: depois daquilo a mãe tinha se fechado em si mesma; ficara paralisada pelo medo e pelo sentimento de perda durante as horas em que Eva esteve desaparecida; depois nunca voltou a ser a mesma. O pai contou que na ocasião, em Roma, a mãe tinha gritado e chorado. Estava convencida de que tinham sequestrado Eva e de que nunca tornaria a ver a filha. Quando voltaram para a Dinamarca, se a mãe perdia Eva de vista por alguns minutos, seu coração já disparava de angústia. Jamais tornaram a sequer insinuar a possibilidade de terem outro filho. A mãe de Eva já tinha tido trabalho mais que suficiente vigiando a única filha, aquela menina loira para quem o mundo era perigoso demais.

Eva seguiu em frente pela beira dos campos. Pinheiros e cigarras. Teve uma ideia: podia morar também ali, na periferia de Roma, bem longe de tudo e de todos que tinha conhecido até então, mas imersa no calor e na inebriante experiência da Antiguidade, como naquele caminho, naquele lugar que fazia pensar nos movimentos do tempo; no imperador que, montado a cavalo e acompanhado de uma legião, tinha passado por ali havia dois milênios; nos grandiosos exércitos romanos que marchavam em uníssono naquele ar poeirento. À noite poderia beber vinho gelado e pensar nos primeiros cristãos de Roma, na história, em tudo o que tinha acontecido antes de nós – as guerras, os escravos, os mortos em batalha. Antes de Eva, outros tinham travado lutas duras e insensatas com poucas chances de vencer. E, quando acontecem essas coisas, precisamos reconhecer o pouco que conseguimos alcançar, como somos pequenos, e confiar que vão resolver o problema nos mil anos subsequentes.

O cão tinha visto Eva antes que ela o visse. Tinha saído da rua e agora rosnava para ela, escondido em uma moita.

– Cai fora!

Ele mostrou os dentes para Eva. Gastos como dentes de lobo. Talvez fosse mesmo lobo. Eva se agachou para pegar uma pedra, a defesa mínima de que dispunha. O movimento bastou para que o bicho saísse correndo. Estava acostumado a isso; as crianças viviam lhe tacando pedras. Eva ficou parada um tempinho, apertando na mão aquela sua arma, antes de seguir em frente. Só soltou a pedra quando viu o prédio, como se enfim tivesse se livrado da angústia que tinha se apoderado de seu coração por tanto tempo. Já havia chegado. Sim, era aquele o lugar, as ruínas do abrigo de menores aonde a tinham levado quando menina. Não havia dúvida. Embora não restasse nem uma vidraça sequer nas janelas, o abrigo ainda passava aquela impressão de castelo que Eva admirara na época, quando sentiu que tinha chegado a algum palácio. Os policiais a tiraram do carro deles. Uma freira a recebeu na escada. As mãos, tão quentes contra as faces de Eva! Abraços. Muitas mãos e muitas mulheres vestidas de modo idêntico; todas se pareciam.

Eva passou por cima de um monte de entulho de madeira e restos de sofá. Uma trepadeira tinha perseverado e entrado pela janela; a vanguarda da natureza se preparava para assumir o comando, apagar os vestígios do ser humano e de todas as desgraças que vamos cometendo. Desgraças, órfãos – Eva ainda se lembrava de todas as meninas. Várias estavam acordadas quando a levaram para o dormitório. Olharam para Eva. Uma lhe sussurrou alguma coisa, mas Eva não conseguiu entender o que ela dizia. A freira fez psiu para as duas, ficou um tempo acarinhando o rosto de Eva, disse alguma coisa certamente meiga e tranquilizadora e foi embora. Um pouco depois, Eva se ergueu na cama. Tinha voltado a chorar. Não conseguia dormir; ainda não. A outra menina havia sorrido, ou coisa parecida, para Eva; era o que recordava. O que foi mesmo que disse à psicóloga, muitos anos depois, na primeiríssima consulta, passados alguns meses da morte de Martin? Uma coisa que a psicóloga tinha achado fantástica. Uma coisa que Eva, na versão pequena de si mesma, aos cinco anos, tinha pensado, deitada numa das camas do dormitório, junto com as outras meninas.

Eva não tinha certeza. Estava num cômodo oval, com janelas redondas, paredes grafitadas. Aquele podia ser o dormitório onde, no meio da noite, havia se erguido na cama. Onde tinha olhado para as outras meninas. Onde tinha pensado que nunca mais veria a mãe e que estava sozinha no mundo. Foi nisso que pensou. Estava sozinha como as demais. E depois pensou em outra coisa, que também contaria à psicóloga – por que tinha tanta dificuldade em lembrar? No fim das contas, tinha concluído que, se todas as meninas do dormitório conseguiam aguentar, ela também conseguiria. Tudo se ajeitaria. Conseguia ficar sozinha. Estava bem com aquilo.

Distrito de Sydhavnen, Copenhague – 18h30

A loja estava aberta. Não parecia grande coisa. Mas talvez isso fosse bom sinal, pensou Marcus. Era tranquilizador que uma loja que vendia alarmes e câmeras de vigilância fosse discreta e anônima. Havia um aviso na vitrine: "Volto logo". Marcus aproveitou a espera para percorrer os poucos metros que o separavam do porto; do porto de Copenhague e da água negra como a alma de Marcus. Redes de pesca pendiam de alguns barcos. Um sujeito que claramente curtia o tempo livre cumprimentou Marcus com um gesto isolado de cabeça e depois dedicou toda a atenção a seu bote. Era preciso lixar o casco e pintá-lo. Marcus sorriu. Obviamente, não tinha planejado aquilo. Uma noite bonita, um lugar bonito. Se algum dia Marcus tivesse de deixar o mundo, e se as coisas tivessem de andar um pouco depressa, aquele poderia ser o lugar. Uma rede de pesca com alguma coisa pesada dentro, enrolada na perna, e o mar da cidade, no fundo, com os outros soldados cuja vida tinha acabado naquelas águas. Os que lutaram na batalha naval contra os ingleses em 1807, os que atravessaram o gelo quando os suecos chegaram marchando em 1659. Sim, era um bom lugar para os que já não estavam entre nós.

Marcus entrou naquela loja de aparência anódina. O homem atrás do balcão combinava perfeitamente com o lugar. Roupa largona, estatura mediana, cabelo castanho-aloirado, rosto desprovido de personalidade.

– Pois não? – perguntou o atendente, com voz que dava a entender que ele estava prestes a se resfriar.

– Preciso de cinco câmeras de vigilância.

– Cinco? Não é pouca porcaria, não. – Um sorrisinho, que logo sumiu.

– Todas a bateria – continuou Marcus. – Com conexão para iPhone.

– Internas ou externas?

– Externas. Que gravem dia e noite.

– É claro. Qual seria a distância de operação? São para colocar logo acima de porta ou...?

Marcus pensou a esse respeito. Quanto poderia aproximar-se? Os abrigos para mulheres deviam ter vigilância própria, disso não havia dúvida. Assim, não poderia filmar de muito perto.

– Só um instante. – O atendente pigarreou, incomodado com o resfriado, e se concentrou na tela do monitor. – Olhe – disse.

Marcus já se dispunha a dar a volta ao balcão, mas o outro girou ligeiramente o monitor para que os dois pudessem ver.

– Você vai precisar das câmeras para quando?

– Para hoje. Agora mesmo.

– *OK*. Então essa aí, não – murmurou para si mesmo. – Mas acho que temos esta outra em estoque. É a AB 335. É uma câmera Dome. À prova d'água. Para uso externo mesmo. Aguenta até 10 graus abaixo de zero. Bem fácil de montar. Buchas, parafusos, vai tudo incluído. E pesa pouquinho, só 700 gramas. Resolução boa, 540 linhas. Grava até 25 metros, com abertura de até 140 graus. Afinal, a gente não quer ver só ladrão. Hoje todo mundo quer vigiar todo mundo. A mulher, a namorada, o vizinho; a gente quer saber o que eles andam aprontando.

– E você tem cinco em estoque?

– Tenho, sim.

– E dá para monitorar esse modelo pelo iPhone?

– Ah, sim, eu tinha me esquecido disso. Não, não dá. Você tinha pedido, está certo. – O atendente esboçou um sorriso de desculpas. – Mas então vamos ter que ir para esta aqui – disse, e clicou algumas vezes o mouse. – Uma Abus IP. Digital, imagem sensacional. Você pode ficar no trabalho ou no carro, sentadinho, e ver pelo telefone a sua mulher na cama com... Bem, não vamos falar disso.

Riu um pouco alto demais e talvez tenha se dado conta disso, porque logo voltou a ficar sério.

– Onde estávamos mesmo? É uma Dome HD de 2,9 megapixels, com ângulo de visão de 71 graus. Vigilância impecável, sem zonas mortas. *Zoom* digital, obturador eletrônico, compressão espetacular de imagem. Não é muito boa para temperaturas abaixo de zero, mas não acho que seja o caso agora. – O atendente sorriu. – Recapitulando: as palavras-chave são facilidade de manejo, muita claridade e instalação rápida e simples.

– E a conexão com iPhone?

– *No problem*. Você só precisa baixar um app chamado KWeye e inserir um endereço IP.

Marcus o encarou e fez que sim. Colocou o iPhone diante do atendente.

– Se você mesmo fizer isso para mim, levo as cinco unidades.

Fórum Romano, Roma – 19h10

O celular rosa era mais barato que o cartão de pré-pago. O vendedor tinha garantido a Eva que ela poderia ligar tranquilamente para o exterior e que trinta euros davam e sobravam para fazer uma ligação para a Dinamarca. Eva se dirigiu ao Fórum Romano. Passou debaixo de um arco de triunfo e prestou um pouco de atenção ao que um guia dizia a um grupo de turistas suados sobre os homens que trabalhavam com câmbio na Roma antiga.

Olhou para trás, para o Coliseu. Fechou os olhos um instante. Não, precisava era sentar. Sentia nas coxas que estava subindo a ladeira. Provavelmente era uma das sete colinas de Roma, não? E dessa colina se governava o mundo. Muito tempo atrás.

Digitou o número, e, junto com o toque de chamada, veio-lhe um pensamento: "Será que conseguem me rastrear mesmo agora? De um número estrangeiro de celular?" Talvez; não podia descartar essa hipótese. Se estivessem vigiando todas as ligações para Lagerkvist, veriam que o tinham chamado de um número italiano. Resolveu desfazer-se do celular tão logo tivesse terminado. Só precisava usá-lo uma única vez. O clássico som de quando a gente liga do exterior – um som comprimido, um pouco mais emocionante que os outros sons de telefone; de certo modo, era cheio de expectativa e mito, "como um cartão-postal; sim, se postal tivesse som, seria esse" – foi interrompido pela voz de uma mulher que se identificou como Lis. Eva se desculpou pela hora e pediu para falar com Lagerkvist, explicando que era importante.

– Não sei se ele está acordado. A quem devo anunciar?

– Eva.

– Eva? Um instante, Eva.

Passos que se afastavam. Eva sentou num bloco de mármore. Teve tempo de pensar que isso provavelmente era proibido, até que ouviu Lagerkvist tossir do outro lado da linha.

– Eva?

Ela pigarreou. Na mesma hora, sentiu as lágrimas se acumularem nos olhos; elas chegaram inesperadamente, tal qual as primeiras palavras de Eva:

– É tudo muito grande. Não dou conta sozinha.

Ouviu Lagerkvist respirar com dificuldade; era o ruído de um homem à beira da morte. Ele acabou rompendo o silêncio.

– Onde é que você está?

– Em Roma.

– O que aconteceu?

Eva ficou pensando por onde começar.

– É grande demais para mim. Não consigo.

– A coisa sempre é maior quando a gente começa – disse Lagerkvist. – Sempre. Muito maior do que a gente imaginava.

Eva não sabia se lhe contava tudo.

– Mas, então, o que você quer fazer? – perguntou Lagerkvist. – Desistir?

A voz dele era cortante. Eva tornava a reconhecê-la; a voz de Lagerkvist ao gritar com ela na faculdade, quando tudo estava bem, quando Martin ainda era vivo.

– Não estou ouvindo – ele dizia agora.

– Não, não quero.

– Em que você está pensando?

– Naquela vez em que gritou comigo na faculdade. Como tudo era melhor naquela época. O Martin ainda estava vivo. O Rico...

– Está dizendo é que o melhor é continuar na ignorância – disse Lagerkvist, interrompendo-a. – Não quero saber disso. Ser um idiota feliz? A única coisa que aconteceu foi que você agora entende que sabemos muito pouco. Parabéns. Aconteceu a mesma coisa com Sócrates. Era a única coisa que ele sabia. Que sabemos muito pouco. – Pausa. A respiração entrecortada de Lagerkvist soava no ouvido de Eva. – Vamos, conte o que *não* sabemos – ele sussurrou.

– Não sabemos como tudo se relaciona – começou Eva, e falou de Brix.

Contou que ele participava da Aliança, da família mais antiga da Europa, uma família que ainda mantinha no trono oito soberanos que não pretendiam ficar de braços cruzados até que alguém os tocasse de lá um atrás do outro. Eva falava depressa, com medo que os trinta euros de crédito acabassem ou que Lagerkvist morresse antes de ela ter tido tempo de contar tudo. Falou do nascimento da União Europeia, uma ideia que tinha sido lançada bem antes que a maioria das pessoas imaginava, por uma mística chamada Barbara. Falou da ideia de alcançar a paz no continente por meio de uma grande aliança, com os monarcas dando as cartas na mesa. A democracia nunca conseguiria isso. No fim, Eva repetiu o que tinha dito no início daquela conversa:

– É tudo muito grande para mim.

– Ora. – Apenas isso, uma palavrinha contemplativa do outro lado da linha. Lagerkvist então acrescentou: – Não é grande demais. É só lógico.

– Lógico?

– Você mesma disse: é uma das famílias mais ricas do mundo. É a família mais rica e poderosa do mundo. – Por um momento, ele hesitou. – Recebi a visita de uma ex-aluna, Tine Pihl. Ela vem escrevendo bastante sobre a Casa Real. A Tine me contou que você tinha entrado em contato com ela. E me passou um endereço. Disse para eu lhe dar esse endereço se por acaso voltasse a falar com você. Ela ficou impressionada com você.

– *OK*.

– Você tem como anotar aí?

– Acho que consigo decorar um endereço. Se não conseguir, vou gravar aqui no mármore.

– Havneforeningen, 112, Amager Strandvej.

– Certo. O que é que vou achar lá?

– Não sei. A Tine simplesmente me passou o endereço e pediu que o desse para você caso a gente se falasse.

Eva pensou naquilo. Uma casinha na região das chácaras urbanas de Amager? De quem? O quê?

– Você está sozinha? – perguntou Lagerkvist.

– Por quê?

– Às vezes é preferível estar em dupla.

– Estou muito bem sozinha.

– Mesmo assim – ele disse, e deu um suspiro. – Às vezes a gente precisa de um *sparring*, de alguém com quem comparar ideias.

– Mas eu tenho alguém assim. Está bem aqui comigo, nesta colina de Roma.

– Quem está aí? É jornalista?

– É você.

Silêncio. Só o canto dos pássaros, a respiração de Eva.

– Eva?

– Sim?

– Diga como é a vista daí.

– Você quer uma reportagem jornalística, com tudo nos conformes, aqui do Fórum Romano?

– Só diga como é a vista.

– Não sei o nome dos edifícios, essas coisas.

– Vamos lá. Estou morrendo. Preciso ver alguma coisa que não seja esta merda de prisão onde me enfiaram.

– Lagerkvist?

– Sim?

– É tudo tão bonito! O sol ainda está batendo aqui, vindo dos arcos mais para o alto do Coliseu. Estou sentada num bloco de mármore. Ouvi um dos guias dizer que, no Fórum Romano, esses blocos eram as mesas de trabalho dos banqueiros e dos que trabalhavam com câmbio. Ou, se você preferir, eram os pontos de picaretagem financeira deles. E que, se esses caras quebravam, quebravam também o bloco de mármore. Partiam ao meio, como quando Bruce Lee rachava tijolo ao meio com aqueles golpes de mão.

– Verdade?

– Verdade.

– Os romanos é que sabiam das coisas – disse Lagerkvist. – Hoje em dia, quando um banco quebra, eles lhe dão mais dinheiro. Dinheiro do contribuinte. Dinheiro que pegam sem pedir.

– Atrás de mim, fica a colina que sobe até o Senado.

– O Senado ... – disse Lagerkvist, melancólico.

– E o Templo de Vesta está brilhando com o sol do fim de tarde.

– Não se esqueça: você está justamente onde começou a batalha.

– Batalha? Que batalha?

– A gente prefere o quê? Tirania ou democracia? Os romanos desfrutaram séculos de democracia até Júlio César vir montado em seu cavalo e tomar o poder. Você sabia que foi o nome César que deu origem à palavra cáiser ou *kaiser*?

– Não.

– Pois é. Em latim, o *c* de Caesar se pronunciava como *k*. Vamos, diga.

– É mesmo, *kaiser* – disse Eva, e riu. Lagerkvist era o professor, sempre o professor, o mestre, aquele que tem a vocação de estimular, de incitar. – Foi aqui que tudo começou – ela disse, e se endireitou.

Os últimos turistas estavam saindo do Fórum.

– A democracia exige muito das pessoas – disse Lagerkvist.

– Elas se cansam e começam a querer que algum tirano venha e resolva os problemas – disse Eva.

– Se não tomam cuidado, sim. E é onde a gente entra. A informação. A verdade. Sempre.

– Sempre – repetiu Eva, e ficou procurando o que dizer, mesmo que fosse apenas uma palavra.

Lagerkvist se adiantou, pigarreou e perguntou:

– Você se lembra do que eu disse da última vez?

– Você disse muita coisa – respondeu Eva, e olhou para o sol, que estava sumindo no Coliseu.

– Eu disse que estava esperando alguém antes de morrer.

– É, disse.

– Esse alguém chegou.

Silêncio. Uma consideração continental, porque foi do sul para o norte e vice-versa. Só a respiração pesada de Lagerkvist, o fôlego da Europa no ouvido de Eva.

Parte III

O CASTELO

16 de abril

Aeroporto de Kastrup, Copenhague – 11h30

Naquela manhã, as bombas que tinham explodido na Maratona de Boston ocupavam as manchetes – junto com o aniversário da rainha. Do avião, Eva viu as bandeiras; era a bandeira mais antiga ainda em uso no mundo, e estava por toda parte no dia em que se comemorava o nascimento de uma criança setenta e três anos atrás. Só que calhou de ter sido menina, e a Dinamarca precisava de um herdeiro varão; era o que rezava a Constituição. No entanto, a desagradável verdade é que o príncipe Ingolf era simplesmente feio demais para o trono.* Assim, mudaram a lei para descartar aquele futuro rei e precisaram conformar-se com uma rainha, que estavam festejando agora. Uma pessoa que todos os habitantes do país conheciam. E que ninguém conhecia.

Malte era a única testemunha, e essa era a única oportunidade que Eva tinha de voltar a vê-lo. Foi nisso que ela pensou quando pegou o metrô do aeroporto direto para a Estação Kongens Nytorv. Sabia que todas as crianças da creche O Pomar das Macieiras estariam reunidas ali na praça do castelo. Essa fora uma das primeiras coisas que lhe disseram no dia em que começou

---

* Frederico IX, pai da rainha Margarida, só teve filhas, e as mulheres, pela legislação da época, não podiam de modo algum reinar. Com isso, o primeiro na linha de sucessão era o príncipe Canuto, irmão do rei; e o segundo, o príncipe Ingolf, filho varão mais velho de Canuto. (N. do T.)

a trabalhar na creche. Para Eva, era como se já tivessem passado anos desde aquela data. Agora, o que Malte deveria lhe revelar? O que exatamente tinha acontecido com Brix naquela noite. Onde Malte estava quando o tio morreu. O que o menino tinha visto. O que ele tinha desenhado.

As crianças estariam lá, junto com milhares de outras crianças e adultos. Eva subiu pela escada rolante da estação de metrô, atravessou a rua, passou quase correndo em frente ao Teatro Real, pegou a Bredgade e virou na Frederiksgade. Estava quase sem fôlego quando chegou à grande praça do complexo de palácios de Amalienborg. Era uma religião, pensou Eva ao ver a multidão que tinha se congregado na praça; uma religião com a mesma força de atração, o mesmo magnetismo, da Caaba em Meca – uma peregrinação que todo fiel deveria realizar pelo menos uma vez na vida. A maré humana a empurrou para o meio da praça, entre os quatro palácios, onde enfim Eva encontrou o que buscava, o centro do poder. Era impossível avançar ou retroceder. Os turistas insistiam em filmar tudo para levar para Tóquio ou Madri. As crianças tinham a bandeira dinamarquesa pintada nas faces, como se aquilo fosse um jogo da seleção nacional de futebol. Muitos seguravam bandeirinhas da Dinamarca. Um furgão da TV2 estava estacionado à entrada de um dos palácios, junto com um punhado de radiopatrulhas. Técnicos estavam desenrolando cabos e instalando câmeras. No alto, sobrevoando a praça, um helicóptero dava voltas como uma ave de rapina cheia de fúria; e, embora a multidão ocultasse Eva, ela sentiu uma pontada de pânico. "Será que conseguem me ver no meio desta gente toda?!" E se tranquilizou. "Não. Se estiverem mesmo aqui, vão ter outras coisas com que se preocupar." Terroristas, agitadores, ativistas, gente que queria atingir a rainha. Só que não – não era assim. A única pessoa que queria atingir a rainha, ou simplesmente trazer a verdade à luz, era Eva. Os outros queriam todos protegê-la. Como na lenda do rei dinamarquês que recebe um czar ou imperador no cais de Copenhague. O monarca estrangeiro não entende onde está a Guarda Real: "Quem te protege?", pergunta, assombrado. "Todo mundo!", responde o rei da Dinamarca, fazendo um gesto para seus súditos. "O povo me protege!"

"É, todos", pensou Eva. Todo mundo ali em volta protegeria a rainha. Fariam ouvidos moucos se alguém lhes contasse a verdade. Cobririam os olhos se alguém tentasse mostrar os fatos.

A estátua equestre no centro da praça parecia exercer forte atração. Todos se dirigiam para o bronze setecentista de Frederico V a cavalo. Um escultor francês tinha levado vinte anos para concluir a estátua, que custou quinhentos mil táleres de prata, um presente do povo ao rei, segundo se dizia.

Contudo, agora Eva sabia, aquilo não era verdade. Assim como em relação a todos os outros supostos presentes do povo, alguns poucos ricos é que haviam contribuído com dinheiro para a realeza, porque em troca ganhavam lugar à mesa dos poderosos. Empresários dispostos a pagar para obterem algum benefício, para se sentarem junto de algum ministro chinês do Comércio. A Lego, por exemplo, colocava o jatinho da empresa à disposição da família real. E isso não tinha preço. Os filhos dos príncipes, em qualquer situação imaginável, tinham uma peça de Lego na mão. O que é que Lagerkvist tinha dito mesmo? Aquilo que na Itália chamam de Máfia, o que o resto do mundo chama de corrupção, chamamos de Casa Real aqui na Dinamarca. "Não", pensou Eva. "Na Dinamarca, chamamos a corrupção de 'presentes do povo'."

Deu uma olhada geral na praça. Era como se todas as creches do país tivessem vindo para o aniversário, mas Eva não via Malte em parte alguma. Tentou avançar. O rufar dos tambores se misturava com os passos de Eva. Policiais redirigiam parte da multidão para um lado, e havia turistas que não queriam ou não conseguiam entender o que fazer. Em algum lugar atrás de Eva, crianças berravam; e em outro, perto do palácio da rainha, à esquerda de Eva, um comandante começava a dar ordens. Mais música, agora vinda de outro ponto. Um rapaz tentava subir na estátua equestre para tirar *selfies*, mas um policial o obrigou a descer na mesma hora. Lá! Lá estava Kamilla, do outro lado da estátua. Segurava pela mão uma criança da creche. "Um dos pequenos", pensou Eva, como Anna tinha insistido em que os chamasse. E logo os grandes sairiam à sacada do palácio. Sim, pessoas pequenas e grandes. Eva viu perto de Kamilla um menino que talvez fosse Malte. Ele estava de costas. A altura coincidia, o cabelo também, mas alguém encobria a vista de Eva. Ela deu meia-volta e tentou chegar lá por trás, rodeando a estátua; era complicado porque estava indo no contrafluxo. Não queria encarar os adultos da creche. Levariam um susto. "Por que você sumiu? Foi você que roubou o carro da Anna? Que não voltou com ele? Que está pirada?" "É, fui eu. Aquela que afanou o celular, mentiu para vocês, largou o carro no centro de Copenhague e deu no pé. Mas não fui eu quem esqueceu uma criança no mato. Não fui eu quem deu tiro na cabeça de um homem. Não fui eu quem encobriu a verdade."

– Com licença – disse Eva, interrompendo assim os próprios pensamentos. – *Excuse me.*

Malte. Sim, era ele. Tinha se afastado um pouco dos outros. Levava uma bandeirinha na mão. Parecia triste. Eva esperaria até que a família real saísse à sacada. Aí todos os olhares estariam voltados para eles, não para Eva.

Nos metros finais, abriu caminho aos empurrões. Kamilla se voltou. Eva olhou para baixo. Afastou-se. Será que a tinham descoberto? De repente, um grito sufocado, como o som de uma psicose coletiva, percorreu a multidão, e todos olharam para a sacada do palácio. A rainha e o príncipe consorte saíram, seguidos pelo príncipe herdeiro, pela princesa consorte e pelos filhos destes. Um cartão-postal vivo. Ao lado de Eva, uma senhora parecia a ponto de desmaiar. A multidão ao redor se apinhava tanto que Eva quase não conseguia se mexer. A rainha levantou a mão e acenou. Um grupo de crianças à frente de Eva retribuiu o cumprimento e gritou. Eva nunca mais teria chance melhor. Precisava tocar Malte para que ele se voltasse.

– Malte?

O menino se virou. Teria reconhecido Eva? "Sim", ela pensou. Era até possível que Malte estivesse sorrindo.

– Você se lembra do desenho que me deu? – ela perguntou, e teve medo de ter ido rápido demais. – Você desenhou o seu tio.

O menino não respondeu.

– O desenho! – gritou Eva, e mais ou menos obrigou Malte a olhar para ela. – Você se lembra? O desenho do seu tio.

Não teve certeza de que o menino ouviu. Havia muito ruído; a sensação era desagradável. Todos olhavam fixamente para a sacada; todos menos Malte. Ele olhava em outra direção, noventa graus para a direita.

"Ele quer me avisar de alguma coisa", pensou Eva. "Será que é de alguém?" Ela se voltou.

– O que acontece, Malte? O que é que você quer me mostrar? Para quem está olhando?

Só vislumbrou um rosto, bem quando a música tornou a tocar. Não enxergou mais nada, mas foi o bastante, porque o homem olhava direto para ela. Usava fone de ouvido como aqueles dos seguranças presidenciais. Por que olhava para Eva daquele jeito? Estava a uns quinze metros, talvez um pouco mais. Eva viu que ele falava com alguém pelo microfone. O homem virou a cabeça algumas vezes, olhou por cima do ombro, tornou a olhar para Eva. Com quem ele estaria falando? Passou-se um segundo, e de repente o homem sumiu do campo de visão de Eva. "Última chance", ela pensou, e pegou Malte pela manga.

– Malte... Onde machucaram o seu tio? Foi lá dentro?

O olhar do menino continuava fixo na mesma direção, longe da multidão. Apontou com o dedo, não mais que por um instante.

– O que foi que você apontou?

Eva olhou. Quem ou o que ele estava olhando? Um alvoroço na multidão. Homens com aquele fone de ouvido. Dirigiam-se para Eva, mas tinham dificuldade para avançar em meio à multidão. Eram dois ou três? "Eles me acharam." Rostos assustados de criança, a música da Guarda Real, os gorros de pelo de urso dos soldados, os turistas com câmeras, a rainha a acenar, a claustrofobia, Kamilla com uma das crianças nos ombros, as pedras do calçamento debaixo dos pés de Eva, o rosto abatido de Malte. "Nada de pânico", pensou, tentando convencer a si mesma, mas...

Fez o que pôde para ir embora. Empurrou uma jovem mãe e sopesou as duas possibilidades que tinha – tentar afastar-se dali ou entrar ainda mais na multidão, apostar em sua proteção. Optou pela segunda. Se saísse correndo, ficaria totalmente exposta. Não, tinha que confundir-se com a multidão, perder-se entre as pessoas. Agachar-se. Estariam vindo atrás dela? Não sabia. Era impossível determinar. Eva, de caso pensado, procurou os pontos de maior apinhamento, onde literalmente não se enxergava um palmo adiante do nariz.

– Com licença – ia dizendo, abrindo caminho a cotoveladas. – Cuidado.

Voltou a ter ar ao redor de si. Conseguia mover-se, enfim. Embora soubesse do risco de não estar ao abrigo da multidão, sentiu grande alívio no corpo. Agora tinha como virar-se. *Ali!* Um deles, de óculos escuros, cabelo cortado quase a zero, estava a uns vinte ou trinta metros. Talvez a tivessem perdido de vista. Talvez nem estivessem atrás dela. Talvez não fosse mais que uma doida que assediava meninos, afanava celulares e carros e não prestava para nada.

Apertou o passo, saiu da multidão, enfiou-se correndo no parque, o Amaliehaven, deixou o chafariz para trás e seguiu rumo ao porto. Não se voltou. Simplesmente continuou correndo. Sentiu como soprava a brisa perto do mar, como o ar tinha gosto de sal. Uma barca turística estava prestes a zarpar. Os passageiros subiam a bordo. Eva não sabia se seria inteligente fazer o mesmo, mas acabou subindo ainda assim, ofegante. As pessoas olhavam para ela; já não se importava. Não viu ninguém no cais. Viam-se o castelo e os quatro palácios de Amalienborg. Eva teve muita dificuldade para tomar fôlego. Pensou em Malte; no olhar dele, que tinha se desviado para uma direção que não era a do resto da multidão; em sua mãozinha, com aquela pinta. Pensou no que ele apontava. Para o homem? Para quem? "Não", pensou, "não para quem. Para o quê." Sentou num banco, olhou para a água e deixou que a ideia se fixasse. É, para onde. Era o que Malte tinha querido dizer – em qual dos quatro palácios ele tinha sido testemunha de uma coisa que nunca conseguiria esquecer.

Distrito de Vesterbro, Copenhague – 14h30

Marcus sempre tivera um fraco por fitas plásticas adesivas. Isso talvez viesse dos tempos de soldado destacado em países poeirentos, longe de mecânicos e outros técnicos de manutenção; a fita funcionava com quase tudo – a grade de proteção que tinha se soltado do farol no blindado de transporte de pessoal, a rachadura na arma, o fundo da mochila. Assim, por que não usar com câmeras de segurança? Era mais fácil e mais rápido fixar com fita adesiva do que com parafusos e buchas. Mais: a fixação só precisava resistir algumas horas, no máximo uns dias. Aí, se Marcus não se apressasse, Trane já teria achado Eva.

Primeira câmera: na Colbjørnsensgade. Não era uma rua que Marcus frequentasse. Muito barulho, muita sujeira, muitas pessoas de vida truncada. Duas delas discutiam em frente ao abrigo emergencial Reden. Duas mulheres maltrapilhas, provavelmente viciadas em drogas, de pele pálida e corpo que parecia um caniço que se quebra ao vento. Bustiês, minissaias de plástico vermelho, meias arrastão, olhos sem vida. Prostitutas. Na mesma hora, Marcus sentiu por elas uma compaixão profunda e instintiva. Por que precisava ser daquele jeito? Por que precisava haver mulheres que escorriam pelos rasgos do tecido social a tal ponto? Mulheres que tinham chegado ao fundo de um poço que a maioria das pessoas nem desconfiava existir. Não era justo. Era algo em que todo o mundo, toda a sociedade – os cidadãos, os políticos, os tomadores de decisão –, deveria trabalhar para sanar. Era preciso cerzir o tecido para que ninguém escorresse para fora dele. Assegurar que todos desfrutassem uma vida de paz e tranquilidade.

– Ei, você! – gritou para Marcus uma das mulheres, em tom agressivo, o tom gélido das ruas.

– Sim?

– Tem cigarro?

Marcus se aproximou e, evitando todo contato físico, deu à mulher uma nota de cinquenta coroas.

– Agora você mesma compra – ele disse.

Atravessou a rua. Ficou parado um instante, procurando duas coisas: o melhor lugar para instalar a câmera e algum indício de que Trane e os outros estivessem por perto. Não viu sinal nenhum de que estivessem por ali. Nenhum veículo que pudesse relacionar ao Systems Group. Ninguém com comportamento suspeito. Voltou à entrada do abrigo e olhou para cima. Para as janelas da frente. Os andares do prédio. Teria Trane se instalado num deles? Estaria ele sentado lá em cima, atrás das janelas, à espreita de Eva? Vigiando quem ia e vinha? Talvez; Marcus não podia descartar essa possibilidade. Mas, não, ele não acreditava nisso. Teria sido muito complicado. Conseguir acesso a um dos andares iria requerer tempo. Outros indícios? Não, Marcus não viu nenhum. De resto, não era certeza que Trane já soubesse o que Marcus sabia, ou seja, que Eva estava morando num daqueles abrigos.

Prestou atenção ao que lhe parecia mais importante no momento – achar um local apropriado para a câmera. Na iluminação pública? Não, não poderia subir lá em cima sem chamar a atenção. A placa de estacionamento? Não, pareceria esquisito. As duas mulheres começaram a andar e entraram numa venda, batendo papo e dando risadas, de novo amigas. Havia outra placa de trânsito mais abaixo; só que estava longe demais. O bar em frente seria melhor. Na parte superior da grade. Bom ângulo, distância adequada, e Marcus poderia subir à claraboia da parede para instalar a câmera. Alguém o veria? É, talvez. Alguém tomaria providências? Não. Ninguém reclamava desse tipo de coisa, o que era sinal de saúde cívica. Pelo menos, era o que parecia a Marcus. Só se podia considerar positivo que os cidadãos confiassem nas autoridades, que confiassem em que as autoridades lhes prestavam a proteção necessária. Por essa premissa, passávamos a aceitar certo grau de vigilância. Porque sabíamos que era para nosso bem. Para nos proteger, para que os crimes fossem solucionados, para que pudéssemos nos sentir seguros nas ruas. Por isso, a visão de um homem bem-vestido, de cabelo à escovinha, trepado numa claraboia e mexendo num dispositivo eletrônico numa ruela qualquer de Copenhague não provocaria nem uma reclamação sequer. Por que as pessoas se preocupariam? Devia ser o dono do bar, que queria vigiar a propriedade. Ou talvez um policial à paisana, ajustando uma dentre os milhares de câmeras que estavam instaladas na cidade toda.

– Muito obrigada de novo, meu chapa! – gritou da outra calçada a mulher, com um cigarro na boca e uma cerveja de alto teor alcoólico na mão. A amiga riu e acenou.

Marcus se limitou a responder ao aceno enquanto as via sumirem dentro do Reden. Alguma coisa nos movimentos da mulher, os quadris, ou talvez só o cabelo, lembrava Eva. E pensar que era por Eva que ele fazia o que estava fazendo! Para salvá-la. Mas será que não fazia também por si mesmo, porque esperava poder encontrar-se com ela – encontrar-se de verdade, conhecê-la? Ficou um instante procurando respostas, mas não achou.

De um pulo, Marcus subiu à claraboia. Tratou de se desligar dos outros pensamentos e concentrar-se na missão. As outras câmeras estavam numa sacola, e logo as teria instalado também. Tirou o celular do bolso. Entrou no aplicativo que o atendente lhe tinha indicado. Mal se passou um segundo e viu uma imagem na tela. Vigilância. Houve época em que isso cabia ao Estado; agora estava ao alcance de todo mundo. Por alguns milhares de coroas, mais uma bateria, era possível vigiar a mulher ou os filhos dia e noite, ainda que sem som. As câmeras podiam perfeitamente receber áudio; era só questão de começar a haver procura por isso. As pessoas queriam ver o que a mulher, o marido ou os filhos faziam, mas não queriam ouvir o que diziam.

Não tinha muito tempo, precisava montar as câmeras o quanto antes. Uma em cada abrigo. Enquanto estava na ponta dos pés, fixando a câmera à grade com fita adesiva, pensou no atendente, no homem que lhe tinha vendido o equipamento, no que ele dissera sobre o quanto era simples instalar aquilo. E tinha razão; era fácil mesmo. Marcus levou talvez uns cinco minutos para acabar de fixar direito a câmera, no ângulo perfeito, sem suar minimamente. Pulou da claraboia e se permitiu meio minuto para admirar a obra. Discreta, uma massa preta e amorfa a que ninguém daria atenção. Estava funcionando. Agora, faltavam só as outras quatro.

– Com um pouco de sorte... – sussurrou para si mesmo.

Com um pouco de sorte, Marcus acharia Eva primeiro. E a salvaria.

Distrito de Amager, Copenhague – 14h45

Eva parou e lançou um último olhar para a Amager Strandvej, a avenida costeira, e a ponte que unia a Dinamarca à Suécia, antes de abrir o portão gradeado. Desceu os degraus até um caminho de cascalho. Pensou: "O que estou fazendo aqui? Quem estou indo ver?" Procurou o número 112, o endereço que Tine Pihl tinha passado por intermédio de Lagerkvist. Provavelmente ali se ficava muito bem no verão, não havia dúvida; mas agora, debaixo do sol de primavera, era como se tivessem acendido as luzes numa danceteria às três da manhã.

– Com licença – disse Eva.

– Pois não? – Um sorriso largo, como se ninguém mais tivesse falado com aquela mulher em vinte anos.

– O número 112?

– É só seguir reto.

– Obrigada.

Eva continuou direto e não demorou a estar frente a frente com um chalezinho dilapidado que um dia talvez tivesse sido azul-celeste. Olhou para trás. Seria armadilha? Quem a ouviria gritar ali? De todo modo, deu os últimos passos até a casa. Leu o nome na porta. "Rigmor", tinham escrito diretamente na madeira, com caligrafia impecável. Tomou fôlego e bateu três vezes. Passos lá dentro. A porta se abriu. Quem a abriu foi uma fumante idosa. Tinha pele cinzenta que combinava com o grisalho. Seria ela Rigmor? Eva, apesar de estar a um metro da porta, conseguia sentir o cheiro da mulher. Cigarro, bebida, alguma coisa acre.

As duas se estudaram por um instante. Eva viu uma pessoa cansada, que talvez tivesse sido atraente em sua época, muitos anos antes.

A velha senhora lhe deu as costas sem fechar a porta. Seria assim que se davam as boas-vindas às visitas por ali? Eva entrou. Ficou imóvel um instante antes de fechar a porta. Tirou os sapatos e os deixou ao lado de três pares idênticos de galochas. Talvez a mulher não fosse a única moradora da casa.

– Você trouxe gravador? – gritou a senhora da cozinha.

– Como?

– Não quero que grave o que eu contar.

"Mas o que é isso?", perguntou-se Eva. "Por que foi que a Tine me mandou para cá?" Alguns velhos caixotes de madeira que serviam de estante se empilhavam num canto, transbordando de livros. Livros sobre a Casa Real. Pelo menos o primeiro que Eva pegou ali. E o seguinte. Todos. O príncipe herdeiro, o príncipe consorte, o *réveillon* na Casa Real, o complexo palaciano de Amalienborg, o Château de Cayx. Havia revistas por toda parte, principalmente exemplares da *Billed-Bladet*, cujo papel brilhante refletia o sol que entrava pela janela. Pilhas de revistas na estante e em caixas ao longo das paredes. A edição mais recente estava em cima da mesa, diante de Eva, bem ao lado de uma garrafa meio vazia de xerez e um cinzeiro cheio além da conta. Uma matéria sobre o novo penteado da princesa consorte Mary. Famosos que davam nota àquele cabelo numa escala de um a dez.

– Estou sem leite e sem açúcar – disse Rigmor, e deixou uma xícara de chá em frente a Eva. – Tomara que você goste.

– Obrigada.

– Comecei a enrolar cigarro. Assim a gente economiza um pouco. Cadê o meu isqueiro? – disse a mulher, e revirou os bolsos. Achou o isqueiro e acendeu o cigarro. Eva olhou para as unhas de Rigmor.

A fumaça não era desagradável e, junto com o vapor do chá, se colocou como um véu entre as duas mulheres. Eva despendeu um instante contemplando o rosto de Rigmor, fino, um tanto anguloso; restava-lhe ainda um pouco de cabelo preto, uma lembrança da mulher que tinha sido.

– Você acha que ficou bem?

– Como?

Rigmor fez um gesto de cabeça em direção à revista.

– O cabelo.

– Ah! – disse Eva, e deu uma rápida olhada. – A princesa é muito bonita.

– A primeira vez que a vi, juro, quase caí de costas. Era tão linda! Aconteceu o mesmo com todo mundo. Os homens ficavam de boca aberta. Mas ela é muito fria.

Rigmor tragou fundo e segurou a fumaça nos pulmões por mais tempo que a maioria. Uma fumante econômica – queria aproveitar ao máximo o alcatrão.

Eva hesitou um instante enquanto passeava ao redor com os olhos. O que estava fazendo ali? Por acaso Rigmor era algum tipo de especialista em fofocas? Uma especialista em realeza que, a partir desse seu satélite de observação nos limites da Dinamarca, registrava as idas e vindas dos membros da Casa Real? Com todas as suas revistas. Livros. Pratos comemorativos. Numa das paredes, havia uma foto emoldurada de Rigmor com dois meninos pequenos. A julgar pelo penteado dela, com ondulado suave e risca no meio, podia ser dos anos 70.

– Bem, cá estamos – disse Rigmor.

– Pois é. – Eva tentou azeitar a conversa com um sorriso. – Você está aposentada?

– Acho que se pode dizer que sim.

– Trabalhava em quê?

– Cuidava de crianças. Entre outras coisas.

– Cuidava deles? – Eva se levantou. Olhou para as fotos emolduradas na parede. – São seus?

Rigmor sorriu.

– Meus? É, acho que se pode dizer isso.

Eva prestou mais atenção. Eram os dois filhos da rainha. Rigmor segurava o príncipe herdeiro no colo. O irmão menor estava ao lado, sem olhar para a câmera.

– Você era funcionária dos palácios?

– Não vamos ser tão específicas.

– Por que não?

– Melhor falar de funções.

– Não estou entendendo bem.

– Qual é a sua função?

– Minha função?

– Querida, a gente não passa de peças num grande jogo. Todo mundo, sem exceção. Somos coisas que eles podem usar ao seu bel-prazer. Do mesmo jeito que no tabuleiro de xadrez. Peões. Bispos. Cavalos. Eu era cavalo – disse Rigmor. Antes de continuar, apagou o cigarro no cinzeiro, ao mesmo tempo que acendia outro. – É você quem põe a mão na banheira para ver se a água está boa?

– Na banheira de quem? Desculpe-me, o seu jeito de falar é muito cifrado. Mas, por favor, continue.

– Ou pega a roupa e a coloca pronta em cima da cama? Ou passa? Ou troca os lençóis? Algumas vezes até à tarde, se alguém fez a sesta. Ou é quem carrega mala, engraxa sapato, limpa chão? – Inclinou-se para a frente e sussurrou. – Ou é você quem ajuda com a boca ou com a mão? – perguntou, e fez um gesto feio com a esquerda, como se estivesse masturbando um homem. – É uma das funções que você pode ter.

– E qual era a sua?

– Um pouco de tudo. Nada de limpeza. Como já disse, eu era cavalo. Pulava, dava saltos enormes, para eles. Dia e noite.

– E foi despedida?

Rigmor deu de ombros.

– E está brava com eles? Com quem?

– Estou brava com aquela família porque me trataram feito merda. E porque tratam feito merda todos os empregados, inclusive a minha irmã. Isso basta para você?

– A sua irmã? Ela também trabalha lá?

Na mesma hora, uma ideia tomou forma na cabeça de Eva. Talvez tivesse sido por isso que Tine Pihl a mandou ali.

– Você consegue me fazer entrar lá de penetra?

Olhar de surpresa.

– Nos palácios?!

– É.

– Em alguns deles, dá para agendar visita guiada para praticamente todos os dias úteis do ano. Claro, é só pagar um valor considerável.

– Você não entendeu. Não podem saber que vou lá. Estão atrás de mim.

– Quem?

– Alguém ligado a quem mora lá.

– O que foi que você fez?

– A Tine não contou nada?

– Contou um pouco. Eu gostaria de ouvir da sua boca.

– Preciso da sua ajuda para entrar – disse Eva, desvencilhando-se da pergunta. – Ou da ajuda da sua irmã. Você tem como fazer isso por mim?

– Ah, era possível na minha época!… – disse Rigmor, e a lembrança dos velhos tempos lhe arrancou um sorriso.

– Você está falando do quê?

– Faz quanto tempo? Deve fazer quase quinze anos que acabou, se é que alguma vez existiu de fato.

– Você vai ter que ser mais clara.

– Como vou explicar? Era, digamos, uma prática entre alguns dos empregados. De noite, em troca de dinheiro, deixavam os amigos entrarem. Uma visitinha guiada. Mas só nos palácios onde ninguém estava morando.

– E daria para ressuscitar essa prática? Mesmo que seja uma vez só.

– Por que é que você quer entrar lá? – perguntou Rigmor, ao mesmo tempo que fazia força para sugar a derradeira nicotina do cigarro.

– Pelo mesmo motivo que levou você a sentar aqui e conversar comigo. Aconteceu uma coisa absolutamente injusta. Não é também por isso que você quer me ajudar?

Não houve resposta. Eva continuou:

– Christian Brix. Você o conhece?

– Não pessoalmente. Ele era do círculo mais íntimo. E isso desde que era menino.

– Oficialmente, ele se matou com um tiro no Dyrehaven. Mas eu sei que é mentira. Ele morreu num dos palácios, só não sei como. E não vou saber até conseguir entrar.

– E depois vai fazer o quê? Levar a família toda à Justiça? – Rigmor deu uma risada sonora e desdenhosa. – Não, desculpe-me, mas é muita ingenuidade. Só um instante. – Levantou-se e voltou com dois cálices na mão. Encheu-os de xerez até a borda e se virou para Eva. – Você quer saber o que aconteceu naquela noite nos palácios?

– Quero.

Rigmor tirou do bolso de trás uma caderneta, que, pelo jeito, estava ali para que sempre pudesse alcançá-la com um só movimento. Talvez fosse uma agenda. Abriu e folheou a caderneta.

– Houve um jantar, mas sem a presença da família real. Começou às oito.

– Como é que você sabe? Pela sua irmã?

Rigmor deu de ombros.

– Você continua anotando o que acontece lá dentro?

Nenhuma resposta. Eva olhou para a caderneta e a pegou. Com muita calma, como se estivesse sentada diante de um animal feroz que não admitia movimentos bruscos, virou a caderneta para si. Leu: "Domingo, 7 de abril". Constavam todos os habitantes dos palácios. Quem saía de lá, quando, quem recebia quais visitas. "Jantar administrativo no Rosa", tinha escrito Rigmor. Eva teve tempo de folhear o livro e comprovar o verdadeiro alcance da obsessão de Rigmor. Cada ato dos membros da Casa Real estava registrado. Ali. Naquela casa. Rigmor tirou a caderneta das mãos dela.

– Você sabe tudo o que eles fazem – disse Eva.

– Quase.

– Quem conta essas coisas todas? A sua irmã?

– Acho que isso não interessa.

– E esse jantar... O que quer dizer "administrativo"?

– Pode ser qualquer coisa. Alguém da corte que se reúne com alguém de outra família real para organizar uma visita. Esse tipo de coisa. Se você quiser, posso verificar quem compareceu.

– E onde foi isso?

– O jantar foi no palácio de Cristiano VII, que também chamam de Palácio Moltke.

– O que acontece lá?

– É o palácio para os hóspedes da rainha. E para as recepções e cerimoniais. Mas já serviu para muitas outras coisas. Quando os meninos eram pequenos, era creche e escolinha. É principalmente onde os convidados dinamarqueses e estrangeiros ficam hospedados. Também fazem muitas festas no Salão dos Cavaleiros. Por exemplo, o jantar de gala de Ano-Novo. Vários outros banquetes. E foi ali que, no dia do casamento, Frederico e Mary saíram à sacada para receber a saudação do povo.

– Só um instante; acho que antes preciso me situar – disse Eva, e usou a revista para representar a estátua equestre. – A estátua fica aqui. A Igreja de Mármore, aqui. A Ópera, aqui. Então, onde fica...?

– O Palácio Moltke. Aqui – disse Rigmor, e, com cuidado, empurrou o cálice de xerez alguns centímetros na mesa. – O palácio é a ala sudoeste do complexo de Amalienborg.

Eva assentiu com a cabeça e pensou em Malte. Aquilo correspondia à direção em que o menino tinha olhado.

– O Palácio Moltke...

– O conde Adam Gottlob Moltke – disse Rigmor. – Um dos homens mais importantes do país no século XVIII. Um senhor feudal germano-dinamarquês que teve muita influência sobre Frederico V. Tanta que muita gente diria que quem governava de fato o país era ele.

– A rainha não mora lá?

– Não, os monarcas residem no palácio de Cristiano IX, que fica aqui. – Rigmor empurrou o cálice de xerez mais uns centímetros. – E o príncipe herdeiro e a mulher ocupam o palácio de Frederico VIII, aqui. Tenho um livro. – Rigmor pegou um na estante. Não precisou procurar; sabia exatamente onde estava. – Olhe – disse, e apontou. – Esta é a parte de dentro do Palácio Moltke. O Salão dos Cavaleiros. Um dos melhores exemplos de arte rococó em todo o mundo.

– Foi aí que jantaram naquela noite?

– Não acho. O salão é grande demais. Tem capacidade para quase duzentas pessoas. Devem ter usado este outro salão – disse, e mudou de página –, o Rosa. Tem esse nome porque parte do aparelho de jantar Flora Danica está exposta lá. Você acha que foi lá que Brix morreu?

– Não sei – disse Eva, e pensou um pouco. – Não. Não na frente de tanta gente.

– Onde, então?

– É o que eu tenho que investigar. Mas um menino viu, disso tenho certeza. O filho da dama de companhia.

– O Malte? – quis saber Rigmor.

– Você o conhece?

– Ele vai lá muitas vezes. É o filho da Helena.

– Mas o que ele fazia no palácio àquela hora da noite? – perguntou Eva.

– Pode ter ficado para dormir. Faz isso de vez em quando, com a mãe, sempre que ela fica cuidando dos príncipes e já é tarde. Aí costuma dormir num dos palácios. Também quando se precisa acordar com eles no dia seguinte.

– Você tem como verificar isso na sua caderneta?

Rigmor fez que não.

– As anotações são só sobre quem tem sangue azul.

– *OK*. Mas, se ele passou aquela noite no Palácio Moltke...

– Pois é.

Eva, pela própria respiração, percebeu que estava chegando perto.

– Nesse caso, em que parte do palácio ele dormiria?

– No térreo, nos aposentos para hóspedes.

– E onde ficam eles em relação ao...?

– Salão Rosa?

– Isso.

– O Malte teria que ter feito uma excursãozinha pela ala sul. Entre outras coisas, precisaria ter subido a Escada Escura.

– Escada Escura?

– É como chamam. A escada secreta. Uma que só os funcionários usam. Os membros da Casa Real preferem não ver os empregados. A gente precisa ser invisível. Existe uma Escada Escura em cada um dos quatro palácios. É para o pessoal de serviço, que assim pode entrar e sair com a máxima discrição.

– Mas por que o menino faria um passeio desses em plena noite?

– Você tem filhos?

– Não – disse Eva.

– Criança levanta no meio da noite se quer ir ao banheiro, se não consegue dormir, se escuta alguma coisa. O Malte pode ter saído para explorar o lugar por conta própria. Além disso...

– Além disso o quê?

– Como você mesma disse, se aconteceu algum podre no Palácio Moltke naquela noite, não é muito provável que tenha sido durante o jantar. Deve ter acontecido em outra parte.

– Mas onde?

Rigmor não disse nada.

– Vamos lá – insistiu Eva. – Se discutiram durante o jantar, só podem ter ido depois para outro cômodo.

– Talvez para o Taffelsalen.

– Taffelsalen? O que é isso?

Rigmor hesitou. Fez outro cigarro, acendeu e tornou a segurar a fumaça nos pulmões. As palavras saíram junto com a fumaça.

– Naquela noite, houve confusão no Taffelsalen – disse.

– Confusão?

– É.

– Mas que confusão?

– Alguém bateu boca, não sei ao certo.

– Mas sabe que aconteceu alguma coisa. E sabe como?

– Pela minha irmã.

– Ela viu?

– Não.

– Posso falar com ela?

– Você não vai conseguir que ela diga nada.

– Mesmo que vocês duas os odeiem tanto? Por que não?

– As coisas não funcionam assim – disse Rigmor, e balançou negativamente a cabeça. – A gente, enquanto é parte daquilo, fica de boca fechada. E a grande maioria guarda esse silêncio a vida toda, até morrer. Do contrário, não poderia continuar. Você faz ideia do número de empregados que têm os palácios? Como eu já disse, a família não sabe fazer nada sozinha. Estamos falando de umas duzentas pessoas para fazer as coisas por eles. Motoristas, pessoal de cozinha, secretários particulares, babás, camareiras, estilistas, cabeleireiros, contadores, jardineiros, seguranças, faxineiros etc., etc. Há sempre alguém olhando o que a família faz. Qualquer briguinha é ouvida. A gente testemunha os problemas entre eles, a inveja, as ciumeiras, os rolos amorosos, tudo. Mas só uma parte infinitesimal disso vem para fora dos muros da corte. O mais das vezes, vem como boato. E boato é fácil de rebater como fofocas maldosas. Melhor ainda: dá para nem fazer caso, tratar com indiferença. Durante anos, esta última tem sido a melhor defesa da Casa Real. Ficar indiferente, dar de ombros para tudo. As histórias de excessos, abuso de poder, drogas, alcoolismo. Tudo isso é descartado como se não existisse. Não queremos ouvir nada de negativo sobre a Casa Real. Ela nos custa os olhos da cara; por isso, esperamos que faça o favor de adoçar as nossas vidas chatíssimas com um pouco de esplendor e de glamour. – Bebeu o resto do xerez que estava no cálice e voltou a se servir. Inspirou fundo mais algumas vezes, como se o longo discurso a tivesse deixado sem fôlego.

– E esse Taffelsalen?

– É um Salão de Banquetes menor, no mezanino. Foi Moltke quem pediu ao arquiteto francês Nicolas-Henri Jardin que decorasse o Taffelsalen. Você pode ver aqui. – Rigmor, agora com os olhos brilhando, apontou para as fotos.

A mulher era assim, pensou Eva. Ora extasiada com alguma história ou coisa digna de Disney, ora furiosa, cheia de ódio.

– O salão vai de uma ponta à outra do palácio, e em cada extremo há uma pia de mármore em forma de concha. O príncipe Charles já comeu várias vezes no Taffelsalen.

– Então vamos imaginar o seguinte – disse Eva. – Está acontecendo uma festa no Palácio Moltke. Ou simplesmente um jantar. É nesse Salão Rosa. O Malte e a mãe estão no palácio para cuidar dos filhos do príncipe herdeiro porque o casal também foi a um evento ou está ocupado com outros assuntos. Aparece Christian Brix; disso, eu tenho certeza. Ele veio para dizer uma coisa importante.

– Helena está cuidando das crianças em outra parte do palácio. Fica tarde. Helena e as crianças vão dormir, mas o Malte acorda à noite e sai para dar um passeio por conta própria. Enquanto isso, o clima fica tenso entre Brix e outro dos que estão jantando no Salão Rosa. Brix é levado para outro lugar, ou resolve ele mesmo ir para um cômodo contíguo e terminar a discussão lá. Porque uma coisa é certa: é de muito mau gosto bater boca na frente dos outros.

– Ou pior – acrescentou Rigmor –, bater boca com pessoas da família real.

– E aí passam para o Taffelsalen – continua Eva. – Uma vez lá, bem... Saem no braço.

– E onde está o Malte nesse meio-tempo? – perguntou Rigmor.

– Já se levantou e entrou no Taffelsalen. Fica escondido ali, talvez debaixo de uma mesa ou atrás de uma porta. E, do esconderijo, acaba presenciando tudo.

Vê o tio Christian cair ou ser golpeado. Só que Brix não morre. Ele aguenta, e o levam para o parque, onde lhe dão um tiro na cabeça. Assassinato que quiseram fazer parecer suicídio. Enquanto isso, o pequeno Malte volta correndo para a mãe, conta tudo e...

– Ele talvez tenha visto tudo pelo "vitral".

– Do que você está falando?

– No Taffelsalen, ao pé da Escada Escura, fica um quadro que é meio especial. Na frente, é uma pintura em vidro; e, do outro lado, é como um espelho espião. A gente tem que subir num descanso baixinho. Dali, dá para ver a sala pelo vidro sem que ninguém veja a gente do outro lado; é como nos filmes. Funciona também como uma espécie de alçapão, e antigamente os músicos ficavam lá para tocar para a realeza durante os jantares. Quando a rainha era pequena, costumava brincar com as irmãs ali. Subiam no descanso e espiavam pelo espelho. Dali, ficavam olhando os pais celebrarem os banquetes. Foi assim que aprenderam a gerir uma corte.

– Você está tirando uma com a minha cara?

– Não. A própria rainha contou isso várias vezes. As três meninas se metiam naquele quartinho escuro e observavam de lá o rei e a rainha. As crianças nunca comparecem aos jantares. Os príncipes só passaram a comer com os pais quando já tinham seis anos. E, mesmo assim, só uma vez por semana.

– Você acha que o Malte estava lá, atrás desse vidro?

– É possível; eu diria até provável. Afinal, as crianças adoram brincar ali.

– Mas por que a mãe não chamou a polícia? Era o irmão dela.

– A gente fica de boca fechada. É como nos Hells Angels. A gente é da mesma gangue e acoberta os outros. Se você soubesse as coisas que eu presenciei lá, na minha época...

– O quê?

– Ninguém acreditaria em mim. Eu poderia escrever dez crônicas ou centenas de cartas aos jornais, mas ninguém publicaria. Você tem noção do que os príncipes tiveram que aguentar quando eram pequenos? Imagine uma infância em que você precisa combinar data para ver o seu pai, ainda que ele esteja sentado no cômodo ao lado, sem nada para fazer, de saco cheio. Uma infância em que você nunca come com os pais porque, para eles, você é só um estorvo. Agressões físicas... O príncipe herdeiro já insinuou isso várias vezes, e só me resta confirmar e dizer: podem multiplicar por dez o que ele diz.

– Mas por que a mãe do Malte não fez nada?

– E pedir ajuda a quem? Ia sair correndo para a rua com os dois principezinhos no colo? Ia chamar a polícia?

Eva ficou observando a velha senhora, que continuou falando de todas as coisas horríveis que tinha visto. E Eva pensou em Malte, no menino pequeno que tinha levado um susto de morte, encolhido no canto de onde presenciou um crime. Ou em pé atrás de um espelho.

– Pois é – Eva ouviu a si mesma dizer a Rigmor.

– Pois é – repetiu Rigmor, e olhou para Eva.

– Pois é o quê?

– Essa sua ideia do que aconteceu naquela noite é possível, mas nem por isso tem que ser verdade.

Eva voltou à mesa, sentou-se e encarou a mulher que estava à sua frente.

– Não. Mas você e a sua irmã vão me ajudar a tirar a teima.

A mulher tinha deixado Eva sozinha enquanto ia dar um telefonema. Talvez para a irmã, na tentativa de restabelecer uma antiga prática palaciana, uma coisa que tinham quase descoberto – não importando o que significasse esse "quase". Que um dos empregados de mais alto posto ficara sabendo que alguns serviçais cobravam de amigos e conhecidos para lhes mostrar os aposentos reais que a família não estava ocupando? Puseram fim à prática, mas não informaram isso à família real. "Não aguentamos a verdade", pensou Eva. É preferível mudar a prática e demitir a direção, como no caso de Torben, e confiar que tudo acabará bem desde que não falemos mais do assunto. E desde que os pais não tenham de viver com a terrível verdade – que o filho pequeno esteve perambulando sozinho no meio do mato, achando que tinha sido abandonado, que ninguém o queria, que ele não tinha mais valor do que um papel que se joga no lixo, uma coisa que se pode descartar e esquecer no instante seguinte.

O que a rainha pensaria se lhe contassem que pessoas completamente estranhas tinham pagado para passear na casa dela à noite? Que a monarca era um bicho de zoológico? Que no fundo o povo não tinha mais amor nem respeito por ela do que por um urso-branco, um pelicano ou hipopótamo na jaula? A rainha também vivia enjaulada, e as pessoas pagavam de muito bom grado para ficar olhando para ela. Se pudessem, pagariam um pouco mais para ficar juntinho dela; para poder deitar a seu lado na cama e vê-la dormir de boca aberta; para zanzar pelo quarto do marido, levantar o edredom e ficar admirando sua enorme barriga subir e descer enquanto ele respira e ronca. "Não mexam em nada", sussurraria o guia, como num museu. E o grupo seguiria em frente; não haveria nenhum detalhe demasiadamente íntimo, nenhum limite demasiadamente difícil de ultrapassar. Secreções que podiam ser analisadas, da mesma maneira que são estudadas as fezes do dromedário ou o traseiro vermelho do babuíno...

– Eva?

Rigmor estava à porta, com um daqueles sorrisinhos que esboçamos quando alguém que odiamos se estrepa. Rigmor quase conseguia saborear a doçura da vingança. Eva percebia isso.

Distrito de Nørrebro, Copenhague – 21h30

"Quanta feiura!", pensou Marcus. Placas de amianto decompostas que pendiam do teto; cabos soltos que acabavam em emaranhado total; a poeira que cobria tudo, que ficava suspensa no ar, que penetrava pelos poros e por baixo das pálpebras, que se grudava ao paladar e à cavidade bucal como a areia de um deserto distante. Marcus não sabia para onde olhar. Optou por se concentrar na flor no peitoril da janela do apartamento em frente. O sinal. A flor continuava lá. Ainda não tinham localizado Eva. Pensou em David. Nos muitos sentimentos que tinha nutrido por ele, sentimentos que nutria ainda. Porque tinham vivido muita coisa juntos. Tinham lutado ombro a ombro, tinham visto as mesmas coisas – morte, miséria e desgraça. E pensou em David como um soldado ferido que ele, Marcus, precisaria abandonar no campo de batalha. Alguém a quem teria de dizer adeus para sempre. Já não estavam do mesmo lado, e estava bem assim. Todo soldado sabia o significado da despedida. Da família quando a gente ia embora, dos amigos em casa, dos camaradas de armas quando um deles sucumbia, da própria vida. Marcus pegou seu iPhone. Sentou no peitoril da janela. Podia passar de uma câmera de vigilância à outra. Quatro delas transmitiam à perfeição; só aquela em frente ao Reden estava um pouco fora de foco. Marcus talvez tivesse se apressado demais na hora de instalá-la. Mas ela quebrava o galho; ainda conseguia ver quem entrava e quem saía. Uma moça se aproximou do abrigo Danner, arrastando a mala pela calçada. Hesitou em frente à porta. Afastou-se um pouco. Por quê? Porque tinha medo do homem, é claro. Todas tinham, todas as que fugiam para um abrigo de mulheres maltratadas; afinal, era o que diziam os homens: “Se me largar, encontro você nem que vá se enfiar no fim do mundo. E aí mato você”. Marcus sentiu alívio quando a garota enfim tocou a campainha e a deixaram entrar.

– Melhor para você – murmurou.

O que estava acontecendo? Não sabia, não entendia. Olhou a tela do iPhone. O abrigo da Jagtvej? Nada. Tudo parecia estar bem; dava até a sensação de agradável mansidão. O Reden? Reconheceu uma das prostitutas do dia anterior. Pelo visto, passava a vida fazendo zoeira em frente ao abrigo. Parecia embriagada. Uma rápida olhada na entrada do abrigo de Egmontgården. Não se via Eva em parte alguma. Olhou para o apartamento de David e viu que a flor tinha sumido. O sinal. Eles a tinham achado. Onde? Desceu do peitoril. Estava agora no centro do cômodo e voltou a olhar para o iPhone. Repassou as imagens das cinco câmeras. Estava com as mãos suadas; a tela ficou engordurada. Onde eles estavam? Ali? Um furgão escuro de vidros escurecidos estava estacionado na travessa perto do abrigo Danner.

Bredgade, Copenhague – 22h10

Tudo começou com morte e destruição, com cento e oitenta pessoas abandonadas às chamas, com os gritos de uma catástrofe. Quando o Castelo de Sophie Amalienborg pegou fogo, em 1689, durante as comemorações do quadragésimo quarto aniversário de Cristiano V. O que devia ter sido uma noitada fantástica, com música e festa, acabou em pesadelo. Uma lamparina a óleo fez parte da decoração de palco pegar fogo, e o incêndio se propagou com a velocidade de um raio. No entanto, o acidente também acarretou a construção de um novo complexo régio, ou "castelo", os quatro palácios que hoje conhecemos como Amalienborg, talvez o mais refinado exemplar de arquitetura rococó em toda a Europa. Durante as obras, nada foi deixado ao acaso. Frederico V estabeleceu meticulosamente então uma nova cidade, Frederiksstaden. O local se situava no coração da cidade e, ainda assim, ficava afastado da Copenhague pobre e escura. Os sucessivos palácios foram erguidos a uma distância prudente do populacho para unir Deus, o rei, o céu e o mar. Colocou-se a estátua equestre no centro da praça. Cristiano V chega do mar a cavalo, e seu olhar pousa na Igreja de Mármore, situada a poucas centenas de metros. Na parte superior da igreja, sobre a grande cúpula, outra, pequena – denominada "lanterna" – simboliza a abertura para o céu e o divino. No entanto, tudo isso se construiu sobre os gritos da maior catástrofe civil da história de Copenhague.

Eva, ao passar em frente ao Teatro Real, enfiou as mãos nos bolsos para se certificar de que tinha o mais importante – a impressão 3D do crânio de Christian

Brix. Através do pano do bolso, sentia contra a pele a borda do plástico duro. Agora, só precisava descobrir o objeto homicida. A chave de tudo. Fazia frio. Caminhou depressa pela Bredgade abaixo, passando pelas vitrines iluminadas das lojas que vendiam as relíquias – móveis antigos e armaduras – dos tempos pelos quais Brix tinha lutado. Tempos de absolutismo, com menos espaço para o crescimento pessoal; mas tempos também mais sensatos, quando as pessoas não elegiam indivíduos como Hitler. Eva refletiu: "E eu? O que penso disso?" E concluiu: "Minha opinião não importa. A única coisa que preciso fazer é contar a verdade. Quem deve tomar posição são os leitores".

– Eva?

A voz era fraquinha e vinha de uma mulher que estava esperando a uns cinco ou seis metros do ponto combinado.

– Sim.

– Siga-me.

A mulher subiu a gola, ocultando o próprio rosto. Eva a seguiu a certa distância, sem dizer nada. Nada de perguntas supérfluas, Rigmor tinha repetido várias vezes lá em sua casa. "Que contraste com os palácios", pensou Eva, e ficou imaginando o que teria sido a vida de Rigmor. Uma vida de pernas para o ar. Um dia, nossa vida se desenrola em castelos; no outro, eles nos demitem, e vamos apodrecer numa casinha chinfrim, tendo por únicas companhias cigarros feitos à mão e uma garrafa de xerez barato. De certo modo, Eva não estranhava que as duas irmãs buscassem vingança, coisa quase impossível de conseguir contra aquela família tão poderosa. Durante uma hora, Rigmor tinha revisado com Eva a planta do Palácio Moltke, o lugar onde Brix fora visto pela última vez, o único palácio que estavam utilizando apenas para receber hóspedes e oferecer jantares.

Procurou com o olhar a mulher, que tinha se adiantado demais. Chegaram ao fim da rua, passaram em silêncio junto às janelas escuras, dobraram a esquina e pararam. Eva a alcançou.

– Você consegue ir no meu ritmo? – disse a mulher.

– Consigo, sim. Desculpe-me.

Passaram por alguns táxis; fora isso, as ruas estavam praticamente desertas. A escuridão não fazia caso da esporádica iluminação pública.

– É aqui – disse a mulher, talvez a irmã de Rigmor; Eva não tinha certeza. A única coisa que sabia era que essa outra se dispunha a ajudá-la a entrar. Depois, Eva teria de se virar sozinha.

Pela primeira vez, seus olhares se cruzaram. Foi só por um instante, mas Eva viu alguma coisa naqueles olhos. O quê? Humilhação? Uma vida fracassada? Foi somente então, debaixo de uma luz de rua, que Eva pôde ter ideia da aparência da mulher. Tinha por volta de cinquenta anos e andava encolhida; lembrava um barco a ponto de naufragar. Tentava evitar o olhar de Eva o tempo todo, como se estivesse envergonhada. Era o mesmo olhar que Eva tinha visto no chalé. O olhar de uma viciada, de uma dependente, mas de alguém que sabe que está mal. Qual seria seu vício? Os que moravam nos palácios? Da mesma maneira que os habitantes dos palácios dependiam das pessoas de fora, pois eram incapazes de se virar sem o dinheiro dos contribuintes? Talvez a Santa Aliança consistisse justamente nessa dependência mútua. A mulher não encarou Eva quando disse:

– Christian Brix?

Eva assentiu e perguntou:

– Você sabe de alguma coisa?

– Só que o Malte e a mãe estiveram aqui naquela noite, como a Rigmor já lhe contou. Na noite da véspera da morte de Brix. O príncipe herdeiro e a mulher estavam fora, e a dama de companhia teve que cuidar das crianças. Por isso, ficou para dormir num dos quartos de hóspedes do Palácio Moltke. Sei também que aconteceu alguma coisa à noite. Pelo que entendi, no começo da noite.

– Alguma coisa? O quê?

– Alvoroço, agitação, bate-boca.

– Quem bateu boca?

– Eu achava que você já tinha falado de tudo isso com a Rigmor.

– Eu gostaria que você mesma me contasse, com as suas próprias palavras. Você esteve mais próxima. É importante. Talvez haja algum detalhe que...

A mulher a interrompeu:

– Não sei o que a minha irmã contou, mas jantaram no Salão Rosa. No começo estava tudo normal, mas depois aconteceu alguma coisa. O clima ficou pesado. Brix e alguns homens passaram para o Taffelsalen. O pessoal ouviu gritos de lá. E depois pediram aos funcionários que fossem embora, que saíssem do palácio na mesma hora.

– Já tinha acontecido antes?

– Pedirem que a gente vá embora?

– Sim.

– Muitas vezes.

– Mas o que você acha que aconteceu naquela noite?

– Não me pergunte.

– E por que não?

– Vamos ter que entrar por aqui – disse a mulher, e abriu um portão.

Eva ficou surpresa – estavam meio longe do palácio. Adentraram uma escuridão densa. O piso era de pedra lavrada. Saía vapor de uma grade lateral. Pararam por um momento, como se de repente a mulher hesitasse e estivesse prestes a se arrepender.

– Venha comigo – acabou dizendo. Atravessou outro portão, chegou a uma porta e a abriu. Saíram num corredor com chão e paredes de cimento. O ar estava carregado de umidade; ouvia-se o barulho de água que gotejava em algum lugar.

Eva percebeu certa impaciência na mulher, que não parava de olhar por sobre o ombro, como se achasse que estavam sendo seguidas.

– Há uma escada logo ali – disse, e apontou.

Doze degraus. Por algum motivo, Eva os contou, dizendo mentalmente cada número. A porta que tinham pela frente estava trancada, mas a mulher tinha a chave. As dobradiças estavam enferrujadas, e ela precisou usar as duas mãos para abrir. A umidade desapareceu, substituída por um calor seco. A mulher abriu a bolsa.

– Eu só tinha uma – disse, e tirou de lá uma lanterna. Apontou o facho para cima. A tubulação que percorria o teto revelou qual era a fonte de calor.

– Tomara que sirvam em você – disse a mulher, iluminando dois pares de galochas. – Pode ser que haja muita água lá embaixo.

Eva hesitou. A outra tirou os sapatos e calçou as galochas. Eva seguiu o exemplo. As galochas ficaram meio grandes.

– Tudo bem?

– Tudo.

– Agora a gente precisa descer dois degraus. Depois, vai dar na água. Cuidado, que escorrega bastante.

Eva enfiou o pé na água, que tinha só alguns centímetros de altura. O cheiro não era bom. Cheirava a água salobra ou esgoto.

– E agora a gente vai ter que andar um pouco.

"Um pouco ou muito?", pensou Eva quando já estavam avançando em silêncio fazia uns tantos minutos. O nível da água tinha subido talvez uns dez centímetros, e o olfato de Eva não dava sinal de ter-se acostumado. Pelo contrário: o mau cheiro ficava pior a cada passo que dava.

– Cuidado com a cabeça. A passagem aqui fica mais estreita. Você consegue aguentar o cheiro? A água se infiltra por todos os lados. Frederiksstaden foi construída por cima de um brejo. É muita areia movediça e muita água de lençol freático; é quase impossível impedir que essa água entre.

– O que é aquilo ali? – perguntou Eva, e apontou uma coisa que se movia na água.

Não precisou esperar a resposta da mulher. De repente, a cabeça de uma ratazana surgiu na superfície da água; o bicho então saiu guinchando e sumiu.

– Merda! – murmurou Eva, e mais que nunca teve vontade de dar meia-volta.

– Rato não faz nada.

– Faz, sim. Falta muito?

A mulher respondeu dizendo algo completamente diferente:

– Começaram a construir este túnel no outono de 1944.

– Começaram, quem?

– A Resistência. Havia boatos de que os alemães tomariam a família real como refém, de que talvez matassem a todos.

– A ideia era tirar a família de lá às escondidas?

– Pelo menos queriam ter essa opção. E construíram uma passagem secreta para fora de Amalienborg. O túnel ficou pronto em fevereiro de 1945, depois de meses de um trabalho danado. – A mulher deu uma passada por cima de uma pedra que estava submersa. – Só o pessoal de mais confiança da Resistência sabia que o túnel existia. Para construí-lo, trabalharam umas dezoito horas por dia, sem poder usar máquina nenhuma.

– Por causa do barulho?

– É. Trabalhavam debaixo do nariz dos alemães. Foi a fase mais perigosa da Ocupação, disso não há dúvida. A polícia dinamarquesa vinha sendo desativada, e os policiais, mandados para os campos de concentração. Os membros da Resistência que eram capturados não podiam fazer mais nada; eram mandados direto para o campo do quartel de Ryvangen, para ser executados.

– Ainda usam o túnel?

– Não. Quase ninguém sabe que ele existe. Até onde sei, pensaram várias vezes em fechar isto aqui, mas nunca chegaram a fazê-lo.

O nível da água continuava a subir. Avançaram mais uns cinco metros e, aí, tiveram que aguentar quando a água lhes chegou acima das galochas. Eva sentiu aquela água fria e nojenta molhar os dedos dos pés. Seguiram em frente pela rota régia de fuga. Talvez a rainha e os filhos a tivessem usado quando o marido os perseguiu. Continuou pensando. Todas as casas deveriam ter um túnel como aquele, para que as pessoas escapassem sem ser vistas e pudessem recomeçar a vida do zero. Talvez fosse um projeto para o pai quando, ao fim de três anos, ele concluísse a casa de Hareskoven.

– Estamos quase chegando – disse a mulher, e apontou.

– Chegando aonde?

– Está vendo aquela escada ali?

Eva olhou. A mulher a iluminou com a lanterna. A mancha de luz era como um olho em meio à escuridão.

– Está meio solta, mas dá para usar.

Aproximaram-se. Eva olhou para a escada de metal enferrujada, de talvez um metro e meio de altura, que estava chumbada à parede. A mulher parou. Era outro daqueles momentos em que ficavam paradas sem dizer nada. Será que a mulher estava prestando atenção, tentando ouvir alguma coisa?

– A escada dá onde?

– Muito bem – disse a mulher, sem responder. – Eu subo primeiro. Segure a lanterna.

A mulher passou a lanterna para Eva e se agarrou com força à escada. Depois colocou o pé no primeiro degrau e começou a subir. Eram seis degraus, até uma pequena abertura no alto. A mulher enfiou os braços por ali, tomou impulso e ergueu-se pelo buraco. Eva a ouviu dizer:

– O chão pode estar escorregadio. Passe-me a lanterna.

Eva a seguiu escada acima, pela abertura.

– Aqui não dá para andar ereta – avisou a mulher, que tinha começado a falar em voz baixa. – É só uma cavidade pequena. A gente tem que continuar subindo por aqui.

– Por aqui onde?

– De agora em diante, a gente só vai falar baixinho.

– E onde é que a gente está? – sussurrou Eva.

– Por aqui. – Deu alguns passos e abriu uma porta. – Vamos ter que passar pela garagem.

Eva a seguiu através da porta. No teto, havia uma luz tênue. Uma luz amarelada em meio à escuridão, mas o bastante para Eva ver que havia um Rolls-Royce preto à frente e vários outros carros atrás dele – Mercedes, BMW, Jaguar. Mas foi o velho Rolls que, mesmo no escuro, atraiu toda a atenção de Eva. Por um instante, ela se viu entre a multidão, na praça dos quatro palácios – ou, talvez, na Kongens Nytorv ou em outro ponto de Copenhague –, num dia de verão, com a cidade banhada de sol, e ouviu o clamor de milhares de pessoas saudando a rainha, sentada naquele carro. Viu a mão da monarca retribuir a saudação dos súditos; viu o sorriso dela. Imagens icônicas; já as tinha visto incontáveis vezes na TV. Depois, quando a multidão se dispersou em sua cabeça e Eva voltou a estar na garagem escura, pensou em Tine Pihl, no que a jornalista havia contado sobre o efeito que a proximidade da realeza tinha em tanta gente. "As pessoas ficam com tesão"; foram essas as palavras que Tine usou.

– Ande, vamos lá!

Eva tornou a ficar focada e se aproximou da mulher, que a esperava com impaciência e disse:

– Temos que sair por aqui.

O chão de cimento foi substituído por um de pedra lavrada. A mulher apertou o passo.

– A gente precisa se apressar – sussurrou, e consultou o relógio. – É aqui.

Pararam num portão.

– Lá fora – disse a mulher, sempre sussurrando, e apontou –, do outro lado do portão, fica a praça do castelo. E esta porta aqui vai dar no Palácio Moltke. Mas você precisa andar depressa, porque o guarda-noturno faz ronda de hora em hora. Por isso, você vai ter... – Deu outra olhada no relógio. – Você tem no máximo meia hora, talvez até um pouco menos, para estar de volta.

– Você não vem?

– Você entra sozinha. Vai dar tudo certo. Não vai topar com ninguém lá dentro. E, se topar, é só sorrir e seguir em frente, o mais rápido que puder. Vai haver convidados e serviçais.

– E como é que eu saio?

– Por onde entrou; por esta mesma porta. Mas não vai precisar atravessar o túnel de novo. É só sair pelo portão e atravessar correndo a praça, que já vai estar na rua. O portão abre por dentro. Você já pode devolver...

A mulher olhou para as galochas, e Eva as tirou. A mulher abriu a bolsa e lhe deu os sapatos.

– E os alarmes?

– O lugar é guardado por um regimento inteiro de soldados armados até os dentes; não existe alarme melhor que isso. Lá dentro, não há alarme nenhum. Além disso, estão recebendo convidados.

– Onde?

– A rainha está oferecendo um banquete de gala em outro palácio, o de Cristiano IX. Afinal, hoje é aniversário dela. Mas acontece também um jantar no Palácio Moltke. No Salão Rosa.

– Que jantar é esse?

– Da direção administrativa da corte. Nada grande.

– O Salão Rosa fica perto do Taffelsalen?

– Eu deveria ter pensado nisso.

– Em quê?

– Em trazer uma planta do palácio.

Um suspiro de impaciência. A mulher enfiou a mão no bolso e tirou uma esferográfica.

– Você tem papel?

– Não – disse Eva.

– Arregace a manga.

Eva obedeceu.

– Estique o braço.

Tornou a obedecer, e a mulher começou a desenhar no antebraço de Eva. Esta sentiu as picadas da caneta na pele; doía um pouco. Mas Eva não disse nada; limitou-se a olhar para a mulher, que continuava desenhando, concentrada, no braço.

– Tomara que você consiga entender o que desenhei. Isto aqui é o mezanino. Para chegar lá, você tem que subir pela escada principal, que fica logo do outro lado desta porta onde estamos. Olhe, aqui dá para ver a escada, este zigue-zague. Depois você vai ter que virar à direita quando chegar ao espelho grande do saguão. Aí é só seguir a seta até chegar aqui. – A mulher apontou. – Depois continue até aqui.

A mulher desenhou um quadradinho e escreveu "SCH".

– SCH? – disse Eva.

– O Salão Chinês. Depois siga a seta neste sentido. Na verdade, é só ir reto que você chega à Pinacoteca, atravessa e continua até o SC.

– O Salão dos Cavaleiros?

– Não tem como errar. No final, vai sair por esta porta num corredorzinho e entrar aqui. É o Taffelsalen. *OK*?

A mulher traçou um círculo em volta de "T".

Eva hesitou, mas acabou sussurrando:

– *OK*. Você me empresta a lanterna?

– Empresto, mas você precisa andar depressa – respondeu a mulher antes de abrir a porta e deixar Eva passar. – Como eu disse, você tem menos de meia hora.

"Um objeto letal", pensou Eva. Era justamente o que estava procurando. Depois concluiu que a escuridão a protegeria e que melhor seria se apagasse a lanterna. Subiu a escada principal, a mesma que ministros e chefes de Estado subiam para a recepção de Ano-Novo e os outros jantares de gala no palácio.

Eva tinha visto aquilo muitas vezes na TV. Havia visto como os mandachuvas, os mais importantes formadores de opinião e a fina flor da elite cultural do país chegavam ao palácio com olhar cheio de expectativa e perplexidade. Era a sensação de estar entre os escolhidos.

Eva não ousava tocar em nada, como se fosse turista em visita guiada, uma estranha que se perdeu do grupo. O tapete absorvia a maior parte do barulho que seus passos produziam. No alto da escada, parou e olhou para o relógio de pulso. Eram dez e trinta e cinco. A próxima ronda do guarda seria às onze. Passou em frente a alguns espelhos de vários metros de altura e deu uma olhada para a praça do complexo de Amalienborg. Um solitário ciclista cruzava, inseguro, as pedras do calçamento. As sentinelas da Guarda Real estavam tão imóveis que pareciam estátuas. Eva aguçou os ouvidos. Eram vozes? Passos? Não, nada. Experimentou a maçaneta da porta que tinha diante de si e entrou. O piso era de madeira antiga e envernizada; toda vez que Eva pisava, ouvia-se um pequeno rangido. Tirou os sapatos e os levou na mão.

O luar entrava pela janela, sendo apenas suficiente para que pudesse ver onde estava – uma antecâmara menor do Salão Chinês. Havia uma mesa ornamentada, com cadeiras de espaldar alto. Quadros antigos. Talvez seis ou oito metros até o teto. Rococó. Eva não entendia muito de arquitetura, mas os leitores do *Berlingske* gostavam de ler sobre belas residências, decoração sofisticada e arquitetos badalados, e certa vez ela tinha escrito uma matéria sobre o rococó. Se bem lembrava, esse estilo tinha, entre outras influências, a da arte oriental. Formas sinuosas inspiradas na natureza. Eva olhou para o antebraço, consultando o guia que a irmã de Rigmor tinha desenhado. Continuava sem ouvir nada. Era como passear sozinha por um museu altas horas, com o cheiro das pinturas nas paredes e do verniz no piso. Pelo tipo de museu que a gente visita no último dia das férias numa grande cidade europeia, longe do centro, meio entediada porque já viu o Louvre, a Gemäldegalerie e a Tate Modern. Precisava seguir em frente. A porta estava entreaberta; fez apenas um leve ruído quando Eva a abriu e passou ao Salão Chinês propriamente dito. Escuridão. Quadros enormes, talvez de mercadores chineses, de algum mercado de antigamente no Extremo Oriente. Contornos de mesas e cadeiras elegantes. Uma espécie de poncheira no centro – quem sabe presente de algum imperador chinês?

Eva atravessou o salão e parou em frente a outra porta. Vozes. Fracas, mas tinha certeza de que as ouvia. Não no recinto seguinte, mas mais para dentro do palácio. Talvez no Salão dos Cavaleiros? Ou mesmo no Salão Rosa, que, pelo desenho feito à mão, era o recinto mais distante? Eva abriu a porta e se esforçou para fazer o mínimo de ruído. Tinha vontade de acender a lanterna, de poder orientar-se ali, mas sabia que o risco era grande. Por isso, resolveu ficar parada em frente à porta, prestando atenção. Sim, ouviam-se vozes, distantes e indistinguíveis como uma nuvem de moscas. De longe, Eva ouvia palavras e sons que mãos invisíveis pareciam transportar através do ar. Um cômodo menor, não muito diferente daquela primeira antecâmara. Foi para a porta seguinte. Cada vez mais, aproximava-se das vozes. Alguém ria. Onde? Eva parou, completamente quieta. Passos, alguém que vinha direto para onde ela estava. O sofá – deveria deitar no chão atrás dele? Era o único esconderijo. Eva já ia para lá quando, de repente, os passos se interromperam. Continuou em silêncio, certificando-se de que não precisava mesmo esconder-se, tentando juntar forças para seguir adiante. Já estava no palácio havia quanto tempo? Quinze minutos? Nesse caso, o guarda-noturno logo daria início à ronda.

– Pois bem – sussurrou para si mesma. – O caminho é o seguinte: entrar no próximo cômodo, seguir para o Salão dos Cavaleiros, sair no corredor, virar à esquerda e passar para o Taffelsalen.

O recinto subsequente era o maior em que Eva já tinha estado na vida. As paredes estavam cobertas de quadros de todos os tamanhos. Numa ponta, uma espécie de salão com porcelana exposta em pequenas vitrines. Ali o piso era pior e fazia muito ruído a cada passo de Eva; a madeira era irregular, com pequenas cavidades que, provavelmente, tinham sido causadas pelo salto agulha de mulheres elegantes com copo alto na mão. O volume das vozes aumentou. Eva conseguia entender uma ou outra frase solta. "Da última vez." "Mas não." "Noitada." Não tinha certeza; talvez fosse seu cérebro que insistia em achar nem que fosse um pouco de congruência, algum ponto de referência, naquele fundo sonoro turvo.

Apertou o passo; queria terminar o quanto antes. Lançou um olhar pela porta seguinte. O Salão dos Cavaleiros. O luar que entrava pelas janelas reluzia nas cortinas, nos lustres, nos espelhos, nas molduras douradas. Tinha que continuar. De repente, Eva compreendeu várias palavras e ouviu o som de cristais e o de talheres contra os pratos; talvez estivessem apreciando um pequeno lanche e um copo de bom conhaque. Deu uma olhada no corredor, o que quase a fez dar meia-volta. A porta no fim do corredor estava entreaberta, e a distância até lá era talvez de dez metros. Uma mulher, sentada de perfil, tomava um copo de vinho ali, no Salão Rosa. Caso se voltasse, veria Eva. Esta se encontrava a três ou quatro metros da porta que levava ao Taffelsalen. Três ou quatro metros em que ficaria a descoberto, cerca de cinco segundos em que teria de confiar na sorte, torcendo para que a mulher não virasse a cabeça e ninguém saísse do Salão Rosa. Foi depressa para a porta. Por um segundo, temeu que estivesse trancada à chave; mas a porta simplesmente pesava mais do que tinha imaginado. Abriu-a empurrando com o ombro, entrou, fechou-a com muito cuidado. E agora, de súbito, estava onde tudo tinha acontecido, no Taffelsalen, o salão em que os serviçais tinham presenciado uma discussão. Receberam ordem de ir embora. De sair do palácio. Oito horas depois, Christian Brix estava morto no parque de caça.

Aquilo não se adaptava bem à mão de Eva. A impressão 3D do crânio era angulosa e tinha bordas afiadas. Mas não pesava nada; era como carregar uma casca de ovo grande. O Taffelsalen era menor que o Salão dos Cavaleiros. As janelas davam para o outro lado do edifício, e a luz só entrava esporadicamente. Restavam dez minutos, se tanto; não dispunha de mais tempo. Dez minutos em que a porta poderia abrir-se a qualquer momento. Dez minutos para tentar identificar a arma ou o objeto que tinha matado Brix. Isso se tal objeto estivesse mesmo no salão. Talvez fosse algum tipo de arma contundente, que levaram embora logo depois do crime. Não, precisava fiar-se no que o legista tinha dito – que Brix caiu em cima de alguma coisa. Avançou ao longo de uma parede. Não havia nenhuma arma exposta, nenhuma armadura com maça ou coisa parecida nas mãos. Um canto de mesa? Era possível que alguém tivesse empurrado Brix e ele tivesse caído e batido a cabeça numa quina? Não; se tivesse sido assim, haveria uma única marca no crânio, não três. Os rodapés? Eva se pôs de quatro no escuro e tateou tentando achar uma quina, uma borda, uma ponta, alguma coisa em que se encaixassem as três fraturas no crânio. A cadeira ali no canto? Eva se levantou e se aproximou. Prestou atenção – estava vindo alguém? Bem, não tinha sido a cadeira o que matou Brix, muito embora esta tivesse as pernas finamente talhadas com desenhos sinuosos, possivelmente de marfim, que talvez tivessem causado as fraturas; mas as marcas do modelo 3D não se encaixavam em parte alguma do móvel. Os armários da parede oposta? O canto inferior de um deles? Não, impossível; ao cair, não havia como bater a cabeça naquele ângulo; Brix precisaria ter desabado de cabeça para baixo. De repente, Eva ouviu passos do outro lado da porta. Seria o guarda? Levantou-se, correu para a porta que havia na outra ponta do salão, abriu-a e fechou-a no exato instante em que a porta do Taffelsalen se abria.

Estava agora num corredor estreito, uma escuridão total. Pela primeira vez, ousou acender a lanterna, ainda que logo a apagasse. Uma voz masculina provinha do salão do qual tinha acabado de sair. Pela fresta por baixo da porta, Eva viu que alguém acendera a luz lá. Seria o guarda fazendo a ronda? Ou algum comensal que queria esticar as pernas e tinha entrado no salão contíguo? De repente, somou-se à primeira voz uma outra, feminina. Era de serviçal ou de comensal? Eva precisava sair dali. Se abrissem a porta para onde tinha ido, topariam com ela. Outra porta; foi verificar se estava aberta, sem sequer imaginar para onde levava. A uma escada. Ficou um instante parada, pensando. Onde estava? Na Escada Escura. Aquilo de que Rigmor tinha falado. Uma das escadas secretas de serviço. Seria mesmo isso? O que Rigmor tinha dito? Que Malte devia ter saído de um quarto de hóspedes na noite em que assassinaram Brix; que o menino provavelmente tinha subido por aquela escada. Eva visualizou a cena – um garotinho de apenas cinco anos no meio da noite. Talvez estivesse usando pijama com estampa de carros ou de perigosos leões. O que ele teria visto? O que teria ouvido? Vozes que provinham do Taffelsalen, vozes como as que Eva estava ouvindo agora, só que furiosas, ameaçadoras. E, então, para onde Malte teria ido? Tinha se assustado? Sim, claro, um menino pequeno, sonolento e confuso, que zanzava sozinho por um palácio em plena noite enquanto vozes exaltadas subiam ainda mais de tom; claro que ficou com medo. Estava apavorado e não entrou no salão; tinha medo demais. Ainda assim, não resistiu à vontade de olhar. Olhar como? Pelo quadro. O quadro especial de que Rigmor tinha falado, o quadro de vidro que era como um espelho espião. Teria sido ali que Malte se colocou? Eva agora via o pequeno descanso no fim da escada. Precisava subir uns degraus e depois até um descanso que mal tinha um metro do chão. Um menino de cinco anos conseguiria? Eva apagou a lanterna. É, talvez. Subiu, não era difícil; o menino também poderia ter subido. Além disso, a rainha e as irmãs faziam o mesmo quando eram pequenas; Rigmor tinha explicado tudo. Agora as vozes eram mais nítidas. Um homem dizia algo na linha de que não demoraria muito a ir para a cama. O riso de uma mulher. Eva olhou para a placa de vidro, para o quadro pintado nela. Era uma pintura de bichos. Papagaios ou araras; um símio. Rigmor tinha contado que o quadro se abria com dobradiças, que ele podia servir de alçapão de parede. Através do vidro, Eva viu as costas de um homem de smoking, grisalho, ombros estreitos. Ela fechou os olhos por um momento, relegou as vozes para segundo plano e pensou.

– Pois muito bem – murmurou. – O menino que não consegue dormir está sentado bem aqui. O nome dele é Malte. A mãe está dormindo lá num dos quartos de hóspedes. Ele tem medo, porque está testemunhando um bate-boca violento aí no salão. E vê tudo por este vidro. Sim, aproxima a cabeça do quadro, olha pelo vidro, vê que os sujeitos discutem, que eles gritam, que estão ameaçando Brix. A conversa tem a ver com a irmã dele; estão dizendo que, se Brix cair fora, a irmã também será afastada. Andaram bebendo; quem empurrou quem primeiro? Brix vai para o chão, com um sujeito por cima. Esse outro é grande, pesado, e Brix arrebenta a nuca... Onde?

Eva olhou para o homem que estava de costas no Taffelsalen. Viu como ele sumia, como saía do campo de visão. Aí, viu também o que havia atrás dele no salão.

Nisso, as luzes se apagaram, e as vozes se desvaneceram.

Eva aguçou os ouvidos. Tinham fechado a porta? É, tinha quase certeza disso. Esperou mais um momento, juntando coragem antes de deixar o esconderijo. Desceu do descanso, desceu a escada, saiu para o pequeno corredor. Ficou quieta um instante e tornou a prestar atenção antes de abrir a porta para o Taffelsalen. Aproximou-se do... Sim, o que era mesmo aquilo? Acendeu a lanterna. Dirigiu o facho para o *objet d'art* que tinha diante de si. Parecia uma escultura. Era a figura que Malte tinha tentado desenhar e que Eva tinha tomado por um rosto? Era um lava-mãos? Sim, uma pia de época, que tinha a forma de uma enorme concha. De pedra. Talvez de mármore. De todo modo, dura o bastante para deixar marcas profundas no crânio de alguém que caísse ou fosse empurrado contra ela. Aquele adorno que subia pela concha era o quê? Uma enredadeira? Alguma espécie de trepadeira aquática? Não tinha certeza, mas aquilo correspondia ao que Eva sabia do estilo rococó. A natureza incorporando-se na arquitetura. Voltou-se e olhou para o esconderijo atrás do quadro de vidro. Sim, o grande número de bordas afiadas e denteadas na pia esculpida batia também. Tirou do bolso o modelo do crânio. Ficou atenta. Vozes no cômodo contíguo. Se abrissem a porta, flagrariam Eva. Estava com pressa. Olhou para as marcas no crânio, as três endentações. Tentou achar na cuba de mármore propriamente dita um ponto em que as marcas se encaixassem. Não, nada ainda. O facho da lanterna era fraco. Ah, se pudesse acender as luzes! Ah, se conseguisse se concentrar! Mas as imagens em sua mente não deixavam. Lampejos de luz estroboscópica lhe bombardeavam o cérebro. Via instantâneos de um menininho no alto da Escada Escura, sentado atrás do vidro espião, presenciando uma discussão. É Christian Brix quem está batendo boca com alguém. Acaba de comunicar que não quer continuar, que quer divorciar-se e ir morar com a amante italiana, o amor de sua vida, começar vida nova. Suas palavras deixam os outros homens exasperados. Saem no braço. Beberam. Embriaguez, raiva. O menino fica a ponto de gritar, tal o medo que sente; está chorando em silêncio. Reprime a vontade de fugir; obriga-se a olhar para o tio, que caiu e bateu a cabeça na concha, numa das bordas afiadas, com o outro homem por cima. Brix está inconsciente, talvez ferido; está sangrando, e é possível que tenha hemorragia cerebral. Pânico geral. É o caos. Temos um moribundo no Taffelsalen. O que fazemos agora? Eva imagina os homens, com suas roupas caras, correndo de um lado para o outro, sussurrando, discutindo, apavorados. O que é que vão fazer? Quem é que devem contatar? Quem é que precisam chamar? Ambulância? Polícia? Mas o que é que a imprensa vai dizer? Os jornalistas vão meter o bedelho, ficar fuçando. Os envolvidos tinham discutido por quê? A imprensa exigiria respostas, faria interrogatórios, ameaçaria com o descrédito, pediria transparência, tudo aquilo que um lugar como Amalienborg não queria.

E se Brix ainda não tivesse morrido naquela altura? E aí? O que teriam feito com ele? Não recebeu socorro nenhum, isso Eva sabia. Não chamaram médico nem ambulância. Talvez até o tivessem ajudado a fazer o derradeiro trajeto, a passagem para o grande silêncio. Mas de que jeito? Cobriram-lhe o rosto com uma almofada? Ou uma coisa mais simples – uma mão sobre o nariz e a boca, uma mão forte que pressionou com força, cortando por completo a respiração, não dando nenhuma chance àquele homem já gravemente ferido, que ficou apenas esperando a escuridão? As coisas teriam mesmo transcorrido assim? Era isso o que tinha visto o menino, a única testemunha? Antes de ele fugir escada abaixo, fora de si, aos tombos, de volta ao quarto de hóspede onde dormia a mãe e onde se refugiou outra vez no sono, num lugar em que tudo o que tinha presenciado não era mais que pesadelo? Eva visualizava uma sucessão de novas imagens. Homens que levam o corpo de Christian Brix para fora do palácio. À noite, sem praticamente ninguém que possa ver. Colocam o corpo num carro; discutem a situação. E agora? Suicídio, propõe um deles. Outro lembra que Brix acaba de se divorciar. Divórcio e suicídio são unha e carne. Já fora de Amalienborg, um deles se mostra mais resoluto e lembra que precisam passar pela casa de Brix para pegar a espingarda de caça. Depois disso, a floresta do parque de caça. Um lugar qualquer. Não, não qualquer lugar. Precisam adentrar a mata. Chuva, água que cai torrencialmente e que vai apagar todos os rastros, o cano da espingarda na boca do morto, apertar o gatilho, fazer os miolos da pessoa voarem em mil pedaços. Um deles propõe a história do torpedo. Mas para quem? Para a irmã, é claro. Para dissipar qualquer dúvida. Aqui, apoiado contra essa árvore na parte mais profunda da floresta, um homem resolve acabar com a própria vida. Despedir-se de modo rápido e brutal. Quem pode pôr isso em dúvida? Quem será capaz de duvidar que as coisas aconteceram exatamente desse jeito? Se Malte não tivesse presenciado e desenhado a morte do tio antes de terem mandado o torpedo...

E Helena, embora tivesse sofrido muito, resolveu fazer o jogo deles porque sabia o que estava em risco – a monarquia, a própria Helena e toda a sua existência, o futuro das crianças da corte, o futuro de Malte, o futuro que o palácio lhe prometera e que estava garantido. Desde que ela se mantivesse leal. Helena arrancou a página da agenda da creche. Só podia ter sido isso. Arrancou para que ninguém pudesse confrontar o horário em que ela deixou Malte lá e o menino falou da morte do tio com o horário em que mandaram o torpedo.

Eva estava ao lado da pia esculpida. Aproximou o crânio das bordas do mármore, como uma menina que busca duas peças que se encaixem num quebra-cabeça. Se Brix tinha caído, talvez tivesse dado com a cabeça contra alguma coisa próxima do chão, perto de...

Ouviu um clique como o do trinco da grade da creche, naquele seu primeiro dia de trabalho. Não, agora o clique era só na cabeça de Eva. Um som leve quando, subitamente, as três fraturas no crânio se encaixaram nas três pontas da parte inferior da concha. Acoplaram-se à perfeição. *Clique*. Eva se deitou no chão por um instante, como Brix devia ter jazido durante os últimos segundos, tal qual um animal ferido e indefeso; como Martin tinha jazido naquele dia terrível num deserto longínquo; como a própria Eva tinha jazido em casa, tempo demais, esperando – apenas esperando – que a vida voltasse a se apoderar dela. Depois se levantou, correu para a porta do Taffelsalen e encostou a orelha nela. Quando achou que o caminho estava livre, abriu a porta e iniciou sua fuga do palácio.

H. C. Andersens Boulevard, Copenhague – 22h30

O abrigo Grevinde Danner. Aquele primeiro palpite estava certo, portanto. Eva só podia estar ali. Trane a havia rastreado até lá. Marcus seguia pela outra calçada do bulevar, colado a um casal que passeava com seu estúpido cachorro. Nunca tinha entendido qual era o sentido de ter cachorro na cidade. A solidão precisa ser combatida com companhia humana. Melhor em Reykjavík, capital da Islândia, onde era necessário pedir alvará para ter cão, alvará para curar a solidão com criaturas de quatro patas. Por que estava pensando nisso? Na solidão. Porque nunca a sentiria. Marcus viveria só ou morreria só.

No outro lado da rua, via o furgão escuro com vidros em tom fumê. Trane estava sentado dentro do veículo, disso Marcus tinha certeza. Precisava evitar que o vissem. Aproximou-se um pouco mais do casal do cachorro. Deu uma olhada para trás, para o furgão. A melhor defesa, de longe, era estar acompanhado de gente que não parecia pertencer ao mundo de Marcus e Trane.

– Puxa, que cachorro maravilhoso! – disse Marcus.

– É, sim.

– É *collie*?

– Não! – respondeu a mulher, balançando a cabeça como se Marcus tivesse dito um disparate total. – É *golden retriever*!

– Puxa – disse Marcus, e acrescentou quando chegaram à esquina: – Boa tarde.

O casal se foi, e Marcus tomou pé da situação. Tinham destacado um homem só? Aparentemente não. Nisso, aconteceu uma coisa – as portas do furgão se abriram. Desceram dois homens. Ambos usavam macacão de trabalho. Era esse o plano de Trane? Introduzirem-se no abrigo como operários de manutenção? Ganhar acesso mediante subterfúgio, para reparar algum suposto cabo telefônico defeituoso ou ralo entupido? Estudou os dois homens. Um abriu a porta traseira e tirou de lá uns cartazes. Ao mesmo tempo, o outro percorria os poucos metros que os separavam do ponto de ônibus. Ali, abriu o expositor luminoso, tirou um velho cartaz de filme e o jogou no chão. Os dois homens então fixaram o novo cartaz publicitário, de uma mulher com sorvete na mão.

Recolheram o lixo e foram embora. Marcus olhou para o velho abrigo de mulheres. Teria se enganado? Pegou o celular. O abrigo Reden? Tudo parecia estar em ordem. E os outros três? O da Jagtvej? Outra olhada no Danner. Quanto tempo fazia que David o tinha avisado? Uma hora? Talvez já fosse tarde demais. Talvez já a tivessem pegado quando ela estava fora do abrigo. Mas por que Eva sairia àquela hora da noite? Não, não. Olhou outra vez para a tela do celular. Precisava salvar Eva. Seria sua última missão. Se conseguisse ter melhor visão de conjunto... Talvez se descesse ao jardim que havia nos fundos do abrigo Danner... De onde partiria para o ataque? Provavelmente do jardim. É – escalaria o muro e entraria pelas janelas de trás, onde não haveria alarmes. Marcus situou-se: o edifício em frente, residencial. Começou a correr. Achava que, do telhado, conseguiria a melhor visão para o abrigo. Dali poderia vigiar todas as entradas. E depois, o que faria? Chamar a polícia? Por que não? Seria o mais simples. Estava sozinho. Eles eram muitos. Não conseguiria fazer nada por si só.

– Oi? – respondeu no porteiro eletrônico uma voz sonolenta. Os olhos de Marcus buscaram um nome que servisse entre os doze listados ali.

Pigarreou.

– Oi, desculpe-me. Sou o Michael, que mora no apartamento da Pernille, no primeiro andar. Minha chave quebrou na fechadura. Será que você poderia descer para abrir?

Silêncio.

– Descer? Não posso só abrir daqui?

– Bem, pode tentar.

O som da fechadura que se destrancava. Marcus abriu a porta.

– Conseguiu?

– Consegui, sim. Obrigado!

Voltou a correr. Era um prédio antigo. Marcus deixou para trás a escada principal; teria de usar a de serviço, que, nesses edifícios, sempre levava a um sótão compartilhado pelos moradores. Dali sairia para o telhado. Visão de conjunto. Perspectiva.

Abrigo de mulheres – 22h55

Mais cansada que aliviada, e ainda assustada. Era assim que Eva se sentia quando se aproximou do lar para mulheres. Alguém a teria seguido? Alguém a teria visto? Podia confiar em Rigmor e na irmã? Talvez alguma câmera de vigilância no portão quando saiu do Palácio Moltke. Algum guarda que a tivesse visto quando ela abriu a porta e atravessou a praça do complexo. Talvez alguém a tivesse visto de uma das janelas. De fato, ao se voltar, tinha divisado uma silhueta numa das janelas do Moltke – ou aquilo era apenas sua paranoia, que se recusava a ir embora?

Uma coisa sabia com certeza: naquela ida ao palácio, tinha conseguido algo. Não estava orgulhosa, porém. Rico havia dito que lhe faltava talento, que ela era uma palerma que tinha progredido graças à aparência e à habilidade em usá-la, uma figura que não se preocupava com a própria ausência de conteúdo porque ninguém se preocupava com aquilo, porque para todo mundo dava na mesma desde que Eva continuasse sorrindo docemente, usasse roupa justinha e fosse para a cama com as pessoas certas. Será que Rico tinha razão?

Agora, entretanto, sabia de algo. Algo pelo qual tinha lutado. Sabia de uma verdade. Precisava escrever a matéria em que contaria toda a história. No dia seguinte, quando tivesse recuperado a calma, Eva a escreveria. Contaria tudo sobre o assassinato de Christian Brix, o palácio como local do crime, o abuso de poder, as estruturas de poder dignas de uma republiqueta de bananas. Escreveria sobre a polícia, que obstruía a investigação, se prostrava aos pés da família real e obedecia a ela do modo mais servil. Escreveria sobre os políticos e os editores--chefes, que não estavam nem aí, só ligavam para a própria carreira, a própria fama. Escreveria sobre uma sociedade que apenas se preocupava com a verdade quando esta convinha ao...

Engasgou. Raiva. Engasgou com a raiva que sentia, a sensação de impotência, a vontade de mudar, de gritar tudo o que não se podia dizer. Mas era uma verdade que alguém estava disposto a ouvir? Não, a julgar pelas pessoas com quem tinha deparado ao longo daquele seu percurso. Recordou a conversa no hospital de Hellerup, as palavras do jornalista moribundo sobre a imbecilização que, agora, devastava o mundo como um incêndio florestal. Recordou a certeza de Claudia e de Tine Pihl de que ninguém queria ouvir a verdade sobre o *modus operandi* das monarquias europeias. E pensou no porquê de as coisas serem assim. Por quê? A melhor resposta lhe ocorreu quando abriu a porta do abrigo de mulheres e sentiu o cansaço se apoderar dela. Essa resposta era muito simples. Ninguém estava disposto a ouvir a verdade porque ela era chata, porque era problemática como só podia ser a realidade, com todas as suas arestas, as suas armadilhas e os seus becos sem saída, e por isso optávamos todos pela solução mais fácil – criávamos outra realidade, uma realidade maravilhosa e simples. Do mesmo jeito que no Facebook. Só que, em vez de mentirmos que adorávamos pãozinho integral ou que corríamos tantos e tantos quilômetros pela manhã, ficávamos com a ideia de uma monarquia feliz, de uma sociedade em que não existe corrupção nem abuso de poder.

Ouvia-se música na cozinha. Talvez africana; em todo caso, "étnica", com ritmos de tambor e flautas. Vozes, mulheres que riam. Eva só queria dormir, descansar a cabeça, refletir sobre o que sabia de um crime cometido no coração da monarquia dinamarquesa; mas, quando passou pela porta da cozinha, alguém a chamou. Uma voz conhecida, a de Alicia.

– Oi, Eva! – disse, e acenou.

– Oi!

– Você tem que provar isto aqui.

– O que é? – Eva precisou então entrar na cozinha, onde cinco mulheres estavam sentadas à mesa, comendo uma massa frita.

– *Halwa chebakia.* Eu não comia desde que era menina. – Ofereceu um pedaço a Eva, que experimentou. – Leva gergelim e mel. É doce demais para você?

– Não, está gostoso, mas é que estou muito cansada.

– Parece mesmo – disse uma das outras. Sotaque da Europa oriental, um rosto que tivera de aguentar um pouco de tudo e que desistira de continuar escondendo isso.

– Boa noite – disse Eva. – Guardem um pouquinho para eu comer amanhã.

As mulheres riram, e Eva ainda ouvia suas vozes quando sumiu corredor adentro e abriu a porta que dava para a escada. Saiu para o outro corredor, enfiou a chave na fechadura do quarto e entrou. A porta se fechou com um suspiro, um som repleto de saudade e solidão. Acendeu a luz. Percorreu com o olhar o cômodo quase vazio que constituía seu lar naquele momento. E talvez para sempre. As coisas mudariam algum dia? "Não, agora não", pensou. "Nada desses pensamentos idiotas, não esta noite." Aproximou-se da janela. Tirou os sapatos e as meias e sentou no peitoril, como fazia tantas vezes quando era mais nova, logo depois que saiu da casa dos pais, nos anos em que tinha muitos namorados, que em comum só tinham o fato de com certeza não serem os caras ideais para ela, sabia muito bem, só servindo para protegê-la do medo de ficar sozinha, medo que a mãe lhe havia transmitido. Muitas vezes Eva tinha se sentado no peitoril das janelas olhando para o centro da cidade – nos apartamentos dos distritos de Østerbro e Nørrebro, onde rachava o aluguel – e ouvindo música. Ouvindo Emmylou Harris – por que estava pensando nela agora?

Sentada à janela do quarto no abrigo, sentiu-se, como nos velhos tempos, inundada por uma grande calma, pela esperança de que ali estaria segura. Alguns carros passavam pela rua. Nenhum parou; nenhum homem desceu deles. Segurança. Repetiu mentalmente, algumas vezes, a palavra. *Segurança.* Gostou de pronunciá-la, tanto rápido como devagar, até que, meia hora depois, desceu enfim do peitoril, tirou a roupa e foi para a cama. Ficou deitada, pensando no palácio. Em tudo o que tinha visto, em tudo o que tinha ouvido. E, talvez justamente porque se sentia segura pela primeira vez em tanto tempo, Eva pensou no que tinha ouvido sobre a violência. Violência contra os meninos, contra os dois príncipes quando eram pequenos. Eles não puderam fugir para se esconder num abrigo; estavam cativos, encurralados para sempre. Aprisionados pelas expectativas e ilusões sobre a família. "É, principalmente pelas ilusões", pensou Eva. A família que todo um país admirava. A família em que todo um país se mirava. E o que veríamos quando nos olhássemos no espelho? Veríamos felicidade, veríamos largos sorrisos, veríamos beleza e amor, filhos bonitos, harmonia.

A última coisa que Eva viu antes de pegar no sono foram dois meninos pequenos. Dois meninos pequenos aprisionados no palácio.

H. C. Andersens Boulevard, Copenhague – 23h05

O varal no sótão do prédio, o cheiro de lava-roupa. Cheiro de lar, de mãe, da mãe de qualquer um, alguma mãe melhor que a de Marcus. Deixando para trás os lençóis e as capas de edredom, ele procurou uma saída, um alçapão no teto. Ali! Era – melhor ainda – uma porta. Fechadura antiga, que implorava chave, mas ganhou foi pontapé. O batente se desprendeu da porta com tanta facilidade que parecia estar esperando aquele momento havia dois séculos. Marcus saiu para o telhado e então precisou esperar um instante até que seus olhos se acostumassem à escuridão. O ar estava frio ali em cima. Moveu-se com passos cautelosos. O abrigo Danner estava lá embaixo, e Marcus o via perfeitamente. O belo pátio era parcialmente iluminado pela luz das janelas. Não tinha ouvido em algum lugar que o Danner também dispunha de escola? Marcus parecia lembrar-se de alguma coisa assim. Uma sociedade completa em miniatura. Sem homens. Nenhum Trane, nenhum dos tão temidos homens. Checou no celular as imagens de vigilância das outras câmeras. E aí lhe aconteceu algo que ele mesmo nunca tinha experimentado. Tinha visto aquilo, é verdade, no olhar dos homens que liderara em combate. Tinha visto sumir-se deles a esperança. A esperança de saírem vivos. Ou a esperança de um mundo melhor. E agora aquilo acontecia também com ele. A esperança de Marcus morreu quando viu no iPhone que uma das câmeras tinha parado de funcionar, aquela que montou em frente ao abrigo da Jagtvej. A tela ficou preta. "Não vou conseguir cumprir o prometido", pensou. "Não tenho como salvá-la. Ela vai morrer, e a culpa é minha." Talvez as baterias tivessem acabado. Nesse caso, as outras câmeras também não demorariam a parar de funcionar. Trane chegaria primeiro; Eva morreria.

Mas os olhos de Marcus se fixaram no canto inferior esquerdo da tela. "Live. 23:08." Por um instante, não entendeu o que acontecia. A câmera estava funcionando, sim. Os segundos se sucediam no reloginho, mas a tela estava às escuras. Alguém tinha colocado alguma coisa em frente à câmera da Jagtvej? Algum veículo tinha parado bem em frente a ela? Impossível; a câmera estava alto demais. Mas então o quê? Marcus se voltou e olhou para o norte. A Jagtvej. Viu que todo o distrito de Nørrebro estava sem luz.

– Trane – disse antes de pular para o sótão e correr para a saída do prédio.

Abrigo de mulheres – 23h50

Eva acordou. Levantou-se e olhou pela janela – escuridão. Tão cerrada e tão avassaladora que era impossível numa cidade grande. Talvez na zona rural, lá onde Judas perdeu as botas. Ou no meio de uma floresta. Mas não em Copenhague. Ainda assim, Eva levou um tempinho para se dar conta de que a luz tinha acabado. A iluminação pública, os letreiros, os semáforos estavam apagados.

Abriu a porta do corredor e mexeu no interruptor. Nada. Abriu-se uma porta no fim do corredor; uma mulher pequena e delicada saiu de lá e disse alguma coisa, talvez em inglês; Eva não entendeu o que era.

– *Yes, dark* – disse Eva. – *No light.*

A mulher disse algo mais. Eva só entendeu a palavra "consertar" – *fix.*

– *Yes, they will fix it. Very soon, don't worry.*

Tornou a entrar no quarto; o cansaço a empurrava para a cama. Quando já tinha se deitado e estava quase dormindo, alguma coisa despertou em seu íntimo. Ergueu-se na cama. O apagão. Como quando tinha ido pernoitar naquele hotel. Imediatamente antes de terem atacado. Será que...? Não, estava paranoica. Resolveu deitar-se de novo. Seu cérebro concluiu que era o mais certo a fazer – combater a paranoia, rechaçar o medo. Mas o corpo não obedeceu. Eva se levantou e voltou à porta. Ficou ali, prestando atenção. O alarme de apito já estava soando o tempo todo? Não, acabava de disparar; mas talvez houvesse se intensificado. Terminou numa intensidade tal que fez Eva tapar os ouvido por um momento; não adiantou nada, porém. O som atravessava tudo; tinha sido concebido para isso, para penetrar até o sono mais profundo, acordar as pessoas, berrar na cara delas que tinham que se levantar o mais depressa possível e sair para a rua, porque havia um incêndio.

Caos. No corredor, no breu, silhuetas de mulheres, uma que gritava, frases pela metade, todo tipo de sotaque, entradas e saídas, portas fechadas à chave, tentativas desesperadas de achar chave no escuro, bolsas, itens de primeira necessidade. E, em meio a tudo isso, Eva pensava que era como se uma psicose coletiva tivesse se apossado do abrigo de mulheres; como se de repente tivessem destampado o medo e todo ele tivesse se esparramado de uma vez só; como se as mulheres, em toda a sua fragilidade, com os nervos em frangalhos por uma vida cheia de angústia, estivessem convencidas de que tinha chegado a hora. Liv também estava ali. Tinha estado o tempo todo ou a tinham chamado? A voz da diretora mal conseguia impor-se ao barulho, mas Eva a ouviu porque estava logo ao lado.

– Calma! – gritou Liv. – É o alarme de incêndio, mas o fogo é no porão e, se sairmos todas pela escada e descermos tranquilamente, não vai acontecer nada. – Repetiu a mensagem mais algumas vezes. – Nada de pânico. Calma! *Take it easy!*

Uma somali com um bebê de colo parecia em choque. Eva tratou de acalmá-la.

– *No worry* – repetiu várias vezes. No fim, talvez porque o bebê desatou a chorar, a mulher saiu do estado catatônico e seguiu as outras.

A escada parecia o cenário de um filme de catástrofe.

– *Smoke!* – gritou uma mulher.

Eva, entretanto, não viu nem cheirou fumaça em parte alguma. Chegaram à recepção, e aí a fumaça surgiu. De repente. Densa e preta. Era impossível ver de onde vinha; talvez do porão; talvez estivesse subindo pelo poço do elevador ou se infiltrando pelas frestas do velho edifício. Liv estava na porta. Ou não era ela? Por causa da escuridão e da fumaça, Eva tinha muita dificuldade para enxergar. Seus olhos ardiam. A mulher agitou os braços e gritou alguma coisa – que se acalmassem e saíssem do prédio, que se juntassem na rua, que os bombeiros já tinham sido chamados. Depois gritou algo mais. Perguntou se estavam todas ali. Precisou desistir porque não conseguia fazer-se ouvir naquele caos, e o segurança tomou a palavra, com sua voz grave e profunda, tonitruante; mas a voz dele não era mais fácil de ouvir que a de Liv.

– Ficou alguém nos quartos? Alguém continua dormindo?

Algumas mulheres responderam, aos gritos e ao mesmo tempo. O segurança se inclinou para Liv e lhe berrou alguma coisa ao ouvido. Algo na linha de que talvez fossem apenas bombas de fumaça, mas que ele não podia garantir isso. Eva ouviu sirenes ao longe. Aproximavam-se. Seguiu as outras até a porta, até o lado de fora, até a noite, até a rua escura.

– Por aqui – disse Liv, e gesticulou com os braços. – Saiam por aqui.

E lá estava a escuridão, o que fez Eva parar. Ou foi a mesma sensação que tinha feito Eva acordar havia pouco? Era como um dedo invisível que viesse cutucá-la no ombro. Eva já tinha chegado à porta. Estava naquele pequeno saguão onde se empilhavam as caixas de frutas. As outras mulheres, desesperadas, empurravam Eva e abriam caminho a cotoveladas; queriam sair o quanto antes e ficar a salvo.

Um apagão repentino.

Como aquela noite no hotel.

Fogo no porão. A rua às escuras, pânico e caos. De repente, entendeu tudo; de repente, tudo se encaixou e se tornou uma longa concatenação de ideias com começo, meio e fim – tudo aquilo ali dizia respeito a Eva. Mas estava claro! Por que não tinha concluído antes? O apagão; o pânico; a fumaça densa e escura, causada fosse por incêndio, fosse por bomba; mulheres que se viam fugindo para fora, entrando numa escuridão cerrada. O motivo era Eva. Era o plano deles, a maneira de fazê-la sair para onde não estaria protegida, e que melhor modo de desentocar as pessoas do que atear fogo ao refúgio delas? Um truque que tinha sido usado em todas as épocas, em todas as guerras, por *vikings*, cavaleiros medievais, índios, soldados modernos. Todo mundo conhecia o método: é só botar fogo na toca que a gente vê como eles saem. *Let's smoke 'em out*. Eva deu meia-volta e correu na direção contrária, para dentro do abrigo de mulheres que estaria em chamas.

Não sabia para onde exatamente ir, mas optou por subir. Apenas subir. Assim, a fumaça demoraria mais para alcançá-la, talvez o bastante para que tivessem tempo de apagar o fogo. E, principalmente, Eva evitaria cair na arapuca que tinham armado; evitaria sair correndo para o escuro e cair nas mãos do inimigo. No entanto, a escuridão dificultava, e a fumaça era cada vez mais densa, mais negra. Os olhos e o nariz ardiam, os pulmões doíam. Ao se aproximar do elevador, notou no poço da escada um cheiro desagradável de produtos químicos. Quando passou correndo mais adiante, viu o clarão. Não era bomba de fumaça nenhuma. Eram chamas.

Conseguir sair para a escada. Subiu correndo. Cada passo era um suplício. Viu uma silhueta adiante; era uma moça confusa, assustada. Tinha se enrolado num cobertor molhado. Agarrou-se a Eva.

– *You have to get out of here!* – gritou Eva. – *Fire, fire!*

A mulher se apressou a descer a escada. Eva não demorou a chegar de novo ao terceiro andar. Parou. Suas pernas tremiam. Permitiu-se um segundo de descanso. Havia menos fumaça ali em cima, mas o lugar continuava às escuras, e a fumaça acabaria chegando. Ficou de boca aberta, resfolegando.

– Calma – sussurrou para si mesma. – Calma.

Tratou de pensar como eles. O que estavam esperando que ela fizesse? Que saísse com as outras? Ele ou eles estavam lá fora, entre as pessoas, aproveitando-se do escuro e da confusão. Entre os bombeiros, ajudantes, vizinhos e funcionários do centro – pessoas que não se conheciam, que não estavam se enxergando –, lá estaria ele. Ou lá estariam eles. Procurando-a. De faca na mão? Talvez, ou de arma de fogo. Não, faria muito ruído. Mas e com silenciador? É, por que não? "Faca"; a palavra ficou em sua consciência por um instante. Uma arma. Por que não tinha pensado nisso antes? Precisava conseguir uma. Porque ele chegaria logo, no máximo em minutos, se é que já não estava ali. Descobriria que Eva não estava na rua, que o plano dele tinha falhado, e aproveitaria a confusão para se enfiar no prédio. Talvez fazendo-se passar por bombeiro ou socorrista, talvez por policial, porque provavelmente tinham chamado também a polícia. Quem sabe não aproveitaria, sem mais nem menos, que qualquer um podia entrar e sair durante aqueles minutos caóticos e que não havia nada para se colocar entre ele e Eva? Então, o plano agora era o seguinte, ela pensou: descer à cozinha, achar uma arma, subir até o último pavimento – se possível, talvez até o telhado –, onde poderia esconder-se, e esperar até que o homem desistisse. É, teria de ser isso. Não lhe ocorria nada melhor.

A escada. A fumaça estava mais densa. Desceu. Ouviu gritos que vinham da rua, mulheres que choravam, alguém que tentava consolá-las. Misturaram-se novos sons. Um estrondo no porão. Vidros que se quebravam, talvez já pela entrada dos bombeiros, talvez por causa do calor. Um lampejo do fogo atrás das portas do poço do elevador.

De volta ao térreo, fumaça negro-acinzentada, uma tentativa desesperada de abrir caminho às apalpadelas naquele pesadelo. A porta da cozinha. Facas? Onde? Para que lado? Deu alguns passos à esquerda. Bateu o quadril em alguma coisa dura. A dor desceu pela coxa e envolveu o joelho. Tinha topado contra a mesa. Agarrou-se à beirada e foi se segurando a ela até as gavetas. Abriu a de cima; achou ter visto alguma coisa no fundo, uma superfície brilhante. Enfiou a mão lá – uma faca curta, afiada. Não, não era comprida o bastante. Era preciso cravar a faca bem fundo no desgraçado, até o cabo. Achou outra, talvez um pouco pesada, mas foi a melhor que encontrou. Fez o caminho inverso. Saiu para a escada. A porta se fechou atrás de Eva. Tinha subido talvez dez degraus quando ouviu os passos de outra pessoa, que se misturavam com os seus. Olhou para baixo. A escuridão a impediu de ver mais que uma silhueta, mas Eva não teve dúvida – ele estava na escada e subia em direção a ela.

17 de abril

Jagtvej, distrito de Nørrebro, Copenhague – 0h12

Parecia que estavam rodando um filme. Foi a primeira coisa em que Marcus pensou quando chegou ao abrigo de mulheres. Na rua, as mulheres choravam enroladas em cobertores. Tinham formado grupinhos e se consolavam umas às outras. Luzes das ambulâncias e caminhões de bombeiros, crianças gritando, policiais, homens uniformizados, apagão.

Viu as chamas lá dentro, os lampejos rubros e amarelos nas janelas. A fumaça, num tom negro-acinzentado, quase se confundia com a escuridão e irritava os olhos e a garganta. Ele já tinha se misturado à multidão. Onde estaria Eva? Ele não estava apreensivo. Ninguém o conhecia, todos já tinham preocupação mais que suficiente com a própria sobrevivência, ele não era mais que um entre todos os homens ali. Com os olhos, procurou Trane e os outros. Tinha chegado atrasado? Era como se a vida de Marcus dependesse de uma única coisa – salvar Eva antes que fosse tarde demais. Demorou só um instante para perceber que não a acharia ali. Era esperta demais, estava ressabiada demais. Claro que sabia que tinham sido eles que provocaram o apagão e, depois, o incêndio. Ela sabia que era armadilha, uma tentativa de obrigá-la a sair. Isso talvez fosse também vantagem para Marcus, seu trunfo contra Trane. Trane não sabia quem estava enfrentando; ele a subestimava, e subestimar é o pior erro que os soldados podem cometer. Vietnã, Tchetchênia, Afeganistão. A história do mundo era uma sucessão de exemplos de forças militares superiores que subestimaram os adversários com consequências catastróficas. Já Marcus conhecia Eva. Naquele exato momento, ele a tinha na retina; e a via procurar um esconderijo dentro do prédio, um lugar onde nem o fogo, nem a fumaça, nem Trane pudessem alcançá-la.

– Posso passar?

Bombeiros na escada que levava à entrada principal. Outros, de capacete e máscara respiratória, estavam entrando pelas janelas do porão. O barulho de uma vidraça que se quebrava. Gritos:

– Têm certeza de que não ficou ninguém lá dentro?

Várias ordens, uma voz amplificada pelo megafone:

– Para trás! Fiquem mais para trás!

Mas Marcus fez o contrário. Aproximou-se. Não estava apreensivo. Sabia que tinha a aparência certa; parecia policial e sabia que era só aparentar calma, irradiar autoridade e força. Assim ninguém desconfiaria dele, todos achariam que era um dos seus. Cumprimentou tranquilamente um bombeiro. Devia parecer alguém que queria ter uma visão geral da situação. Ouviu outro bombeiro dizer alguma coisa sobre risco de desabamento. Mais gritos no megafone. Marcus entrou pela porta do abrigo de mulheres e sumiu em meio à escuridão e à fumaça.

Abrigo de mulheres – 0h14

A Eva que ela conhecia sumiu, tendo sido substituída pelo puro instinto, pela vontade de sobreviver. Quase conseguiu sentir que o cérebro se desconectava quando ela, correndo, subiu a escada no escuro. Ouvia com toda a nitidez, talvez porque o alarme tinha parado de tocar, talvez porque de repente estivesse numa espécie de vazio, um lugar que nada tinha a ver com o resto do mundo que os rodeava, um mundo habitado por dois seres humanos apenas, duas pessoas numa escada, um homem e uma mulher. O homem quer matar a mulher, a mulher foge, uma fuga absurda, porque ela sabe que ele vai alcançá-la e porque ele sabe que ela não tem escapatória. Toda a intenção de procurar refúgio no telhado é inútil; está longe demais, e ela é fraca demais.

Ele havia lhe gritado alguma coisa? Eva não tinha certeza; não se voltou; simplesmente deixou que o corpo fizesse o que lhe dava na telha, que foi colocar um pé adiante do outro, degrau a degrau, para cima.

Sim, ele estava gritando alguma coisa, mas Eva não conseguiu ouvir o quê, e isso a surpreendeu. Talvez fosse um mecanismo de defesa que seu corpo tinha posto em marcha, uma função que a protegia do que quisesse lhe dizer um homem que, naquele mesmo instante, a perseguia ferozmente; um homem que queria matá-la.

Eva abriu a porta do quarto andar. O calor a atingiu no rosto. Vinha do poço do elevador. Não tinha como seguir adiante. Não sabia por onde sair para o telhado. Virou-se. Ela o viu; o homem quase parecia ter nascido da escuridão. Eva empunhou a faca com força. Ele esticou o braço para agarrar Eva. Ela tentou esfaqueá-lo, mas ele se esquivou, pegou-a pelo braço, torceu-o e obrigou-a a se agachar. Eva tornou a tentar cravar a faca no homem. Deu contra alguma coisa, o suficiente para que o homem a soltasse. Eva voltou a ficar de pé. Fugiu para cima. Dois degraus, três. Olhou para trás; não o via em lugar nenhum. Tinha sumido. Talvez ela o tivesse ferido. Nem tinha tido tempo de assimilar isso quando, de repente, viu o rosto dele a poucos centímetros do seu. Era outro homem, não o que, na catedral, tinha lhe falado de achar papel de protagonista numa vida melhor. Devia tê-lo escutado; agora estava frente a frente com mais um deles. O homem a segurou pelo pulso e o torceu; a faca caiu no chão. Uma pancada na cabeça; ficou tudo preto, ela desmaiou. Quando tornou a sentir alguma coisa, foram as mãos dele ao redor do pescoço. Era assim que ele pretendia fazer? Nada de armas, nem sequer uma pedra, do jeito que os homens primitivos se matavam uns aos outros antes que alguém tivesse tido a ideia de usar arma? Escuridão. Eva estava bem. Não fosse a dor no pescoço, teria sido uma sensação bem-vinda, aquele final. O homem era muito forte. Estavam os dois estendidos na escada. A cabeça de Eva no degrau superior, com a nuca contra a quina. Com a ponta dos dedos, ela estava tocando algo, provavelmente o corrimão. Perdeu a consciência por um instante. Tinha morrido? Não, ouvia a própria respiração, rouca e sibilante. Ele a havia soltado. Sentiu gosto de uma coisa que podia ser sangue, e de repente ouviu algo novo, uma voz que gritava. Viu os dois homens e pensou: "Por que tinham que vir dois para acabar comigo?" A faca estava ali ao lado. Pegou-a. Voltou a olhar para os dois homens. Estavam brigando? Um tentava bater no outro. Um grito ou dois; um dos homens caiu, e o outro veio atrás dela. Eva já tinha se levantado. Agora os movimentos do homem eram lentos; ele tentou agarrar Eva. "Deixe-o chegar perto", pensou consigo mesma. "Mais perto, venha." Foi quando conseguiu ver os olhos dele, aqueles olhos tão bonitos que tinham mentido para ela, que a tinham feito acreditar que poderia sair ilesa dessa. O sorriso dele se congelou. O homem baixou os olhos para a faca. Eva a puxou para fora. O sangue brotava do abdômen dele.

– Eva – ele disse.

Só isso. Esforçava-se para recuperar o equilíbrio. Olhou por cima do ombro para o outro homem. Este tinha sumido. Quando tornou a olhar para Eva, ela cravou a faca pela segunda vez. Eva sentiu o sangue lhe correr pela mão, como pequenos insetos, em gotículas. Ela recuou para a porta do quarto andar. Precisava sair dali. Apertava a faca com tanta força que, se a tivesse comprimido um pouco mais, aquilo teria se transformado definitivamente em parte de seu corpo, algo impossível de separar da mão. Uma olhada para trás. Ninguém. Na outra ponta do corredor, uma voz gritou:

– Há outra aqui dentro, na escada!

Eva desabou. Alguém a segurou; braços fortes a levantaram no ar. Gritou. Lutou empunhando a faca. Queria matar aqueles desgraçados, todos eles; esfaqueá-los, pôr as malditas entranhas deles para fora. Mas já estava sem a faca; alguém a tinha tirado.

O homem, sua voz.

– Calma, calma – disse um desconhecido. Os olhos deles surgiam por baixo do capacete.

Outra voz.

– Vamos tirá-la daqui.

E então Eva planou escada abaixo, como um pássaro que levantasse voo do ninho pela primeira vez. Flutuava através do escuro, chegavam-lhe vozes, vozes sem sentido. Já estava morta. Tinha quase certeza disso. Era uma delícia voar segura por dois braços fortes. Agora estava fora do prédio. O ar e o frio. Era tudo o que sentia, tudo de que precisava – o ar contra o rosto, o frio nas faces. E era uma sensação agradável.

Jagtvej, distrito de Nørrebro, Copenhague – 0h40

Foi embora do mesmo jeito que quando tinha chegado – ninguém prestou atenção nele. E por que prestariam? Sirenes, choro, todos já tinham o bastante com que se preocupar. Ninguém via os ferimentos profundos que ele tinha no abdômen, o sangue que brotava das entranhas de Marcus. Ninguém mais sentia a dor, só ele, que estava ferido, que logo morreria. Mas, antes de tudo, era preciso sair dali. Isso era o mais importante. Estar sozinho. Marcus pensou nos ferimentos profundos de arma branca. Como os de uma baioneta. É, era assim que imaginava as coisas naquele momento. Era assim que via a si mesmo. Como um soldado mortalmente ferido. Durante a Primeira Guerra Mundial, por exemplo. Sempre tinha admirado os soldados da Primeira Guerra. Admirado a valentia, a morte deles. Aquela guerra tinha sido especial. A mais heroica e a mais estúpida. Evocou as imagens. Os soldados chegando a pé, puxados pelas mãos, com os olhos vendados. Cegados pelo gás mostarda e pelo vapor mortal de gás clorídrico, avançavam aos tropeções pelo campo de batalha, abrindo caminho entre os escombros de uma Europa em ruínas, do continente que tinha se proposto abolir a monarquia e que de repente viu os povos se aniquilarem mutuamente. Do continente que viu os cadáveres de dez milhões de soldados; só em Verdun, um quarto de milhão. É, agora os enxergava com toda a clareza. Via como caminhavam para as trincheiras, único lugar onde estavam protegidos das balas. Para se sentarem com as costas apoiadas contra a lama das paredes. Sem nenhum outro lugar aonde ir. Olhares vazios. O sangue das entranhas reviradas. A perfuração no estômago. A dor. E a perspectiva de uma morte lenta e dolorosa. Onde estaria a trincheira dele, Marcus?

Ele já tinha chegado à rua, longe da multidão. Um banco? Virou a esquina. Decresceram os gritos do campo de batalha. Extinguiu-se lentamente o fogo dos canhões, a lamentação dos feridos. E voltou o silêncio. Marcus absorveu todos os sons. Entrou num prédio. Não sabia por quê, mas a porta do saguão estava aberta. Ele precisava sentar por um momento. Como os soldados moribundos nas trincheiras. Sentar e pensar. Nela. Eva sobreviveria. Ele a tinha salvado. Tinha cumprido a missão. Só precisava de um superior a quem informar. Alguém com quem compartilhar. Mas teria de se contentar consigo mesmo. Agora a dor vinha em pontadas. Como as contrações de um parto, imaginou. Nascimento e morte, estava tudo relacionado. Quis gritar. Talvez tivesse mesmo gritado; não sabia. Mas a tinha salvado. Ao menos por um tempo. Eles a deixariam escapar por um tempo, talvez para sempre. Porque eram espertos. Porque sabiam que agora ela estaria na mira da polícia, do público em geral. Eva tinha chamado a atenção. Seria vista. E, se havia uma coisa de que fugiam como o diabo da cruz, era justamente da atenção do público. Marcus sabia disso. Sabia só disso. Havia mais alguma coisa que valia a pena saber? Lágrimas nos olhos. Era uma maneira de morrer dolorosa para caramba, errada para caramba e, ao mesmo tempo, certa para caramba. Ficar sentado ali, esperando a morte, fazia sentido para Marcus. Conferia sentido à vida dele, à luta dele por aquilo em que acreditava, à luta dele para salvar Eva. No entanto, conseguiu levantar-se. Por culpa da dor. Esta não queria deixá-lo em paz; queria impeli-lo a continuar em frente, obrigá-lo a procurar um lugar ainda mais afastado, como se Marcus fosse um elefante moribundo. Tinha que achar uma cova de elefante, uma cratera. Ou um cemitério. O lugar certo, adequado. O cemitério *dele*. E sabia exatamente onde era; precisava aplicar as últimas forças para chegar àquele destino. A imagem do elefante voltou. Deu-lhe forças. O soldado moribundo no campo de batalha já estava longe. Agora pensava em si mesmo como num velho paquiderme, grande, um que havia sido muito forte a vida toda, mais forte que os outros, que tinha tido força e vigor para fazer o necessário – defender –, mas que sabia que tudo tinha acabado e que ninguém poderia achar seu corpo sem vida. Não, o lugar onde Marcus desapareceria seria um mistério, como aquele para onde iam os velhos elefantes. Subiu o zíper da jaqueta. Passou um táxi, que não quis saber da mão levantada. O seguinte parou. Marcus sentou atrás do motorista.

– Para onde, chefia?

– Sydhavnen.

Marcus fechou os olhos. Pensou em Eva. Isso o reconfortou.

Julho

Hareskoven, Grande Copenhague

Eva não via a casa desde abril. Tentou lembrar quando exatamente. Não ia lá desde o ataque, desde a noite em que ele lhe tinha baixado as calças e a tinha tocado. O que são as coisas: era o último homem que a tinha tocado.

– Vamos resolver logo isto – ela disse em voz alta, e atravessou a rua daquele bairro residencial.

Estava a poucos metros da casa. Não havia carros. Sentia-se a salvo, uma sensação que vinha tendo desde aquela noite em abril em que o abrigo de mulheres pegara fogo. O episódio teve muita repercussão na mídia. Dizia-se que o incêndio tinha sido provocado, que o marido de uma das abrigadas tinha entrado para matá-la – ou para matar todas – e que tinha sido Eva quem o afugentou. O sangue na escada, o relato sobre a maneira como o homem tinha conseguido entrar... Algumas abrigadas tinham visto dois homens fugirem de lá. A polícia continuava sem ter pistas, e isso apesar de Eva ter colocado tudo por escrito. Tinha exposto todas as conexões. Ninguém lhe tinha dado ouvidos. Ninguém quis publicar seu relato. A foto de Eva, porém, saiu na mídia – a mulher valente que tinha enfrentado dois homens. Chegou-se a especular que tinham sido uns árabes, que aquilo tinha sido um "crime de honra" malsucedido. Ninguém especulou que Eva tivesse dito a verdade; ainda assim, ela recebeu uma proposta para trabalhar na seção de moda de um jornal. Ficou tentada a aceitar, só para voltar a ganhar um pouco de dinheiro, ter sua própria moradia num lugar decente; mas ouviu a voz de Lagerkvist, que, do túmulo, afirmava que Eva era tanto uma gostosa sem talento quanto a esperança que ele vinha aguardando fazia tanto tempo.

De todo modo, Eva rejeitou educadamente a proposta. Pareceu-lhe que Lagerkvist teria aprovado essa decisão, por mais que Eva não tivesse tido tempo de falar com ele outra vez. O jornalista morreu no dia seguinte ao incêndio no abrigo. Ele, porém, tinha estado junto de Eva desde então, ao menos naquela decisão que tomou e em cada frase que ela havia escrito. Existe gente tão cabeça--dura que mesmo morta contamina os vivos. Exige que deem continuidade à luta. Lagerkvist era assim. Por isso, Eva tinha resolvido morar em outro abrigo de mulheres, onde a prefeitura lhe ofereceu vaga. Depois do ataque daquela noite, não tinha tido dificuldade para insistir na versão de que um homem a perseguia. O novo abrigo, cuja localização só os funcionários conheciam, era de segurança máxima, um lugar onde havia principalmente muçulmanas que tinham fugido de casamentos horríveis e que morreriam se os maridos as achassem. Eva tinha aproveitado o tempo para ouvir as histórias delas, colocá-las por escrito, escrever sobre crimes de honra, famílias e amor. Sobre mulheres em fuga. Os jornais compraram essas matérias. A primeira que Eva vendeu, por duas mil míseras coroas, deu-lhe tanta alegria e tanta fé na vida que, por um breve instante, esteve disposta a proclamar que o capitalismo era o único deus.

Parou em frente à casa onde deveria ter morado. A visão a surpreendeu. Na hora, não soube se ria ou se chorava. Acabou decidindo cair na gargalhada. Tinha esperado deparar com uma coisa muito diferente. Tinha esperado achar grama com um metro de altura. Tinha esperado vidraças tão sujas que seria impossível olhar através delas. Tinha esperado, enfim, um lugar caindo aos pedaços. No entanto, estava diante de uma casa bonita, com vidraças limpas e jardim elegante, num bairro residencial maravilhoso. O espaço até a cerca que antes dava para a rua tinha sido recém-plantado com pequenos... arbustos? Eva não sabia sequer como se chamava aquilo. Não havia nem sinal de erva daninha.

– É fantástico! – murmurou.

Viu o vizinho atrás da cerca da casa dele. Como se chamava mesmo? Lauritsen? Restava saber se aquilo tudo era graças a ele ou se o bairro inteiro tinha se mancomunado e trabalhado aos sábados para deixar a casa em bom estado. "São criadas instituições em tudo quanto é lugar", lembrou a si mesma. "Comunidades com normas, escritas e não escritas; instituições que têm praticamente vida própria e conseguem se autocorrigir, que rechaçam o que não se encaixa nelas." Põem para fora. Como tinham feito com Eva. O vizinho continuava atrás da cerca. Eva pressentia que ele queria falar com ela, mas que talvez estivesse sem jeito, talvez não soubesse se tinha feito mesmo um favor ou se tinha se excedido. Ela se sentia da mesma maneira. O vizinho precisaria esperar atrás da cerca até que Eva se decidisse. Ela se aproximou da porta da frente e tirou a chave do bolso. Hesitou. Trânsito às suas costas. Voltou-se. Quando viu o carro, perdeu toda a valentia, tudo aquilo que Eva ultimamente tinha se dedicado a construir. Abateu-se de repente, desabou, como um edifício que vem abaixo. Tinham voltado. Eles. Com os vidros escurecidos e as latarias também escuras, impenetráveis, veladas. O carro parou no meio-fio. Eva girou depressa a chave. Se tinham vindo por ela, não capitularia sem lutar antes, isso nunca.

– Com licença...

Eva abriu a porta.

De novo, a voz às suas costas.

– Com licença... Senhora?

Eva, com a porta já aberta, olhou para trás. Era um motorista, um da velha guarda, com quepe e terno combinando.

– Eva Katz?

– Quem quer saber?

– Trago uma carta para a senhora.

– O senhor é...?

O homem sorriu e perguntou:

– Posso?

Ele tinha parado no caminho do jardim, nas poucas lajotas que levavam à porta da frente. Eva fez que sim. O homem veio ao seu encontro. Ela ficou um bom tempo olhando o envelope que estava na mão dele, de papel grosso, creme, com o nome de Eva escrito à mão numa caligrafia antiquada.

– É para a senhora – disse o homem depois de um tempo, talvez cansado de ficar ali com o envelope estendido.

Eva o pegou.

– Obrigada.

– Posso dizer mais uma coisa?

– O quê?

– A senhora tem um lindo jardim. Eu me dou muito bem com plantas. Não tenho dúvida de que a senhora e eu poderíamos passar boas horas trocando experiências – ele disse, e, para rematar, esboçou um sorriso.

– Com certeza.

– E agora, com sua licença... – disse o homem, e fez uma ligeira reverência, quase imperceptível, antes de girar sobre os calcanhares e voltar para o carro.

Eva olhou para a carta. Abriu o envelope. Leu. Não entendeu nada. Releu, a começar do cabeçalho impresso: "Capítulo das Ordens Régias de Cavalaria da

Dinamarca". Depois o conteúdo, uma única frase: "Em 13 de junho, Sua Majestade a rainha outorgou à jornalista Eva Katz a Cruz de Cavaleiro de Primeira Classe".

Eva sentou na escada. Tornou a ler a carta. Gostava das palavras: à jornalista Eva Katz. Se a intenção era aquela, funcionava. "Se não podem acabar com a gente, eles nos convidam a entrar, nos envolvem." Veio à tona uma lembrança, como costumam fazer as lembranças quando a gente tenta compreender algo e só as vivências passadas ajudam nisso. Lembrou-se de quando, menina, sentada na cozinha, não queria fazer a lição de casa e gritava isso ao pai. Ele sempre acabava dizendo: "Então você fica não querendo – mas vai, sim, ter que obedecer".

Leu as folhas anexas, escritas à máquina. Se aceitasse a Cruz de Cavaleiro, precisaria mandar currículo. Seria confidencial, passando a integrar o arquivo da rainha; ninguém mais teria acesso ao currículo. Eva precisaria escrever sobre sua vida e suas ações. Era o que todo mundo que aceitava distinções régias estava obrigado a fazer.

Bo-Bi Bar

– Oi, Eva.

– Oi, Louise.

Louise havia se tornado a garçonete favorita de Eva. Todos tinham um atendente favorito; era parte dos pequenos códigos que a gente precisava entender para curtir aquele lugar.

– Muito trabalho hoje?

– Nem sei o que responder.

– O de sempre?

– E dois ovos.

– *Coming up, baby.*

– Vou sentar por ali. Tenho que escrever umas páginas.

– Não se preocupe. Você escreve e eu mantenho os chatos longe, para deixarem você em paz com os seus babados.

Eva riu. Deixou a bolsa em cima da mesa e o casaquinho na cadeira contígua. Sinal de internet: bom. Abriu a caderneta de couro com folhas pautadas. Releu suas anotações.

– Os ovos já vêm – disse Louise, e deixou uma cerveja na mesa.

– Obrigada.

Olhos de volta à caderneta. Todas as suas anotações. Eram muitas, demais. Precisava reduzir o pretenso currículo a duas páginas. Dali a duas horas, Eva compareceria ao Palácio de Christiansborg para receber a comenda. E a rainha precisava das duas páginas para seu arquivo privado no Capítulo das Ordens

Régias. Uma coisa que ninguém além da monarca poderia ler. Ainda não. Mas algum dia. Algum dia, abririam o arquivo. E os historiadores leriam os currículos de vários séculos. Entre esses currículos, o que Eva estava escrevendo naquele instante, uma mensagem para a posteridade. Quase não percebeu quando Louise deixou diante dela os ovos cozidos ainda quentes e um pratinho com sal. Eva estava escrevendo sobre Brix, sobre o assassinato dele, sobre aquilo pelo qual Rico tinha sacrificado a vida. Escreveu sobre a Aliança, sobre o que estava na cara e todo mundo conseguiria entender se tivesse disposição suficiente – que as monarquias agem nos bastidores para se ajudarem mutuamente e para ajudar outros a recuperarem os tronos hoje vazios; que essa ação era antidemocrática e secreta. Foi isso o que Eva escreveu; principalmente, escreveu tal qual seu mentor tinha ensinado. Ele a ensinara a escrever a verdade, sem se importar com o número de leitores; sem se importar com a recepção do público, se aquilo o faria engasgar com o café da manhã no fim de semana; sem se importar se ajudaria ou não a pagar a hipoteca da casa ou a escola particular dos filhos. Quase conseguia ouvir Lagerkvist lhe gritar ao ouvido que ela era uma vadia sem talento que precisava tomar jeito e colocar no papel uma palavra de cada vez, como fazem as criancinhas quando têm que aprender a andar, olhar cada uma dessas palavras e então se perguntar, como as crianças a cada passo: "Está certo? Estou fazendo direito?"

Olhou para o relógio. Deus do Céu!

– Louise?

– Outra?

– Tenho um compromisso. Você pendura aí?

Palácio de Christiansborg, Copenhague – 14h15

Chegou atrasada. Os outros, que também receberiam algum tipo de condecoração naquele dia, já ocupavam seus lugares nos bancos, em frente à porta dupla de carvalho. Teve tempo de receber as últimas orientações, dadas em tom instrutivo – amável, mas firme – por um camareiro, um senhor trajado para a ocasião, com solenidade e sisudez. Eva estudou as outras pessoas presentes enquanto lhes diziam que não deveriam dar as costas para a rainha ao sair. Que estariam a sós com a rainha. Que a audiência poderia estender-se de alguns minutos a um quarto de hora, talvez mais, embora isso só acontecesse em raras ocasiões. Eva tentou adivinhar quem eram os outros que também tinham sido convocados para receber comendas de cavaleiro e medalhas do mérito. Eva não precisava ter-se dado ao trabalho – o nome e o título ou ofício de cada um dos presentes eram anunciados bem alto antes de entrarem para ver a rainha. O primeiro era um prefeito. Seguiram-se um primeiro-secretário de partido, um catedrático e alguns diretores e membros de diferentes conselhos de administração. Eva pensou no que lhe tinham contado havia um tempo: que, quando começamos a subir de escalão, eles nos deixam entrar. Pouco a pouco, a Instituição atrai seus súditos para cada vez mais perto. Os críticos então se tornam aliados. Simples assim.

– Eva Katz – disse o camareiro, com voz clara e contundente.

Eva olhou para ele. Será que já a tinha chamado duas vezes? O homem parecia impaciente.

– Sim – disse Eva, pondo-se em pé. Ajeitou a saia. Foi ao encontro do camareiro. A porta do Salão dos Cavaleiros ainda estava fechada.

– A senhora compreendeu que...?

– Que preciso sair de costas – disse Eva, interrompendo-o. – Que não devo dar as costas para a rainha. E que a rainha vai indicar quando tiver terminado. Entendi, sim.

O camareiro sorriu.

– A senhora trouxe luvas?

– Não.

– Gostaria que lhe emprestássemos um par?

– Sim, por favor.

Ele olhou para as mãos de Eva. Calculou o tamanho que ela usaria. Pegou um par de luvas brancas.

– Está pronta?

Eva respirou fundo. Estava? Estava pronta? Essa era a entrevista sobre a qual Lagerkvist lhe tinha dado sermão. "Você só vai ter uma chance. O seu alvo não pode perceber que aquilo é entrevista. Você está lá para expor os fatos, só isso, e quer apenas que a pessoa comente. Limite-se à verdade. O nosso compromisso é com ela e mais nada. E é sagrado."

– Senhora?

– Estou pronta – disse Eva.

O camareiro pôs a mão na maçaneta. Abriu a porta.

– Eva Katz, jornalista – ele anunciou com voz firme.

– E você nem imagina até que ponto – murmurou Eva, e entrou.

Agradecimentos

Costumamos ter uma longa lista de agradecimentos, que abrange todos os especialistas que colocam seus conhecimentos e vivências à nossa disposição. Desta vez, nossa pesquisa foi mais extensa, e mais desafiadora, do que nunca. No entanto, de todas as pessoas com quem falamos, só umas poucas querem ver o nome incluído na lista de agradecimentos de um livro que faz referência à estrutura de poder monárquico do país. Sendo assim, vamos nos limitar aqui a agradecer a Peter Hougen, legista; Niels Sandøe e Pernille Eckhoff, jornalistas; Jørgen Moos, ex-investigador de polícia; Birgit Søderberg, diretora da Kvindehjemmet [Casa da Mulher] da Jagtvej, em Copenhague; e Joan Kvist Olsen, diretora da creche Fasangården, em Frederiksberg, embora sejamos gratos a todos aqueles que nos falaram de acontecimentos que, em circunstâncias normais, teriam guardado para si. Obrigado.

A. J. Kazinski

Este livro, composto com tipografia Electra
e diagramado pela Alaúde Editorial Limitada,
foi impresso em papel Lux Cream sessenta gramas
pela Bartira Gráfica no trigésimo sexto ano
da publicação de *O nome da rosa*, de Umberto Eco.
São Paulo, setembro de dois mil e dezesseis.